安庆王妃传

恒河沙数 著

中国文史出版社

目录

CONTENTS

第一章　云归长安

夜，青紫如伤。

头顶上的乌云越来越浓，几乎要遮挡住所有来自月亮的光晕，阵阵急躁的马蹄声逐一踏碎地上晃动着的一片又一片的黑影，马儿粗重的喘息声在子夜时分听起来格外让人心惊。

即便眼前是愈来愈沉的黑色，伏在马背上的少女仍不停不惧地向前奔跑，奔跑。

停下来，就是死。

她的背后，有不止一匹的骏马在锲而不舍地追逐着她。从踏进京畿之地开始，伴随她一起进京的老奴森叔、满叔，甚至她雇佣的车老板，都成了那群追逐者的猎杀对象。

一个时辰之前遍身是血的森叔趁她不备的时候忽然翻身下马，拼尽全力用血肉之躯拖住追得最急的一个猎杀者，她甚至连惊呼都来不及，只能听见马蹄踏在人的骨肉上发出碎裂的声响。她强迫着自己回过头去看了一眼，最后的一幕画面，便定格在了长刀砍向还没死透的森叔……

夜风从耳边呼啸而过，此时，正是永徽元年，正月初十。

除了风声，她听见来自猎杀者的狞笑声，恍若地狱的夜枭即将胜利的得意之鸣。瞬间，有利器破空而至的声响，少女下意识地闭上眼睛。

"希律律！"

这一支蓄满了力量的箭矢偏了少许，刺进马股，马儿吃痛，高高扬起前蹄发疯般猛地撒蹄跑去，马背上的少女显然没有料到这种情况的发生，瞬间被甩了出去。

两旁，山涧深黢，不可见底。

一眨眼的工夫，她就不见了踪影。

有人在她坠落的地方停住马，四下张望，几个黑衣蒙面人彼此打了个眼神，他们料定那个小姑娘是万万没有幸存的希望，重新上马，回去复命。

听见头顶上的马声渐远，一只一直攀着一段树杈的手终于动了动。夜风吹在这个被断定殒命的少女身上，少女正紧咬牙关，用力向上攀爬着。她单薄的身子在风中瑟瑟发抖，但她的眼睛里闪着冷冽的光，她想，除了那个人之外，没有人会想要她的命。

那好，既然老天爷又没让他们杀死她，那她，就一定要他们付出对等的代价。

母亲，请你的在天之灵保佑孩儿，活着回到王府吧。

翌日清晨。

正开门准备出去扫雪的小尼姑惊叫了起来。

"师父，师父，这里有个死人啊！"小尼姑丢下扫帚就往寺庙里头跑。

住持被她惊动，来到大门外蹲下身仔细查看这个满身泥污的人，她的头发已经散乱，身上的衣裳被割破成碎片，被划开的皮肉被冰冷的天气冻住已经不再淌血。住持看罢多时，皱了皱眉头："唉，阿弥陀佛，将她用草席装殓，送到城外去吧。"说完转身便走。

小尼姑们双手合十念了一段往生咒，按照住持吩咐的去找草席。

一个眉眼十分清媚的尼姑站在原地没有离开，她走上前仔细摸了摸地上少女的鼻息，忽而满面喜色地朝四下里招呼："快，把人抬进去，她还活着。"当她喊出这句话的时候，她明显地感觉到这个已经冻僵的少女手指抖了一抖。

住持眉目凝重地走过来，看着年轻的道姑："才人你到这里是为先皇守孝，为新皇祈福的，切莫被此等污秽之气污浊了尊体。"

年轻的道姑冷冷地哼了一声，盯着住持说道："我还从不知道见死不救才是佛门的规矩。有道是救人一命胜造七级浮屠，我今日救了她，难道就不是为先帝守孝，为新皇祈福了吗？"

"感业寺乃皇家寺观，岂容闲杂人等随意进入？"住持被她一顿奚落说得挂不住脸面，却碍于对方的身份不好直接发作。

道姑再也不看住持，偏头对身边的人说："你们两个将她抬进我的禅房里去，她一个快死的人，还能怎么了感业寺不成？"

几个小尼姑七手八脚抬起地上的人匆匆进了一处西边的禅房。

"住持，咱们感业寺可从不留生人。她此举破了咱们的寺规戒律，恐怕不妥。"住持的身边一个年老的尼姑垂着眉眼说。

住持望着年轻道姑的背影，面色凝重地道："且先由她去，毕竟这天上的风要怎么吹，不是你我能看得透的。咱们寺内也不是没有过飞出凤凰的先例。但愿她只是一只不成气候的麻雀……"老尼看了她一眼，已经明白住持话中的意思。

"哎呀，才人，她醒了！"僻静的禅房之中，小尼姑们已经给她换上了干净的衣裳，用雪块搓了手脚，两三个人忙活了半天，这个人总算是醒了过来。幽幽地睁开眼睛，第一眼，她便看到了一个十分美貌的年轻尼姑正俯身看着自己，她艰难地朝她挤出了一个微笑，哆哆嗦嗦地要开口称谢，被尼姑拦住："你也不必谢我，我只是看不惯那个老尼姑的嘴脸，想要同她争上一口气罢了。"

其实她刚刚虽然不能睁开眼睛，心里却还明白，她和住持的对话也是听得一字不漏。深深地吸了一口气，少女强打精神自己坐了起来，在床上朝她行了个礼："师父虽然是在同他人怄气，可也救了我的性命，我就该谢过师父的救命之恩。"

漂亮尼姑看了她一会儿，扑哧笑了出来，拉了一把椅子坐在她面前，端过一碗热姜汤给她："你这个人有点意思，脾气和我很像。你叫什么名字，为什么会弄成这样？"

床榻上的少女微微一愣，眼前的尼姑实在是快人快语，而她一双眸子里却有着让人心惊的光晕流转，眉眼之间有着不可言说的贵气逼人。

"我们才人和你说话，你怎的不答呢？"旁边的小尼姑不高兴地嘟囔着。

少女喝了一口姜汤，也朝她笑了下："我叫李云瞬，云曦瞬变的云瞬，是个落难之人。你是谁，为什么要在感业寺里做尼姑？"

"怎么？我不像？"漂亮尼姑站起来张开双手转了一圈，盯着云瞬问道。

喝光了碗里的姜汤，云瞬把碗递给了身边的尼姑，似笑非笑地看着她："我从没见过一个尼姑可以蓄发，也没见过一个尼姑要这么多尼姑伺候。"哪个尼姑院里会有这样貌美又强势的敢同住持抢人的尼姑？

"大胆，你敢这么和我们才人说话。"

"哎，让她说。"漂亮尼姑拦住了小沙尼的斥责，看着云瞬，露出一丝玩味的笑意，"你怎么这么肯定？"

"你身上有那种逼人的贵气，你眼睛里也有蓬勃的朝气和戾气，这两种气都不该是一个出家人身上所有，你说我说得对么？"喝了一碗热姜汤，云瞬觉得好了很多。

漂亮尼姑也似笑非笑地瞧着她:"你说你姓李,在咱们长安城的天子脚下,姓李的人大多都不会成你这副样子,你究竟是谁?"她的脸上带着好看的笑容,但她的眼睛里却写满了寒冰和戒备。

云瞬从容不迫地对上她的眼睛,微微一笑间带着几分的无奈和苍凉:"大概我同你一样,皆是想要活着却偏不能好好活着的落魄之人吧。"

漂亮尼姑看了她一会儿忽而娇笑出声,屏退其他的沙尼,拉近了椅子同她低声说:"那你就打算这样一直落魄地活下去么?"

云瞬的唇角勾起一丝含义不明的冷笑:"我母亲的身上还背着莫须有的罪名,我的两个老奴死得惨烈又冤屈,为他们,我也不能允许自己一直这样落魄下去。"

"你是被人追杀,才到了感业寺的吗?"

"是。"

"那你知不知道是何人要置你于死地?"

"虽然我不清楚他们的身份,但我能确定,这些人和害我母亲一族的人乃是一伙的。"

"你想不想替他们报仇?"

"想。"

"很好,看来我救了你,是很值得的一件事情。"漂亮尼姑才第一次对着她真正地笑了起来,"可能你也猜出了我的身份,不错,我就是先帝的才人,武媚娘。"

云瞬点了点头,这个名字她早就听人提起。

"才人,不好了!"刚刚离开的小沙尼急匆匆地跑来,武媚娘看着她眉头一挑,"什么事如此惊慌?"

小沙尼吞了口唾沫惊恐万分地低声说道:"我刚刚路过住持禅房的时候听见里头有人对住持说要……要……"

"要什么?"

"要寻一个借口,除掉才人!"

云瞬闻言一惊,她没想到这个看起来天不怕地不怕的武才人此刻的处境竟然也是如此凶险。

"你敢确定?"武媚娘显然也被此消息震动。

"奴婢肯定,那个人离去的时候,有大明宫的腰牌从她的衣袖里掉出来,被奴婢看得真切。"小沙尼肯定地说。

4

武媚娘低垂下眼帘，盯着地上云瞬那一双磨得破烂的鞋子，半晌，她似乎下了很大的决心似的，说道："我也不愿这样一直落魄下去任人宰割，可我现在只如同笼中的囚鸟般被牢牢束缚。李云瞬，我救了你一次，你也要救我一次，这样才算公平。"她站起身来，到桌案前飞快地写好一封书信交给她，"你把这封信想办法交到当今陛下的手中。这计划我本来还需要一点时间，但是现在看来是刻不容缓了。李云瞬，如果我的计划成了，说不定以后我们还有见面的机会。"

"可我这样的一个弱女身份，要怎么才能到皇宫里将你的信交给皇帝陛下？"云瞬说出自己的疑问，这个武媚娘也太看得起自己了。

武媚娘俏脸上带出一抹自信的笑容："我也没说要你立刻交到陛下的手中啊，我给你一年的时间，你只要在一年之内能交到陛下的手中，我的计划就可以继续进行。毕竟你是皇室宗亲，只要你有心，总有机会能够接近陛下的。"

"一年的时间？那些人……"

"放心，靠我的手段，尚可能保证一年性命无虞。"武媚娘说得信誓旦旦。

"那假如你的计划败了呢？"云瞬微微蹙起眉头，捏着她的信，心头千般沉重。

武媚娘收敛了方才的傲气和自信，冷沉着眉眼，似含深意地说道："败了？我从没想过这个，若我真败了，也不过是表示我没有进大明宫里争上一争的本事，而我的朋友则会在将来复仇的路上，少一个最可依靠的伙伴。"

云瞬没有说话，将信纸塞进自己的怀里，弯下腰来看了看地上破败不堪的鞋子，淡淡地道："假如靠这双鞋的话，我可能走不到大明宫。"

武媚娘释然笑着对身旁的小沙尼道："去找一双结实的鞋子来，再给她十两银子。"

云瞬整理好自己的衣裳，活动了下筋骨："十两白银足够买一匹好马了。"

"李云瞬。"云瞬刚刚走出几步，又被武媚娘唤住。

"还有什么要嘱咐的？"她回头，看着她。

"或许，你会是我这辈子交的最后一个朋友。"渐渐升高的太阳洒进来一室的暖意，在逆光之中，这个刚刚死中得活的少女朝着武媚娘淡淡一笑，没有做出回应，只打开门走了。

"才人，她没有回答您啊，难道她不想和您交朋友吗？"小沙尼好奇地问。

"她？没有人会比她更想同我做朋友。"清媚的脸庞上闪动过狡黠的神色，看小沙尼不明白，她补充了一句，"只是我们都已经学会了不轻易相信他人的道理。"

"可她永远也不会知道，我方才，是真心想要同她做朋友的。"最后这一句话，也不知到底是说给他人听，还是说给自己听。那声音，轻若游丝般在空气当中飘荡开来。

永徽元年，正月十五。

距离那天的遇险，已经过去五天了。

今日是上元佳节。

长安城里的烟火好像是约定好了似的，一齐扑簌簌地冲上了黑褐色的苍穹，照亮满目，璀璨的烟花瞬间在天空里绽放出一生的惊艳，让观者无不惊叹称赞。但凡到了这个日子，京城里的大户人家都会拿出烟火爆竹来燃放，自然也成了互相攀比斗富的一种手段。

然而今天整个京城的烟火里，应数康平王府的这一炮福字烟花最是惹人注目。

幸好她活着回来，还能赶上人生里的第一场烟火盛宴。

炮响之后，一道光束闪电般冲上天空，半空里爆出一团光影，瞬间形成一个斗大的福字，经久不散。

"这是京城最好的烟火大师用了十六年才研制出来的福从天降呀。"人群中有人啧啧称奇，当然更多的是对主人家的恭维。

一袭白色羊皮裘衣的云瞬坐在人群之中，摆弄着挂在裙摆之上的陶埙，仰望着无尽的天空，唇边微微向上勾起一个弧度。

十六年，正好，是她的青春年华。

她噙着一抹讽笑，看那个"福"字渐渐衰减，竟似不知道人世疾苦，在半空之中做尽了妍态浮光，散作漫天星辰而落。十六年，于烟花匠来说，是一瞬间的光辉和荣耀。而对于她来说，这十六年里，能回忆起来的，却只有漫无边际的皑皑白雪和萦绕在鼻尖的药香。她再抬头，那个"福"字已经完全消失，空旷静谧的深夜苍穹上，好像什么都不曾有过。

"瞬儿，到这里来。"接受了四方宾客祝福的老者朝她招手。云瞬站起来，款款走到老者的近前，恭敬地对他行礼："父亲叫女儿有何吩咐？"

老者手捻胡须然后看着这个阔别了十年才重新回到自己身边的女儿，眼中闪着慈爱，这个须发皆白的老者正是本宅的主人，康平王李图。李图爱惜地拉起女儿的手："你回来也有三天了，之前为父事务繁忙没有为你介绍，今日正好是个好日子，给你引见下家里人。"

云瞬含笑点头，随着李图看过去，第一个为她介绍的，正是紧挨着他坐着的一个中年贵妇，但见她珠翠满头，身上穿的是密云罗绮织成的长襦裙拖地："这是你二娘。"云瞬点了点头，走上前去，规规矩矩地跪在地上磕了个头，那么多人瞧着她这个头磕得十足十，一丝的水分都没有，连额头上贴着的银箔小花都嵌进了肉皮里。

中年贵妇不等她第二个头磕下来，便弯腰将她双手搀扶起来，未语，丹凤眼中先流出泪来："好孩子，都是自家人，不需行此大礼，你回来就好，回来就好啊，只可惜我那命苦的姐姐……"说完又是泣不成声，云瞬鼻尖一酸，也眼含热泪，握住她的手："有劳二娘挂念，母亲她走得十分安详。"

李图老眼中也噙了泪花，抬袖沾了沾，刚要说话，身边的侧王妃边擦着眼泪，边说："王爷，今天是喜庆的日子，咱们不说这些了。来，云瞬，这是你弟弟云彻，今年也有十五岁了。云彻，过来拜见你姐姐。"一个少年模样的漂亮小伙子从人群里走出来，不情不愿地在云瞬跟前稍稍弯了弯腰："姐姐。"他眼中的傲慢和轻视统统被云瞬视作不见，亲热地点了点头，抬手虚扶了一把："弟弟快起来吧。"

一家人互相见过，康平王李图又将下人们都召集过来，众人都跪拜了这个迟到了十年才出现的小主人之后，戏台上才开了锣，咿咿呀呀地接着刚才的戏文唱着。

云瞬的脸上一直带着得体的笑，心里却觉得方才那一场洒泪重聚的戏码，比眼下台上演的要好看得多。说实在话，即便是做了心理准备，云瞬也还是深深地讨厌着刚才虚伪的自己。可是，既然她不远万里只身回到这个家中，她就要学会这些，学会一个人用一颗强大的心，去抵挡，去面对。

这之后还要有多少这样的戏等着她去看、去演？心里一烦，云瞬起身借故告辞。

纵然这只是一场戏，也让她坐立难安。

十年之前，若不是她的娘舅犯下大错，她的母亲也不必怕牵连夫家而自请离京。从一个高高在上的康平王妃，变成极光之地乌里雅苏台的一名无名无姓的苦役，更不会病痛交加，早早地含恨而终。

方才那一场骨肉团聚，当她亲眼看到那个意气风发的二娘的时候，若非有母亲临终时候的叮嘱，她真想一个箭步地冲上前去，狠狠地将她掐断了气！尽管在乌里雅苏台那样遥远而偏僻的村寨当中，她还是听到了关于京城里的那场巨大变故的细节消息。有人从京城里来看望母亲的时候，无意之中说起，康平王本已经上了奏折力保母亲免于灾祸，而那封奏折却被人在半路拦了下来，最终没能落入太宗的手中。

而那个半路杀出来的人，正是得到了妹妹消息的李图的二舅哥。归根到底，还是那个心肠歹毒的恶妇从中作梗，才没能让母亲幸免于难。每每想到这些，云瞬的心就痛如刀绞，可母亲却偏偏不让她去报仇，只让她平平安安地在康平王府待上一年半载，请父亲李图为她安排一桩美满的婚事罢了。

母亲曾对她说起，早年间，太宗皇帝祭告祖庙时她有幸随父亲同去，在相国寺里她还和一个小公子抽到过一对象征美好姻缘的鸳鸯签。

她说这一次回来能找到那个天赐的良人嫁了是最好，若不能，也要为自己找一个好的归宿。

母亲啊母亲，您一定不知道女儿这回家的路上到底遭遇了怎样的险境吧？纵然她想要安然平静地度过余生，也怕不能如愿以偿。

想到这里，云瞬忍不住摸了摸自己怀里的书信，武媚娘的这一封信放在自己这里已经三天，可她却还未能找到混进大明宫的办法。脚下踏着还未消融的残雪，云瞬边走边想着心事，一阵风吹来，带着街上的欢声笑语，后院门不知为何到了这般时候还没有关闭，云瞬看看左右无人，便裹紧了身上的外氅，从院门里走了出去。

"夫人，您看要不要奴才们找个机会，给这个小妮子补上几刀？"在院子里的人们都在兴奋地说说笑笑之时，廊柱之下的阴影内，有人弯着腰低声下气地对着浓妆的二夫人献策。

"现在补上几刀岂不是要引起所有人的注意？李诚，你跟了我这么多年，也没学会一点好主意吗？几个老爷们竟然还能让她一个小妮子逃掉，你们可真是出息！"

"夫人您息怒，这事儿是奴才等办事不利，让那小妮子逃了。可当时我们都亲眼看见她坠下山崖，都认定她肯定摔死了呀。"

"算了，她现在人都回来了，在她爹眼皮子底下，咱们还能有第二次那么好的机会吗？我原本就不赞成杀人灭口这一招，我虽然讨厌她，却还不至于要了她的命，都是二哥的蠢主意，看到时候打草惊蛇，他要怎么收场！"二夫人沉着地说着，眉眼冷峻，偶尔天空爆出一朵烟花，照亮了她描画得精致的脸庞。

8

"那……那夫人您的意思是？"

"寻个理由，将她轰出去，不碍眼也就是了。既然当年能让她娘远赴乌里雅苏台服役，现在难道就没有丁点的办法对付一个乳臭未干的小丫头了么？"二夫人冷冷一笑，一扬手，"你派些人，仔细盯着她，有风吹草动都要来禀告我。"

"是，夫人。"

朱雀大街上，人流如织，做买卖的声声吆喝着，一片歌舞升平，好不热闹。

云瞬在人群中慢慢走着，忽而身后有人轻轻咳嗽一声，她停步，回头，却是一个她不认识的青年男子正站在一棵桐树下。这个男子穿着一身玄青色的华丽长袍，外罩一件同色裘皮，器宇非凡。

云瞬诧异地看着他，但见他一双蜜色的瞳深不可测，微挑的剑眉显出不羁和俊逸潇洒，其时，月冷淡如霜，照射在他俊逸的脸孔上反射出珍珠般的光晕，连身旁一排排琳琅满目的花灯都不能与这种光彩比较万一。

云瞬一怔，这个人……不知是不是因为月华银白的缘故，这个人的头发竟然不是一般年轻人的乌黑光亮，而是在黑发之中夹杂着丝丝白发。然而让人奇怪的是，这些掺杂进来的白发非但没有让他看起来沧桑衰老，反而让这个青年更多了几分老成和沉稳。而最让云瞬觉得不舒服的是这个人和自己说话的时候虽然客气温和，可还是抵挡不住他身上自然而然散发出来的英气和冷峻气息。

她发怔的时候，对方也在打量着她。她刚回京城，不应该有什么人是她的熟识吧？或许是对方认错了人也说不定，相比之下，自己这样打量人家，倒是显得有些不礼貌了。她尴尬地笑了笑，转身欲走。

不想那人却开了口："请问姑娘，康平王府怎么走？"云瞬一愣，半晌才反应过来，这青年男子口中所说的康平王府不就是她的那个家吗？云瞬下意识地抬手一指自己来时的方向："往这边一直走，就能看到了。"青年的视线从她腰上系着红绳的陶埙上收回，双手抱拳称谢，顺着她说的方向带着一个仆人便走了。

只是在走出几步之后，贵公子站定了身形，眉眼深沉地注视着那道白色的身影渐渐消失在花灯之下，忽而低声一笑，那双眸子更加显得深不见底，寒如老泉。

纵然十年光阴匆匆，一些记忆的碎片还是残存在他的脑海之中，不能被岁月之手抹去。

可她，已经不认得自己了。

他身边的小厮湛栌不解地问："王爷，您认识这个人吗？"

被称作王爷的贵公子微微点了点头，他岂止是认识她？她和他之间，还有那么一点不足为外人道的往事……平素冷沉的面庞上带出一抹志在必得的笑意，明明是一个笑，却因为这个年轻王爷冰冷的神色而让人心寒。湛栌瞧着自己的主子半天，才支支吾吾地说了一句："难不成……她就是您老人家的那位……娃娃亲？"

天底下，还有谁会随身带着这样的一只陶埙？

贵公子低声笑了，纵然她已经不记得自己又如何呢？他总有办法让她记起来的，或者……对她而言，忘记儿时的交集也非是一件坏事。

至少，他可以和她重新相识。

皎洁而明净的月光肆无忌惮地投在每一块暗黑的泥土上，好像是在为了净化什么。行走在这样一片皓白的月色之中的云瞬，恍然觉得自己已经醉了，纵然没有饮上一滴酒，光凭这样迷人又令人神往的月宫光辉就足以让人心神迷醉。她穿过人流重重的街巷，在一段护城河边止步。

于冬日之中也常青翠的松柏在地上洒下一片又一片重叠交替的暗影，树枝和松针随着夜风而微微晃动。地上的光与暗来回交替，云瞬看着那些黑黑白白、明明暗暗，心里似乎有什么已经被磨灭的东西重新跃了上来，可她绞尽脑汁也没能分辨出那跃上来的过往到底是什么。

月华如水，树影婆娑，是浮生里难得的静好宁谧。

云瞬解下腰上的陶埙，择了一处树荫之中站好，吹的是一首《问天》。

埙声低沉哀婉，声声幽咽仿若要穿透云霄，将这一份悲凉蔓延得无边无际。她或许也该问问苍天，为何要降下如斯灾祸于善人，让母亲早早而亡？又为何让刽子手子孙相伴，颐养天年？云瞬心内如有沸水翻腾，连同埙声都好似变作一只被困在笼中的惊鸟，找不到出路地来回乱撞。

她的埙声正在低靡哀怨之际，忽而一道清冽的笛声由远而近，仿佛天降般横穿进低沉的埙声之中，云瞬一愣，埙声也戛然而止。抬眼看去，在泛着薄雾的夜幕之下，从松柏的阴影之内悄然走出一道人影。云瞬放下了手中的陶埙，而对方却没有停下清亮的笛声。

他是一个干净得仿佛从水月里捞出来的侍佛童子，眼睛里闪亮的是澄清明洁的光，消瘦的骨架让他看起来有些弱不禁风。他看见云瞬，微微点了点头，即便是在横笛，云瞬也能看出他的眼睛，在对着自己微笑。

这如若清风一般清澄的笑容，让云瞬为之惭愧，自己夹杂了那么多悲伤和激愤的埙声如何能担得起人家这样清幽高雅的笛音？男子仿佛看出她的心思，停步不前，站在那一片皎洁的月辉之下，静静地，好像在等待着她来相和。

云瞬微微一怔，重新抬起手中的陶埙，和着他的笛音。

只是这一次，却没有了刚刚激荡的心神和不平的怨气，方才的那只失去了方向的惊鸟终于找到了方向，从一片雾霭之中飞翔而出。埙声和笛声碰撞在一起，方才满耳的激荡都变作浮冰般声声碎裂，被这清冽的笛音瓦解得荡然无存。埙声绵长，笛音更是不绝于耳，细细听来，两人的这首曲子竟然和得不差毫分。

那人将玉色短笛收在单手，看着云瞬，微微含笑："打扰了姑娘雅兴，在下失礼了。"

云瞬略一愣怔，启唇问道："你是何人？"

"长安苏员外郎家长子，苏墨远。"那人笑如暖玉。

"苏墨远？"云瞬将这三个字在口中又念了一次，恍然觉得这三个字在唇齿之间似乎留下了一丝缠绵的意味。能在月下林间遇到一个知音人的确是一件雅事，不过时候已经不早，而她出来的时间也不短了，云瞬敛衽为礼，转身便要告辞。

苏墨远迈出一步，依旧还是停留在那片阴影之中，脸上带出几分真切的期许，开口在她背后说道："笛埙相和何其不易，还请姑娘留下芳名。"

云瞬脚步一滞，抿了下唇，侧身回头看着他道："云瞬，李云瞬。"她说完，又看了那个温润如玉的少年一眼，转身快步离去。

一路上，云瞬用最快的步伐赶回，轻手轻脚地从后门钻进康平王府。事实证明，她的蹑手蹑脚完全没有必要，府内的宾客虽然已经散了七八，但还有些远道的客人今夜要留宿于此。府内的酒宴还在，人人都在忙碌，并没有人注意到她已经消失了许久。

回到自己的房间之后，云瞬双手关上房门，房间里一片漆黑。背脊靠着门扉立了许久，云瞬脑子里想的都是刚才那个在月下林间出现的如玉一样温润可亲的少年，他的笑颜，他的玉笛，还有……他的温和。半晌，云瞬才走过去，点燃一盏灯烛，柔和的烛光之下，她看见菱花镜里映出来满面绯红的自己。

第二天的清晨，云瞬被一阵喧闹扰醒，逢年过节的，这偌大的康平王府铁定要来不少人上门拜年，云瞬也没在意，洗漱之后就在后院散步，前厅里来的人是谁，她也没兴趣知道。大冬天里，这座后院却也不冷清，几树白梅在西风之中昂首挺立，好不傲骨英姿。云瞬绕着院子且自散步，忽而听到墙头上有人"哎呀"一声，接着就见一道影子从墙头飞快地坠落，云瞬吓得一闭眼，心想这人从这么高的地方摔下来，多半是凶多吉少。哪知道这人在半空里打了一个跟头，卸去了力道，双脚平平稳稳地站在了地上。

"哎哟，可摔得不轻。幸好本小姐福大命大。"掉在地上的人是个小妮子，看岁数比自己小一点，眼角眉梢还带着少女特有的玲珑稚气，一手拍着自己的胸脯，一边喃喃自语，丝毫没有一点扭捏，看见云瞬还很客气地摆了摆手，"嗯，那个，这位姐姐，你就当作什么都没看见，好不好？"

她说话的时候，脸上的眉毛都跟着一动一动的，云瞬瞧着有趣，忍不住扑哧一声笑了出来，那少女见她看着自己发笑，有几分着恼："喂，你干吗笑话人家？"

云瞬摆了摆手："我不是在笑话你，而是觉得……你刚才从墙上下来的时候那手功夫很好看。"

被人夸赞之后，那少女一挺胸脯，神气十足地说道："那是自然，我文清菡可是三岁学艺，七岁练武，这点小小的墙头算得了什么。就算是大明宫的墙头，我也是想怎么翻就怎么翻。"

云瞬又是一笑，随口答道："大明宫的墙头你若是真翻了，眼下还能在这儿说说笑笑么？"

文清菡哑了一下，自己也咯咯地笑起来："你在这府邸里头住着，是这家里的人吗？"她走到云瞬跟前站定，细细打量着这个和自己年纪相仿的姑娘，但见她双眉如黛，一双杏眸黑白分明，明明是这样好的韶华年纪，而她的眼中却有着和年纪完全不相符的沉稳和寂寞。

云瞬抿了下唇，道："嗯，我是李云瞬，这家主人的女儿。"

文清菡愣了一下："啊！你就是那个在边关住了好多年的那个王妃的女儿啊？"她自己说完，忽而觉得这样说着实有些不礼貌，说完了又开始后悔，看着云瞬，也不知道该说些什么话来弥补比较好。

云瞬宽慰一笑："是啊，我的确是在边关住了很多年。"

"边关是什么样子？有没有什么好玩的事儿？"文清菡将眉毛一挑，立马将刚才的困扰给抛到了脑后。云瞬也很喜欢这个快人快语的姑娘，两个人在白梅底下聊得很是投缘，两人正在说笑，从前厅慌慌张张跑来一个小厮，到她跟前："小姐，二夫人请您过去。"

清菡正和她说得开心，有人来捣乱，自然是不高兴，嘟嘟囔囔地跟着云瞬往前头走："有什么火急火燎的事，偏这时候来捣乱。"

小厮似乎是认得这个文清菡似的，她一问，他就回答了："唉，小郡主您还不知道，昨天晚上，咱们府上失窃了，有贼偷了王爷的宝贝。这会儿王爷和王妃正在查昨晚上不在府中的可疑人呢。"

第二章　戴罪之人

前厅里头，康平王李图和侧妃端坐在上首位，一家人上上下下连男带女一个不少地聚集在左边，昨晚留宿在康平王府上的宾客们都在右边。小厮领着云瞬进来，也站到左手边的位置上，云彻看见她进来，嘴角莫名地勾了一勾。

李图面沉似水，王妃的脸色也不好看，沉声道："昨夜里，咱们康平府上发生了一件不小的事情，想必各位已经听说了，王爷最喜爱的一盏八宝珍珠灯不翼而飞。"

王妃后面的话不用继续往下讲，大家也都明白了这话里边的意思。众人交头接耳了一番，都在猜测这个宝灯究竟是何人拿走的。王妃环视众人，将管家招来："李诚，下人的房间里可都搜查了吗？"

李诚是个六十岁左右的老管家，在康平王府里管事也管了快四十年，这偷盗主家宝物的事儿他还是头一次遇见，这下人里边不管有谁手脚不干净，都使他这个做管家的脸上无光。老管家擦了一把额头上的冷汗，躬身回话："王妃，王爷，下人们的房间都搜查过了，没有发现宝灯的踪迹。"

王妃略微沉吟一下，转身看着身边的老王爷李图，脸上的神色缓和了几分："王爷，这东西既然不在下人们那里，该怎么办？"

老王爷李图脸色深沉："八宝珍珠灯乃是太宗赏赐的圣物，岂能随意丢失？不过眼下这情形，倒也让本王难做。"

王妃点了点头，众人听李图如此说都不由得凝眉，其中一个贵族公子轻蔑地笑了声，他一身靛蓝色华贵长袍，腰间束着玄色腰带，带间有一颗明晃晃的祖母绿宝石。瘦高身形十分精壮，一双眼睛熠熠生辉，他扬声说道："这有何难？康平王，你就只管让人去将所有的房间都搜查一遍，也好心明眼亮，想来那宝灯个头也小不了，不放在房间里，那盗灯之人也不能将宝灯放在身上。"

他这话一出口，正中王妃下怀，王妃对着这个青年公子笑着点了点头："盛骏小王爷说得极其在理，不知其他的贵客们意下如何？"

有人开了腔，这些贵客都是有头有脸的人物，尽管心里不乐意，但也不好直言拒绝，如此，这个彻底搜查就在众人的默许之中开始了。

不大一会儿的工夫，搜查的下人到厅里来报告，这场搜查一无所获。

李图看了看身边的王妃，眼中带着责怪之意，这下倒好，东西没找到，还惊动了那么多的贵宾。王妃也凝眉不语。正在这时，刚才那个提议搜房间的贵公子又开了口，双手抱肩，一派光风霁月的潇洒："老王爷，昨天夜里有没有什么人夜半出府？"云瞬站在人群之中，心里忽然涌上来一个不好的预感，远远地，她看见了坐在王妃身旁的云彻，也正在看着自己。

老管家摇了摇头："昨夜里……"

"昨夜里，奴婢看见有人夜半出府了。"一个轻飘飘的声音钻进了众人的耳朵。李诚抬头看去，说话的人，正是专门伺候王妃的丫鬟，春枝。

"是谁？"

"是……是大小姐。"春枝犹豫了一下，还是照实说了出来。

王妃似乎很是惊讶，唤道："云瞬，可有此事？你当真拿了你爹爹的宝灯？"

李图眉心紧锁，看向人群之中的云瞬，云瞬在心里默默叹了口气，她就知道这一趟认亲，不会那么顺利的。她从人群之中走出来，来到前厅正中间的位置停下，眼睛一扫，将那几个人的神色看在眼中，冷笑藏在心里，云瞬恭敬地回答道："云瞬昨夜的确出过府，不过是因为府中人多，女儿想出去透透气，至于爹爹的宝灯，云瞬没见过，更没有私拿。"

李图为难地看着身旁的夫人，王妃杨氏点了点头，脸色缓和了几分，对着云瞬说道："我也不相信是你拿的。"

可是她刚刚搜查了那么多人的房间，这会儿她自家人说一句辩解的话，就能逃过搜查吗？之前说话的那个贵公子又开口道，语气却不怎么友善："我说，康平王妃，刚才大家伙的房间你都派人搜查了，现在你女儿一说，你就相信，这是不是不太妥当？"

王妃假作不解："盛骏小王爷以为如何？"

"当然是公平起见，连她的房间一起搜查了才对。"盛骏虽然年轻，但是看起来地位颇高，他这样一说，立马就得到了一些人的应和。王妃无奈，只好看着云瞬说："也好。"

"我看就不好。"云瞬的身边蹿出一个穿着火红色窄袖衣裳的姑娘，年纪在十五六岁，白净瓜子脸，一说话腮边还有两个酒窝。生得浓眉大眼，看起来飒爽英姿很是精神。王妃见她便是一笑："清菡郡主你说什么不好？"

"我是说，你们搜查自己女儿的房间，就是不好。云瞬姐姐是王爷的亲闺女，天底下哪有亲闺女偷自己老爹东西的道理？"她说话的声音很清亮，让众人都听得清清楚楚，云瞬站在她的身后，看那一团火似的小姑娘为自己出头说话，心里生出几分感激来。

王妃抿了下唇，这一次看向了身边的丈夫，轻声问道："王爷，您看……"

云瞬本以为已经有人这样说了，李图是自己的亲爹，不管怎样，不也应该为自己说上几句话么？是以，她切切地看着自己的爹，然而，老王李图接下来说出的话却如同一壶三九天里的冷水一般，直接泼在了她的头上。

老王略略沉吟了下，道："本王也相信云瞬，只是，为了排除嫌疑，还是让李诚到瞬儿的房间里去看一看吧。"

云瞬的眼神瞬间冻结如冰。心里忍着强烈巨大的失望，对着李图微笑了下，道："父亲说得对，还是查一查，排除了嫌疑最好。"

这个时候，刚刚为云瞬说话的清菡又开口："一件事有很多解决的办法，王爷何必非要用这种方法来让自己女儿蒙羞呢？"

李图老脸一红，他何尝不知道如此作为，无论能不能在她的房间里找到宝灯，这都让女儿的名声受到极大损害。

清菡轻笑了下，眼中带着讥诮之意，显然是很看不上刚才李图的作为。她大大方方地来到云瞬的身边："只要有人能够做证昨晚上云瞬姐姐从府中出来，没有带着那盏宝灯，也就是了。"

一句话点醒梦中人。

王妃也觉得她这话说得很对，和蔼地看着这个灵动的少女道："清菡郡主可能为云瞬做证么？"清菡俏脸一红，摇了摇头。王妃笑了下："那少不得还是要……"她的话音未落，宾客席上就有人站起来，朝着李图一拱手："老王爷，墨远愿意为云瞬小姐做证。"云瞬不由得回头去看说话的人，果然，这个干净如水的少年人就是昨晚上和自己笛埙相和的苏墨远。

苏墨远和她隔着一段距离，而两人的视线却在空中相对，苏墨远自然也就感受到了云瞬眼中的感激之意。锦上添花易，雪中送炭难，十六岁的云瞬已经太明白这个道理。

王妃看了一会儿这个如水清澈的少年人，忽而在脸上带出一抹笑容，有那么几分暧昧，几分难测："苏少爷，你要如何为云瞬做证？难不成，昨晚上你，是和云瞬在一起的吗？"

这句话一出，云瞬刚刚还能强撑的平静神色，顿时土崩瓦解，她在乌里雅苏台的时候听说京城里的民风开放程度不比边关差，还没有亲身领教过，此时，是她第一次亲耳听到这种大胆露骨的话，而且，这话还是从她的庶母口中说出，这让云瞬大为窘迫，一向偏苍白的脸上染上朵朵红云，当着这么多人的面，云瞬恨不能找个地方钻进去把自己藏起来才好。

她才刚回到京城没几天，就有了这样闲言碎语的话，她日后还怎么能够嫁得一个好人家，怎么能让在天上看着自己的母亲心愿得偿？

苏墨远俊脸一红，他也没想到这个康平王妃如此牙尖嘴利，说话如此刻薄不留情面，半晌才道："昨夜在下多饮了几杯酒到府外吹吹风，不想遇到云瞬小姐，便攀谈了两句，希望王妃不要误会。"

王妃抬手捂着嘴似乎是笑了下："可是，谁又能为苏少爷您的话做证呢？"

刚才紧张兮兮的氛围也被这一场带着桃色的解释而缓和了下来。看热闹的自然不嫌事儿大。康平王的正妃当年被发配乌里雅苏台已经是一桩谜案，如今当事人回来了，还一回来就惹上这样的事儿，他们当然是乐得看戏的。

两个少年人彼此看了一眼，都低下了头。这回，云瞬可真成了百口莫辩。

云瞬眨了眨眼，心里的凉意连带着让她的眼睛里都凝结起了冰，她深吸一口气，正准备让人去搜查自己的房间的时候，有人轻声咳嗽一声，从外头走了进来："小王愿为两位做这个见证，不知康平王愿不愿意将这盗灯之事，交给本王来处置？"

众人一齐向门口看去，看清来人之后，都不约而同地站了起来，朝他抱拳施礼："舒豫王爷。"

云瞬也随着众人一起看去，不由一怔，这个人……自己似乎在哪里见过。

舒豫王爷朝着众人回礼，客客气气的神色配上他丰神俊朗的外表，当真有几分少年王爷的风采，尤其是他那一头少白头的发色更让他这个人显得深沉难测。安庆王长孙舒豫虽然年纪轻轻，却屡立战功，在之前和临边小国的征战之中立下赫赫战功，是以太宗破格将他晋升为郡王，又是皇室宗亲，他无疑是眼下宾客之中说话最有分量的那个。

舒豫虽然说得客气，但是脸上的神色依旧是冷冷清清，一双蜜色浓眸穿过众人，落在了脸色苍白的云瞬身上。他柔和一笑，顿时让冷清的脸上染上几许风流的意味："云瞬小姐，又见面了。"

云瞬讶然，愣愣地看着舒豫王爷朝自己走过来，下意识地往后退了一步，而舒豫也停在了她身前三步的距离。

"云瞬，还不快拜见王爷。"李图从位子上下来，走到舒豫面前，深施一礼，"不知安庆王驾到，有失远迎，还望王爷恕罪。"云瞬敛衽为礼，轻轻道了一声："安庆王。"

舒豫依旧浅笑着，点了点头，算是回礼，继而又将话题扯了回来，看着一把白胡子的李图说道："老王爷，盗灯之事……"

"哦，哦，盗灯区区小事，何必劳烦舒豫王爷过问呢，来，来，请上座。"李图做了一个请的姿势，将舒豫请到上座的位置。前厅之中很快恢复成一派和平的亲热之象，云瞬回到自己的位置上，她知道这场和自己脱不开关系的盗灯之事到此就算是不明不白地了结了。但是云瞬没想到，她自己寻思错了。不到一炷香的时间，就有一个全身玄色衣裳的汉子走了进来，到舒豫王爷身边低声耳语了几句，舒豫微微颔首遣走那人，又过了一会儿，那个人提着一盏灯走了进来。

这盏灯流光溢彩，上面镶嵌着数不清的珍珠和猫眼石，华丽非常，李图一看惊讶道："这不是八宝珍珠灯么？王爷，您，这是从何处得来？"

舒豫没有开口，那个玄色衣裳的汉子代为回答道："属下从康平王府的花园内找到此物，同时还抓到了一个一直负责看守此物的人。"

舒豫扫了一眼身旁的李图："将人带上来。"他说完，端起茶盏轻轻啜了一口。李图不解其意，不大的工夫，一人被押着走上前厅，他一看原来是府上的管家李诚的侄子，李平。

李平哭丧着脸扑通一声跪倒，王妃眉头一皱："李平，怎么是你？"她边问着，边看向自己的儿子，这个李平因为李诚的关系，在府上是专门伺候李云彻的近身小厮，没有特殊情况，李平是一直跟在云彻的身边不离半步的。

李平结巴了半天，急得眼泪都快流下来了，也没说出来个所以然来。云彻哈哈一笑，站起来到李图的跟前："爹，这灯，是我拿的。"

"什么？"李图睁大眼睛，怎么也想不到这桩事情查来查去，竟然查到了自己儿子的头上。

李云彻根本不畏惧李图似的，呵呵笑着："爹，你看这大过年的也没什么好玩的事儿，我就跟大家伙开个玩笑，没想到惹出这么大的事儿来，这事儿是我不对，我给爹赔罪了。"

李图一副恨铁不成钢的样子，点手指着他："孽障，你这个玩笑开得也太逾越了吧！"王妃赶忙打圆场，嗔怪自己的儿子："云彻，你这孩子究竟什么时候能长大？这个玩笑闹得大家多不愉快，还不去，给你姐姐赔礼。"

云彻回过身来，对着云瞬抱了抱拳："姐姐，对不住了。"

云瞬笑着摇了摇头，没有回话。她还能说什么，抬眼看去，上首是他们一家三口其乐融融，别说是李云彻主动承认了，就算他什么都不说、不做，王妃也有办法将他的错事一笔勾销。她刚刚的百口莫辩、证人举证，竟然都比不得他一个毛头小子的一句口头解释！

翌日清晨，客人们纷纷告辞离去，云瞬亲自将文清菡送出康平王府，两人正在依依话别的时候，正好，那边舒豫和盛骏两个王爷肩并肩有说有笑地走了出来，看样子他们二人是很好的朋友，清菡看见盛骏，肚子里的气就不打一处来，哼了一声。盛骏是习武之人，耳力极好，听见她带着挑衅意味的这一声冷哼，停下脚步侧目看她。

清菡才不管他到底是个什么身份的人，圆圆的大眼睛一瞪他："看什么看，哼的就是你。"

"我？我怎么得罪你了？"盛骏走了过来，舒豫跟在他的身后也走了过来。

清菡不依不饶地继续道："你是没得罪我，不过我一向很讨厌对别人的家事指手画脚的人，别人的家务事，有的人啊就是爱跟着瞎操心、白费劲。"

盛骏是武将出身，这个十几岁就上了战场的主儿，平日里更是跋扈惯了，听了清菡的话立刻将两道剑眉一竖："你再说一遍。"云瞬看这个盛骏王爷也是直肠子的脾气，生怕清菡吃亏，伸手拉了拉清菡的窄袖，示意她点到为止，不要吃亏。

清菡才不管那么多，手臂一抖，挣脱开云瞬的手，往前一步，双手叉腰道："好话不说第二遍，本姑娘就说一遍，你能怎么着？"

"你！你……"盛骏你了半天，也没说出个所以然来，看着清菡黑白分明的大眼睛，忽而泄了气："得，我倒是忘了，你是长安城里有名的小辣椒，我和你斗口，简直是自讨苦吃。"盛骏这么一说，清菡也扑哧一声笑了出来："你知道就好。"这两人倒还真是投脾气，刚才还是怒目圆睁，这么一会儿的工夫两人又谈笑风生，说得还挺投缘。

云瞬跟在她身边，一直将几人送到府门外，看几人分别上了马车。她这才转身，回身看到那个清澈如水的少年正站在距离自己四五丈远的地方，他的腰上还带着前日见过的那支玉笛。云瞬看着他，想到昨天发生的事，俏脸一红，踌躇半晌，她还是低声说了出来："昨天……谢谢你。"

苏墨远比她还要害羞，支支吾吾道："云瞬小姐不需如此客气……在下……"他在下了半天也没再说个下文。云瞬咬了咬唇，道："萍水相逢，云瞬不明白，苏公子为什么会帮我？"他们二人昨日第一次相遇，苏墨远便为自己开脱，云瞬忍不住在猜测他是不是同自己的心思一般。问完之后，她又有些后悔，万一人家只是好心帮她，根本没其他的心思……那她就太尴尬了。

"萍水相逢？"苏墨远有些诧异地看了一眼云瞬，很快又移开自己的视线，"原来云瞬小姐不记得了。你我曾经在相国寺中……有过一面之缘。"

云瞬比他的神情更惊愕，她浑身打了一个激灵，心头似闯进一头小鹿，她稳稳了心神，声音里有些惊喜的颤抖："你……也在相国寺里抽过签吗？"

苏墨远的眼神有些飘忽，他正要说话，听见府门里有脚步声响起，匆忙对云瞬抱了抱拳："叨扰了，告辞。"

云瞬没说完的话含在嘴里，想要叫住他问个究竟，又怕别人看到他二人单独相处，传出些风言风语，只好站在原地看那一点青衫远去。

马车都走出了好远，盛骏也没舍得将车帘放下，舒豫轻笑一声，抬手拍了他一下："再看，脖子可就回不过来了。"他一说，盛骏才觉得自己的脖子还真是酸痛难忍，一个劲儿地喊着哎哟扭了过来道："我还从没见过这么辣的姑娘，别说，她还有那么点与众不同。"说完，自己低着头，傻笑了两下。

舒豫瞧他这副德行，心里明白了八九分："我看，那个清菡郡主对你也很有意思。"

盛骏顿时来了精神，一拍胸脯："那是自然，我盛骏小王爷，要人才有人才，要风度有风度。哎？你别光顾着说我啊，大哥，小弟怎么瞧着那个苏墨远也没对云瞬小姐安好心呢？"

舒豫垂下眼帘，把玩着手指上的白玉戒指，笑而不语。

盛骏意犹未尽地道："真是窈窕淑女，君子好逑，云瞬小姐那么美，连我啊，瞧了都觉得腿软脚软。"

舒豫看他一眼："那你的小辣椒怎么办？"

盛骏一愣，拍着自己的脑袋哈哈笑了起来："我看她也腿软，吓得腿软。"

自从这次的盗灯风波过后，云瞬就更少到前面的院子去，自己住在后院的闺房里，太太平平，一晃就是半个月过去。这一日，云瞬在府中接到来自皇宫的一道圣旨，二月初二龙抬头，皇后在两仪殿安排了一场春宴，圣旨上点名要这个康平王家的长女出席。

这可是天大的殊荣，把个老王李图美得不知如何是好，请来裁缝给云瞬好好地做了几身华丽的衣裳，还专门按照她的身量，做了几条色彩绚丽的披帛。

按照皇家的规矩，在这样正式的场合里，女眷们都要着法服，佩披帛，贴花钿。

负责照顾云瞬的丫头巧眉一大早就忙活着将衣裳都捧来让云瞬挑选，样式之多、衣料之华贵都让云瞬有些慨然。巧眉笑着给她挑了两件桃红色和绛红色的裙子，上面都绣着团纹花朵，煞是漂亮。

云瞬长这么大还是第一次穿如此郑重其事的法服，心里也忍不住暗自喜欢，不过，这些衣裳她哪件也没挑，而是打开自己从乌里雅苏台带回来的箱笼，取出里面的一件素色湖水蓝的长裙，样式是十几年前的老样子，颜色也洗得发旧。巧眉一见忍不住反对，说这么大的喜庆日子，不该穿这样的衣服。云瞬浅浅一笑，自顾自地穿了这身素色旧裙，来到外间和李图见过之后，上了马车。

云彻扶着李图伫立在街道上，马车已经走远，而李图却没有回去的意思。半晌，他低低地对着身边的儿子说道："彻儿，日后咱们李家的兴衰就全依靠你和你姐姐了。你，要好自为之。"

接到了皇后娘娘懿旨的亲贵郡主们都在这一天早早地到了两仪殿之外等候，这些华龄正好的少女耐不得一时的寂寞，在这深深的宫墙里难得有一次这么喜庆的聚会，又想着进宫来一次，少不得要和一些皇子、王爷的碰头撞脸，幸许就能被哪个王爷世子看中，带来一个家族的兴旺。是以，这一天郡主们都穿得花枝招展，头上戴的首饰、腮上描画的晓霞妆红得都能比得过天上的太阳，身上的花香粉香迎着风能吹出百里去。

相比之下，云瞬的这一身素色的法服则显得有些格格不入，她的身边连个像样的小厮丫鬟都没带着，从穿着到侍从根本不需要细细打量，她就被人家比得连点渣都没剩下多少。不过，她对皇后娘娘还记得自己满怀感激，她目前没有恢复自己郡主的封号，在康平王府里尴尴尬尬的只能被尊称一句"大小姐"罢了。这样的还没有得到宽恕的戴罪之身，让她和这些身份尊贵的郡主们比起来，不知不觉地就低人一等。

内侍从殿内走了出来，让大家安静站好，按照顺序觐见皇后娘娘。

云瞬默默地跟在队伍的最后，因为她的衣裳寒酸，又是新来的，这些京城里的名媛对她都不认得，少不得在前排对她指指点点，评头论足。而云瞬只低着头看着地，根本不在意那些人投过来的异样目光。

手心里紧紧攥着一方折叠的很好的手帕，汗水都快要将它浸透，不在意是因为云瞬清楚地知道自己是怀揣着怎样的使命回到京城的，母亲和自己头顶上罪人的帽子，将由她自己亲手摘下。

内侍高声地唱着众位郡主的名字，终于，她听到了"李云瞬"三个字。

严谨地按照规矩给皇后娘娘行了大礼，她知道所有的人，现在都在看着她。

她倾尽全力将仪态做得完美极致，没有一丝可以挑剔的。

"抬起头来，让本宫瞧瞧。"王皇后带着慈爱意味的话命令着云瞬，云瞬顺从地抬起头，看了一眼这个凤仪天下的女人，又很快地低下。

只是这一眼，就让王皇后忍不住赞叹："多标致的姑娘，好孩子，本宫隐约记得这衣裳是你娘最喜欢的一件，穿在你身上本宫就好似又看到了当年的她。"提起已经亡故的母亲，王皇后颇有感触地抬袖子拭了拭泪，"按照咱们家谱，你还应该算得上本宫的侄女。"这一句话一出口，在两仪殿内的其他郡主包括下人们都神色一变，皇后这样说，看来是要认定这个远方的侄女了。

大宫女容安在王皇后身边轻轻劝道："一家人团聚多喜庆的事儿呀，娘娘您可别伤心了。"

王皇后这才收泪，云瞬适时跪在地上重新给王皇后行礼，只是这一次，称呼却已经不同："云瞬给姑姑磕头了。"带着几分泫然欲泣。容安也趁这个时机道："奴婢恭喜娘娘一家人团聚了。"其他的郡主都跟着附和，皇后含笑点头，亲手扶着云瞬起来，摘下自己手腕上的一只玉镯给她戴上，云瞬重新跪倒："姑姑，您这礼太重了，云瞬是戴罪之身，万万不敢接受。"

"虽然在乌里雅苏台那样的地方，你母亲却也把你调教得这样出众，实属不易。"皇后摆了摆手，指着镯子上那朵雕刻精致的莲花对她笑着说，"这莲花，出淤泥而不染，配你，正好合适。"

云瞬虽然不明白为什么皇后第一次见面就对自己如此厚爱，但她也隐隐觉得，如果她能够得到皇后的喜爱，那么，她和母亲罪冠的恕清就指日可待了。

每一个来叩拜的郡主都得到了皇后的赏赐，一直到日上三竿，皇后才接受完大家的觐见，吩咐众人退散。出来的时候，正看见有人朝自己招手跑过来："云瞬姐姐！云瞬姐姐！"

本来已经准备上马车的云瞬看见那人也露出一个笑容，迎了上去："清菡，你也来了。"

清菡仍旧是一身飒爽英姿的火红色短襦裙装，远远跑来，就像一团活动的火焰："是呀，我今天也被点名了，这还是第一次呢。"她说完吐了吐舌头，很是高兴的样子，云瞬刚要说话，听见背后有人不阴不阳地说着："当了十年苦役的罪人，这会儿还成了香饽饽了。认识的不认识的，都争着巴巴地和人家攀交情，也不嫌丢脸。"

虽然之前来的路上云瞬就做好了被人奚落的准备，毕竟自己的身世摆在那里，想让所有的人都对自己友好相待那是不可能的，但是这个女子说话之间没有丝毫顾忌，如此大胆和跋扈倒让她有几分好奇，十分想看看说话的人是谁。

她一回头，看到两个穿着十分华丽的女子并肩站在宫墙下，其中那个穿着深紫色宫装的少女一脸的不屑和冷漠，显然就是方才说话的那个，而她旁边穿粉红色法裙的少女也眉眼不善地看着自己。

她倒是没往心里去，原想着一笑了之，却没想到那个深紫色衣服的少女走上前两步，拿下巴一点她的方向："没想到，你还真被放出来了。李云瞬，你还认不认识我？"

云瞬一愣，她自不到六岁上就被母亲带出了京城，在乌里雅苏台一住就是十年，儿时的记忆已经模糊且浅薄。云瞬仔细打量她，这个少女约莫比自己大上一两岁的样子，粉白微圆面庞，细长眉，左眼下一点泪痣，盈盈欲坠，五官样貌十分端庄，只是神态里满是藏不住的傲然。这个高傲的女子看样子是认得自己的，可她想不起来这个人是谁。

云瞬挑了挑唇，勾出一抹浅笑："我该认识你吗？"

没错，她的身份虽然低微，虽然还是戴罪之身，但这也不表示她就得对所有人卑躬屈膝，尤其是对这种说话没有教养的人来说，客气就是多余。

高傲的紫装少女被噎得一时没词，只干瞪着眼指了她半天，云瞬没心情和她斗口，转身就要上自己的马车，不想那高傲少女竟是火一样的性子，见她要走立刻快步走了上来，伸手拉住云瞬的衣袖："谁准你走了！你给本郡主下来！"

云瞬的裙子本来就日久老旧，哪禁得住她这么用力拉扯？一声清脆的碎裂的声音，这衣裳的袖子竟被生生扯成两段。云瞬眉头一皱，倒是这深紫衣裳的少女因为用力过猛噔噔往后倒退了好几步，若非是她的同伴扶着她，她就要摔倒在地上。

清菡柳眉倒竖，拉住紫衫少女的胳膊："你还要耍蛮欺负人吗？"

紫衫少女不甘示弱，将手中的半幅袖子往地上一丢，狠狠地踩了两脚，"我还就欺负人了，你一个小小的中书舍人的女儿还敢在我这儿吆五喝六，你信不信我爹一句话就罢了你爹的官！"

清菡是个火爆脾气，哪里听得了这样的话，撸胳膊挽袖子冲上去就要和她打架，被云瞬一把拉住，云瞬朝她摇了摇头，她虽然也很讨厌这个说话蛮横又刻薄的少女，可是她不想清菡因为自己的缘故而得罪别人，尤其是听这个蛮横女话中的意思，好像她爹的官职比清菡的爹要高出很多，如果得罪了她，恐怕清菡的爹真的会被牵连，那她的良心怎么能过得去呢？

清菡眼睛都瞪圆了，一把甩开云瞬的手："别拉着我！云瞬姐姐，这种人就该好好教训教训她！不然她总学不会说人话！"

从殿内退出来的女眷们陆续围拢了过来，朝着这圈子里的四个女子指指点点。

"什么事要在两仪殿门口喧闹？惊扰了皇后娘娘的銮驾成何体统？"

"对，散了散了！都散了！"

第一道声音清朗又带着不容忽视的威仪。那些贵族家的郡主似乎都不被他放在眼里。第二个人挤进人群之中将还在愤愤的清菡拉住："行了，不想闹出麻烦来就拉倒。"

有人能制止住清菡，云瞬便松开了手，才觉得自己手指上一阵钻心地疼痛，原来是玉葱似的手指甲生生折了一半扎进肉里，正血流不止。

"怎么？伤着了？"简单的五个字飘进云瞬的耳朵里，云瞬慌忙将手放到身后，摇了摇头，她不用看就知道说话的人是那个有白头发的冷王爷舒豫，也只有他才能震慑住那些七嘴八舌的女眷。

可她却不想承他的人情，没来由的，她对这个人心存抗拒。

"多谢王爷为云瞬解围。"她规规矩矩地在他面前敛衽为礼，却始终没有抬头看过他一眼。

舒豫冰冷的脸上似乎浮出一丝笑来，抬手吩咐自己家的马车过来："送云瞬小姐回府。"

云瞬一慌，连忙推辞："不必劳烦王爷，我自己有马车。"舒豫好像没听见一样，直接为她挑起车帘，那副架势就是这车你坐也得坐，不坐也得坐，可他偏偏还带着一股冷沉如冰般的神色，让人猜测不透他到底在想什么。

盛骏也拉着清菡走了，很快，两仪殿外恢复了平静。

紫衫少女看着舒豫亲自为云瞬挑车帘，恨恨地咬牙切齿。身旁的姑娘不解地问道："丽姝姐姐，你怎么这么讨厌这个李云瞬？"

第三章　夙世情根

叫作丽姝的少女眼神如刀，狠狠地剜了一眼那辆驶离的马车："凭什么，她就能抽到那支签子，她哪里好？"

槿华拉着她往远离两仪殿的方向走，丽姝的爹是管着盐道的高官自然是有恃无恐，可她不行，她可不想惹祸上身。边走着边问："什么签子？怎么以前从没听姐姐提起来过？"

"十年以前的一次相国寺祈福，几位老王爷一时心血来潮要互结儿女亲家，便让我们一起到佛堂里求签。当时的舒豫王爷也不过十一二岁，他还那么小的年纪就是那么与众不同，那双眼睛看别人一眼，简直就能要了别人的命。你不知道，槿华，那个时候几乎所有和他同岁的郡主都围着他，缠着他，想要和他一起玩耍，可是……他是那么高傲，谁他都不放在眼里。尽管他对每一个人都很客气，但是我知道，他那双眼睛里根本没看进去任何一个人。"

丽姝深深地吸了口气，似她已经完全陷入到对过往的回忆当中去了："可是，一直到她出现，一切就都不一样了！"丽姝的语气忽然恶毒了起来，眼睛里也闪着恶狠狠的光，"那一年到相国寺祈福，康平王李图带着他的长女也一起来了，她才不过五六岁的样子，也没什么地方特殊，我承认她是长得很好看，但是其他的郡主哪个不美丽？可舒豫他……他偏偏就喜欢和她玩儿，她不爱笑，舒豫就摘来狗尾草逗她笑。这些年我一想起来当时舒豫那么高傲的孩子也会在她面前讨喜的神色，我这心里就恨得要命！"

一直倾听的槿华点了点头，但她的嘴角却闪过一丝不屑的笑意，什么恨得要命，分明就是妒忌人家妒忌得要命。

"再后来，老王爷们让孩子们抽签，自然求的是姻缘，所有的郡主都盼着能和舒豫抽到鸳鸯签，可老天爷实在不开眼，就让那个小妮子抽到那支鸳鸯签了！在相国寺祈福整整三天，舒豫就一门心思都在她身上，你说，这气

25

人不气人？"丽姝说得自己越是来气，对着空气踢了几脚。

她不明白为什么一同在相国寺里求签，只有她一个人抽到了那支和他最匹配的鸳鸯签？为什么在她离开了十年之后，几乎整个人都被这座长安城遗忘的时候，她又重新回来，并且轻而易举地让舒豫再次对她如此看重？为什么十年那么漫长的光阴，没能将这一切发生改变？

槿华细细听完她的讲述，沉默了一会儿道："那丽姝姐姐，你的心意舒豫王爷他知道吗？"

丽姝一愣，摇了摇头："我从未对他说起过。"这种事，要她先开口吗？

槿华眼珠一转，拉着她的手说："我若是姐姐，就大着胆子去，当面锣对面鼓地对舒豫王爷说明白，你仰慕他，也好歹让他知道啊。从前那些围着他转的郡主也没谁能像姐姐你一样长情吧？妹妹还听说舒豫王爷小时候身体比较弱，姐姐听说之后遍请名医为师，向他们学习岐黄之术，医病药理，只为了以后能亲手照顾他，光是这份心意说不准就能感动了舒豫王爷呢。"

丽姝想了想，觉得她这话说得在理，或许，舒豫会看在她的一往情深上开始接纳她呢？她犹豫地说："那你的意思是让我……去向他表白？"

"对，姐姐，你看择日不如撞日，我瞧着盛骏小王爷他是和清菡郡主一起走的，那个李云瞬又坐了舒豫王爷的马车，他呀这时候肯定是一个人慢慢走着呢，你不如追上去，对他说个清楚啊。"槿华柔声劝说着。

丽姝咬了咬唇，暗暗下了个决心，转头对她说："今天不行，我今天羞辱李云瞬被舒豫看到，他心里肯定有气。我这时候去没什么胜算，等到时机到了，我就按照你说的办法去试一试。"槿华鼓励她似的点了点头，同时又担忧地问："只是那个李云瞬她回来了，姐姐你不是又多了一个情敌吗？"

"就凭她？还是一个戴罪之身的罪犯，凭我爹的本事还能整不垮她那个只会听老婆话的糊涂爹？哼，槿华你看着，我很快就能让她知道和我为仇作对的下场！"丽姝姣好的脸上闪现过一丝阴狠的神情，连她身边的槿华看了都觉得心头一凉。

在乌里雅苏台的时候，总也穿不上这样单薄的衣服，这会儿穿得多了，云瞬反而觉得有些不习惯，而且今天还为了那么一个耍横的少女，把母亲留给自己的衣裳撕坏了，云瞬来回抚弄着折叠得平平整整的素色法服心里就觉得一阵心疼。

"云瞬，你在里面吗？"屋外，是王妃的声音，她不敢耽搁，放下衣裳就跑了出来："二娘，您有什么吩咐？"

王妃杨氏拧着眉看了看一身妥帖的云瞬，不明就里地接过丫鬟递上来的一个包裹："这是舒豫王爷刚刚派人送过来的，说是给你的。"

云瞬神色平静地走过去接了过来："劳烦二娘您亲自送过来，您下次让丫鬟吩咐一声，我自己过去就好了。"

王妃柔和地笑了笑，拍了拍她的手背："你这孩子懂事得让人心疼，以后你缺什么少什么就对丫鬟婆子们说，谁伺候得不好了，也要告诉我，我给你做主。过去就算犯了错事也都是过去了，别在意什么身份不身份的，那些都是给外人看的，咱们自家人，不计较这个。"她说得温柔又贴心，脸上的笑容也那么亲热，但她说出来的话，却如同一把把飞刀一样扎进云瞬的心头，她是在提醒自己，别忘了自己有一个被发配边关的娘，而她自己也还是戴罪之身。

"也别怨你爹责罚你，那位丽姝郡主十分尊贵，她爹谢彦是皇上最得力的大臣，连你爹都要让他几分。"

云瞬低着头浅浅一笑："二娘说得是，云瞬记下了。"她自己都佩服自己，那个在乌里雅苏台的冰天雪地里能驯服最烈的马的她怎么现在变成了一团好揉捏的棉花，别人怎么说，她都不生气也不想反驳，因为云瞬知道无谓的反抗只能给自己带来麻烦。

想要摆脱这种寄人篱下、遭人鄙视的日子，就要自己变得很强，站得很高，高到能够将那些瞧不起她的人统统踩在脚下为止！

分手时走得匆忙的清菡似乎是被自己的父亲禁了足，而她也被康平王李图教训了一顿，若非是王妃从旁解劝，李图肯定要家法伺候了。不过幸好，她只是被罚在祖宗祠庙里跪上一夜，好好反省。

夜色冷如冰水，她跪在供奉着祖宗灵位的祠庙里，桌上两盏长明灯突突地冒着火光，时不时地爆出一个火花来。深更半夜，这样的一座祠堂让她感到畏惧和害怕，灵牌上的那些先祖的名字被白粉描画着，借着烛火的灯光看起来是那么森然可怖。

云瞬不自觉地摸向自己的腰间，手指来回抚摸着光滑的陶埙，她的脑子里忽然浮现出一个纯净如水的少年，安静地站在树影之下，横着一支玉笛，悠扬的笛声轻而易举地化解了自己心头那团纠缠的愤怒和怨恨。

他说在相国寺里见过自己，他应该就是和自己一起抽到过鸳鸯签的那位天作之合的贵家公子吧？那样的一个如水的少年……云瞬想着想着心里的一角开始有些发暖，她抬头看着空中圆月，心里暗暗思量，明月当空的夜晚，他又在做着什么？会不会像自己一样，在思念着对方？

"唉，你看我这头发是不是乱了？"丽姝一边走着一边还不放心地问槿华，槿华好脾气地对她说："姐姐你这问题都问了我一百八十遍了，你今天特别好看，真的，肯定能让舒豫王爷一下就迷上你。"又走了几步，槿华一推她，"舒豫王爷的轿子过来了，快去吧。"

果然，这条路是舒豫上朝的必经之路，而且这条路上极为冷清，除了大臣们这么早会来上朝，其他人也没这份闲心早早地跑到兴安门街上来遛弯。

今天的丽姝特意换了一身水灵灵的碧蓝色的法服，也不管天气是不是合适，就把大半个胸脯露在外面，脸上擦着迎蝶粉，额间贴了一朵纯金的花钿。提着裙摆走到那乘轿子跟前，轿夫认得丽姝，见她拦轿，都不约而同露出笑来，对着身后的轿帘里说了几句。

"舒豫，我知道你在里面，我有几句话，想和你说。"也不知道是因为激动还是因为寒冷，丽姝在风中有些瑟瑟发抖。

轿子落地，舒豫皱了下眉，还是从里面钻了出来走到她跟前几步远，停下："什么事？"

其实这么多年过去，她对舒豫是什么意思，舒豫还能一点都没感觉吗？可他偏要她自己亲口说出来，真是羞死人了，丽姝娇羞地想着，咬了咬唇，终于鼓足了勇气对他开口："我……我再过几天就十八岁了，我想，让我爹去你府上提亲，不知你……愿不愿意答应娶我？"

"云瞬姐姐，你听说了没有，昨儿个丽姝向舒豫王爷示好，被人家拒绝了呢。"快人快语的清菡人还没进屋，便扯着嗓门先咋呼开了。云瞬正看着一只打开着的箱笼出神，回头一看是她，莞尔一笑："瞧把你高兴的，来，进屋里坐。"

清菡一手托着下巴绕着云瞬跟前的箱笼转了两圈："啊？难不成他们说的都是真的呀？"

"什么是真的？"云瞬抬头看着她。清菡挨着她坐下："姐姐你还不知道呢？现在外头的人都说舒豫王爷拒绝了丽姝是因为王爷已经有了心上人，而且，王爷还差人送过那个心上人一套衣裙呢。"来之前她还不相信一向冷静持重的舒豫会做出这样的事情来，可现在那箱笼里的华美衣裙就端端正正地摆在她的眼前，也由不得她不相信了。

云瞬愣了一下，将那套裙子取了出来放在桌上看了好大一会儿，叹了口气："事情是不是像外界传的那样我不知道，我只知道最近这些天，我过得很太平，他们没有再来找我的麻烦。"

清菡眼前一亮，拍了下手道："哎呀姐姐，这意思可不就明摆着了嘛，一定是舒豫王爷和你爹说了什么，再加上他送你的这套衣裳，舒豫王爷到底是什么意思，这明眼人一看就明白了呀。"

对于清菡慷慨激昂地解释，云瞬还是有些不能相信，抿着唇思量了半天也没得出个结果，索性将衣裙重新放回到箱笼里头锁好，彻底来个眼不见心不乱。

"姐姐你不喜欢舒豫王爷？"清菡凑过来探头探脑地问道。

云瞬摇了摇头："我才见过他一次而已，哪里就有喜欢不喜欢之说？"

"完蛋。"清菡以手加额叹了口气，伸出三个手指头在她面前晃了晃，"李云彻诬陷你偷灯的时候他站出来帮你说话是一次，在两仪殿外他帮咱们解围又是一次，算上舒豫王爷说之前在上元佳节那天他见过你，这前前后后最少也得有三次了吧？你居然说一次。唉，可见你是真没对这位王爷留心哪。"

云瞬一愣，清菡说得头头是道，自己似乎真的已经和他见过数次，她出神地想着的时候，身旁的清菡情绪忽然低落了下去，叹了口气，萎顿地喝了一口面前的凉茶。

"怎么唉声叹气的，刚才还不是很高兴么？"

清菡趴在桌子上满面愁容："姐姐我说了你可别笑话我。"

云瞬笑了下："不笑话你，说吧。"

"其实这几天，我爹一直跟我说要给我找个夫家，早早把我嫁出去，不然他会被我气死的。"

云瞬听完一笑，安慰她说："你爹那是被你气急了说的气话，你还往心里去？"她察言观色看清菡真是一脸愁容不似平常，心里转了一圈心思，试探性地问道："怎么？难不成你已经有了心上人，你是怕你爹给你来个乱点鸳鸯谱？"

"其实……他算不算是我心上人我还不知道，可是我，我就是觉得这个人很对我的脾气，如果我一时见不到他，脑子里就总会想起这个人来。姐姐，你有没有过这样的时候？"

云瞬心里一动，一时见不到，脑子里就会想起这个人来吗？她想了一想

29

说道："我也不知道找到心上人到底是怎么样的，这样好了，等过上三个月你再来我这里，假如你那个时候脑子里还总是想起那个人来的话就……"

"就怎样？"清菡蓦地睁大眼睛盯着云瞬问。

"就表示我该想想要怎么想办法让你爹把你嫁给那个一直念念不忘的小子。"云瞬假装叹了口气说道。清菡一听顿时喜笑颜开又拉着云瞬说了一会儿话，两个人才不舍地分别。

送走了清菡，云瞬的脑子里一直回想着刚才清菡问自己的那个问题，她刚刚对清菡撒了谎，她的确有一个经常出现在脑海当中的景物，可是它不是一个人的影子，而是一对清纯如水的眸子以及一支通体碧玉的玉笛。

这样……算不算对他的思念？

云瞬被自己的这个想法吓了一跳，手指抚摸着自己腰上的陶埙，片刻后出了府门。

此时外面的天色已经暗沉下来，云瞬一路走一路心里头闹哄哄的，房间里似乎到处回荡着清菡刚刚说过的话，让她有些窒息。她只想出来走一走透透气，却不想这一路走着走着，便到了护城河边的松林当中，怎么就走到这里来了？

她笑了下，自己到底在想些什么呀，这个时候这里怎么可能会有她想见的人呢？她转过身刚刚要离开的时候，便听见从松林当中传出来的悠扬笛声，她不由脚步一滞。

会是他吗？转念一想，怎么可能，现在天色已晚而且自己也是临时起意才来到的这儿，那个少年他怎么会……她心里想着，然而脚却好像长了眼睛一样带着她走进了松林当中。

"啊。"云瞬往前头看了一眼，顿时倒吸了一口凉气，傻站在原地。

真的是他！

沐浴在松林竹影之中的苏墨远一身青色的衣袍，他站在那儿口横玉笛，仿佛已经和身后的松林竹海融为一体。

"是在下惊吓到小姐了吗？抱歉。"苏墨远也看见了她，放下了手里的玉笛站在原地一脸歉然。

那样一对反复出现在她脑海当中的清亮眼眸直直地盯着自己，云瞬脸上有些发热，慌忙低下头不敢再看他，低声说道："苏公子怎会在此？"难道是在等她？

等了半晌也没听见他的回话，云瞬在心里暗骂了自己一句，自己是一个怎样的身份难道还需要别人再来告诉一遍吗？像她一个戴罪之身的人，原也不该奢望其他，尤其是那样一个清澈如水的眼神的注目。

忍着心里的难过，云瞬十分尴尬地匆匆行了个礼，她再也不敢和他直视，生怕自己眼眶里的眼泪会当着他的面掉下来。

"是云瞬打扰了公子雅兴，告辞。"她转身欲走。

苏墨远紧追两步在她背后急急说道："自那日与小姐笛埙相和之后，在下便日日到此，期待能与小姐再见一面。"他说话的时候显然十分紧张，连声音都有些发抖，但是每一个字云瞬都听见了，而且还听得清清楚楚。

心中陡然一阵暖热，原来他的心里竟也是这样想的。这种忽然而至的真心和巧合让云瞬有些手足无措，她背对着苏墨远站着，原本忍在眼眶里的泪水不受控制似的顺着脸颊流了下来。

她没有看错，有这样一对清澄眸子的少年怎么会和那些人一样呢？

背后有他走近的脚步声，苏墨远亦有些紧张，白皙的脸上有着青涩的红晕，将玉笛重新横在唇边，笛声一改方才的缠绵低吟变作万种柔肠。

这个有着如水般清澈润泽眸光的少年于这样朦胧的夜色之下在她的身后，轻柔地吹奏着这首曲子，好似在用音律对她舒缓地诵念着：

　　有一美人兮，见之不忘，一日不见兮，思之如狂。
　　凤飞翱翔兮，四海求凰。无奈佳人兮，不在东墙。
　　将琴代语兮，聊写衷肠。何日见许兮，慰我彷徨。
　　愿言配德兮，携手相将。不得于飞兮，使我沦亡。

他轻声吹奏的是一曲《凤求凰》。

曲子反复吹了三遍也没有停下来的意思，云瞬觉得自己的一颗心都要满满地被幸福溢出来了，揩掉面颊上的泪珠，缓缓解下腰上的陶埙来与他相和。

这是他们第二次的笛埙相和了，与前一次偶遇知音的兴奋不同，这一次的《凤求凰》倾诉的是二人彼此的思慕和愿结永好之意。

如此的直接且大胆，风流且风雅的示好之举。

埙声徘徊了良久方才落下。云瞬没有回头，捏着自己的陶埙快步离去，却在走出去十几步的时候忍不住回头看了看那个少年，苏墨远也正在望着她，见她回头，顿时露出一个笑容来。

云瞬看了他一会儿垂下眼帘，低声说："每个月十五，我都会到这里来吹埙。"说完也不管苏墨远是不是听到，转身就跑开了。

"好，在下每月十五，在此恭候小姐芳驾。"背后是苏墨远带着期许的回答。

这大概是她这辈子做的最大胆的一件事了。

一口气跑回家之后云瞬紧紧地靠在门上，她的一颗心里好像被人塞进了一只活蹦乱跳的兔子，让她心神不宁。她抚摸着手中逐渐沾染上她体温的陶埙，心里有说不出的甜美。

原来这个京城，有人愿意用一支玉笛来温暖她渐已冰冷的心。

自从被舒豫王爷无情地拒绝之后，这个众人眼中倒霉到家的丽姝郡主整整病了三个月才能起身。这三个月里头亏得槿华经常到她府上去照料她，陪她说话，不然这一场来势凶猛的相思病恐怕就能要了她的命去。经过这一场大病之后，丽姝对待槿华更是推心置腹，将她彻底当作是自己人来看待，有的话，能说不能说的，也都愿意与她分享。

等到丽姝的身子完全好起来的时候，正好是七月初七，王皇后要在御花园内摆宴和命妇郡主们共度七夕佳节。

旨意下达到府上，丽姝看也不看，赌气地将自己关进房间里推辞不肯出去接旨。在房间里她听见槿华对外头的内侍太监客客气气地说："郡主虽然大病初愈，身子骨弱得很，可她前两日还念叨着十分思念皇后娘娘，一定要快些好起来去给她老人家请安呢。"

"郡主真是有心，奴才一定将郡主的心意转给皇后娘娘。"内侍操着尖细的嗓门说。

丽姝跳下床来在门缝那里往外看，正瞧见槿华塞了一锭银子给那个传话的太监。太监喜笑颜开地轻声在她耳边说道："转告郡主一声，这一次的七夕宴席皇后娘娘不光邀请了命妇郡主，还有朝中不少的年轻才俊。"

槿华脸上一喜："多谢公公。"

"哟，你怎么下床了？"槿华一开门就看到光着脚站在地上的丽姝，"这病才好，怎么也不穿鞋子？"

丽姝看了她一眼，走回床边一坐："七夕宴会要去你去，我可不去，我去做什么？让她们嘲笑我吗？"

槿华不赞同地皱了皱眉头，挨着她坐下："姐姐你可不能犯傻，我刚刚听小太监说了，这回皇后娘娘还准许朝中的有为青年一起赴宴，这么一来，你才能有机会呀。"

"我还能有什么机会？"丽姝垂头丧气地把被子盖在自己身上，长叹一口气，"我爹都嫌弃我给他丢了老脸，不愿再见我了，我还有什么资本去赴宴？"

"话可不能这么说呀姐姐，你想想看，在皇后娘娘召见的才俊当中肯定会有舒豫王爷。"

"就是有他我才不去，我……"丽姝赌气地用被子裹住了自己的脑袋，"你别说了，我不想听见他的名字。"

槿华在一旁柔声劝说道："姐姐你要不让舒豫王爷见见你的话，他又怎么知道姐姐你为了他已经病成了这副样子？他又怎么能看得到姐姐你对他的一片痴心呢？"

"你是说，他会改变主意？"丽姝从被子里露出一个脑袋来看着槿华，眼神中有些许的期待，然而一想到那个人虽笑却冷的面容，又泄了气地说，"可他这个人是石头做的心肠，我见了他又能对他说什么呢？万一他当着那么多人让我和那天一样丢脸的话，我还怎么活在世上？"

槿华轻声一笑，推了她一把："姐姐真可不懂了，这男人呀最不吃的就是女孩子追着赶着他们了，姐姐从前吃亏就在这上面。你这一次再见到舒豫王爷的时候，别那么两眼放光地盯着他看，要从容冷淡一些。姐姐这几个月大病一场体态清减了不少，光是这张憔悴的小脸儿，他见了就必然心生怜惜。"

一番话说得丽姝又活动了心思，垂头想了半晌恍然大悟地说道："你说得很有道理，我就试上一试你的方法。"

槿华的脸上终于露出一丝欣慰的笑意，如果她一直都不肯点头的话，她是没有资格进入宴席的，更加没可能会见到他了……在当朝的青年才俊当中，苏员外郎家的大公子绝对是数得上的。

七夕节又叫作乞巧节，这一天大姑娘小媳妇都要准备了红线和细细的绣花针，到了晚上好向织女讨个巧。白天的时候大街上也是人流如织，那热闹的程度简直就像是过年时候的庙会。

云瞬和清菡也在人群之中慢慢走着，大街上人头攒动叫买叫卖，本来在思量着心事的云瞬也被这热闹的气氛感染，由着清菡拽着自己东逛西逛。

这里是她出生的地方，也是她没来得及好好看过的地方，她的名字叫作长安。

长安长安，母亲说，长安的意思就是能找到一个人和你一世长安。

可这座繁华又浮华的长安城里真的会有一个能和她一世长安的良人吗？

有的。云瞬下意识地摸了摸腰间的陶埙，露出温暖的笑意。

"哎，姐姐，你看那边的瑞福绸缎庄，那是咱们京城里头最好的绸缎庄了，我瞧着你夏天的衣裳也就这么几件，走，咱们过去挑挑成衣怎么样？"

云瞬本没有什么心思在这上面，看清菡这么兴高采烈的也不好拂了她的面子，被她拖着到了街口对面的瑞福绸缎庄门口，掌柜似乎和清菡很是熟络，见她进来，热情地过来和她打招呼。见到云瞬的时候，眼光在她的身上转了一转，也客气地笑着问好。

"这是我姐姐，从外面刚回京城，掌柜，你把咱们长安城大家闺秀眼下最时兴的衣裙都拿出来给我姐姐选一选。"清菡一边说着一边打量着店铺里头新挂出来的成衣。

云瞬稍稍皱了下眉正要拒绝，就被热情张罗的清菡瞪了一眼："你都回来了这么久，连舒豫王爷都送过你东西了，我还什么都没送过呢，这不公平。"

掌柜正吩咐伙计捧着裙子出来，听见清菡的话不由得多看了云瞬两眼。清菡跳到伙计的身旁将裙子逐一抖开给云瞬瞧："我看这两件就不错，水红的颜色和你多配啊。"

云瞬摇了摇头，这样喜色的衣服她没穿过，也不喜欢，总觉得这种扎眼的颜色只有像清菡这样的洒脱姑娘穿起来才漂亮。掌柜也不赞同清菡的意见，拿起一件月白色的长裙走过来："这位小姐肤色胜雪，穿这样的衣裳也驾驭得住。"清菡拿过来在云瞬身上比了两下，撺掇着她到后头去换上瞧瞧，云瞬被闹得没办法，只好到后头去换衣服。

店铺里的人络绎不绝，掌柜和清菡聊了两句话，就忙着去招呼其他客人，清菡闲得无聊，摆弄了一会儿衣服就到店铺门口靠着门站着，瞧着街上过往的行人，忽而眼前一亮，伸出手去摆了摆："哎！你不是那个……那个苏公子吗？"

经过店铺的苏墨远听见有人叫自己也是一愣，一抬头看见一个活泼的红衣少女正朝自己招手，也点头回礼："清菡郡主。"

"嘘。哪儿有什么郡主呀，咱们长安城里的像这样的小郡主比地上的蚂蚁还多哪。"因为之前苏墨远曾经替云瞬说话，故而清菡对这个青年很有好感。苏墨远对着这个快人快语的姑娘笑了下，目光朝她的身后张望着，似乎在寻找什么。

清菡瞧着他一下就明白过来，恍然大悟地拖长了音发出一个"哦"字来："苏公子你是找我姐姐吗？她进去换衣裳了，一会儿出来。"

苏墨远白皙的脸上顿时红了一片，飞快地朝更衣的后间方向扫了一眼，匆匆告辞就要走，被清菡一把拉住："哎，你别走哇，你看！姐姐出来了。"

"清菡，你在同谁说话？"低着头将腰上的带子系好的云瞬一抬头，正看见苏墨远一脸惊艳地瞧着自己，先是一惊随后就有些不好意思地低下了头。

清菡歪着脑袋瞧了他们俩一阵儿，心里顿时将刚才那个想法做个十足十："我刚刚闲得无聊，正好看见苏公子路过此处，姐姐你们还真是有缘分啊，这么大的街，这么多的人，偏偏你们两位就遇见了。"

是，就偏偏遇见了。在相国寺时偏偏遇见，在林中偏偏遇见，她第一次觉得这样的"偏偏"其实很让人温暖。

清菡这么一说，闹得这两个人就更是有些抹不开脸面，各自避开了眼光不敢再看对方。

"这衣裳姑娘穿着真是合衬，虽是成衣却好像是特意给姑娘量体裁的似的正正好好。"掌柜适时出来，正好解了这两个人的尴尬之围。

清菡一挑眉，坏心地瞧了一眼想看云瞬又不好意思的苏墨远，故意问道："是吗？我怎么觉着就没你说得那么好看，苏公子你说呢？我姐姐穿这个好看吗？"

苏墨远一愣随口就答："云瞬姑娘倾城之姿，穿什么都是好看。"

"哈。"清菡的小心机终于达到，看着一向冷静沉稳的云瞬也有这么脸颊红透的时候，她就忍不住跟着恶作剧似的开心了起来，随手掏出一块银子丢给掌柜，"苏公子说好，那就是好，多谢你了掌柜的。"

掌柜接着银子谢过他们，打量了一番云瞬："姑娘要还有心情逛街的话不妨到前头的首饰店里去看看，我瞧着姑娘这腰上还差点坠子陪衬。"

今天已经让清菡破费了一次，云瞬说什么也不再去逛首饰店了，回来的路上因为多了一个苏墨远而让回程添了几分尴尬和暧昧的气息。

苏墨远同清菡将云瞬送到府门前，巧眉已经在门口等到急得不行，见到云瞬回来快步走上来："大小姐您可回来了，二夫人都找了您半天了。"云瞬一愣，她找自己？做什么？还未来得及问，清菡便走上来："要不我和你一起进去吧，省得一会儿又有什么乱七八糟的事儿。"

云瞬摇了摇头，低声对着清菡说道："把人家一个人放在那边多不好，我没事的，不要担心。"她站在台阶上回头看了一眼苏墨远，朝他点了点头转身随巧眉进了大门。

清菡一步三回头地走下台阶，一边问苏墨远："你说一会儿云瞬姐姐她二娘不能刁难她吧？"

苏墨远没有回答，过年时候的那一幕盗灯风波还让他历历在目，云瞬在府里过得不好，因着她的尴尬地位和戴罪之身，都让她活得格外的寄人篱下。

"清菡郡主。"

35

"哎哟，都说了，别叫我什么郡主啦，叫我清菡就行。我也不叫你苏公子，叫你苏大哥，你看怎样？"清菡说着说着笑了起来，一拍手，"对，以后说不定咱们还能更亲一步呢。"

苏墨远一路上已经被这个大胆又热情的姑娘磨出了厚颜，她现在这么说，他虽然不脸红了，但还是忍不住小小地动了下心。

更亲一步……

"你刚才叫我什么事来着？你还没说。"清菡纳闷地看着这个忽然又沉默了起来的人问道。

"是这个，麻烦你转交给云瞬……小姐。"他说这话的时候，声音都跟着抖了下。他摊开手，里面是一条编织得十分精致的绦穗，虽然精致却好像用过很多年头一般，绳子的结扣处有些磨损的痕迹，是他多年来一直挂在自己玉笛上的绦穗。

"这是？"清菡将绦穗提了起来看了半天，恍然大悟道，"这就是同心结吧？苏大哥你这个礼物送得好，我姐姐冰雪聪明，肯定一看就能明白你的心意。"

苏墨远不好意思地笑着点了点头，她何尝知道，他和李云瞬之间早就有过每月十五笛埙相和、以曲缠绵的约定了，如今他赠给她这个绦穗的意思只是让她更加明白自己的心意罢了。

"我瞧姐姐对你也有心，苏大哥你可要对她好，不能欺负她呀，不然我肯定替姐姐揍你。"清菡说得半真半假，苏墨远连连拱手："女侠教训得是。"两个人一边说着一边往前走，苏墨远又一次回头看了看这座古朴却不失威仪的李府，从来没想过自己会有一天这么不愿离开一个地方，只是因为这个地方有她的影子。

巧眉领着云瞬回房的时候，正对上来给她送衣服的二夫人和她的丫头春枝，二夫人上上下下地打量了云瞬好大一会儿的工夫，才和蔼地笑道："真是人靠衣裳马靠鞍，这么一穿，咱们云瞬就显得更精神了。手里的零钱够不够花，不够就去账房支去。"

云瞬怕她误会，解释道："衣裳是清菡送给我的礼物，爹给的月钱够花了，多谢二娘。"

二夫人杨氏拉着她的手转了一圈，点头赞许："不错，清菡那孩子很有眼光，衣服挑得不错，就是身上少了点东西。春枝，去我房间里把那串玛瑙的腰串子拿过来。"

云瞬一惊："不敢劳烦二娘费心，我还有根腰带子正好配这个裙子。"

二夫人似笑非笑地看了她一眼："晚上是皇后娘娘亲自赐的宴席，你是咱们李家唯一的姑娘，自然不能穿得太寒酸了。清菡这条裙子好看是好看，总是和城里的其他大家闺秀们相比少了些贵气，也难怪，她一个舞刀弄棒的姑娘能懂这里头的学问么，你就听我的，系上那串子，也给咱们李府争一口气。"

见云瞬低头不语，她又笑着说："你这孩子什么都好，就是和我们太生分，你瞧瞧你弟弟，一个月上百两银子的开销都不够，还要找我来讨。"

云瞬心里冷笑，她能和李云彻一样吗？不是她要和他们生分，而是他们从没将她当自家人看待过。二夫人话中的意思，她都懂。

傍晚的时候，春枝给她送来华贵的锦盒。盒子里的腰串子是用上好的祖母绿的玛瑙打磨成叶片的形状点缀在银质的链子上的，看起来贵气逼人。巧眉小心翼翼地将串子给云瞬系在她的腰上，惊叹不已。

看着镜子里那个忽然之间就高贵了起来的自己，云瞬的唇边漾出一丝无奈。

即便是她不想要沾上她的半点恩惠，也还是不能吗？

这大明宫里的政治让她连最后维护自己尊严的权利都被剥夺！

对着镜子看了好大一会儿，那银链子上的祖母绿色玛瑙好像是一对对嘲弄自己没骨气的眼睛，看得云瞬心里一阵阵烦躁。不等巧眉过来帮忙，自己就解开了腰上的东西放回到盒子里，对着傻掉的巧眉说："我柜子里还有一根苍绿色的绸带，给我拿过来。"

巧眉还想说什么，一看云瞬脸色十分不好，也就没敢说出口，乖乖地拿过来她的带子替她系好，在腰上挽了一朵小花，长长的带子留出两根尾巴飘荡在她月白色的裙摆上。

对着镜子左右转了转，云瞬这才露出一个满意的笑容。

出门之后，李图和夫人以及李云彻已经在外头等她，李云彻看见她走出来的时候稍稍愣了一下，随即轻蔑地哼了一声，转身上马车的时候，嘟囔了一句："磨磨蹭蹭的，真麻烦。"

云瞬低着头捧着一只盒子走过去，装作没有听见，她自然也看见了二夫人在看见自己的时候眼中的神色。

她是怎么看自己的，云瞬一点都不在乎。

将盒子递给二夫人，并当着李图的面儿将盒盖打开，歉然道："多谢二娘的好意，可是这串子太长了，系在我身上不合适，二娘还是留着自己用吧。"

二夫人看着她莞尔一笑，李云瞬学聪明了，她已经懂得绝对不让这么昂贵的东西在自己的房间里多耽搁一刻的道理，还当着李图的面儿打开了盒子，真是想得周全。

李云彻在马车上又催促了一句，他们也上了马车，这是一家四口第一次集体出行，中间二夫人不时地和她说着几句话，李图多半是沉默，李云彻也沉默，云瞬疏离的口吻很快让二夫人的话题没了聊头。马车里很快恢复了沉静，带着这种沉闷的气息马车终于停在了宫门口。

云瞬在他们三个人的身后慢慢走着，瞧着李图和李云彻不住说话的背影，心里不由得生出一点悲凉。

人家三个人才是正正经经的一家三口，偏偏插进来一个她的时候，这美好的一个景象就给弄得不伦不类了，就好像是刚刚在马车上，如果没有她的话，这个三口之家一定会聊得开开心心的。

她叹了口气，收拾起自己的情绪随着他们走进了宫门。

他们来得并不早，两仪殿殿外的空地上已经站满了等候开宴的女眷们，李图带着李云彻去了另外一边，这头就只剩下她和二夫人杨氏。一些命妇和杨氏很熟，热情地过来同她说话，云瞬能够感觉到她们不时地落在自己身上又好奇又鄙夷的眼神。

院子里闹哄哄地让人头疼，云瞬信步走到院子外头，看宫墙上一处被人遗忘的角落里，一朵蔷薇颤巍巍地爬出了墙头，正在恣意怒放着。

"多美的花啊，可惜偏偏开在这一季，过不了多久就要败了。"身后有女子赞叹且惋惜的声音。云瞬看花看得入神，想也没想便脱口而出："无论开在哪一季最终都会凋作尘土。"

"何人在此，惊扰圣驾！"她的话刚刚说完，背后又传来严厉的斥责之声。云瞬慌忙转过身来，看见来人之后便慌忙跪倒："奴婢不知陛下圣驾在此，请陛下恕罪。"

高宗上下看了一番跪在地上不敢动弹的云瞬，和蔼得笑了起来："刚刚说话时候的冷睿都哪儿去了？这么快就吓得不敢动了？"

听不出这话里头到底是什么意思，云瞬把心一横，依旧跪在地上不敢抬头："陛下威仪万万，是以臣女仓皇无状，请陛下恕罪。"

"这么说还是朕的不是了，丫头，抬起头来。"

云瞬犹豫了下，缓缓地抬起头，眼睛盯在他身后的仪仗身上，不敢和陛下对视。高宗看了她一会儿，脸上浮出一丝笑意。然而他身边的女子眉头一皱，警惕地看了看已经垂下头去的云瞬。

"倒是不差。起来吧。"皇上丢下那么一句含义不明的话就带着那女子走了，一直到他们完全离开，云瞬才站了起来，拍了拍身上的尘土，抬眼一看，又是一怔，她居然没有察觉到眼前何时又多了一个人。

站在她面前的人，正是安庆王长孙舒豫。云瞬赶忙给他请安。

这个年轻的王爷时时刻刻脸上都挂着一层薄冰似的严霜，即便是在笑着，也会让人看着就觉得心里头发冷，他虽然在笑，但是他的眼睛里却是如同万年深井一般的深邃难测。他看了她一眼，边走边问："你知道刚刚那个女子是何人吗？"

云瞬摇了摇头，她这才是第二次来宫里，怎么会认识皇帝身边的人呢？不过看那个女子艳丽非常，穿着也富贵高华，应该是皇帝的某个妃子吧。

舒豫停下脚步侧目看她，她没有防备猝不及防撞上他，吓得倒退一步不敢再抬头看他。舒豫眉头一皱，很快又舒展开，轻声说："她就是萧淑妃。"

云瞬倒吸了一口凉气，有点惊讶，原来那个女人就是现在最受陛下宠爱的妃子，萧淑妃。那她方才和陛下……舒豫瞧着她脸上神色几变，心里却闪过一个瓷娃娃般的小姑娘天真且纯净的面孔。

这些年要经历怎样的磨难，才能将那样的一个小姑娘打磨成如今这般的谨慎和心思沉沉？

一时间，他忽然很想要看一看那种纯净的笑容再次出现在这张脸上的模样，哪怕只有一次，也好。

第四章　后宫之斗

云瞬静静地靠在椅子上坐着，尽管隔着衣服，仍然能清晰地感觉到椅背上头雕刻的花纹，微微有些硌人。天色有些擦黑，而王皇后还是没有让众女眷散去的意思，皇帝也半眯着眼睛，看起来像是染上了几分醉意。

"云瞬，到本宫身边来。"王皇后忽然开口，声音不大却让在场的女眷全都停下了说笑，转过头去看着云瞬。云瞬站起来走到王皇后身边给她见礼，王皇后拉起她的手示意她坐在自己身边，云瞬在椅子边上略沾了沾，没敢坐实。皇后亲切地挽着她的手对高宗说："陛下，这就是臣妾对您提起过的云瞬，是李图的长女。"

云瞬忙给高宗磕头，高宗看着她笑了下："朕还从来不知李图有个这样好的女儿。"

皇后脸上闪过一丝惊愕，随即一喜，看皇帝的样子似乎对这个小姑娘颇有几分兴致。

李图赶忙站起来谢过皇帝的夸赞，看着云瞬的时候也是十分意外，又带着些许的惊喜。毕竟凭着一个女儿而让全族鸡犬升天的先例在历朝历代都不算稀奇。

云瞬低垂着脸，不敢抬头，皇帝话中的含义比较起方才在宫墙外相遇的时候，说得更加明了，让人不由得去揣测圣言背后的含义。

而这个含义……是她现在不愿意要的。

若是在上元节之前的她大概会认为这是老天赐给她的一个为母亲翻案的绝佳机会，如果皇帝喜欢她，她想要什么都不是难事。然而……

云瞬心头一乱，眸光下意识地瞟了一眼坐在不起眼位置的少年，他也正在看着她，清澈如水的眼睛里流露出来的，是她从未见过的痛苦和绝望。

这样的眼神让她只看了一眼便再也没有勇气去看他。

皇后体察皇帝的心思，轻笑道："臣妾也十分喜欢这个孩子，不如让她留在宫里陪臣妾说说话。"

高宗点了点头："正好朕也……"他的话才刚刚出口就停了，有点后悔似的看了一眼坐在他右边面沉似水的萧淑妃，话锋一转就变了味道，"也有点倦了，剩下的事……皇后自己定夺，淑妃，扶朕回宫。"萧淑妃明艳的脸上溢出一丝笑意，她虽然在笑，但她看向云瞬的时候眼睛里闪烁的光却是寒气逼人。

不光是她，玉阶之下有人手中的酒杯一抖，酒水洒出了些许，有半头白发的年轻王爷抬起黑沉的眼睛看了一眼低头不语的云瞬，神情若有所思。

没有了皇帝的宴席似乎变得轻松了起来，惯于见风使舵的大臣已经嗅出了些许翻身的味道，纷纷来给李图敬酒。李图心里也是欢喜，贪饮了几杯，不大一会儿就被王妃杨氏和李云彻搀着走了，李云彻走到两仪殿门口的时候，回头朝里面望了一眼那个侧坐在皇后身边笑容得体的美丽女子，他似乎有些明白那天父亲对他说的话的深意了，或许日后李家的荣衰真的要指望在这个姐姐的身上。

"姐姐，你今天可是高兴了吧？"槿华扶着大病初愈的丽姝边走边说。看今天的阵仗，李云瞬多半是被皇帝看上了，这么一来，不就没有人同丽姝抢舒豫王爷了吗？不想丽姝并没有她想象得那么高兴，反而沉沉地叹了口气："事情要是能那么简单就好了。"

"姐姐这话是什么意思？槿华不懂。"

"你也许忘了从前得罪过萧淑妃的人都是什么下场了吗？"

听了丽姝的话，槿华的脸上显出惊恐的神色。她明白丽姝的意思，她们都在人前羞辱过的这个女人极有可能要步萧淑妃的后尘，比起和丽姝抢舒豫王爷，这才是最可怕的事情。

槿华有点诧异地看着这个忽然变得聪明起来的丽姝："那咱们该怎么办？"

"能怎么办？"丽姝苍白的脸上浮出一丝狠毒，"瞧你怕的，她现在不还不是第二个萧淑妃嘛。你当皇帝的女人是那么好做的？萧淑妃的手段还用你我操心不成？"

槿华赶忙捂住自己的嘴巴，朝四下里张望了一番："姐姐你的意思是，根本不用咱们对她怎么样，自然就会有人收拾她的是不是？"

丽姝没再说话，转头看了一眼闪烁着烛光的沁南小院，醉酒的舒豫此时正被皇帝留在了那里过夜。两人又往前走了两步，丽姝再一次回头看向那片照亮了他的烛火："没有了李云瞬,你和我,就都好过了。"

槿华心里一惊："姐姐你都知道了?"

"原先我也没想到你对苏墨远有情。"丽姝说着看了一眼紧张起来的槿华,嗤笑了声,"放心。你中意苏墨远这件事我肯定会替你一力促成,可你也一定看到了刚刚在宴席上,苏墨远一直盯着看的人可不是你。"

槿华侧开了头,难堪地搓着自己的衣角,语气也变得悲凉:"他的眼睛里没有我,我能有什么办法?"

"他眼睛里没有,你就想办法让他有。"

"可光有办法也不成,咱们没有时机呀。"

丽姝瞧了一眼天上的月亮:"下个月十五陛下要秋猎,难道就不是个时机吗?"

转天一早,云瞬便早早地起床梳洗整齐去给皇后请安。

王皇后居中而坐,和蔼可亲地看着云瞬给自己行礼,侍奉皇后多年的容安极有眼色地将云瞬扶了起来:"娘娘一早上就念叨您,这会儿好了,您来了,就有人陪娘娘说话了。"

云瞬谦恭地在容安搬来的椅子上坐下,随着她的话题说下去:"娘娘温婉随和,谁不想多和娘娘说话呢。"

王皇后唉了一声,扬了扬涂着豆蔻颜色的长指甲,容安便带着一众宫女退下。这时,王皇后才看着云瞬说道:"天下虽然大,可那是皇帝的,想和本宫说话的人是不少,可都藏着不知道多少个心思,谁能像你一样,带着一颗清清白白的心和本宫聊天呢?"

云瞬垂下眼帘,她的心是清清白白的吗?如果王皇后知道自己的真正心意,她还会不会像现在这样心平气和地和自己说话呢?

王皇后探手摸了摸她光滑如水的秀发,赞叹道:"多漂亮的人儿,本宫像你这样年轻的时候也没有你这般姿色。"

"娘娘母仪天下,凭的是仁心和贤德,皮囊之物娘娘也是不放在眼里的。"云瞬恪尽身份地笑着回答。

这番话王皇后听着十分受用,拉着她的手说:"照顾好一个国家要的是你说的仁心和贤德,可要一直拴住一个男人的心,靠的可不光是这些。"云瞬一滞,抿着唇不再说话。王皇后若有所思地看着她,"本宫需要一张美艳的脸,需要一个娇滴滴的人,重新替本宫将那个男人的心拴住,不让它飞得太远。云瞬啊,你可明白本宫的意思吗?"

42

云瞬抿紧嘴唇，低头不语。

"云瞬，再怎么说，你也是本宫的侄女，你该懂得一人得道鸡犬升天的道理。如今的王家人才凋敝，眼见的是萧家开始如日中天，姑姑我如果再这么忍气吞声下去，咱们一家人就根本没有翻盘的机会，就要任由他人将咱们踩在脚下。到那个时候，就算是本宫想在陛下面前进言求他为你母亲平冤昭雪，也是不能了。"

一句话戳在云瞬的心坎儿上，云瞬脸上的犹豫王皇后自然看得清楚，她有的是耐心让这个十六岁的少女听凭自己的吩咐，她也有这个信心让云瞬加入到她的阵营之中和那个恃宠而骄的萧淑妃好好地斗上一阵。

心头有千百种思绪一起翻涌起滔天的巨澜，云瞬的手心渐渐冰凉，心里的一个主意却渐渐浮出水面。

"哎，这位小公公，你有没有见到我姐姐呀？"清菡一早就进了宫，在云瞬的房间外头转了两圈也没找到云瞬，只好拉着守在宫门处的小太监打听情况。小太监似乎没见过这个看起来很焦急的少女，上下打量了一番清菡："恕奴才眼拙，您是哪位贵人？"

"什么贵人贱人的，我是文清菡，是中书舍人文良的女儿，我要找我姐姐。"小太监哦了一声，不怎么在意地咂吧了下嘴巴，还以为是撞见了一个大人物，没想到就是个小小的中书舍人的女儿，不耐烦地摆了摆手："没见过，没见过。"

"清菡？"

刚刚泄气的清菡一听这个声音顿时就来了精神，迎着她跑了几步："好姐姐，我可是找了你半天。"她回头朝着刚才那个小太监一瞪眼，"人就刚从里头出来，你还说没见过，这不就是我姐姐嘛。"

小太监倒吸了一口冷气，赶紧跪在地上："奴才瞎了狗眼，竟然不知道您是云瞬小姐的妹妹，奴才该死。"

清菡还要发难被云瞬拦住，哭笑不得地朝对地上的小太监说道："清菡是我妹妹，日后来往宫中还请公公多多方便。"她说完从袖子里拿出一块银子来塞给了他。小太监吓了一跳，正要推托的时候云瞬已经拉着清菡走了。

"你怎么这么早就进宫来？"云瞬似乎昨晚上没有睡好，脸色有些不佳。

清菡瞧了她半天，叹了口气："姐姐，你和皇上是怎么回事啊？昨天这事儿都传开了，说你和陛下……"

"嘘，这里不是说话的地方，等回了我那里咱们再说。"云瞬现在不怎么想听别人对她的评价，她刚刚做了一个自己都觉得大胆的决定，心里头乱得很。

迎面走来两个瘦高挺拔的男子，一个老成持重，不怒自威，一个飞扬洒脱，器宇轩昂。清菡眼尖一眼就认出来："得，还真是冤家路窄。"云瞬也随着她的目光看过去，一见也是一时无语，对面的人已经走到跟前，她先敛衽为礼，伏了伏身子："给舒豫王爷、盛骏王爷请安。"

今天的盛骏好像是吃了火药似的，冷眼看了看伏下身子的云瞬。"还以为是从乌里雅苏台回来的冰清玉洁的雪鹞子，没承想也是个贪图富贵权势的势利鬼。"

云瞬眉头一皱，盛骏和清菡一样，都是快人快语的脾气，他能这样当着自己的面儿说出这种话，想必外头也一定风言风语地闹得尽人皆知了。她不想辩解，直起身子拉了一下清菡就要离开。

"喂，你这人说话怎么那么不讲道理呢？冷嘲热讽地说些什么乱七八糟的！你哪只眼睛看见我姐姐贪图荣华富贵了？"她想走，可清菡却不干了，一抖袖子挣脱开云瞬拉着她的手和盛骏理论。

盛骏也不甘示弱，反击道："我两只眼睛都看见了，昨天谁不知道皇后将她留在宫里，留在宫里干嘛还用我多说吗？"

"你！"清菡怒气冲冲地双手叉腰，"不许你这么诋毁我姐姐。"

"你还真是护着她呀，也对，日后人家就是妃子就是娘娘了，你当然要护着她，日后也好沾些荣宠。"

"啪。"

云瞬惊呆地看着清菡高高举起又落下的手，这……

盛骏小王爷几时吃过这样的亏？一时被清菡掌掴竟然没有反应过来，一手捂着脸看着气得脸都红了的清菡说不出话来。

云瞬暗叫不好，清菡呀清菡，她之前刚刚得罪了那个丽姝郡主就已经是惹上了麻烦，没想到她居然这么鲁莽冲动地又打了盛骏小王爷，这下事情可闹大了。

"你敢打我！"盛骏额头上的青筋都跳了起来，好半天才从这巨大的震惊之中缓过神儿来。对着盛骏如此怒气冲冲地喝问，清菡一副天不怕地不怕地抬起脸来："就打你这个捕风捉影的是非鬼，让你诋毁我姐姐。"

"清菡年幼不懂事，盛骏王爷不要同她计较，请你大人不记小人过。"云瞬将清菡扯到自己身后，自己朝着盛骏赔礼认错。舒豫沉着脸阻止了盛骏："云瞬小姐进宫面圣是喜庆事，是盛骏言语不周。"

"王爷没有别的吩咐，云瞬就告退了。"

对这样一个高高在上的王爷会说出这样认错的话，云瞬有些惊讶，但她现在也不想去琢磨舒豫为什么要对自己说面圣是喜庆事这样的话，她现在只想拉着清菡赶快走，宫中人多眼杂，现在时候还早，一会儿过路的人多了，她就更说不清了。

舒豫看着她微微点了下头，云瞬立刻拉着清菡匆匆离去，清菡丝毫没有紧张感，边走还边不愤："他就是没人教训才会这样专横跋扈，姐姐你也是，你怎么就不说清楚你昨天只是和皇后娘娘说话来着呢？"

云瞬苦笑了下，那样的解释除了天真的清菡之外，谁还能相信呢？她是外臣之女又是刚刚回京，一下子就住进了皇宫大内，这事儿换谁都会多想的。

"你还没说你这么早进宫来是做什么。"云瞬将她带到僻静之处问。

"我是来给送这个的，昨天就想给你，可一直没有机会和你说上话。"清菡从袖子里掏出一只同心结，笑嘻嘻地放到云瞬的手上，"这是'那个人'托我送给你的定情信物哟。"

云瞬脸一红："他……什么时候给你的？"

"哎哟，还没过门呢，就他，他的，也不害羞。"清菡拿手指在云瞬的脸上蹭了蹭，云瞬脸上更红，仔细将同心结收起来。清菡看了她一会儿，试探性地问："姐姐，你真的要进宫伺候皇上么？"

云瞬摇了摇头："如果我进了宫，又怎么对得起这个同心结的主人对我的心意呢？"她似乎下了好大的决心，连嘴唇都咬白了，"清菡，你帮我一个忙好不好？"

清菡被她严肃的神情弄得也正经了起来："帮什么，你说。"

"帮我把这个转交给他，他见了，自然明白我的心意。"云瞬解开自己挂着陶埙的红绳坠子将同心结换了上去，重新挂在腰间。清菡接过坠子郑重其事地点了点头："姐姐你放心吧，这是你们两个的定情信物，我一定把这个红娘做好。"

等清菡走远，云瞬靠在冰冷的宫墙上，缓缓地闭上了眼睛，她的决定……她方才和王皇后说过的话，再一次如同皮影戏一般跃上了眼帘。

"云瞬长在偏远苦寒之地，能够回到京城和家人团聚已是莫大的圣恩眷顾，云瞬已经心满意足，也不敢再奢求更多的荣华富贵。"她跪在地上，向上首的王皇后陈情，"云瞬只盼着能有一日为母亲沉冤昭雪，洗去罪人之身。"

王皇后凝视她良久，手指敲打在扶手上发出"嗒嗒"的声音，听得让人心惊。

"这么说……你是不愿意了？"话语之中，已有薄怒。她还没见过哪个女子不愿进宫为妃，不愿享用这份尊荣。

"是云瞬愚钝，恐怕难以在宫中为计。"云瞬又磕了一个头，在王皇后完全动怒之前赶忙说道，"娘娘，云瞬想到一位故人，和此人比较起来，云瞬的姿容简直不值一提。云瞬以为这故人才是能够帮助娘娘的良人。"

"是谁？"王皇后怒意稍平。

"先帝的才人，如今被押在感业寺里带发修行的武媚娘。"云瞬沉静地说出最后三个字的时候，王皇后的身子不可抑制地轻轻抖了一下："你说的……是她？"

平日里一贯幽谧有序的两仪殿此时到处都是年轻姑娘们的欢声笑语，就连宫女们笑着从容安姑姑身边经过的时候也没有受到责备和教训，宫女太监们忙忙碌碌地伴着大小箱笼，随陛下去围场打猎的主子们已经在殿外等候多时。

云瞬一到两仪殿，她就看到了比她早到那里的丽姝和槿华，她们两个站在一树海棠树下低声说着什么。见到她从马车上下来，两个人飞快地交换了一个眼神，又假装没看见一般。

自从上个月的乞巧节之后，皇帝亲自恢复了她郡主的封号，她的父亲本就是皇室宗亲的亲王，这个封号似乎只是迟来了十六年而已，云瞬对它没有太过在意，但是对于其他人来说，还是戴罪之身的她便被恢复封号这件事情让她的地位变得微妙了起来。

清菡从远处朝她跑过来也不管周围的眼光，见着她刚要说话，忽然想起来什么似的朝她伏了伏身子，忍着笑："清菡给郡主请安啦。"

云瞬没奈何拉起她，低声说："连你也拿我取笑吗？"

清菡吐了吐舌头，凑到她耳边低声说："我打听过了，这一次苏大哥也来了，只是他是外臣要在外头候着不能进这里来。"

云瞬脸上一红，推了她一把："净说些有的没的，谁问他了。"清菡吃吃地笑着拉着她的手一起往殿内走。

容安从里头迎了出来，见面也是要行礼，被云瞬拉住："快别讲究这么多了，容安姑姑，是皇后娘娘有什么事吗？"

容安得体地笑着："郡主您可别称呼老婢姑姑，您的姑姑只有一位。"

云瞬没再反驳，又听容安说道："娘娘今天早起有些头疼，让您来了过去瞧瞧。"

云瞬心里一动，点了点头回身对着清菡说："你就在外头等等我，可千万别惹麻烦。"对这个冒失的妹妹，云瞬还是有些不放心。

殿角上挂着助眠的熏香吊炉，散发出好闻的香气，云瞬走进来才发现殿内除了王皇后靠着御椅坐着，竟没有一个宫女在旁伺候。她看了看放在桌角的药茶，上头已经没了热气："娘娘，药都凉了，我叫人去换一碗吧。"

王皇后睁开眼，无力地揉了揉自己的额角，她近来操心太多，为了那件事情她几乎要绞尽脑汁："算了，怎么换也是换汤不换药。"

这话中有话，云瞬停了手，挨着她坐下帮她按着肩膀："听容安说娘娘您今天身子不自在？"

"本宫自在得起来吗？皇帝前天才微微透露出一点想要接回武才人的信息，朝中的那些老顽固立时拿出祖宗礼法来压陛下！这种事，本宫想都不用想就知道一定是萧淑妃那个贱人在背后搞的鬼，要不那些大臣怎么这么快就达成了共识来一致反对？"

云瞬听得心里一凉，她想起之前见过的那个清媚尼姑，她藏在明朗外表下的隐忍和怨气对同为被困顿住自由的她来说，她都懂，更何况她还救了自己一命，而她现在又刚好需要她的出现。

她不出现，那么进宫去帮助王皇后一起排挤萧淑妃的差事，就该轮到她自己的头上。

不可以，绝对不可以，她进宫去了，苏墨远怎么办？

上个月的十五，他在月下相候，再一次为她吹起《凤求凰》的时候，云瞬已经明白了他的坚持和坚定，不管怎样，这个清澈如水的少年已经打定了主意要和自己比肩齐飞，厮守终身。

王皇后凝视着桌角的汤碗："后找的不如现成的，云瞬，你当真不愿进宫来帮本宫么？"

云瞬浑身一抖，跪伏在地："非是云瞬不愿帮助娘娘，而是……"

"而是你已经有了心上人，对不对？"王皇后眼光如炬，一语道破。

事到如今云瞬也不隐瞒，向上叩头："回禀娘娘，云瞬的确已经有了意中人。"王皇后垂目看了她半晌，没有说话。随着两仪殿里的安静越来越浓，云瞬横了横心，低声道："娘娘如果信得过云瞬，就恩准云瞬与陛下长谈一次，云瞬保证可让陛下坚定信心一定迎接武才人回宫。"

"你有办法？"王皇后眼前一亮。

云瞬又磕了一个头："愿尽全力。"

"好。本宫就准你和陛下单独会面，今日你们就要出发去围场秋猎，这几天你机灵点，见机行事。"王皇后拿起矮桌上的药碗也不管汤药已经凉掉，一饮而尽。

"云瞬郡主您可真是个福星啊，您一来，娘娘这头疼病就好多了。"容安送她出来的时候似乎是在恭维地说着，云瞬看着她猜疑的眼睛微微一笑，转身告辞。容安站在原地，看了她渐行渐远的背影，摇了摇头，一回身，她便吃了一惊，赶忙跪在地上行礼："给舒豫王爷请安。"

冰冷如霜的舒豫王爷总是给人窒息的感觉，他是个从小就上过战场杀过人的王爷，在他的身上，总是会若有若无地透着一股让人不寒而栗的威严。

今天因为是出宫的日子，舒豫今天穿着的衣裳也和平时的不同，一身玄黑色的软甲显得他如同天神战将一般，添了男人强悍的魅力。但是和他们相处日久的容安自然知道，这位冰冷的王爷从小就是抖一抖就够别人喝上一壶的主儿。

"容安姑姑免礼。"看在皇后的份儿上，他对自己还算客套。

容安战战兢兢地站起来，听他低声说道："娘娘对云瞬郡主真是疼爱有加。"

"是，娘娘常说自己这个侄女受了太多苦，要好好疼惜弥补才是。"容安不知道舒豫王爷到底在琢磨什么，连回答的话都是模棱两可的。

舒豫听了她的回话微微一笑，唇边的笑纹竟然让人都看出些森冷的味道。疼爱有加就要把人疼到后宫里头去了么？不错，皇帝要哪个女人他一个外臣管不着，可凭他安庆王的身份，就算他想要同皇帝讨个女人，连皇帝也很难拒绝！

尤其是这一次的围猎。

那些笑靥如花的女眷自然不知道这一次的围猎岂止是秋猎这样的简单？这一次出行选择的行宫和路线都表示出，这一场秋猎即是对西突厥的一次威慑和警告！等他立了天大的战功回来的时候，向皇帝讨个把人，自然就不会算作是难事。

"舒豫哥，你在这儿。"盛骏从前院走来，一脸的阴郁，容安一见立刻松了口气，要不是盛骏王爷来解围，她还不知道要忍受多久这位舒豫王爷的沉默，她赶紧行了个礼趁机退下。

盛骏好奇地看了一眼容安急匆匆离去的步伐："舒豫哥你怎么吓唬人家老嬷嬷了？"

她？舒豫朝她看了一眼，淡淡地说："如果她心里头没鬼，何必这么惊慌？"

盛骏挑了挑唇，舒豫这个人哪里都好，文韬武略样样都是拔尖儿的，就是脑子里想的事情太复杂，他说话，十句有八句他都不太明白。

不过，幸好，这样危险的男人是自己的舒豫哥，是一起长大的好兄弟，不是敌人。要是谁真的成了他的敌人的话……啧啧，盛骏吸了口气，那可是大大的不妙。

"你不去给陛下的执仗队伍开道，怎么跑来这里？"舒豫陪他并肩往外头走。盛骏顿时泄气，随脚踢开地上的碎石子："别提了。"

"怎么？谁还能让盛骏小王爷吃了瘪？"舒豫明知故问，能让盛骏吃瘪的，自然就是长安城里有名的"小辣椒"。

"你说说啊，上一次是她打了我吧？我是个老爷们儿没和她计较对吧？她还得理不饶人了，见了我爱搭不理的。"盛骏提起来这事儿就烦心。

舒豫莞尔一笑，目光朝人群里那团火红色看去，然而他的视线却不自觉地准确地落在了她身边的那个月白襦裙的她身上。

放在身侧的手一紧。

她正在对着宫墙外的一个人微笑，是那种她从来不会对自己露出的微笑。那么温柔的她嫣然而笑的时候，小巧的嘴唇弯出让人怦然心醉的弧度，眼睛也因为这个笑容而微微地眯起，水灵灵的那对眸子里再也不是闪烁着冷漠的拒人千里的光。

只有这一刻的时候，舒豫才会从她的身上找到一点她当年的影子。

那么简单天真的笑颜。

却不是对他……

是了，即便他当初做尽了能讨她一笑的事情的时候，她也从不会对他这样温柔地微笑。

"传令执仗队，立即开拔。"他一早上为了能见到她的好心情，在她的这一个微笑里头全毁了。

按照行程计划，因为要顾及女眷们，他们的队伍要走上两个白天才能到达。有了之前白天路上的彼此熟悉，在到达了目的地之后的第一个夜晚，大家都显得放开了许多，围拢着篝火欢乐地围坐成一圈。男人们的手里都端着酒，女人们也都在一处烤着白天里猎到的猎物。

据说今天皇帝大展雄风，猎到了不少东西，自然是龙颜大悦，坐在篝火旁边，同几个亲近的臣子有说有笑。

大家正在说笑的时候，旁边的篝火堆里头爆出来一朵大大的火花，大家都惊呼着躲闪，嘴甜的内侍太监赶紧说着喜兴的话，说这是个好兆头。

云瞬坐在火堆旁边，被通红的火光映红了脸，她今晚上也被清菡怂恿着喝了几杯，脸颊染上层薄薄的粉红。几个年轻的将军小伙坐在她的对面，青涩地对着她举起了手中的酒杯，云瞬微微一笑。

这样简单的示好她并不感到反感，在乌里雅苏台，那里的民风比这更要开放得多，男女围在一起喝酒吃肉的机会也比在长安城里多得多。

人人都说长安城是天子脚下如何如何好，她倒觉得这里比起冰天雪地的乌里雅苏台来才是真正困住人的牢笼。

清菡揶揄地拿胳膊捅了她一下，下巴一点对面的篝火人群："你瞧瞧那些个人都看傻眼了。"

云瞬听着一笑，窈窕淑女，君子好逑，这本来也不是什么大逆不道的事情。她端起自己的酒碗，隔着突突跳动的火堆，一抬头，喝了自己碗里的酒。

对面的小伙子们一愣，都对她露出亲善的目光，这样直率不扭捏的姑娘怎么能不讨人喜爱？

盛骏和舒豫坐在距离皇帝最近的篝火旁边，盛骏手里也端着酒碗，看着斜对面的篝火跃跃欲试，舒豫看了他一眼，喝了一口酒："想去就去，你怎么也变得忸怩起来了？"

盛骏被他一说，顿时来了精神，他站起来，身上的软甲发出闷闷的摩擦声，大步流星地朝云瞬她们那边走去。

云瞬一眼看见他，也捅了清菡一把："你看，找你的来了。"

清菡脸上一红，也不知道是喝酒喝得脸红还是被云瞬说得脸红，大大方方地拍拍屁股站起来。盛骏瞧着她，一身火红色的劲装映衬着烧得正好的篝火，让人分不清楚到底哪一个是火，哪一个是人。

"我来找你喝一杯。"盛骏说话的时候声音都有些发抖了，云瞬抱着膝头坐在原地抿嘴偷笑，原来这个天不怕地不怕的盛骏小王爷也有这么羞涩腼腆的时候。

清菡歪着头看着他，想了想，豪爽地说道："其实那天是我不对，这杯酒

50

就当作是我给你赔礼好了。"

听她这么一说，盛骏挠着脑袋哈哈笑了两声："哪天的事儿啊，我早忘了。"

清菡把酒杯放在单手，露出一丝坏笑："你忘了？要不我再给你提个醒儿？"说着就把手举起来，盛骏下意识地一躲，一个没留神，脚下一滑，坐到地上，手里的酒碗也摔出老远。众人一哄而笑，清菡笑着走过去把手递给他，盛骏又羞又喜借着她的手站了起来，大伙儿又跟着起哄似的喧闹了起来。盛骏拍了拍挂在软甲上的败叶，瞧着清菡生动的小脸嘿嘿地傻笑着。

这一跤摔得真值！

云瞬也跟着笑，站起身准备将自己这个位置留给盛骏的时候，她的眼前也多了一只修长的手，云瞬一愣，随即脸上一阵发热，犹豫着将自己的手放到他的手上。苏墨远温和地笑着将她扶了起来。

"这个给你。"苏墨远塞给她一个纸包，上头还带着他的体温。两个人边说边渐渐远离了热闹的篝火。

"点心？"云瞬打开了纸包一看，里头是摆放得很整齐的精致糕点。

"你？你喜欢吃甜的吗？"云瞬拿在手里有些惊愕，他一个大男人怎么会出门的时候带上这些女孩子才喜欢的东西呢？

"秋猎的时候总是会把白天猎得的猎物当作食材，可是这些烤肉太油腻了，我怕你会吃不惯，所以出来的时候就带了一些点心还有甜饼。"

"墨远。"云瞬第一次这样唤出他的名字，他对自己……真的是太好了，除了自己的母亲之外，好像还从来没有谁对自己这样不计回报地付出过。她那颗在乌里雅苏台冰冻的快要完全封闭的心扉就这样被他轻易地打开，闯了进来。她仰着头，看着他如水清澈的眼眸，百感交集。

为了他这样对自己的心意，她也不能辜负了他！

苏墨远被她这双灵动的眸子看得呼吸一滞，慌忙避开眼睛，他生怕自己再盯着这双眼睛看下去的话，会做出什么逾越的事情来。

"咳。"他假意咳嗽低下了头。

云瞬脚步一停，转头看着他，有些担忧地问："你不舒服吗？是不是晚上出来吹了风？"说着就抬手去摸他的额头。苏墨远的脸迅速红到了脖子，云瞬这才发觉自己的这个动作实在是显得太亲密了些，慌忙将手撤了回来，支支吾吾地说："你没发热，应该不是受风寒。"

苏墨远俊雅的脸上闪过温暖的笑意，他这个时候怎么会受风寒呢？

"都是要做妃子的人了，还这么不知检点，你还要不要脸啊。"

斜刺里传来的这声女子的轻蔑斥责让云瞬和苏墨远都有些措手不及。云瞬侧头朝暗影那边看去，果然看到一个紫衣女子从黑暗的角落里走出来，她的身旁还跟着一个粉色裙衫的姑娘。

这两个人……云瞬看罢，不由得蹙了蹙眉。

槿华扶着丽姝慢慢走到他们眼前，自从她病好之后，云瞬还是第一次见到丽姝，她比之前瘦了很多，脸色也不佳，下巴尖得仿佛是一把锥子，看起来这场病把她折腾得够呛。

"丽姝郡主你误会了。"云瞬并不害怕她们。她和皇帝那点事儿已经对皇后娘娘说明白了，她心里无愧，她只是不想将这件事情牵扯到身旁这个待她如此挚诚的男人身上。她抬头看向苏墨远，果然刚刚还很有生气的脸上此刻已经没了任何表情，沉默重新回归到了他的脸上。

云瞬心头一痛，慌忙抓着他的袖子，低声说道："不是这样的，墨远，你要听我慢慢解释给你听。"

苏墨远脸色稍霁，朝她点了点头："好。"

云瞬鼻子一酸，一向坚强的她差点掉下泪来。要没有任何理由地去相信一个人的话，究竟需要怎样的勇气和信念？

"你别死不承认了，你那点儿事儿现在谁还不清楚啊，先是勾搭上苏公子，之后又去打陛下的主意，李云瞬，你的胃口可真是不小。"丽姝环抱着双肩，冷笑道。

云瞬咬了下唇，她不在乎外头人的风言风语，也不在乎丽姝的冷嘲热讽，她在意的，是眼前的这个少年越来越难看的脸色和他眼中疑惑的光。这样看着她的他，让她从心底里头难受。

丽姝似乎还要再说什么，越过他们肩头的视线忽然变了一变，有一瞬间的惊恐，她身边的槿华也是如此。云瞬回过头一看，竟然是清菡和盛骏两个人并肩走来，清菡此刻的脸色好像一把钢刀似的，光是看了丽姝一眼，就足以让她胆寒。

"前头那么多的好吃的都堵不住你的嘴！还不赶紧滚蛋。"盛骏踢了一脚跟前的大树，树上的叶子扑簌簌地掉下来好多。丽姝和槿华互相看了一眼，愤愤地从云瞬他们身边走过。

清菡看了一眼脸色很差的云瞬，想要过去，却被盛骏拉了一把，他回头朝这两个人说："你们先聊，我们过那边去看看。"

云瞬抓着苏墨远的袖子，语气里掺杂上了自己都未察觉的低微和乞求：

"你不要相信她们的话，我和陛下之间是清清白白，什么都没有。你相信我。"

苏墨远收敛起几分面上的痛色，伸出手将她揽在怀里，贴着这样温暖的胸膛，让云瞬刚刚冰冷的心也变得暖和起来。

"我知道，我都知道。我相信你，云瞬。等咱们回了京城，我就让我爹去你家里提亲，把这件事定下来。"

伏在他的怀抱里，云瞬眼中藏了很久的眼泪终于落下，她呜咽着奋力点头。

第一次，她自己的泪水竟然不是咸涩，而是淡淡地甜蜜。

第五章　危险逼近

　　"这两个人还真……"

　　躲在稍远位置的盛骏看着那两个相拥在一起的人不由得皱了皱眉，清菡瞧得感动，也落了泪。盛骏侧头看她一眼："好好的，你哭什么？"

　　清菡抬袖子擦了擦脸："我替我姐姐高兴，不行啊？"

　　"行，行。"盛骏将视线放回到那两个人的身上，犹豫地说，"他们俩还真成了？那舒豫哥怎么办？"

　　"什么舒豫哥怎么办？你说话说清楚点行不行？啊？你是说？"清菡一手捂着嘴不让自己的声音惊扰到旁人，她明白了盛骏话中的意思。

　　盛骏懊恼地挠了挠自己的脑袋，身上的软甲又跟着乱响了一阵，这可让他有些犯难，这样的事，他是不是应该告诉给舒豫知道？让他好有个准备。

　　"你不是在同我开玩笑的吧？舒豫王爷对姐姐难道也……"清菡还是不能相信。

　　盛骏点了点头，无奈地又看了一眼那两个还抱在一起的人，这架势就是来一把钢刀也怕是难以割开这一对紧紧抱在一处的人了，何况舒豫也不能真的拿着一把大刀冲过来直接来个刀劈鸳鸯。

　　"唉，可是姐姐根本不知道舒豫王爷的心思啊。她现在……还惹上了陛下。皇后娘娘似乎很想促成她的这件喜事呢。"清菡忍不住重重叹了口气，幸好，喜欢她的只有这个愣头青盛骏一个，不然她也不知道自己该怎么办了。

　　盛骏也叹了口气："这事儿可够难办的。"

　　他们互视了一眼，彼此都看出来对方的无奈。其他的都还好说，就是这个妃子的事儿实在难办，试问天底下有哪个男人有胆子敢同皇帝抢人呢？不想活了。

　　第二天的清晨，大家都被一串清亮的铜哨叫醒。纷纷起床梳洗，云瞬从帐子里走出来舒展了一下筋骨,眼睛因为昨晚的哭泣而有些肿胀得难受。她正揉着眼睛,看到一身玄黑色软甲的舒豫朝她走了过来,她赶紧对他行礼,恭顺地请安。

舒豫没什么表情地将一只冰冷的东西塞给她。云瞬一惊,低头看,是一条被冷水浸过的毛巾。她讶异地抬头看着他冷峻的眉眼:"王爷您……"

王爷?您?

这两个词,无论是哪个都让他听着心里别扭,她这是在和他生分。

他忽然沉了脸色,她昨晚的事,他都知道了。可是他能怎么办呢?他等了她整整十一年,可她归来之后竟然根本记不得自己!她找到了属于她的真心人,他还能怎么办呢?除了再放纵自己的心意去关心她、照顾她之外,他还能再为她做些什么?

"不想闹得所有人都发现,就赶紧让眼睛消肿。"他沉声说。

云瞬抿紧嘴唇,抖开毛巾敷在自己的眼睛上。

片刻,她没有听见软甲摩擦的声音,他,没有离开。

将毛巾取了下来,她愣愣地看着他,补充了一句:"多谢王爷。"

他等的不是这个!

舒豫再冷漠的心性也没能驾驭得住自己的表情,脸上仿佛盖了一座冰窖似的,沉了脸从她旁边走开。只是在擦肩而过的时候,云瞬听见他低声说:

"一个好男人是不能让自己的女人哭肿了眼睛的。"

云瞬愣怔地捧着毛巾,半晌不语。

这句话……她似乎在哪里听过呢?

白天的围猎开始的时候,男人们到前头的围栏里头去追逐着,围栏外,女眷们大部分也都骑在马上,方便看围栏里的动向。

高宗今天心情很好,准许太监发放给女眷们每人一张小弓,还有几支白羽箭,她们如果有兴趣也可以一起下场跟着他们一样骑马追猎物。

这一场围猎自然仍旧是皇上出尽了风头,在传闻当中高宗并不太擅长弓箭,也不大好此道,可是这一次亲眼见到之后,云瞬才相信传闻只能被叫作传闻,这是有缘故的。

萧淑妃一身桃红色的劲装在马背上笑着,飒爽英姿地同高宗一起驰骋的样子让云瞬忍不住想起此时坐镇在大明宫里的王皇后。

哪个女人不想同丈夫一起打猎游玩呢?又有哪个女人能心甘情愿地看着自己的丈夫同别的女人一处寻欢呢?

然而当高宗询问王皇后的时候，这位贤良淑德的皇后娘娘以头痛病发作而婉拒了高宗的邀请，而她那时候也清楚地看见高宗嘴上说着可惜，然而眼中却满满都是喜悦的神色。

　　心不由得不凉。

　　王皇后一心一意地要挽住的这个男人的心早就长在了萧淑妃的身上，皇后她还能有几分胜算？她自己又能有几分胜算？

　　她正在出神儿，忽而听见有人在大声高呼，好像是在喊着什么。云瞬重新将注意力放到围场当中，定睛一看也不由得跟着心头一紧。

　　一头满头枝杈的雄鹿被他们从林子深处赶了出来，这头雄鹿十分矫健雄伟，奔跑的时候地面都有些跟着发颤，或许是这股气势太猛，惊扰到了萧淑妃的坐骑，那马受了惊，一扬蹄子再也不受萧淑妃的控制，撒开腿到处乱撞，萧淑妃在马上慌张地试图抓紧缰绳，可马颠得实在太厉害，很快就把萧淑妃掀翻在地。

　　这个时候，那头被追疯了的雄鹿朝着她猛冲了过去，眼见萧淑妃就要血溅五步，丧命于此。而她的身后那些男人还都有些距离，想要赶过来救人是根本不可能的。

　　高宗惊恐地在马背上高声呼喝着什么，可也是为时已晚。

　　云瞬想也没想，从箭筒里抽出一支白羽长箭，拉开小弓蓄足了力量朝那头已经红了眼的雄鹿直直地射了过去！

　　白羽箭飞出，正中雄鹿的眼睛。

　　这一箭虽然准头也够了，气势也够了，可惜高宗发给她们的弓真是太小了，这样的距离只能射瞎它的一只眼睛，却不足以对这头雄鹿产生致命的伤害。

　　雄鹿疼痛难忍高高扬起前蹄更加疯狂地跳起在半空之中猛地转了方向，瞪圆仅剩的一只眼睛看向了云瞬，随即雄鹿没有丝毫犹豫地朝着云瞬低下了头，拿一对八叉鹿角顶了过去！

　　身旁的女眷们惊叫失声，策马躲开，而云瞬想要躲开，也是不可能了。

　　紧急之时，云瞬将眼睛紧紧闭上，心里头想的是不能为母翻案的遗憾和对苏墨远的愧疚。

　　"嗖！"

　　一道利箭破空的声音！

　　云瞬眼前一黑，头重脚轻地在空中一阵腾挪，待到眩晕的感觉消失，她才敢睁开眼，入眼便看到在自己身前的地上躺着一只四肢还在抽搐的八叉梅花鹿。而她的身后是一个人炽烈的心跳声，那么刚劲有力的心跳声，不是苏墨远。

马因为刚刚的大力还在朝前头奔跑着，耳边有风呼啸着吹过。

她惊异地抬起头，竟然是他！

冷峻的脸上比平时的冰冷威严多出一些什么，那对深如老泉的眼眸深处有一束紧张和惶恐的光在跳跃，一瞬间，云瞬几乎要以为自己是被吓得花了眼。冰冷深沉的舒豫王爷怎么可能会有这样的神情？

他的手轻轻一带缰绳，将马的速度放慢，低下头去看怀里的她。她一定被吓坏了，俊俏的小脸都刷白成了一片。明明没那么大的胆子，却还要挺身而出去救别人？看来在乌里雅苏台她的确长大了。

能受得了丽姝和槿华那样刻薄言语的刁难，也能在危险到来的时候不慌不乱。童年时期如此困顿的她却依旧保持着一个做人的良知和帮助他人的勇气，这样坚强起来的她，反而让他更加心痛。

他宁愿她像从前一样，做一个冷冰冰的高傲郡主，做一颗被人托在手心上的明珠，也不愿意看到她现在这样强装出来的镇定和无畏。

她才十六岁，怎么可能无惧无畏？

"伤着没有？"他缓和了下自己的心，刚刚的那一幕，让他猛然发觉，他不能容忍这个女人出现任何一点状况，十一年的等待已经让守护也变成了习惯。

云瞬白着脸摇了摇头，她才发现自己是被他以近乎野蛮的姿态完全抱在怀中，顿时脸上飞上一层红晕，挣扎着自己要坐起来。

"不想掉下去就老老实实地坐着。"舒豫冷沉沉地说，她的心思，他一眼就能看透。

云瞬不敢乱动，只得被他这样抱着，他一勒马，打了个转儿，他的人也在马背上换了个角度，替她挡住了不少呼啸的冷风。他看着在他怀里被风吹得眯起眼睛的云瞬，心里的一处变得柔软起来，他竟然希望这一条路无尽地长，能让他这样一直抱着她，拥有着她。

只有天和地，她和他，该多好。

然而再长的路，再慢的马速也有走完的时候，等他们回来，围场里的人早就等得红了眼，这两个人，一个是皇帝暧昧不清的侄女，一个是当朝的安庆王爷，谁出了半点差错他们也担待不起呀。

57

"王爷！郡主！您没事儿吧？"太监们匆匆跑上来，盛骏一把揽住舒豫的缰绳，让他好抱着云瞬下来。

云瞬尽量让自己的脸色看起来平静，清菡吓得一个劲儿地拉着她的手念佛，云瞬还没来得及安慰她几句，就有个公公过来传话，陛下有令叫他们一回来就去见驾。

舒豫看了她一眼，云瞬明白他的意思，松开了清菡的手随着他一起走进大帐。

萧淑妃被马摔下，此刻正有随行的御医为她诊脉。两人给高宗见礼，高宗不耐地摆了摆手，眼睛直勾勾地看着躺在榻上的萧淑妃。

半晌，高宗才想起来似的看了看云瞬："你那一箭射得好！早知你箭术如此精准，就该同朕一起下场围猎。有没有受伤？"

云瞬赶紧回话："回陛下，云瞬没有受伤。淑妃娘娘伤得如何？"她看了看面色苍白的萧淑妃，心里想的却是如果萧淑妃就此一命呜呼了的话，倒是省得王皇后再费心地劝说陛下将武才人接回宫里来了。

她自己想着想着也被这个荒谬的想法吓了一跳，她在想什么呀，怎么能诅咒一个和她无仇无冤的人去死呢？

高宗横了一眼在忙碌着的太医，哼了一声："一群庸医，没一个管用的。"

太医们立刻跪倒，齐声道："臣等该死。"

"行了行了，救不醒淑妃你们再去死也不迟。"高宗第一次流露出这样焦急暴躁的性情让这些太医更是提心吊胆。

云瞬走到榻前看了一看淑妃的脸色，对高宗说："娘娘可能是一时急火攻心，被气噎住了这才会昏迷不醒的。"

高宗脸上一喜："你有办法？"

"办法是有，只是不知道能不能有效。"母亲长年染病，她几乎也快成了半个郎中。

"去试！"

"是。"

云瞬俯下身，一手托起淑妃的后颈将她侧翻了过来，一手在她的后背轻轻地拍打着，一会儿的工夫就听见萧淑妃发出一声微弱的呻吟，接着呼吸也通顺了起来，脸色也不似刚刚那么难看。

高宗喜不自胜，过来抱起萧淑妃，轻轻唤道："淑儿，淑儿。"

其实萧淑妃也没什么大碍，这种闭气昏厥根本不需要开什么药方，只是

58

这一群太医都被皇帝吓昏了头，一时间手忙脚乱了起来，更何况没有哪个太医敢去拍萧淑妃的后背。

萧淑妃无碍，云瞬和舒豫也告退出来，直到走出高宗的御帐，云瞬才觉得自己的腿上一点力气都没有，才迈出去几步就支撑不住，身子一软倒了下去。

舒豫手疾眼快，一手托住她的腰，将她揽在自己怀里打横抱起，在外头喊了一句："太医何在？出来一个。"

不大一会儿，一个老太医从帐子里出来，哆哆嗦嗦地跑到舒豫的跟前，这位王爷看着就绝对不是个好脾气，立刻抖着手施礼："王爷，下官在此。"

舒豫不怎么满意地看了他一眼："到帐子里再诊脉。"说完，抱着云瞬就走回了自己的帐子。

一众将军亲卫连同太监宫女都看到了舒豫王爷将云瞬郡主抱进帐篷里的场景。当苏墨远闻讯赶来的时候，他被舒豫的亲卫拦在帐外，满眼焦急的他只能在帐外等候消息。

他是个文官，今天早上围猎的时候他没有在围场里，听见萧淑妃意外坠马，才随着其他的文官一起匆匆赶来，在来的路上，他又听说云瞬因为救萧淑妃而被雄鹿攻击的事情，这更让他心内焦急如沸，急忙忙赶来，却还是晚了一步，云瞬已经被人提前抱进了帐子。

看他站在帐子外，怅然若失的表情，槿华十分不忍，悄悄走上来，说着自己都觉得违心的话，"苏公子你放心吧，云瞬郡主她……没有被雄鹿伤到，应该只是受了惊吓而已。"

苏墨远微微颔首对她的关心表示感谢，他此时只顾着着急和担忧，竟然没有注意到一旁的槿华在看着自己的时候，眼睛里溢出来的柔光和倾慕。

"回王爷，云瞬郡主没有受伤，方才事出突然让她受了些惊吓，另外，郡主可能在策马的时候牵动了腿上的旧伤，这才会双腿使不上力气站立不稳倒地。"老太医诊了一会儿脉说。

旧疾？她有旧疾？

"郡主可是因为在极寒之地受了寒气，而使双腿落下病根的吗？"老太医问的时候都有些怜惜，这样年轻如花的小姑娘竟然有这么严重的风寒病，真是让人不禁唏嘘。

云瞬点头"嗯"了一声，对老太医的话没怎么上心。乌里雅苏台本来就是极冷的地方，况且她刚刚到那里的时候还被当地的土司家儿子欺负，掉进过冰河里去。

"还有没有治愈的希望？"一旁静默不语的冷王爷舒豫忽然沉声开口，云瞬一惊，竟然忘了身边还有他的存在。慌忙将自己身上的薄被往上盖了盖，她躺在他的床榻上，他就坐在自己身侧，这场景让她有些尴尬。

老太医遗憾地摇了摇头："郡主这病拖的时间太久了，当初受寒之时也没有好好地调理，这落下的病根儿极难清除干净，不过若要平时注意些保养，等到了阴天和冬日的时候，还能少受些折磨和痛苦。"

这么严重？

可他却从没听李图家的侍从说起过她有这个毛病。剑眉一挑，是了，她的性子就算是痛了，难受了，也不会和他人说的，多半是要靠自己咬牙苦撑。

"下官去开药方，郡主按时服下，大有裨益。"

舒豫点了点头，老太医被太监领着到外头去开方子。

云瞬抿了下唇，怎么说还是人家救了自己，她开口向他道谢，舒豫也没有回答。她有些惴惴不安地看着他。蓦地，她越过他肩头看过去的眸子里流过惊诧的神色，撩开被子就要下床。

刚刚老太医出去的时候，帐帘一挑的缝隙让她看见了一道熟悉的身影。对！他一定是知道了自己的事情匆匆赶来的。他肯定担心死了！

舒豫深邃的眼睛骤然缩紧，为她这样焦急地要跑出去的神情。

原先想过要成全她的心思在这一刻被碾作齑粉。

深邃的瞳里闪过滔天的怒气。

成全？绝不！

长臂一抖，直接将她拖了回来按倒在榻上，他宽阔的肩膀也压了下来。她的脸在不断地被放大，鼻前萦绕着的是她身上素雅的属于少女的香气，他的唇准确无误地吻在了她的唇上。

这一切来得太快，云瞬甚至没来得及做出任何抗拒的动作，就中了他的招儿。

风似乎是长了眼睛似的，算准了这个时机而吹起帐帘，她在脑子一片空白的瞬间，竟然看到了一直守候在帐外的少年脸上震惊的神情。

那么让她心痛和懊悔的神情！

"墨远！"她也不知道自己是哪里来的猛劲儿，一把推开了压在她身上的舒豫，从床上跳下来往外就跑。

还来得及，这时候出去和他解释清楚还来得及。

可真的……还来得及吗？

"墨远！"

还来得及的。

他不会就这么把自己舍在舒豫的帐子里的！

骨缝里的疼痛那么清晰，她必须要反复在自己心里告诉自己这一句话，才能让往前奔跑的每一步都跑得努力且没有犹豫。浑浑噩噩地追随着前头的那个背影，青衫背影渐渐慢了下来，她心头一喜，果然，如她所料，苏墨远他不会这样放弃的。

"墨远。"她在他背后站定，连起伏的气息都被强压在胸口，"不是你看见的那样。"

这种解释，连她自己都觉得太过苍白。

苏墨远没有转过来，挺直的后背显得太过僵硬和笔直。"我不知道为什么舒豫王爷会……会做出那样的事情，可是我、我和他之间绝对不是你想的那样的。我根本和他不熟，回京城之后也只是说过几次话而已，墨远，我没有说谎，你相信我。"她真是怕了，她害怕看见这样不肯看自己一眼的苏墨远，不忍看见这样隐忍心痛的苏墨远。

许久，苏墨远也没有转过身来，握在身侧的拳头紧了又紧，仿佛是在控制着什么一样。

云瞬抿紧嘴唇，低下头去："我不想，更不会进宫去做妃子的，墨远。"最后这两个字被她放慢了语速，"我只想现在快些回到京城，等着你来上门提亲。我想被牵着手一直走到天荒地老的人，只有你啊。"在说最后这一句话的时候，她的语气里加上了自己都未曾察觉的卑微和恳求。

一直背对着他的苏墨远的身子微微一震，缓缓转过身来，腰上的红绳被风卷起一道优美的弧线，他看着云瞬在自己的面前低垂着头，不由自主地伸出双臂将她围拢在怀中。

"我说过的，我相信你，云瞬。"苏墨远叹了口气，抱着她有些瑟瑟发抖的身体。这一句话好像是说给她听，更像是说给自己听，"我许诺过你，等回了京城，我就央媒人去你家里提亲。"

"嗯。"云瞬的眼眶湿润了，她刚要伸出手去抱住眼前这个男人的时候，苏墨远忽而松了手，替她整了整跑乱了的衣裙，满眼爱惜地说道："出来的时间太长了，你该回去了。"

"你不回去吗？"云瞬仰着头傻傻地问。

苏墨远微笑着摇了摇头："你先回，我随后到。"

云瞬往回走了几步，回过头，见苏墨远站在原地目送自己，给了她一个安心的微笑。刚刚一直紧绷的心弦终于落下，云瞬懂得苏墨远是在维护自己。她刚才冲动地跑出来一定被人看到了，如果他们二人再一起回去的话，事情只能变得更复杂。

对这样体贴又宽容的苏墨远，她的心里满满的都是对他的愧疚和感激。

收起留恋的目光，云瞬加快了离去的脚步，也就自然没有看到苏墨远在自己转身之后眼中的那抹痛色。

"云瞬郡主，您可回来了，赶紧的吧，陛下正召您觐见呢。"云瞬前脚刚刚回到驻地，一个小太监就匆匆忙忙地追了上来，云瞬连衣服都没来得及换下就立刻随着小太监走了。

高宗似乎还不知道刚刚发生的事情，见皇上面带喜色，云瞬猜测一定是萧淑妃那边的情况好转，果然高宗见她进来和颜悦色地赐坐问道："你让淑妃醒过来是大功一件，说吧，你想要什么赏赐？朕都可以答允。"

云瞬心里一动，看着高宗只一瞬就飞快地低下头，轻声道："陛下真能满足云瞬的任何要求吗？"她太想将母亲当年的事情对这个皇帝说说清楚，太想为母亲昭雪了！可是她不知道现在对高宗说这件事情的后果是好还是坏。她只入宫区区几次，对皇上的脾性还不甚了解，况且她已经向王皇后开了口，如果她此时再向皇帝开口求情的话，会让王皇后怎么想？

可现在高宗正等着自己要赏赐，救下了皇帝的宠妃这可是绝顶好的机会，皇帝是九五之尊，他说满足自己的愿望就一定会做到，这样千载难逢的机会，她绝对不能浪费了。

想要什么，她得好好想。

"陛下，云瞬现在衣食无忧，没什么特别想要的。陛下的这个赏赐云瞬可不可以先存着，等到想好了要什么的时候，再来求陛下赏赐呢？"她想来想去，只能想到先对高宗说这样一句活话。

高宗哑然失笑："真是个有意思的小姑娘。可以，朕金口玉言，许给你的就跑不了。"小太监端上来两杯香茶，高宗抬了抬袖子，"皇后她近日身子不适，你要常进宫探望才是。"

云瞬点头，恭顺地答道："太医说皇后娘娘只要操心劳神，头痛病就难免发作。"

"她的病……有朕的责任。"高宗想起之前王皇后和自己商谈过的一件事情，脸上的笑意也敛起了几分。

"祖宗家法……不可废黜啊。"抬到唇边的茶杯被放回到桌上，高宗的神色更显落寞。

云瞬自然知道他在说的是哪件事，正要想办法劝说他的时候门口帘子一动，有人从外头走了进来。

"陛下，那头母鹿在圈笼里撞死了。"小太监跑进来匆匆禀告。

高宗眉梢一动，一脸可惜地摆了摆手："晚上烤了，宴款群臣。"

"慢。"云瞬忽而出声让高宗有些吃惊，转过头来看她。

"陛下。"云瞬从位子上站了起来，轻施一礼，"公鹿冲撞了娘娘而被射杀实是咎由自取，可是母鹿却为了它而殉情自尽，如果晚上还要将它的肉烤了来果腹的话，云瞬以为这样有情有义的鹿肉实在是难以下咽。"

高宗脸上神色一变，看着她半晌，意有所指地说道："朕之前将她圈禁起来养着，并非是想要动杀心。"

"君不杀伯仁，伯仁却为君而死。这才是天底下最让人悲伤的结局，事情只要处理得当，就算是坏事也能变成好事。"

"要如何才算得上一个好字？"

跪在地上等候高宗口谕的小太监已经听蒙了，他们似乎是在说着这头母鹿的事情，却又好像不是在说着这件事情，两个人显然是话中有话，各有深意。

"成全。"她甫吐出这二字，让高宗的眉心一挑。

"祖宗家法，不可废弃。"

攒起全部的勇气，云瞬对上高宗探究的眼神，定定地说："云瞬以为，祖训常常在，而人不常在，家法乃是死物，而人可变化万千，有重塑天地之能。"

"重塑天地。"高宗反复琢磨一番这四个字，忽而微微一笑，再次抬手，"找一处好地，将那头母鹿葬了吧。"

小太监傻了眼，刚才还要烤了吃，现在就要厚葬？圣意真是难以揣测啊。

"朕不会像那头被情所困的母鹿一样，朕要她活着的时候就时时刻刻伴在朕的身边。"高宗难得一见地严肃着，颇有几分高祖当年的风范。

"陛下圣明。"云瞬再次起身施礼。高宗了却了盘绕在心头多日的死结，笑容又重新浮上脸，端着茶盏对她说道："李图是个品茶的高手，你学了你爹几成的功力？"

云瞬笑了笑也端着茶喝了一口，果然沁香扑鼻，舒透心扉。

她今天过得实在是不容易，先是历了鹿的险，随后便是人的险，还要同一国之君如此拿捏字眼儿地讲道理，真可谓是险象环生。不过好在这些险没难得住她，答应过皇后的事情也做到了，回去和王皇后也算有个交代。

"重塑天地，说起来谈何容易，真的要做，又要遭到多少人的反对？"高宗暗叹一声，看着云瞬发问，"朕何尝不想早日接她回宫，只是，朕缺一个理由，一个能够让悠悠众口都无从挑剔的理由。"

"宫廷之地，口舌繁杂，如果不能用一个名正言顺的理由让她归来的话，朕宁愿她记恨朕一辈子。"

云瞬有些不敢置信地看着高宗。原来她以为高宗真像传闻中的一样，只对萧淑妃一人宠爱有加，没想到在皇帝的心里还时时刻刻地装着另外一个女人。

"陛下，您……"

"感到很惊讶是不是？"高宗满眼无奈，托着头，轻声呢喃，"若非朕宠幸萧淑妃，让她独占风光，让人认为朕真是一心一意醉心于淑妃的话，她，焉能活到今日？"

云瞬恍然大悟，她一直都小看了皇帝，原来高宗是用了障眼法，让大家的注意力都放在萧淑妃的身上，如此一来，就没有其他的人会去琢磨感业寺里的那位了。

原来冷冰冰的抛弃也是一种保护。

"陛下对……那位故人一片真心，云瞬敬佩。"帝王薄情，这就显得高宗李治对武才人的这份心意和感情十分难得。她的脑子里浮现起刚刚给自己安心笑容的苏墨远，原来，这种维护心爱人的心意，没有尊卑。

"陛下想要接故人回宫也无不可。"

高宗的眼中升起一束希望，握紧扶手垂目看她："你有什么办法？"

"三十六计，李代桃僵。"她冷静地对高宗缓缓开口，高宗眉梢一挑："如何李代桃僵？"

"感业寺里没有武才人，只有带发修行的尼姑。祖训有言，为先帝守丧出家的妃子、婕好、昭仪和才人此生皆不能离开感业寺，但这祖训却是对活人而言的。"

高宗蹙眉反问道："你难道是要她死？"

"是，陛下。感业寺里少一个尼姑，而在大明宫中却可多一个宫女。"无论是尼姑还是宫女，这两种身份都是卑微的，不会引人注意的。况且还有王皇后在背后为她撑腰，就算是谁有疑问，也不可能毫无顾忌地剥丝抽茧的调查究竟。

这一招既是偷天换日，也是李代桃僵。

高宗沉思片刻，一对狭长的眼睛带着赞许且疑虑的光落在了云瞬的身上："是你姑姑要你来劝朕的？"

"是。"云瞬坦然承认，当着明白人没有说暗话的道理。

"好大胆子，怂恿君王违反祖训，你难道不怕朕一道旨意砍了你吗？"

云瞬站起身来跪倒在地："云瞬之母在苦寒之地十余载，没有一日不思念故土，也没有一日不在怨恨父亲的绝情和狠辣，最后郁郁而终。母亲的苦云瞬看在眼里，是以云瞬最能理解武才人此时的心境。前些天，我听皇后提起陛下同才人的一段往事，心内百感交集，便想着绝不能让才人步我母亲的后尘。才人她……应当同陛下有情人，成眷属。"

"好一个有情人，成眷属。"高宗一拍扶手站起，来回踱了几步，仿佛下了很大的决心，转身对着跪在地上的云瞬道，"不出一年，朕一定将她接回宫中！而这个秘密，朕还希望你能一直将它埋在心里。"

"是，陛下。"云瞬再次跪倒，如此一来，她不仅完成了王皇后的嘱托，还连带着还了那个人的救命之恩。

"安庆王觐见。"帘帐外有人传声喝道。云瞬的脸色忽然白了几分，慌忙起身："安庆王同陛下有公事，云瞬先告退了。"她转身欲走，没想到高宗却不怎么在意地道："这时候能有什么公事，难得出宫放松一次。你就在这里，一会儿朕还有事要同你商量。"

"是。"云瞬只得重新坐下，可她实在想不通高宗还有什么事情同她商量。

靴子声响起的时候，云瞬假装自然地低下头吹着茶杯水面上的浮沫，强行压抑住自己脸上的滚烫和羞恼。

因为来的人，是舒豫。

他早不来晚不来，偏赶在帐篷里只剩下她和高宗两个人且刚刚说完一件机密事件之后才来，光是这时间，就足够让云瞬往深处多想一层。

"陛下。"他的目光似乎根本没在她的身上多作停留，微微掠了一眼，便收回。因是软甲在身，舒豫面圣仅仅是双手抱拳，单膝跪地，"陛下，西北方有些不安稳，西突厥要有动作了。"

高宗沉沉的眉眼显出怒气："打一年，停一年，陆陆续续都多少年了？他们还有完没完？舒豫，你一向是负责兵部的，这一次的事情，还是交给你全权负责！"

全权负责？云瞬暗自吸了一口凉气，竟然将军队的指挥权全都交给他？她从来不知道安庆王爷居然有这样大的权力。而舒豫一点都不感到意外，领旨之后扫了一眼陷入沉思的云瞬。高宗看了一眼他，蹙眉："还有事？"

"哦，有位太医在外面候着云瞬郡主，似乎是要商议一下关于淑妃娘娘伤势的用药问题。"

真是说瞎话不打草稿！云瞬别开头不去看他淡然的表情，她不过是用了个偏方和巧劲儿让萧淑妃醒过来，怎么可能连堂堂的大国手御医都要找她商量药方子？

可高宗偏偏就信了，好像真的是只要沾上萧淑妃的事情，陛下就统统乱了理智一般。云瞬冷冷地浮起一个笑纹，到底是谁乱了他的理智，只怕没有人能说得清。

"嗯，云瞬你下去吧，要仔细协同太医为淑妃诊病开方。"

"是，陛下。"皇帝说话即是金口玉言，她只能从命。

舒豫朝高宗行礼转身出去，她跟在他的身后，有意识地和他拉开距离。安庆王太危险，他在想什么，为什么要那样做？这些问题她都还没有找到答案。

而她不找答案，答案偏偏来找她。

舒豫将她带到营帐驻扎地的一隅，停下来，转身看她。

云瞬也看着他，尽量忘记之前发生过的尴尬。

"太医呢？"她朝四下看，竟然没有一个侍卫从这里巡逻经过，这里只有缠绵的秋风卷起落叶，吹过她的衣摆。

舒豫仍旧看着她，神色不明。

"太医不在，云瞬也告退了。"她只想快点和这个人撇清关系，苏墨远说相信她，可她已经感觉出来苏墨远的疑心。她没有把握和他解释清楚第二次。

"你在怕我？"他忽然横跨一步到她的身侧，高瘦挺拔的身躯挡住她的去路。说着，挑起她的下巴，让她被迫看着他。

"王爷请自重。"云瞬一把拍掉他的手，舒豫微微蹙眉，盯着她，冰冷如霜的英俊脸孔上带着笑，却是苦涩和无奈。

"你一共拒绝了我多少次，我自己都记不清了。"

云瞬不懂他这句话的意思，她才回来几个月，和他见面的次数用一只手都能数得过来，说话的机会更是少之又少，她什么时候拒绝过他？

"如果王爷认为在您营帐里的那件事也算是云瞬拒绝您的话，那云瞬无话可说。"她低垂着脸，侧到一边。他是王爷，她就是个普通人，他想要做的，她能拦得了吗？但是她至少还有最后的底线去反抗吧？

只是此时的云瞬还不知晓，她眼睛里闪烁的冷光都被他看在眼里，他了解她的性子甚至超过她自己对自己的了解和掌握。她的心思被他一眼看穿！

"你总会有一天不再拒绝我的，云瞬。"他看了一眼瞬间褪去血色的她的俏脸，心里忽然带上了一点报复的快感。

她一定不知道，在她和墨远抱在一起在篝火旁说出那些海誓山盟的时候，他就在篝火另外一边的暗影里，听得心痛神伤。

十一年前他得不到的，如今，他未必会再失去。

第六章　麻烦婚事

西突厥的这场异动来得突然，高宗派出陈王李忠负责此事，安庆王舒豫辅助。随着舒豫的离京，之前一直盘绕在云瞬头上的乌云也似乎飘散了。她原以为这一次西突厥来势汹汹，他们此一去至少也要半年的光景，在半年之内，苏墨远答允她的提亲，也该到了。

然而出乎云瞬意料的是，苏墨远的提亲她还没有等到，而陈王的队伍已经回京，金秋还未完全过去，他们就带来了击退西突厥的好消息。高宗龙颜大悦，亲自出城迎接陈王。在庆功宴上，高宗正式昭告群臣，加封陈王李忠。

"对了，你有没有听说陛下要为皇子遴选伴读的事儿啊？"清菡托着腮，挨着云瞬坐在后院的石桌旁，看着若有所思的云瞬有点不开心，"姐姐，你有没有听人家说话呀？"

云瞬抱歉地朝她笑笑："听见了，你刚刚说了陛下要选皇子伴读。"

"对呀！我也听我爹说了，现在最抢手的皇子就是陈王殿下了，就为了这么个皇子伴读的位子，大臣们个个都快要挤破了头。"清菡一脸不认同地靠在石桌边上，"这还用说嘛，伴读的人选自然是刘刺史的儿子，盐道总督的儿子，加上你的弟弟咯。"

"你说云彻？"云瞬有些惊讶。她虽然知道李图将李云彻也送进宫内参与遴选的事，却没有像清菡那么肯定自己这个弟弟就能百分之百入选。

清菡皱了皱眉头，凑上来在她跟前低声道："你现在可是陛下眼前的红人啊，就算是为了外头的那个谣言，李云彻也该入选吧！"

云瞬忽而低下头不再说话，外头的那个谣言，她一直都不去想，也不去在意，她眼下在意的……只有苏墨远迟迟未来的提亲。

等到这个月的十五，她一定要到松林里去问问他的心意。不知道为什么，她最近总是有一种不好的预感在心头翻涌，好像要发生什么她不愿意见到的事情一样。

看到云瞬郁结不舒的表情，清菡隐约猜到了几分她的忧虑，生怕自己说多了惹她心烦，可是不问，她又实在是好奇得很。

"那个……你真的打定主意这辈子一定要嫁给那个人了吗？"

云瞬一愣，去拿茶杯的手在半空之中一停，她真的要嫁给他吗？

清菡抿了抿唇角，用更低的声音说："可是，选一个员外郎的儿子做夫君的话，你想要为母亲洗脱冤屈的事儿是不是就更难了？"

云瞬垂下眼帘看着桌案上那盏描着青翠底纹白叶花瓣的茶盏。

的确，清菡说得是有道理的，回京城的这将近一年的时间里，她更加明白了权势的重要性。或许苏墨远之后会顶替他父亲苏员外郎的官职，也不过是一个员外郎而已，这个官职绝对不够让她为母亲昭雪……可相比之下，要让她为了这个理由就放弃苏墨远的话……她也难以做到。

清菡深深地看了她一眼，替她倒满一杯茶，"从咱们秋猎回来，苏大哥也没来托我带给你什么东西，你们两个是不是闹别扭了？"

云瞬低垂下头，淡淡地说："我被舒豫王爷带回他的帐篷里养伤的时候，被墨远看到了。"提起这件事情，云瞬就十分心烦，她没想过事情会变成这个样子，当时的她以为苏墨远将她的解释听进去了，可是他至今都没有来，这又是为什么？

清菡正要说话，听见外头一阵人声嘈杂，跟着是众人给李图道喜的声音。清菡拍了下桌子，虎虎生威地站起来，对着云瞬说："你瞧，我说什么，这架势多半是李云彻中了！"清菡一拉她的手，"咱们也去前面看看，说不定日后你还能指望上这个弟弟呢。"

指望他？云瞬微不可察地摇了摇头，她连自己的亲爹都不敢指望，还能指望这个同父异母心高气傲的弟弟吗？

前院里头十分热闹，众人的脸上都带着喜气。二夫人更是拉着李云彻的手笑得合不拢嘴，见到云瞬和清菡手挽手从外头进来，热情地招呼道："云瞬来这边，和你弟弟一起坐。"

脸上带出微笑，云瞬应声走了过去挨着云彻坐下："恭喜你了，云彻。"

还带着稚气的脸上闪过不自然的神色，微微别开头去，闷声道："多谢。"

"一会儿好好摆上一桌酒席，给云彻庆祝一下。咱们李家总算守得云开见月明啊。"人逢喜事精神爽，今天的李图格外高兴，自己的儿子终于有了出息，给皇子做伴读那可是多少人梦寐以求的呀。今天的皇子，那就是明天的皇帝，这一步迈出去，云彻的前程就是一片坦途，不可限量。

"对呀，是得好好庆祝。正好清菡郡主也在，就别走了，一起用饭吧。"二夫人笑眯眯地对着清菡说，清菡一副受宠若惊的样子，起身谢过，坐下之后悄悄在云瞬耳边说："这女人今天真是高兴坏了，居然这么待见我，还留我吃饭。"

云瞬忍着笑，在桌子底下掐了她一把："小心点，小心叫那女人听见，轰你出去。"清菡嘿嘿一笑，不再贫嘴。

宴席快要结束的时候，康平王府门口就来了一些听闻喜讯前来祝贺的大臣和官员，李图带着李云彻出去应酬。云瞬和清菡又说了一会儿话，将清菡送到了大门口。

转身回来的时候，云瞬就是一愣。

在自己的房门外，站着一个人，居然是本该在前头应酬的李云彻。从他身边经过的时候，李云彻叫住了她。她听见李云彻用清朗的声音对自己说："我知道我是沾了你的光才入选侍读的，你放心，这个人情，以后，我会还给你的。"云彻瞧着她，说得斩钉截铁。

云瞬笑着朝他点了点头："你也放心，这人情，以后我肯定会要回来的。"李云彻脸色微微一变，一抖袖子转身离去时，似乎带上了几分失望。

因为她说了这样直白的话而失望吗？云瞬低下头浅笑如许，假如她说一些什么姐弟情深的客套话，恐怕他只会更加不屑地看自己吧？

等了许久的苏墨远那边终于有了动静，他托清菡给她送来一样东西，是一只打造精致的竹笼，笼子里有一只活泼漂亮的画眉，云瞬提着鸟笼细细地端详了一阵跳来跳去的画眉，绽出一抹浅浅的笑意，这些天来的阴霾和猜测纷纷化解，那只小小的画眉鸟似乎也感受到她的快乐，拍着翅膀唱了起来。

夜已经深了，两仪殿里，容安正在伺候王皇后梳洗，外头的内侍传禀陛下驾到。

王皇后一喜，催促容安快些收拾好。高宗从外头进来的时候正看见她皱着眉头往头上簪一枚钗子。高宗微微笑着走过去，从她的手里接了过来，轻柔地替她簪在发上。皇后一愣，慌忙吩咐左右："去，准备些芙蓉糕来。"容安抿嘴偷笑应了一声，带着一众侍女太监退下。

寝殿里烛火摇曳，王皇后含情脉脉地看着菱花镜里的高宗，高宗看她的眼神和许多年前似乎没有任何差别。

她是他的皇后，他许给她的，是并肩天下的尊宠。

"不必让他们张罗，朕就是来同你说说话。"高宗盘腿坐在榻上，有一搭没一搭地摆弄着手指上的玉扳指。王皇后温婉地笑着走过来挨着他坐下："陛下要同臣妾说什么？"

"就说说你那个侄女李云瞬的事。"高宗开门见山，表明自己的来意，皇后笑容一滞，飞快地浮上一抹微笑："哦，云瞬那孩子出了什么事吗？劳烦陛下亲自过问。"

高宗摇了摇头："那孩子虽然是在边缘之地长大的，可她长得很好，处事得体，性情也温婉，这一点……"高宗笑了起来，拍了拍她的手背，"这一点倒是很像你。"

皇后有些羞涩地低下了头，想到了什么似的问道："陛下这么中意云瞬，是想将她纳为妃子吗？"

高宗讶异地看着她，好像在惊愕她怎么会有这样的想法，王皇后被他看得有些心虚，心里却更加纳闷，难道陛下不是这个意思？她猜错了？可是在秋猎的时候，陛下私下召见过云瞬这也是不争的事实呀。

"原来如此。"高宗半晌低低地说了一句。难怪最近萧淑妃都对他十分冷漠，原来是因为云瞬的缘故而让她们误会。女人的心里原来都只是在想着这些事情而已。高宗摇了摇头："皇后你多虑了，朕最近并不想纳妃，却颇有意愿去做一做这个月下老人的美事。"

高宗看了一眼犹自不解的皇后："安庆王立了战功，寻常的金银封赏朕也赏腻了，安庆王早就过了立妃的年纪，到现在还是形单影只，实在是让人叹息。"

王皇后立刻明白了圣意，心里电光火石地一转，面上已经带出笑来，频频点头道："陛下真是体贴臣下，臣妾深以为，在同辈人当中，也只得云瞬这样出挑的孩子才能配得上他了。"

高宗满意地点头赞许道："还是皇后了解朕的心思，朕正好也有此意。云瞬是你远方的侄女，舒豫算起来也是朕的表弟，咱们做长辈的，理应关怀晚辈。只是不知道云瞬那孩子的心思。"

皇后笑着点头："安庆王一表人才，又贵为亲王，云瞬高兴还来不及，怎么可能会反对呢？再说，如果是陛下亲自降旨赐婚的话，那可真是天大的殊荣。"

两个人的须臾谈话，这一桩婚事就算是定下了。

皇后捧过容安奉上的苁蓉糕："陛下用过点心早些休息吧。"

高宗随手拿了一块糕，站了起来："朕还有些奏折堆在含元殿，就不陪你了。"

"臣妾恭送陛下。"王皇后仪态得体地站起身送走高宗。

在宫门口回转过身的时候，容安瞧着王皇后眼睛里的喜色："奴婢很久都没见过娘娘如此欢喜了。"

王皇后瞧着高宗的背影，眼角里辛苦隐藏的笑意终于展露了出来。皇帝虽然没有纳云瞬为妃的意思，但是将她许配给安庆王也无疑是为王家增添了人气和势力，相较于赏赐的金银来说，这种潜在的拉拢和倚重更让人艳羡。

挂在窗檐下的画眉正贪婪地啄食着云瞬手心里的粟子，漆黑滚圆的小眼睛滴溜溜地乱转，云瞬瞧着它的小模样，嘴角挂着一弯甜美的笑容。康平王对她哪里都很好，特别是在乞巧节宴会之后，李图对她的态度更是亲近了不少。可那些人的好，似乎都及不上眼前这一团毛茸茸的小东西带给自己的喜悦和温暖。

"啊！"如玉的手指被它啄了一个浅浅的小洞，云瞬慌忙收回了自己的手，把手指放在嘴里吮，哭笑不得地看着这个小家伙得意地叫了一声在笼子里蹦跶。

"云瞬啊，有好消息。"刚刚下朝的李图一头就钻进云瞬的房间，笑眯眯地朝她道喜。云瞬抽回身，给他行礼："爹。"

李图今天真是特别开心，银白色的胡子都跟着抖了几抖，他拉着云瞬的手坐下，云瞬瞧着喜上眉梢的李图："爹，有什么好消息啊？"不知道为什么，她看着这样高兴的李图，心里莫名涌起的，却是不安。

李图爱怜地看着她，老眼之中似乎泛起了泪花。

"陛下今天在朝堂上，亲自给你指了婚。啧啧，咱们老李家真是祖宗庇佑，这一次终于是熬到头了。你弟弟先是被选中了做皇子侍读，你也被陛下亲自指婚，这简直就是天大的荣宠啊。"李图说起来这些，更开心得不得了，却没有留意到云瞬越来越惨白的脸色。

被画眉啄破手指的痛也感觉不到，在袖子里的手紧紧地交握，骨节也泛出青白的颜色，她听见自己用颤抖的声音发问："不知道陛下为云瞬指的夫家是……"

夫家是谁？是谁能让陛下亲自为他指婚？

提起夫家，李图更是甚为满意，说出来的时候语气之中满是骄傲："要说

72

这夫家可是了不得，那可是当今正红的安庆王，全大唐当中，最年轻有为的王爷，长孙舒豫呀。"

胸口里的空气似乎都凝滞，一颗七窍玲珑的琉璃心俨然在这一刻碎裂有声。

"长孙……舒豫？"她的脸色一定难看到了极点，不然怎么连只忙着高兴的李图都发觉了她的异常？

"瞬儿，你是不是不舒服呀？怎么脸色这么难看？"李图眉头深锁，拉着她的手也紧了几分，"找个郎中来瞧瞧吧。都要做王妃的人了，要学会爱惜自己呀。"

王妃……说的……是她吗？

清明的灵台仿佛硬生生地被人敲了一记闷棍，所有的意识都被抽离，她只看着李图的嘴，张张合合，却再也听不进他说的任何一个字。

她被指婚了，要嫁给舒豫王爷了，爹说，这是天大的荣宠。

可是她不开心，她不想要这个荣宠！如果她要嫁给长孙舒豫，那苏墨远怎么办？那个如水清澈的少年，他对自己的情意要怎么办？她的一双手绞紧又松开，几经反复，她才找回了自己的意识。对着李图生硬地露出一个微笑："我没事的，这两天有些没有睡好，可能没什么精神吧。"

李图让她好好休息，临走的时候又叮嘱丫头巧眉，让她好好伺候云瞬。

等李图走了，巧眉一脸焦急地跑了进来，快速关闭了房门，急切切的对着云瞬道："小姐，刚才老王爷说的都是真的吗？您真的要嫁给舒豫王爷了？"

从李图转身之后就瘫软地坐在椅子上的云瞬脸色难看得不行，似乎对巧眉的发问根本没有听见，但她的这个问题却在她的耳边不停地回响。

真的要嫁给他了吗？

她在心里深深地叩问了三次，方才迷蒙的心神好像在一遍又一遍的叩问之中找到了些许的答案，她不能嫁给那个强势霸道的男人。她的心里已经有了别人，她不能不忠于自己的内心，不能为了皇帝的一句圣谕就毁了这段她珍惜的感情。

绝不能！

"巧眉。"她艰难地开了口，巧眉紧张地站在她的跟前，看她攥紧的手背上都露出青筋，焦虑地劝道："小姐，巧眉在这儿呢，您有什么吩咐，就安排巧眉去做。"

"刚才我爹说了没有，婚期是什么时候？"

巧眉咬了下唇，如实回道："老爷没说这个，他倒是说了一句，具体的时间要等舒豫王爷亲自定夺。"

连他们何时成亲的时间她都无权提前知晓！她的一切，都要等那个男人一手安排！

巧眉看着她愣愣的样子心里头害怕，颤声说："小姐，您可千万别想不开呀，嫁给舒豫王爷，是长安城里头多少姑娘梦寐以求都企及不到的好事儿呀。"

云瞬抬眼看她，侬丽的眼眸里已经攒出盈润的雾气："她们企及不到的，不一定就是我想要的。这桩婚事，我不同意！"

巧眉为难地看着她："可是小姐呀，胳膊拧不过大腿，您不同意，又能怎样呢？"

云瞬豁然从椅子上站起来，巧眉说得对，这件事，光是她一个人不同意，根本没有任何作用，她的反抗绝对不会被舒豫看在眼里。可如果……是她和苏墨远两个人同心戮力的话，就算是天大的拳头也压不垮他们！

她有这个信心，可是……云瞬将目光锁在窗檐下的鸟笼上，许久，默然无语。

十一月的长安，没有了秋日的绚烂似锦，只剩下一段枯枝铺就道路。清晨时候，雾霭还未退去，宫娥们便早早地出来打扫一夜落下的残叶。

圣谕下达已经整整过去一个月，云瞬没有等到苏墨远给她带来的只言片语，甚至……上个月十五的松林相会都被他借故推托。那道圣旨就是一道横在她头顶上的利剑，虽然眼下还未落下，她却要时时刻刻提防着它无情斩下的一刻到来。

在这把写着"皇权"字样的大剑还未落下之前的每一天，都是如此提心吊胆。关于这件事，她想了很久，也思虑了很多，除了更加坚定自己不能嫁给舒豫王爷之外，她还想到了一条可以一试的办法。

她想试一试。

容安对于她一早就到了两仪殿外颇感意外，所幸王皇后没有晏起的习惯，云瞬很顺利地入内见到了她。

王皇后穿着一身华美的法服坐在殿中，清晨和傍晚接受妃子宫人的晨昏定省是她作为皇后独享的专权，看起来，王皇后很是享受这个过程，即便是每一个寻常的早上，她也要将自己打扮得一丝不苟。

手中端着一杯清茶，吹开浮在上头的叶片，王皇后终于看了一眼跪在空荡荡殿内的云瞬。云瞬低着头，刚刚在来的路上她所有想到的或许能够打动王皇后的巧言都在她的一句话中消泯。

片刻之前，王皇后对她说，早就在上个月陛下刚刚赐婚的时候，安庆王舒豫就入宫拜谢了天恩，似乎对这桩婚事很是满意。陛下已经同他商议过，过了新年，就择一个黄道吉日，让他俩成婚。

这件事，已经是完完全全的板上钉钉，再也没有回旋的余地。陛下九五之尊，一言九鼎，哪里有朝令夕改之理？

皇后短短的几句话，如同一桶冷水兜头浇下。云瞬跪在原地一动不动，在这偌大的大明宫中，她所能一试的唯一希望，也被如此轻易地击碎。

其实在来之前，云瞬也做好了这个准备。皇权的霸道和天威的难测，她早在十一年前就懂了，他们的一句话，可以让人片刻生，片刻死。

纯黑的大理石铺就的两仪殿地面，如同镜面一般倒映出她的影子。漆黑一片之中，她能清楚地看到自己苍白的脸色和几乎咬破的唇。她抬眼朝正在叹息的皇后看去，眼光却越过了皇后的肩膀，落在墙壁悬挂的先帝佩剑上，良久，她听见皇后的劝告谆谆而来："安庆王年轻有为，是这一批年轻王爷之中的翘楚，陛下将你许配给他，自然有陛下的顾虑和用意。云瞬，陛下对你的这番苦心，你能明白吗？"

她的脸色白了又白。

皇帝的苦心？云瞬惨然失笑。

与其说是高宗的一片苦心，不如直接一点，陛下考虑的，不过是想要自己嫁过去作为一条潜在的马缰绳，她这根绳子的一头拴在安庆王的身上，好让安庆王这匹黑马在一往无前的建功路上有个牵绊，有个顾忌。另一头则被高宗牢牢地牵在手中，如此一来，他就可以随时收紧这条缰绳，不让这匹难驯的黑马偏离轨道。

而对于皇后来说，她归根究底是皇后的侄女，她嫁给朝中第一权臣，对她，也有莫大的帮助。云瞬想到皇后之前对她说起过的萧家，大概此时的皇后是在自己的身上看到了一些重振凤仪的希望吧？

说到底，她是一颗对双方都有利的棋子。云瞬不禁苦笑，他们统统在她的身上得到了想要的东西，可她呢？她想要的东西是如此简单，可他们却偏偏连这样的权利都掠夺！

一时间，云瞬甚至觉得自己这一次回京，是错的。

哪怕一直被贬谪、被流放在乌里雅苏台，她也过得比现在自由惬意一百倍、一千倍。

　　见她一直不说话，王皇后沉下脸来，将手中的茶杯加重了力道放在桌案上，语重心长地对她道："你母亲当年就是吃亏在了不识时务，本宫一直以为，你会在这一点上做得很好。你也要仔细想想陛下为什么会如此厚待你。云瞬哪，你可不要辜负了本宫对你的一片心意。"皇后眉眼深深地看住她于顷刻间黯淡下去的眼睛，笑着摆了摆手示意她退下，她知道，云瞬已经将她的话听进去了。

　　云瞬不知道自己是怎么走出的两仪殿，殿外甬道上的宫娥们见了她纷纷行礼，低声地议论着她难看的脸色，她都没有在意，深一脚浅一脚地往前走着，一直到一个人将她拉了一把拽上了马车，她才好像清醒过来一点，迷蒙地看着眼前来给皇后请安的清菡。

　　吩咐车夫将马车停在一处不显眼的地方，清菡这才开口："我的好姐姐唉，你怎么遇到这么大的事儿也不知道和我商量商量呢？你方才是去求皇后娘娘了吗？她怎么说？"

　　云瞬冷笑一声："我本想着去求一求皇后，她之前对我说，如果我有什么麻烦事都可以找她，她会帮我，但是到了真正遇到麻烦事的时候，她只是乐观其成罢了。"

　　清菡咬了咬嘴唇："那姐姐，你就打算这样认命了吗？"

　　认命？十一年以前，她就已经被迫认命过一次，这一认就是十一年，人生能有多少个十一年？她不能允许自己再认命第二次！

　　这大明宫，这康平王府里，既然都没有人能够帮助她，那么能帮助她的，就只有她自己。

　　"清菡。"云瞬苍白着一张脸，从袖子里抽出一封贴得严严实实的信封递给她。她怎么可能将全部的希望都压在王皇后一个人的身上？

　　"这是什么？"清菡看她神色不善，心里也跟着紧张，拿着这封信左看右看，恨不得能穿透了信封一般。

　　云瞬委顿地靠在马车壁上，仿佛接下来要说的话已经耗费了她所有的体力："在来找皇后之前写了这封书信，本来……我以为我用不上它，回去就把它烧毁，可没想到，事情居然还是到了这一步。"她深深地吸了一口气，压低了声音说，"这封信是写给苏墨远的，我要他同我一起离开长安城。"

　　"啊？你们这是要……私奔？"清菡倒吸了一口冷气，紧紧地用手捂住自己的嘴巴，大惊失色地捏住云瞬的手腕，"你疯了么？陛下的指婚你也敢违抗？你不想活了？"

"没有自由，没有快乐地活着还不如轰轰烈烈地去死来得痛快。清菡，我将你当作我的挚友才会这样坦诚相见，你只告诉我一句话，你愿不愿意帮我把这封信交到苏墨远的手上？"自从李图得知她的婚讯之后，她的身边就多出了许多李府的侍从，出门一次对她来说已经是一件很困难的事，更遑论出去见苏墨远，亲手交给他这封信了。

清菡对着她满怀期待的眼睛，左右犹豫了片刻，一咬牙，斩钉截铁地向她保证道："好！你放心，我一定会将这封信交给他。"

"清菡。"她双手握住她的手，眼中涌出泪花，"你告诉他，今夜子时，我会在那片松林里等他，他知道是哪一片松林。"

清菡郑重地点了点头，将信封揣进了怀里。

"你真的看到李云瞬上了清菡的马车？"一个小宫女被槿华和丽姝一左一右夹在中间，吓得头都不敢抬起来，低着脑袋回答："奴婢看得千真万确，奴婢还看见清菡郡主下马车的时候，有个小宫女冒失地撞到了她之后，清菡郡主特别小心地摸了摸自己的前襟，好像……很紧张的样子。"

衣裳……前襟？

槿华松开了扯住小宫女的手，和丽姝两个人相互交换了一个眼色，立时变了一副态度，笑容可亲地掏出一块银子塞进小宫女的袖子里："今天的事，不许对别人说出去，知道吗？"

"奴婢不能拿……"

"让你拿你就拿着，再废一句话，本郡主就让人把你从宫里赶出去。赶紧滚远点。"丽姝没有槿华那样能周旋会说话的好脾气，她一瞪眼，小宫女顿时吓得不敢再推辞，拿着银子飞快地跑掉了。

丽姝瞧着小宫女慌乱跑远的背影，有些嘀咕："一个小丫头的话，咱们能信吗？"

槿华也朝那个方向看去，低声道："钱能买来的，就应该差不了，不如咱们诈一诈文清菡，如果是假的，也无所谓，但假如那个小丫头说的是真的话……"后面的话，槿华没有说下去，而丽姝已经明白了她的用意："可是咱们要怎么诈她呢？"

槿华想了想，在丽姝的耳边轻声低语了几句，丽姝眼前一亮，嘴角噙上一抹隐狠的笑意："就按你说的办。"

在离开两仪殿的路上，马场是清菡的必经之地，她的马车就停在这条路的拐角，身上带着这样不得了的东西，让清菡不由自主地加快了离去的脚步，可她没走出多远，就看到在马场甬道的一侧聚拢了不少人。

清菡好热闹，忍不住也凑过去，在人群外层朝里头瞧。原来马场里有人正在驯马，且还是一匹高大的大宛马，想来是这一次击退西突厥兵时缴获的战利品。

这匹马性子十分烈，先后上去了三个驯马的高手都被它甩了下来，三个高手失败之后，竟然再也没有驯马师傅愿意上去冒险。清菡瞧着手痒得不行，驯马的师傅和她还认识，见她跃跃欲试就招呼她："清菡郡主，你要不要也来试试啊，这马的性子烈得很哪。"

清菡正想要答允，可她的手下意识地摸了下自己的前襟，刚迈出去的一步又退了回来，朝那个驯马师傅摇了摇头就要离开。忽然在人群对面传来女子鄙夷的笑声，笑声虽然娇，却让清菡觉得刺耳得很。

"都说那谁是长安城里的小辣椒，能驯得了最厉害的马，怎么，到了跟前你就怕了吗？"她刚刚说完，身边就立刻有几个女子跟着一起笑了起来。

清菡舒了口气，强压住心头的怒火，转过身看着她："我今天有事，不和你计较。"她刚一转身，身前立时围拢上来几个不认识的女子。

槿华从她们的背后走出来，笑着抱住肩膀："清菡郡主何必如此见外呢？我们都听说郡主你的骑射功夫是长安城的女子当中最出类拔萃的，今天这么好的机会，我们可都想开开眼呢。"

清菡挑起眉毛："我刚才说了，我今天有事。不想陪你们玩，让开。"她说着就往外挤，不想，这些人似乎之前设计好了一般，准确地拦住她的去路。槿华似笑非笑地开口："难不成之前我们听到的传闻都是假的，您这个小辣椒，是徒有虚名的嘴把式。"

围拢在她周围的女子们又爆出一阵嘲笑，清菡怒火中烧，挽起自己的袖子，一回身大步流星地朝那匹趾高气昂的马走了过去："好，我今天就降服这个畜生给你们看看。"

丽姝隔着人群在另一头朝槿华点了点头，槿华立刻会意，让众人闪出一个圈子来。再看清菡，绕着马走了两圈，马感受到危险，鼻子里呼呼地冒着热气，蹄子也不安地来回挪动。清菡瞅准一个时机，垫步拧腰噌一下蹿上了马背，一手握住它身上的缰绳，牢牢地抓在手中。马被这股突然的外力刺激，肆意地扬着蹄子，几次三番试图将背上的人抖下去。清菡仗着自己一身好功夫，手臂力气又大，用力抓着缰绳，任凭它怎么撒野，她也没有松开。最后，她整个人都伏在了马背上随着马一上一下地起伏着。

槿华见时机已到，给那个驯马师傅一个眼色，驯马师傅立刻上前，伸手揽住马鞍上的链子："吁，吁！"清菡没料到驯马的师傅会在这个时候出现，生怕马蹄伤了他，只得在马背上一拧身换了个方向。

随着她的动作，一点白影从她的前襟飘落坠地。

槿华心头一喜，驯马的师傅冒着被马蹄踏上的风险，从地上一滚，自马身的左边滚到右边，将那点东西捡起来藏进袖子里。

马折腾了这一个上午，所有的力气都被消耗光了，又折腾了一会儿，渐渐地安稳了下来，清菡脸上带出骄傲的神色，扬起下巴在马背上看着丽姝她们灰头土脸的表情，别提心里多痛快了。

抬腿跃下马背，将马的缰绳递给驯马师："有些畜生就是该给点教训才知道天高地厚，如果它以后还不安生，你就用马鞭狠狠地抽它，让它吃点苦头。"驯马师连连称是，又赞美清菡驯马的功夫是一等一的好，清菡扫了一圈都不再说话的女子，哼了一声，从她们身旁走过。

"真没想到，清菡郡主驯马的本事这么高。"槿华走到丽姝的旁边，很自然地挽起她的手。丽姝手指一动，将她手里的东西勾了过来，点头附和道："是啊，难得有这样好的机会，让我们一饱眼福。"

等到了没人处，丽姝迫不及待地将袖子里的东西拿出来打开，这一看，两个人顿时都傻了眼。

看罢多时，丽姝哈哈地笑了起来："真不错，真不错啊！李云瞬自己退出了，这样一来，也就没人再和我争舒豫了，这可真是求之不得的好事。槿华，你说是不是老天助我呢？"而站在她身旁的槿华则脸色铁青地盯着这封信。丽姝她只顾着自己高兴却忘了李云瞬要约定一起私奔的人，正是槿华一直中意的苏墨远。

槿华咬紧了牙关，接过她手中的信："苏墨远是有分寸的人，他不会和她一起胡来的。"

丽姝看了她一眼，明白了她的意思。她所盼望的，却是槿华她不愿见到的。

"那好，这一次咱们就看看，到底老天爷是怎么安排，是向着你多一点，还是照顾我多一分。"丽姝最后看了一眼槿华，转身离开。

槿华站在原地很久，捏着那封信，忽而冷笑了起来："我从来都不相信命运会青睐到我的头上，丽姝姐姐，这一次我可要对不住你了。"

傍晚将近的时候，清菡急匆匆地在大街上走着。中午到家换衣裳的时候，她才发现早上云瞬交给自己的那封信不见了！差人在府里翻了个底朝天也没见到半分信的影子，可把清菡急坏了，那封信事关重大，不管落在谁的手里，都是天掉下来一样大的麻烦事！

她溜溜地从中午一直找到下午，仍旧是一无所获。

没有了信，可怎么办呢？要云瞬再写一封倒是容易，可她要怎么告诉云瞬，自己将这么重要的东西给丢了？

天黑之前，清菡才下定决心，她不能让云瞬知道自己丢了信，还务必要将这个消息送到。她决定亲自去一趟苏府，将这件事给苏墨远说清楚。

她脑子里乱哄哄的，冷不丁撞上迎面而来的人，慌忙道歉："对不起，我没看到您……"

"哎哟，你什么时候同我说话这么客气啦？"

听对面人不正经的笑声十分耳熟，清菡眉头一皱，抬头一看，可不是耳熟么，对面走过来的人，正是盛骏。她想起什么来似的朝他身旁一看，果然，舒豫也在。

"你走路不长眼睛的？往人身上撞。"她说着绕过盛骏就要走，盛骏一把拉住她："你这是吃了火药啦！这么大的脾气，谁惹着你了，说出来，我替你出气。"

清菡回头看着他，气得跺了跺脚。她这事儿，怎么和他说啊。

"没人惹我，我自己生自个儿的气。"她太笨了，居然将信弄丢！她一甩手，将他落在后头，"我今天没空，回来再去找你。"说着人已经走出好远。

盛骏一脸郁闷地摸了摸脑袋，莫名其妙地看着急匆匆离开的清菡："这又是要闹哪一出？"

舒豫眉心一蹙，看着清菡消失的方向，心里一动，这条街一直走下去，不就是通向苏员外郎的府邸吗？清菡这么着急地去那里，是为什么？

第七章　迟到的心

"王爷，您回来了。"湛栌一见舒豫回来立刻迎了上去，"府里头来了个客人，晌午时候来的，一直等您到现在。"

舒豫随他边往里头走，边问道："什么客人？"是什么人这么迫不及待地要见他？

湛栌撇了撇嘴，似乎对这位来客并不怎么友善："是槿华小姐。"

她？

舒豫挑了挑眉，他似乎和槿华没有什么交情吧？无缘无故，她为何要来自己的府上，还一等就是一个下午？

"槿华给王爷请安。"槿华心内焦急得如同汤煮，然而脸上还是尽量地保持平静，不让舒豫看出她的焦虑来。

"免礼。"舒豫在她身前站定。尽管槿华隐藏得很好，舒豫还是在她的眼角眉梢看出了焦躁和担心的神色。

槿华抿了下唇，鼓起勇气，对着舒豫直言道："槿华有一件东西想要给王爷瞧瞧。但是，我只能给您一个人瞧。"她说着瞟了一眼站在舒豫旁边的湛栌，湛栌撇着嘴，退了下去。

舒豫坐了下来，冰冷的脸上是一贯的冷静沉稳："假如槿华小姐要给本王看的东西有关政事的话，就请小姐转呈你父亲交予本王吧。"

槿华是什么人，舒豫也有所耳闻，她那个碌碌的父亲之所以能攀升到这个位置，据传闻讲有一半是沾了这个聪慧女儿的光。对于一个这样的人，舒豫不得不加大几分戒心。

槿华摇了摇头："不是政事，是……私事。"

舒豫抿着嘴角，深邃无波的眼眸掠过她的身上："既然是槿华小姐的私事，本王该知道吗？湛栌，送客。"

槿华明白自己说不通这个冰冷的王爷，唯有拿出让他感兴趣的东西来才能震得住这个男人。紧着上前一步，将怀里的信掏出来放到他面前，嘴角挂上冷酷的笑意："王爷您先看一看这信，再急着赶我出去不迟。"

眼睛瞟了一眼放在桌上的信，舒豫眼睛里的光就变了，信封上的字迹他认识，这是云瞬的信。他的心里有惊讶和疑惑，却并没有急着去拆开，反而目光沉沉地看着槿华："这是什么？"

"这就是我说的私事，也是王爷的私事。"看到舒豫刚才那一瞬表情的变化，槿华的心里就有了底，说话也不再似刚才那样谨小慎微。她对上舒豫探究的眼神，将信推到他的面前，"请王爷观信之后再做定夺，槿华告退。"

舒豫眯起眼睛打量了一圈这个娇小的女人，终于淡淡地说了一个字："好。"

等看完了这封信，舒豫刚才还保持得很好的冷静面容再也绷不住，这信上的内容让他太吃惊。云瞬她居然为了那个男人做到了这一步，这是他始料未及的！手心里的信被他大力地揉成一团，好像是在泄愤，而他的暴躁只持续到此便终止，重新打开信纸，他逼着自己去看心爱的女人对另一个男人的衷肠剖诉，眼光在那一句"子时松园相见"上停留良久。

此时距离子时，还有两个多时辰，足够他准备了。

月上中梢，松林园里头寂静一片，冬日的夜风吹得她单薄的身子瑟瑟发抖，身上的寒冷却敌不过心里的火热，是以云瞬并不觉得寒冷。

手臂上挎着一只小小的包裹，一如她第一次踏足这片天子脚下的时候一样。来时充满杀戮危机的路，此刻也包藏着太多的未知和忐忑。来的时候，她未曾想过自己会离开长安城，更未曾想到过自己会用这种方式来离开。比起心里潜藏的那个心愿，能够得到一个人真心爱护的诱惑真是太大了。云瞬默默地闭上眼睛，靠在一棵高大的松柏之后躲风，祈求着老天成全她的美意。

毕竟命运已经夺走了她的童年和幸福，至少，这一次，当她再一次伸出手去和命运抗争的时候，老天爷不会再如此不公吧？

走了之后，他们要去哪里呢？

苏杭吧。

人说上有天堂下有苏杭，那一定是处极美的地方，一年四季都是温暖的。到了夏天她和苏墨远可以撑着一顶荷叶做伞，摇着一只小舟，在如梦似幻的西湖上泛舟赏玩，恰如当年的西子与国士范蠡。冬天的时候他们也可以烧着一簇篝火，用红泥的小炉来醅酒，室内酒香四溢，室外天地肃杀。那是一种怎样美妙的人生？

子时……将近。

墨远在看到自己手书的时候一定惊讶死了，她一直都是乖乖的、温顺的，他一定想不到自己也有这么疯狂的时候。那是他不明白，那样轻松闲适的生活对她来说有多么宝贵。不过没关系，云瞬低着头微微笑了起来，风吹在脸上也变得温暖，她知道珍惜他，珍惜那样的日子，就够了。

"你家公子在不在？我要找他。"在这么寒冷的腊月里，自己的额头上居然冒出了涔涔的冷汗，清菡慌乱地擦了一把，门童见她万分火急，赶紧打开大门，"公子在书房。"没等人家把话说完，清菡拔腿就往里头跑，旋风一样地冲到书房门口，也顾不上什么礼数不礼数的，直接推门而入："苏大哥，我有件大事要和你说。"

正在灯下观书的苏墨远被她吓了一跳："清菡何事惊慌？"

清菡拉起他的胳膊就往外拖："唉，你别问了，快和我走吧。"

苏墨远被她拖着跟跄了几步，眉头深锁："到底出什么事了？"

"是云瞬姐姐。"清菡停下，低声道，"姐姐不想嫁给安庆王，约定今晚子时，与你在松园相见，一同离开长安。"

"啊？"苏墨远脸上的血色顿时褪去，倒吸一口凉气，不敢置信地看着来报信的清菡。

清菡咬了咬牙："你收拾收拾就赶过去吧，别让姐姐久等。这种事，迟则生变啊。"

苏墨远退了几步，离开清菡的身边，低着头拧眉深思。

"我……"

清菡睁大眼睛看着一脸犹豫的苏墨远，压低了声音反问："你不是不想和我姐姐私奔吧？"

他怎么会不想呢？

和她能白头到老是他心心念念的事，他怎么会不想呢？可他不是一个孤家寡人，他还有父母双亲，还有这个苏府，他走容易，可是他走了之后，让这些人怎么办？陛下会不追究吗？安庆王会善罢甘休吗？

"我……不能……"艰难地吐出这几个字，好似用尽了他一生的力气。

清菡不敢置信地上前两步，扯住他的胳膊："你说什么？你不去？"她无论如何也不敢相信，云瞬几经挣扎才下定的决心竟然被苏墨远一口回绝！

"不……让我想想。"苏墨远颓然地瘫坐在椅子里，一脸的迷茫和痛苦。

清菡愣怔地看着他，半晌冷冷发笑："我原本还很愧疚，现在看来，该愧疚的人才不是我。"她再也不想多看一眼这个软弱的男人，转身走了几步，又停下。她不能这么走了，她这么走了，云瞬的希望就全都破灭了。

发狠似的咬着牙，她转过身，加重了语气对苏墨远说："姐姐说了，子时，她在松园里等你，你……不要让她久等，更不要让她失望。"她再也找不到合适的措辞来和他说这件事，看着依旧沉浸在痛苦和困惑当中的苏墨远，清菡一跺脚，走了。

不合时宜的脚步踏碎落叶的声音惊醒了她的美梦，云瞬嗖地睁开眼睛，借着月光看到来人相貌的时候，她的心仿佛坠进了刚刚编织起来的梦幻西湖当中。

舒豫喜穿玄色的衣裳，这样潇洒又带着冰冷气息的他出现在皎洁月光与苍青翠柏之间，却让她的心惊得四分五裂。

不是苏墨远！

舒豫在她的眼睛里看到了极度的失望，甚至是可以被叫作绝望的神色掠过她清秀的脸庞。他的心仿佛也跟着她这样的表情，一起跌进了不知名的深渊。

他缓缓地走到抖如筛糠的她的身边，替她挡住一侧的来风，陪她靠在树旁，一同望着天上的月亮。

月华似练，松林静谧，然而如此安宁的美景却终究沦落为她一生不能回望的梦魇。

此时，子时已过。

书房内的蜡烛已经燃灭，没有人重新点起，黑洞洞的房间迎合了主人此时毫无光明的心境。走还是不走？去还是不去？这简短的十个字困扰着苏墨远整整两个半时辰。

向前一步，是那张至纯至美的笑靥；退后一步，是他不能割舍的亲人和家族。

如今的他，当真体会到了举步维艰的含义。

他进不得，退不得，只能被痛苦和纠结死死地缠绕在原地，无法救赎。

月华透过窗格闯了进来，苏墨远推开眼前的窗，室外，天地一片茫茫。

下了巨大的勇气之后，他终于站了起来，走到书桌旁，借助月光，缓缓提起笔在纸上写着什么。

子时过半，月光被云朵遮掩，黑下来的松园没有增加她的恐惧，她只是仰着头靠在松柏上，默默地看着无边无尽的苍穹。

或许……他只是被什么事情绊住了，会晚一点到。云瞬这样安慰着自己，这个自己都知道荒谬的借口让她在凄冷的夜风之中，又站了将近一个时辰的光景。

再多的借口，也改不了苏墨远未来的事实。

她也不能再继续欺骗自己了，用那种根本不相信的借口。

嘴边不自觉地就含上一抹笑，却那么苦涩。她赌输了，再一次向命运伸出的手被无情的命运打回，这一巴掌打得她好痛，痛彻心扉。太傻了，怎么能在经历过那么多不公和困顿之后还能天真地朝着命运索要幸福呢？

她真是太傻了。

她以为自己会哭，会大哭，可是很奇怪，这个时候除了胸腔里的某一部分变得生疼之外，她竟然没有一颗泪水。

"他不会来了。"云瞬望着天上的星辰，好像闪耀的星子也都在同情地望着她一般。

舒豫垂下眼帘看着她苍白和写满失望的脸，抖开手里的披风给她披上："要回去吗？"他自己都惊讶自己为什么还能如此冷静，如此淡定从容。在接到那封信的时候，他的怒火前所未有的烧得他失去了所有的理智。他以为自己会带着人，冲到子时的松园当中，将他们二人一起拿获！他要请陛下治罪，狠狠地处置她的背叛！

可是……他做不到。

他竟然做不到见她吃苦，舒豫甚至颓废地想过，如果苏墨远赴约而来的话，他会用自己的腰牌亲自护送他们二人出城。得不到的，成全也未必不是一件善举。可他又那么不甘，他苦苦思恋了十一年的人重新站在自己面前的时候，他不能容许她从自己的指缝滑过。

他要赌一次，要将全部的赌注都下在命运的头上。

苏墨远来，他不得；苏墨远不来，他将再不会放手！

天色，近丑时。

云瞬的一颗心在这短短的一个时辰之内，冰冻碎裂，化作齑粉。他不会来了。合眼的时候，她都未察觉自己的脸上早已经淌满了冰冷的泪水。

她回过头看着身边的这个男人，他的眼睛里有深沉内敛的光，还有她读不懂的情愫。他也凝视着她，好似要说些什么。蓦地，她混乱的眼神里找回一丝的清明，慌忙向后退了两步，惊恐万状地看着舒豫："为什么你会在这儿？为什么这个时候你会在这儿？是你，对不对？是你让墨远没有办法来的对不对？"

舒豫沉默地看着忽然之间变得激动起来的云瞬，一向沉稳的他居然不知道要如何招架她的质问。

是他吗？是他不让他来的吗？在她的心里就是这样想他的，他就是一个彻头彻尾滑稽可笑的恶人！

他的沉默不语看在云瞬的眼里就变成了默认。

她冷笑着远离他："我就知道，墨远不可能不来的，一定是你从中作梗！你为什么总要和我过不去，你为什么紧盯着我不放？你以为陛下指婚给你我就会屈服吗？不会！我绝不会再低头屈服！我绝不会！"她靠着最近的一棵松树缓缓地跪坐了下去，眼泪倾盆而至。声声近乎狠厉的质问回响在松园当中，惊得松针也簌簌发抖。

他还从未听过这样让他心痛又无法回答的诘问。

云瞬忽然站起来往林外跑，她得去看看，苏墨远怎么了？他发生了什么事情，这个阴冷狠毒的安庆王到底对他做了什么？

舒豫额头上的青筋跳了又跳，他甚至可以容忍她的背叛，他甚至不去追究！可她还不明白自己的心意，她究竟要怎么样才能忘掉那个该死的苏墨远！

他一个箭步冲上前，将她拖了回来。

"你闹够了没有？"他还是不忍对她大吼，不忍对她打骂，连去拉住她的手都被自己刻意放轻了力道。

"你放开我，放开我！我要去找墨远！"她哭着，对他一阵拳打脚踢。

她的拳头对他来说根本没有任何的杀伤力，可每一下砸在他的身上，都痛在他的心头。

"苏墨远他不会来了！他不敢！"他轻而易举地钳制住她的反抗和挣扎。她真简单地认为苏墨远对她可以执着到放弃所有的地步吗？她不明白，这天底下，能为她做到义无返顾的人，只有他啊。

"为什么？为什么？"她徒劳地被他困在双臂之中，靠在他宽阔的胸膛上的时候，她竟然感受不到温暖。

等她哭够，舒豫想要抱起已经完全无力的她回去，被云瞬冷冷地推开，她已经没有刚才那么激动，猛然醒悟的她似乎能够理解苏墨远了。他和她不同，苏墨远有他的家族，有他的牵绊，还有他慢慢变得开阔的仕途。而她，只是在长安城里一无所有的可怜人。

她不怪他。

明明已经这么想通了，可为什么在反复念着这句话的时候，心还是那么痛！舒豫替她擦去脸上的泪水，低声道："别再闹了，我送你回去，好不好？"

空洞的脸上没有任何表情，她默默地点了点头。

对，她低头了。

不是对长孙舒豫的权势，而是对她可笑又无奈的命运。

人总是争不过命！

空荡荡的松园好似忘记了刚才的一幕撕心裂肺，寂静无声地矗立在穹庐之下。半晌之后，刚刚恢复了平静的松园里又响起一阵急促的脚步声，匆匆赶来的苏墨远见到的，只是一片无人无声的松林翠柏。

月移西楼，城里的更鼓声遥遥传来，此时，正是丑末寅初之际。

站在茫然无一物的松林之中，苏墨远站在她们每月相见的那棵巨松之下，手指摩挲着松树粗糙的纹路，她一定等了他很久，她一定对他失望透顶。

苏墨远啊苏墨远，他嗤笑出声，你真是个怯懦又胆小的废物！这样的你，配不上她！不要再执着了，否则会害人害己。

他低头看着自己腰上的坠子，流下两行清泪。

云瞬，请原谅我迟来的勇气和决心。未来的你，会是高高在上的安庆王妃，你要过得很好，未来的我也将在你看不见的地方，默默地用我的一生守望着你的幸福，看着你，过得很好。

"小姐，小姐，您好歹也把药咽下去呀。"

耳边有人一声声呼唤，云瞬听得出来，叫她的人是丫头巧眉，也听得出来巧眉现在特别地焦急，可是她太累了，太疲倦了，顾不了那么多了，昏昏沉沉的根本不想睁开眼睛。

"瞬儿的情况怎么样了？有没有用药？"李图走了进来，挨在她的床边询问情况。巧眉摇了摇头，据实回话："小姐还是没有醒过来，喂的药也喝不下去。"

在床上躺了也有三日了，情况还是没有任何缓和的迹象，也没有变好的趋势。如今的云瞬可不只是他的女儿这么简单，她可是准安庆王妃，她若有个三长两短，他也没法子向舒豫王爷交代。

然而，片刻地沉默之后，李图终于开了口，这个问题困扰了他整整三天："我问你，那天夜里，瞬儿为什么那么晚了还出去？是不是谁约她出去见面？"

巧眉支支吾吾地含糊道："奴婢也不知道。"

"你不知道？"李图冷眼看她，"你是瞬儿贴身的丫头，你难道会不知道吗？内鬼和外鬼不相互勾结，她怎么就有胆子在那个时候跑到那么远的松园去？"

巧眉吓得浑身一抖，跪在地上："老爷，奴婢真不知道呀。"

"爹。"李云彻从外头走了进来，看清屋子里的情况，眼光落在云瞬的身上，"爹，您吩咐的事儿已经查清楚了，那天夜里除了舒豫王爷之外，没有人再去过松园。"她露在被子外面的手微微一动，被李云彻看在眼里。

"这可奇了怪了！舒豫王爷是陛下指婚给你姐姐的光明正大的未婚夫，他们二人要见面，何须如此大费周章？还大半夜地跑到松园里头去，一站就站到后半夜才回来？而且，云瞬一回来就高热不退，一直昏迷不醒，这些都太难解释。"

"舒豫王爷那头有什么动静没有？"他最担心的还是舒豫王爷会不会责怪于他，毕竟这件事情太过蹊跷。

云彻又摇头道："安庆王府还如同往常一样，没有什么不同。"

"那就好啊，咱们刚刚攀上了这棵大树，可千万留神别让大树砸了自己的脚。"李图手捻须髯，隐有忧虑。他总是觉得云瞬和舒豫之间一定是发生了什么事情，只是这两个当事人一个昏迷，一个不说而已。

"少爷，您在这儿呀，夫人正找您呢。"书童从前头跑过来把云彻叫走，云彻来到前厅，他娘正坐在椅子上喝茶，神情悠闲。

"娘，您找我。"

二夫人让他坐到身边，低声道："都对你父亲说了？"

"是，都是按照娘的吩咐说的。"云彻不由一皱眉，他不懂，为什么娘要撒谎欺骗父亲，其实那天晚上的松园除了舒豫王爷之外，还有苏墨远，他也去了。

二夫人看明白他的疑问，笑着摸了摸他的头："彻儿你还太小了，你不懂这里头的玄妙。等你大一些，自然就懂了。"她重新端起茶，啜了一口。她当然不能告诉李云瞬，那天晚上苏墨远真的赴了约，只是他去得太迟了，他出现在松园的时候，舒豫王爷已经抱着昏过去的云瞬回到了王府。

这其中的细节她不清楚，但大概的脉络已然清晰。云瞬在陛下指婚之前就同苏墨远有私，那天晚上俨然是二人商量好要一起私奔的架势。所幸的是，苏墨远那个优柔寡断的文弱书生没有准时赴约，在松园里苦等情郎的云瞬没有等到苏墨远，却等来了捉奸的舒豫王爷。

这场戏可真够热闹的。

想不到云瞬那小丫头还挺能折腾，在她的眼皮子底下能闹出这么大的一出戏，实在出乎她的意料。

"哼。"二夫人合拢眼帘发出一声冷笑，云彻侧目看着她，这样的母亲让他感到陌生和可怕。

"我原先还想着，留下了她是不是一个祸根，没想到，咱们李家能崛起还就是靠着她了。"

"所以您就让我故意欺骗父亲，隐瞒下苏墨远和……姐姐的事。"李云彻是个聪明人，即便二夫人没有明说，他也已经猜到了几分真相为何。

二夫人皱了下眉："这怎么能算是欺骗呢？云彻，只有断了她的念头，她才会老老实实地嫁到安庆王府。等舒豫真的成了咱们李家的女婿，成了你的姐夫，那情况就会大不相同。"二夫人放下茶盏，目光凝视在一丛兰草之上，大概那位年纪轻轻就寿终正寝的康平王妃怎么也想不到，她的女儿给她提供了这样好的机会吧？

李云彻别开了眼，沉吟道："我刚刚去她房间里的时候，听巧眉说她这几天一直没有进食，也没有服药。"

二夫人稍稍放松的眉梢又拧了起来，语气之间带上暴躁的情绪："要死要活的没个让人省心的时候！就算是要死，也最好是嫁过去之后再死，死在咱们府上，晦气！"她顿了一顿，脸上忽然带上一抹诡诈笑意，"如此，或许正好是个机会。"

"什么机会？"云彻有些不懂。

"自然是探明舒豫王爷心意的机会，我现在倒是很好奇，想要看看你这个姐姐在那个冷傲的王爷心里究竟占据了几成的分量！"脸上笑容更甚，她将茶杯里的水一饮而尽，"你去，到安庆王府将你姐姐病重的消息告诉给舒豫王爷，看他如何反应。"

"小姐，您这个样子不行啊。您这样……会没命的。"李图离开之后，巧眉扑倒在云瞬的床沿上，哭着劝说她，"苏公子他没能来，一定有他的苦衷，他也一定不愿意看到您现在这个样子啊。"

紧闭着眼睛的云瞬在心里发出一声轻笑，墨远他自然不愿意看到她这么狼狈的样子，可是他也不得不承认，她现在这么一副落魄的模样皆是因他而起！说她不怨吗？说她不恨吗？怎么可能一点都不怨不恨呢？

毕竟，她曾经将自己的一颗心完完全全地交托在了他的身上！曾经将他当成那个可以让她从这虚假的长安城里带走的良人啊！

"小姐，您醒醒吧，别再吓唬巧眉了。"

屋外，有人的脚步声，随即二夫人一脸不悦地推开了房门："哭什么哭！瞬儿还没咽气呢，你就在这儿哭着咒她吗？"一句话立刻吓得巧眉不敢再哭，擦干净眼泪退到一旁。二夫人走到床旁打量了一番面色如纸的云瞬，对她说道："一会儿舒豫王爷会过来探病，你给我机警点，把瞬儿的病说得越严重越好，说得好了，我就再多留你几日；说得差了，哼，你就收拾东西滚出王府去。"

"是，二夫人。"巧眉吓得浑身一抖。

二夫人又在房间里转了一圈，点着几处地方对身后的侍女说："这些都撤下去，换上好的物件来摆上。堂堂康平王府家的郡主也不能太寒酸，让人瞧了笑话。"

下人们忙忙碌碌地开始将云瞬房间里的摆设和家具一件件往外头替换。因着要搬东西进进出出，故而她房间的门就一直敞开方便搬运。巧眉急得忙前忙后，把床头的帐幔落下来挡风，想要找出两床被子来的时候才发现云瞬过冬的被子已经全都盖在身上，竟然没有一床是富余的。大夫千叮咛万嘱咐云瞬这时候一定不能见风，避免二次被风寒侵袭，可是……巧眉灵机一动，取过云瞬搭在床头的衣裳盖在她的身上，聊胜于无。

果然如同二夫人所言，约莫一个时辰之后，舒豫王爷真的驾临，将康平王府中的一众仆从忙得慌手慌脚。

李图在前头亲自为这个准女婿领路，额头上的汗不住地往外涔涔，舒豫今日仍旧是一身玄色的衣裳，配上他格外阴沉的脸色更加让人觉得他浑身上下都透露出森冷的气息，连李图也下意识地在他面前显得有几分局促不安。

到了云瞬的房间之外，舒豫扫了一眼房间外的一处角落，眉头一沉，摆了摆手示意李图不用跟进去。李图尴尬地站在门口，躬身等候。

房间内燃着一盆旺盛的炭火，上头罩了香笼散发着袅袅的香气。丫头巧眉站在床榻的旁边紧张地搓着自己的手，见到舒豫进来，慌乱地跪拜行礼："巧眉拜见舒豫王爷。"

"你就是云瞬的侍女？"舒豫打量了她一番，把个巧眉看得更加战战兢兢。舒豫缓和了口气，"你不必惊慌，将云瞬的情况详细说来。"

"是。"巧眉松了口气，看起来这个传闻之中不可一世的冷傲王爷也不是这么不近人情，她吸了口气，详细地为舒豫讲述了一遍那夜云瞬回府之后的情形，舒豫越听眉头皱得就越紧，听到最后，他的脸色也越发凝重。

等巧眉说完，舒豫望了一眼站在门口的人影，低声笑了下，虽然很短促，但这一声笑里潜藏的危险却让巧眉有些心慌。

"康平王。"他坐在云瞬的床边，手指很自然地抚摸过她苍白憔悴的脸颊，如同在赏玩一件上好的瓷器。

"康平王他平时待云瞬如何？"舒豫似乎忽然转移了关注的问题，巧眉有些没有反应过来，下意识地答道："郡主的事情大部分是二夫人过问的，王爷他……"

舒豫深邃的眼眸里闪出轻视的神色，那么一个窝囊的男人，自然是要听从自己夫人的意思。难怪云瞬会想着逃离这个府邸，这里……根本没有一丝让人温暖的气息。

"请康平王。"嘴角微微勾起，他已经做了一个决定。

康平王李图从外头走了进来，看着他平静地望着云瞬，不知道这个王爷的心里到底是怎么想的。

"康平王。"他侧过头来看了一眼无措的李图淡淡地道："半月之内本王会来接走云瞬。"

李图惊讶地飞快看了一眼床榻上的云瞬，又看了一眼一点也不像是开玩笑的舒豫。他们虽然有陛下的指婚，但是……但是云瞬毕竟还没有和他拜过天地，不算是他的人。犹豫再三，李图还是开了口："王爷这样做是否不太妥当？"

妥当？舒豫在唇边勾起一丝轻蔑的笑意，手滑到云瞬盖着的衣裳上："即便是想掩人耳目才这样做的话，也请下一次做得精准无误一些，不然……本王会觉得是你在愚弄我。"

李图讶然，不解地看着舒豫："王爷这话是从何说起？"

舒豫冷冷一笑，站起身往外走："哪里都干净整洁的康平王府，唯独在云瞬的房外有一处角落残留着尘土，一个在府上用度摆设皆是上品的郡主居然找不到一床合称的被子，只好用衣裙来代替，房间里明明生着旺盛的炉火，可她的身上却是冰冷。老王爷，云瞬日后是本王的正妻，更是你的亲生女儿，你如此对她，确是本王始料未及的事情。"舒豫不由得唏嘘，他原先在宴席上见过李图的二夫人杨氏，察觉到这个康平王府的女主人是个不好斗的角色，可他万万没有想到康平王这一家之主居然窝囊到这个地步，自己的女儿在他的眼皮底下被欺负成这个样子，也不闻不问。

李图被他一顿抢白说得老脸通红，尴尬不已地搓着手，来来回回地答着："是我的疏忽，是我的疏忽。"

舒豫在他身边停住，带着几分同情看着他："至少在这个月之内，照看好你的女儿，如果她出现什么意外的话……老王爷，你可要做好准备。"最后的这一句话当中，威胁的意味太过明显，乃至让老王李图的手也跟着一抖。

送走舒豫之后，李图还未来得及缓口气，清菡的马车就到了。听说云瞬重病的消息之后，她害怕极了，也担心极了。苏墨远没有前去赴约这件事，清菡虽然有一些心理上的准备，却没想到这件事情对云瞬的打击居然如此之大。这件事情不管怎么说，也有她的责任在里面，清菡特意跑到苏府上，找到苏墨远，她希望苏墨远能够给云瞬写一封信，向她解释清楚。

或许这样才能让云瞬好一点。

她今天也是带着苏墨远的亲笔手书来的。

向康平王李图简单地问安之后，她径自走到了云瞬的房间。一进门，房间里焕然一新的场面就让她吓了一跳。巧眉过来解释说，刚刚是舒豫王爷来过。

床榻上的云瞬脸赛金纸，苍白的面庞上一丝血色也无，原本就消瘦的脸颊似乎陷了下去，说不出的憔悴。清菡一见她，眼泪就忍不住掉了下来，吩咐巧眉在外头守着，她取出怀中的信，低声对着云瞬说："姐姐，我不知道你能不能听见我说话。那个人他托我给你带来一封信，或许你听了，你们两个人之间的死结就能解开。"

清菡展信诵读，信的内容很简单，也很明确。在她念到"唯今所愿，一心共生"的时候，一串清泪从她的眼角跌落。清菡惊喜连连，晃动着她的手臂："姐姐，姐姐，你醒来了吗？"

唯今所愿，一心共生。

这八个字深深地敲打在云瞬紧闭的心扉上，原本已经死去的希望仿若被重新点燃。唯今所愿，一心共生，苏墨远这是在告诉她，他对自己坚决跟随的心意呀，如果她这样自暴自弃地死掉的话，他能怎么活？她难道能够眼睁睁地看着苏墨远陪她一同赴黄泉吗？

她不能！

抑制了太久的眼泪和感情重新回到了云瞬的身上，她强打精神睁开眼睛，看着清菡，眼里的泪无论如何也止不住。清菡早已泪落满面，抱着云瞬让她靠着枕头坐起："姐姐，苏大哥的心意你懂了吗？你活，他也就能活；你死，苏大哥也活不成了。"

云瞬含泪点头，从她的手上接过那封信，信纸上亦有斑斑驳驳的褶皱，显然是被泪水浸过。

墨远。

是她不好，给他出了一个那么艰难的选择，是她让他为难了。他放不下家族也同样放不下她，云瞬懂的，如果她继续一意孤行地坚持自生自灭的话，就等同于给苏墨远加上一道无形的枷锁，这枷锁会要了他的命。

苏墨远会在对自己深深的愧疚之中郁郁而终。

不！她不能让他死！

双手抓紧这张薄薄的信纸抱在怀里，哽咽着呢喃着苏墨远的名字一遍又一遍。自今天开始，她就不能再同这个名字有任何的瓜葛和纠缠，不然她会害死他！

"墨远……墨远。"

自今之后，偌大的长安城内，你我各安一隅，再不相见。

唯今所愿，一心共生。

第八章　痛失所爱

"王爷，您真的要把云瞬郡主接到咱们府上来吗？"湛栌给舒豫撑起伞，外头不知何时已经飘起了雪，起初还不大，湛栌说话的光景雪花就密实了起来。舒豫抬手接住几片，看着它们在掌心里一点点地融化。

虽然舒豫没有回答他的问题，但湛栌知道舒豫既然这么对李家人说了，那他肯定就会这样做。"可是王爷，您那天和云瞬郡主闹得那么僵，人家……肯来吗？"那天在松园，湛栌可是亲眼看见那么端庄的云瞬郡主对舒豫王爷又打又踢的。

舒豫停住脚，将目光停在最近的一株常青松上："湛栌啊，你说这场雪会把它压弯吗？"

湛栌顺着他的目光看过去，想了想才说："奴才听人说松树和竹子都是最有气节的东西，宁折不弯。"

宁折不弯？

听见这四个字的舒豫忽然笑了，棱角分明的唇角带出志在必得的笑意，琉璃般蜜色的眼眸里闪着光："它会低头的，只要这雪下得够精妙。"

湛栌听得云山雾罩，挠了挠脑袋，怎么他家王爷说话他总是听不大明白？

精致的竹笼里画眉不知愁地唱着，妄图逗弄主人开心起来。然而与它对面而坐的女子只是安静地坐着，和画眉黑漆漆的圆眼一样望着窗外的雪景，巧眉端着药进来，小心翼翼地放到她的面前，云瞬看也不看，直接端起来喝了。

巧眉忍不住叹口气。

康平王府里的人都知道从舒豫王爷来看过李云瞬之后，这位的身体就有了起色，她开始配合，药也喝，饭也吃。只有天天在她身边的巧眉知道这样的云瞬是极其不正常的。

那个霸道的年轻王爷居然提出要接走云瞬的要求，这个康平王府，云瞬只能再住上这最后一个月。尽管康平王府对她也没甚感情可言，可比较之下，此时的云瞬竟对王府生出一种"珍惜"的感觉。

卯时刚过，清菡便到了。一阵风似的飞进了屋，三步并作两步蹿到云瞬身边："姐姐，我有个好消息要告诉你！"

云瞬转过头来看她，苍白的脸上带出一点惊愕："什么事？"

"苏大人！苏大人他升官了呀！"清菡高兴坏了，眼睛里都是闪亮亮的光，"我听我爹说，今天陛下已经拔擢苏大人做侍郎了呢。"

"哪个苏大人？"

"还能有哪个？可不就是苏墨远大哥的爹嘛！"

"苏员外郎他做员外郎做了多久？"云瞬一愣，低声反问。

"得有十几年吧，我小时候就听别人这么叫他，现在不是才升官嘛。也不错，总算守得云开见月明。"清菡喜笑颜开拉着云瞬的手直晃，"姐姐你说我怎么比我自个儿的爹升官还高兴呢。咦？姐姐你不高兴吗？"

她手中握着的云瞬的手比刚才更冷、更冰。

苏墨远的爹几乎是做了半辈子的员外郎，忽然一跃成为正三品的侍郎，这……正常吗？直觉让云瞬觉得这件事远非一个官员熬出头这么简单。

"唉，我现在算有点明白'一人得道，鸡犬升天'这句话的意思了。"清菡挨着她坐下，托着腮，闪着一对大眼看着云瞬，"以前，你那个二娘一点都不待见我，看见我就飞白眼，现在你要做安庆王妃了，连我都跟着金贵了起来。她现在瞧见我喜笑颜开，像是看见亲人似的。"

"啊！你看我！哪壶不开提哪壶。该死，该死。"清菡自己刚说完就醒悟过来，赶紧捂着嘴，生怕因为"安庆王妃"那几个字眼而刺痛了云瞬。

云瞬看了一会儿清菡，冷淡的眼神让清菡有点发慌："姐姐，你有什么话就说，别这么瞧着我，瞧得我心里发慌。"

云瞬摇了摇头："我没有责怪你的意思，你说得对，一人得道，鸡犬升天，如果能够因为我的缘故而让你或者是让我身边的人过得好，我也算值得。"

清菡心里一酸，握住她冰冷的手："不光是我们过得好，你也得好起来啊。"

"我这病是病在心里，恐怕这辈子也好不了了。"云瞬低声说，眼光又落到画眉的身上，"我现在只担心他会不会因为我的缘故而受到牵连。"

清菡半晌才醒过味来，惊呼一声："姐姐你难道还要再跑一次吗？"

云瞬偏头看向外头已经飘了三天仍未见停的雪："我不会嫁给他的。死也不会。"

清菡大惊失色，额头上都冒出冷汗："我的好姐姐！你可别再折腾了！上一次你要跑就被舒豫王爷给抓了回来！你现在已经是他名义上的妻子了，你这样一而再再而三地去拂逆他，你当真就一点都不怕他吗？"

"巧眉，她在吗？"

"我……"云瞬的话才起了个头，门外就响起了李云彻的声音。她和清菡对视一眼，同时闭口不言。

"啊？少爷？您稍等，奴婢去报一声。"

"小姐……少爷来了。"

"请他进来吧。"

也不等巧眉去请，李云彻一步从外头跨进来，看了云瞬一眼："爹让我来告诉你，陛下已经下旨，这个月底要去感业寺进香，舒豫王爷这个月恐怕是不能来接你了。"

"为什么忽然间要去感业寺进香？"云瞬问道。

"陛下要为萧淑妃祈福压惊。"李云彻忽然顿了下，有点看好戏似的说，"忘了告诉你，提出去进香祈福建议的人正是舒豫王爷。"

"嗯。我知道了。"云瞬的神情仍旧是淡淡的，对上李云彻带着探究带着好奇的眼睛，十分坦然，"谢谢你告诉我。"

李云彻看了她一会儿，忽而哼了一声，转身气哄哄地走了。

清菡莫名其妙地看着李云彻的背影："他干吗平白给你脸色看？再说，他这样也算是做弟弟的吗？见了你都不叫一声姐姐。"

云瞬俨然已经习惯了李云彻这副模样，不甚在意地摇摇头。倒是李云彻带来的消息让她的心情变得更加沉重起来。

"清菡，你回去向你爹打听打听，这一次苏大人是因为何事升迁，又是何人向陛下进言的。"

清菡似懂非懂地点了点头："好，我回去问问。不过我爹只是个中书舍人，不一定会知道得这么清楚。"

云瞬的脸色很不好，从知道苏墨远的父亲升官到此刻李云彻来告知他舒豫暂不能来，她的面色变得越来越沉重。如果苏大人的升迁只是个巧合的话，那么现在陛下要去感业寺祈福又要怎么解释？为什么不早不晚正好是在他提出要接走自己的这个节骨眼儿上？又为什么提出这个建议的人，会是他？

越想云瞬的心就越凉，拔擢苏大人的官职是他要告诉她，他有能力随意地左右一个人的前程，是紧箍咒，而建议去感业寺推迟接人的时间又是一颗定心丸，是在给她时间让她好好揣度明白这桩婚事背后更多的牵扯。

她不想受别人的摆布，可她却不得不因为对苏墨远的牵挂而受制于人，只能说，舒豫这步棋走得太精妙！张弛有度之间，竟然没有给她第二条可以选的路。

画眉鸟又唱了起来，欢乐地在笼子里跳来跳去。云瞬瞧着清菡逗弄画眉，唇边溢出苦笑，她不是画眉，做不到身在牢笼还博人欢心的事来。在长孙舒豫精妙的安排施威之下，她又能为苏墨远，为自己，做些什么呢？

这个问题云瞬还没有思考出答案来，陛下的圣旨就到了，去感业寺的名单里也有李图一家的名字，不止是她们家，朝中一些权贵的家眷也可以随行，看样子高宗是有意将这一次的祈福规模扩大化。

出行的队伍在宫门口集合待发，清菡羡慕不已地赶过来给她送行，千叮咛万嘱咐她一路上要照顾好自己。在等待出发的时辰里，云瞬忍不住在大臣的队伍当中找寻那个身影，找了两圈也没看见苏墨远的身影。

"别找了，他没来。芝麻绿豆大点的小官儿还想随驾去祈福吗？"丽姝不知何时出现在她的身后，她一出现在云瞬的身后，顿时，周遭女眷们的目光都聚拢了过来，丽姝被舒豫王爷拒绝的事儿整个长安城还有几个人不知道？而云瞬被陛下亲自赐婚的事儿更是轰动朝野，这样的两个人站在一起，怎么看怎么有点冤家情敌的味道。

云瞬看了她一眼，转身打算离开，她不想和这种人起争执，更不想成为别人的谈资。丽姝却不放她离开，快步挪到她跟前挡住去路："我好心告诉你苏墨远的下落，你怎么不吭声？难不成你是聋了？哑巴了？"

"姐姐。"槿华走了过来，瞥了一眼闭口不语的云瞬，"姐姐你忘了，人家现在是准安庆王妃了，身份高贵，可不是咱们能攀上交情的。"

"哟，云瞬郡主您原来在这儿，哦，丽姝郡主，槿华小姐。老婢给您三位见礼了。"容安姑姑遥遥地走了过来，一瞧阵仗，就知道这两个人没安好心，丽姝见到她脸色一变，缓了缓傲慢的神色："容安姑姑您不在前头伺候皇后娘娘，怎么到咱们这儿来了？"

容安得体地笑着指了指云瞬："这不是娘娘有话要老婢带过来嘛，娘娘说了，云瞬郡主大病初愈，走动不便，让老婢来请郡主去和娘娘共乘一车，也好陪娘娘说说话解解闷。"

丽姝和槿华脸色一变，她们还真忘了，云瞬的背后不光有一个挂了名的丈夫长孙舒豫撑腰，还有个更大的王皇后也是心向她的。

"娘娘真是仁慈，体恤我们这些小辈。"槿华上前一步说道，她看了一眼脸色铁青的丽姝，转头对容安说，"既然是娘娘有请，我们就不拉着云瞬姐姐说话了，云瞬姐姐，咱们下次再聊。容安姑姑慢走。"

容安看了看这个伶俐嘴巧的姑娘，点了点头："老婢就告退了。"

皇后的马车果然不同凡响，精致奢华之余比寻常的马车要保暖很多，也稳当很多，大大地减轻了云瞬路途上的疲劳。这似乎是继上次在两仪殿里王皇后拒绝了自己的请求之后二人第一次见面，气氛不免有些微妙。所幸容安极有眼色，几句话说过来王皇后的脸色就不再那么僵硬了，拉着云瞬的手说长说短，体贴爱护得不行。

队伍前头，盛骏愁眉苦脸地拉着马缰绳和舒豫并肩给队伍开道，看着舒豫沉静舒畅的脸，盛骏忍不住吐苦水："舒豫哥你多好，云瞬姐能随行，你想看她的时候就去给皇后请安就得啦！哪像我，我现在……"

"你现在怎么了？"舒豫难得地露出笑容，看得盛骏大惊小怪："这要娶媳妇的人就是不得了，你居然都会笑了，真是太阳打西边出来，少见，真少见。"

"我是个人又不是棵白菜，怎么可能不会笑。"舒豫抚摸着马鬃说，"等找个合适的时机，让你爹去提亲不就结了，何苦如此为难？"

"真要像你说得那么轻巧就好了！我上次和我娘说了我和清菡的事儿，你猜怎么着，她老人家一听清菡是文舍人的女儿，顿时一百二十个不愿意。还给我讲了一大通什么门当户对的大道理，我差点被烦死。"盛骏懊恼地抖着马缰，"要说起来，你和云瞬姐也不算什么门当户对啊，李老王爷的窝囊是全朝上下出了名的，你娘怎么就同意你俩了呢？"

"你忘了，我和云瞬的婚事是陛下钦点的，我娘不同意也不行。"舒豫说着脸上挂出得意的笑。盛骏听了更是泄气，"是啊，我又没有你有手段，能想到办法让我娘答允。唉？舒豫哥，我怎么听湛栌那小子说，云瞬好像不怎么想嫁给你啊？"盛骏挤眉弄眼地凑了过来，"说说，你是怎么得逞的？"

舒豫眉心一皱，她的确不想嫁给自己，可是这有什么关系呢？只要他对她好，好一辈子，她早晚会爱上自己的，不是吗？

"有句话别怨我这个做兄弟的没提醒你啊，强扭的瓜不甜，你这次还发动了中书省拔擢了苏墨远他爹的官职，可真是够用心良苦的，可你这么明着给云瞬姐示威，就不怕把她逼到绝路上？我瞧着她和苏墨远感情可不浅。"盛骏少见地严肃了起来，对着舒豫低声说。

舒豫一语不发，蜜色的眼眸睐了一眼故作老成模样的盛骏，毫不客气地扬起马鞭在盛骏的马屁股上大力来了一下，盛骏后半段话还没开始，人就已经蹿出老远，近身护卫们忍不住都笑起来，也加快了速度去追自家主子。

越往山上走，路就越难行。地上还未消化干净的残雪让道路泥泞不堪，王皇后被马车摇晃得头晕，容安建议马车先停一停让王皇后喘口气，就在这个当口，队伍后头传来阵阵惊呼，女人们的尖叫声，侍卫们的驾马声，还有人在大声地吵嚷着什么，显然后面发生了什么不得了的大事。

舒豫带人飞快地打马转身，朝队伍后头赶去。

可他们去得还是晚了。

只来得及看见一截断了的车辕横在山道旁边，而马车却不见了踪影。副将看见舒豫来了，赶紧跑过来禀告："王爷，是属下守护不周，康平王的马车坠崖了。"

"谁的马车？"舒豫似乎没有听清。

副将立刻大声重新回答："回禀王爷，是康平王爷的马车。属下已经派人去山下搜寻，兴许……还有希望。"

"再派两队人马，找！给我全山搜寻！必须找到马车里的人！"舒豫沉声下令，冰冷的语气让副将打了个哆嗦："是！"

整个队伍都停了下来，有人到前头去给高宗传信。而舒豫一直没有离开马车坠落的地方，等着属下的第一时间报告。

最先赶过来的是李云彻，他因为已经是陈王的伴读，没有和李图乘马车，而是跟在舒豫的后面骑马开路，他接到消息立刻飞奔了过来，乍一接到这个消息的时候他整个人都崩溃了，他还能行走还能说话，可是脑子里早已经是一片空白。

会死吗？从那么高的山上翻下去的话？

舒豫王爷派了那么多人找，应该没有关系的吧？

十六岁的少年第一次清楚地感觉到了对死亡的恐惧和敬畏，他不敢想象最坏的后果。

半个时辰之后，副将一脸痛惜地回来了，都不敢看脸色冷青的舒豫，硬着头皮回禀："禀告王爷，康平王和王妃被找到了。"

舒豫的瞳孔蓦地收紧，看了一眼面色僵硬的李云彻，替他问了最关键的问题："人怎么样？"

"陛下已经请御医过去了，也吩咐了人来……来请李伴读和云瞬郡主。"这话的意思已经明了。

舒豫点了点头，看了看李云彻："还能自己走吗？"

云彻咬着牙点了点头，硬是挤出一个字来："能。"舒豫吸了口气，推了他一把："去吧，去找你姐姐一起过去。"

这一推，好似一桶冷水兜头浇下，对啊，他还有那么一个姐姐。不止是他一个人在承受即将逝去双亲的痛苦。这么一想，李云彻忽然间有点感到庆幸。

李图和杨氏已经被抬到最近的马车上，连皇帝都亲自赶过来探望。在云彻来之前，显然皇帝已经和李图进行过交谈，此时高宗的神色有些哀戚，王皇后素手站在他的身后抹眼泪。

李图的嘴角不停地在流血，而他身边的杨氏伤势更重，身上的长骨几乎都被摔断，胳膊和腿软绵绵地搭在榻上，只有一双眼睛还死命瞪着，显然是强撑最后一口气，她在等李云彻。

李云彻看见这一幕的时候，心好像被什么钝物硬生生地锤了一遭似的生疼生疼，他扑过去握着李图和杨氏的手，已经说不出一句话来。

片刻之前这一趟随行还是荣宠，而眼下他却希望他爹只是从前那个别人眼里的窝囊废王爷，没出息地守着没落的康平王府，至少那样他们还能在一起，还不至于有这样的灭顶之灾。

"云瞬郡主来了。"身后有人让出一条路来。云瞬站在门口就看到了里头的惨景，李图大半个前心上都被血迹染红，平常一说话就会乱抖的白胡子这会儿湿成了一团血糊。

她才一晃，胳膊便被人托住，她回头看，是舒豫冷沉的眼眸正担忧地看着自己。她不动声色地甩开他的支撑走进了马车。

"爹，您还有什么话要交代的吗？"云瞬此时非常冷静，冷静得连她自己都吃惊。

李图看着她，老眼里流出眼泪，大力吸了几口气才勉强说出一句连贯的话来："这辈子……我最大的憾事就是……愧对你的……母亲，我死之后，你要把我和她……葬在一起……"李云彻清楚地看到在李图说出这句话的时候，杨氏的眼里也流出了眼泪，但神情却没有太大的吃惊，像是在意料之中。

"你要照顾好你弟弟……这世上，你们才是……最亲近的人。"李图强撑着说完这几个字就再也说不出声音来，挣扎着将云瞬和李云彻的手抓住，试图让他们的手握在一处，而这个动作只做到了一半，手的主人就没了气息。

杨氏发出了几声类似夜枭的笑声，紧跟着也咽了气。

云瞬感觉到抓着自己的那只手渐渐变得僵硬，连同她身边的温度一样，都是冰冷的，这一次她真真正正地成了孤女。以后，偌大的康平王府里就只剩下她和李云彻两个人。

"他们是死了吗？"李云彻忽然转过头去问云瞬，表情单纯得好像是一个三岁大的孩童。而他眼中的光却是沉痛的、灰色的、绝望的。

云瞬抽出被李图抓住的手，伸过去握住了李云彻的手，这是她爹未完成的动作，他到死都惦记的事情，她做女儿的有什么资格去拒绝？在握住李云彻手的瞬间，云瞬知道自己将要承担起太多未知的担子。

"好像是的。"这是他第一次向她这个姐姐发问，可她给不了他一个满意的回答。

"那我怎么办呢？"李云彻第二个问题又来了。他仍旧是闪着一对漂亮的眼睛看着她，一瞬不瞬的，"我和你一样，没爹没娘了吗？"

这问题问得直接，却更酸涩。

身旁的一些命妇们都听得心酸，有些人开始泣不成声。

云瞬的眼中没有一滴眼泪，抽回手去，看着仍旧未闭上眼睛的李图："你再这样下去，爹会死不瞑目的。"

李云彻剧烈晃了晃身子，咬着牙点点头，生生将眼泪逼了回去，朝着李图的位置磕了个头："我懂了。爹，娘，我会好好的，你们放心。"说罢，探手合拢了李图的双目。

高宗站在一旁唏嘘不已，他此刻有些内疚，若不是他赏他们随行的话，这场惨剧也就不会发生了。

王皇后在他身边劝慰道："人各有命，生死由天，康平王夫妇能同时西归，想来也是前世的修行因果。陛下要保重龙体呀。"

高宗点了点头，痛惜地看着这对失去了双亲的孩子，开口道："按照先例祖制，为人子女应当为双亲守孝三年，可方才……"他说到这儿的时候，忽然停了下来看着云瞬，"方才康平王留下遗愿，希望云瞬你不要为旧制所束，尽早与安庆王完婚。云瞬哪，你与云彻就守孝三月，等服丧期满了，朕就为你和舒豫安排婚事，你看可好？"

高宗的话一圈一圈地在云瞬的耳蜗里逐渐滚成惊雷，震得她三魂丢了七魄，惊愕地抬头看着正在下旨的高宗。这个说话的人是皇帝，是一言九鼎的天子，他玉言已经出口，哪里有收回的道理？她正想要开口，便被人一拉，扯到身后，舒豫率先跪倒："臣一定将婚事安排妥当，不违老王遗愿。请陛下放心。"

高宗满意地点了点头，看了一眼已死去的两人："追封康平王为康国公，厚葬于王陵。按照老王爷的意愿，将他与康平王妃葬于一处吧。"

"陛下，康平王妃她的棺椁不在京中。"王皇后擦了擦眼泪说。

"哦？那在何处？"高宗看向云瞬，云瞬打了个激灵，从刚才的震惊之中醒来，慌忙回禀："母亲至今仍被安葬在乌里雅苏台。"

"那里……"高宗似乎有些为难，王皇后察言观色，劝说道："陛下，人死为大啊。"

"好吧，等回了长安，就让李云彻去扶灵回来吧，与老王一同下葬。"高宗最后说。

安排了大小诸事之后，舒豫最后一个离开，跨出马车的时候他看了一眼面无表情的云瞬，想了再三还是说了出来："你要……节哀。"也不知道云瞬听见没有，她的脸上淡淡的，没有一丝感情。

李云彻仍跪在原地没有动，突然失去双亲的痛苦对于这个少年来说太过沉重。时间在不觉间流去，寒风卷起车帘，吹乱了少年的黑发。

云瞬站到他的跟前："你要一直这样跪下去吗？"

"你一直跪下去，他们也不会活过来了。"云瞬看着外头的下人们忙着将马车临时改装成灵车，神情很冷漠。

半晌，李云彻才开了口："你怎么知道？"

"因为我试过，"云瞬眨了眨眼，只管看着远处，根本不看说话的李云彻，"我试着跪过七天七夜，我娘还是死了，等我发现自己很愚蠢的时候，已经连为她入殓的力气都没有了，所以，我很遗憾。"

李云彻忽然吐出一口气，站了起来，看定了云瞬冷漠的脸："尽管我很讨厌你，但是这一次我听你的。"

"嗯，以后，你也要听我的。"云瞬看着他说。

"为什么？是因为爹的遗愿吗？"

"不。"云瞬坚定地开口，盯着看不见的远方，一字一顿地说，"因为我将要为了你的前途去嫁给一个我不想嫁的人。这是你欠我的，李云彻。这辈子你都要记得，你欠我的。"她终于转过头来看着他了。

李云彻没有料到她会这样说，对着姐姐这样冷漠的表情，这个十六岁的少年忽然笑了，指着云瞬大笑了起来："我终于知道你为什么不会难过，不会伤心，因为你根本就没有心。李云瞬，你没有心！"他发疯似的扑到云瞬的身前揪住她的衣襟就往马车的内壁上撞，"为什么死的不是你这个没有心的人？为什么死的不是你？"

一直守在车外没有离开的舒豫一个箭步冲进来，从发疯的李云彻手中救出云瞬，饶是他快如狸猫，可云瞬的额头还是被撞破，渗出殷红的血来，在这个充斥着死亡味道的夜晚看来显得格外触目惊心。

舒豫一阵心痛，紧紧地抱住云瞬："御医呢？去传御医来！"

"你们都出去！你们都出去！"云彻痛苦地抱住头蹲在地上，像一只找不到亲人来为它舔舐伤口的幼兽。有士兵要进来搬走尸体，被舒豫一眼吓住："滚！"冷面王爷一声喝，士兵们立刻都跑得远远的。

盛骏听见里头动静不对，也跟着跑了进来，看见舒豫面色铁青，抱着的云瞬脸色也十分苍白："你们都退下，没有命令，不许进来！舒豫哥，你带云瞬姐去找御医吧，这里我来看着，不会让那小子胡来的，你放心。"

舒豫点了点头，直接抱着云瞬走了。

随行的御医正是上一次给云瞬看过腿疾的那位周太医，安庆王和云瞬的事儿他略微清楚一二，给云瞬上好药之后片刻都没敢耽误，提着药箱就跑了，临时扎起的帐篷里只剩下舒豫和云瞬两个人。

云瞬面色苍白地头靠着墙坐着，舒豫坐在她的对面，她看也不看他一眼。就这样坐了大概半个时辰，她忽然开口："我爹的遗愿，是真的吗？"

舒豫的心再次剧痛起来，她这么问他，显然是在怀疑是他从中作梗让李图说出那些话来。"是真的。"他看着她没有表情的脸，回答得很认真。

"李云彻说我没有心，一个没有心的女人，你也要娶吗？"

"要。"舒豫回答得很快，很干脆。

"长孙舒豫。"云瞬忽然叫出了他的名字，抬起黑漆漆的眼睛看着他蜜色的眸子，"我不是没有心，而是我的心已经给了别人。这辈子，你都不会得到我的心。"

舒豫正视着她冷沉的双眸，似乎勾了勾唇角，棱角分明的唇瓣里吐出几个字来："我不在乎。"在说出这四个字的时候，舒豫都不知道一个人的心能痛到这种地步，一个人的心能豁达到这个地步。连盛骏都认为是他一直在逼她就范，可他们谁能看到，他苦等了十一年的心此时正在滴血。舒豫把手放到她冰凉的手背上："云瞬，我不在乎。不在乎你和别人的过去，也不在乎你怎么看我。你的心，我迟早都会得到，迟早。"

云瞬没有再说话，只是扯出一个嘲讽的笑，她站起身往外走，被舒豫拉住："你去哪儿？"

"用不着你管。"

"今晚哪儿都不许去，好好睡觉。"

云瞬冷笑着回头："长孙舒豫，我还不是你妻子，你凭什么命令我？"他和她冰冷的眸子对视良久，忽而放缓了神情："你想去看云彻，我可以陪你。"

云瞬愣了一下，胳膊一甩挣开他的钳制，转身走了。

为萧淑妃的祈福因为染上血色而让人唏嘘，高宗特许云瞬和云彻次日一早便动身回京，一个是毫无经验的少爷，一个是毫无威信可言的郡主，当家人没了，府里头还不定会乱成什么样子。高宗显然也是考虑到这一点，临时调派了一队士兵护送他们下山回京，舒豫事务繁忙不能离开，盛骏自告奋勇地担起保护的职责。

来时虽然虚假却有笑声的路上此时只剩下姐弟二人的默默无语。

出乎意料的，康平王府里居然没有一丝慌乱，迎面便是煞白的纸灯笼随着风滴溜溜地乱转，府内已经摆设好灵堂，府内上上下下的仆从个个戴孝，一早就出来跪迎康平王的灵柩。湛栌顶着一对黑青的眼圈从院子里迎出来给她和云彻请安。

"云瞬郡主，李伴读，府里头已经都安排妥当，可以请灵了。"

李云彻看了一圈地上跪着的仆从，忽然发问："怎么是你在管事？老管家呢？"

湛栌顿了顿，说："不瞒您说，一接到老王去世的消息，老管家就病倒了，这不昨早上给送回老家去了，愣是没等着老王爷的灵回府。所以我们王爷才安排了奴才们过来置办灵堂，打打下手。"

李云彻点了点头："有劳。"说完转身就走了。

云瞬没有去瞧李云彻瘦削的背影，而是问湛栌："你现在可以说了，府里的情况到底如何？"湛栌的那点小把戏早就被她看透，那些话也就只能糊弄糊弄李云彻那个毛头小子。

湛枦低着头半晌才说了实话："奴才刚才没说真话，您府上那位管家爷前天晚上就卷包袱走人了，他带头一走，底下的下人们也跟着抢东西，忙着逃跑，幸好王爷也让人给安庆府里头送了信，奴才这才带人赶过来把那些想跑的都给抓了回来。"

云瞬点了点头，她早就看透了这些世态炎凉的小人嘴脸，康平王府里的人都走光她也无所谓难过伤心，可李云彻不一样，他已经受了这么大的打击，要是回来的时候再见到那么一副树倒猢狲散的场景，只怕他会第一个崩溃。

湛枦眼巴巴地看着她，他认为舒豫做到这一步云瞬肯定会感动，可他错了，此时的长孙舒豫不管做什么事，在云瞬的眼中看来都是别有所图、落井下石的举动，她根本不想承他的情，更遑论去对他感激涕零了。

灵堂里到处都是刺目的白和黑，上好的两尊棺椁停放在正中间的帘幕之后，桌案上摆放着长明灯，火盆里燃着纸钱，旁边跪着的是回来之后再没说过一句话的云彻。云瞬从外头走了进来，站在他的身边，半晌，李云彻嘶哑着嗓子忽然开口："爹以前说过，从你回来之后，李家就什么都旺了，什么好事儿都赶上了。可李家却欠你的，也欠你娘的，他很内疚。"

"嗯。"云瞬嗯了一声，仍旧站在他的身旁。

"所以，"云彻似乎是下了很大的决心，盯住那对燃得很旺的白蜡，字字清晰地说，"所以你不必再为李家做任何事，你可以离开这里，更不用委曲求全。"

"离开这里……"云瞬的思绪飞到了很远的地方，她出神地看着灵堂上的牌位，那上面描着的白字好像将她带回到在宗庙里罚跪的那个晚上，这让她想到了一个人。

不知不觉的，她的唇边溢出苦笑："我曾经祈求过命运眷顾，可终究是人算不如天算。离开康平王府容易，可之后我又能去哪里呢？"

"去找苏墨远吧。"李云彻忽然说出这个人的名字让云瞬吃了一惊："你……你怎么……"

"奇怪吗？"李云彻抬头看着杨氏的灵牌，"你约定苏墨远私奔的那天晚上，他其实去了松园，只是他去得太迟，那时候舒豫王爷已经把你带回来了。"

"什么！你说什么？"云瞬再也不能控制自己的惊愕，弯下腰来揪住云彻的衣领，"你再说一遍刚才说的话。"

云彻的脸上带上不知是嘲笑还是同情的笑意，盯着她的眼睛："我说，苏墨远那天晚上去过松园。"

云瞬松开手，不敢置信地倒退几步，喜悦和懊恼的神情不断地在她的脸上变幻着。

"你去找他一起离开长安吧。"

"你为什么要告诉我这个？"

云彻往火盆里添了一把纸钱："这件事的确是我娘从中作梗假传了消息，可那也是因为李家惹不起安庆王，现在爹娘都走了，安庆王愿意来闹就让他闹吧，我一个人，反倒什么都不怕了。"

"云彻。"云瞬闭上眼睛，眼睛里热辣辣的，眼泪止不住地往外流，"谢谢你告诉我这些。"

几十步之外，正有人踌躇徘徊，那道重孝在身的纤影近在咫尺，在他眼中看来，却是天涯般遥不可及。这人的手中握着一支碧绿的玉笛，攥着玉笛的手指都隐隐泛青，显然是在克制着自己的情绪。此人，正是闻讯赶来的苏墨远。

"怎么不进去？现在可没有舒豫哥来跟你抢人。"他的身后忽然想起另一个人的声音，带着嘲讽，带着蔑视。

苏墨远仍望着那道身影，如水的明眸里满是痛惜的神色。

"只要你敢进去，小爷我就睁一只眼闭一只眼，让你把人带走。我可是说到做到，你看怎么样？"盛骏抱着双肩，挑着眉头看着苏墨远。

握着玉笛的手松了又紧，最终，他用力闭上眼睛，像是要把这道影子永远刻在心上一样："我想通了。"

"哦？你想通了？要金要银还是要官，尽管开口,这些舒豫哥都能给你。"盛骏看着他的眼神更加轻蔑，他就知道在金银财宝面前，没有人不会折腰。

"小王爷误会了，苏某只想……请王爷善待云瞬。"

盛骏一愣，他没想到面瓜似的苏墨远也能说出这么感人肺腑的话来，他一愣征，下意识地反问："可她还惦记你，怎么办？"

"苏某会用自己的方法让她……死心。"最后这两个字几乎是从齿缝里被逼出来一般，将玉笛横握在两手之间，在巨大的悲愤之下，"咔吧"一声脆响，苏墨远生生将笛子断作两半。将它们递给盛骏，这个如水的青年似乎在一夕之间老去，"请小王爷将此物转呈给云瞬……郡主，下个月，苏某就要完婚，届时，还请她……"邀请她参加他的婚事这句话，就算再给苏墨远一副铁石心肠，他也说不出口。

106

盛骏被吓了一跳，接过两截的玉笛："你要成亲了？和谁？"

"这并不重要，小王爷只要记得转告安庆王，请他善待云瞬。"苏墨远最后望了一眼昏暗的灵堂，默默离去。

他和她都争不过的，是两个字，一是命，一是权。

盛骏看着苏墨远瞬间老去的背影，叹了口气，看着掌心里的断笛，低声道："舒豫哥啊舒豫哥，你把这两个人逼到这种地步到底值不值得呢？可千万别闹出什么大乱子才好啊。"

第九章　一喜一哀

高宗祈福的队伍回京之后，前来康平王府吊唁的大臣们络绎不绝，有的大臣亲热地拉着云彻的手劝勉他，云瞬在一旁看到云彻的脸上带着得体的神情，既不谦卑，也不冷漠，在短短的几天光景里，他成长了。

清菡一早就过来帮忙，她实在担心云瞬，她的病才好就赶上这样的事，她很担心云瞬会不会就此一蹶不振下去。可让她奇怪的是，这两日云瞬虽然仍不怎么说话，可她的眼睛却灵动起来，不再像从前那样死气沉沉。

临近晌午的时候，苏侍郎一家到了。

云瞬直起腰看着外头走进来的苏墨远，他穿一身雪白色的衣裳，清澈温润。好似和平常一般无二的他却让云瞬觉得今天的苏墨远有些异于平常。他走到灵前规规矩矩地行礼，云瞬克制着自己的情绪，她有太多的话想对他说，也有太多的问题想要亲口问他。而苏墨远却对她期待的眼神视而不见，行礼之后转身站到父亲苏筹的身后去了。

苏夫人并没有立刻离开，有些不好意思地来到云瞬的身前："云瞬郡主，这话……要我怎么说出口呢。"

云瞬一愣，伏了伏身子："夫人有话请讲。"

"墨远这孩子太腼腆，这话还得我这个做娘的替他说，下个月墨远就要成婚了，我和他爹都想着要是您和安庆王能驾临的话就太好了。虽然这话今儿个说有些不合适，可……"

"您说谁要成婚了？"云瞬打断了苏夫人的话，苏夫人愣了下："是远儿要成婚了呀，说起女家想来您也是认得的，就是平素和丽姝郡主挺好的那位槿华小姐，虽然这事儿有点仓促，所幸远儿他倒是挺欢喜。"

苏夫人后头又说了什么，云瞬都没听见，她的目光飘落在站在不远处的苏墨远的身上，这个水样温润的少年也离开自己了吗？起初，她还觉得自己没办法摆脱舒豫的纠缠有些对不起他，现在看来，倒是她太仁义了些。

"云瞬郡主？"苏夫人发现她的异样，有些担心，人家家里还在办丧事就说这件事有些不妥，可她家老爷非要她今天说明白。

"苏大人家的婚事，本王同云瞬一定要去。"舒豫走到她的身边对苏夫人说。

苏夫人大喜过望，对着舒豫连连施礼："安庆王能赏光，真是苏家莫大的荣幸，稍后请帖一定拜上。说起来，您二位的喜酒也快了吧？"

云瞬看着苏夫人喜上眉梢的样子，心里忍不住冷笑，她明白，苏夫人不是想来邀请自己，她看重的是她的准夫君，那个一呼百应的安庆王。

"可不，他们俩就比苏大人的日子晚上那么一个多月。要不，到时候你们几位也来喝喜酒吧？"盛骏从外头走进来，站在清菡的身边。清菡挑起眼眉来狠狠瞪了他一眼，盛骏低着脑袋不敢再说了。

"真的呀？那老妇我先在这儿给王爷郡主道喜了。"

"苏夫人。"李云彻不知何时结束了那边的应酬，冷着脸走了过来，"灵堂之上，还请您有些忌讳。"

苏夫人讪讪地说了几句道歉的话，就去找苏墨远了。

"你去休息吧，前面有我。"云彻看了看脸色苍白的云瞬，这两日她瘦了，巴掌大的小脸上只剩下一双幽黑的大眼显得更大，苏墨远要成亲这件事对他是始料未及的，更遑论将苏墨远当作良人的云瞬了。

而这件事到这儿还没完，盛骏犹豫了一下，从怀里掏出一样东西交到云瞬的手上："云瞬姐，有个人托我把这件东西交给你。"

云瞬木然地低下头接过，手指摩挲着里面的东西，这里头放着的，分明就是他一直带在身上的玉笛！她摸到笛身上的豁口，忽然，她笑了出来。

"好，我去休息一下。"云瞬抓紧手里的东西，转头往后院走去。

"你给姐姐的是什么东西啊？她怎么脸色那么难看？"清菡拉着盛骏悄悄问。

"苏墨远让我给她的。算是断情之物吧。"

"你！"清菡气得拧了盛骏一把。

"他俩不断情还能怎么着，都到这地步上了。"盛骏龇牙咧嘴地揉着痛处，清菡跺了跺脚，"不跟你说了，你个木头！"说完去追云瞬。

"舒豫哥……我是不是做错事了？"

舒豫目送云瞬离去的背影，低声说："这种事，哪有什么对错是非，能一贯而终的，才是赢家。"

"丽姝姐姐，您过来怎么也不提前告诉我一声呢。"丽姝被一群人前呼后拥地送进了梁府，槿华快步从里头迎了出来，后头跟着她爹梁舍人。丽姝瞧着气色红润的槿华笑了出来："真是人逢喜事精神爽，你看看你，现在可真是眼睫毛都笑开了花。"

槿华被她说得一窘，拉着她的手边往里走，边说："这还不都是托了姐姐你的福气么？若论平常，我爹只是个舍人，苏家是铁定瞧不上我们的。"

梁舍人憨憨地笑了声，有点尴尬。

丽姝瞧了他一眼："说起来我还没有给梁大人道喜。"

梁舍人懦懦地拱了拱手："不敢劳郡主过问。"

丽姝鄙夷地看了他一眼，转过身对着身后的下人们吩咐："把东西都抬进来。"

"姐姐这是做什么？何必如此破费？"槿华瞧着外头络绎不绝抬进来的贺礼不住地咂舌。

"你这场婚成得好，我这个做姐姐的心里高兴极了。"丽姝嘴角含笑，她的确是开心得很，槿华和苏墨远的婚事一定，铁定让李云瞬大大地伤心难过一场，只要李云瞬难过，她就开心。

槿华陪着她笑了起来，拉着她的手："姐姐别光顾着陪妹妹高兴，姐姐自己的事也得抓紧才行啊。"

丽姝的脸上一下就没了笑容："她家现在办丧事，舒豫恨不得长在康平王府里，天天除了上朝，连自己的府都不回，我想见他一面，都难比登天。"

"我的傻姐姐呀，抓紧是抓紧，可绝不是眼下。"槿华狡猾地笑着看她。

"你有好办法？"丽姝眼前一亮。

"嗯，姐姐你附耳过来。"槿华贴在丽姝的耳边，两人嘀咕了几句，丽姝的神情越来越激动，最后一拍手："这个办法当真不错！就按你说的办！"

等到了自己府上，丽姝径直奔着父亲的书房而去，推开门劈头就问："爹，您上次说要给女儿出口气，这话还算不算？"

她爹谢彦正在翻阅公文，见丽姝闯了进来，呵斥道："多大的孩子了，还这么没规矩。"

丽姝嘟了嘟嘴巴，凑到谢彦身边："爹，上次您不是说要替女儿报仇吗？您可得说话算话。"

"你自己丢脸，倒扣在为父的头上。谁教你轻信旁人的唆使了？我听下人说，你今天带着一车的贺礼去了梁府，可是真的？"谢彦沉声喝问。

"是啊。槿华不是要成婚了吗？我总得给她送些礼物过去才像样。"

"嗛！上次的事你忘了吗？还要和梁槿华这样的小人混在一处？"谢彦听了不觉有些生气。

丽姝冷笑了下："爹，女儿这叫先礼后兵。这些贺礼权当是她给我出主意的酬劳，而我之后要做的，却是要她补偿我丢到家的脸面，这才是我想送她的大礼。"

"什么大礼？"

"您上次提起的门下省里头账目有误的事儿有进展了吗？"

"门下省的账目和梁舍人有什么干系？那是新晋苏侍郎的事……莫非你是想……"谢彦皱眉看了眼自己的女儿，"为父可从未听说苏侍郎和你有什么过节。"

"苏侍郎当然没得罪我，可他儿子却惹了我。要是他乖乖地带着云瞬那个死丫头私奔的话，安庆王妃的位子还有谁能同我争！"

谢彦沉默，丽姝此时面上冷煞的神情让他心寒，半晌他才说道："你就这么想嫁给长孙舒豫？"

丽姝转过头来瞧着自己的父亲，面容哀戚："这辈子，我就想嫁他一个。"

谢彦不再多说，从案头翻出一个薄本递给她："这是户部誊抄的门下省的近期账目，我本想留着以备不时之需，现在它归你了，仔细要动作干净，别反惹上一身麻烦。"

"是，爹，女儿知道该怎么做。"丽姝欢天喜地地接过账本。她要槿华为当初的所作所为付出代价，她还想要看着苏家一点点落没，"凡是和舒豫作对的人，我都会让他们没有好下场。"她恨不能铲除一切和舒豫对着干的人和力量，那些不将安庆王的威仪看在眼中的人，统统都该死。

"对了，爹。"丽姝恢复了飞扬的神情，想起一件事来，"萧染这个人你听说过没有？"

"怎么没听过？他是萧淑妃的堂弟，他官职不高，但在县乡当中也算是一呼百应的纨绔子弟了。怎么忽然想起问他？"谢彦沉沉地看过来，不知道女儿在打什么主意。

丽姝笑了下："女儿听说萧染在本地低价收地碰了钉子，当地的知府衙门去查，转天，他便拢了一群人将知府的儿子给揍了一顿。"

"哦？"谢彦挑了挑眉，"你想让为父去替他圆场？"

111

丽姝点了点头："是啊，爹，这事儿您出马准保能成。"

谢彦低头思索片刻，道："倒也不错，帮了萧染就形同是帮了萧淑妃，嗯，此事为父会妥善解决的。"他又看了丽姝一眼，"这主意不是你自己想的吧？"

"是槿华。"丽姝冷冷地笑了起来，"让她跟着苏墨远去受罪，说起来，我还真有些不忍心。"

自从听说了苏墨远婚事之后，云瞬就变得异常的安静，她的话更少，脸上的表情也更少，多数时候，她就像个木偶一样让人带着一步一个动作。就因为她这副样子，舒豫才在康平王府上住了整整一月，也再没提起过要接走云瞬的事情。眼下云瞬的状态，接和不接已经没什么两样。

白驹倥偬而过，转眼就到了苏墨远和槿华成亲的日子。

这一天云瞬起得格外早，梳洗完毕之后就打发走了巧眉，一个人坐在床边翻着书，边看边发呆。

"有一美人兮，见之不忘。一日不见兮，思之如狂。凤飞翱翔兮，四海求凰，无奈佳人兮，不在东墙。将琴代语兮，聊写衷肠。何日见许兮，慰我彷徨。愿言配德兮，携手相将。不得於飞兮，使我沦亡。"

云瞬反反复复地念着这几句话，仿佛那日的笛音重又出现在耳边，她读着读着，眼中就落下泪来，滴滴答答地打湿了手中的书卷。山盟海誓虽在，而人已非然，所谓东飞伯劳西飞燕的凄惨也不过如是。她又拿出那半截的玉笛来看了看，竟然没有了心痛的感觉。难怪，心里最挂牵的情感也被她舍弃，那么这世上，还有什么事能留得住她呢？

这一刻，云瞬居然觉得自己活在这个世上本来就是多余的。要是没有她，舒豫会喜欢上丽姝吧？苏墨远也能安安分分地和槿华成亲了，要是没有她就谁都安生了，谁都不伤心了。

这世上……没她就好了。

云瞬从床头翻出一根腰带来，放在自己的喉间比了比，长短居然刚好。打了个索结，抬手将腰带朝房梁抛去……

很好很好，从今以后，谁和谁的爱恨就全都与她无关了。

巧眉端着早饭回来的时候正好看见舒豫从轿子上下来，吓得她一手没托住盘子，碗筷都跌在地上摔个粉碎。

湛栌皱了皱眉过来帮她收拾，一边问："你家郡主呢？已经伺候过洗漱了吗？"

巧眉看都不敢看舒豫，一个劲儿地点头。

"行了，这儿我来收拾，你快去伺候……"湛栌的话还未说完，云瞬的房间里便传来一声重物落地的闷响。巧眉一愣，跑到云瞬的房门前一个劲儿地敲："小姐？小姐？您怎么啦？"

舒豫想到什么似的脸色一变，两步上前一脚踹开房门闯了进去，这一进去屋内的场景就把他吓得魂不附体，长孙舒豫长这么大，上过那么多次疆场，他还是第一次对死亡产生了这么大的恐惧。

房间里一方矮凳趺在地上，而在房梁之下悬着一个人，正是一身缟素的云瞬！舒豫一把将她抱了下来，平放在地上，一手托着云瞬的后颈，一手掐人中。巧眉被吓得瘫软在地上，嘴巴张得老大，一个字都说不出来。还是湛栌第一个反应过来撒脚如飞跑出去请郎中，又一个转身跑回来："王爷……这事儿传出去，您……"

舒豫眼睛一瞪，喝道："我的面子和云瞬的命哪个重要！"

"是！奴才这就去！"

所幸舒豫踹门踹得及时，云瞬只是气闷昏厥过去，稍稍缓了一阵，她便醒了过来，第一眼她就看到了舒豫焦急的面容，她一说话，嗓子就火辣辣地疼，可她还是说了出来："为什么我死了你还是不能放过我？"

冰冷的神色重新蔓延上舒豫的脸，她差一点为了别的男人死了，他都没去责怪她！她倒好，睁开眼第一句话就说得这么伤人肺腑！

蜜色的眸子里逐渐凝聚起滔天的怒气，云瞬看着他，笑了："我让你难堪了吗？那你为什么不让我去死？为什么要进来？"

这一刻，舒豫似乎大彻大悟，她已经和他走到了这样滑稽可笑的地步，他所有的努力没能让她爱上自己，相反，她开始恨他，恨到不惜激怒他，然后一心求死。

"你以为你死了，我就会放过他？"舒豫逼着自己冷静下来，对上她沉沉如墨的眼眸，"你错了，李云瞬，假如你死了，我会让苏墨远为你陪葬，不，是整个苏府为你陪葬！"

"你不过个个王爷，凭什么对别人的生死易如反掌，你骗不到我的。"云瞬今天索性放开心怀，她所有想说的话今天都要说清楚。一个连生死都不怕的人还有什么好畏惧的呢？

舒豫脸色更冷，抬手捏起她的下巴，迫使她看着自己："那是你还不了解长孙舒豫的本事。"

"你的本事我当然清楚，你只会逼迫别人对你就范，你仰仗的不过是你

113

的权势！"

"你说得对！我仰仗的就是我的权势。我的权势，可以要人生，也可以要人死。你死了好啊，正好我也省得想办法要如何去为他父子周旋保命！"舒豫越说越气，捏住她下巴的手指也加重了力道，云瞬感觉不到痛似的，她的注意力全在那一句省得去救他们父子上。

"你说什么？苏墨远他怎么了？他不是今天就要成婚的吗？能有什么事？"

舒豫不想看见她此时的这副样子，可他却移不开眼神，这是她第一次，第一次将目光完完全全放在自己身上，那迫切的眼神看得他心头酸涩："有人密奏圣上，苏侍郎中饱私囊，吞没税银。"

"啊！"云瞬不敢相信自己的耳朵，苏侍郎一辈子安分守己地做着员外郎，才刚刚升迁侍郎就触犯国法，吞没税银可是祸及全族的重罪。

舒豫蜜色的眸子里带出冷笑的意味，看着眼前的女子脸色惨白如纸："所以根本不需费我什么周章，苏家很快就要有灭顶之灾。"

云瞬颤抖着手抚上胸口，那里有万千重物倾覆而至的感觉，耳朵里嗡嗡作响的只有"灭顶之灾"这四个字。

舒豫最见不得她这副半死不活的样子，一把将她拉了起来，拖着在地上走了几步："走，我让你去见他最后一面。"巧眉吓得脸都白了，扑过来试着拉开舒豫："王爷，王爷您息怒啊！"舒豫一脚把她蹬开，却也松了拽着云瞬的手："你要去见他，今天就是最后的机会。"他脸色铁青，站在云瞬面前，而云瞬则像是一具破败的衣裳被人丢弃在地上，她的眼睛里空空的，像是什么也看不见一样，许久，她坐在地上仰起头，望向舒豫："我不会再见他，你要我做什么，我就做什么，请你救救他。"

舒豫额头上的青筋都在隐隐鼓动，他蹲下身，盯着瘫坐在地上的云瞬："做我的正妃就让你那么为难吗？"

云瞬连头都没动，表情仍旧呆滞："我做什么都可以，请你救救他。"

舒豫霍地站了起来，冷笑在他的脸上扩大："老老实实地等着我的花轿，你再敢闹什么花样，我就……"

"嗯，我不会。"云瞬似乎冷静了很多，她抬起头，真真正正地看了舒豫一眼，"你要救他。"

舒豫终于忍无可忍，飞快地转身离去，临走时将房门摔得震天动地，动作之大让人以为这位暴躁起来的冷面王爷很可能会对云瞬做出什么不理智的事来。

站在云瞬的房门之外，等了半晌里头没有什么动静，舒豫才长长吸了口气："把贺礼给苏府送过去。再给苏筹透点风声，让他早做准备。"

舒豫望着碧蓝如洗的天空，脑中不断闪现着童年云瞬的样子，他的唇边忍不住溢出苦笑，他还是和她走到了这么一步，不管他如何努力地伸出手去，云瞬总是对他的心不屑一顾。从拒绝和他一起玩耍的时候开始，直到现在。他所有的智慧和心思都只能做到这么一步。

在这一步，他把自己和云瞬的婚姻变成了一场交易。

就在苏墨远成婚后不到一月的时间，侍郎苏筹吞没税银的事被上面揪了出来，上个月还热热闹闹的苏府一下变得门庭冷落，从前那些与苏筹交好的大臣避之不及，朝中竟无一人为苏筹求情说话。眼见苏家父子被砍头已成定局，可事情不知怎么到后来就有了转机。高宗最后降旨，只将苏筹一人处了死刑，至于他唯一的儿子苏墨远，则被罚到墨妙苑里去修书。

当李云彻将这个消息告知云瞬的时候，云彻发现姐姐的眼睛里有什么东西正在一点点地碎裂，云瞬很安静地听完他的话并没有什么异样，只是看着院子里比平时三倍还要多的下人，默默无语。自从她上一次的自尽行为被舒豫当场撞破之后，康平王府上的家丁数量明显多了起来，湛栌一天往康平王府至少要跑三次，好记录下云瞬的状况，回去汇报给主子舒豫知晓。

对于这样近乎被监禁起来的生活，云瞬未发一语。

她答应过舒豫什么都会答应，什么都会接受，只要他能救下苏墨远。

现在，苏墨远的命被留下来，她也该兑现对长孙舒豫的承诺。

"云彻。"云瞬的口气里没什么感情，转头看着这个对自己话渐渐多起来的弟弟，"你还记不记得，你欠我一个人情。"

云彻愣了一下，点头："是的，我欠你的。"

"我有件事，要请你帮忙。"云瞬的声音忽然坚决了起来，黑漆漆的眼睛对上云彻的，她压低了声音说道："我要去看他。"

云彻一惊，警惕地看了看院子里来回走动的家丁，也放低了音量："你不是已经答应过安庆王，不会再见他吗？你……万一被他知道……"

"云彻，我很快就要成为安庆王妃，再不去见他的话，就彻底没有机会了。"云瞬说得很明白，她脸上决然的神情告诉云彻，假如他不能帮她的忙，她也会义无返顾地自己闯出去。

思量再三，云彻咬了咬牙："明天中午，等湛栌走了，我就来带你出去。"

翌日，阳光洒满大地。

书房里头，舒豫正在临帖，湛栌手捧着一个簿子，仔细地汇报着康平王府的情形，说完有些惴惴不安地瞧着舒豫，舒豫抬眼看了看他："还有什么话都一起说了。"

　　"是，奴才这几天总是右眼皮乱跳，心里头怎么越来越不踏实了，总觉着要出什么事儿似的。唉，呸呸呸，奴才这是乌鸦嘴，王爷您大喜的日子马上就到了，奴才还净说些浑话。"

　　听他这么说，舒豫没有一点不高兴的样子，反而开始沉思。湛栌是个仔细人，他能这么说必然是他看到了什么让他感到不安的东西。蜜色的眼眸里慢慢升腾起疑惑，舒豫忽然很想亲自到康平王府里去一趟。

　　正午时候的人总是爱发困，尤其是院子里头太阳晒得正暖和，一些家丁忍不住靠在廊柱上悄悄打起了瞌睡。此时，吱呀一声，云瞬的房门打开，里头闪出两个人影，正是云彻和乔装成巧眉模样的云瞬。云彻走在前头，云瞬在后头跟着，像往常来给云瞬送过饭一样，她的手里提着食盒。

　　康平王府上的老人大多都在老王去世以后卷钱走人了，现在站岗的多数是安庆王的手下，这些人几乎没有一个见过云瞬的庐山真面目，加上云彻他们走得很快，守卫们并没有十分放在心上。

　　出了王府，云彻直接带过一匹马来，将马鞭递给她："顶多半个时辰。"

　　云瞬点点头，扬起马鞭飞也似的朝苏府的方向奔去。

　　云彻目送马儿远去，而就在他回府的时候，忍不住大吃一惊，院门内侧站着两个人，湛栌、舒豫，地上还跪着一个穿着云瞬衣裳的丫头巧眉。

　　"是我的主意，王爷不要责怪巧眉。"云彻看了一眼吓得魂不附体的巧眉，淡淡开口。

　　瞧着这张和云瞬有几分相似的脸，舒豫居然一点都没有动气，似乎云瞬不会乖乖地待在府里已经是他意料之中的事，而现在，他只不过是猜对了而已。

　　舒豫看了一会儿这个对自己不卑不亢的少年，大概李图的胆量全都生在了自己的两个孩子身上，这姐弟两个都是胆大包天，什么都干得出来的人。

　　云彻毫不避讳地和他对视着，他不怕这个冷面王爷，甚至还有点讨厌他，长孙舒豫如何一步步地逼迫李云瞬嫁给他，云彻都看在眼里，虽然他曾经也推波助澜，可他从心底有些看不起这种强迫别人的男人。

　　蜜色的眸子里有李云彻看不懂的内容，舒豫收回眼神，放到被日光照得发亮的大道上："一会儿去接她回来，记得，不要告诉她我来过。但也绝对不能有下次。"

舒豫的这句话比刚才忽然出现更能让云彻吃惊。云彻下意识地紧跟上他两步，追问道："你这么逼她，有什么意思？"

　　这个叱咤朝野的男人转过身来看着他，头顶上的白发在日光下闪着耀眼的银光："你还小，等你大了，自然会明白。"

　　云彻冷声说道："我却不希望自己会明白。因为你现在这个样子，让人可怜。"天底下那么多女人上赶着要嫁给安庆王做妻做妾，可他却独独纠缠着一个根本不喜欢他的女人，这难道不是一件让人可怜的事吗？

　　舒豫面色不变，看着云彻尚带着稚气的脸孔："前两天陛下催促过安置康平王入陵的事，被我缓了下来，我和你姐姐马上就要成亲，你和她虽然不和，却总归是亲姐弟，我不想她没有一个亲人出席。"

　　云彻听了冷笑一声："你想让我感激你，还是想让她感激你？"

　　舒豫似乎没听见他的挑衅似的："等我们完婚，你就去把康平王妃的灵请回来吧。"

　　"哼，我肯定会走，谁要受你的恩惠！"云彻说完气呼呼地走了。

　　湛栌吧唧吧唧嘴，瞧着神色如常的舒豫："王爷，您怎么不生气啊？这小李大人也太……"

　　舒豫没有理他，看了一眼仍旧抖如筛糠的巧眉："回去知道该怎么做了？"

　　"是……是。奴婢知道。"

　　舒豫没再说话，他有的是耐心，她一天转不过心思来，他就等她一天；她一年转不过来，他就等她一年，假若她一辈子的心都没有回转的话……舒豫自己苦笑出来，那就只能说明他和她真的是没有一丁点的缘分，儿时抽到的那对签子也只是老天和他开的一个玩笑罢了。

　　越走近墨妙苑，萧条的味道越浓重。墙外栽着一圈篱笆，这样朴素的植物被栽在皇城里似乎显得有些格格不入，却也很好地体现了此处衙门的地位。墨妙苑虽然是修书立著之地，然而近些年来大部分被派来修书的人都是被贬谪的大臣或罪臣家眷，墨妙苑不知不觉变成了臣子们眼中公认的冷宫。

　　墙内几乎没有人声可闻，寂静和衰败充斥着这里的空气。云瞬将马拴在篱笆一角，任由它去啃地上的野草。她自己信步沿着墙慢慢走着，好像这样每走一步，就能距离里面的人更近一步。

　　手掌攀在墙壁上，粗糙的墙体和尘土刺痛了她的手指，也刺痛了她的心。苏墨远还那么年轻，他要在这冰冷的墨妙苑里待到什么时候？这偏僻又萧条的墨妙苑终将埋葬这个如水般温润的少年，他的理想，他的未来，都将被毁在这方小小的四方院落之中。

"你肯定不会知道,就在前些日子,我到底为了你,放弃了什么……墨远,你一定要照顾好自己,好好地活下去,这样,我才会觉得自己做的一切都是值得的,都是有意义的,否则,我还有什么理由和这可笑的人生周旋下去?"头靠在墙壁上,她的眼中忍不住落下泪来。

苏墨远,这个名字注定要和她越走越远,从前月下相逢的那个瞬间只能停留于彼此的回忆之中沉淀为不能重来的过去。在未来的岁月里,他们的人生将不会再有交集,从此以后,她是高高在上的安庆王妃,而他,只能苦守于这一方破败的院落之中,郁郁而终。

"呀?这不是……"背后有人惊呼,云瞬一惊,慌忙擦了擦脸上的泪转头去看,来的人赫然是苏夫人。云瞬上下打量了她一圈,与上一次灵堂相见的那位喜上眉梢的苏夫人有着云泥之别。她的身上穿着普通百姓人家的粗布衣裳,头上仅用一根银簪绾着,臂弯里挎着一只竹篮,里面有些青菜。

"苏夫人。"云瞬朝她点了点头。

苏夫人尴尬地红了脸:"哪还有什么夫人,只是个快入土的老婆子罢了。"

"您别这么说,您还年轻,还得……照顾好苏公子。"

苏夫人没有注意到云瞬提起苏墨远时脸上不自然的神情,自顾自地往下说:"现在远儿也不需我多费心神,媳妇对他极好。说起来还是苏家亏欠了人家,刚过门就遭了这么一桩祸事。"

"槿华小姐她也在这里吗?"云瞬往墙里看了一眼,苏夫人点头:"是啊,起先远儿打定主意要休妻,不肯让她随行过来吃苦受罪,可谁想到这位梁家小姐是个贞烈女子,拿着远儿的休书一把火就烧了,要自尽在远儿面前,远儿见她如此,也只好作罢。也不知苏家哪辈子修来的福气,能让远儿有这么好的一个媳妇。"

云瞬攥紧了手心,指甲扎进皮肤里的痛楚才能让她挤出笑容来:"苏公子能有如此贤妻真让人羡慕。"

苏夫人又唠唠叨叨地说了几句,里头忽然有人走动的声音,云瞬立刻推托自己有事和苏夫人告别,几乎是以一个逃跑者的速度离开了墨妙苑,云瞬不是不想和他见面,只是她真的不知道该怎么面对此时的苏墨远。

"咳咳,娘,您在和谁说话?"苏墨远惦记出去的母亲,从院子里迎了出来。

苏夫人收回眼神:"是云瞬郡主,她刚刚在这儿,好像……有很多心事的样子。她是来看你的吗？"

苏墨远又咳了几声，苍白的脸上染上绯红，槿华在一旁扶着他，对着苏夫人笑道："怎么会是来找相公的呢？相公与那位郡主也不相识。是吧，相公？"

苏墨远止了咳嗽，淡淡点了点头。苏夫人提着菜篮往厨房去了，他才扭过脸来对着槿华低声说了一句："多谢。"

槿华红着脸摇摇头："这些都是我该做的事情，只要相公你快些好起来，槿华做什么都愿意。"

"何苦。"苏墨远松开被她挽住的手，一个人摇摇晃晃地往屋里走去。槿华站在他的背后，脸上温柔的笑容渐渐消失，看着眼前这个男人越来越清瘦的背影，她忽然捂住嘴巴低声呜咽了起来。

"怎么回来得这么晚？你怎么了？"云彻看见云瞬牵着马从巷子的尽头出现，快步迎了上去。云瞬的脸色很难看，勉强看了他一眼："去的时候我觉得身上有使不完的力气，策马如飞，而现在……我已经连上马的力气都没有了。"

"你是走回来的？难怪……你……"云彻抿了抿唇角，"见到他了吗？"

"没有。"云瞬摇了摇头，"到如今，我还怎么见他。"

"那你去了那么久都做了什么？"云彻不明白了。

"只是去墨妙苑转了一圈，走在墙外的时候，就好像是他在身边一样。"云瞬转头看了一眼困惑的李云彻，笑了下，"你还小，不会明白的。"

云彻拧眉别开脸："我宁可一辈子都不明白，谁要像你们这样什么都明白！"

"有人来过吗？"

云彻闪开她的眼神，假装去梳拢马的鬃毛："没有。你赶紧回去吧，巧眉快坚持不住了。"

"嗯。"云瞬加快了脚步，她不怕惹恼舒豫，可她不想因为自己的缘故而去牵连一个无辜的巧眉。

瞧着她的背影，云彻默默叹了口气，他们都说他太小不明白，可是他们自己又真的明白什么呢？

第十章　安庆王妃

长安城的春天来得快，走得更快，才刚进五月，天儿就开始变得燥热。端午将近，王皇后属意要召王贵命妇们一起来内廷品食米粽，闲谈趣聊。大姑姑容安特意来请云瞬，因着她之前重孝在身的缘故，王皇后已经有三个月没有见过她了。

初五这一天，云瞬刚踏出府门，清菡家的马车就停在外头，清菡从马车里钻出来朝她招手："姐姐，这边来！我这里有好吃的！"

"你那里有好吃的，怎么也不招呼我？"盛骏家的马车从清菡的身边路过，也钻出个脑袋来朝清菡嬉皮笑脸。清菡吓了一跳，探出半个身子去拍盛骏的马车："叫你嘴贫，偏不给你。"

云瞬上了她的马车，进去之后就把帘子落了下来，清菡奇道："今天天气这么好，不吹吹风吗？"

云瞬摇了摇头："这风太大，吹了头痛。"清菡莫名其妙地探出头又看了一眼，顿时明白云瞬的意思，原来在盛骏的马车之后跟着的，是安庆王府家的马车。

"可你们这样下去也不是事儿呀，姐姐你都快和安庆王成婚了，有的事，你也该放下了。何苦为难自己，和自己过不去呢？"

云瞬没有说话，靠在马车里闭目养神，清菡摸了摸下巴，自己剥开一个粽子咬了一口，一脸深思的模样："姐姐现在这话我倒是敢说了，其实，我一直觉得苏公子有些配不上你。苏公子他虽然文采好，人模样也好，可是我总觉得他身上少了点什么似的，瞧着就别扭。可安庆王就不一样，他和你站在一处的时候，我瞧着你俩人倒是极其般配呢。"

"你再这么说下去，我都要以为是安庆王让你来做说客的。"云瞬微微睁开了眼缝瞧了清菡一眼，清菡一吐舌头："得！我不说了。"

"清菡，清菡，你要不要到我这里来？我的车里宽敞得很。"盛骏家的马车追了上来，小王爷盛骏嘿嘿地从马车里探出头，眼巴巴地瞅着清菡家的马车窗户直落口水，"你在吃什么好吃的？有没有我的份儿？"

清菡面上一红，双手捂着脸跺了跺脚："这么多人瞧着，也不知道害羞，盛骏这个笨蛋！"

云瞬的唇边带上一点笑意，清菡抿着嘴，大眼睛转了转："看在他让我姐姐笑了的份儿上，就赏给他一个好了。"说着，从食盒里提出一串米粽，用五颜六色的绳子系着，一颗颗滚圆滚圆的，散发着浓浓的糯米和艾叶的香气。

"你想吃是吧？着家伙！"清菡不愧是三岁学武、七岁拜师的练家子，挑起车帘瞄了瞄准头，随手一丢，一颗粽子飞也似的丢了出去，直接落到盛骏的怀里，盛骏下意识一接，顿时眉开眼笑："哎哎，你别回去啊，我这里也有，接着！"

"好啊，你敢拿粽子丢我！看我跟你没完。"清菡和盛骏两个越丢越起劲，索性两个人都钻了出去坐到马车的车辕上，丢得累了，就剥开粽子一边吃，一边互相瞧着傻笑。

湛栌瞧着前头那两位玩得兴高采烈，再回头看看自己身后安安静静的马车，忍不住叹口气："盛骏王爷和清菡郡主还真是天造地设的一对，一个粽子两人也玩得挺高兴。"

车内，舒豫把玩着一枚羊脂玉扳指，虽然盛骏和清菡这两人都有些小孩子气，可这样快乐地相处却让他着实钦羡不已。

"王爷，有朝一日，您肯定也会和云瞬郡主这么相亲相爱的。真的。"湛栌说得信誓旦旦，舒豫将扳指套在手指上，挑了挑眉梢："说吉祥话也得去把巴得楞师傅请来。"

湛栌嘟着嘴，不太情愿地答了一声。他家王爷这是又要有什么大手笔？巴得楞师父虽然有着第一神射手的美誉，可是这老头脾气秉性怪得很，对汉人没什么好感，尤其是对汉人之中的贵族们更没什么敬畏，他居然要自己去请这位倔强的老家伙到府上，真不知道要搞什么名堂。

容安早已经在两仪殿外等候，见着清菡的马车过来，心里一动迎了上去，车帘一挑，果然是云瞬从马车里钻出来。

"这些日子娘娘天天念叨您，您今天来了可得好好陪娘娘说说话。"容安过来揽着云瞬的胳膊往里走，云瞬回头看了一眼清菡，她正和盛骏眉来眼去得欢。容安顺着她的目光看过去，轻笑出来："清菡郡主也到了该出嫁的年纪。

也不知道哪家大人的公子能配得上她？"

云瞬眉头一皱，诧异地看着容安："姑姑这话……云瞬不太明白。"

容安笑得很得体，好心地解释道："老婢给您打个比方说，文舍人和梁大人的官职相仿，槿华小姐许给了小苏大人，清菡郡主大概也会被许给某位大臣的公子吧。"

云瞬心里一阵发凉，容安刚才的话说得很明白，按照大唐的习俗，不管清菡要嫁的人是多么有为的青年才俊，也绝对不会是那位地位卓越的盛骏小王爷。

"多谢容安姑姑提点，云瞬明白了。"云瞬对着容安稍稍欠了欠身，容安和蔼地笑着点头，将声音压得更低："郡主是明白人，可千千万万别做什么糊涂事。这是老婢私心里想和您说的几句话，郡主莫要说与他人知晓。"

"老婢先去通禀一声，郡主请稍候。"她忽然抬高了声调，神情恭敬又疏远，丝毫没有了方才的和蔼亲善之态。

云瞬站在一片树荫之下，定定地看着这片辉煌的大明宫，这飞梁画栋的宫阙到底能包容多少说不得道不得的秘密？而谁又能保证一个秘密的背后不会包藏着更大的秘密呢？

"娘娘，云瞬郡主到了。"

王皇后跷着小指抬手抚了抚黑亮的发髻，点了点头："都对她说了？"

容安欠下身子："一切都按照娘娘吩咐的说的。"

"好，让她进来。"王皇后坐直身子，唇角浮起一抹笑意。

空荡荡的大殿上只有上首位的王皇后和立在殿中的她。一如那日她来向王皇后求情的场景。然而此时云瞬的心里却没有那一次那样的忐忑不安，黑幽幽的眸子看着王皇后，然后规矩地行了礼。

"家里还好吗？"王皇后抬了抬手，示意她来到自己身边。云瞬走过去挨着她坐下："劳娘娘挂念，还算过得去。"

"有舒豫那孩子跟着操持，想来也不会差的。"王皇后状似无意地提起一个她不想听见的名字来，云瞬眼神微动，点了点头："是，多亏了舒豫王爷。"

"还叫他王爷哪，你们俩马上就是夫妻了，这称呼得改一改。"王皇后笑起来，涂着芍药色的长甲掩住了嘴，"对了，容安哪，交代你找人的事儿怎么样了？"

容安端着茶水走上来给她和云瞬摆放好，笑得像个寻常人家的阿婆一样和善，瞧着云瞬道："老婢早就物色好了，福喜嬷嬷惯给长安城的皇亲贵族家的姑娘们讲课，性子也和蔼，和云瞬郡主相处，定然能说得上来。"

"和我相处？"云瞬有些不明白。

"傻孩子，你是要出门子的人了，洞房里的事儿没人给你讲，到时候不是要闹笑话？这些事本该你母亲亲自讲给你听，可惜……"王皇后露出哀戚的神色，抚了抚云瞬垂在肩上的黑发，"多好的年纪，多好的容貌，瞬儿，你要珍惜眼前的一切。"

王皇后最后这一句话在云瞬听起来不像是对她韶华年纪的歆羡，反倒像是一个历经沧桑的老者对她即将到来的无可奈何的命运的同情。

而云瞬却听懂了王皇后话中的意思。

不管她愿与不愿，长孙舒豫都会成为她的夫君，是要和她一生一世走下去的人。她的抗争，她的生死，对这些人来说不过是添了些茶资而已，做什么都是徒劳。她能做的最有价值的事，就是好好利用起已经握在手里的一切。

"过两天就让福喜去吧，她是把好手，里里外外有什么事你就对她说。说起来，本宫当初出阁的时候就没有个好嬷嬷来教教我如何相夫持家。"话语中不无遗憾之情，王皇后换了个姿势对云瞬说道，"任何时候一个妻子能够抓住丈夫的心，都是很重要的。这道理，你慢慢就会懂了。"

从两仪殿出来的时候，云瞬迎面碰到一行仪仗，看品阶该是妃子出行，云瞬立刻伏在路边，等这些人过去，她才站起身。

仪仗之内，有人愤愤叹了口气："我到底哪里比不上她？舒豫的眼里凭什么就只有她一个！"

"那你说说舒豫又好在哪儿？"

"舒豫他……他就是什么都好啊。"

"那不就结了，你那么喜欢舒豫却说不上他的好处，可见，真心喜欢一个人是不需要什么理由的。"

"您说得极是。"丽姝被问瘪了词，赌气地靠在软垫上，看着面前艳丽的萧淑妃，"淑妃娘娘，您也不知道陛下喜欢您什么吗？"

萧淑妃轻声一笑，身边的嬷嬷们也跟着笑起来，丽姝闹了个大红脸，不敢再问。

许久，淑妃看了看渐渐远去的两仪殿："你知道女人最重要的是什么吗？"

"当然是嫁个好丈夫。"丽姝傻傻地回答，惹笑了淑妃，"小小年纪，光惦记着嫁人了？你这个猴样子，你爹也不管管你。"

"我爹天天就知道忙他的公务，都不跟我说话。"丽姝撒娇着朝萧淑妃笑道，"娘娘您告诉我嘛。"

"女人家最重要的，就是识时务。眼睛里要看得见利害，耳朵里要听得进谄骂，还要管得住嘴巴，这心里想的不一定要从嘴巴里说出来，而嘴巴里说出去的，又并不一定是心里想的。你可明白了？"

"我好像……有点明白了。"丽姝使劲记下了萧淑妃的话。

"行了，今天就到这儿吧，回去告诉你爹，盐库里的存盐本宫给他留了一半。"

"多谢娘娘！"丽姝大喜过望。

"不必谢本宫，萧染的事你爹出了不少力。"萧淑妃有些疲了，靠在软榻上抬了抬手。身边的老嬷锦安说道："咱们娘娘是赏罚分明的主儿，往后日子长了，您就晓得好处了。"

"娘娘，您把盐库的存盐分给谢大人，陛下要是追查起来可该怎么是好？"锦安送走了丽姝，扶萧淑妃坐起来，有些担心地问。

"你以为本宫把存盐私分给他是让他自己变钱去逍遥吗？谢彦是个明白人，他明白本宫的意思。"萧淑妃浅浅地笑起来，眼眸流转处有无限的风情与恶毒，"皇后属意她那位侄女，指望她能拉拢长孙家，本宫就偏不让她如愿。"

"姐姐，你怎么去了那么久才出来？怎么样？皇后她没有为难你吧？"清菡急急忙忙拉着云瞬的手不住地上下打量。

盛骏左右看了看，嗔道："我的小姑奶奶，你能不能别这么大声说啊，隔墙有耳呢，叫人听去嚼舌根，你有几条命啊。"

清菡自觉失言，吐了吐舌头难得地没和盛骏争论。

云瞬瞧着清菡纯净的笑颜，微微笑了笑，拉着她的手往外走："皇后许久没有见我，拉着我多说了一会儿话，让你久等了。"

"姐姐说哪儿的话！"清菡忽然松开手，单手叉腰，瞬间变身一把小茶壶，"皇后娘娘喜欢你，给你撑腰，以后，舒豫那个家伙才不敢欺负你啊！"她转脸一想，脸色垮了下来，"不行，我也得找个人给我撑腰，要不，以后盛骏欺负我可怎么办？"

盛骏托着下巴瞧她一副纠结状，忽然坏笑起来，拿胳膊肘捅她："哎！我说清菡啊。"

"啊？"清菡仍然迷迷糊糊，"干吗？"

"既然你那么想嫁我，小爷我要不要好心点去你家提亲呢？"

清菡脸上顿时臊得像一块大红布，抡拳就打："看你嘴贫！占我便宜！找打，找打！"两个人一个跑一个追，清菡嘴上喊得凶，可她眼中的喜色云瞬却瞧得明白。云瞬望着你追我打的两个人，想起了容安的话，不由面色一黯。

五月还没过完，管家老贺带着舒豫的聘礼就送到了康平王府上。云彻站在屋檐下看仆从们如流水一般将车上的聘礼卸下来，年轻的脸上不知是什么样的表情。

"等你嫁过去，我就要走了。"他身后人影一动，云彻凭那股熟悉的兰花香，不用看也知道是他姐姐云瞬。

"不想去的话，也不用勉强。人死如灯灭，在哪里都是一样。"云瞬平静的声音里同样没有情绪。

云彻回头看了看她，似乎想说什么，却什么也没说，一甩袖子，气呼呼地走了。他和她就不像姐弟，两人在一起说话从来没多过三句！云瞬瞧着云彻快步离去有点想笑，她没想和他吵架，只是他这个养尊处优长大的公子哥儿看事情的时候，永远和她看不到一处罢了。

时间一闪而过，转眼便到了六月初六。

其实今天放在往常也不过是寻常的一个六月初六，而今天的不同是来自安庆王府的这场盛大喜事。

今日，是安庆王娶妻的好日子。

天公万分作美，昨天夜里下了一场雨，将长安城的大小街巷洗刷干净。整整一日，天朗气清。因为王皇后坚持的缘故，云瞬今天要从两仪殿里出阁，云瞬明白，这是王皇后故意拉高自己的地位，她已经没有父母，没有背景靠山，在偌大的安庆王府里，难免要遇到重重的阻碍，可是，即便她是从最高贵的两仪殿里出嫁的，又能改变什么呢？谁能还给她一双父母，谁又能给她一个畅通无阻的将来？

花轿用的是最好的红呢软轿，八人抬的轿子做得快有四匹马拉的马车一样大，鎏金簪红，大得出奇的绸花横在花轿的门梁上，娇艳地迎着日头怒放着，它在等着新郎把它取下来。

清菡笑得合不拢嘴，跟在花轿的外头一直走，一会儿问问云瞬热不热，一会儿问问云瞬渴不渴，本来想休息一会儿的云瞬被她搅得也没了睡意。

大红的花轿非常高调地从两仪殿出发，走的是最绕远的那条路，云瞬不明白舒豫为什么要选这条路，像是恨不能让全长安城的人都看见，他长孙舒豫娶媳妇了一样。

这种事，有什么好需要炫耀的吗？

云彻骑着高大的白马，跟在舒豫的身后，面色沉静。这一段时间接触下来，他是有点瞧不起长孙舒豫的。

可今天的长孙舒豫不得不让云彻赞叹，也只有这样潇洒俊逸的王爷才能配得上他姐姐。连他那标志性的少白头都被大红的礼服衬得柔和了许多。原来这个铁面冷情的王爷也不是那么冷酷无情，大概是长孙舒豫把所有的感情都放在了他姐姐身上。唉，那个姐夫真是可怜又可悲，他挖空心思想设计一场美满的婚礼，可怎奈，婚礼上最重要的那个人的心，却不在他的身上。

道边是路人们羡慕的啧啧声，礼仗走得很慢。在快到安庆王府的大道上，队伍敲锣打鼓地走着炫耀着，蓦地，有人从路旁的树影里蹿出来横在仪仗之前，二话不说奔着花轿就冲过去，嘴里一边喊着："李云瞬，你救救他，你救救他。"

舒豫快速勒住马，一眼认出来扑到花轿前的那个人。是槿华。

槿华早被周围的侍卫们拦住，她还是一个劲儿地往里头挤，死命地想要挣脱开侍卫们的钳制。清菡对着轿夫们一个劲儿地喊："都抬好了！抬好了！轿子可千万别落地！"新娘子的新轿子，半路沾灰可不是什么好兆头。

舒豫从马上看过去，冷峻的面庞上带出阴冷的气息，槿华头发都乱了，也不顾不上，对着云瞬的轿子一个劲儿地哭喊："李云瞬，安庆王妃，求求您，救救他！"

槿华还算是有脑子，她始终没有说出来那个他是谁。

可在局中的这几个人谁都心知肚明，这个他，到底是谁。

"苏夫人。"盛骏第一个看不下去，在马背上拿鞭子一指她，"我说你这人怎么这么晦气呢？今儿是舒豫哥的好日子，你这么一哭一闹，算是怎么回事？还不赶紧滚回你的墨妙苑去好好面壁思过？"

槿华根本没有理会盛骏的冷言冷语，一双泪眼盯着云瞬的轿子，毫无预兆地跪在地上朝她磕头："安庆王妃，您救救他吧。"

"还不赶紧拉下去！你们都是木头做的吗？"盛骏瞧着这个疯女人就来气，拿下巴一点对面的侍卫，侍卫们立刻抛下顾忌，将槿华从地上拖走，槿华双手抓地，死活不肯老老实实地被人带走，一边嘶喊着："他……病得厉害，可没有太医愿意去给他瞧病啊！只有您能救他！只有您能救他呀！"

"快别让她喊了。"清菡朝前快走了两步，心急得叫出来。大花轿就算做得再厚实，也隔不住槿华的哭喊嘶叫声，她站在外头都能感受到这一路上都平平稳稳的轿子刚才生生地抖了一下。

她再喊下去，搞不好云瞬就得弃了轿子跟她回去看看那个病得不轻的苏墨远。

"哥，这怎么办？"盛骏对付千军万马是把好手，可对付这哭天抹泪的妇道人家顿时就没了方向。舒豫冷着脸，看槿华满眼切切地等着花轿里的人给回音，他何尝不也在等待？槿华等的是云瞬的答允，而他等待的，却是云瞬的态度。

半晌，轿子里也没有一点动静。

舒豫的嘴角带上似有若无的笑意，神情缓和了不少，对着已经傻掉了的槿华道："苏夫人少安勿躁，不止是内子在太医院有相识的大夫，本王也有一些熟识的朋友，或许可以帮上你的忙。"

舒豫这么一说，路边那些瞧热闹的人都释然了，难怪这位小妇人要来找安庆王妃帮忙的，敢情人家在太医院有熟人啊。

槿华如获大赦，磕头如鸡啄碎米："多谢王爷，多谢王爷。"

"走吧。"舒豫下了命令，队伍又开始吹吹打打地前行了。

老苏夫人遥遥地跑了过来，拉扯起还跪在地上的槿华："媳妇啊，你这是何苦？真惹恼了安庆王，他可是能要了你的命呀。"

"他要了我的命又能怎么样？他们都欠相公的，他们都是罪人！"槿华尖俏的脸上带出恶毒的笑意，冷笑着指着远去的花轿，"他们早晚要遭报应！早晚！"老苏夫人惊得捂住她的嘴："我的儿！你是疯了还是傻了！快回家！快回家。"

夜已经深了，但房间里很亮，照得蒙在脸上的红盖头都变得更加红艳。从聘礼、仪仗，到安庆王府里专门给她修建的别苑，吃穿用度什么都是顶好的、拔尖的。她想起来在路上清菡羡慕地对自己说起安庆王对她真不错，她就忍不住冷笑，那是清菡不明白，他娶谁都会这么大的排场，因为他是安庆王，不会失了自己的身份。

白天里的事走马灯一样在脑子里滴溜溜乱转。她反复琢磨槿华的话，对于舒豫给自己的选择又多了一层领悟。

他曾说，只要自己嫁给他，他就会帮苏家父子一次，他的确做到了，苏墨远免于砍头的灾祸却换来永久的禁锢。可眼下，只要苏墨远在和冷宫相差无几的墨妙苑里生活一天，她就要受制于长孙舒豫一天，永远也掀不起风浪。

这就是她的夫君，长孙舒豫在新婚之日让她彻悟的道理。

不及她多想些什么，门外的喜娘丫鬟们像喜鹊一样扑腾了进来，喋喋不休地说着喜庆话，过了一会儿，云瞬听见那个熟悉的冷清的声音淡淡地说了一声"赏"。那些丫鬟婆子笑得更欢了。

门吱呀一声打开，湛栌将已经染上几分醉意的安庆王扶了进来，后头跟着爱凑热闹的清菡和盛骏，那两个人也没少喝，尤其是盛骏，眼睛都发直了，直勾勾地盯着眼前的新娘子瞧，清菡给了他一个爆栗："呆子，没头没脑地盯着人家的老婆瞧做什么？丢脸不丢脸？"

盛骏嘿嘿傻笑，顺势抱住清菡的小腰："我瞧着那人好像是你，差点就扑上去了。"

一众的婆子老妈子又起哄着笑闹起来，湛栌真怕这位小太爷闹出什么热闹来，赶紧劝清菡把人带走。谁想那两位还真执着，怎么劝都不走，非要看人家两口子喝交杯酒才肯离开。

带着酒气的舒豫朝她走来，再多的酒气也掩不住他身上冷傲的味道，他一步步地靠近，云瞬的手心里没来由地攥出一把冷汗来。

舒豫走过来坐到她的身边。福喜嬷嬷像念经一样把背得滚瓜烂熟的吉祥话说完，将两人的衣袍一角系在一起，意思是永结同心。又倒了交杯酒给她，这才闭了嘴。清菡扶着她的手，和舒豫行了交杯之礼，云瞬第一次知道，酒水喝下去原来是这样冷的。

他在嬉闹之间用喜秤挑开红盖头，满屋子的人都炸开了锅，一个胡子拉碴的王爷摇摇晃晃地带头喊了起来："早就知道安庆王的媳妇长得好看，原来还想是不是这小子夸口胡说！没想到，小弟妹真是天仙下凡啊！"

"可不是！这模样相貌倒比得上当年先帝爷的一位才人！啧啧，安庆王你可真是好福气啊！"

四周恭维的道喜声此起彼伏，云瞬听着舒豫和他们熟络地客套，只是眼下他再去和别人喝酒的时候，她得跟在他的身边，谁叫他们是"永结同心"的夫妻呢？

一圈热热闹闹地敬酒下来，舒豫今天的酒量似乎格外浅，喝了几杯就推辞给了身边的盛骏。喝得盛骏整个人都能溜到桌子底下去了，幸好旁边的清菡一直扶着他，才没让这位小王爷丢脸到家。

这些人热闹够了，别苑里就冷清了下来，在月色之下，舒豫轻轻拉起云瞬的手，细细端详她。

她的身上穿着一品王妃才能穿戴的华贵法服，华美又端庄，只是这样一身隆重的衣裳穿在她单薄的身上显得云瞬更加娇弱可人。舒豫忍不住放软了声音，替她拿掉一件披肩："要不要去休息？"

湛炉朝四周围的仆从们打了个眼色，丫鬟们个个红着脸低着头悄无声息地退了下去。

他的手碰到她的时候，云瞬情不自禁地抖了一下，虽然她已经在心里认命了，可她还是不能适应他这样亲昵的动作。

舒豫似乎没有感到她身上的僵硬，拉着她的手缓缓走进那间被红蜡照得通明的房间，那是他们的洞房。

才刚进屋，舒豫猝不及防地将她打横抱起，云瞬一声惊呼，抬眼看他，那张平素冷傲的俊颜上此时竟带着她从未见过的温柔和深情。那对蜜色的眸子里因为映进了大红色而显得十分欢喜。

他抱着她走到宽阔的大床旁，轻轻放下，笨拙地为她卸去头上的头饰发簪，末了，他绾起她松散下来的黑发，靠近有些发抖的云瞬："你在怕我？"

云瞬低着头不去看他，她找不到一句合适的话在新婚之夜和他说。

"我曾经想过很多次，我们成婚的时候到底会是什么样子。"舒豫今天晚上的话很多，他并不急于做一个新郎该做的事，只是轻轻地环抱着她，试图用这种方式来让她放松下来。

大红色的喜服衬得她的肌肤格外细白通透，漆黑的长发挡住她半面脸孔，画眉鸟一般柔美的眼眸沉沉地垂着，她没有说话，可她的身体和她的神情都在告诉他，她在抗拒。

"云瞬。"他的唇忽然到了，她的手更冰、更冷，云瞬强迫自己没有躲闪，他们已经是夫妻，逃避只会让自己变得更可笑。

她闭上眼，抗拒的意味更浓，舒豫蜜色的眸子一动，她的抗拒刺痛了他的心。

他更紧地抱住她，她抗拒，她不愿，他无所谓，他现在怀中抱着的是真实的她，衣袍之间解不开的是他和她的凤世情缘，今生来世，他们都是要永结同心的夫妻。在人生这条看不到尽头的路上，他们终将携手同行。

"云瞬。"他俯视着看她，她散乱在喜床上的黑发乱了，也乱了他的理智，只要想到她终于成为自己的妻子，舒豫的心里就莫名地开始亢奋，他一点点加深对她的爱抚，直到她的两腮上染上嫣红的红晕时，他捧起她的脸，让她直视着自己。

"长孙舒豫能给你的，是他的全部。从今以后，你会独享安庆王妃的尊荣。这辈子，我只要你一个。"

"可我给不了你全部，长孙舒豫。"她忽然开口，神情仍旧淡淡的，连刚刚的嫣红都褪去，她冷冷地看着他盛满浓情蜜意的眸，"我能给你的，只是我的人，而我的心，你永远也不会得到它。"

蜜色的眸子里，有什么正在飞快地冰冷下去。

云瞬看着他，唇边竟带着嘲讽的意味："你不是不在乎吗？现在后悔还来得及，你可以休了我，或者……把我送到庵子里去做尼姑。"

"激怒我对你有什么好处？"舒豫重新恢复平时的那副冷傲，捏起她的下巴来让她靠近自己，"你已经认命了，不是吗？我的王妃。"从她冷对槿华的哭诉之时开始，她的心意，他就明白了。

他开始动手解她身上的领扣，云瞬躺在床上一动不动，看着他，又像是看着远方的某处："是，我认命了。"

她会做好安庆王妃，只要长孙舒豫能够护住李云彻，护住苏家父子。

"我们有的是时间，云瞬，如果这辈子我都没能得到你的心的话……那是我长孙舒豫对你还不够好。"他要怎么告诉她，他这样做的原因只是不能眼睁睁地看着她和别的男人走。

他拨开挡在她下颌的一抹乱发："除了今晚，我不会让你再感到痛，再吃苦头。"

痛？苦？云瞬缓缓闭上眼睛，才刚刚十七岁的她，似乎已经将什么痛都试过了，什么苦都尝遍了，还能有什么痛能让她觉得是真正的痛呢？

月过树梢，舒豫缓缓睁开了眼。身边的她倦极而眠，舒豫撑起胳膊来看着她小巧的脸庞，默默地看了许久，他从床头的小橱里取出两枚古旧的竹签，上面刻着的签言还依稀可辨。而她……舒豫苦笑，将头抵在她的额头上："真的忘得干净吗？可我……为什么忘不掉你？"

翌日清晨，晨曦透过窗格投了进来，云瞬睁开眼的时候，舒豫正伸着手让冯妈伺候着穿衣。冯妈眼尖，看见云瞬醒了，顿时喜笑颜开："王妃，您醒了？老婢给您道喜。"

舒豫收回手转身看她，云瞬好像没听见冯妈的问话一样，眼直勾勾地看着床帐顶子，黑幽幽的眸子里空洞成一片。

冯妈尴尬地笑了下，转过头来看着舒豫。舒豫摇了摇头，示意冯妈接着穿衣服。

等穿好了衣裳，舒豫转过身，凑到她身边看了她一会儿："多睡一会儿。"

舒豫是冯妈一手带大的，和他的感情自然不同，见他对妻子这么体贴，忍不住笑了："咱们王妃好福气，要是老夫人瞧见您现在这体贴人的模样可要吓着了。"舒豫似乎脸红了下，他的心里被"王妃"那两个字填满了满足的感觉。

"皇后今日要赐宴，傍晚的时候，我回来接你。"他穿戴整齐俯下身在她的脸上啄了一下，才恋恋不舍地离开。

湛栌在门外看见舒豫一脸餍足地出来，啧啧了两声，舒豫横了他一眼，吓得他不敢再胡闹："太医院的周老大人昨个下午就到墨妙苑去给小苏大人瞧病了，药也开得足够多，都让小苏夫人拿去了。另外，奴才已经把巴得楞师父给云彻少爷送过去了，难得，云彻少爷还挺合老爷子的脾气。才一个上午就聊起来了。"

"乌里雅苏台是个只认本事不认身份的地方，云彻从小被骄纵惯了，马上步下的本事得再精练精练，才不至于被人笑话。"舒豫叹了口气，湛栌抿着嘴，咂吧了一会儿滋味："王爷，您这么对云彻少爷上心，王妃她知道吗？"

提起王妃来，湛栌忽然一拍脑门："瞧奴才这记性，还没给王爷您道喜。奴才恭祝您和王妃举案齐眉，那个……"

"行了，要讨赏钱自己去账房支去，油嘴滑舌。"舒豫今天心情的确不错，说话也不似平时那么冷漠，湛栌呵呵笑了起来："还是王爷您宅心仁厚，体恤咱们。"

"到账房去，多支一倍的赏钱到前院，就说是王妃赏下的。"

"是，王爷。"

云瞬刚刚起身梳洗完毕，巧眉就跑了进来："小……王妃，苏夫人来了，说是一定要谢谢您。"

"不必了。让她回去吧。"云瞬头有些发沉，靠在床上不想动。

巧眉担心地瞧着她虚弱的样子："您身上是不舒服吗？要不要叫人来瞧瞧？"

"哪有那么金贵。不用叫人，我躺一躺就好了。"她说着闭目养神，巧眉给她燃起一炉香，正要走，被她叫住，"记着，以后，凡是苏家的人来了，我

131

都不见。"

巧眉抿紧了嘴点点头:"奴婢记着了。"

房间里重新恢复了安静,云瞬睁开眼睛打量着周遭的环境,这大得不像话的房间,高贵华美的幔帐,古朴庄重的摆设,到处都在提醒着她,她生活的地方不再是那个普普通通的康平王府,她现在的身份,是高贵的安庆王妃,这朱红的高楼门阁才是陪伴她直到未来的地方。

既然已经是安庆王妃,那么,从前的那些就让它过去吧。

有的人,只需要埋在心里。

第十一章　鸡犬不宁

"我说咱们下午再过来吧，你偏要一早上就跑来。"盛骏打了个哈欠，昨天他喝得着实不少，今儿早起还忍不住头疼。

清菡踮着脚往堂屋里头瞧，一边纳闷地问："姐姐她从来没有赖床的习惯哪，今儿是怎么了？不行，我得去瞧瞧她去。"巧眉一把拉住她："我的好郡主，您可别闹了。王妃她昨天……累着了。"

"她不是一天都坐在轿子里吗？有什么好累着的？"清菡忽闪着大眼睛，还是不明白巧眉到底是什么意思。

"不是那个累……是……哎呀。"巧眉急得直跺脚，实在是不知道该怎么给她解释。

"那是什么？你倒是说呀。"清菡比她还急。

盛骏哈哈笑了起来，拉了她一把："做新娘子的累你现在还不晓得，要不……你做一次我的新娘子试试看？"

清菡一下转过劲儿来，脸腾地红了，啐了一口："我还不是刚才一下蒙住了吗？你跟着起什么哄？"

"巧眉？谁在外面？"屋子里有慵懒的嗓音传来，巧眉心里一叹，看吧，这两位一来，谁都别想清静。转身给那两位欠了欠身子："奴婢进去回话，王爷郡主稍等。"

不大一会儿的工夫，云瞬梳洗停当出来，清菡看着她愣了一下，怔怔地说："姐姐，你这个流云牡丹髻真好看。"

云瞬今天的确很好看，她穿着一身水红色的绸衣，脸上有着初为人妇的妩媚光晕，光滑通透，比之从前，这样的云瞬更多了几分无法言说的柔媚。盛骏垂下眼眸，恭恭敬敬地给她行礼："嫂子。"

清菡愣了半晌："我怎么办？我要不要也换称呼？要不……安庆王妃姐姐？"

饶是云瞬现下仍然困倦，也被清菡这奇特的称呼给逗笑了。似乎只有和她在一起的时候，云瞬才能以为自己其实还没有嫁人，还是那个被人冷落的康平王的大女儿，什么都没变。

"巧眉，上茶。"她淡淡地吩咐，顺手让他们两人都坐下来。清菡叽里呱啦地说了半晌昨天长安城的老百姓如何如何地看傻了眼，又非常委婉地表示希望自己以后嫁人的时候，也能这么风光。云瞬一直带着淡淡的笑容听着，不时点头，真的像一个嫂子一样给盛骏和她添水。终于，清菡闭了嘴，她总觉得对于一个新婚的人来说，这样的安静，太过异常。

冯妈在一旁伺候着，不时地插两句话，算是勉强调节了气氛。

门口的珍珠帘子一挑，是舒豫回来了，云瞬刚刚带上的浅浅笑意顷刻间消失得干净。

丫鬟们立刻停下手里的活，躬身站在一旁，任是傻子也看得出来，这一对新婚的王爷和王妃非常不对劲，好像冷傲高贵的安庆王是个剃头挑子，忙前忙后的也只是一头热而已。

云瞬直起身子起来给他行礼，这样疏离的姿态似乎已经说明一切。

舒豫眯了眯眼，坐到主人的位子上，看她接过冯妈手里的热茶，恭顺地放到他的手边。

冷面王爷的脸色更冷了。

清菡抿着唇瞧这对默然无语的两口子，和盛骏默默对了个眼神，在他们的逻辑里，夫妻之间怎么可能冷静到这样的地步呢？

舒豫喝干了茶，把茶碗重重地往桌上一放，巧眉吓得抖了三抖，立刻站到云瞬的身后去了。云瞬柔柔地笑了笑，这孩子还是没能习惯这喜怒无常的安庆王爷。

"舒豫哥，你今天不是上朝去了吗？怎么回来得这么早？我还以为你要等到下午才能回来呢。"还是盛骏打破了这种无声的寂静。

舒豫看了看从他进来就没再坐下的云瞬，冷冷地开口："陛下体恤，准我三日可不用上朝。"

"哎，原来成婚还有这种优待，真不错，不用早起去上朝的日子，啧啧，让人羡慕啊。"盛骏尴尬地哈哈了两声，随即屋子里又没了动静。

"得，你们两口子聊吧。"盛骏终于受不了这种能压死人的寂静，一拍大腿站起来，看了一眼清菡，"我可走了，你走不走？"

其实清菡还没和云瞬说上几句话，心里老大不乐意，可眼下这状况，她也实在是坐不下去了："我和你一起走。姐姐，你好好休息，我们先走了，改天来看你。"清菡说这话的时候有点委屈，云瞬姐嫁人了，往后她连说话的人都没了。

舒豫垂了下眼，站起来："我送你们。"

"姐姐……我可真走了。"清菡恋恋不舍地看了一眼神色如常的云瞬，又不怎么放心地看了看脸色不愉的舒豫，"你……"

"行了，快走吧！"盛骏心里起急，一拉磨磨叽叽的清菡，"有话留着下次说，省得到时候没话。"

云瞬半笑着瞧着清菡被盛骏拖走，舒豫去送人没回来，她也不能回屋去，只能站在这儿等着他回来。冯妈收拾着桌上的茶碗，看着面色冷静的新王妃，默默叹了口气。

新王妃不喜欢王爷，这一点，经过这一个上午的光景，她已经瞧明白了。

舒豫把他们两人送到门口，末了，他回身对着清菡说道："有时间多来陪陪她。"清菡猝不及防吓了一跳，连忙点头："嗯嗯，我一定常来。"

"要来你自己来，我可不来了，你们俩在一块儿简直能冻死人。真没见过你们这样的两口子。"盛骏万分瞧不上地瞟了一眼舒豫，舒豫苦笑了下，也没反驳。

他和她之间的事儿……他们俩自己都想不明白，何况是人家这些局外人？

院子里的石榴花开得正好，舒豫也没多想，随手折下一枝带进屋里。果然，她还站在原来的地方等他，似乎没有动过。宽敞透亮的安庆王府正屋，似乎一直以来都是在等着这么一个女人的影子似的，因为有她在，整个堂屋都变得光亮了起来。

舒豫叹了口气，走过她身旁的时候站定，才一抬手，云瞬就下意识地一躲，于是他的手只在半空里尴尬地停留着。

"别动。"他低喝了一声，她不敢动了，微微偏着头不知他要做什么。

舒豫手腕一转，露出里面的石榴花来。她到底是为他绾起了长发，梳了发髻，她的过去就过去了吧，幸好，她的未来，是和他一起的。

为她簪花的动作有些笨拙，石榴花枝带住她的发丝，冯妈见了直皱眉："您这样簪，可要弄疼王妃的。"

尽管花费了一会儿工夫，可他还是执着地亲手为她簪好了。云瞬固执地半偏着头，不去看他，他要给她戴花，她就戴着，只是对于他的温柔，她并

135

不想多加理会。

"皇后晚上要为我们赐宴，下午咱们就要进宫，要不去休息一会儿？"他替她弄好了花，不忘平了平她衣上的褶皱。

她站在原地，摇了摇头，她才起来一会儿并不十分疲惫。

舒豫侧头看她："站了那么久，真的不累？"

云瞬飞快地掠了他一眼，他到底想说什么？冯妈低笑了一声，给巧眉打个眼色，她们两个，连同房间里的丫鬟仆人们都跟着退了出去。

他们刚出去，舒豫就把她抱了起来："要是不累，我们就做点别的。"云瞬微微垂下眼眸，没有反驳。可这样的神态却让舒豫觉得心寒，他明明是她的丈夫，除了用自己，他找不到什么好的办法去取悦她。

头上那朵石榴花不知何时跌在枕畔，凌乱的花瓣没有了之前的生气盎然，云瞬对着那片黯淡的橘红笑了下，果然，再好的花只要被摘下，都将零落成泥。

舒豫没有立刻起身，侧卧在她的身侧，近乎贪婪地感受着来自她身上的温度。云瞬瞧了一会儿花，闭上眼迷迷糊糊地睡了。她睡着的时候，那对眼睛终于不再冷漠，黑卷的睫毛随着呼吸微微抖动着……这样柔媚的她，让他有些不知所措。舒豫蹑手蹑脚地拿起剪刀剪下她的一缕长发，他才将她的发剪下，云瞬便醒了。

她在他的身边，总是睡不踏实。

蜜色的眸里有一瞬间的慌乱，像是没有做好功课的学童一样，慌忙将攥着青丝的手藏在背后。云瞬看着他，似乎有话要说。舒豫感到一阵莫名的心跳加速，她肯和自己说话了么？这应该是她第一次和自己主动说话吧？见状，他单手撑起头，侧看着她，舒豫忽然很期待，她想和自己说什么。

"苏墨远的事，我还没有谢你。"她冷沉的黑眸里有疏离的光影，也映出了舒豫于一瞬间凝固的表情。

他早该知道，她的脑子里想的，心里头念的，统统都是那个小白脸。

苏墨远他到底有什么好！

有时候他真恨不得立马寻个理由杀了那个让她牵肠挂肚的男人，可是他不能，苏墨远是握在他手中的绳索，在他没有得到云瞬的心之前，这个绳索他没有勇气去解开。

他的期待统统跌进了谷底，看了她一会儿，舒豫自己跃下床，一拉她的手，将她从床上拖了起来："起来收拾收拾，这就进宫！"

大礼叩拜皇后的时候，王皇后不时用手绢擦着眼睛，眼前的云瞬虽遍身华贵却神色静寂。就连站在皇后身边的容安姑姑都跟着唏嘘，皇后半晌才收了眼泪，云瞬注意到她的身边多了一个她不认识的妇人，年纪五十岁上下，但保养得极好，眉眼间有些许当年的风情，在她的身旁立着一根光滑润泽的手杖。老妇人一对凤眼上下打量了一番云瞬，满意地点了点头。

王皇后开了口，拉着云瞬坐到身边："姑母，您瞧这孩子可还配得上你的宝贝儿子吗？"

云瞬心里一动，原来这位就是她一直没见过面的婆婆了。

老王妃温和地笑着，话中不软不硬地给了王皇后一颗钉子："皇后娘娘能看进眼中的孩子，定然不是寻常的，何况，她已经是我安庆王府的媳妇了。我老婆子说什么也不管用喽。"

皇后神色不变，依旧浅笑着："还不去给你婆婆行礼？"

云瞬站起来整了整衣裳就要行礼，她今天穿的是最正式的王妃正装，要想行整套的礼节绝不是简单的事，她才磕了一个头，舒豫就笑着过来拉住她的胳膊："儿子成婚的那天请您来，您不来，敢情是在皇后娘娘这里好坐。"

老王妃讶异地看着舒豫架在云瞬胳膊上的手，立刻明白了这是舒豫不想让她给自己行整套的大礼，老王妃哑然而笑，点着舒豫对皇后笑起来："您瞧瞧，老话儿怎么说的？娶了媳妇忘了娘，果不如是啊！罢了罢了，新媳妇进门，我这个婆婆也没什么好给你的，这把麒麟锁是我当年的陪嫁，现在送给你了。"

舒豫一喜，老王妃能赏给云瞬陪嫁麒麟锁，说明她对这个儿媳妇很满意。

"这把麒麟锁姑母一直是最心爱的宝贝，云瞬，你婆婆是真心疼你。"王皇后趁机拉拢婆媳关系。

云瞬的神色还是那么平静，听皇后的意思这把麒麟锁应该很不一般，她立刻跪下磕头，老王妃摆摆手："这些虚礼都算了吧，你们小两口儿日后好好过日子才是正经。"

王皇后心疼云瞬身上沉重的正装："今天也没外人，礼也行过了，就不必穿得这么烦琐了吧？"

正端着茶准备喝的舒豫飞快地替云瞬表态："也好。"

容安姑姑笑着上来，请云瞬随她去更衣。

她换装的空当，屋里头老王妃正数落自己儿子："瞧瞧别人家，我这个年纪，孙子孙女都会满地跑了，你倒好，奔三十的人了，也不着急，说说，打算什么时候给我添个孙子？"

"今天才刚见了媳妇，就说抱孙子，通知您儿子成亲的时候，您不是还不着急吗？"舒豫对自己的母亲说话也是这么不客气，绵里藏针。

老王妃一拍桌子："好小子，我还管不了你了！你爹死得早你才这么没大没小。"

舒豫浅笑着听母亲数落，老王妃叨叨了一会儿，下了死命令："新媳妇模样好，性子静，挺合我的心思，就是身子骨太单薄，瞧着不好生养。要是明年还没动静，你就等着我给你……"

容安尴尬地停在帘子后头，偷眼瞧云瞬，老王妃的话说得很明白，要是一年之内云瞬还没生养，她就要给舒豫王爷塞个侧王妃帮着长孙家开枝散叶了。云瞬示意容安先不要进去，一直到老王妃数落完了一阵，停顿的间隙她才缓步走了进来。

王皇后眼光一转，看见容安的神色，心里明白，刚才老王妃的话云瞬都听见了。

舒豫眉心一皱，低头喝茶不语。

"听说，感业寺里最近死了个尼姑？"宴席上，老王妃忽然提起这件事来。

王皇后有意无意地扫过云瞬的面庞，随口答道："是啊，据说，还是先帝的一位才人。"

云瞬放在膝上的手骤然锁紧。

来了！

高宗说要以一年为期，而现在……也只不过是大半年的光景，果然，相思这样东西会让人的行动速度加快不止一分。

"还很年轻吧？"老王妃有些唏嘘，"荒山野岭的寺庙里头，活着也是受罪，死了倒好，早投胎，早解脱。"

云瞬低着头吃着距离自己最近的菜，是蜜汁火腿，甜得发腻的菜因为这个消息的忽然闯入也变得没了味道。

舒豫默不作声地拿起她面前的空碗拨了点青菜给她，她面前的菜是不错，可对于口味一贯清淡的她来说，着实有些甜腻了。

整个晚宴因为舒豫的这个温馨动作而活络了起来，晚宴接近尾声的时候，老王妃推辞累了要去休息，王皇后命容安送她到后头歇着，舒豫也跟着去了，殿里只剩下她和云瞬两个人。

"八月的时候，武才人就会进京，她身份特殊，初到京城的时候还要借你的帮助。"王皇后端起酒杯来喝了一口，今天的酒喝起来格外顺口。

"我的帮助？我能帮上什么？"云瞬不明白。

皇后斜睨了她一眼："傻孩子，她再次进宫难道会以先帝才人的身份进宫吗？这一次，她只能从小小的宫女做起。"

"可我听说萧淑妃那边正在选宫女。"云瞬眉心皱起，要是武媚娘被萧淑妃先抢到手的话，别说翻身了，就是全尸都未必能落下。

"这就是本宫需要你帮忙的地方。你我是远亲姑侄，你带来的宫女，本宫自然能顺理成章地留在身边。就算萧淑妃那个贱人想使什么手段，在本宫的眼皮子底下，还怕她掀起多大的风浪来吗？"皇后说这些话的时候神色很阴毒，与平日里那个温婉端庄的皇后截然不同，云瞬看了她一会儿："娘娘可有胜算？"

"就是已经输得太惨才会招她进宫啊。"王皇后疲惫万千地靠在椅背上，"我已经被那个贱人压制了整整三年，现在，也该到了翻身的时候了吧？"

云瞬没再说话，王皇后给她倒上一杯酒，笑得含义深深："看到了吧？女人为了巩固自己的地位就要这样不择手段，不要笑我，云瞬，因为现在的我就会是日后的你。"

云瞬真的笑了下，王皇后她不明白，她永远不会变得像她这样处心积虑。她自己的心跌落在哪里她都不知道了，至于长孙舒豫的心在谁身上，她还会在意吗？

"云彻那孩子也该走了吧？"皇后忽然换了话题，帘子一动，是舒豫和容安回来了，她端起酒杯笑对云瞬，"那咱们就提前祝他……一路顺风。"

云瞬端起酒杯来喝了，她不知道皇后口中的那个他到底是说的云彻，还是那位已经身死庙宇之内的武才人。

随舒豫走出大殿的时候，外头已经掌灯，路边的两排琉璃八角宫灯照得大明宫里里外外灯火通透。云瞬忍不住站定了脚，细细看那些随风乱转的琉璃灯，对于光明，她有一种本能的渴求。在乌里雅苏台的时候，不等天黑，家家户户就把牲口往圈里赶，太阳落下的时候，大道上几乎就不再有行人。对于生长在极冷之地的那些人来说，这样的灯火通明实在是一种奢侈。

舒豫站在她的身边，也看着这些灯火。在他眼里看惯的宫灯似乎对云瞬来说是个稀罕东西，他不由想到在康平王府上元节那天的晚上，她被二夫人栽赃偷了宝灯的情景。

139

发觉舒豫在看着自己，云瞬低下头，此刻面上显露出来的羡慕和贪恋，她不想让别人看见。

"走吧？"他挽起她的手，缓缓在宫道上走着，太监宫女们纷纷跪在路边行礼。舒豫不由抓紧他的手，携手同行……说的大概就是此刻的场景吧？他的尊荣，他的地位，她都将与他并肩分享。

在等待着骄阳如火的八月到来之前，七月中旬，容安从宫里带来一个让云瞬焦虑的消息。

陛下似乎要为盛骏指婚了。

云瞬接到消息后的第一个反应就是，陛下要给盛骏安排的另一半，绝对不会是中书舍人的女儿清菡。

消息传来不到两个时辰，清菡哭天抹泪地冲到了安庆王府，扑进云瞬的怀里哭个不停，她知道门楣这件东西对盛骏家的重要性，所以她更明白自己铁定不会嫁给盛骏的事实。看着泪流满面的清菡，云瞬不知怎么在她的脸上似乎看到了几个月前的自己，她不想嫁给舒豫，为了能和苏墨远远走高飞，她想过各种法子，连市井妇人的一哭二闹三上吊都用上了，可还是徒劳。

"要是盛骏敢娶别的女人，我就一剪刀戳死他个没良心的！"清菡哭得急了，站起来四处寻觅做针线的笸箩匣子，把巧眉吓得抱着针线匣子就跑。

云瞬单手撑头坐在椅子上，看清菡满地追着巧眉跑，哭得眼睛又红又肿。如果这些眼泪有用的话，她早就是苏夫人了，还会是什么安庆王妃吗？

人真的争不过命吗？

她不信。

在她身上没得到的，她不想清菡也遗憾一辈子。

等清菡哭累了，她才开口："你来我这儿，就是要哭给我看的吗？去问过盛骏没有，他有什么主意？"

清菡揉了把脸，傻傻地看着她："我……我还没去过盛骏那里。"

"这种事，你该先去问问他的心意，如果他像苏……"那个名字她不愿再提起，话到嘴边就咽了回去，"这时候，男人的心意很重要，你看我当初，就该明白这个理儿。"

清菡想起苏墨远当时那犹犹豫豫的神色，忽然发狠似的咬了咬压根："他要敢和苏墨远一个德行，我非要和他同归于尽。"

巧眉一个没留神，被她夺走怀里的笸箩，清菡抄着剪刀夺门而出。

"王妃……奴婢没拦住清菡郡主。"巧眉脸色难看，犯了罪似的站在云瞬跟前。

云瞬浅笑，摇了摇头："算了，不让她挣一挣，她这个性子也难。"清菡这样子去找盛骏，想必是要将盛王府闹个鸡犬不宁，她不能贸然行动，好歹要等盛骏表个态度，他要是也在王权面前退缩的话……唇边漾出一个嘲讽的笑容，要是盛骏也如此的话，她反倒要劝劝清菡，趁早死了这条心。

入夜时分，舒豫下朝从外面进来，正看见云瞬自己在倒水喝。顿时脸色掉了下来，看了一眼傻站在旁边的巧眉："到底你是主子还是她是主子？"巧眉吓得都快跳起来，慌忙接过云瞬手中的茶碗，带着哭腔哀求似的说："还是奴婢来吧。"

云瞬笑了下，看来今天他也为盛骏的事儿和皇上较上劲了。

冯妈瞧阵仗不妙，忙着到后厨去张罗酒菜，趁机躲了。老管家贺叔更小心地伺候着。

"更衣。"他沉着脸低声喝了一声，话是对着贺叔说的，但眼光却落在了云瞬的身上。云瞬走过来替他卸去身上的朝服。闻见她身上好闻的兰香，舒豫烦躁的心似乎平静了下来。他吸了口气，忽然抱住了云瞬。

"陛下要给盛骏指婚。"他没头没脑地开口。

云瞬淡淡地嗯了一声，从他的怀里挣出来，转身将朝服递给巧眉，巧眉如获大赦，快步离开了堂屋。

舒豫揉了揉额角，最近边防那边西突厥依稀有些蠢蠢欲动，他还不够乱吗？偏这时候，皇上要给盛骏指婚，由此及彼的，清菡要是有个一差二错，云瞬肯定也要跟着担心。

云瞬侧身看他，他头上的银丝闪闪发亮，她忽然觉得这个男人娶了自己，其实是找了一件天大的麻烦。

"我会想办法。我……"

舒豫的话还没说完，云瞬就已经转身，朝着饭桌走过去，他刚刚抬起的手停在半空，又尴尬地放下。

冯妈摇了摇头，这世道，果然恶人自有恶人磨。这位王妃生来就是专门克这位冷峻王爷的。

"王爷！可不好了！"湛栌着急忙慌地闯进来，边跑边喊，进门的时候还被门槛绊了一下差点摔在地上。

舒豫横眼看他："慌里慌张的，天塌了？"

湛栌咽了口唾沫，气还没喘匀就急急忙忙地回话："盛老王爷把小王爷打出家门，清菡郡主闹着要自尽，这会儿盛骏王爷和清菡郡主两人都在盛王府门口跪着呢。"

舒豫听了把手里的筷子一放："这俩人！没一个叫人省心的。"他看了一眼淡定自若的云瞬，他有些疑惑，云瞬和清菡关系密切，亲如姐妹，怎么出了这样的事，她一点都不关心呢。半晌，云瞬被他看得莫名其妙，也回看着他。

舒豫叹了口气，一抖袍子："我去看看。"

湛栌咂吧咂吧嘴，瞧了瞧端着汤碗喝汤的云瞬，结结巴巴地说："那个……这事儿，王爷您出面恐怕有点那个……说不通。"

"有什么说不通？"舒豫停下脚步看他。

"这……这，这……唉！您……自个儿还是万岁爷给指的婚哪。"湛栌半天憋出一句，说完就后悔，王妃肯定恨死他提起这档子事儿了。

舒豫果然脸色一动，下意识地看向云瞬，云瞬表情平静地放下碗，黑漆漆的眼眸扫了他一眼，淡淡地说道："还是我去吧。"

湛栌"唉"了一声从地上跳起来就要去套马车，云瞬又开了口："没说现在去。"

"啊？"湛栌这回可摸不到头脑了，这王妃比王爷的性子还难捉摸。

舒豫目光沉沉地看向她："你有什么办法？"

云瞬垂下眼睫："等晚上，再备车吧。"

眼看着辰光又过了两个时辰，云瞬换好衣服从安庆王府出发，直奔盛王府。到了门庭前头一看，果然，那两位还木头似的跪在那儿一动不动，只是两人的手一直紧紧地握在一起。

也不知道这两人多久没喝过水，连嘴唇都脱皮了。清菡看见云瞬从车上下来，眼前一亮，哑着嗓子喊了一声："姐姐！"刚喊完，眼泪就落下泪来。云瞬瞧着心疼，看了看面上同样带着期待的盛骏，她点点头，低声说："放心，有姐姐在呢。"

"嗯。"清菡咬着唇使劲点头，哭得更凶了。

盛王府里凝固的气氛在门庭那儿就感受得到。仆人要进去通禀被云瞬拦住，直接带着巧眉和贺叔走了进去。

不是她要显摆她安庆王妃尊贵的身份，而是……今天这事儿就是该拿出身段来的事儿。不在气势上压住那个老王爷，她今天就白来了。

正屋里头老王爷坐在大椅子上，气得手一个劲儿地哆嗦，见了她来，一愣，面色稍缓，盛王妃也走出来："给安庆王妃见礼。"

"老人家何必客套。"云瞬的脸上带着得体的笑，双手相搀，扶起老王妃自己坐到主人的位子上。盛王爷虽然年纪大，可论品阶，他还真赶不上眼前这个十七八岁的安庆王妃。

"敢问王妃今日来，所为何事？"

云瞬含笑看他，索性开门见山："实不相瞒，我是为了外面那两位的事儿来的。"

盛王爷顿时脸色冷硬起来，梗着脖子："小儿的婚事是陛下亲自做主，老夫我也无能为力，王命不可违！老夫劝王妃也不要来蹚这一趟浑水。"

这是摆明了用皇上来压她！

云瞬浅笑如许，黑幽幽的眸子里带出让人心寒的冷光，她顺手端起茶碗，吹了吹上面的浮沫："老王爷说得极是，陛下的圣旨，我不敢违抗，可……"她话锋一转，语气也不再客套，"可清菡也算是我的半个妹妹，她受了委屈，我要找谁来算这笔账呢？"

盛老王爷哑了一回，瓮声瓮气地说："清菡郡主口直心快，是个好姑娘，是盛骏那孩子没福分。"

"啪。"云瞬手中的茶碗应声落地，惊得盛老夫人一跳，诧异地看着这个温婉的安庆王妃，"您这是……"

"到底是盛骏没福气，还是有人一定要从中作梗，非要做一做拆散鸳鸯的无情大棒？"云瞬越说越恼，语气也冷硬了起来，"我今天是为了给老王爷您留足面子才来的，不想老王爷如此不讲人情世故！他二人有何过错，只因为彼此倾慕就要被亲人责打，被罚在门外一跪就是整整一个晚上？盛骏好歹是个王爷！你这样做，盛王府的面子要存在何处？"

一顿话说得盛老王爷没了词，脸上乍红乍白，盛老王妃见势不妙，赶忙打圆场，边擦眼泪边说："我和王爷只有这么一个儿子，孩子都是爹娘的心头肉啊，他这么跪着，我们怎么能不心疼呢？可是……天大的皇命扣在头上，我和老爷浑身是胆子也不敢造次！更不敢枉送了清菡郡主的幸福。"

"老王妃生了好一张会说话的巧嘴。"云瞬冷笑，从位子上站起来，"既然如此，那也怨不得我了。有些话，我本不想对陛下说起，但是现在看来，倒是非说不可了。"

"王妃您……您要做什么？"老王妃有些慌乱。

云瞬转回身看着她："可能老王妃您还不清楚，清菡和盛骏虽然没有拜过天地，可他们已经有了夫妻之实，当今陛下最厌恶的就是始乱终弃的男人，盛家如此对待清菡，我倒要看看这事儿陛下要怎么收场？"

这话一出，老王妃惊得魂不附体，顾不得什么礼数不礼数，上前扯住云瞬的衣裳："您这话说的可当真？"

"自然当真，这种事，我会同您开玩笑吗？"云瞬脸如青霜，说得言之凿凿。

"这……这个混账逆子！真气死我了！"盛老王爷霍地站起，瞬间两眼一翻，又倒了回去，老王妃扑上去扶住他："老爷！老爷您这是怎么了？快来人啊。"

刚刚还冷静沉寂的盛王府片刻工夫就变得鸡犬不宁，下人们忙着去请郎中，连跪在外头的盛骏和清菡都闻讯赶来。

不大一会儿的工夫盛老王爷苏醒过来："唉！真是天意！天意啊！"

盛老王妃还有几分理智，悄悄叫来一个老嬷低声吩咐了些什么，云瞬看得真切，冷笑一下，对着身边的巧眉也说了几句，巧眉立刻转身走了。

工夫不大，一个老妇人被带了上来，盛老王妃朝她点了点头："麻烦徐婆婆了。"说完，命人来带清菡，清菡懵里懵懂地被人带下去。堂屋里的气氛再一次凝固，只有云瞬喝茶时候的吸气声，老王妃面色很紧张，不时偷眼看看云瞬。

一盏茶的工夫，清菡红着脸跟着徐婆婆出来，徐婆婆走到盛老王妃的耳边嘀咕了几句，老王妃两眼一闭，一抖手，声音都颤抖了起来，看着不知所措的盛骏："你这个孩子！是一定要把我们气死才肯罢休啊！"

盛老王爷和她是几十年的夫妻，老王妃这么一说，他立刻就明白过来，一跺脚："罢罢！盛家的男人要有担当，做了就要认下！骏儿，这是你自己选的路，你以后……好自为之吧！"

盛骏眼圈一红，拉过清菡跪在他的面前："是儿子不孝，让您生气了。儿子以后……会勤勉的。"

老王爷捶了捶红木扶手，一肚子的火气被压了下去，摆了摆手，示意下人扶他进去休息。

等人都散去，云瞬才走到老王妃的近前："您二位是觉得清菡身份低微配不上盛骏，又觉得这样一个儿媳妇远不如别家的高贵郡主来得更体面，对盛骏的仕途更有利是不是？"

被人戳穿的老王妃面上一红："您说的哪儿的话，我们怎么能这么想。"

"盛骏他年轻有为，年纪轻轻就承袭了王位，可见陛下是对他十分中意的。他日后的仕途自不必说。您回去转告王爷，陛下那里交给我来办，定然不会让盛家落一个忤逆圣旨的罪名。另外……"她眼角一斜，看着窃喜的老王妃，"清菡是我的义妹，她会从安庆王府出嫁，嫁妆仪仗什么都不用盛王府操心，我都会为她安排妥当，更会……给足了盛王府面子。"

盛王妃千恩万谢，一家子人送走了云瞬。

在街角的暗处，徐婆婆翘首等着，巧眉匆匆走过来，见四下无人，快速递给她一锭银子："这是赏你的，好好管住你的嘴，要是有什么风言风语的，小心割了你的舌头，知道了没？"徐婆婆频频点头，揣着银子走了。

云瞬出来松了口气，她刚刚夸下海口应承下来说服陛下的事，可她自己心里也没底，人都说天意难测，难保她一句话说得不好，惹恼了那位九五之尊。

"出来了，出来了。"湛栌从马车上跳下来，转身扶了一把舒豫。云瞬见了他，一愣。舒豫朝她露出一个笑容。原来这个盛老王爷是个有名的拗脾气，真到气头上，什么都做得出来，舒豫不放心，云瞬出门后不久，他也跟着过来。

不知道为什么，刚刚结束一场智斗的云瞬看见舒豫，心里竟有一种放松的感觉。她停在他面前十几步的地方，细细体会这种奇妙的感觉。清菡也从马车上下来，一边哭一边过来抱住她："姐姐！"

云瞬抚着她乱糟糟的头发，笑了起来："瞧瞧这副样子，可不像小盛王妃的模样！"

"他们答应了吗？"

云瞬点了点头，嘴角带着微笑。清菡喜极而泣，拉着云瞬的手连连晃动："真的吗？真的吗？我不是在做梦吗？"

舒豫也难得地笑了起来："云瞬什么时候骗过你？"

"那是真的喽？姐姐！你真是太好了！"清菡笑着笑着又哭了起来，云瞬哭笑不得地拍着她后背，安慰道："都过去了，还哭什么！"

"姐姐！我很没用！"云瞬脸色一暗，她明白清菡此刻的内疚是所为何来，当初清菡为她和苏墨远传信，却没能劝动苏墨远同她私奔，清菡嘴上不说，但这些日子以来，她看自己的时候总会躲躲闪闪，她的愧疚让她更加心疼她。

这么懂事，这么善良的好姑娘，险些就要重蹈自己的覆辙。

舒豫没有说话，蜜色的眸子看清云瞬脸上一闪而过的痛楚。

盛骏从大门里跑出来，追上清菡："我今天不能送你了，我爹被我气得够呛，我得守着他。你……"

"嗯。"清菡擦了一把脸上的泪，经过这一闹，她更加明白盛骏对自己的心意，这样率真又纯情的男人，她一定要好好珍惜，她不要做第二个李云瞬。

"舒豫哥，云瞬嫂子，谢谢你们！"盛骏似乎长大了，说出感谢的时候，脸上的神色万分郑重。舒豫在他肩头敲了一记："记着我给你说过的话，去吧，清菡就交给我们，放心。"

"嗯。我走了。"盛骏一步三回头地走了。云瞬想起来一件事，快步走上去，拉住盛骏的袖子："你等等。"

清菡莫名其妙地看了看同样不明所以的舒豫。俩人都不知道云瞬葫芦里卖的什么药。

云瞬拉住盛骏嘀咕了几句，盛骏忽然脸红了起来，难为情地回头看了看清菡，朝云瞬点点头，快步离去了。

"姐姐，你到底和他说了什么呀？那么神神秘秘的。"清菡到底是清菡，这么快就忘了刚才的难受劲儿，好奇地追问个不停。

云瞬靠在马车里半眯着眼，看了看同样好奇的舒豫，心里不由一动，她从来不知道舒豫也会有这样孩子气的表情，蜜色的眼睛专注地看着自己，在等她给一个答案。

云瞬松了口气，假装没听见，转个身又闭上了眼睛。

清菡长长地"喊"了一声："我还是去问盛骏吧。到底什么事儿，这么神秘嘛。"

云瞬轻声偷笑，这事儿她倒想听听盛骏要怎么说给她听。

第十二章　原来多余

昨儿个在盛王府闹了一场，今天云瞬就命人备了马车，她要赶着一众命妇给皇后请安之前，先到两仪殿里去见王皇后，她的目的很简单，只是为了清菡。

避免太过扎眼，刚进宫门，云瞬就吩咐人停了马车，自己徒步朝两仪殿走去。她走过甬道的时候，脑子里浮现出的都是几个月前自己走过这条路时的样子。

容安对于她的到来并不意外，王皇后一早坐在大殿中央的位置上喝着早茶，见她来了放下茶杯："这么早就来请安吗？"

"皇后娘娘。"云瞬抬头看着坐在正中间的华丽少妇，她仍然记得，自己上一次来的时候，她也是坐在这个位子上把自己的请求拒绝了的。

"云瞬是为了清菡和盛骏王爷的婚事而来。"她这一次开门见山地说，黑幽幽的眼睛看着王皇后，后者也看着她："那是陛下钦点的婚事，就是本宫也无能为力。"王皇后眼光淡淡地收回，落到手边的茶杯上，"不过，本宫倒想了一个办法，或许能帮上你的忙。"

云瞬的嘴角扯起一丝冷淡的笑意："请娘娘赐教。"

"陛下的心思最近都放在两件事上，其一是西北突厥的叛乱，其二就是上次与你提到过的那件事了。"王皇后挥了挥手，容安撤走她面前的冷茶。

"感业寺里的那位很快就要进京，这件事只要忙活起来，陛下也就没了心思去给那两个孩子提婚事了。你说是也不是？"

云瞬明白了王皇后的意思，她上一次婉拒了她提出的要安置武才人的事情，没想到，这才没过几天，这件事就重新落到了她的头上。有那么一个瞬间，云瞬甚至觉得皇上会在这个时候给盛骏指婚和王皇后的这个计划有着那么千丝万缕的联系。

"娘娘放心，云瞬自然会为武才人安排妥当。"事到如今，她索性将话说明，"那么，清菡和盛骏的婚事就仰仗娘娘了。"

"好。"王皇后微微而笑，"你是本宫的侄女，本宫怎么能不帮你的忙？对了，等你见了她，好好和她讲讲最近宫中的形势，她住在山上久了，对京城的事儿不熟悉，可别回头真成了不食人间烟火的姑子。"

"是，娘娘。"

从两仪殿出来，外头的车马声就多了起来，云瞬脚步一顿，她不想和外头那些爱嚼舌根的命妇碰面，抬头一看，旁边正好有一条不起眼的小路，云瞬想也没想，就钻了进去，她隐约记得，从这里走，也是可以通到宫门的。

六月的皇宫里，花团锦簇，各种颜色的花儿能开的都开了，一团团的簇拥在小路两旁，头顶树荫浓郁，脚下青草柔软，这样的好景致让云瞬急躁的心情也放松了下来，渐渐放慢脚步，流连在一片青绿鸟语之间。

不及防的，从前面的小凉亭里头转出来两个人，一前一后走着，走在前头的人不时地抬手替身后的人挡开碍事的树枝。

"哎哟。"云瞬脚下一滑，对面的一个人猛地加快了脚步扶住了她要倒的身子："没事吧？"关切的声音听进云瞬的心里激起层层涟漪。

"苏……大人。"云瞬简直不敢相信自己的眼睛，傻呆呆地看着扶着自己手臂的男子，他清瘦了许多，越发显得那双清澄的眼眸里黑白分明，苏墨远也看着她，一副欲言又止的模样。

原本走在他前头的人被落到后头："梁氏槿华拜见安庆王妃。"被落到后头的人正是苏墨远的妻子，梁槿华。她愣怔了有几秒钟的时间，缓过神来，就来给云瞬见礼，瞧了一眼还傻站在那儿的丈夫，有点嗔怪似的拉了苏墨远的袖子一下："相公，还不给安庆王妃见礼吗？"

苏墨远方才还迷蒙的眼神一下清醒过来，清俊的面容上闪过哀戚的神色，默默一撩袍子，跪在槿华的身边："罪臣苏墨远拜见王妃。"

云瞬扶住身边的藤蔓，勉强没让自己倒下。苏墨远的一跪，比方才的脚下一滑还让她站立不稳，她抓着藤蔓的手指白了又白，这时候她该说什么？又能对他说什么？

槿华跪了一会儿没听见她说话，就自动说道："罪臣夫妇还要到前头去给王大人送书稿，不敢多加耽搁，还请王妃您……"她的话说了一半，云瞬如梦初醒，慌忙说道："二位快请起来，既然苏大人有公事，就不……"

就不什么呢？她说不出来了。

槿华扶着苏墨远站起来，对着她点了点头，苏墨远随她走着，在与她擦身而过的时候，嘴唇微微一动，声音极其低小。然而云瞬却听见了他的话：

"你我……相逢何必曾相识。"

二人继续朝她来时的路走去。

云瞬僵硬着身子转过去，他二人的背影很快被花影遮挡住看不真切，可方才苏墨远跪在自己面前的样子仿佛刻进了她脑海中一样，挥之不去。她反复念着苏墨远留下的这一声宛如叹息的话，眼睛里渐渐蒙上一层水雾。

罪臣夫妇……方才槿华是这样介绍他们自己的吧？好可笑的罪责，她到现在都认为苏筹的获罪和她的婚事来得都太突然，突然到让人不得不奇怪其中的缘由。

只是她现在不愿去想了，想明白了，又能怎样呢？所幸，槿华真的如老苏夫人所说，对苏墨远极好，不善表达的他身边能有一个善解人意的梁氏，也未尝不是一件好事。

她抬手，在眉骨处搭了一个凉棚，再好的花影重重也难以给她一个平和的心情。

她刚穿过花墙，走到宫门口，正撞见巧眉一脸焦急地在宫门踮脚望着，见她出来，小跑过来："王妃，您可出来了。家里出事了。"

云瞬勉强稳了稳心神："出了什么事？"

"是少爷，少爷练功的时候不小心把头撞在了花架上，犄角的生铁荏子一下就扎进去了。"巧眉说话的声音都打战了，可以想见云彻撞的这一下着实不轻。

云瞬加紧脚步朝自家马车走去："请大夫来看了没？"

巧眉跟着她小跑儿，一边回话："请了！就是止不住血！这会儿少爷都不明白事儿了，叫都叫不醒。王爷一早去了盛王府，到现在还没回来，奴婢这才来请您拿个主意。"巧眉急得快要流眼泪。

云瞬闻言，立刻吩咐马夫："将马套解下来，马车你们自己想办法弄回去。"

"这……王妃，您是要骑马回去吗？"马夫有点发傻。

"嗯，马鞭？"她一抬手，巧眉就夺了马夫手里的鞭子递给她："您可要小心哪。"巧眉话音未落，云瞬的马已经四蹄扬开，只留下一道尘土。像她这样的身份纵马当街而过，其实是有损体统的，但她现在顾不上这些，心里只想着要是李云彻真有个三长两短，李家就要断后，她就真的一个亲人都没有了。

149

王府里头已经乱作一团，云瞬骑着马直接进了府门，麻利地翻身下马，将马鞭一丢，奔着云彻的房间走了过去，管家老贺见她回来，赶紧迎了出来："王妃您回来了。"

"云彻怎么样？"她边走边问。

"少爷情况不太好……额头上的口子太深，血无论如何都止不住，两个郎中来了都束手无策。"老贺实话实说，一面说一面偷眼看云瞬的神色，这位新王妃是王爷的心头肉，他们平时巴结都没找对门路，这一下倒好，出了这样的事，全府上下的气氛都变得异常沉重。

"这样已经多久了？"

"快有半个时辰了。"云瞬心头更沉，脚步加紧，一个人身上能有多少血？总往外流这人还活不活？还没等她进屋，一股子血腥味扑面刺鼻，云彻躺在床上，额头上盖着白色的药纱布，中间正被鲜血一点点地染红，散开。有一个小厮正捂着他的伤口，旁边站着两个白胡子老头，应该是管家老贺说的两个郎中。

"都没办法了？"云瞬冷眼一扫，两个人当中的一个尴尬地开口，"小少爷是撞破了头上的大血脉，用了四五种药，都不见效。"

云瞬冷着脸，到了云彻的身边，刚才还有些白色的药纱布说话的工夫就被血渗透，小厮慌忙换上一块新的，她看见那口子真的很深，人额头上的皮肉本来就薄，他这一下撞得极其厉害，隐约可以见到骨头。云瞬心里一凉，声音也低了下去："就真的没有别的法子了么？"

两个白胡子老头一起摇了摇头，不由唏嘘。

管家老贺沉吟了一会儿，问道："王妃，您看……是不是要通知下王爷，请王爷回来定夺呢？"

云瞬没有说话，微微点了点头："也好。"毕竟现在是在安庆王府，舒豫才是一家之主。老贺得了她的同意立马吩咐小厮去给舒豫送信。

正说着话的工夫，大门口的侍卫一喊："王爷回府！"话音未落，只见舒豫快步走了进来，进门就问："王妃呢？"

"在少爷房里。王爷，您怎么这么快回来了？"管家老贺有点纳闷，他才派了人去请他，怎么王爷就自己回来了？

舒豫没回答，他本来已经从盛王府里出来，走在大街上的时候听路上的百姓们说起刚刚有一个华丽穿着的美貌女子骑马过街，好不威风。他心里一

150

动，便让湛栌去打听经过，仔细一问，果然那个骑马的女子就是云瞬无疑。

能让她当街纵马，一定是发生了极其重要的事情。

他既然知道了，又怎能不第一时间赶回来？

舒豫径自走到云彻的床边，看了眼面色苍白的云瞬："伤得怎么样？"云瞬垂下眼，没有说话。舒豫小心翼翼地挪开他额头上的纱布，看了一眼伤口就一皱眉，叫过来两个郎中详细询问他们都用过什么药之后，吩咐人去打水来净手，又让湛栌去自己房里取来药盒。

云瞬站在床边，看着他有条不紊地支派着下人取药、打水，心里竟然觉得这个男人其实很可以依靠。湛栌取来药箱，舒豫拿出一个小包打开，一股火药味扑鼻，他自己拿手指沾了一些，轻轻涂抹在云彻不断渗血的伤口处，不大一会儿，伤口就变成了黑乎乎的一团。

"再备些清水，一会儿要彻底洗净，再敷上别的药。"舒豫很快弄好，起来洗手。两个郎中看得目瞪口呆，舒豫洗好手转过身来的工夫，云彻额头上的伤口就不流血了。

云瞬微微张大眼睛，难道……舒豫王爷比郎中还厉害吗？

舒豫擦干手走到她身边："放心吧，只是皮外伤，血止住了就没事了。"他回头看了一眼傻站在那儿的两个郎中，一皱眉，"哪儿请来的郎中？这么不顶事？"两个郎中吓得慌忙跪倒："王爷饶命，王爷饶命。"

"都拖出去。"舒豫瞧着他俩就心烦，他简直不敢想象要是他晚回来一步，云彻真的死在云瞬面前，云瞬会怎么样？好不容易平缓下来的安定生活，他不想被这种意外打破。

"火药粉？"云瞬抹了一下撒在床边的黑色粉末放到鼻下嗅了嗅，万分诧异。舒豫点了点头："是火药粉，打仗的时候哪儿那么多好药？有时受了伤，都用它先止血。"

云瞬垂下眼，没再细问下去。她恍惚记得在他的背上有几条伤疤，似乎都是前些年落下的，尽管年头很久，但仍然很明显。原来，在朝上被万人羡慕的安庆王也不是全靠一个祖宗荫庇得来的虚名。

吩咐专人在云彻的房里伺候，舒豫和云瞬出来，看到一个莽壮汉子在庭院里站着，脸上神色焦急。虽然他身上的衣服是汉人的衣裳，但是云瞬感觉这个人的身上有一种粗犷的气息，不是一般的中原人所有。

"巴得楞师父？"舒豫对这个人很尊敬，看见他站在这儿主动打了招呼。原来这个人就是一直负责教授云彻功夫的巴得楞师父。巴得楞看着迎面走来的年轻人，一身华贵玄色暗花绸缎衣裳，举止沉稳，不怒自威，尤其是一头黑白相间的发色让他一眼就认出这人就是安庆王，长孙舒豫。

"舒豫王爷。"巴得楞给他行礼，"云彻小兄弟还好吗？"他很担心这个。

舒豫笑了下："已经没事了。巴得楞师父不必挂心。"

"唉，说起来，也是我没有照看好他。"巴得楞垂下头。

"您何必如此？练习武艺本来就难免磕碰，这都是家常事。"舒豫开导他说。

巴得楞点了点头，舒豫见他瞧着自己身边的云瞬，勾唇一笑，给云瞬介绍："这位就是巴得楞师父，这是内子。"

"啊，原来是安庆王妃，巴得楞失礼了。"他又给云瞬行礼，但是眼睛却一直看着云瞬的脸，舒豫微微皱了皱眉，和他客气了几句，就带着云瞬走了。

巴得楞望着云瞬渐渐走远的背影，还在出神，老贺推了他一把："你这样瞧着王妃，王爷会不高兴的。"

巴得楞张着大手摸了摸自己的头顶，这位安庆王妃，他怎么瞧着这么眼熟呢？好像在哪里见过？可究竟是在哪里见过呢？巴得楞一时想不起来了。

回房以后，云瞬换过衣服就在房间里看书，她的人是在看书，可她的心却起伏不定，脑子里都是在花园里见到苏墨远夫妻的场景，只两个月的时间没见，他瘦了许多，眼睛里明亮的颜色也暗淡了许多，从前那种清澈如水的气息，也已经离他远去。如今的苏墨远，更像是一潭失去了源头的死水，只等着时间，将它一点点地侵蚀腐坏。

她看着阳光透过窗格，稀稀落落的，眼里忽然就落下眼泪。

窗边的画眉滴溜溜地唱出一句，打断了她的思绪，云瞬默默地将目光转到精致的小鸟笼上。长孙舒豫对她很好，他默许她的很多行为，她任性地替清菡出头，执意留下苏墨远送她的画眉鸟，但就是长孙舒豫的这种好，让她更难受，她没想和他建立什么夫妻之情，她只想安分守己地做一个安庆王妃，平平淡淡地走完剩下的路。

而就在刚才，她亲眼看到了苏墨远的颓废和衰老，她以为自己可以万年无波的心又被强烈地刺痛，原来不是她放下了，她只是把过去统统藏进了心里最不起眼的角落，变成一点火星，蛰伏着，可偏偏就是这么一丁点的风吹草动就足以让这颗小小的火星，燃起燎原之火。

门外脚步一响，是他回来了。

云瞬放下手里的书，站起来。

舒豫走进来看着她垂着眼，手边放着一本书，书上有未干的泪痕。

"别太担心，云彻的伤虽然厉害，幸好是皮外伤，又治得及时，不会有大碍的。我已经吩咐了郎中多用好药，以后也不会给他英俊的小脸上留下疤痕的。"他故意说些轻松的话让她放松下来，云瞬点了点头，半晌，轻声说了一句："刚才……谢谢你。"

舒豫蜜色的眼睛一暗，她总是和他这样淡漠疏离，真正的夫妻之间哪有那么多的客词？他很想告诉她以后不许说这样疏远的话，可他又怕如果他不让她说这些的话，她是不是就真的和自己一句话也没得说？

"早上进宫了？皇后怎么说？"舒豫扯开了话题，自己坐下，才说，"一直站着不累吗？"

云瞬才和他隔着一张桌子的椅子上坐下："还好。"也不知她是回答的舒豫哪一个问题。

接着，俩人又没了话。

舒豫叹了口气，站起来："晚饭出去吃，提前收拾收拾。"

云瞬抿紧嘴唇，手微微抬了抬，似乎是想喊住他。舒豫停下脚："有事？"

"你之前说的话，还算不算数？"她问了一个很孩子气的问题。

舒豫勾唇浅笑："当然算。"他并不知道她具体指的是什么，但是只要他对她说过的，就都是发自肺腑的承诺，不会食言。

云瞬又低下了头，轻轻"嗯"了一声。

舒豫何等聪明的人！她才说了一句，他便猜个八九不离十，他回身走了几步，把手放在她的肩头，捧起云瞬的脸让她看着自己，"记住，你是安庆王妃，想做什么就做什么。"

云瞬看着那对深情满满的蜜色眸子，心里一动："做什么都可以么？做错了……又怎么办？"

"对，什么都可以，做错了怕什么，难道我这个安庆王爷是个摆设吗。"他说这话的时候冷峻的脸上闪过骄傲的光芒，没错，他是一呼百应的安庆王，她惹了什么祸，他都能替她收拾残局。

云瞬飞快地收回自己的目光，不敢再和他对视。他眼睛里宠溺的意味太浓，她怕自己会陷进去。

她给他的承诺只是做他一辈子的王妃，仅此而已。她本来已经这样决定了，然而早上在花园里发生的那一幕，却让她之前做下的承诺似乎动摇了起来……苏墨远临走说的那一句话，深入她的骨髓，她是这场命运的无奈者，他，又何尝不是？

她沉默着低头不语，冷漠的气息再度从她的身上传来，舒豫眼中的期待一点点冷却，最后松开了手，转身走了。

他们两人一起上街可是第一遭，王府里的侍卫呼啦呼啦地跟着十来个，湛栌笑眯眯地在府门口等他们，旁边是备好的马车。舒豫回头看她："馆子并不远，我们走过去。"

云瞬微微点头，她当着这么多人，不想拂了他的面子。

舒豫一挥手，湛栌把马鞭递交给身旁的老贺，非常狗腿地笑着对云瞬说："王妃您的骑术真好，今天下午街上好多人都看到您策马的风采了呢。"

云瞬一愣，她下午闹出了很大的动静吗？

舒豫接过话题："等这两天忙完，我就带你去郊外骑马，那里有跑马场，比在长安城里跑要畅快得多。"

"好。"她淡淡应了一声。就这么一点回应就足够让舒豫高兴上半天。

湛栌在旁边给舒豫竖起大指，罢了，王爷果然会哄王妃开心，王妃听见这话的时候，眼睛都亮了。

侍卫们被他们甩在身后，两人来到鞠云楼，选了二楼靠窗的位子，舒豫点了几个菜，云瞬听着心里忍不住好奇，这些菜都是自己爱吃的，而她从来没有和他说过这些。

湛栌在旁边瞧着，心想，王妃啊王妃，您就等着瞧好吧，王爷还有好多惊喜没给您展示出来呢。

菜很快上齐，两个人谁都没说话，舒豫夹起一个翡翠虾饺放到云瞬的碟子里。舒豫要了壶酒，边喝边看着窗外的行人，享受着难得的一刻清闲。鞠云楼是长安城里头有名的馆子，坐北向南，一些天南地北的客商慕名而来，即便坐在二楼的雅座，也能听见其他食客们的谈论。

"我说，老哥，西北面的突厥蛮子现在闹得挺厉害啊。"

"可不！现在西面的买卖俺们都不敢接了。"

"唉，那边要丝绸、要茶叶的豪客多了去了！这么一闹，可是断了咱们的财路！"

"要让老哥我说，为了点钱，把命搭上可不值得！突厥蛮子们这么折腾，朝廷能不管吗？早晚得平了他们，看他们怎么嚣张！"

他们二人的话题一转，忽而从国家大事转到了家长里短的闲话上来："最近还一个事儿闹得挺厉害，你听说了没有？"

"什么？"

"还能有啥吗，不就是安庆王抢了老李家的闺女当老婆嘛，哪有不透风的墙哟！现在长安城里谁不晓得？都说这位王妃早前险险的就成了别人家的儿媳妇，是那位，安庆王爷，生生给人抢过来的。"

"哎哟，老哥，你可别这么大声嚷嚷，让人听见，你不想活啦？得罪安庆王还能有个好儿？你没看见苏家现在有多惨……"

两个人的声音低了下去，可刚才说的话却是一点不落地都进了舒豫和云瞬的耳朵。

舒豫忍不住看了一眼云瞬，她已经放下手里的筷子，看着窗外发呆，对那两位的对话充耳不闻似的。舒豫眉头紧锁，仰头喝光了杯子里的酒。湛栌见状不妙，赶紧打岔："奴才刚才听人说街角那边有个茶楼，新来的茶娘子手艺特别棒，您二位要不要过去试试？"

舒豫看着云瞬，云瞬摇了摇头，舒豫便站了起来："回去。"云瞬随他往外走，临下楼的时候她看了看隔壁的雅座，她想，她要感谢这两个人。她险些都要忘了，苏墨远会变成一潭死水都是拜眼前这个男人所赐。

舒豫回过头看她，那对幽黑沉静的眸子里再次出现曾经的冷光，舒豫苦笑，苏墨远永远是横亘在他和云瞬之间难以逾越的鸿沟，也是潜伏在她心里的伤疤，只要触动，就会疼痛。

他拉起她冰冷的手，穿过熙熙攘攘的人群，回去的时候，两个人更沉默了。

转天早上舒豫上朝之后，云瞬就忙碌起来，先去看了看已经好转的云彻，接着她就吩咐人去找距离安庆王府较近的私宅，看看有没有人打算出租。她昨晚一夜没睡好，一直都在琢磨要在哪里安置武媚娘才合适，武媚娘是王皇后握在手里的利剑，是一颗没有溶解开的毒药。她成功，荣华富贵，她失败，就会成为替死鬼，这些前路都还未可知，她不能让这么危险的人住进安庆王府。

说到底，她终归是个善良的人，她不能让全府上下的人都跟着冒险。

忙了一个上午，最终选好了房子，在承天门外有一处宅院，十分合适，云瞬打发了下人去交了定金，签了契约，这房子就算是租下了，又吩咐人去收拾整理，准备一些应用之物，这些都弄妥当的时候，清菡就来了。

云瞬瞧见她红着眼跑进来，心里一紧，难道是皇后那边出现了什么变故么？可她早上明明已经答应了自己啊？

"姐姐。"清菡刚喊了一声，眼泪就掉了下来，伸手扯住云瞬的袖子，"姐姐，你得帮帮我，我娘说什么也不同意这门婚，你说说，好不容易到了这一步！她怎么也跟着起哄！"

云瞬的心稍微放松了下，原来是为这个。

"我娘平时都不怎么管我，也不知道这一次是怎么了，我才一说是盛骏，她就跟我急了，我说不过她，就从家里跑出来找你。"清菡跺着脚叙说着，她正说着，外头巧眉喊了一声："王妃，文夫人来了！"

清菡又一跺脚："你看！说曹操曹操就到！她还追到这儿来了！"说着就要冲出去，云瞬一把拉住她："别那么冲动，你到后头去等着我，我来说个试试。"

"我和盛骏这是倒了几辈子的霉！按倒葫芦瓢又起，就没个消停日子过！"清菡气愤愤地说着，随即颦到后头去了。

云瞬整了整衣裳，来到正厅，文夫人也到了厅门，见到云瞬愣了一下，劈头就问："你见着我家清菡了吗？"

管家老贺在旁边一皱眉，心想，难怪清菡郡主是那么个火爆性子，真是有其母必有其女。云瞬笑了下，迎上去："先里面坐吧，喝点水，慢慢说。"

文夫人上下打量了她一番，狐疑地问道："您是哪位？"

老贺解释道："这位是安庆王妃。"

"原来您就是安庆王妃！没想到这么年轻！"文夫人看着她和蔼地笑了下，很熟络地拉起了云瞬的手，"没少听我们清菡提起您来，那孩子是个没心路的，承蒙您关照她。"

云瞬也笑了下："清菡心直口快，的确是个好姑娘。巧眉，去准备些拿手好菜，您今天来了就别走，咱们一处好好说说话。"她吩咐一声，巧眉忙着去办，大厅上就剩下她和文夫人两个。

文夫人啧啧称赞道："我常听人说起安庆王妃是个面冷心冷的人，我就说不信嘛，能和我们清菡玩到一起的，怎么会是那样的人呢。今儿见着您真人一瞧，果然没让我说错。"

云瞬微笑点头："清菡同我亲如姐妹，您来我这儿，就和在自己家一样，千万别拘束。"

"既然您拿我没当外人，我就也不见外了。有什么话，我就和您直说。"文夫人是个心直口快的人，见云瞬这么亲善，她索性就放开了顾忌，"清菡那孩子不自量力，竟然打算攀上盛王府，要给人家做儿媳妇，这事儿，您知道吧？"

云瞬点了点头："我知道。"

"唉。虽说清菡那丫头性情烈如火，有些好动，可她也算不差。家里外头的规矩打小就请了嬷嬷来教，模样也好，身段也好，只可惜，这么好的一个姑娘，不是名门闺秀，只是个舍人的女儿，有个亭郡主的名头也是先皇后瞧着她活泼可爱，格外施恩赐给的。这么着的一个姑娘，怎么配得上盛王府上的那位小王爷？退一万步说，就算人家同意，我是怕清菡嫁过去，在婆家的日子不好过。"文夫人说到这儿眼眶红了，"我就这么一个女儿，从小被捧着养大，没吃过苦，没受过罪，以后我和她爹都老了，谁又能照顾她一辈子呢？"

云瞬心头一酸，眼泪在眼眶里直打圈。天底下做父母的心思都是一样，孩子再顽皮也是自己的心头肉，想着可能要去别人家受罪，根本不可能同意。

她刚刚还胸有成竹的说辞全被文夫人这番真诚的道白给堵了回去，有那么一会儿，云瞬甚至觉得自己那天去盛王府闹那一场，其实是多管了闲事。

巧眉端上香茶，给她二人摆好，退了下去。

云瞬端着茶杯，热气熏得眼前的景物都有些不真实了起来。

"王爷，咱们现在进去吗？"大厅外，舒豫带着湛栌不知何时站在了门口，他身上穿着玄色朝服，显然是从朝上回来。最近西突厥状况频频，他紧赶慢赶，赶在太阳完全落山前回家，就为了和她一起吃顿晚饭。没承想，家里来了客人。

"不，再等等。"他站在廊檐的阴影里，听着里面的动静。那是些女人的话题，他这时候进去，怕是不妥。

"其实……"文夫人停顿片刻后，又开了口，带着点扭捏，"我这么说，您可别笑话我，其实，我私心里想着，要是清菡真能嫁进盛王府也是桩美事，盛骏小王爷年轻有为，以后她的日子，可错不了，总比跟着我们要出息得多。"

云瞬摩挲着手里的茶盏，思量再三，她终于开了口："做父母的谁不巴望着孩子过得好呢。这里头的好坏您都说得明白透彻，道理我就不同您辩看，眼下……我就和您说一句。"

"您请说。"文夫人换了个姿势，直面对着云瞬。她很快发现，这个年轻的安庆王妃虽然一直在对着自己笑，可是她的眼睛里全然都是冰冷的沉寂之光，丝毫不像一个年轻王妃该有的神采。

"能和自己真心喜欢的人在一起，才是女儿家真正的幸福，至于他是个王亲贵胄还是个贩夫走卒其实都不那么重要。您可能也听说过一些关于我的闲话吧？"云瞬说着的时候笑了下，尽量让自己的表情显得不那么难过，可她的笑容实在是太苦涩了，让文夫人瞧着都心疼："那些都是街井长舌妇胡言乱语，王妃您别往心里去。"

"所以，我和您说句实话，清菡嫁给谁都好，只要她以后……别像我一样。"她这句话说得很轻，却足以刺痛人心。

文夫人看着这个年轻的安庆王妃，心里五味杂陈，抿了抿唇，半天才说出来："要是盛骏小王爷能真心待我们清菡的话，我们才能放心地把清菡交给他。您刚才那么一说，我这心里头……"她情不自禁地握住云瞬的手，她没想到，原来坊间的那些传闻都是真的，现今看来，这位安庆王妃虽然从头到脚一身华贵，可她过得并不开心。

"好，这一点我可以做保，盛骏小王爷是个直率的男子，清菡跟着他，不会吃苦。要是盛骏那小子敢对清菡不好，从我这儿就说不过去。"云瞬笑起来，文夫人连连称谢，云瞬留她用饭，两人又聊了一会儿其他。

大厅外头，湛栌咂吧咂吧刚才云瞬那番话的滋味，偷眼观瞧身边的舒豫，他方才还有些表情的脸这会儿又变成了往常的冰块脸，蜜色的眸子里闪着让人畏惧的冷光。他站在厅外凝视了一阵云瞬，默默地转身走了。

"王爷，您还没吃饭呢。"湛栌在后面追着他，他出大门的时候管家老贺也追了出来："王爷，今天王妃从账上支了银子，听跑事儿的下人讲，王妃在外头租了一处房子，就在承天门那边。"

"她想做什么就让她做什么。"舒豫冷声砸下几个字来，老贺立刻不敢言声了。厅里传来清菡咯咯的笑声，他听着就心烦，加紧了步子离开了王府。他巴巴地赶着忙完手底下的公务跑回来，就怕她独自吃晚饭寂寞，现在看来，他真是太多余，她身边的人不多，可再怎么少，也不少他这一个。

第十三章　一念之差

一桌子的酒菜放得冷了，室内一片寂静，丫鬟婆子垂手环立四周，大气儿也不敢喘一声。冯妈站了半晌，硬着头皮走上来："王妃，菜都凉了，老婢端下去热热吧。"

云瞬端端正正地坐着，脸上的表情寡寡淡淡，让人捉摸不透她到底是在想些什么。冯妈尴尬地站在那儿搓手，进也不是，退也不是。王爷没回来，王妃不吃饭，他们更是谁也不敢多说一句。

这时，巧眉从外面磨磨蹭蹭地走了进来，不敢抬头看云瞬的脸。

贺叔心急，忙凑上前："怎么样？王爷什么时候回来？"王爷快点回来吧，要是再不回来，他的这挂老肠子就要饿扁了。

被追问的巧眉飞快地瞟了一眼云瞬，又低下头，懦懦地说道："王爷今晚要歇在宫里。"

冯妈看了一眼呆住的贺叔，心急得问了出来："怎么会？王爷从前不管多忙都会回来过夜的呀。"

贺叔在袖子里偷偷朝她摆手，冯妈慌忙闭了嘴："瞧老婢这张臭嘴，王爷想来是被公务绊住了手脚，王妃您……先用饭吧。"

"嗯，我们开始吧。"云瞬拿起筷子，示意众人开动。冯妈拦住她："凉着吃不好，老婢去给您热热。"

云瞬默默看着冯妈忙前忙后地张罗，忽而从位子上站起来，轻声道："你们吃吧，我还不饿。"她一动，身后的丫鬟婆子们都跟着动了，跟着她走了几步。云瞬停身回头看了一眼她们，谁也不敢再跟着，灰溜溜地站回原地。

等她走了，贺叔拉过来冯妈劈头盖脸就是一顿埋怨："你瞧瞧你，刚才说的什么话，这回可好，王妃没用晚饭，等王爷回来了，咱们有的一呛。"

冯妈也是一脸懊悔："我刚才一时脑子糊涂，说话没走心，现在可怎么办呢？"

贺叔凝眉想了片刻，对她低声道："一会儿你到内宅去问问巧眉那丫头，刚才那消息她是跟谁打听的。"

"你也听着蹊跷是不是？按道理说，王爷就算不回来，也该让湛栌回来通知咱们一声，绝没有让咱们傻等着的道理呀。"冯妈仍旧云里雾里，贺叔叹了口气："其实，傍晚的时候王爷回来过了。"

"傍晚的时候？那会儿清菡郡主和文夫人不是正在咱们这儿做客吗？难道说……"冯妈脑子里灵光一闪，大惊失色，"难道说王妃那会儿对文夫人说的话传到了王爷的耳朵里？那怪不得……唉……"

"咱们王爷……何苦。"贺叔看着又变得安静下来的厅堂，唏嘘不已。

入夜时分，已经喝得酩酊大醉的舒豫被湛栌扶着一步三晃地出了偏殿，湛栌忙得满头大汗，一边扶着舒豫，一边嘱咐："王爷，您坚持一会儿，咱们上了马车再睡啊。"

舒豫闭着眼睛，俨然是没听见湛栌的叮嘱。湛栌叫苦连连："您这是何苦来的，王妃不过是劝慰文夫人的话嘛，您还就当真了。等回去王妃看见您喝成这样，肯定要不高兴的。"

"回……回府。"迷迷糊糊的，舒豫吐出来几个字，脚步虽然跟跄，可方向却是奔着安庆王府。

这一主一仆还没走出宫内甬道，身后隐隐听见有人呼唤："安庆王爷，您留步。湛栌！等一等。"

湛栌架着舒豫停了下来，摸了把头上的汗："这回行了，来帮忙的了。"

等后面的人走近了，湛栌看清，原来是锦安带着几个小内侍追了上来。湛栌赶忙见礼："锦安姑姑，您怎么来了？"

锦安拿着帕子擦了擦额头上的汗，笑容可掬地说道："这不是陛下听说安庆王办公到深夜，又小酌了几杯，行动不便，特下旨准安庆王留宿宫中。"

湛栌有点为难，腾出一只手抓了抓头发："这……"湛栌偏头看了看人事不知的舒豫，"王爷，王爷？陛下请您留宿，您留吗？"

锦安擎着帕子一笑，"你这小子，这是陛下的旨意，难不成还能不遵从？"

湛栌龇牙假笑："咱们王爷和王妃新婚燕尔，奴才是想着，王爷不回去，怕王妃心里不痛快。"

锦安这回不笑了，正色道："湛栌，你这是说的什么话！王爷是因为公务忙碌到深夜，陛下体恤，特许他留宿宫中一夜，这是多大的尊宠啊。得，我这就回去给陛下回话，说安庆王不愿留宿。"说完，锦安转身就走，湛栌吓了一跳，赶紧扯住锦安的袖子，满脸赔笑："好姑姑，您别动气嘛，奴才年纪小，不会说话，您可别当真哪。陛下给咱们王爷安排在哪儿歇着？奴才这就送王爷过去。"

锦安这才满意地点点头："难怪你们王爷到哪儿都带着你，小嘴儿真会说话。走吧，跟我走就是了。你们，过去扶着点安庆王。"

后面那几个小内侍闻言立刻拥上来，三两下把湛栌挤到外头去了，湛栌手里一空，上前刚要说话，一个脸上带着黑痣的小内侍讨好似的笑着给他作揖："您就歇歇，服侍王爷的活儿让小的们来就成。"

湛栌揉了揉发酸的胳膊，他扶着舒豫走了一路，的确也是累得紧，索性乐得能歇一会儿："你们可小心着点儿。"

"您放心。"几个小内侍架着舒豫，随着锦安往回走。

湛栌走着走着，瞧着有点纳闷："锦安姑姑，陛下给王爷安排的地方到底是哪儿啊？这地儿，奴才瞧着怎么这么眼生？"

锦安笑着回头给他解释："前头一拐就到了，瞧，这不是甘露殿嘛。待会儿王爷就歇在偏殿里。"

湛栌揉了揉眼睛，定神一看，就傻了，甘露殿是皇上和后妃们居住之所，长孙舒豫再怎么受陛下宠爱，终归是个外臣，住这儿……妥当吗？

锦安似乎明白他心里头想的，赶在他发问之前，给那几个小内侍一个眼色，那几个立马架着舒豫走了进去，等湛栌省过味来的时候，人家大门都关上了。

"王爷就歇在这儿，有专门的内侍服侍，你歇着的地方在后院。"锦安快速吩咐完，自己活动活动脖子，"我得回去给陛下复命了，你自个儿去吧。"

湛栌还想说点什么，可锦安已经带人走了。他有心守在偏殿外头，可皇宫里头规矩极大，刚才锦安又和他说了让他去后院，他这会儿不去，怕是要惹祸上身。"反正是陛下的意思，王爷醒了也不能责怪我吧？"湛栌在殿外站了一会儿听里头没什么动静，只好走了。

偏殿里，一灯如豆，幔帐散落在地面，透迤出一片片绮丽的轮廓。小内侍们收拾好床榻，将舒豫安置好，片刻没敢耽搁，立刻从房里退了出去。灯火摇摇之中，房门被人轻轻推开，丽姝提着裙摆蹑手蹑脚地走了进来，锦安将手里的灯盏递给她："郡主安寝，老婢告退。"丽姝回身抓住她，胆怯地问："锦安姑姑，这……能行吗？"

锦安唉了一声，笑了起来，放低了声音说道："万事有娘娘给您做主，您怕什么。"说完，锦安推了丽姝一把，"郡主还不抓紧时间，等会儿王爷酒醒了，才是麻烦。"说完也不等丽姝回答，转身走时，没忘将房门带好。

室内恢复了方才的灯火昏暗，静谧之中只能听见舒豫浅浅的呼吸声。丽姝手捧着灯盏，慢慢挪步到床榻旁边，借着灯光，这辈子她第一次这么近地瞧着舒豫，丽姝只觉得自己的一颗心都快要跳出腔子。眼前的这个男人闭着双眼，掩去平日里的冷漠和高傲，他的身上有好闻的酒香，黑白相间的发落在枕畔……这样随意放松的长孙舒豫……她还是第一此见到。十几年深种的感情在这一朝喷薄而出，丽姝伸出颤抖的手指抚上他棱角分明的脸庞，他的脸因为喝过酒而有些微热，而此时的她，也是双颊绯红，可她的手却是冰冷。

她不知道自己这样做的后果是什么，对于这个后果，丽姝带着一点期待，也同时有着恐惧。萧淑妃既然说会帮自己，就一定会帮的吧？再说，舒豫是被锦安领来的，就算真有什么不得了的后果的话，萧淑妃也难辞其咎。

这样想着，丽姝渐渐大胆起来。手指颤颤巍巍地去解舒豫的衣带，衣裳半露之间，舒豫忽而醒了过来，含醉的眼眸里闪着迷离的光，看了一会儿眼前的丽姝，蓦地拉住她放在自己胸口的手："你……来了？云瞬……是你吗？"

丽姝先是一惊，之后眼眶里便涌上酸涩的泪水，她该怎么说呢？她真的好想告诉舒豫，这十几年来对他念念不忘的人，只有她谢丽姝一个人。可是为什么，为什么无论是他酒醉还是他清醒，长孙舒豫心里念着的那个人，总也不是她！这一刻，丽姝觉得自己太可笑，她忍不住转身想要逃走。

可舒豫加重手上的力道，将她扯了过来："云瞬……不要走，不要走。"

眼眶里酝酿已久的泪水终于忍不住，滑进嘴里的时候，丽姝惊觉这泪水酸甜难辨。

她环抱住眼前这个男人的腰身，温柔地安抚着他："我不走。"她抬起泪眼望着这个醉眼朦胧的男人，"只要你不推开我，我永远都不会离开你。"

手里的灯盏滚到地上，闪了两闪，灭了。

"大半夜的都不去睡觉，在这儿叨咕什么？"皇后的寝宫门外，几个宫女低声嘀咕着什么。宫女们一抬头，见是容安大姑姑来了，谁都不敢再乱说话，垂着脑袋，"是。"剩下两个值夜的宫女，其余的都退下了。

"容安？"

"娘娘，奴婢在这儿。"容安紧走几步，在门口给王皇后请安。屋里接着传出王皇后的声音，"进来。"

王皇后还没有歇息，对着梳妆镜整理着长发，从镜子里看了一眼容安，"刚才那群丫头在说什么新鲜事？"

容安听了一笑："小丫头们闲不住，扰了娘娘休息了，奴婢回头好好管教她们。"

王皇后浅笑着放下手里的木梳："这宫里头有些活泼孩子，本宫也好解闷。"容安扶她站起来，王皇后踱步到窗旁，望着窗外华丽沉寂的大明宫，"宫里头什么都是人间极品，却总归是高处不胜寒，天家之中总是少了些寻常人家的亲情和热闹。"王皇后说着面上忍不住带上一抹寂寞，容安劝说道："帝王家若是都和市井百姓一样了，哪儿还有天家皇室的威仪呢？娘娘您要是闷得慌呀，奴婢明天就去传安庆王妃来陪您说说话解闷。"

王皇后笑着摇摇头："她有她的事忙，这会儿不要去烦她。"

容安沉吟片刻，问道："娘娘您是说武才人进京的事儿吗？"

"本宫后半辈子的兴衰荣辱全在武媚娘这次进京。"王皇后长长地舒了口气，往床榻走去，边说道，"容安，你瞧瞧，云瞬进京，武媚娘进京，这一步步的时间好似是冥冥之中都安排好的一般，眼见本宫被萧淑妃压制了这么多年，老天爷这回总算是开了眼。"容安也笑了起来，撤去两盏明灯："这事儿交给云瞬郡主办，您还有什么不放心的？"

"容安姑姑。"外头有人叫了一声。容安放下幔帐："娘娘稍等，奴婢去去就来。"

王皇后侧卧在床榻上，含着一口玫瑰露闭目养神。不大一会儿，容安走了进来，在王皇后身边低声说道："刚才有几个丫头在甘露殿看见了一个人，好似是安庆王妃，奴婢心里纳闷，差人去打听，结果，那人不是安庆王妃，而是丽姝郡主。"

"她？她这会儿跑到甘露殿去干什么？"王皇后吐出玫瑰露，十分好奇地问。

"奴婢也是疑心，听下人们说，丽姝郡主穿着平素安庆王妃喜欢的湖蓝色衣裳，连头上戴的发簪也相差无几。而且奴婢还打听到，今晚上长孙王爷不知怎的喝醉了，陛下许他在甘露殿的偏殿歇下。"

王皇后沉默良久，脸上的表情阴晴不定，容安察言观色半晌试探性地问道："娘娘，这事儿要不要去告诉安庆王妃一声？"

"她进去多久了？"王皇后低声问。

"大概……有半个多时辰了。"

"只她一个人？"

"是锦安领着她去的，没有看到其他人。"容安老老实实地回话。王皇后听完眉心蹙起，保养良好的手抚摸着自己的长发，"你我千算万算，也没料到萧淑妃居然走这一招。本宫的侄女真是苦命，新婚不到一月，看来她的夫君就要纳侧王妃了。"

容安心头一震，追问道："萧淑妃这样做，既能拉拢到安庆王，又给了谢大人一个甜头，对咱们可是大大的不利。"

王皇后摆了摆手："这可不一定，萧淑妃只想到在长孙舒豫的身边安插一个自己的人，却忽略了安庆王是怎样性情的一个人。"

容安心领神会，眼睛一亮："娘娘您是说……萧淑妃此举非但不能拉拢到安庆王爷，相反还会让安庆王爷对她心怀不满？"

王皇后翻身从床上下来，在房中来回踱了几步："但是谢彦那边她算是赏了个天恩，看起来，咱们也不能只依靠武媚娘一人，在朝中也要大力扶植自己人才行。"

"朝廷里不是已经有国丈大人和国舅爷坐镇了么？娘娘还想要扶植哪一个？"

"他们碍于身份，总有些地方难免遭人掣肘，再加上这些年来，因为本宫的缘故，他们的形势也好不到哪儿去。王家这些年人才凋敝，有出息的没几个。本家的人是不堪重用了，本宫得在外面找一找。"王皇后顿了顿，扬手吩咐道，"你去，先给云瞬送个信，让她做到心里有数。"

"是，娘娘。"

"萧淑妃她是白忙活一场，长孙舒豫的心长在了云瞬的身上，谁抢也抢不去。这最后鹿死谁手，还说不定呢。"银剪刀拨了下燃着的烛心，爆出一朵烛花，灼灼的烛光映着王皇后阴柔的笑容，这一场赌局，她已经竭尽全力，成败与否，只在天意。

卯时刚过，湛栌早早地跑到偏殿门口，搓着手焦急地等着舒豫醒来。

房间里，已经不复昨晚的温柔旖旎，醒来之后的长孙舒豫很快看清睡在身边的女子并非是他的妻子李云瞬，而是……

"怎么是你！"舒豫眉头一拧，揽衣坐起，躺在外侧的丽姝脸上一红，不怎么敢看他精壮的上身，咬唇半天，才懦懦地开了口："我们……昨晚上，你……你拉着我，不肯让我走，我只好……啊！舒豫……你！"

舒豫额角的青筋隐隐可见，没等她说完，一把将她推了下去，自己翻身下床穿戴衣服，不去看她可怜巴巴的模样。他此时心乱如麻，做过的事如同泼出去的水，想收也收不回来，而他要怎么给云瞬一个交代？

见他拔腿要走，丽姝扑过来抱住他的腿："舒豫你不能就这么走了！我已经是你的人了，你不能不管我！"

舒豫冷声一笑，鄙夷地看着伏在脚下的丽姝："天底下想爬我长孙舒豫床的女人多如牛毛，我难道挨个儿都要管吗？"

丽姝此时已经什么都不管不顾了，匍匐着扯住他的衣裳，却被长孙舒豫挣开。她在他背后嘶喊道："长孙舒豫！你敢就这么算了，我就敢让你身败名裂！让天下人都知道你是个始乱终弃的男人！"

舒豫停了脚步，紧攥的双拳克制着自己随时可能会爆发的怒火，精明如他，如何不知自己昨晚是一时疏漏给了别人这个机会，他堂堂的安庆王，被人摆了一道。这口气，他咽不下去！

舒豫转过身，双目之中冷光连连，他后退几步，居高临下地砸下几句话来，"谢丽姝，你好。"最后一个字，他几乎是咬着牙，从牙缝里挤出来的。

丽姝早已豁出去，也分不出她是哭是笑："不，你才不是怕身败名裂，长孙舒豫，你只是不知道该怎么对李云瞬交代是不是？"

"凭你也配提她的名字！"舒豫钳住她的肩头，痛楚让丽姝吸了一口冷气，不敢再多讲一个字，这样暴戾恼怒的长孙舒豫，她从未见过。

"陛下驾到，萧淑妃娘娘驾到。"门外一阵人声攒动，湛栌听屋里乒乒乓乓一顿乱响，根本不敢上前，这会儿借这个机会赶紧上前打开房门："王爷您醒……"眼前的一幕让湛栌始料未及，青筋乱跳的舒豫王爷怒火冲天地瞪着地上衣衫不整的丽姝郡主，这二人此时的场景着实太过暧昧了些。湛栌瞟了一眼凌乱的床榻，嘴角挂出一个比哭还难看的笑来，"王爷，您起来了。"

舒豫回头看见他，想也没想一巴掌甩在湛栌的脸上。湛栌原地转了一圈，捂着脸，不敢再说话。门外，高宗和萧淑妃已经到了，萧淑妃挽着高宗的胳膊，美艳的脸上带着胜利的笑意，看了眼敞开着的房间，淑妃柔声笑道："陛下您瞧，您要是来晚了，可就不能给安庆王做这个主婚人了。"

高宗本来是一头雾水，但现下却看得明白，忍不住眉头皱起："爱妃……这……是怎么一回事？"

舒豫几个深呼吸勉强压下心头怒火，整理好衣服走出来跪迎圣驾。

"陛下您还不知道吗？咱们谢大人的这位千金，从小就爱慕安庆王，早就立下志愿此生非安庆王不嫁，眼下看来，昨天倒是巫山云雨，成就一番佳话了。"

"爱卿，果真如此吗？"高宗也有点不怎么信，他可是记得当初舒豫来求自己为他和李云瞬指婚的时候那股非卿不娶的决心，怎么还不到一个月的工夫，此卿就非彼卿了？

舒豫咬紧牙关，跪在地上没有说话，半晌才道："此中有些隐情，请陛下借一步说话。"

高宗点了点头，放开萧淑妃的手，随舒豫到一处树荫下站定。舒豫此时已经说不清自己到底是一种怎样的心情，高宗看着这个久经沙场的得力臂膀。眼前长孙舒豫的神色与平日的沉稳截然不同，尤其是眼睛里那种万念俱灰的神情让他猜出此事绝不简单。而在舒豫还没开口之前，高宗先开了口："舒豫啊，这桩事，你打算如何解决？"高宗看了看他，忽而叹了口气，"此处没有旁人，有什么想法你尽可以对朕讲明。"论起辈分，舒豫还是高宗的亲表弟，撇开君臣之名不提的话，兄弟之间倒是可以有什么说什么。

长孙舒豫终究是长孙舒豫，绝不是皇帝随便几句话就会忘记自己身份的人，舒豫对着高宗撩衣跪倒："此事，舒豫听凭陛下吩咐。"

高宗一愣，双手相搀："你不是对云瞬她……"

"臣对云瞬一往情深，此情不渝，而臣也是个敢作敢当的大丈夫，这件事，臣会对丽姝郡主负责的。"天知道，长孙舒豫在说出这句话的时候心里是一种怎样的感受，心似油烹是怎样的感觉？他今天算是体会到了。

他纵有千百个不愿，气恼，不甘心，这些话他也要对高宗讲明，不仅是因为他长孙舒豫是个顶天立地的男人，而且他还是一个善于揣测君王心意的臣子。

果然，高宗听见他这样说之后，表情放松了下来，说实在的，他还真怕舒豫给他来个一百二十个不愿意，那样的话，他可就太难办了。君臣二人半晌无语，良久，高宗才低声说了一句："委屈你了，舒豫。"

舒豫淡然一笑："丽姝郡主乃户部谢大人的独生女儿，这桩婚事，臣何来委屈之说？"

高宗拍了拍他的肩头："有些事你我二人心知肚明，西方战事加紧，前线用粮，用钱，长期下去，国库怕是难以为继，幸亏谢彦暗中有些手段，好歹能保前线半年的军饷粮饷无忧。他前几日来找过朕了，对朕提起过他女儿的婚事，也提到了你，只是被朕暂时搁下，没想到……"

舒豫冷冷一笑，双手抱拳："臣愿为陛下分忧。"

"好。你这份情义，朕替前线的将士们记下了。"高宗说到动情处，眼眶微红。

另外一面，丽姝也穿戴整齐，由锦安领着走了出来，一见萧淑妃，小脸顿时羞成一块红布，盈盈拜倒："淑妃娘娘万安。"

萧淑妃笑得合不拢嘴，扶她站起来："打今儿起你可就是安庆王的侧王妃了，你欢不欢喜？"

丽姝用力点头，可随即脸上闪过一丝阴霾："总归是个侧室。"

"你呀，不要贪功冒进，这侧王妃做着做着，说不定什么时候就成了正牌的安庆王妃。"萧淑妃拉着她的手，笑意如许。锦安趁机说道："有娘娘做你的后盾，郡主还担心什么，只要郡主日后听从娘娘的吩咐，这正王妃的位子指日可待呢。"

几句话说得丽姝心旷神怡，忽而她想到一点，又担心起来，拉着萧淑妃的手，道："可是我爹那里……他要是知道我自己贴上舒豫，他肯定要打死我的。"

"哎，怎么会呢，陛下赐婚是多大的荣宠，你爹他高兴还来不及，怎么可能会打死你呢？"萧淑妃笑道。

丽姝似懂非懂地重复着她的话："陛下会赐婚？"

高宗和舒豫并肩走了过来，高宗一脸欣慰："爱妃说得不错，朕这个月下老人是做定了，传朕的旨意，择良辰吉日，让丽姝进门吧。"

丽姝偷眼看着面色恢复平常的舒豫，她心想，萧淑妃果真说得不假，舒豫愿意娶自己。管他是出于什么原因才愿意的呢，反正她只要嫁给他就足够了。

"舒豫，今日朝里没什么要紧事，你回去休息吧。"深知内情的高宗总是觉得愧对了舒豫。

贺叔站在大门口，眼睛都快望穿了，一早上容安姑姑就来了，进内宅和王妃说了好半天话，也不知说了什么事，之后王妃就没露面，巧眉把早饭端进去，一会儿又原模原样地端了出来。再加上昨晚上舒豫一夜未归，这一桩桩事放在一起，真是太不让人放心了。

云瞬侧靠在床榻，听容安细细将整件事的来龙去脉讲明，平静的脸上没什么表情，末了，容安停了下来，拉着她的手："郡主，您别往心里去，皇后娘娘疼您，她不会坐视不理的。"

云瞬眨了眨眼，她当然明白容安这话是在安慰她，那位两仪殿的皇后娘娘要是真的疼她，就不会对她的哭诉不理不睬，就不会任由她嫁给长孙舒豫，说到底，在她们的眼里，她李云瞬只是一颗小小的棋子，和即将进京的那位一般无二。

既然已经看透，又何来难过担忧之说？只要她对皇后还有一丝利用的价值，王皇后就多少会偏向她一些。

可说到底，她对王妃这个名号，又有几分在意？

"娘娘心里挂记着我，云瞬就很感激了。王爷是一家之主，是三妻是四妾，只要是王爷点头的，云瞬就没有拒绝的道理。这件事要怎么做云瞬心里有数，娘娘和您千万别为这点小事担心。"云瞬反安慰起容安来，容安眼角的皱纹皱了几皱，眼中扑簌簌落下泪来："郡主您这么温婉贤淑的一个人，老天爷怎么舍得让您遇上这样的事？男人三妻四妾是不假，可王爷和您毕竟成婚才不到一个月，这事……让外面的人怎么想，又会怎么在背后非议您？"

云瞬轻声笑了下，亲自拿帕子递给容安："姑姑这番心意云瞬心领了，您方才也说了，那些闲言碎语总归是外头人的闲话，我理会他们做什么？大不了，我就大门不出二门不迈，天天在府里待着，那些流言蜚语就没有机会让我听到了，不是吗？"

容安破涕为笑，拿着帕子拭泪："瞧瞧我，越来越没出息，怎么还哭起来了，给您添晦气。"

云瞬笑而不语，半晌，她才开口："娘娘要是真不放心我，就请娘娘早点安排盛骏和清菡的婚事吧，清菡过得好了，我心里也踏实。"

容安点点头，信誓旦旦地说："这事儿您大可放心，娘娘已经同陛下说过了，再加上舒豫王爷的事这么一闹，陛下肯定愿意促成盛骏王爷同清菡郡主的婚事的。"

"再过十几日，武才人就进京了，不知郡主您准备得怎样了？"容安这次来不仅是要告诉她昨晚上宫中发生的事，还要将王皇后交代的事情办好。

云瞬点头："姑姑放心，住处、服侍的人手，我都已经选定，只等她进京。"

两人又说了会儿话，云瞬留容安在这儿用了早饭，容安不敢多耽搁，用罢早饭立刻起身回宫去复命了。巧眉收拾桌上的碗碟，不住地偷瞟云瞬的脸色，云瞬正拿着一本字帖，细细端详揣摩，神色之间没有丝毫的难过和忧心。巧眉这才相信，原来一个人不会失望是因为她从来就没有抱过希望。

"王爷，您回来了。"舒豫带着湛栌从巷子里才进来，贺叔就迎了上去。湛栌在舒豫的背后偷偷朝他摆了摆手，贺叔心领神会，再看王爷的脸色别提多难看，面冷得吓人，顿时不敢再多说一个字，跟着他往府门走。

"王爷，王妃有些身子不适，可能这会儿正在房内休息。"老贺原以为两口子闹别扭嘛，丈夫一夜未归，怎么说，新王妃会给王爷点颜色瞧瞧，不会出来迎他。没承想，他这话音还未落，云瞬带着巧眉已经出现在大厅里，站得规规矩矩，俨然是在迎接他这个一家之主的归来。

而让老贺更没想到的是，王爷看见站在厅里等他的云瞬之后，神色没有丝毫好转，反而比先前更冷了。

舒豫的视线看到她俏生生的影子的时候，心里的寒意便铺天盖地地卷来。

她连对他生气都不屑了吗？哪怕她做出一丁点不高兴的样子来，他都会认为他在她的心里是有些分量的，可现在……舒豫明白，在云瞬的心里，他只是扮演了她"丈夫"这个角色，她对他，从没有过希望，也没有过要求，现在不会，以后也不会。

她就像是个瞎子，他对她的温柔体贴，对她的宠爱顺从，她都统统看不见。原本带着满腔歉意的舒豫，一时间竟然觉得解气。

她既然不在乎，那他又何苦耿耿于怀！

"王爷，您用过早饭了没？老婢这就叫人去准备。"冯妈拧了个帕子递给舒豫，舒豫拿过来擦了擦额头，递给她，斜看了一眼云瞬，冯妈立刻会意，"王妃也还没用早饭，光等着您哪。"

尽管这话里恭维的意味是那么明显，可舒豫的心还是稍稍舒服了些许，她要把他当作"丈夫"就当作"丈夫"吧，总好过将他视作一团空气。

丰富的早饭摆放妥当，冯妈舀了碗粥给云瞬放到跟前，状似无意地说："您昨晚就没用饭，这会儿吃点粥，对身子好。"

舒豫正去拿筷子的手一顿，冯妈随手将一碟咸菜放到舒豫手边，舒豫夹起一块八宝酱菜放到云瞬的碗里，云瞬也没推辞，就着粥吃了。

巧眉端着热气腾腾的小笼包走进来，打眼看见红肿着半边脸的湛栌，一个没忍住："湛栌，你的脸是怎么弄的？"

湛栌心虚地低下头，一只手捂着脸，恨不能找个缝钻进去："我……我走路没看道儿，摔的，摔的。"

"摔得还挺厉害的哪，我去给你拿点药擦擦吧。"巧眉说完放下端盘就要去，"哎，巧眉姐姐，不用麻烦，我这个……这个……"湛栌结结巴巴地没敢跟着去，舒豫横了湛栌一眼："还不去！"

湛栌这才如获大赦，随着巧眉跑出去。这事儿闹成这样他也有责任，要是他机警点在王爷喝醉前就劝他早点回府的话就好了。

再丰盛的早饭也被这两人吃得无声无息，没滋没味。云瞬喝了小半碗粥就饱了，也没起身，坐在那儿眼观鼻，鼻观心。舒豫本来就没什么胃口，这会儿一个人吃就更没滋味，憋了半天还是没忍住，低声开了口，说道："昨晚上宫里有些事，所以……没回来。"

　　云瞬嗯了一声，表示已经听见了。舒豫将筷子一摔，扔在桌上，他干吗要和她解释？别说他没回来过夜，就算他此刻告诉云瞬自己要娶个小老婆她也还是这副半死不活的样子！她要是肯对他有个笑脸，肯和他温温柔柔地说几句话，他会气得在宫里办公务不回府吗？还会有后头那些乱七八糟的烦心事儿吗？

　　他娶丽姝这事儿，也不能全怪他。

第十四章　不如随风

红彤彤的朝阳才刚刚露出云层的时候，云瞬已经坐在了出京的马车上。自从那天以后，舒豫开始和她冷战，这几天都歇在书房里，没来看她。正好给她出府提供了最便利的条件，也免去她琢磨如何瞒过舒豫悄悄出府的麻烦。本来，她不想惊动其他人，只打算带着车夫和巧眉去也就是了，可她想到武媚娘的身份特殊，万一路上出现什么差错，她也没法向皇后交代，故而在临行前，叫上了十几名侍卫跟从。

马车赶得飞快，两旁的绿树、花草快速地从她的眼前掠过，云瞬昏沉沉地靠在马车里睡着，车子忽然一震，停了下来。云瞬睁开眼止要张口询问巧眉是不是到了，就看到巧眉把食指狠狠地压在唇上，让她噤声。

看巧眉惊慌的样子，云瞬纳闷地挑开一点车帘朝外看去。他们的马车停在一处茂密的树林之中，透过树叶的掩映依稀能够看清距离他们的马车几十米的地方正有两伙人打得不可开交。几个客商打扮的人正保护着一名年轻男子，可对手显然十分厉害，个个手中拿着钢刀、铁剑，而且在人数上要远超他们。客商们寡不敌众，连连向后败退，连那个被保护的年轻男子的保护圈子也开始不停地缩小。年轻男子身边又有两名随从被砍倒，男子悲吼了一声，更加拼命地挥动着手中的武器。

可也是于事无补。

云瞬在马车里瞧得清楚，不知怎么的，这个场景让她觉得熟悉，当初她刚刚进京的时候，也是被人追杀的。那种只能眼睁睁地看着自己的随从一一被砍杀的绝望心情，她体会得太深。

"你们几个，过去帮帮他们。"她在马车里低声吩咐。王妃有令，他们不敢不遵从。身边的侍卫们互相看了一眼立刻蹿了上去。他们一加入战斗，场面立刻变得不同，客商们一见有人相助，顿时来了精神，更加奋勇反击。外头乒乒乓乓地打斗了有一盏茶的工夫才消停了下来。

"王妃，那些歹人已经跑远了。"侍卫们打完一场胜仗，精神抖擞地回归本队。

云瞬从马车里探出头去看了看，自家的侍卫们没有人伤亡，看来这些侍卫果然个个都是高手，且训练有素。"你们辛苦了，回去有赏。"她淡淡地说了一句，接着吩咐，"继续赶路吧。"车夫一挥鞭子，马车缓缓启动，还没等马儿四蹄撒欢跑起来，马车后头传来阵阵马蹄踏地的声音。

"恩公，请留步！"

巧眉从马车里跳下来，上下打量了一番追上来的这个人，正是刚刚被保护在正中间的年轻男子。给他行了个礼："您有什么事儿吗？"

"承蒙恩公方才出手相助，特来请恩公赏下姓名，以后定要报答。"男子将马鞭交到单手，双手抱拳，说得很诚恳。

巧眉点点头："您稍等，奴婢去给主子回个话。"说完，巧眉钻回马车向云瞬转述，其实云瞬在马车里听得很清楚，扬声道："施恩不望报，报答什么的，就不必了。"

年轻男子一愣，似乎是没想到坐在马车里的是个女人，他很快恢复平静，仔细打量一番云瞬坐着的马车，朝旁边一闪身："既然恩公不便赏下姓名，在下也不强求，您的恩情，在下记在心里了。告辞。"

说完，男子打马而回，从前来讨要名姓到告辞而去，整个过程十分干脆利落，丝毫没有拖泥带水，这样的性情云瞬倒是十分欣赏。马车重新上路，巧眉靠在云瞬的身边说："我瞧着刚才那个男人不像是咱们中原人。"

"哦？你怎么知道？"

"您看哪，刚才那人鼻梁高高的，皮肤的颜色也是古铜色，怎么看怎么不像是咱们这边的人呢。"巧眉替她绾好长发，簪上一根簪子，看云瞬不说话，担心地问："咱们就这么从王府里出来，被王爷知道了，会不会不好交差？"

"不会的。"云瞬摇了摇头，重新闭上了眼睛。巧眉等了一会儿，看她不想再说话，也安静地靠着马车休息。

云瞬的马车已经行得不见踪影，密林之中，那名年轻男子还在朝着她们的方向张望。"二殿下，咱们该启程了。"

被称为"二殿下"的男子点了点头，棱角分明的脸上露出一个深邃的笑意："去查查这些人的来路？"

"殿下，人海茫茫想要查到一个人恐怕要耗费许多时日，况且咱们不宜暴露行踪，您看那些人，恐怕就是大殿下派来刺杀您的！"侍从说得不无担心。

男子哈哈大笑起来，将手上的圆月弯刀抛起来又落到手中，稳稳地接住："哈朗，你不必担心，你没看到吗？方才那个人就是真神派来解救我的，大哥他想要杀我，还早了点！去查！在中原的大唐，能够使用十二片金叶子包厢的马车，应该没有几个。"

哈朗老脸一红："殿下您真是眼光如炬，老奴这就去查。不过，要是大唐的皇帝知道是他的子民救下您的话，不知道大唐皇帝会不会气歪了胡子？"

男子哈哈大笑着翻身上马，拿马鞭一点："好极了！咱们一定要到长安城去，好好瞧瞧那个大唐皇帝的胡子！"

感业寺的山脚下，枯松盘桓，饶是炎炎夏日，让人看去竟忍不住生出一种苍凉的伤感。云瞬从车上下来，来到松树之下，忍不住伸手触摸树干表面的那些沟壑，深深浅浅的沟洼俨然是证明这棵枯树曾经活过的最好印记。

日头已经爬到树梢，耀眼的日光穿过树荫打在地上，变成跳脱的光斑。山脚处的窄路上转过两个行人，两个人都是尼姑打扮，素色的僧袍穿在身上很是宽大。尤其是走在前面的那个，面似芙蓉，唇胜红樱，这一身装扮穿在她的身上也不显得突兀，远远看去，倒像是一位不食人间烟火的仙女临凡。

她身旁的尼姑看见站在树下的云瞬，指着这边的方向笑不拢嘴，前面的那个尼姑顺着她的手势看过来，对着云瞬露出一个会心的笑意。

"你来了。"

云瞬往前迎了两步，细细打量着这个尼姑，她看起来气色不是很好，面色稍显苍白，却难掩满身的风华绝代："你还好吗？"

武媚娘笑弯了眼睛："托你的福，总算还活着。"

"这里不是讲话之所，来。先上车，咱们路上慢慢说。"云瞬将她拉上马车，拿出一个包裹来递给她和身边的那个小尼姑，小尼姑欢天喜地地接过，朝云瞬友好地笑着："李姑娘您真来接我们了，看来我们才人说得不假，您才是真正可以相交的朋友。"

云瞬笑了下，点了点包裹说道："这里面是准备好的衣服，穿这身僧袍总是太碍眼了些。"

"你想得真周到。"武媚娘朝云瞬微微一笑，真正是皓齿明眸。巧眉忍不住看傻了眼。一旁的小尼姑不高兴地推了她一把："你这丫头好没规矩，怎么这么呆呆地瞧着我们才人哪？"

云瞬侧目看了一眼正脸红的巧眉，巧眉吐了吐舌头，一个劲儿地朝武媚娘作揖："才人长得真是太好看了，奴婢下次不敢了。"

"哎，香螺，你瞧瞧你把人家小姑娘吓得。"武媚娘白了小尼姑一眼，小尼姑不敢再乱说话，规规矩矩服侍武媚娘换衣服。

半晌，云瞬看着换好衣服的武媚娘，手撑着头问道："这次回宫，还打算只做一个才人吗？

"怎么可能？"武媚娘转过身让香螺给她束带子，"就算是我甘心情愿只做一个才人，恐怕大明宫里也有人不答应吧？"

云瞬没有搭话，眼睛看着来时看过的风景："总有些事，我们身不由己。"

"身不由己？不，你错了，李云瞬，我是真心和陛下相爱的，从他还是太子的时候我们就曾经暗许终身了。"武媚娘今天的心情特别好，挑着车帘瞧着外头的绿树红花，深深地吸了一口气，"老天爷给了我多少苦楚，他日后就要还给我多大的荣耀。假如他不给……"武媚娘呵呵笑了起来，"假如他不老老实实地给我，我就自己动手，去争，去抢。"

云瞬望着面前这张明艳的笑靥，心里仿佛被照进一丝亮光。久居在感业寺山上的武媚娘似乎比她更洞彻这个俗世，也有着更多的和命运争斗的力量，难怪高宗会对她念念不忘，这样一个明快又美丽的女人，着实令人心旷神怡。

"别光说我了，你呢？最近好不好？"武媚娘拉着云瞬的双手，热乎得不得了。云瞬点了点头："谈不上好与不好，一切都是老样子。"

"胡说！"云瞬的话还没说完，武媚娘立刻予以驳斥，"你当我终日在山上皇庙里念经就不晓得外面的事情了吗？上一次你随陛下来感业寺烧香还愿，你父亲和继母双双坠崖而亡，我正想托人给你写信安慰，没承想，又听说了你即将嫁入王府的喜讯，所幸一喜一悲，那封信我也就没再写。左右安庆王是个能只手遮天的王爷，你嫁给他，凡事也不会吃了亏。"

云瞬被她一顿抢白说得哑然无语，没想到，她竟然这么了解自己这几个月来发生的事情。

巧眉嘟了嘟嘴巴："哪像您说得那么好？还说不会吃亏，眼见着就有一件不顺心的事要来了。"

云瞬皱了皱眉，她其实不想对武媚娘说太多自己的事情，一来，是她觉得武媚娘刚刚回京，要顾及好她自己已经非常不容易，不想让她多操心；二来，云瞬也实在觉得自己的事情没什么大不了的，不需要别人来帮忙。

武媚娘瞪圆一对杏核眼："发生了什么事？"

"我们王爷好像要娶侧王妃了。"巧眉偷瞟了一眼云瞬的脸色，一横心还是说了出来。她家王妃就是这样不好，什么事都自己藏着掖着，眼前这个武才人快人快语，是个多直爽的人哪！又是王妃的好友，这件事，说说也没什么关系吧？

"就这件事？"武媚娘听完一愣。

巧眉不明所以地点头："是啊。"她想，这难道还不算是一件大事吗？

武媚娘松了口气，靠在马车的内壁上笑了出来："我当是什么了不起的大事！原来就是这个！怎么？你也当这件事是大事吗？"她后半句话显然是对着云瞬说的。

云瞬笑了下，摇了摇头："男人三妻四妾是再正常不过的事，我没觉得有什么不妥。"

武媚娘忽然坐直了身子，一脸严肃地摇手："错了，错了啊。"

"什么错了？"云瞬不明白。

"就是这句错了。"武媚娘叹了口气，有点同情地看着云瞬，"男人三妻四妾古来有之，一点不假，可是这句话从你的嘴里说出来就不妥了。你好歹是他刚进门一月的正室王妃，他这个时候纳妃，本身就显得很不妥，再加上……你这根本不在乎的态度。哎，我还想着从前听到的那些坊间传闻是不是都是假的，现在看起来，好像你和苏家公子的那点事儿竟是真的了。"

云瞬苦笑了下，也歪着头看着她："原来我和苏墨远的事都传到那么远的感业寺去了。"

"那倒不至于，只不过我这个人消息比较灵通，这一年多来，光是在打点京城消息上头就几乎花光了我所有的积蓄。"武媚娘不以为意地笑笑，"总得要知己知彼，才能百战不殆嘛。"

"这还不是吃亏吗？"巧眉听不明白她们在说什么，一心就想着云瞬现在的处境，"那位侧王妃要是个贤良淑德的，也就算了，可偏偏是那位！那位专横跋扈的出名的丽姝郡主啊！"巧眉提起来这段就生气，忍不住跺了跺脚。

一旁准备茶水的香螺赞许地拍了拍巧眉的肩膀："不错，别看你这个人没什么脑子，可对主子还是极其忠心的。"

"那当然是……唉？我怎么听着你这话像是骂我？"两个小姑娘说笑到了一处，云瞬笑看着他们两个，不知不觉想到了清菡和盛骏那对小冤家，但愿这一次武媚娘进宫能够顺顺利利，也好让王皇后早日兑现她的诺言，让那二人早日成婚。

"丽姝郡主？难不成说的是谢彦大人家的那位独生女儿，谢丽姝？"武媚娘黛眉一挑，似乎对这个丽姝郡主的印象也不怎么好。

"是她。"比起武媚娘的腔调，云瞬的语气就显得平静多了，"她对长孙舒豫的感情很深，似乎是从小的青梅竹马。"

"这么说，还是你横刀夺爱，抢走了人家的竹马？"武媚娘笑着看她。

巧眉和香螺斗嘴暂时休战，各自给主子捧上一杯茶："才不是嘞，是那个丽姝郡主自己贴上来的，我们家王爷只喜欢我们王妃一个人哟！"

"多嘴。"云瞬斥了巧眉一声，巧眉也不敢再多说话了。

武媚娘端详了一会儿云瞬的脸色，长叹一口气："我想我有点明白了。"

"我的事没什么好操心的，你还是先想好进宫之后要怎么做。你这次进宫其实是皇后一手促成的，她的想法你应该很清楚吧？"云瞬将话题带回到正事儿上来。

武媚娘看了她一眼："你那个姑姑怎么想的，我想都不用想也知道。放心吧！我自有我的本事在大明宫里讨生活，也会报答她解救我回宫的恩情，你知道我这个人从不喜欢拖欠别人的人情。"

云瞬点了点头，两个人又闲聊起其他的一些琐事，回去的路途也变得没那么寂寞了。

这时候的云瞬当然不知道她外出的这一段时间里头，安庆王府里已经闹得不可开交。

一大早起来就不见了王妃的踪影着实急坏了冯妈和贺叔，两个人发动内宅外院的所有仆从一起在长安街上找人，结果一无所获，直到舒豫起身，贺叔才不得不向他如实禀告了这一情况。

和大家想象的截然不同，舒豫没有立刻发怒，虽然面色冷沉却很有理智地叫过来其他车夫询问，一问，果然，天还蒙蒙亮的时候，王妃带着侍女巧眉来过，叫走了赶车的老周，还带走了十几名一等一的高手侍卫。

舒豫问明情况，心里的疑团不仅没有打开反而越来越重。舒豫叫来管家老贺："上一次你说王妃在账上支了银子？"

"是的，王爷，王妃支走了银子，不过支取的是王妃娘家的存银，没有动王府的钱。"老贺说得有点难受，他们的这位王妃总是和王爷特别生分。舒豫听完，面色果然更加难看，继续追问："她用这些钱是做什么？"

"这事儿老奴打听过了，王妃在承天街那边租下一处宅子，老奴去过一次，那边的位置虽然偏僻，却特别清静。另外……除了过日子应用的东西之外，王妃还找了几个丫头老妈子安置在了别院里头，好像是打算……住在那边。"

说到这儿，舒豫一拍桌子站了起来，倒背着手在房里来回踱步。李云瞬啊李云瞬，你可真是做事够绝的，怎么？她这就是打算要和他彻底生分，不相往来了吗？

"去，找到那家房主，告诉他们，这栋房子本王买下了，让租宅子的人来找我！"舒豫最后甩下几句话，正要走的时候，冯妈一脸喜色地走过来："王爷，云彻少爷来看您了。"

舒豫面色稍缓，缓口气问道："他身子怎样了？能下床走动了？"

他正问着，湛栌扶着李云彻走了进来，他的头上还裹着厚厚的纱布，有些头重脚轻地往前深一脚、浅一脚地走着，但看气色已经好了很多，不似前两天那样面如白纸。

"你不好好躺着，起来做什么？"舒豫扶着他的另一边胳膊，让他坐下。

"我觉着好多了，总是躺着，身上特别难受，想起来走动走动。没想到一走，就走到姐夫这儿来了。"经过这段时间的相处，李云彻和舒豫的关系缓和了不少。听他一口一个姐夫叫着，舒豫的脸上终于不那么冰封冷清了，李云彻坐下之后左右看了看，纳闷地问："怎么没见我姐姐？"

刚刚缓和下去的冰块脸又冷了几分，冯妈赶紧替舒豫回答："王妃早上带着巧眉去逛街了，可能要用午饭的时候才回来。"

李云彻皱了皱眉，想了想，笑了起来："看来姐姐和姐夫相处得很好嘛，她之前从不喜欢上街随便乱逛的。今天居然没带着清菡郡主，而是带着巧眉，真是少见少见。"

舒豫沉默着看他喝茶，心里一动，试探性地问："你姐姐没出阁之前，除了清菡郡主之外，还有没有什么特别要好的朋友？"

"没有啊。"云彻想也没想就答了出来，随即神色也是一黯："之前……在康平王府的时候，我娘她对姐姐不是很好，连清菡郡主来串门也会被冷言冷语地讥讽几句，其他的人谁愿意和她做朋友呢？"

舒豫心里一阵发酸，他忘记了云瞬是一个这样自立、自强的女子，她有自己的尊严，也有独立的性格，他竟然妄想将这样的一个女子牢牢的抓在手中，岂不是痴人说梦？这和让他抓住一阵风又有什么区别？

李云彻似乎是听下人们说了些什么，他临走的时候，意有所指地对着舒豫说："她在边塞之地长大，性格难免孤僻难驯，何况你和她……算了，姐夫，你凡事多忍让她一些罢，总归是我们……欠了她。"

李云彻走后很久，舒豫仍一个人坐在空荡荡的客厅里，仔细回味着他说过的话。

如果，他不能掌握住这难驯的风，那么，他能不能试着让这缕清风不要飞得太远？

承天街的尽头有一处小小的宅院，虽然不大，却干净、清静。武媚娘带着香螺在院子里转了两圈，里里外外都看了一遍。云瞬和巧眉坐在小花厅里头等着，等她们主仆都看好了，云瞬放下手里的茶盏，问道："哪里不称心，还需要什么，你都写下来，我过几天让人过来改一改。"

"不用了，这里挺好的，布置得雅致清新，我瞧着心里就很高兴，什么都不用再改动了。"武媚娘很是满意，坐在云瞬的对面笑着说。

听她这么一说，云瞬也笑了起来，将手边的一个檀木匣子递给她："你这里我不能常来，这里有些零钱，你缺什么短什么，就差人去置办，钱不够用了就到王府来送个信。"

武媚娘打开匣子，看了看里头的银子，又看了看云瞬："这少说也得有几百两了吧？看来，舒豫王爷对你真不错，能让你随便支取用度。"

"才人这话可猜错了，这钱是王妃娘家收上来的地租子钱，还有置办这座宅院的用度花销，都没动安庆王爷一文钱呢。"巧眉忍不住说了实话。

"好，这才是我认识的那个李云瞬。"武媚娘把匣子的盖子"啪"一声盖好，赞许地拉着云瞬的手，"女人就该如斯，万事都依靠男人，是不会有什么出息的。"

"我没你想得那么伟大，我只不过是不想承长孙舒豫的人情。我既然答应过你，也答应过皇后，就会用心把这件事情做到底的，他是他，我是我。"云瞬浅浅地笑着，武媚娘一愣，也笑了起来："原来是我小看了你，你比我想象的，还要活得洒脱。"

她洒脱吗？云瞬笑着摇摇头，她没觉得自己活得有多潇洒，至少这十几年的岁月里，她还没有体会过这两个字的含义。

她们两个坐在一起总有说不完的话似的，日头到了中天，两个人谁也没觉得饿，云瞬打算回去，被武媚娘拦住："今天好歹是我回京第一天，你可不能让我一个人孤零零地吃这头一顿饭。"

云瞬也不愿意回去，索性留下来陪她一起吃饭。她们这边吃得倒是很开心，可苦了在李云彻面前夸下海口的冯妈，一大桌的午饭摆在桌上将近半个时辰，也没人动筷子。云彻看了看面色不愉的长孙舒豫，回头对冯妈说："不是说姐姐中午时分就会回来么？她们这街逛得也太久了点吧？"

"啊，这个……"冯妈支支吾吾答不上来，贺叔苦着脸上来打圆场："兴许是逛着逛着，王妃觉得肚子饿了，就带着巧眉在外头用饭了，要不，王爷、云彻少爷您也别等了，趁热吃吧。"

"也行，反正我也饿了。姐夫，你吃不吃？"云彻还是很给贺叔面子，借这个机会顺势下坡，免得彼此更加尴尬。舒豫点点头，亲自给李云彻夹菜："你伤才好，要多吃点儿，补补身子。"

"我等一下想去看看巴得楞师父，很久没见他了。"云彻吃了一口饭说道。

舒豫点点头，看了一眼贺叔，贺叔立刻明白："老奴这就去准备。"

"姐夫，你一会儿吃完饭要做什么？要不我们一起去见巴得楞师父？"李云彻看着舒豫问道。舒豫若有所思地夹起一颗豌豆放进嘴里："不了，我一会儿还有些事要处理。"

新泡的香茗被捧上来，武媚娘贪恋地捧着杯子嗅了又嗅："我好久都没尝过这样香的茶了，果然，哪里都比不上天子脚下。"

云瞬陪她坐了一会儿，说来说去，又说到丽姝的身上。

"你能这么坦然接受丽姝做侧王妃，这气度我还真是挺佩服你的。"武媚娘给云瞬添上一杯茶，自己也添满一杯，慢慢品着。

"我不接受又能怎样，对于我来说，谁来做这个侧王妃都是一样的。"云瞬今天起得很早，吃过了饭，忍不住有些犯困，可看着精神十分好的武媚娘，她也没好意思提出告辞。倒是武媚娘说了一会儿话，忽然停住，顾不得云瞬就在身边坐着，扑到门外就一阵干呕。

云瞬惊得立刻站起来，过去替她顺气："巧眉，去拿帕子，打水来！"

等她吐够了，云瞬扶着她到内间床榻上坐下，看着她苍白的脸色，担心地问道："身子不适吗？等下叫巧眉请个郎中来看一看。"

"我身子挺好，我这个……不是病。"武媚娘接过云瞬递来的湿帕子擦了擦嘴角，压低了声音道："我是有了身孕。"

云瞬蓦地睁大眼睛："孩子是谁的？"武媚娘住在感业寺里头，到处都是尼姑，她这身孕是怎么来的？

"是陛下的。"武媚娘笑了下，欣赏着云瞬吃惊的表情，"怎么？不相信吗？"

"不是。"云瞬已经回过神儿来，尴尬地摇了摇头，"我怎么会不信你呢？我就是觉得，有点太突然了。这是什么时候的事？"

"就是陛下到感业寺来进香那次。"武媚娘摸了摸自己还扁扁的肚子,"那一次我刚好做完晚课从正殿中出来,见到陛下,我对他倾诉离别之后的苦楚和思念,想不到,陛下也是如此,对于我来说,再也没有一刻比那个时候更幸福了。"云瞬知道武媚娘没有骗她,因为这个时候武媚娘脸上的神色充满了甜蜜和美好。

"然后你们就……"云瞬简直很难想象,在萧淑妃的眼皮子底下,他们是怎么躲过重重耳目的?

武媚娘似乎看透她心中所想,掩口笑道:"亏你还是成过亲的人了,这种事难道还要大声去嚷嚷得尽人皆知吗?只要有心瞒着,他不说,我不说,不就神鬼难知了吗?"

云瞬被她说得脸上一红,正要说话,巧眉跑了进来:"王妃,这宅子的主人过来找您了。我问了他半天有什么事,可他说是一定要见您才说是什么事。"

云瞬点点头,对武媚娘说道:"你且安心在这里住着,我去看看。这两天就先不过来,免得惹人注意。"

武媚娘也点头:"你放心吧,我有分寸。"

出了庭院,外头廊檐底下,果然有个人探头探脑地往里头看着,云瞬一见,心里就有些发烦,钱也给了,房契也签了,他这时候来是安得什么心思?

外头的房东瞧见云瞬出来,点头哈腰地给她行礼,虽然他不知道这位的身份来历,可他瞧得出来,这位年轻的女子身上有股子贵气,定然不是一般的人,说不好是留一处房子,留着养小白脸的。

"你不是有事儿要对我们主子说吗?有什么事儿,赶紧说。"巧眉瞧见他这副醒龊样子就没好气。

房东一缩脖子:"是是,那个,是这么回事。我们这房子不租了。"

"什么?"巧眉一听眉毛就立起来了,"不租了?咱们连房契都签好了,你怎么能说不租就不租了呢?"

"姑娘您别急啊,咱们这样,您交的租银,咱们双倍奉还,您要是还不乐意,三倍,三倍也成。"房东越是这么退让,云瞬心里的疑问就越多,她沉声问:"多少钱我都不乐意,你给我说说,你为什么忽然不愿租了?"

房东自知理亏,又不敢说出实话,支支吾吾半天,巧眉急了,一捅他的胳膊:"你倒是说话呀。"

"哎,这房子,我卖了。现在你们的房东不是我了,新房东不愿意租给你们,我有什么法子?我拿了人家的钱,总得替人家腾出宅院来吧?"房东最后也豁出去了，把实话说了。

"好，别人给你多少钱买的宅院我们出双倍的价钱，你看这样可以吗？"云瞬不想和他多计较这些鸡毛蒜皮的事情，这种人就是见钱眼开，她不妨也多下点本钱，人家说不定就愿意卖给她了。

"这个……这……"房东挠着脑袋，万分为难，"这……我得问问人家愿不愿意。"

"好，那你去问吧。但是今天我朋友刚刚搬进来，是绝对不会搬出去的。"云瞬也说得很清楚明了。

"你到底是把房子卖给谁了嘛？"巧眉急着问了一句。

"卖给我了。"外头树荫一动，有人走了进来，巧眉一见如同耗子见了猫一般，妈呀一声跳到云瞬的身后，躲着不敢出来。

穿着玄青色长袍的舒豫毫无预警地出现在她们的面前，连云瞬都吓了一跳，舒豫的目光落在她的身上，冷沉的脸上看不出什么感情。

"奴婢给王爷请安。"巧眉哆哆嗦嗦地说了一句。

那个房东一听"王爷"两个字顿时吓得腿软脚软，跌在地上动弹不了。

"你为什么要买这处宅院？安庆王府有那么多的房产，你想住哪里都可以，何必来抢我的？"云瞬抿着唇说道。

舒豫瞟了一眼趴在地上的房东，湛栌从后头过来扯起他，丢到外头："行了，没你事儿了，赶紧滚蛋。"

"哎，巧眉，你不打算带我在新宅子里转转么？"湛栌过来一拉巧眉，巧眉明白他的意思，可她十分不放心让云瞬和舒豫独处，湛栌手上用力，"哎哟，你赶紧的吧。"愣是将巧眉给拉走了。

花厅外头只剩下云瞬和舒豫两个。四目相对，云瞬丝毫不避开他探究的目光，几天不见，她似乎没有休息好，黑白分明的眸子上蒙着一层水雾似的，仿佛裹着无穷的忧伤和心事。天大的怒气在对上这样一对眸子的时候……都消散了。

舒豫往前走了一步，居高临下地看着她："你刚才说什么？"

云瞬看着他胸口的花纹，声音虽低却很镇定："安庆王府里有那么多房子，你为什么一定要这一间？"

她在说话的时候，睫毛也会跟着轻轻地抖动，粉红色的唇瓣仿佛是清晨顶着露珠的玫瑰花瓣一样娇嫩甜美，明明只有几天没有见到她，他就会这么渴求她的目光，怀念把她抱在怀里的那种感觉？

"我只是想看一看让你那么喜欢的地方到底是怎样的。"舒豫抬眼打量四周，这里的每一处布局都显出主人的精心构思，清雅，别致。原来她喜欢的，是这样的风格。

云瞬别开头，不去看他，她的心里有如擂鼓，万一舒豫提出来他要进里面看看，就一定会撞见里头的武媚娘和香螺……那可怎么办才好？

舒豫看了她一会儿，试图读出她眼中神色的含义，可她的头垂得很低，低到根本不给他一个看清她表情的机会。

半晌，舒豫的声音从头顶传来："你那么喜欢这里，我把它买下来送给你，不可以吗？"

云瞬忍不住抬头看着他，冷冰冰的蜜色眸子似乎也不是那么无情冰冷："送给我？"她不明白他到底想要干什么。

"要回去，还是今晚我们就住在这里？"舒豫抬脚，作势要迈进客厅，被云瞬一把扯住手腕："不用，我……我还是回去。"

舒豫的嘴角挂上不容易被发现的笑意，点了点头，顺手反拉住她的手，将云瞬小小的手包在自己的手中："嗯，那就回家。"

原来她单纯起来就像是一个孩子。舒豫在心里默默地叹了口气，不由自主地收紧手掌，既然她是一股缥缈不定的风，那就让他做一只随风飞舞的风筝吧，只要能牢牢地牵挂住她，怎样……都好。

等他们的背影彻底消失在巷子里，花厅的窗棱后面一直躲着看的两人才冒出头来。香螺啧啧地称奇："真没想到那位冷情冷面的安庆王爷居然也有这么柔情似水的一面，这位安庆王妃可真是好福气。"

武媚娘抚了抚自己还很平坦的小腹："男人的宠爱早晚是要过去的，最要紧的，是要准备好一根能牢牢拴住男人心的绳索。"

"才人，您刚才劝安庆王妃的那些话，您说她都听懂了吗？"香螺听武媚娘这么说，有点替李云瞬担心。

"她？道理她早就明白，只是她没办法对自己狠下心来罢了。"武媚娘柔柔地笑起来，"对了，香螺，去准备一些束身的衣物来，过段时间，咱们就能用上了。"

"是，才人。可您现在身上已经有了身孕，穿太紧身的衣服会不会对孩子不好？"香螺还是不明白她的用意。

武媚娘又露出那种深邃且让人心寒的笑意："这就是我和李云瞬不一样的地方，我早已经学会要如何对自己狠心。"

第十五章　八月萤火

因为云彻受伤的缘故，巴得楞这些天一直很清闲，安庆王对他不错，在王府中给他留出单独的一间院子。谁都知道巴得楞师父的脾气古怪，除了下人们过来打扫收拾之外，几乎没有人会愿意靠近这座院子。

云彻一跨进院子就看到正低头削着木头的巴得楞，新鲜的木屑花儿从刻刀下不停飞出，空气里也染上了木材特殊的香气。巴得楞削得很认真，连院子里多了个人也没发觉。云彻看了有一盏茶的光景，看着一块木头在他的手中逐渐变成弯月的形状，不由啧啧称奇："师父，您的手可真巧，这是什么刀，我之前都没有见过。"

巴得楞这才知道眼前站了个大活人，抬头一看是云彻，开心地从椅子上跳起来，一把揽住云彻的肩头："云彻小兄弟，你已经好了么？"

云彻也拍了拍巴得楞的肩膀："托您的福，我已经完全好了，等过几天把这些碍事的纱布拆掉，咱们就能接着练武了。"

听他这么说，巴得楞先是高兴地跟着点头，很快又摇头，云彻看着纳闷，抓着他的胳膊问："你这是什么意思？我说得不对吗？"

"你当然说得对极了。"巴得楞有点为难，云彻额头上白色的纱布太刺眼，他瞧了他两眼又低下了头，像个做错事的孩子似的，云彻瞧着好笑，晃了晃他结实的臂膀。"您这到底是怎么了吗？怎么婆婆妈妈起来了？"

"哎。"巴得楞推开他抓着自己的手，蹲下身继续削着刀，"这种刀叫作圆月弯刀，是我们家乡的勇士才会使用的武器，而现在还在使用它的勇士已经寥寥无几，你知道是为什么么？"

云彻纳闷地摇头，他的家乡他都不知道在哪儿，怎么知道这其中的奥妙和缘由？

磨掉粗糙的棱角，巴得楞恋恋不舍地抚摸着刀身："成为勇士的路充满了挫折和伤病，若是普通穷人家的儿女倒也罢了，磕磕碰碰也不在意，可你……唉，可像你这样的贵家公子，伤了，病了，我都没办法和安庆王交代。"

听完巴得楞的解释，云彻不仅没有豁然开朗，相反更迷糊了，琢磨了半天巴得楞话中的意思，傻问了一句："那……在你们那儿，就没有像我这样的子弟也想习武的吗？"

"当然有！我们家乡的男子个个都挥得起刀，上得了马。就是女孩子也十分勇猛，不输给男人。不过，要说起来，在贵家子弟当中没有人能比得过二王子迦漠叶，他是最擅长使用这种刀的勇士。他的弯刀挥舞起来的时候，十几个人都靠不近他的身呢。"提起家乡的英雄，巴得楞的脸上充满了自豪的神色，拿着木刀来回比画了两下。

"真的有这么英勇吗？"云彻撇撇嘴，有点不太相信。

巴得楞眼神一暗，把木刀横在膝盖上，叹了口气："说起来，我也有快十年没有见过他了。"

云彻来了精神，拉着巴得楞不松手："巴得楞师父，你再多给我说说你们家乡的事儿吧。我伤也快好利索了，很快就要离开京城了，到时候我可以向我姐夫说说，让你陪我一起回去。"

巴得楞眼睛一亮，大手拍了拍腿上的木屑，震得木屑漫天飞扬，呛得两个人都咳嗽起来："这话你可要当真，不过，我给你说了我们家乡的事情，你也得给我讲讲一个人的事，怎么样？"

"行啊，你想听谁的事儿？"云彻不假思索地就答应了下来。

巴得楞龇牙一笑，黝黑的脸上竟然带出点奸计得逞的笑容，拿粗大的手指一点云彻的胸口："就是你姐姐，安庆王妃的事儿。"

云彻眯缝着眼睛上上下下打量一圈巴得楞，环抱着双肩，拖长了声调："我说……老巴师父，你难道是对我姐姐打什么坏主意了么？你小心我姐夫剥了你的皮啊。"巴得楞撇了撇嘴，他也不想去打听人家媳妇的事儿，可谁让他那位主子派人来传话，要他搜寻安庆王妃的信息呢。他只能豁出去老脸，从李云彻这里近水楼台先得月了。

舒豫拉着云瞬的手一起出现在安庆王府门口的时候，府内的人都松了口气，贺叔一张老脸上快要笑出一朵花来，远远地迎上来："王爷、王妃您们回来啦。"

"王妃，您晚上想用些什么？奴婢们这就去准备。"冯妈也跟上来，笑得亦是灿烂无比。

云瞬见府里的人都出来迎接他们，有些不好意思，想要松开被舒豫握着的手，可惜，舒豫是打定了心思不给她一点逃走的机会，她费了半天劲也没成功，偷眼瞄了一眼身旁的舒豫，舒豫好似没事儿人一样，面色沉静地朝前走着，只是不仔细看，没人能发现他此刻正隐忍着笑意的嘴角，弯弯地朝上勾起了一点点的弧度。

湛栌眼最尖，一瞧这架势立刻醒悟过来，一拉傻跟在那两人身后的巧眉和冯妈，几个人悄悄慢下了脚步。贺叔在后面瞧着那二人并排而行的背影，欣慰地点了点头："这才是天造地设的一对璧人啊。"湛栌深有同感地跟着附和，"是啊，是啊，再也没有第二个人比云瞬郡主更合适了。"

湛栌的一句无心之言却正好触动了巧眉的心事，蹙着眉头望着他们二人的背影，巧眉心酸地叹了口气："真的没有第二个了吗？"湛栌心虚地别开头去看别处，巧眉瞪了他一会儿，转身要走，被湛栌一把拉住："王妃怎么可能和那些世俗女子一样斤斤计较呢？况且……况且王爷他……他当然是不会有第二个的啊，哈哈！"

巧眉看了看自己说着也觉得心虚的湛栌，竟然压下了满腔欲喷的怒火，甩下一句："王妃再孤傲，再出尘脱俗，她终归还是个女人。怎么你们……你们都把她当成是一个不会痛、不会哭的石头人呢！"

他们两个人打的哑谜，冯妈和贺叔都听不明白，两个老管家见到王妃回府欢喜得不行，早就张罗开晚饭。一顿晚饭因为舒豫夫妇的同归而充满了甜蜜和轻松。冯妈把蒸鱼端上来，讨好地笑着："王爷特意嘱咐厨房给您备下这道菜，快尝尝，合不合您的口味。"

巧眉看了看没有表情的云瞬，转身绞了个帕子递过去给她净手，冯妈的一句谄语俨然是说给空气听的，自觉多言的冯妈默默低着头退了下去。舒豫仿佛是自动忽略过这一段让人难堪的对话，头也不抬地问了一声："云彻呢？"

贺叔立刻上前一步："云彻少爷在巴得楞师父的院子里头，要不要老奴去叫一声。"

舒豫没有立时回答，侧头去看云瞬，云瞬也正好在看他，蜜色的眼眸刚好撞进云瞬的明眸当中，黑白分明的眼睛仿佛是两汪深泉，有着能看清一切，也无视一切的淡漠和深邃。

"要叫他过来吗？"和她说话的时候，舒豫忍不住连声音都降低了，坐在他身旁的云瞬，仿佛是一个用琉璃做成的精致娃娃，他只要对她有一丁点

185

的不好，她就会干脆利落地碎在他的面前。

云瞬低垂下眼睫，摇了摇头。舒豫目不转睛地看着她，管不住自己似的给她夹菜："那我们吃吧。"

她如他所料的那般点点头，拿起筷子吃着他夹给她的菜。舒豫停下手，注视着如斯安静的云瞬。在外人看来，她总是这样温柔地顺着他的意思，这样娴静的王妃只是太过安静了一些，可没有人会看到，她那双明亮的眼眸上凝聚起来的，越来越多的愁绪和深思。

舒豫叹了口气，把一顿"团圆饭"吃得没滋没味。

其实他也不该要求得太多，一场冷战下来，他这个挑事儿的反倒像是最终的受害者，一场就在眼前却不能见面的相思之苦，将他折磨得几夜不能成眠。

她好好的，他就安心了。

舒豫夹过粉蒸肉之后，又在云瞬的碗里放了几片嫩绿的笋片，云瞬看着自己怎么吃也吃不完的菜，忽然停了下来。湛栌跟巧眉在他们身后吃吃地低笑着，被贺叔瞪了一眼，都不敢吱声了。

"天气太燥，多吃点笋，很清淡。"舒豫有点抹不开，俊脸上泛着点红色，自己给自己解释了一句。

云瞬看了他一眼，又吃了几口。巧眉在后头看着直挑大拇指，王爷真有办法。今天晚上这顿饭，云瞬简直是把一天的饭量都吃出来了。舒豫又拿起筷子要给她夹菜，云瞬没奈何地出了声："我吃不下了。"

"真不吃了？"舒豫看着她问。

云瞬嗯了一声，生怕他再夹菜，把碗往前推了推。舒豫轻声笑出来，长臂一伸，把云瞬的碗拿到自己跟前，大口吃了起来。

贺叔倒吸一口凉气，王爷他也会吃别人的剩饭吗？

湛栌比贺叔还惊讶，眼珠子都快要掉出来，小声儿对巧眉说："眉姐姐，你快掐我一下，我不是在做梦吧？"

巧眉也吞了吞口水，非常客气地狠劲儿掐了一把湛栌的胳膊，湛栌痛得眼泪都快流出来："你还真掐啊。"

"是你让我掐的，好吧？"巧眉瞪他一眼。

冯妈怀抱着食盘，老泪婆娑地望着舒豫，她从小看着长大的冷傲王爷也成了别人知冷知热的体贴丈夫，真是老怀深慰。

云瞬也感到惊讶，她也没想到舒豫会拿着自己的碗，把剩饭吃得那么津津有味。眼光停在闷头吃饭的舒豫身上片刻，直到舒豫抬起头来，她才撇开眼光，看着墙角的盆栽。

"王爷，奴才们想着得收拾收拾您的书房，您看今天晚上您就休息一天，别办公务了吧？"贺叔见两人这会儿气氛十分融洽，抓紧机会进言。

舒豫闻言手一顿，看着撇开头的云瞬，慢慢吐出一个字："好。"

贺叔顿时喜笑颜开："奴才这就去收拾卧房。"

"不用，我今晚要出去。"舒豫放下碗筷，拿起丝帕拭了拭嘴角，说这话的时候偷眼瞧着云瞬的表情。贺叔笑僵在脸上，刚才不还好好的吗？怎么王爷又要夜不归宿了呢？舒豫勾了勾唇角，抓起云瞬的手："王妃也一起。"

云瞬不明所以地看着他："要进宫吗？"

舒豫忍着要告诉她实情的冲动，欠了欠身凑到云瞬的耳边柔声道："不，带你去一个地方。"

流火的八月，夜却似水凉。

两个人，两匹马，把随从们远远地甩在身后。

云瞬很久很久都没有这么恣意地骑过马了，她忍不住张开双臂，享受着夜风从指缝里穿过的惬意和潇洒。发丝在空中张扬着，飞舞着，凌乱了她身侧那个男人的心神。

原来，她的美，可以娴静如水，也可以潇洒如风。

近郊的树林茂密地生长着，没有护林人的照顾也长得生机勃勃，浓郁的树荫掩映着皎洁的月光，仿佛整个夜空的宁静之美都被笼罩在这片不加修饰的竹林之中。

舒豫下马回身，慢慢向云瞬伸出手。

月光落在她如玉的面庞上，将她衬托得如同月中仙子般高贵、出尘。

"就是这里了。"舒豫拉着她走进茂林，林中有一条弯弯曲曲的小路，似是被游人踩踏出来的，夜深之际，草上的露水沾湿了二人的衣摆，衣裳渐渐变得厚重，心情却轻松起来。

走着走着，眼前出现一座茅草小屋，房前屋后栽着野花，还有一圈稀疏的篱笆，扎在它的周围。

"这里……"云瞬看傻了眼，她来过近郊，却从不知道这里竟然有一处这样宁静的所在。

舒豫拉着她朝房后走："这里是我打猎时发现的地方，原来这里只有这片林子，我就在这儿搭了一处茅屋，闲了就到这儿来坐坐。走，给你看个好东西。"

云瞬被他拉着绕到屋后。舒豫挽起袖子，解下腰上的短刀："你退后。"云瞬不知道他要干吗，在后头站着看。舒豫在附近的竹身上摸了摸，选定以后，三两下砍倒一棵竹子，切下其中的两段，用刀尖拨走一块嵌在竹子上的楔子，顿时，甘醇的酒香扑鼻而来。

"给你。"舒豫献宝似的将竹筒递给云瞬，云瞬从没见过能长出酒来的竹子，捧着竹筒新奇不已。舒豫喝了一口，凝视着眼前满脸新奇的云瞬，那样深沉凝重的她，想要开心，竟是那么简单。

"我偶尔发现这里的竹子是少有的甜竹，便把酒注入到竹身里面，几个月以后，酒水就沾染上竹子的清香气，也卸去了酒中原有的后劲儿。"

云瞬低头嗅了嗅手中的竹筒，果然清香扑鼻，舒豫又喝一口，朝她点点下巴。云瞬将信将疑，也喝了一口，果然香甜可人。

夜空里的星那么闪耀，那么明亮。云瞬靠着竹子坐着，仰着头，含着一口被竹叶香气浸透的酒，仿佛自己也变作了这片竹林之中的一片窄窄的竹叶，在宽阔的天地之间，无忧无虑，沐浴着夏日的月光，抑或随着秋风老去。

夜慢慢笼罩上整片大地，月亮的光辉也被遮掩。忽而，一点点灵动飞舞的荧光飘到林端，无声的，就让原本静谧的世界活了起来。

"萤火虫，送给你。"

不知道舒豫从哪里转了过来，紧握的大手伸到她的面前，云瞬下意识地接着，点点流萤从他的手心落到她的手中，有一两只淘气的，从指缝里溜出，很快飞走。

手心里的小家伙们不安地动着，痒痒的，云瞬好奇地慢慢伸展开手掌，它们缓缓地震动起翅膀，飞去了。云瞬近乎贪婪地目送它们远去，原来长安的夜晚可以这样美，这样柔，和她之前见过的长安城截然不同。

借着萤火虫的微光，云瞬看清面前的舒豫头上沾了枯叶梗，看起来有些滑稽。忍不住抬起手，替他捏去那片碍事的叶子。他是那个她认识的冷静孤傲的安庆王长孙舒豫吗？为什么现在她在这张容颜上找不到一点冷傲的影子？难道存在于记忆力的那个冷面王爷，只是她看到的假象吗？

"云瞬。"他已经移不开自己的目光，第一次对他伸出手来的云瞬……她眼中疑惑的神色，她惊奇时候的小小笑容……所有的所有，他都太梦寐以求，眼前的一切都美好得过了头，只有真的将她抓在手中，他才相信，这不是一个梦。

他的手上有粗糙的茧子，是长年练功留下的烙印，而他此时眼中的眷恋和怜惜，又是被什么所遗留下的印记？

"云瞬。"直到他痴迷地再一次呼唤她的时候，云瞬猛然抽回自己被他握住的手，退出他气息包围的范围，这样的夏夜，这样的竹酒，太容易让人沉迷和不清醒。

手心里蓦地一空，冷静重新染上她的眼眸。

他早该知道，她善于用冷漠来掩饰自己脆弱内心的毛病，也早该发现，如果选择了容忍，就要一直容忍下去，就如同他选择了她，就是一辈子的事，什么后悔、懊恼、心痛、不甘，都该统统地抛到九霄云外。

"只要你愿意，每一天，我都会让你快乐，都会让你成为这世上最幸福的女人。"他上前，将她堵在绿竹和他的胸膛之间。

"云瞬，你愿意吗？"

唇缓缓落在她冰凉的脸颊上，舒豫知道云瞬不会立马给出他一个满意的答案，可幸好，他已经开启了她的心门，至少在这个晚上，他能感受到，那颗包裹着冰凌铠甲的心城，仿佛也不再那么坚硬如初。

安庆王府里华灯初上，今晚上王爷和王妃都不在，仆从们都松了口气，这几天王爷两口子闹别扭，他们都跟着压抑不少。云彻和巴得楞两人并肩从外头走进来，劈头就问："冯妈，我带了朋友过来和姐姐见见。"

冯妈正张罗晚饭，瞧见云彻，笑得十分和蔼："小少爷您回来得不巧，王妃和王爷出门了。"

云彻讶异地朝外头看了一眼，道："天都黑了，他们还不回来？"

贺叔抬手攥了个空拳放在唇边假模假样地咳了两声："刚才湛栌派人送话回来，王爷大概今天晚上不回来了。"

云彻眉心一皱："姐夫又要在宫中歇息吗？"

"当然不是，小少爷您想错了，老贺的意思是王爷和王妃今天晚上都不回来。"冯妈见云彻误会，赶紧解释。

好半天，云彻才省过劲儿来，年轻的脸上飞上两团红晕："哦……那个……"

巴得楞也是一愣，随即拿胳膊肘推了云彻一把，声音洪亮得连站在院子里的侍卫们也能听得见："他们这是要睡在外面了吗？"

云彻刚刚飘下去的红云顿时变成了火烧云。冯妈陪着干笑了两声，老脸通红，逃出去继续忙活晚饭。

189

转天早上，巴得楞和云彻两人在院子里对拆了一套拳法，两个人都累得通身汗湿。冯妈吩咐人备水伺候两人更衣，一切妥当完毕，下人端上热茶香茗，没想到两人屁股还没坐热，外头一阵喧闹，一会儿的工夫，贺叔眉头紧锁地走了进来，云彻一见他这样子站起身问道："外头什么事？"

　　贺叔苦着一张脸，叹了半天气，才吐出一句话来："是谢大人家的管事来……来送……来送……"贺叔"来送"了半天，最后牙一咬，一口气把话说完，"谢大人家的管事把丽姝郡主的嫁妆送过来了。"

　　云彻呆愣几秒，忽然哈哈笑了起来："老管家你是眼花了吧？丽姝郡主的嫁妆干吗送到咱们府上来？"

　　贺叔自己都不知道自己现在脸上的表情有多难看，老脸的沟壑之间都快溢出苦水，像是怕这位性情火爆的小爷揍自己一顿似的往后退了一步，才敢说："陛下已经为王爷和丽姝郡主指婚，丽姝郡主过些天就是咱们府上的侧王妃了。"说完，低着头再也不敢看李云彻一眼。

　　"哎，盛骏你瞧，这人不是谢丽姝她们家的管家吗？他怎么会抬这么多东西来我姐姐家？"脸蛋红扑扑的清菡拉着盛骏从安庆王府外头经过，盛骏顺着她的手一看，也是一愣，随即嗯嗯啊啊地胡乱搪塞道："谁知道呢，估计是什么人给舒豫哥送礼来的吧？"

　　"送礼？这时候来送什么礼？也不是过年过节的，真奇怪，走，咱们进去瞧瞧。"清菡一扯盛骏就要往里走，反被盛骏揽住："咱们别耽误舒豫哥发财，还是别进去了。"

　　"不对。"清菡一甩膀子，甩掉他的手，她今天难得地精明，盛骏越是不想让她进去，她还就非要进去瞧瞧不可。也没等盛骏再说话，径直闯了进来，进门就嚷嚷，"冯妈！我姐姐呢？"

　　冯妈看见这位小姑奶奶一团火似的闯进来，根本拦都拦不住，只好迎上去："清菡郡主，王妃和王爷昨晚上出去了。"

　　"他们俩一起出去的？"清菡的怒火瞬间被熄灭了一半，要是他们两个人在一起的话，应该没什么问题吧。

　　谢家的管事这时候从外头走进来，对着李云彻一躬扫地："李大人，这些都是我家大人为郡主准备的嫁妆，这是礼单，请您过目。"

　　李云彻冷着脸看也不看谢家管事递来的单子："辛苦了，送客。"

　　谢家管事再一次躬身行礼，退出去的时候皮笑肉不笑地对着怒气冲天的清菡欠身道："哦，原来是清菡郡主，我家郡主与安庆王大婚那天，务必请您

190

大驾光临哪。"

清菡嘴里的牙齿咬得咯咯响，谢家管事瞧了她一眼，笑了："算起来，我家郡主和您一样，也是云瞬王妃的妹妹了。您和王妃是好友，以后还请您多关照关照我家郡主才是。"

"这种话轮得到你来说么？你是什么东西。"清菡强忍着气，啐了一口。

谢家管事阴阳怪气地笑着，双手抱着肩膀说："郡主好大的架子，您还没嫁进盛王府哪，就算您嫁进去了，论品级，您还没有我们郡主的品阶高，见了面，少不得要叫一声姐姐，小的刚刚那么说，已经给足了您面子，怎么，您倒教训起小的来了？"

"果然是谢家出来的，和谢丽姝一个德行。"清菡被气得脸上乍红乍白，抖袖子往外头走，她得去找云瞬，家里都发生这么大事儿了，她还有心思在外头玩儿，真是糊涂得可以！

"哟！你敢骂我们郡主？"谢家管事两眼一瞪，伸手一拉清菡的袖子，"清菡郡主，这事儿得说清楚，走，跟小的回去给我家郡主请罪。"

"放屁！就算谢丽姝她现在站在我面前，姑奶奶也是照骂！"清菡也急了，谢家管事似乎是存心来闹别扭，扯着清菡不松手，清菡本就是个火爆性子，谢家管事三言两语将她满肚子的火气都勾了起来，一回身将谢家管事撂倒在地，"你个奴才，找死吗？"

"背后骂人算什么本事？我就在这儿，有本事你骂啊。"门外一阵脚步响动，没想到，正主儿谢丽姝真的出现在清菡的面前，一张俏脸上写满讥诮，她走到她跟前几步远停下，"几天不见，你还真是出息，都和一个奴才计较起来啦？"

"郡主，您瞧瞧，小的好心请清菡郡主来喝喜酒，结果，反被清菡郡主给打了。"谢家管事从地上爬起来，低眉顺眼地站在丽姝跟前哭诉，跟方才的嚣张模样判若两人。

清菡气得眼睛冒火，撸胳膊朝前迈了一大步："他放屁！他方才出言不逊，我才教训他的。"

"哟，我说你啊，打狗也要看主人，这话你懂不懂，你学学我，我还不是看在舒豫的面子上，对你一直都很客气么？"丽姝说得弦外有音，她身后带来的那几个小侍女也跟着笑了起来。

"你……找打架是不是！姑奶奶还怕你！"清菡挥着拳头一步蹿过去，丽姝躲闪及时，躲开了清菡的拳头，却没躲开脚底下碍事的裙摆，自己把自己

191

绊个四脚朝天。

"清菡，别打架。"盛骏原本不想进来，谢丽姝和舒豫的婚事被指下这件事满朝都知道了，偏偏瞒着云瞬和她两个，他今天也是琢磨着要怎么委婉地把这件事告诉给她知道，没想到，事情还是闹得这样不可开交。

盛骏过来拉住清菡，清菡背对着谢家管事，气势汹汹地看着盛骏："这事儿你早知道对不对？为什么瞒着我？为什么不告诉我？好，你们都当我是傻瓜，我自己去找姐姐说去！"清菡气呼呼地往外走。

"我就是怕你生气才……清菡小心。"盛骏猛听见背后有恶风袭来，想要伸手去拦，也来不及了，眼睁睁地见着一块石子飞也似的朝清菡的后脑飞去。

"清菡小心。"第二声正好和盛骏的那一声尾音重合，清菡下意识地朝后来的声音看过去，是云瞬慌乱的脸色。她想自己今天真是作到头了，被谢丽姝一块石头脑袋开了花，怎么想都不甘心。

"咕噜咕噜。"

石子在半空被人击落，落到地上滚出好远。舒豫冷沉着脸色放下手中的弓箭，他昨晚上陪云瞬出去，身上带了平素打猎的弓箭，以备防身之用，没想到树林里的动物没伤了他们，回到府里，这活生生的人反倒成了要对付的对象。

云瞬三两步走到吓得脸都白了的清菡跟前，拉着她的手，上上下下看了几遍，见清菡只是受了惊吓，其他并没有受伤，悬着的心才慢慢落下。

"舒豫，你回来……"丽姝嘴里的话还没说利索，脸上一热，一痛，不敢置信地看着扬着手还没放下的云瞬，捂着脸倒退几步，"你，你敢打我？"

云瞬面容冷静地看着她，深邃的明眸之中有近乎冰峰般尖锐的光。这样的云瞬把清菡都震住了，清菡扯了扯云瞬的胳膊："姐姐，别……"

今天的云瞬和平常截然不同，对着丽姝，她有着比平常多十倍的冷静，也透着多十倍的威仪："你的事我没兴趣去搭理，但是如果再让我看到你招惹清菡的话，我自有办法让你悔不当初。"说完，拉起清菡的手往内宅走去。

丽姝的眼泪还没来得及挣脱眼眶，脸上又痛，心里又羞，泪眼婆娑地看着舒豫："舒豫……我……"

一夜的美好心情完完全全被糟蹋，他辛苦建立起来的温暖情意被谢丽姝举手之间就毁了个干净。

"想进长孙家，你还得再学学规矩。"他看也没看谢丽姝，也朝内宅走，忽而停下脚，看了一眼站在旁边抖如筛糠的谢家管事，似是对着谢丽姝说道，冰冷的脸上带出一抹沉沉的笑意，"这管事我瞧着甚好，就留在我府上吧。贺叔，送丽姝郡主回府。"

谢家管事顿时散了骨头似的堆在地上，爬了几步抱着丽姝的腿，又哭又喊："郡主您可不能不管小的呀，郡主救命啊。"

丽姝厌恶地一脚踢开他："滚。"

有侍卫上来押走哭号着的谢家管事，贺叔已经备好马车，客客气气地请走了丽姝，一场风波才算平息。

盛骏叹了口气，走到舒豫跟前："那事儿，你跟云瞬姐说了没有？"

舒豫摇了摇头，这件事来得太突然，自己都还没能接受，他实在不知道要怎么告诉云瞬。再娶一妃就好像是方才云瞬扇在丽姝脸上的那个巴掌，着着实实地打了自己一把，曾经他亲口说出的那些海誓山盟，曾经他信誓旦旦许诺给她的，都被这一巴掌击碎，变作满地粉末。

"我进去看看清菡，你……和云瞬姐好好说说吧。"盛骏实在是帮不上他的忙，只好让巧眉进去叫出清菡来，给他俩留下好好谈谈的空间。

清菡从屋里出来，仿佛把在旁边站着的盛骏当作是空气，径直往外走，盛骏喊了她两声没反应，只好伸手去拉她："清菡，我叫你呢。"

"别烦我。"清菡使劲甩开他的胳膊。

"你刚才吓死我了，我就说你别和别人打架。再说，刚才那是舒豫哥和云瞬姐的事，你跟着闹什么。"她不肯停下来，盛骏只好追着她说。

冷不妨，清菡停下了脚步，侧身冷眼着他："对，就只有姐姐为了咱们俩的事儿去出头的份儿，她受了气，我不仅不能说一句狠话，还得赔笑脸，装孙子才对！"

"你别说得那么难听，谁让你装孙子了？我只是让你以后别再那么冲动，你方才要真把谢丽姝给打了，要惹上麻烦的。"

"嫌我惹麻烦，你别跟着我啊。"

"你这人怎么不讲理！我看舒豫哥说得对！不光谢丽姝得学学规矩，你也得学！"盛骏也生了气，提高了嗓门。清菡气得脸都白了，冷笑着瞧着盛骏："你现在嫌弃我没规矩了？当初嚷嚷非娶我不可的那个盛骏小王爷去哪儿了？你们男人说话都是放屁！对，我就是没规矩，没教养，配不上你盛骏小王爷，你赶紧去找个大家闺秀做老婆吧！"

"清菡！清菡！"

清菡的牛脾气发作起来可不是闹着玩儿的，一扭身抢过舒豫方才拴在府门前的白马，翻身上去，"驾！驾！"舒豫的马是千里挑一的好马，清菡的声音还没消散，人都跑得没影儿了。

客厅里，云彻吩咐人送走巴得楞，自己处理谢家送来的那些嫁妆。舒豫站在内宅的门口，扫得干干净净的青石板上仿佛生了一层高高密密的荆棘，想走过去，他需要鼓足勇气。

"云瞬。"他现在能做的，只有站在这儿，远远地看着纸窗上的人影一动不动，那么清晰地映出屋子里的人安静的状态。

她越是安静，他就越是不安。

"我……能进去吗？"他在她的面前，似乎从来都不是那个高高在上的安庆王，他一直，一直卑微着，想要祈求得到她的青眼。

为这样的自己，长孙舒豫却从来没有觉得有什么不妥。

"嗯。"屋里传来她低低的声音。舒豫深深的吸了口气，走进去，云瞬正坐在菱花镜前，低着头，不看镜子，因为看镜子的时候就会看到他那双太过愧疚的眼睛。

"我并没有心要瞒着你。陛下的旨意前几天就下了，是我……我不知道要怎么告诉你。"舒豫无能为力地叹息着，他可以叱咤疆场，却不能左右这见鬼的儿女情长。

"你不需要告诉我。"云瞬冷冷地说着，是他熟悉的那种不在乎和冷漠。

舒豫缓缓闭上眼睛，他所做的努力……

云瞬站起身，视线在面前的男人身上停留片刻，他不说话的时候，房间里就只剩下安静，他现在想说的都已经说完，她也没必要再等下去。她还想去看看清菡，她刚才气坏了，搞不好要对着盛骏乱发脾气。

云瞬走了没几步，腰上一紧，是舒豫的长臂正抱紧自己，那力道仿佛是要来证明什么一样，俨然要把她勒进他的身体里一般。

"云瞬，相信我，什么都没变。"舒豫在心里重复着他曾经说过的誓言，曾经做过的许诺，"什么都不会变，云瞬，相信我。"他翻来覆去也只能说这么多。

半晌，云瞬身上僵紧的气息松了松，她缓缓闭上了眼睛："让清菡和盛骏也早些成亲吧。"

"会的。"这是她第一次对他提出要求，舒豫忙不迭地做保证。

云瞬挣开他的怀抱，侧目扫了一眼满含期待的舒豫："别答应得太早。"

舒豫一滞，眸子里的亮光暗淡几分，语气却十分笃定："我已经上奏陛下，清菡和盛骏会在下月初八完婚。"

他望着云瞬消瘦的背影默默叹气，他要怎么告诉她，下月初八，也是他将迎娶谢丽姝的日子？

"王妃，容安姑姑来了，您要不要见？"巧眉在外头不敢进来打扰。

云瞬看了一眼舒豫，舒豫已经替她打开房门："一会儿请容安留下来一起用饭吧。"

客厅里，湛栌正给容安递茶水，容安一瞧平时机灵的湛栌这会儿都快成了霜打的茄子，就知道王府里头准又是发生什么事了。

"姑姑，您来了。"可看着云瞬的时候，容安又觉得，其实这王府里发生什么事儿都和这位没有关系一般。

容安放下茶杯，欠身离座。云瞬看了一眼还站在旁边的湛栌，说了一句："王爷书房里的纸用完了。"

"是，奴才这就去。"湛栌立马离开，估摸着这二位要说的是了不得的私房话，临走还不忘把客厅里的门关上。容安轻笑着摇头，云瞬叹了口气，这不是此地无银三百两吗？容安和她想到一处，站起身重新把门打开，坐回云瞬身边时才说明来意："三天以后，娘娘们就要选宫女了，皇后请您早做准备。"

"皇后要我怎样做？"云瞬端起茶来，呷了一口。

"皇后请您丑时带武才人进宫装扮，然后在后宫掖庭局等候即可。"容安无论什么时候都笑得那么得体。云瞬看了她一会儿，也露出一个笑容来："我会准时把人带进宫的，请皇后娘娘放心。"

容安站起身，思量再三，低声问道："您有没有什么话要老婢带给皇后娘娘的？或者……您有没有什么需要娘娘帮衬的事情？"

"没有。"云瞬温婉一笑，抚摸着手中的茶杯，"哦，一会儿我叫人包些茶叶给娘娘吧，听说是徽州新得的好茶。比不上宫里的贡品，让娘娘喝个新鲜吧。"

送走容安，客厅里陷入沉静。

窗外送来繁花浓郁的香气，放眼望去，整个安庆王府都沉浸在一种夏日的美好当中。她知道方才容安是想让她对皇后开口求助，可容安不知道的是，这样一座奢华庞大的安庆王府已经教会了她凡事只靠自己的生存之道。

第十六章　天变之始

一夜的水气晕染得整个天空处处弥漫着氤氲的雾气，掩映得眼前的一切都变得不真实了起来。丑时未到，通往两仪殿的宫道甬路上便停靠了一辆马车，云瞬扶着武媚娘从车上下来，有点歉意地看着已经着上宫女服侍的武媚娘："我只能送你到这里了，之后的路……你要仔细。"

和她的紧张相比，武媚娘则显得淡然很多，握着云瞬冰凉的手用力捏了捏，像是要把自己内心的强大力量传递给她一般："以后的路的确要小心，可需要小心的人却不是我，而是那些挡在我路上碍事的人。"

云瞬盯着她闪亮的双眸笑了下，也捏了捏她的手，点点头："那好，咱们等会儿见。"

在她年轻美貌又自信的脸上，云瞬看到了她蛰伏已久的隐忍在蠢蠢欲动，仿佛是一座火山，可以随时爆发。

目送武媚娘的背影消失在漫长的甬道上，巧眉站在她的身后，轻轻提醒说："王妃，时候还早要不咱们先回府吧？"

云瞬站在原地没有动。

这些天相处下来，云瞬更加了解了这个女人敢想敢要的性子，她眼睛里自信的光那么盛，比之从前在感业寺里见到的那个武媚娘，她身上蕴藏的光芒变得更加璀璨。藏在蚌壳内的砂砾经过苦难的打磨，终究蜕变成华丽闪耀的珍珠。

晨风吹过，带来一片落叶徐徐落到云瞬的脚前，尚且嫩绿的叶子四周已经显出枯黄的迹象，体察到风中夹带着的不易察觉的凉意，云瞬抚了下自己的胳膊，低声喃喃："似乎……要变天了吧？"

两个时辰之后，已经小眠一场的云瞬梳妆打扮整齐，走到花厅的时候，舒豫正站在厅里等着她。巧眉倒吸了一口冷气，低声在云瞬耳边说："是王爷。"

云瞬停下步子看着他。她要出府，要进宫，这些事舒豫都不多加干涉，所以云瞬猜不出他这个时候出现在花厅里是要做什么。

"王爷，王妃来啦。"湛栌在他身后提醒了一句，舒豫转过身，唇边自然而然勾起温柔的笑纹，边朝她走过去边说："进宫吗？"

云瞬不知道他要做什么，点了点头。

"一起走，正好我也有事要进宫去。"舒豫挽起她的手，轻轻一合，那股她独有的凉凉的体温便传了过来。

安庆王的马车刚刚出现在两仪殿外，内侍们立刻迎上来勒住马，拿来垫脚的石凳放在车下，舒豫先从车上下来，回身把手递给云瞬。

略显灼热的阳光从半空照过来，云瞬的脸上被映出玉瓷般通透的光晕，那么晶莹细润让舒豫看得目不转睛，云瞬把手放到他的手中半天也没见舒豫扶自己下车，纳闷地看着他。这两个人，一个在马车上，一个站在马车下，阳光落在他们交握的手上，四周围没有人出声打扰，仿佛时间在这一刻都凝固。

"姐姐！姐姐！"

一直站在两仪殿外树荫底下的容安深深叹了口气，她就知道这位清菡郡主一来，她们这两仪殿门口就要着实地热闹一把了。容安转身打发站得最近的一个宫女："去，将安庆王妃请过来。"

"姐姐，姐夫，你们也来啦？我刚刚在掖庭局门口转了一圈，我给你说啊，里面有个人看起来特别眼熟，好像是在哪里见过呢。"清菡一开口说话就把云瞬惊得魂不附体，这时候两仪殿外头已经停了一些王公贵妇的车辇，这时候她这么大声嚷嚷，想不引什么是非都是难事。

没等云瞬上前，有人比她更快，几乎是跑到清菡的跟前，飞快地福了福身："清菡郡主您来了，快请进来吧。皇后娘娘等您多时了。"说这话的人当然是容安，清菡不明就里，拿手指着自己的鼻尖万分纳闷地说道："我？皇后娘娘等我吗？"

云瞬在背后推了她一把："娘娘叫你，还不赶紧进去？"

"哦，容安姑姑请您带路。"清菡看见云瞬朝她使的眼色，立刻低下了头，乖乖地不敢再乱说话。

"清菡这性子，怕是要惹麻烦，你也别站在外面了，进去看看吧。"舒豫看着清菡和容安并肩而去的背影若有所思地说，他说完，没见身边的云瞬有什么动静，转身一看，云瞬正奇怪地看着他，身旁的巧眉更是一脸见鬼似的表情。

"哦……我是说……清菡太莽撞了些，待会儿见了皇后娘娘说错话就不好了，哦，那个……其实就是如果她出了什么差错，我很难对盛骏交代。"舒豫可能是说了一句这辈子说得最长的话，云瞬看他手脚不安地在自己跟前说着一长串前不着村后不着店的话，竟然没忍住笑了出来。

没等舒豫从惊讶中回过神来，云瞬脸上的笑意已经消失，看了他一眼："我知道了。"

"舒豫哥，看什么呢？陛下都到勤政殿了，你还不赶紧的？"盛骏不知道什么时候出现在他的身后，抬手在舒豫面前比画了两下。舒豫哥今早上是怎么了？怎么两眼直勾勾地望着两仪殿，好像丢了魂儿似的。

旁边的湛栌想笑不敢笑，憋得嘴角都跟着一抽一抽的，盛骏一脸嫌弃地瞟了他一眼："你们主仆到底是要唱哪出儿？湛栌你小子嘴巴是怎么了？抽筋啦？"

"还能是怎么了，当然是因为我家王妃……哎哟！"湛栌这个八卦神正要大嘴巴地给盛骏描述一遍他方才的丢人场面，没想被舒豫不着痕迹地在湛栌小腿后面踢了一脚，舒豫低咳了两声，脸上却是对着盛骏说，"没什么，走，去勤政殿。"

贵妇们一一走进两仪殿内对着高坐的王皇后行礼。许多天不见，王皇后似乎比之前还要清减了些，头上的七珍宝凤钗随着她的动作微微晃动，发出微弱的金箔撞击的脆响。王皇后瞧了瞧身边的妃子们以及殿内的各家贵妇，目光一扫，落在左边最近空荡荡的位子上，那里应该是萧淑妃的位子。

不来吗？

正好免去了她的麻烦。

容安上来给各位贵妇上茶，脚底下一滑，险些跌倒。皇后关切地问了几句，说道："最近宫里有些够了年纪的宫娥陆续出了宫，本宫正想着挑几个合衬的伶俐姑娘来帮帮容安。"

容安脸上一红，把茶盏放到皇后手边："娘娘可是嫌弃奴婢拙手笨脚了吗？"

有聪明会看事儿的贵妇捧茶赔笑："瞧这茶，烹得多好，整个两仪殿里头就数你容安姑姑最精明能干，皇后娘娘这是心疼您哪。"

"理正夫人说得对极了，奴婢以后可不敢瞎说。"容安低了低身子，笑着回了一句。大家说笑了一会儿，王皇后侧头问了一声，"容安，时辰到了吗？"

容安欠身道："时辰已经到了，只是……淑妃娘娘还没有到。"

"哦？淑妃？"

"皇后，兴许是淑妃娘娘今儿个身子不爽利吧？"还是那个会说话的理正夫人接了一句，皇后不无可惜地点了点头，虚手一抬："那就不要去惊动了她休养，咱们开始吧。"

云瞬借着饮茶的动作掩去了满眼虚与委蛇的笑谈场景。王皇后这话问得很刁钻，那位理正夫人的话又接得极好，这一串对白简直像是经过事先排演过一般精准，每一个表情，每一个字的声调都被拿捏得恰到好处。

容安走到殿门，扬声道："掖庭局张管事，上殿觐见。"

张管事是个四十岁开外的中年妇人，额头上点着一点梅红，看得出来，这个张管事今天的妆容也是经过特别修饰的，兴许是一年到头也见不到皇后几面，这一回上殿走的每一步都很小心，十分担心这光溜溜的地面能随时摔她一跤。

一番行礼叩拜之后，皇后简单询问了张管事几句，吩咐她带人上来，张管事转身出去，再上殿的时候身后跟着两排着装统一的宫娥，年纪都在十八九岁，个个容貌工整，干净利落。

云瞬瞧见武媚娘站在后面那排，低着头，身上的骄傲被刻意收敛起来，如此束手而立的她，和寻常人家的姑娘没什么区别。

皇后环视她们一圈，满意地点点头："本宫瞧着后面的那一排好一些，就让……"

"本宫的甘露殿里也少人手，皇后姐姐不等等妹妹，就急着抢了伶俐丫头去吗？这妹妹可不依。"正要表态的时候，殿外一阵香风和环佩的撞击之声。

皇后脸上的笑容僵了下，很快恢复正常，笑容可掬地瞧着外头进来的宫装美妇："是淑妃妹妹，本宫方才正念叨你来着。"

云瞬偷眼瞧，武媚娘的脸上飞快地闪过一种"果不其然"的表情，她也抬头看了自己一眼，微不可察地摇了摇头。云瞬收回眼神，她就猜到这次的选宫女兹事体大，萧淑妃怎么可能完全不插手？

"劳烦皇后姐姐惦记，可本宫怎么听着，方才是谁咒本宫身子不爽，要生病多灾呢？"萧淑妃一双浓妆的眼眸掠过理正夫人，理正夫人假装低头喝茶，根本不敢看她。

"这个萧淑妃好大的派头，真的这么专横？连皇后娘娘都不放在眼里？"清菡小声问道，云瞬朝她比了一个噤声的手势，这姑娘还真是眼睛长到身子后头去了，这是什么场合，还这么口无遮拦的！难怪连舒豫都要替她担心。

199

"就是她们了？瞧瞧，个个都怪水灵的。不知道基本功都练得如何？"萧淑妃绕着这些宫娥转了两圈，她才开口，身旁的嬷嬷锦安立刻吩咐人上前，也是两排宫娥，她们每个人的手中拿着一只盘子，交到这两排新人的手上。

　　"天气炎热，来，你们端着盘子过来，每个人为皇后娘娘与诸位王妃贵妇们，敬一杯茶吧。"锦安话说得客气，可云瞬瞧了瞧她手中的盘子，不由皱了皱眉。

　　原来容安拿来的这些盘子和普通的盘子不同，平常的盘子是中间凹下，四边凸起，而这些盘子则正好相反，像个枣核一样，四周是塌下去的，唯独中间的部分是微微凸起。

　　又有宫娥上前给每个人的盘子里放好一只茶杯，再往里注满了碧绿香茶。

　　"淑妃娘娘素来喜欢洁净，若是连一杯茶都端不好，洒得满处都是茶渍，可是万万不能进甘露殿的。"锦安站在容安的前头下着命令，俨然是一个两仪殿当家嬷嬷一般。

　　"来，你过来，给淑妃娘娘献茶。"锦安在武媚娘前面停下。云瞬的心都提到嗓子眼儿，这样的盘子，如何能让茶杯不倒，茶水不流？倘若武媚娘一个闪失，将茶盘打翻，就是殿前失仪，怎么处罚都不为过了。

　　锦安抬手一指，不偏不倚是紧挨着武媚娘身旁的那个瘦弱的姑娘，那个姑娘浑身打了个激灵，一双腿都快不知怎么迈开，小心翼翼地走了没有三步，"咣当"一声，茶杯摔在地上，跌个粉碎。

　　"娘娘饶命，娘娘饶命。"小姑娘吓得立刻跪在地上，连连求饶。

　　锦安轻蔑地笑了声："连路都走不稳，怎么伺候皇后娘娘？拖下去。"身旁立刻有侍卫过来，将哭着求饶的姑娘拖了下去，不大一会儿没了动静。

　　皇后脸色微变，她这个一国之母尚未开口表态，萧淑妃手下的一个小小的嬷嬷就能随随便便、耀武扬威地指挥了？

　　不大一会儿，哭闹声渐渐停下，连半点声音都听不见了。

　　萧淑妃优雅地抬手举杯喝了一口，朝皇后笑着赞叹道："皇后姐姐这儿的茶都是那么鲜的，过会儿妹妹可要朝您讨一点回去尝尝？"

　　皇后笑了笑，没有说话。

　　锦安傲气十足地转过身，随手一指："你，去给娘娘献茶。"

　　这一个比刚才那个还不如，根本一步没走就吓得瘫软在地，说不出一句话。不等锦安吩咐，站殿的侍卫过来，也将她拖了下去。

　　"皇后姐姐，您瞧，这些个姑娘都笨手笨脚的，怎么能留在两仪殿里碍您的眼呢？不如，剩下的这几个就让妹妹带回去先调教些日子，然后再给您送来，可好？"难怪萧淑妃能受到高宗的宠爱，她连不讲理的时候声音都软软糯糯的，听到人的心上，特别受用。

"这个……"皇后略微有些无言而对，目光落在云瞬的身上，云瞬心里打定主意正要说话，听见宫娥队伍之中有人清声说道："启禀皇后娘娘，奴婢愿为您献茶。"

云瞬闻言一惊，抬眸看，说话的果然是武媚娘。

皇后眼前一亮，点了点头："好，你来献茶，勇气可嘉。无论你成功与否，本宫都赦免你殿前失仪的过错。"

"哎哟，姐姐，你这恩典也给得太急了些吧？难不成妹妹我还能吃了这么个娇滴滴的姑娘吗？"萧淑妃盯着武媚娘的眉眼，眼中露出寒光。

"多谢娘娘恩典。"武媚娘吸了口气，稳了稳心神，从容迈步，走过之前打破的碎片时被割破了脚，鲜红的血染过绣鞋，留在地上一串血红的脚印。

她每走一步，云瞬的心就跟着抖一次，看武媚娘有惊无险地踏着满地的碎片走到皇后面前，稳稳地举着茶盘，恭敬地说道："奴婢愿意日后时时伺候在娘娘身边，请娘娘恩准。"

王皇后片刻没敢耽误，抬手接过茶杯一饮而尽。

皇后茶水落肚，云瞬的心才慢慢落回原位。

"这个宫女真厉害，她是怎么做到的？"清菡看得傻了眼，屁股都离开椅子，直往前头瞧。云瞬扯了她一把："坐好些。"

萧淑妃显然没想到自己这么歹毒的招数都没难住武媚娘，脸上颜色突变："这个小姑娘还真有本事，本宫这里还有……"

云瞬再也坐不住，站起身，走到殿中间，躬身道："皇后娘娘您瞧，连淑妃娘娘都夸赞这姑娘有本事呢，您就快收了这几个小姑娘吧。"

王皇后欣慰地点头，面带着遮挡不住的喜色："诚如淑妃所言，这个姑娘不错，行了，剩下的几个也一起进掖庭局吧，先留下做事，若是怠慢马虎，再做打算。"

"少在这儿假惺惺地装善人了。谁不知道这位就是你带进宫来的呀。"忽然，席间有人尖酸刺耳地开了腔。云瞬回头一瞧，果不其然，是谢丽妹。

她看见云瞬看着她，不仅没退缩，反而站了起来，走到大殿中间，和云瞬并肩站着。

这两个人早就是冤家对头，她们站在一处，立马引起四周贵妇们兴奋的眼神，眼巴巴地瞧着她俩，最好能立时打上一架才瞧得过瘾。

云瞬的面上带着不咸不淡的笑意，看了一会儿寻衅的丽姝，转身拉过一个站在前排的小宫娥："丽姝郡主瞧瞧，这个人，你可认识？"

"哎？你？"丽姝看了一会儿那个汗颜无地的小宫娥，脸上腾的一下红了，"佳媛？你怎么会在这儿"

"我……大表姐，我……我爹还是把我送进来了，他说机会难得，要我好好表现。"佳媛被叫出名字，只好实话实说。

丽姝被自己的无形巴掌抽地脸上无光，一跺脚，扭头跑了。

云瞬索性对着萧淑妃一笑："淑妃娘娘，这位的确是我家里的远亲，都是自家人，照顾娘娘想来必然是会用心的。请娘娘看在以往的情分上，别再刁难她们了。"她说着话，随手指了指身后的所有人。

不只是武媚娘，那些一起被选进宫里来的姑娘何其无辜，她们因为各种各样的理由进了宫，原想着过上些好日子，没想到还没认清大明宫的模样，有两个就先送了命，这样对性命的无视和草菅，让她实在看不下去。

淑妃妖娆的眼眸盯了一会儿言语诚恳的云瞬，微微露出一个笑容，随手指了两个宫娥："好，安庆王妃开了口，本宫无论如何也要卖个人情给你。这两个，随本宫回甘露殿。"

她的目的落空，再坐下去也没意思，走下玉阶，在云瞬的面前站定，笑得有些含义不明："本宫还要给安庆王道喜，新娶了正妃，这么快就要享受齐人之福了，真是恭喜贺喜。"她目不转睛地看着云瞬脸上的每一个表情，可惜，云瞬听见这句话的时候，她的脸上……根本就没有表情。

"本宫还要给清菡郡主道喜。陛下可真是会挑日子，下月初八……果然是个热闹的好日子呢。"萧淑妃半回过身，看了看端坐在玉阶上的王皇后，微微福了福身，"妹妹宫里还有些事，就不陪姐姐说话了，淑妃告退。"

整个两仪殿的气氛因为萧淑妃最后留下的那两句话变得微妙起来，众人各种不同含义的目光在云瞬和清菡的脸上停留。清菡先是讶异，后来一张脸气得涨红，云瞬见状不好，连忙对着王皇后告辞，领着清菡飞快地离开两仪殿。

太狼狈了。

清菡几乎是飞跑着冲出了两仪殿，一头扎进在花园甬道的绿树浓荫里，扑在一架藤蔓上呜呜地哭了起来，满树的绿叶被她抓得掉了一地。

"清菡，你别这样。"云瞬站在她的身后，看她哭得如此凄惨，心里也跟

202

着难受。

"凭什么呀！凭什么这些倒霉的、恶心人的事儿都让咱们遇见！姐姐，你心肠那么好，我也没做过坏事，你说凭什么老天爷这么不公平呢！"清菡抽抽搭搭地还不忘抱不平。

云瞬等她哭够了，走过去，抚摸着她的后背，这时候她也不知道该说些什么才好。

"你们……清菡郡主，这是怎么了？发生了……咳咳，发生了什么事了么？"树荫背后忽而转出一个人来，瘦长的身影被太阳光晒得似乎快要融化，那么清朗却逐渐染上憔悴的声音……

苏墨远。

云瞬愣怔在清菡的背后，那人总是在她脆弱的时候忽然闯进，没有预警，没有信号，可她却对他这样的忽然出现感到……几分的欣喜和期待。

想要客气地和他说几句场面话，然后就别开头，潇洒地先离开，可她却做不到。清菡抹了一把眼泪，看清眼前的人，也吃了一惊："苏……苏大人？"

苏墨远苦笑了下，托了托怀里抱着的书卷："什么大人，不过俗世求活的小人而已。"

云瞬的眼睫更垂了几分，手死命攥着清菡的衣角。

清菡看了看云瞬，也没有说话。

"你们这是怎么了？在宫内如此大声哭泣，可是犯了忌讳的。"苏墨远有些担心，眼前的云瞬脸色十分不好，清菡那么要强的人又在号啕大哭，想来定是发生了不得了的大事。

清菡左思右想才说了出口："没什么事，就是我……我下个月要和盛骏成婚了。到时候……苏大人你也来吧。"她遣词造句了半天，总算是说了一句比较像样的话，说话的时候还不忘瞧着云瞬的脸色。

苏墨远一愣，脸上一苦，双手抱拳："恭喜恭喜，这是天大的好事，有情人终成眷属……咳咳，咳咳，哎……"他两只手抱拳行礼，又咳嗽得剧烈，怀里抱着的书卷噼里啪啦地掉在地上。云瞬忙蹲下身小心翼翼地捡起，一一拂去上面的灰尘，站起身的时候，不由愣住。

是什么时候开始，这个如水般清澈的少年的下颌上生出了细密的胡子？是什么时候开始，他挺拔的背脊因为咳嗽而变得弯曲？又是什么时候，他看着自己的时候，满眼之中，只剩下愧疚和痛惜？

用着这样眼神看着自己的苏墨远……还是不是当初自己所认识、所倾心的那个如水少年？

"多谢。"苏墨远对云瞬的情绪变化毫无察觉，伸手接过她抱着的书卷。

"云瞬？"

书还没完全交到苏墨远的手中，这熟悉的声调让云瞬手上一抖，书卷又重新跌落在地上。

清菡倒吸一口凉气，安庆王爷太会挑时间出现了，云瞬和苏墨远好不容易见面，却还没来得及说一句整话，可偏偏就是这会儿……叫舒豫给碰见了！这下是跳进黄河也洗不清了。

云瞬撇开头看着被清菡蹂躏过的那架藤蔓，没有说话。

舒豫扫了一眼满地的书以及哭红了眼睛的清菡，也没有说话。

"罪臣苏墨远拜见安庆王。"苏墨远甚至没看舒豫，直接木偶人一样念出此刻该说的话，同时行礼。

舒豫看了看散落在地上的书，湛栌立刻会意，上前帮苏墨远捡起书卷："苏大人，您的书。"

"多谢。"苏墨远强忍着咳嗽的冲动，"安庆王没有其他吩咐的话，罪臣告退了。"

舒豫点了点头，和云瞬一起目送他走远。

云瞬的眼眶里转动着一圈热泪，面对着这样颓败的苏墨远，她所能做的，只是和这个始作俑者一起，静静地站在这里，看着，看着他和自己，渐行渐远。

树荫外一阵脚步声急促地响起，盛骏大步迈了进来："清菡，你原来在这儿，她们说你……哎？舒豫哥，云瞬姐！你们都在啊！清菡你眼睛怎么？哎，那人不是苏……"

"你这个时候才来有什么用？我刚才和姐姐都被人欺负了！你个蠢蛋！"清菡把一肚子火都发泄在盛骏的身上。一顿拳头下雨似的落在盛骏的胸口和肩膀上，盛骏自知理亏，站得笔直不躲也不还手，冷不防被她的一拳捣在肩胛上，盛骏忍不住"哎哟"叫唤一声。清菡猛地推了他一把："就说你是个蠢蛋！疼你不知道躲啊！"

趁她停下来的空当，盛骏憨皮赖脸双手捂住她的一对拳头："打也打了，骂也骂了，气也消了吧？"

"没有，还早着呢！"清菡嘴上这么说着，手拉着盛骏的衣襟忙着往里头瞧，"打得重不重啊？有没有伤到你？"

一听清菡这么说，盛骏立刻脚底发软，一手捂着脑袋，身子软得像一条游鱼，软塌塌地靠在清菡的肩膀上："哎哟，我伤得好重啊！我好难受啊。"

"哎？哎！你赶紧起来，我禁不住你啦！哎哟！"清菡说了一声禁不住，立马往后撤了一步，把盛骏摔了个狗啃泥，自己又着腰躲得老远，还嫌弃地扇了扇飞腾起来的尘土，哈哈地笑到弯腰流眼泪。

舒豫看了一眼站在身边的云瞬，云瞬似乎在想什么心事，没有注意到舒豫的动作。舒豫默默靠近她，握住她的手心，熟悉的冰凉传到他的掌心上，变换成一种恼人的情绪。

不去深究她沉思的原因，舒豫执着地拉起她的手，让她和自己走得近一些，再近一些，最后舒豫彻底将她打横抱起，不管甬道两旁人的目光和诧异，快步走向宫门外等候的马车。

"哎？姐姐和姐夫呢？"清菡和盛骏打闹够了才发现那两个人早就没了影子。盛骏陪着清菡慢慢往回走，小心翼翼地试探性问着："刚才我瞧着那个人……好像是苏墨远嘛。"

清菡白了他一眼："你是没看错，那个人的确是苏墨远，可事情并非是你想的那样，姐姐她都没和苏大人说一句话呢。"

"刚才瞧着舒豫哥的脸色，那上面明明就写着'误会'两个大字。"盛骏摇了摇头，"他怎么还阴魂不散了？舒豫哥这些天好不容易和云瞬姐的关系缓和了一些，这下可好，又要打回原形！"

"你别乌鸦嘴来了！"清菡给了盛骏一个爆栗，"姐姐刚才被淑妃不软不硬地给了颗大钉子，心情正糟糕着呢，看见故人难免有点情绪，才不是你想的那样呢。"清菡说着说着，想起一件事来，脸上有些难为情地说道，"盛骏……我有件事，想问你。"

"说啊，什么事？咱们俩还有什么可不好意思的？"

"方才萧淑妃说……咱们的婚期就是在……下月初八吗？"一个女孩子家说这种话，总是有些抹不开情面，清菡很快又接了一句，"那姐姐呢？我是说……舒豫王爷是不是也要在那天迎娶丽姝郡主？"说到这儿，清菡想起刚才在两仪殿上云瞬吃瘪的样子，心里一阵发呕，"舒豫王爷也真是的！这种事为什么还要别人来告诉姐姐呢！你都不知道刚才萧淑妃多得意！整个朝廷的王贵命妇们都瞧见我姐姐被蒙在鼓里的糗样！"

"其实……哎，我对你说实话吧，其实这日子是舒豫哥定的，他怕他和丽姝成亲那天云瞬姐会太尴尬，想让云瞬姐代替他来喝咱们的喜酒，这样她也许能好过一些。"盛骏说着说着自己的心情都跟着沉重起来。舒豫哥那么用心，想得那么面面俱到，只是不知道云瞬能不能体察到他的这份温柔？

"啊？原来是这样。舒豫王爷真该告诉姐姐这些的，这些话……大家说开了不好吗？哎？你们在说什么新鲜事？"走到宫门口，清菡看到两旁的宫女们正在窃窃私语着，随手抓过一个来问，那宫女一见是她，立刻变了脸色，扯了扯旁边的同伴，企图从清菡的手底下滑过去。清菡轻笑一声，手上加了点力气，捏住她的手腕，那宫女立马就不敢乱动，乖乖地垂着头。

清菡瞧着她那副委委屈屈的模样笑道："你怕什么，我还能吃了你吗？快来说说，刚才在说什么新鲜段子？"

小宫女支支吾吾了半天，不说也实在是过不去这关，只得实话实说道："也没有什么，就是……是方才舒豫王爷抱着……抱着安庆王妃走出宫的，奴婢们都说……都说……"

"都说什么？"清菡一听就乐了，这段子不错，甚合她的口味。

"奴婢们都说丽姝郡主急着扒上舒豫王爷也没有用，王爷心里只有一位王妃，就是云瞬郡主。"

"这话说得好，我得好好赏你。盛骏，你带银子没有？"清菡顿时心情大好，松开钳制着小宫女的手腕。盛骏宠溺地摇了摇头，这个女魔王，前一秒还哭得眼泪鼻涕一大把，这么一会儿的工夫，她就回归了平时本性，豪爽得要打赏。

"我有些不放心姐姐，你陪我去看看她吧。我都没见过她脸色那么难看过。"清菡还是不放心，盛骏也不放心那两个人，点头答允："我陪你去。"

安庆王两口子是不是在打架，是不是在冷战，从他们家下人的态度上就能很清楚地辨别出来。清菡和盛骏两个人才踏进府门，就感受到来自内院深处的阴冷气息。盛骏夸张地打了个冷战："咱们还真是来对了，走，里头瞧瞧去。"这两位都是来惯了的，下人们见了也没人阻拦，再说他们心里也盼着快有人来给解劝解劝王爷和王妃才好。

舒豫把她送回来之后就去了书房，内宅里只有云瞬一个人枯坐，呆呆地抚摸着一直安静陪伴着自己的陶埙。往事历历在目，松园里的每一次月下相聚场景一一浮现在脑海中，那些越想要刻意忘掉的过去，偏偏雨后春笋一样聚拢起来，提醒她，还曾经有过这样的青葱年少。

忽然间，云瞬很想找到舒豫，亲口告诉他，只要能让她安安静静地过日子，他爱娶几个妃子就娶几个。她想到这儿，紧握着手中的陶埙匆匆出了内宅。

"两位请稍等，奴婢去通报王妃。"巧眉给这二人倒了茶水，自己到内宅去请云瞬。没承想，她走到半路迎面遇见了匆忙而来的云瞬。"王妃，清菡郡主和盛骏过来了，正在花厅里喝茶。您这是……要去书房找王爷吗？"巧眉心里一喜，王妃主动去找王爷，还真是破天荒的第一次！她立刻建议说道，"要不奴婢这就去回了那两位吧？"

"不必，我先过去和他们坐一会儿。"云瞬点了点头，反正她和舒豫的话一时半会儿也说不清楚，不如先去看看那小两口儿。刚到花厅外面，就听见屋里两个人正在说话，云瞬没心偷听他们的谈话，可她听了几句不由得停下脚步。

"要我说，姐夫干什么非要娶那个丽姝郡主啊，那个死女人和姐姐是冤家对头，难道他不知道吗？"清菡气愤地把茶杯放在桌上，"还有上次，你不是也看见了吗？那个女人居然自己跑来送嫁妆，你说说，她哪里还懂得一点女孩子家的矜持啊？"

盛骏咳了一声，勉强咽下茶水，跟着支支吾吾两句。

"还有啊，我还有点不明白，今天在两仪殿上，那个宫女是怎么用那样的盘子把茶水托给皇后娘娘的，前面的宫女根本都做不到！她还真是有本事！也不知道她练的什么功夫，以后有机会，我得进宫去和她讨教一下。"清菡到现在都还在苦苦思索武媚娘献给皇后的那杯茶。

盛骏犹豫了下，开口道："这事儿我也一起说给你知道好了，你以为真是那个宫女有本事吗？你还真是天真！那盘子，那茶杯，都滑不溜丢的，怎么可能立得住呢？那是因为给她的那只盘子和茶杯都内藏玄机呢！"

"你别卖关子！快点说嘛，有什么玄机？"清菡最喜欢听这些小秘密，见盛骏不肯老老实实地讲明白，抓着他的胳膊来回直晃。

盛骏享受着清菡难得的娇嗔之态，半晌才心满意足地说道："我告诉你吧！那个盘子上面和杯子底下都贴了阴阳石，盘子和茶杯只要碰到，就会牢牢地吸在一起，别说是走路了，就算那个宫女端着盘子跑一圈，茶杯都不会掉下来呀！"

"啊！还有这么神奇的东西啊！那个盘子呢？我也要看看！"清菡说着就站起来，被盛骏拉住，笑着说道："快拉倒吧！盘子和茶杯都被处理掉了！难不成，我和舒豫哥，会留着它们当成证据给对手做把柄吗？"

"你和舒豫王爷？"清菡睁大了眼睛。

花厅外，也有人屏气凝神地听着。

207

"当然！舒豫哥是多精明的人哪！他早就想到萧淑妃可能要为难这些宫女，所以提前就吩咐人做了手脚，专门准备了这套特制的茶杯和茶盘，以备不时之需，没承想，还真被他给料到了。"盛骏洋洋得意地说着，清菡咂吧两回滋味，反问道："可为什么，那么多的宫女，只独独地给了那个宫女？啊！难道舒豫王爷……他早已经……知道那个宫女是姐姐的远亲？所以才会帮忙？"

"你以为呢？我这么说吧，谁要是把舒豫哥当成傻瓜，谁才是真正的傻瓜！"盛骏最后一句话说得有些话中有话。

正在偷听的云瞬像是被人打了一拳,退了几步扶住一旁的盆栽才站稳当。

"王妃……您还去找王爷吗？"巧眉试探性地问。

云瞬半晌没有说话，花厅里头盛骏还在陪着清菡说话，两个人脸上的神色那么自然、亲切、放松、甜蜜。原来夫妻之间是要这样相处的。手中的陶埙握得太紧，硌得手有些发疼，云瞬默默转身，朝内宅走去，她在想，是不是还有太多这样的事情被那个人默默地做着，却也同时，被她刻意地忽略。

第十七章　满心期待

黄昏之后，房内开始掌灯。容安从外面托着香茶走进来，王皇后正对着梳妆镜发呆，不知在想些什么。容安笑着走过去，把茶水放在她的手边，转身替她轻轻捏着肩膀："武才人进宫如此顺利，您还在担心什么？"

王皇后轻笑一声，看着梳妆镜中的自己和身后的容安："是啊，她已经安然进宫，我还在担心什么？可我这心里头总感觉不踏实。"

"您啊，就把心放在肚子里。奴婢已经安排武才人准备妥当了，今晚上就吩咐她去御书房伺候陛下。"容安说到最后的时候，话语之中染上几分暧昧。

谁承想，她的话刚说完，王皇后立刻转过身来看着她："她已经去了？"

容安听她口气不对，松开手，小心翼翼地问道："还没有，准备等陛下奏章批阅完毕，再差遣她过去服侍。"

皇后没等她说完，松了口气的同时摆了摆手："不要急着把她送过去。"

"您有什么打算？"

王皇后端起茶盏来喝了一口，微凉的茶水褪去了些许香气："再好的茶放的时间久了，也会被人嫌弃。眼下的武媚娘就是这样一杯被闲置了两年的好茶，再醇香也抵不上新茶鲜嫩。"

"您是担心陛下对武才人的心思已经淡了？"容安听明白了王皇后的意思，也跟着深思起来。

"这种事谁也说不清楚，我们只能走一步看一步，事到如今，本宫不能再输了，也再也输不起了。我要用武媚娘做一颗探路石，探一探陛下的圣心龙意。"她要看一看如今的武媚娘到底还能在高宗的心里占据多少分量。

很快，王皇后的疑问就得到了答案。

天方入夜，高宗鲜少地没有去甘露殿而是到了她的寝宫。

皇后有硬牌在手，高宗不问，她也不提，只淡笑温顺地陪高宗坐着饮茶，说些其他的闲话。

高宗很快按捺不住自己心里的焦虑，眼神在寝宫里的侍女们身上扫了几圈也没见到那个让他朝思暮想的身影，脸色渐渐沉了下来，话也少了。

王皇后见时机刚好，把高宗面前的茶盏取过来递给容安，顺便打了一个颜色："去，给陛下再烹一盏茶来。"

容安福了福身子，退了下去。

高宗站起来，一摆手："不必，朕已经乏了，皇后早些安置吧。"

"陛下当真不再坐一坐了吗？"皇后垂下眼帘，似有所指。

高宗隐隐有些不悦，一回身正要发作，不料撞上身后端着茶盏上来的宫人，眉头一皱："朕不是说了不用……"

高宗未完的话哽在喉咙里，眼前看到的景物竟是那么不真实，是雾气升腾在眼眸上，结出朦胧的泪幕。

一双莹莹玉润的素手捧着白玉青花的茶盏，那只价值千金的青花玉盏在这双手上，竟被比得逊色。熟悉的容颜上娇媚的神韵似乎淡去，然而比那更动人心魄的成熟韵味比之从前更让他为之心动怦然。

这个人……

武媚娘。

一双美眸当中含了太多太多的情绪，被这样的一双眼睛凝视着的高宗一时百感交集，竟哽咽着说不出一句话来。

王皇后和容安悄然退去，将寝宫的正室留给了他二人。

"媚娘……"

"嘘。"

武媚娘轻笑一声，伸出手指抵在高宗的唇上，也遮挡住他未完的，近乎呓语般的呼唤。

"陛下，什么都不要说，让我好好看看您，可以吗？"泪，从眼中滑落，这个夜晚对于她武媚娘来说实在是太重要，太宝贵了。两年深山中的清修没能消减她对红尘俗世的思念，相反，深被权贵、命运、地位摆布过的她更加深了对名利场的向往。

想要不被人随意践踏的最好办法，就是站在能够俯视所有人的位子上。

眼下的高宗，就是她通往俯视苍生之路的大门。

幸好，站在这扇门前的时候，她的手中握有开启此门的钥匙——高宗对她的炽恋。

这，已经是她现在所拥有的全部筹码。

如斯良辰，如斯美夜，却有人将一盏孤灯挑到夜半。书房里，舒豫手中拿着早已瞧过十几遍的字帖，湛栌站在他的身边，想劝他回房的话在舌头上绕了几圈，也没说出口。湛栌想了半天，看了看沉默的舒豫，转身出去，一会儿的工夫又转回来。生怕他听不见似的重重叹了口气。

舒豫果然回头："叹什么气？我还不够心烦吗？"

"奴才是想啊，这么晚了，王妃她还不睡，是在忙什么呢？"

"你怎么知道王妃没有安置？"

湛栌机灵地晃着脑袋，信心十足地说道："奴才也不能掐会算，要不是王妃房间里的灯还亮着，奴才哪儿能知道呢。"

舒豫低下头，半天没说话，湛栌察言观色劝道："要不您也过去瞧瞧，看看奴才说的是不是真的？"他这点小伎俩岂能瞒得住舒豫，不过舒豫这会儿正巴不得有个人能给他个理由，要是他自己，他还真转不过这个牛角尖来。

内宅之外老远就瞧见灯火摇曳，伊人暗影在窗纸上静静地映着，瘦长的斜影透着几分寥落，几分寂寞。

舒豫面对着卧房站了大约有一炷香的时间，没有说话，也没有动。湛栌在一旁站着干着急，也不敢再多说什么，只能眼巴巴地等着，瞧着这屋里屋外的哑巴戏。

"您要是心里头不舒服，就去找王爷说说吧。"

还是巧眉打破了这能闷死人的寂静，舒豫站在门外，一怔，他想要推门的手缩了回来，他还真想听听云瞬打算和自己说什么。

"不用了。"是云瞬清清淡淡的声音。

"可您下午的时候不是要去书房找王爷的吗？难不成是因为那两位来闹得您乏了？不愿动了？您要是想见王爷，奴婢去禀告一声。"巧眉加把劲儿怂恿云瞬去找舒豫。

"不用，他……公务很忙。"云瞬侧过头，瞧着墙壁上挑着的璧山远空图，神情有些阴晴不明。

巧眉咂吧咂吧云瞬这句话里头的滋味儿，又开了腔："奴婢觉着吧，就算王爷真的公务特别繁忙，只要您开口，王爷他一准儿能过来。"巧眉说得信誓旦旦。屋子外头忙着熄灭灯笼的湛栌听得一阵心里发暖，为了这两口子的事儿，不管是他还是巧眉，都算是尽足了心意，剩下的，就看这两位自己的了。

湛栌抬眼看了看舒豫，心里默默祈祷，王爷啊王爷，我们做奴才的都努力到这个份儿上了，您可别让我们白忙活、白操心一场啊。他的小心思没有动完，就看到舒豫一贯冷漠高傲的脸上带出不可思议的惊奇之状，云瞬下午的时候想来找自己？她也有需要他的时候了吗？一种久违的满足感席卷上舒豫的心头，他想也没想，推开房门，走了进去。

忽然冒出来的舒豫，把屋里的主仆二人吓了一跳，巧眉噎了一下，赶紧行礼见过舒豫。云瞬也站起来，看了看表情异于平常的舒豫。湛栌一扯傻站在那儿的巧眉，巧眉立刻会意，两人悄无声息地退了下去。

湛栌悄悄把房门带好，对着门拜了两拜，低声道："天灵灵地灵灵，赶紧让王爷和王妃痛痛快快、利利索索地在一块儿吧。不打架，不拌嘴，和和美美……"

巧眉推了他一把："这你就不懂了，人们都说两口子得唠唠唠唠，才能白头到老。走，走，忙你的活儿去，别在这儿碍事。"

湛栌还想趴在门缝上往里瞧，被巧眉抓起后脖领，一把扔出去老远："王爷和王妃说话，你也敢偷看，找死啊。赶紧走吧你！"

屋里头舒豫和云瞬面面相觑了半盏茶的工夫，还是舒豫先开了口，他开口的瞬间，心里竟然有些悲哀，他素以沉默冷静闻名朝野，可偏偏和她在一处的时候，他才是话最多的那一个。

"巧眉说，你下午来找过我？"舒豫上前半步，俯视着她，从这个角度看起来云瞬的脸上被光打出一片阴影，似乎这样的她，比之平时更多了几分柔媚。

从他破门而入那会儿她就猜到自己刚才和巧眉的对话可能都被他听到，所以舒豫这么问的时候，她也没觉得特别奇怪。只是这个问题，她不知道怎么回答罢了。

不知该如何是好的她，只能用一贯的沉默来应对。

舒豫本也没指望她会搭理自己，回身坐下来给自己倒了杯茶："过来，陪我坐一会儿，我有话和你说。"她不愿当面对他说起的话，就让他先开口吧。

云瞬垂了眼睫，象征性地往前挪了一步，显示自己按照他的要求做了。

舒豫叹了口气，自从和她重逢到现在，他叹气的次数越来越多了。那双绣鞋踏进他的臂展范围之内，舒豫想也没想，拉起她的手，往自己怀里一拉，云瞬不妨他有这一手，一搂一拉就被他揽入怀中。

"云瞬，相信我，我娶你回来，是打定了主意一辈子只对你一个人好，给我一点时间，我会把其他的事情都安排好，你相信我，好不好？"

这已经是他穷尽所能的表白极限，下个月初八就是他和丽姝要成亲的日子，这些话，他想要早一点说给她知道，毕竟……他已经让她误会了太久。

云瞬在他的怀里一抖。

如斯冷漠高傲的安庆王爷能说出这样的话来，着实大大出乎她的意料。可他现在这样的说辞，她能信吗？对于他之前的种种劣迹，她还敢信吗？

"不信吗？"舒豫苦笑，"别不信，云瞬，终此一生，能够独享安庆王妃尊崇的人，只有你。再说，就算你嫁给了苏墨远，你能保证他一辈子不纳妾，身上不沾染别的女人的味道吗？"

她永远不知道，他在她面前说起苏墨远时候的心情。

她眨了眨眼睛，他这是在给她讲道理，是想用这种方法来让她心里好过些吗？

他错了，云瞬无声地勾起嘴角，他从来不明白她心中所想的东西，也不会知道到底什么才是她人生里最重要的所在。

她甚至已经不想去深究他这番承诺背后的沉重和专情。就算他以后再找来更多的人和她共侍一夫，就算这结局再不堪，他，也从来没给过她选择的机会。

冷意蹿进她的心里，云瞬咬了咬牙，打算和他说一些比那冷意更让人心寒的话。可当她直视着他眼睛的时候……呆住了。

这双被她冷漠仇视过无数次的蜜色眼眸里，满是她从不曾见过的无奈和怜惜。她以为自己已经熟悉他的眼睛，他眼睛里的冷傲，他眼睛里的精芒……可此时，她从没看见过他这样的眼神。

她的心忽然被这股眼神撞入，碎裂了什么似的，有一片空白。

她如此凝视他的眼神让舒豫的心振奋得如同单枪匹马扫平敌人百万大军，她的眼睛里，第一次，有他了！第一次，有他了。

"云瞬，忘了他吧，忘了所有的不快乐。"他甚至连嗓音都轻微地颤抖起来，"没有人能再将你从我的身边夺去，谁也不能，谁也不能。"

承诺，他终于顺利地说出了口，不管她信不信，他也轻松了。

云瞬默默转过身，望着床头露出的一角红穗子，是苏墨远送给她拴在陶埙上的同心结。

213

她也很想忘记过去的种种，重新开始自己的生活。可惜，每当她这样想的时候，脑子总会不受控制地想到和苏墨远从前的点点滴滴，每一个细节都会翻涌上脑海，清晰地展现在她的眼前。如今她想到最多的是苏墨远咳嗽着、佝偻着背脊时候的模样，在舒豫面前满不在乎的模样，和槿华恩恩爱爱相互搀扶的模样……

　　那么想要忘记的，反而被牢牢地记得深刻。

　　饶是知道记得只会让自己更痛苦，可那些画面都太清晰，就连她想要自欺欺人地假装放手……都做不到。

　　他总是在给自己承诺，可偏偏这些承诺她都无法表现出一丝欣喜。回应给长孙舒豫的，仍是她惯然的沉默。

　　安庆王府的当家人正在对着自己心爱的女人做着承诺的时候，皇后的寝宫里，也有一个男人正对着自己的爱人做着承诺。

　　"朕终于等到这一天了，朕从前以为……这辈子要见你一面都会难于登天。"软香芙蓉罗帐里头，高宗拥着娇柔的武媚娘，心里满是久别重逢的喜悦。

　　武媚娘在他怀里翻了个身，也充满感激地说道："是啊，陛下，我到现在都还觉得自己好似在梦中一般，陛下你告诉我是不是真的？我们是真的在一起了吗？"

　　高宗宠溺地摸了摸她的头发："又说傻话，朕把你接回来，咱们就一直在一起。"

　　"真的？"

　　"自然。"高宗看着她充满期待的眼睛，心里更加温暖，"朕是金口玉言，一言九鼎。"

　　"多谢陛下。"武媚娘开心地笑起来，又叹了口气，"我觉得这件事说到底还要谢谢皇后娘娘，陛下你一定要对皇后娘娘很好才行。"

　　高宗闻言愣了一下，沉默了。

　　武媚娘纳闷地眨了眨眼，望着高宗年轻的脸："怎么了？陛下？我刚才说得有什么地方不妥吗？"

　　"你是朕见过的最善良、最纯洁的女子。"高宗爱惜地抚摸着她的脸颊，上面未着脂粉，轻盈透亮，这种纯净天然的感觉让高宗欲罢不能。拢了拢散在床畔的她的黑发，掬到鼻子底下嗅了嗅，清香淡雅的味道如同山间兰秀。

　　"你不在的时候，朕也想过，这些女人明明都很美丽，可为什么，在她们的身上我找不到一点能够及得上你，和她们在一处的时候，朕的心里、眼前也都是你的影子，朕一直不知道这是为什么，可今天朕算是明白了。这后宫之中的女人皆是邀宠争名，唯独你，卓然淡雅，那些世俗之物，你从来没放到过眼里。"高宗凝眸，深深看着她。

听完高宗的话，武媚娘咯咯笑了起来："陛下，媚娘哪儿有您说得那么好？依我看，那些娘娘都是一等一的绝色美人，陛下您是一国之君，想要怎么样的女子，只需要张张嘴，自然会有人送到您的面前。又怎么可能会时时刻刻总念着媚娘一个人呢？"

"胡说！"高宗忽然绷起脸，正色说道，"怎么？你以为朕是在说这些话来哄你开心的吗？朕是认真的！"

武媚娘停了一停，忽而笑得比刚才声音更大。高宗脸上一阵红，一阵白，想要凶她两句，偏又开不了口。

"陛下，几年不见，您倒成了小孩子的性子。媚娘几时说过不信您了？只要是陛下说的话，媚娘统统相信。就像去年，您上山来祈福还愿时对媚娘说，您一定会来接媚娘离开这里，媚娘就深信不疑，安安心心地在感业寺里等着陛下的佳音。连那些尼姑来刁难我的时候，我都没感到一点害怕，因为在媚娘心里，陛下是神一样的男人，可以处处维护我，时时保护我。"说着说着，武媚娘不知不觉红了眼眶，感业寺里的日子……她这辈子都不愿再回想。

高宗眼窝浅，被她说得已经潸然泪下。武媚娘抬手拂去他脸上的泪，破涕为笑道："瞧瞧，怎么好好的都哭起来了，我不说了。"

高宗握住她的手，哽咽道："这两年，让你受苦了。日后，朕会加倍补偿你，让你衣食无忧，让你荣华富贵。"

"有了陛下这句话，媚娘觉得之前的苦都不算什么了。真的。"

二人絮絮地说了半宿的话，天才亮，武媚娘起身服侍高宗洗漱，高宗看着她忙前忙后，忽而抱住了她："媚娘，朕现在有点能明白周幽王的心情了。"

武媚娘抿嘴偷笑："陛下别胡说。媚娘不是祸水褒姒，陛下也莫学那亡国的周幽王。您哪，还是好好地去上朝吧。"

"那你乖乖地等着朕，朕下了朝，就回来陪你。"高宗恋恋不舍地抱着她不肯松手，两人腻歪了好一会儿，在武媚娘的催促之下，高宗才一步三回头地出了寝宫。

他才走了片刻光景不到，王皇后和容安就进来。武媚娘早就将寝室里收拾得干干净净，整整齐齐。王皇后进来环视一圈，眼光落在赶着来给自己行礼的武媚娘。眼中的冷光微微缓了一缓。

"陛下呢？"皇后发问。

武媚娘一直伏低着身子，小心回答道："回禀娘娘，陛下已经上朝去了。"

"哦？你没有留住陛下吗？"皇后的话语里有几分讥诮似的含义不明。武媚娘似是没有听出这些似的："陛下是英明的君主，心里以江山为重，媚娘不敢耽误陛下的宝贵时间。"武媚娘话锋一转，柔声道，"况且陛下昨天还教导媚娘，以后在娘娘身边，要多看娘娘怎么说话，怎么处事。"

皇后轻笑："哦？陛下真这么说？"

容安这时端过茶盘，武媚娘直起身，双手接过茶杯，毕恭毕敬放到皇后手边，又重新退回原地伏低身子说："也不全是，陛下只是说娘娘宽宏大度，是后宫之主，您说的话，自然是不错的。"

王皇后舒心一笑，放下茶盏："难怪陛下喜欢你，果然讨巧。你以后在本宫的身边服侍，眼力要机灵，手脚要勤快。你要记着，在这六宫之中，唯有本宫这里才是你能活命之所，也只有本宫才能护你周全。"

"是，奴婢谨记娘娘教诲，娘娘的恩德，奴婢不敢忘记。"武媚娘跪在地上，说得战战兢兢。

皇后心满意足，挥了挥手："你下去歇着吧，小心仔细伺候陛下。"

"是。娘娘。"武媚娘退出寝殿，香螺在外头等她，见她出来迎了上去，低声问："才人，您没事吧？怎么脸色这么不好？"

"嘘，别说话，先回去。"武媚娘身子一晃，险些没有滑倒，香螺慌忙扶住她，两人慢慢朝掖庭局走去。

容安重新为王皇后换上一杯茶，皇后闭着眼，缓缓地说："你都看清了？"

"是的，奴婢亲眼瞧着那位在台阶上下来的时候，身子晃晃悠悠的，要不是身边有个小丫头扶着她，她可就摔在地上了。"容安笑了下，"您刚才的脸色就是奴婢瞧着也觉得心里头瘆得慌，别说她一个刚从寺庙里出来的姑子了。铁定被吓得够呛。依奴婢看，日后这个武媚娘肯定会被您牢牢地捏在掌心里头。"

王皇后点了点头，揉了揉太阳穴："画人画虎难画骨，知人知面不知心。我也瞧着她掀不起什么风浪。这些天，掖庭局里头多安排几个咱们的人，将她的一举一动都看牢。"

"张管事那里已经关照过了，她不会为难武媚娘的。"在武媚娘进宫的当天，容安已经做了安排。

"只要她安安生生的，本宫就给她好日子过，不仅给她好日子，只要她够听话，本宫还要把她捧到和萧淑妃一样高的云彩里，让她享受享受高高在上的滋味儿。"

这边的主仆自有计较，另外一边，扶着武媚娘挪回掖庭局的香螺听了方才的经过，惊得脸色发白。她方才只是在寝殿外站了一站的光景，没想到殿内竟有如此危险的事情。

香螺抚着自己的胸口，嘴里一个劲儿地念佛："谢天谢地，多亏您机智聪明，才能讨得皇后的欢心，要是您方才说错了一个字，这结果……奴婢简直不敢想。"

舒展着筋骨的武媚娘此时哪里还有半分柔弱恐慌之状？简直和刚才险些从台阶上晕倒的她判若两人！此时的她正斜靠在软凳上，浅笑着眯缝着眼，听香螺说完，掩口笑道："你当我方才的举动是真的吗？"

香螺大惊失色，反问一声："难不成您方才……是装出来的？"

"小点声，要嚷嚷得遍大街都晓得吗？"武媚娘嗔怪她一句，瞧了瞧外头没有可疑的人在，"自然是假的，难不成我还真怕了那位东宫娘娘吗？只可惜，我现在是人在矮檐下，不得不低头，不把王皇后哄得开心，哪里有咱们的好日子？"

"那现在好了，王皇后对您彻底放心，以后您就不必那么谨慎了。"

"香螺，你真以为她对我已经完全放心了吗？你个傻姑娘。"武媚娘笑着摇了摇头，"从咱们进宫开始，这皇宫里头就有无数双眼睛在盯着咱们，在这儿的每一天咱们都要打起精神来对待，要知道，最厉害的敌人往往是藏在暗处的，他会用雪亮的眼睛仔细瞧着在黑暗中的我们……到底在做什么。"说罢，武媚娘伸手握住香螺的双手，语重心长地说，"你是随我吃过苦，患过难的，在这宫里，我能信得过的人只有你。可惜，眼下我还没有保护你的能力，所以，你只好先学会如何保护好你自己。"

这话说得太深奥，香螺听得似懂非懂，却坚定地点头："您放心吧，奴婢从跟着您到感业寺那天开始就决心这辈子都跟随您。奴婢会小心的，不会给您惹麻烦，更不会让别人来找您的麻烦，奴婢不止要保护好自己，奴婢还要保护您。"

武媚娘凝视着香螺坚定的双眸，半晌，深深地吸了口气，缓缓解开自己的衣裳："行，现在赶紧去备水，趁没人进来的时候，我得好好泡泡澡，昨天晚上……真是累死我了。"香螺伺候着武媚娘沐浴，她忽而想起一件事："才人，您方才说错了。在宫里头可不止奴婢一个人值得您相信，还有一位，奴婢觉着她也是个值得依靠的人。"

"你是说李云瞬？"泡在浴桶里的武媚娘被热气蒸红了脸颊，"她嘛，如果她不那么善良的话，我倒觉得可以拉上她来帮帮我的忙，可现在，我已经打定主意，以后的日子，我只靠自己，不靠别人。"

香螺瞧了一会儿靠在桶边昏昏欲睡的武媚娘，半晌悄无声息地叹了口气。

日头爬到天当中的时候，文府里已经忙得热火朝天，贺叔站在文府外头擦汗，看着下人们将东西送进府里，不停地叮嘱他们哪个是古董，哪个是瓷器，哪个需要小心搬动。

文府里的管事老艾也跟着跑前跑后，两个半大老头子站在大门口的阴凉处，瞧着仆从们忙着将贺礼从马车上卸下来。从早上开始，前前后后一共有四辆马车停在文府门口，统统都是安庆王妃给清菡郡主送来的嫁妆还有贺礼。

老艾对着手里长长的礼单直咂舌，半晌叹了口气："这位安庆王妃，是真心疼我们郡主。"

老贺又抹了一把头上的汗，点了点头："王妃和清菡郡主亲如姐妹，这些事也是应该做的。"他也没想到，这个传说中在边疆长大的王妃其实是个思量全面、出手大方、极懂得处事之道的女子。亏王爷之前还叮嘱他帮衬王妃准备给清菡郡主贺礼的事情，眼下看来，这些事王妃安排得周到详细。东西送得华贵精致，既大方得体，又没逾越盛王府的品级，真是个水晶心肝儿的人。

客厅里，云瞬正听着文夫人一桩桩一件件叙说着清菡小时候的糗事。文夫人自己说着说着都笑得流下眼泪。清菡在一旁听得又羞又恼，连连推着自己的母亲："娘，这么丢人的事儿您还记着！快别说了，姐姐要笑话我了。"

文夫人看了一眼只浅笑不语的云瞬，正要说些什么的时候，老贺从外头走了进来，给她们几个人见礼："王妃，贺礼都安置好了，请您过目。"

云瞬站起来，向着文夫人歉意地笑了笑："既然东西都安排妥当，我就不多耽搁了。文夫人，告辞。"

"再坐一会儿吧，等会儿就该用午饭了。"文夫人热情地留她。云瞬摇了摇头："午饭就不用了，您忙了一天也累了，早些休息。"

清菡忙不迭把手里的芙蓉糕塞进嘴里，两只手往身上擦了擦，含糊不清地说："姐姐，我送……送你。"

文夫人拧着眉，抓过往外走的清菡："瞧瞧你这副样子，出去叫人笑话！你这副猴样子，我是管不了你了，以后有你婆婆教训你的时候。"

清菡扮了个鬼脸："才不会呢！我有盛骏帮着我，以后肯定是我教训他的份儿！"说着追上了走在前头的云瞬。云瞬侧头看她，笑道："再过些天你就要出阁了，府里头肯定要忙的事情不少，我从府里拨几个伶俐的丫头过来给你帮忙，初晴和晚雨两个丫头是我身边的人，信得过。"清菡点了点头，乖乖地答应。

"好了，你别送了。我出来好一会儿，得回去了。"云瞬知道清菡舍不得自己，连连安慰她，"又不是不来看你了，等云彻走了，我还要常到盛王府上去找你呢。"

清菡脸一红："那成，替我给云彻问个好，就说我这个半大姐姐不能去送他，祝他一路平安。"

"好，我替你那个半大弟弟谢谢你。"云瞬也笑了起来。两个人又说了会儿话，清菡依依不舍地把云瞬送上马车。

目送云瞬离去的文夫人从台阶上下来，挨着自己的女儿，低声道："你这位姐姐，真是……难得。"

清菡没明白母亲的意思："自然难得，我姐姐的容貌、品行、见地，就是长安城的贵族郡主们也及不上她。"

"我不是说这个。"文夫人看了看自己女儿眼睛里纯净懵懂的光，叹了口气，"德容言工俱佳的女儿家长安城里比比皆是，娘刚才说安庆王妃难得，是说她那份心性，还有性情。"

"哦。"清菡其实还没明白。

"再过几天，那位谢大人家的刁蛮郡主就要嫁进安庆王府了吧？偏这时候，那位李家的少爷要出远门。"文夫人不无可惜地叹气，"这么一来，安庆王妃可就没有一个娘家人在眼前了。"

这一句，清菡听得明白，不以为意地说："要我说，那位小爷不在反倒是好，从我认识他开始，他就没给过姐姐几个好脸色。他不在，姐姐还省得看他的脸子，没准儿倒省了心。"

文夫人又是一叹，心里想的是上个月安庆王娶妻时候轰动长安城的热闹场景，有所感悟地低声道："为娘现在算是明白，为什么她那时候会说'怎么样都好，只是别同她一般'了。"

文夫人这么想着，不由得心头更沉，看着自己天真浪漫的女儿，她的心里忽然涌上了不好的感觉。那样心思玲珑通透的安庆王妃尚且不能驾驭自己在王府的生活，那么，天生就没心眼儿的清菡呢？在门槛那么高的盛王府里，她又能过上怎样的日子？又能不能如她自己所想那样，处处受着盛骏小王爷的维护和宠爱呢？

这一刻，文夫人竟有些后悔，可她望着满院子的贺礼和已经堆起来的红色绸缎，只剩下叹气的份儿。

可这会儿后悔，已然来不及了。

第十八章　空房之喜

"王妃，谢大人已经在门口等了一刻钟了，您要不要见见？"巧眉端着盘子从外头进来，瞧了瞧站在窗前看景的云瞬，在客厅里等着的那位好歹也是朝中的重臣，她这么把人家扔在外头足足一刻钟是不是显得有些不近人情了？

云瞬仍看着窗外，好似那边有什么极好的景致特别吸引她一般。巧眉的话如同落进深井里头，半晌才得了一句回应："也好。"

虽然等了很久，可谢彦的脸上没有一丁点的焦急之态，在他对面落座的云瞬更是悠然闲适，巧眉奉茶之后很快退下去。将一室的茶香和安静留给这关系微妙的二位。

"安庆王妃。"谢彦抱了抱拳，算是见了礼，云瞬也很客气地欠了欠身子："谢大人。"左右是他来找自己，有什么事情也该他先开口，自己要做的，只是接招罢了。其实就算谢彦不说，她也能猜到八九。他选择在这个时候来找自己，无非是为自己即将要进门的女儿谢丽姝探探路罢了。

"安庆王妃。"谢彦果然先开口，从云瞬出现的时候他便晓得这个安庆王妃不是他可以随便驾驭的女人。谢彦心里立刻打定了主意，打量她时的那种犀利目光也缓和了下去，想了半晌，低声道："小女平日被下官骄纵惯了，难免性情有些……平日里如有什么地方做得不对，还请王妃多多见谅。"

原本浑身上下竖起的戒备在谢彦说这句话的时候……不知不觉就松懈了下去。云瞬在这一刻竟然有些羡慕谢丽姝，她多想也有这么一个会说话的父亲，在自己出嫁的时候替自己说些漂亮话，在自己犯了错的时候，替自己周旋一二？

"谢大人言重了。"云瞬有些词穷，从没有人教过她作为一个主母应该说些怎样的客套话？

谢大人似乎看出云瞬的窘迫，莞尔一笑，又说道："王妃自是体谅大度，是下官爱女心切，倒叫王妃见笑了。"

"听闻令弟已经启程去往乌里雅苏台？"开场白过后，谢彦放松了很多，和云瞬聊起了家常。云瞬点了点头，谢彦端起面前的茶盏来啜了一口切入正题，"想当初康平王在世的时候，曾经托下官日后多照拂李少爷，没想到还未等到李少爷登台入阁，老王爷就仙逝……"谢彦叹了口气，语气之中尽是惋惜，他注意到在说到康平王的时候，云瞬的眼中闪过一丝哀伤，他沉下语气，接着说道，"不过幸好，小少爷聪明勤勉，日后的飞黄腾达指日可待。不过……"谢彦恰到好处地拖长了尾音，云瞬看了他一眼："不过什么？谢大人但说无妨。"

谢彦笑了下："不过小少爷终归年纪尚轻，且官场上的事也不是谁勤勉、谁便可以跃居人上的，最好是能有人从旁提携一二才是上策。"

唇角溢出一抹似有若无的笑意，云瞬望着谢彦那副老狐狸似的面孔，已经将他话中的深意看透，原来他是要来用这个和自己做交易？用李云彻的仕途来换取她对谢丽姝的纵容？谢彦的算盘打得好精妙！她只有李云彻一个亲人，用他来谈条件果然是最有效的办法。

"谢大人可能误会了。"云瞬收敛起自己的目光，如水的目光坦然对上谢彦的双眸，"家父并没有想让云彻位极人臣，李家是皇室宗亲，已经享受太多殊荣，再要求多，恐怕会惹得天怒人怨。"

谢彦眼睛里的瞳仁一闪，缩如针芒："王妃的意思是老夫在欺骗您吗？老王爷的托付不会有假。"当初李图到处求人日后帮衬他儿子的事儿，岂止他一个人记得？

云瞬这一次完全笑了出来，笑意在她略显憔悴的脸上漾开，却看得让人心惊："并非是云瞬不相信您，而是……家父临终时看透人生，叮嘱我们姐弟日后不图大富大贵，只求平安百世。"

谢彦没有再说话，默默起身告辞。两人谈判交易攻心为上，谢彦一直认为自己是个中好手，可奈何对手是一个不贪不怕的女人，没有短处可以被他掌握的时候，无论他如何口灿莲花，也难以让李云瞬向自己低头。

"爹，您回来了？怎么？不顺利吗？"丽姝走近，看清谢彦脸上冷淡的表情，心里也跟着一沉，忍不住嘟囔道，"我就说嘛，您干吗去找她？她那个女人是茅房的石头，又臭又硬，很难讲话的！"

谢彦狠狠瞪了她一眼："混账！说话如此没有顾忌！什么那个女人？她是你日后的主母，你是妾室，她是正妃，长幼尊卑你也不懂了？"

被谢彦一骂，丽姝也不敢再放肆，低着头不说话。谢彦看了她一会儿，叹了口气："要不是你非要嫁给长孙舒豫，为父又何必去找她这一趟？"

"那您到底和她说什么了嘛？"丽姝心里好奇。

"为父本来想用李云彻和她谈条件，可她根本不为所动，想来也难怪，她丈夫长孙舒豫是皇上的亲表弟，手中兵权在握，是何等的荣耀？她的弟弟又何须我来提携，想我那会儿真是自取其辱。所幸，安庆王妃没有说什么让为父下不来台的话。"

听他说完，丽姝冷笑两声，抱着肩膀看着谢彦："爹，你真是犯傻，在她眼里，李云彻算老几啊？她的眼里就只看得进去一个苏墨远！"

谢彦眉心一皱，示意身边的侍从们退下，关上房门，语重心长地对谢丽姝说道："儿啊，这些话且不论是真是假，日后你都不能再说。"

"为什么不能说？她之前的那些丑事整个长安城都知道，谁不在背后议论她？"丽姝还是不服气。

谢彦一瞪眼，恨铁不成钢地啐了一口："糊涂的东西！全长安城谁都议论得，偏你议论不得！"

"凭什么！她做得，我还说不得吗？"

"没错！谁让你以后将是长孙舒豫的侧妃？一个男人最不愿让人知道的事情莫过于妻子不忠，就算她李云瞬和苏墨远真有什么，那些话也不能从你的口中说出去，你要想着维护丈夫的利益和名声，这么粗浅的道理还要为父教你？你的心眼儿都长到别人身上去了？"

一顿话骂得丽姝立刻哑口无言，谢彦说得对极了，李云瞬的丑事也是长孙舒豫难以启齿的丑事，而长孙舒豫……即将成为她的夫君。

"爹，我懂了。以后我不说了。"丽姝垂下头，低声说。

谢彦瞧了瞧丽姝那副气馁的样子，心疼地叹了口气："丽姝啊，你进了王府以后，只要不去招惹李云瞬，她是不会对你怎样的。日后要贤惠、大度，不要惹是生非。"

"知道了，爹。孩儿会努力做好一个妻子的。"丽姝换上一副笑颜。

"去吧，出阁前记着去灵堂给你娘磕头，她若在……你也不会成现在这样子。"谢彦有些疲惫，坐在椅子上摆了摆手。丽姝转身走了，望着她的背影，谢彦再一次叹气出声，"傻孩子，长孙舒豫的妻子已经是别人了，你再怎么努力，也不能抢走一颗拴在别人身上的心。"

日子便继续无风无波地过着。长安城的秋老虎来过又离开，在今夏的最后一场大雨洒满大地的时候，已是八月初八。

晨露在已经蜷曲的荷叶上打着滚儿，一眼看去尽是通透莹润之态。一早来王府道喜的客人快要踏破门槛，贺礼堆了整整一院子。可偏偏一家子人没一个脸上带着笑模样的，下人们个个如临大敌般小心翼翼，把脚步声放到最低，生怕惊扰了正屋里的安庆王妃。

王爷纳妾，她这个才做了不到一月的王府主母……心里该多难受？

"今天不是王爷的喜事儿吗？怎么前头一点动静都听不见？"巧眉往前头跑了几次，也没听见什么名堂，忍不住抓住一个小厮过来询问究竟，那小厮满脸苦笑："眉姐姐，您瞧瞧前头，院子外头刚建起来的那道围墙，您还不明白吗？"

"那围墙怎么了？不是侧王妃要建别院才修的吗？"巧眉踮着脚往那头看。

那小厮摇了摇头："哪儿是侧王妃修别院啊，那墙是王爷吩咐修的，早就下了命令，前头院子里不管乱成什么样，只要声音穿过墙这头儿来，我们可就要倒霉。"巧眉一听愣了："这是什么时候立的规矩，我怎么没听说？"

"您是王妃身边的人，不会到前院去，这命令自然没您的事儿。前一阵子，王妃不是身子不适吗？王爷说怕扰了王妃休息，才这么做的。"

"那侧王妃修别院，那么大的动静怎么可能会听不着？"巧眉又追问，那小厮支支吾吾半天，才说："给侧王妃修的别院……不在这儿。"

"不在这儿？那在哪儿啊？这儿不就是王府的后宅吗？"巧眉被他说得有点发蒙。

"王爷在王府里另挑了一处宅子给侧王妃修……修了别院。"小厮说到最后几乎是拿舌头一带而过，这事儿……贺叔交代过，不让说。

巧眉立刻抬眼看了看敞开着的卧房窗扇，心里沉甸甸的："你去忙吧。我知道了。"小厮如获大赦，立刻跑了。

来在房门之前，巧眉整理好自己的表情，换上一副大大的笑脸："王妃，您晌午要吃什么？奴婢这就吩咐厨房去做。"

飘着白檀香的房间里，云瞬正坐在桌前临帖，巧眉一进来，她便放下笔："我中午没什么胃口，随便备些吃的就好。一会儿你到前头去看看，对了，晚雨，你也叫几个伶俐的丫头过去帮忙，前头冯妈怕是要忙不过来。"

晚雨是新被贺叔调过来的丫头，年纪不大，却老成持重，听了云瞬的话，轻笑道："王爷让咱们伺候王妃，可没说让伺候侧王妃。咱们哪儿都不去，就在这儿伺候您。"

巧眉也跟着说："是啊，王妃，您别操心前头了，前头……自有人忙活，我们几个还是留这儿伺候您吧。"

她们不愿去，云瞬也不强求，忽而想起一件事来："初晴呢？一早上没见她了。"

晚雨似乎才发现初晴不见了，脸色一变，立刻说道："奴婢去找她。"初晴是和她一起被挑来的丫头，可性子却活泼好动得很，今天是重要的日子，她可别惹了什么麻烦才好。晚雨刚出了门，就看到有几个侍女在树底下窃窃私语。

"你没瞧见吗？那边好大的气派，光是装缎子的箱笼就有五六只，还有那么多的珠宝首饰，真是漂亮极了！"

又听另一个低着声音说："要是再晚几天就好了，咱们就能去伺候那位新夫人了。可惜了……"

"别乱说，你来得晚不晓得，王爷对咱们这位多上心。"

"可我总听人说，妻不如妾，搞不好最后还是侧院的新主子风头盖过咱们这位正主儿。"

晚雨沉着脸，咳了一声，从房檐的阴影里走出来，惊得那几个小丫头一跳，里头一个穿着与别人不同的小姑娘一看是她，立刻吐了吐舌头，不敢再说。晚雨走到她们近前："你们几个，眼皮子怎么那么浅？咱们都是王爷亲自挑出来的，王妃待咱们哪样不好？背地里说这些有的没的，让贺叔和冯妈听见，怎么得了？快去忙自己的活儿吧。"

"初晴，你过来，王妃刚找你呢。"晚雨一见初晴要溜，赶紧叫了一声。初晴耷拉着脸，走过来："知道了，晚雨姐。"

"我告诉你，你比她们身份都高，不要和她们这些小丫头一般乱说话。王妃是正妃，又早进门，以后生个一儿半女就更尊贵，现下那边的风光算得了什么。以后要多给那些小丫头说这些，不要像她们一样轻浮。"晚雨一顿说，初晴不敢再说话，一个劲儿点头。晚雨走了几步，又叮嘱说："一会儿见了王妃不要说前头的事，王妃要是问起来，就说不晓得，明白吗？"

"是，我知道了。"初晴也觉得晚雨说得很有道理，王妃的确对她们不错，要是王妃真伤心的话……她也会跟着难受的。

225

书案上一副字已经写完，云瞬正端详，听见晚雨和初晴回来，也没回头就吩咐道："你们几个收拾一下，一会儿我要去盛王府。"

三个小侍女面面相觑，半晌，巧眉挤出一个笑来，半开玩笑似的说："王妃您是忘了吧？今天晚上……侧王妃还要给您敬茶，您……不能出去。"

要眼睁睁看着自己的丈夫和另一个女人洞房花烛，三拜天地……这滋味……一定很痛苦。巧眉说完，懊恼得只差想要咬掉自己的舌尖，可这些话不说……也是不行的吧？

云瞬"哦"了一声，摸了摸自己的额头："是啊，我还真忘了。那好，晚雨，你带着初晴，再挑几个人，去盛王府吧，给清菡说一声，我这边还有事，晚一点过去观礼。"

晚雨点头，带着初晴走了。

初晴走到外头，才敢低声说道："晚雨姐姐，咱们王妃真是一点都不在意王爷啊。"

晚雨没说话，长长地叹了口气："走吧，咱们去盛王府。"

傍晚的时候，舒豫来了。

巧眉小心翼翼地伺候着他，舒豫环视一圈也没看见云瞬，巧眉立刻解释道："刚有人来说后院池塘里的荷花结了莲蓬，王妃去赏花了。"

舒豫挑了挑眉，他都要和别人成亲了，她还有心思去赏花？

碧清的池水，红得像火的锦鲤，白玉的石桥，着淡青色长裙的云瞬侧坐在青石凳上，拿着鱼食，慢慢朝池子里抛撒，引得许多的鲤鱼凑过来争相抢食。舒豫站在她十几步远的地方，不由看得痴了。

她总算不把自己闷在屋子里，肯出来看一看，走一走了。舒豫稍觉欣慰地想着，脚下朝她移了过去，缓缓抱住她窄窄的肩膀。云瞬一怔，那股独属于他的湖水般清凉的味道提醒她，背后这个男人是长孙舒豫。

"在看什么？"他把头埋在她的发丝之间，那上面有好闻的兰花香气，幽静的，又孤僻的味道，宛如她本人。

云瞬垂下眼帘，感受着他身上传来的暖热："在看鱼。"

似乎对她会好好回答自己的问题而感到意外。舒豫也愣了一下，云瞬回身看了他一眼，顺便离开他的怀抱，他前头的事情不去忙，做什么跑到这里来？

"我准备了一样东西，等过阵子弄好了，就带你去看。"蜜色的眼眸深处，有浓浓的爱意和眷恋，云瞬不敢去看他的眼睛，只好侧目去看鱼，鱼儿没有

226

了食物的诱惑，纷纷游远。

其实他何必花费心思去讨她欢心？今天是他纳妾的喜日子啊。

"王爷，王妃，您原来在这儿哪，前头都准备好了，一会儿晚宴就开了。您二位也该换换衣裳，准备准备了。"湛栌找了一圈也没找到舒豫和云瞬，险些以为这两位是私奔离府，把他们给扔在这儿不管了。

"知道了。我陪你过去。"舒豫拉起她的手，一如既往地走在她身侧，替她挡住一侧来风。好像是那年围猎，他骑在马上，抱她在怀的时候，他也是这样替她挡风的。

"不用了，你去吧。"鬼使神差的，云瞬说了出来，说完，自己也一愣，有些不知所措地看着舒豫，他蜜色双眸之中有喜色连连，攥紧握着她的手："不……我还是……陪着你。"

云瞬低下头看着他握住自己的手，那样大而温暖的手，不得不说，在秋天即将到来之前，它正在给自己温暖。至少，在面对荒凉之前，她没有感到寒冷。

他坚持，她也不好再说什么。一直到巧眉和梳妆的嬷嬷给她打扮妥当，她才走出来，舒豫在卧室外等她，看见妆扮起来的她容貌更觉明艳，唇边竟不由自主地带出笑意，她就像一朵娇嫩的花朵，幸好，他没有让这朵花枯萎在他的手中，它此刻正在绽放出华贵和高雅的美，而这美，是因为他。

他走过去，牵起她的手："走吧。"

当他们二人同时出现在喜堂的时候，所有的宾客几乎都有一瞬间的失神。这才是真正的一对璧人，是真正的天作之合，而……在纳妾的喜宴上，长孙舒豫与正妃携手而出，这本身就是最有力的证明。

饶是盖着红盖头，丽姝也能听见身边有人发出低声的赞美，可这赞美却不是因为她这个新娘子。

谢彦坐在侧位，他虽成了舒豫的老丈人，可奈何舒豫的品阶太高，又是皇亲，他这个丈人见了他，也要先起身离座。

连他都在忍耐，何况是谢丽姝。

喜宴进行得没什么滋味，司仪说着吉庆的话，喜婆们笑得合不拢嘴，却没有一个人祝这对新人早生贵子。

在舒豫行礼的时候，云瞬就坐在他的身后。她从没想过自己会在安庆王的婚礼上成为这样尴尬的一个角色，众人各种各样的目光纷纷掠过她的脸庞，而她能做的，只是时刻带着得体的微笑，朝每一个来给她道喜的人点头还礼。

227

这就是她，安庆王妃此时该做的事。

心里的某个角落在悄悄地泛起酸涩，原来，她不是一点都不在乎，说到底，她终归是个女人。

她眼中一闪而过的落寞没能逃过舒豫的眼睛，那一瞬间，他很想抛开谢丽姝，跑到她身边，安慰她，亲吻她，告诉她这一切只是逢场作戏。

可他不能，这也是他大唐朝的安庆王，此刻该做的事。

在喜婆的引荐之下，谢丽姝顶着大红的盖头，亦步亦趋地走到云瞬的面前，重重跪在地上，规规矩矩地行礼，又接过喜婆递来的热茶，毕恭毕敬地双手呈给云瞬。

牙齿被自己咬得发疼，她谢丽姝高傲的膝盖竟然在她这个死对头面前跪在了冰冷的地板上！丽姝的脑海里忽然涌起十年前她得知云瞬被逐出京城时的场景，那时候她天真地以为老天爷眷顾了她，再也没有人可以与她抢长孙舒豫，可惜，她高兴得太早。十年之后，还是这个女人，高高在上地坐在她的面前，而她，不得不卑躬屈膝，尊一声："王妃请用茶。"而她以后在她和他面前，要自称"奴婢"，每天晨昏定省来给她请安，这尊卑要如同滚烫的火钳一样，深深地刻进她的骨髓之中。

这就是她，苦苦思恋一人而得到的苦果，也是作为一个侧室该做的事。

天地为炭炉，谁不是在默默承受，苦苦煎熬？

云瞬隔着盖头瞧了一眼丽姝，淡淡地接过茶盏，喝一口，再放到身后的托盘上，取出一个红包来，递给身边的巧眉，再说一声："好。日后你我二人要齐心服侍王爷，为长孙家开枝散叶。"

舒豫皱着眉看着这一幕，没有说话。

拜过天地之后，新娘子被送到新房，与众人应酬了一阵的舒豫忽而朝云瞬走了过来，云瞬不知道他要做什么，下意识地往后退了一步，舒豫眉心一蹙，上前握住她的手："怎么？不舒服了吗？"

云瞬有一时的没有反应过来，她呆呆地睁大眼睛看着他，舒豫的眼睛里似乎有隐忍的笑意，好像一个正在琢磨干坏事的孩子似的调皮，就着云瞬所站的位置，舒豫拉着她往前走了两步，吩咐身边贺叔道："照应好宾客，我先送王妃回去。"

这算什么？当着这么多人的面给谢家父女一个下马威？还是让所有人都知道她才是这安庆王府里最得宠的女人？

"你……还是回去吧。"云瞬被他拖着走出喜堂，走了几步停下来，和他牵在一起的手与他身上的大红喜袍有些格格不入。

舒豫也停了脚步，她说出这番话时的神情让他忍不住心疼，她总是这样，当他伸出手握住她的时候，她想到的，只是离开。

不是她自己离开，就是让他离开。

心里一堵，舒豫冷淡淡地冒出一句话来："你不走，我就抱你了。"云瞬又是一愣，这次她抬头看着他了，这么赖皮的长孙舒豫……她还是第一次见。

舒豫心里一阵得意，挽着她的手，将她送回正屋，门前的庭院里正有一片月光皎洁，云瞬盯着他衣裳的一角，低声道："我进去了。你……"

"不打算让我留下来吗？"他半撑着正屋的门，半低头看着她。

云瞬忍不住又抬眼看他，今天的舒豫……太奇怪了。可她不敢看太久，那样的一对蜜色眸子里宠溺的意味太浓，那里面的期待的意味也太浓，浓得她喘不过气。半晌，她摇摇头，让他留下来？她没那个打算。

显然这动作是在舒豫的意料之中，她肯好好回答自己的话已经出乎他的意料，让他留下这件事，是他的奢求。

舒豫叹了口气，揉了揉自己的鼻子："哦，那我走了。"他嘴上说着，身子一转却晃了下，臂弯里一紧，是云瞬手疾眼快地扶住他，难怪他今天这么奇怪，敢情是喝多了。那个看起来不胜酒力的男人眼睛里却一片清清亮亮的，比平时还要清醒几倍，故作娇弱似的趁机抱住她，嘴角却扬起笑纹："你先休息，我一会儿来陪你。"

云瞬的脸上一阵阵发烧似的火热，推开压在她身上的舒豫，偏过脸吩咐低着头不敢看的巧眉："送王爷回去。"巧眉应了一声，过来替她扶住舒豫。云瞬看着舒豫跟跟跄跄的步子，忍不住加了一句："嘱咐湛栌，别让王爷再喝了。"

"知道了，王妃。"

两人走了一会儿，直到云瞬肯定看不见的地方，舒豫停下脚步，回头看着她站过的那片皎洁月光，自己偷偷笑了起来。巧眉揉着胳膊低声嘟囔："王妃在意您，您这回可开心了。偏您这会儿还喝多了。"

舒豫根本没有反驳这话的意思，满脸洋溢着幸福的笑意，也不知是对巧眉说，还是对自己说："大概只有喝多酒之后才能对她说出那样的话吧。"也只有他站不稳的时候，她才不会推开他吧？

喜堂里因为男主人的忽然退场而显得气氛特别尴尬，管家老贺和湛栌两个人忙成一团，湛栌偷眼瞧着脸黑得似铁的谢大人，心里也觉着怪不是滋味，却又觉得解气，比起之前谢丽姝的种种行为，王爷这样做，也不算为过。

等舒豫重新回到喜堂的时候，宾客们陆陆续续离去，长了眼睛的人都瞧得出来，谢大人的姑爷是铁了心给他这个老丈人下马威，喜堂里的喜气儿没多少，火药味儿倒是十足，他们都是些不相干的，何苦留在这儿当炮灰碍事呢？

舒豫擎着酒杯坐回自己的上首位，似笑非笑似的对谢彦举了举手里的杯子："内子身子不好，让谢大人久等了。"

"不敢。"谢彦纵有天大的怒气，也只能咽下去，陪着舒豫干了这一杯苦得尝不出味道的酒。

"这桩婚事是怎么来的，你我心知肚明，劳烦谢大人多多提点些令爱，为人处世的道理和分寸。进了长孙家就该守规矩，懂礼数，否则，到时候莫怪本王没有顾及您的脸面，长孙家的家法不是摆设。"舒豫斜靠在椅子上，蜜色的眸子里有冰冷的光，连同他的白发，一并给人冷酷难近的压迫感。

谢彦眉头抖了几抖，长孙舒豫终究还是给了自己警告，到现在，他才醒悟到自己支持谢丽姝嫁进长孙家是一个多么荒谬的决定！长孙舒豫非但不能被自己左右，还要和他站在对立的层面上，这让他如何对一心想要拉拢舒豫的萧淑妃交代？这样里外不是人，日后他在朝堂上……就更难做了。

"王爷，您怎么还在这儿坐着呢？新娘子还等着您去挑盖头哪。"喜娘三三两两地聚拢上来，有胆大的先开了口，舒豫又喝了一杯，缓缓站起，该他做的事儿，他还是得做完。

到了洞房所在的跨院，湛栌慌慌忙忙地跑过来，拨开一个扶着舒豫的小厮凑上前，低声道："王妃正在换装，估计是要出门了"。

舒豫闻言定住身，想也没想转身就走。喜娘们面面相觑，刚才好好的要去看新娘子，这会儿是怎么了？

湛栌打发人去备车，自己转回身掏出红包分给那些傻在那儿的喜娘："王爷有正事要去办，你们去陪陪侧王妃吧。记着，该说的说，不该说的一个字儿都别提。"

喜娘们开开心心收下沉甸甸的红包，个个笑逐颜开地去给谢丽姝道喜。

等舒豫快步来到大门口，正好赶上云瞬一脚门里一脚门外，他快走几步，拉了她一把，带着嗔怪的意味："大半夜的，出去也不知道让人告诉我一声？"

云瞬一惊，被他扯得把腿又缩了回来。今天是他纳妃的好日子，她干吗要去给他添事儿？不过，他现在不是应该在洞房里陪谢丽姝的吗？怎么跑来这里了？

舒豫看着她一动不动地朝着自己发呆，轻声咳了两声，顺手解开自己的衣裳把喜袍脱去，云瞬这才发现，他火红的喜袍里头另有乾坤，竟是穿着一身平日惯穿的常服。

"王爷，给盛骏小王爷的贺礼早都备好了，您和王妃直接过去就是了。"湛栌极会察言观色，看云瞬没明白，立刻解释。

"走吧。"舒豫扶着云瞬上了马车，自己靠在侧壁上，长长舒了口气，这一个晚上，可真够他折腾的，侧头看了看沉默的云瞬，舒豫换了个姿势，把头靠在她的肩膀上，赖皮地哼了两声，"到了盛王府叫我。"

舒豫身上的酒气遮盖住了他身上湖水般冷冽的气息，却仍然让云瞬觉得熟悉和心安，他靠在她的身上，却刻意把重心转移，没有让她觉得辛苦。这样一个细心周到的男人，却将一个爱慕了他十几年的女子扔在洞房里不管了。

这样又温柔又冷酷的长孙舒豫……让云瞬越来越看不明白。

同样是办婚事，盛王府里显然热闹得太多太多，府里的人上上下下都喜上眉梢，老远瞧见安庆王府的马车来了，都聚拢过来争着给舒豫安置下马石，湛栌笑得停不下来，指着这群人："行了行了，一群人闹闹哄哄的，王爷给你们的赏钱都备好了，一个个排好队过来领吧。"

一群人笑逐颜开地哄闹着过来给舒豫和云瞬磕头谢赏。云瞬瞧着他们开心的模样，自己也跟着心情变好了。

"哎哟，舒豫哥，我还以为你今天不过来了呢。清菡，云瞬姐也来了！"盛骏从屋里迎出来，看着这两个人握在一起的手，一把拽住闻讯赶来的清菡，搂住清菡就亲了一口，"瞧瞧，这两人。咱也得来一个。"

清菡难为情地推开盛骏，一边摸了摸脸上被他亲过的地方："你这人……喝多了是不是？找打啊！"

"云瞬姐，舒豫王爷，你们今天能来我真是太高兴了，我和盛骏都以为你们今天太忙，过不来呢。"清菡穿着新娘子的凤冠霞帔，火红的亮色衬得她更美，更火热。云瞬拉着她的手，上上下下看了好几遍："恭喜你们了，清菡、盛骏，祝你们白头到老，早生贵子。"

清菡嘟了嘟嘴巴："谁要给他生子啊？天天围着小娃娃转，我就该变成黄脸婆了。"她嘴上这样说，可满脸都是难以言喻的幸福喜悦。

一旁含笑的舒豫听了云瞬的话，忽而心里一动。盛骏了解他，揣着手，露出坏笑："是啊，是啊，云瞬嫂子，你什么时候给我大哥添个儿子啊？你们都成亲多久了，可别让我和清菡比下去啊。"

云瞬眼神躲闪了下，趁机避开舒豫注视着自己的眼神。

新房里，谢丽姝已经快要坐到入禅，一遍一遍吩咐贴身侍女玉婷去前头打探情况，一场婚宴要持续那么久吗？应酬那么多人，舒豫他会很辛苦吧？李云瞬成亲的时候，也像自己一样在洞房里等了这么长时间吗？

心里想着这些个乱七八糟的事情，谢丽姝不困也不饿，外头脚步声一响，她立刻坐直了腰。喜娘们从门外拥进来，大声地说着吉庆的话，丽姝觉得心烦也只得忍着，等她们喜歌儿都唱完，赏钱都领完，也没见到她最想见的那个人。

"舒豫呢？王爷呢？他还在前面应酬吗？"她忍不住问了出来，洞房花烛夜，她可是新娘子，找找新郎官不算丢人吧？

刚才还叽叽喳喳的喜娘们顿时都变成哑巴，谁都不敢再说话。丽姝问了两遍没人回答，一把抓过玉婷："我问你，舒豫呢？他去哪儿了！"

玉婷勉强挤出一个笑容："王爷他有正事，刚……刚出府了，让奴婢们来陪您。您想吃点什么，奴婢给您去做。"

"王妃呢？李云瞬呢？"新娘子的羞涩和喜悦已经统统退去，只剩下被冷水浇头过的冰冷心境。

"王妃……她……"玉婷不敢说。

"说！"

"王妃和王爷一起出去了。大概……是给盛骏王爷贺喜去了。"

"啪。"

一天的隐忍终于到了尽头，丽姝扯下自己头上的红盖头，珍珠帘断开丝线，拇指大的珍珠噼噼啪啪地撒了一地，跳得到处都是，惊得一众侍女喜娘不敢再动。

她苦苦等待了十几年的洞房花烛竟换来这样的一个可笑结局！桌案上的红烛和拼在一起的双喜字变成一双双讥笑的眼睛。没错，她用整个少女时期思恋的男人就是用这种方法来告诉她，她到底有多可笑！

"出去，你们都滚出去！"丽姝再也不能忍受这种无视和羞辱，把一片怒气都发泄在屋内的瓶瓶罐罐上，那些基本上都是她的陪嫁，上好的古董花瓶，少有的玉件摆设，统统被她摔成粉碎，一如她此时的心。

有人给冯妈和贺叔通报，两人站在跨院外头，听着屋里乒乒乓乓的声音，还有女人压抑了太久的哭泣，谁都没有动。冯妈看着贺叔，两人都是一脸苦笑。

这太平了许久的安庆王府，以后怕是再难安宁了。

第十九章　送子观音

清早，舒豫和云瞬围坐在桌边吃早茶，等着盛骏和清菡这对小两口儿过来一起早饭。盛骏的爹娘都在，家里亲戚也多，少不得要清菡一顿忙活。等了半晌，那两人还连点儿影子也没见着。

舒豫忽然把手放在云瞬的肚子上，听里头一阵咕噜，忽而轻笑起来。

云瞬侧了侧身，好歹是在别人家里，他也没个忌讳，长孙舒豫还真是和盛骏……不见外啊。

"有茶汤冲一碗来。"舒豫吩咐身边的湛栌，身边有乖巧的侍女抢着要去被湛栌拦下："不劳烦姐姐，我家王妃饮食上有忌讳，还是请姐姐带路。"

云瞬听得莫名其妙，她饮食上有忌讳？她自己怎么不知道？

舒豫把她面前的茶换掉的工夫，盛骏和清菡两人并肩走进来，清菡脸色有些苍白，云瞬心疼地拉住她的手："怎么了？看你气色不好。"

盛骏看起来有没什么精神，打了个哈欠："昨晚闹腾一宿，早上老早就被人叫起来，我还好，清菡最辛苦，刚才被我那些姑妈婶娘教导了很久。"

"教导什么？"云瞬有点不明白。清菡苦瓜着脸揉着自己的腕子："还能教导什么，就是让我好好伺候盛骏小王爷，给盛家开枝散叶，传宗接代，还教了一堆相夫教子的道理，姐姐你瞧我这手腕子，一早上捧茶捧得都肿了。"

盛骏更心疼，半空里拦下清菡的一双手，放在掌心揉着："你练武都没这么累过吧？哎，还好那些人明天就走了。"

舒豫看了一眼若有所思的云瞬："怎么？现在才发现嫁给我的好处吗？"

云瞬假装去拿茶，没搭理舒豫。盛骏和清菡听得稀奇，互相看了一眼，清菡最忍不住话，扯着云瞬的胳膊问："姐姐，你和舒豫王爷什么时候这么好了？"

舒豫神色不变，抢先一步拿走云瞬的茶，正巧湛栌端着刚冲好的茶汤进

233

来，摆在云瞬面前，嬉皮笑脸地说："我家王爷和王妃一直都好似蜜里调油，不次于您二位。王妃，您的茶汤，莲子去心，红枣去核，没加冰糖。"

"不加冰糖吃着多没滋味啊。"清菡舀了一勺放嘴里，忍不住嘟囔。湛栌转过脸来龇牙一笑："小盛王妃您多担待吧，我们王妃吃茶汤不能放糖，放了糖呢，就要胃痛。王妃胃痛呢，我们王爷就要心痛。王爷特意嘱咐过咱们的，咱们哪儿敢不记着。"

原来他刚才说的自己的忌讳就是这个？吃了甜的就会胃痛，她好像是有这个毛病，可她自己……一直也没往心里去。

"哎哟，听得我牙都酸了，赶紧的，上早饭，我这儿都饿死了。"盛骏捂着腮帮子，招呼手下人赶紧准备早饭。

几个人说了会儿话，云瞬瞧清菡困得都快要睁不开眼，和舒豫两人起身告辞。盛骏扶着摇摇晃晃的清菡："舒豫哥，云瞬嫂子，我送送你们。"

"别忙乎我们了，看着点你媳妇，让她好好歇着。盛王府里人多嘴杂，你需时时提点她，把事情想在前头。"舒豫临走的时候叮嘱盛骏，云瞬站在舒豫的背后，他挺拔的背影映在她的眼中，还有舒豫说的那些话，让她似乎看见这样一个身影在她看不见的地方，将一重重的麻烦阻挡在她的世界之外，让她免于打扰。

"在想什么？"舒豫走了几步，发觉她没有跟上。云瞬摇摇头："今天我得进宫一趟。"

"嗯。"舒豫拢着她的手，并肩走着，按道理，她今天需领着新进门的侧王妃一起进宫给皇后请安，沉吟片刻，舒豫终于还是说了出来，"你进宫去转转，陪皇后说说话，她那边，叫冯妈陪她去就是了。"

他这是怕自己吃亏吗？经过昨天晚上那么一闹，谁还敢认为侧王妃风头更高一筹？谁还敢揣测他的心意在谁身上？云瞬走了几步，停下来："昨天……你不该陪我来的。"

舒豫吸了口气，也停下来看着她："你的意思是我应该留在那儿和谢丽姝洞房花烛吗？"

听他口气不善，云瞬叹了口气："总归是王府的侧妃，你……"

"知道了。"舒豫截口拦住她后面的话，她现在可有题目了，不仅推开他，还要把他推到别的女人身边去。

云瞬知道他在生气，可还是说了后面的话："我是说，你不要让谢大人太难堪了，谢丽姝有错，她爹也很委屈。"

"他委屈？我还委屈呢。我是一时糊涂才把她当成是……要不她休想进我长孙家的门。"云瞬讶然地转身看着他，任性起来的长孙舒豫其实……有点可爱。

"走，别再提她，烦心。"他说完，又捞起她的手往手心里一握。云瞬这一次没有说话，他们几个人这一场风花雪月的故事，似乎已经很难说清谁是谁非。

她本以为回府之后会看到一个歇斯底里大吵大闹的谢丽姝，没想到，她才到府门，谢丽姝就从里面迎了出来，给她和舒豫见礼，两人进了大厅，她又亲自奉茶，尽足一个妾室的职责。

舒豫一直沉着脸，刚才的任性和抱怨简直像是云瞬自己的幻觉，此刻的舒豫还是那个冷颜冷面的安庆王，让人见而生畏。三个人坐在一起，冰冷且尴尬的气氛凝聚在整个大厅，舒豫的冷酷气息似乎能冻僵在场的所有人。

"王爷，上朝的时辰快到了。"湛栌机灵，一见三人坐在一起没话说，赶紧扯开话题。舒豫看了一眼垂目喝茶的云瞬："好好休息，我中午回来。"说完随湛栌离开。

"奴婢今天和冯妈学了烹茶，不知道合不合姐姐的口味。"丽姝笑得很温柔，像极了一个贤良的妾室。长孙舒豫刚才说的话她当然都听见了，可是听见了又能怎么样呢？她除了忍气吞声还能做什么？

"丽姝。"云瞬看着站在自己面前毕恭毕敬的谢丽姝。丽姝听她开口，脸上的笑容淡了几分，语气里也换上了几分怨愤："奴婢在。"

"舒豫不在，有什么话我们就敞开说吧。"这样僵着其实很没有意思，云瞬不是一个喜欢拖泥带水的人，她淡淡地扫了一眼丽姝经过刻意修饰的眼睛，黑眼圈还是很明显，显然，她昨晚上根本没有睡过。

"你根本不需要做这些事，在这个府里，你要讨好的人只是安庆王一人而已，而我，你只要不来招惹我，我也不会有兴趣和你争什么。"云瞬说得声音很轻，却如炸雷般炸得谢丽姝的假面崩塌。

她酝酿了一夜的平静被云瞬的区区几句话击破，她倒退几步，指着云瞬冷笑道："没错，你从来都没和我抢什么，可你的存在本身就夺走了我的一切！十年前你为什么要出现在舒豫的生命里？十年后，你又为什么要回来？如果没有你，我就不会是你们的奴婢，舒豫他就会是我一个人的王爷。你不和我抢，是因为你已经什么都握在手中，你还要抢什么？"

云瞬也叹了口气，没有立刻说话，站在她身后的初晴、晚雨见状不好，

235

将房里的侍女都遣出去，只剩下和丽姝最亲的玉婷。

　　"既然那么不情愿，为什么还要进这个家门呢？既然进来了，又为什么还要抱怨呢？难道你在进门之前没有想过以后要和我共事一夫这件事吗？也没有想过这之后的每一天你都要对我卑躬屈膝地献茶讨好吗？"云瞬抬眼看她，神情十分冷漠。

　　"我怎么会没想过……可我咽不下这口气，凭什么你一回来就什么都有！"谢丽姝终归是个爆竹脾气，忍耐的假象只能维持片刻光景。

　　"想要什么都有就先要学会失去，我今天所拥有的一切，也并非是我的本意。"云瞬不想和她纠缠下去，站起身准备离开。谢丽姝追上她几步，狠狠地道："我会抢回属于我的一切，舒豫的王妃只能是我。"

　　"去抢吧，只要你能抢到。"云瞬停住脚，半侧着身看了她一眼，眼神里充满着同情和怜悯，"不过我还是好心提醒你，你除了是安庆王的侧妃，你还是谢彦的女儿。不要忘记你的本分。日后，你的请安就免了吧，既然彼此看不顺眼，又何须假惺惺做这些扭捏之态让人发呕呢？"

　　"为什么？"丽姝不明白了，"现在的你明明可以趁机羞辱我，编排我，你甚至可以阻挠我嫁进长孙家，可你为什么没有那么做？"

　　为什么？

　　云瞬反复玩味了一番她的问话，停了停脚步，这一次却没有回头看她："你把一颗心放在长孙舒豫身上十几年不曾变过，这一点，我不如你。"

　　背后的丽姝傻傻地站在原地，她亲口承认不如自己，可她为什么现在的心还是那么酸痛，那么苦涩。强撑着的那口气忽然泄了，丽姝顺着椅子哭坐在地上。

　　庭院里的风有些萧索的冷意，可再冷的风也吹不熄她身上缠绕的妒火。

　　她不如她，可这又有什么用呢？

　　两仪殿上永远都那么整洁宁静，命妇们一早来给皇后请安，坐在殿上互相说些私房话，当然少不得议论昨天京城的那两场婚事。

　　正说话间，换洗一新的丽姝也来给王皇后请安，顿时，殿内的气氛安静了下来，好几十双眼睛在谢丽姝的身后找了又找，也没看见李云瞬的影子。

　　皇后笑容可亲给她说了些为人妇的道理，又赏赐了些绸缎。皇后留她们一起用了早饭，继续说些闲话，有多嘴的夫人忍不住好奇，问道："怎么今日未见安庆王妃？"

王皇后看了她一眼，那人不敢再多话。丽妹得体地笑道："有劳夫人挂念，姐姐昨日操劳，兴许是贪睡了会儿。"

"丽妹果然是大家闺秀，识得大体，安庆王几辈子修来的福气，得了你这样的佳人。"皇后开了口，其他人赶紧跟着随声附和。

两仪殿外的甬道上，云瞬正低着头，给萧淑妃见礼。

"怎么？来了，却不进去，是在躲着谁吗？"萧淑妃上下打量了云瞬一圈，"云蜀山的绸锦、东海盛产的黑珍珠耳坠，看来，安庆王他对你当真不错。"

云瞬微微一笑，没有多言。

"正好，本宫也不想进去，随我走一走吧。"萧淑妃开了口，云瞬只得陪着她慢慢朝花园那边走着，"听说，昨天舒豫把新娘子一个人扔在王府，陪你在盛王府待了一夜，是不是真的？"

"确有此事。"云瞬答应得很痛快。

"不怕这会儿谢丽妹去找她爹搬救兵？给你杀个什么回马枪？"萧淑妃慢下脚步，饶有兴致地问道。

云瞬淡笑出声："盛骏王爷和舒豫一向交好，昨日是盛骏小王爷大婚，舒豫去给他道喜，也是常情，我想丽妹她会理解的。"

"难怪安庆王对你死心塌地，李云瞬，你和寻常的女了很不一样，虽说丽妹能嫁进安庆王府是本宫一手促成，可本宫现在倒是对你有了几分好奇，好好和丽妹斗一斗，别让本宫失望。"妖艳的大红指甲掠过云瞬的脸颊，带着几分挑衅，也带着几分戏谑。

这么大胆地承认是她促成丽妹和舒豫的婚事倒是出乎云瞬的意料，可她的惊讶只是一瞬间，很快，云瞬抬头看着眼前兴致正浓的萧淑妃："恐怕要让娘娘失望，云瞬没有兴趣和丽妹斗气邀宠，她想要什么，只要她能抢到，就都是她的，包括安庆王妃的位子。"

两双眼睛对视在一起，萧淑妃透过这对深如老泉的眸子依稀看到另一个人的影子，一样的骄傲，一样的不为人所控！这样的女人……走到哪里都会成为男人的蛊惑。

"娘娘要没有别的吩咐，云瞬就告辞了。"

"这个安庆王妃好大的派头啊！她胆子好大，当真不怕您吗？"锦安在后面有些不忿。萧淑妃摆了摆手："她哪里是不怕本宫，她是什么都不怕，一个没有牵挂的人，又有什么值得去畏惧呢？不过……本宫现在倒是越来越喜欢她了。"锦安看着萧淑妃若有所思的眼睛，没有明白她话中的意思。

"云瞬，你在这儿呢。"正慢慢走着的云瞬背后被人一拍，她回头，原来是武媚娘，一个多月不见她比之前似乎圆润了些，可气色有些不好，脸上白怏怏的。

云瞬一见是她，心里欢喜，将她拉到路边："你最近怎么样？过得还好吗？萧淑妃有没有难为你？"

"没有。"武媚娘摇了摇头，"才怪呢！"

"你这人说话怎么大喘气！我就担心她会不会刁难你，故意找事儿。"

"我是存心逗你的，不过你放心，凭她那点心思还整治不了我的。"武媚娘说着拍了拍胸脯，云瞬担忧地看了看她的肚子："这个你打算怎么办？快显怀了吧？到时候可就藏不住了。"

"这个我已经有了打算，等时机成熟，我就会和陛下摊牌的。"武媚娘摸了摸肚子，也有些担心，"可我总这么束着带子不知道会不会对孩子不好。"

她一说云瞬也跟着担心："你在掖庭局里吃不好歇不好，要不，我想办法把你调出掖庭局？"

武媚娘感动地拉着云瞬的手："我在宫里就认识你一个人，也只有你对我最好，可我现在不想离开掖庭局，那个张管事吃了我不少好处，我这时候走，岂不是太便宜她了？孝敬她，可是花了我好几张金叶子呢。"

"行，这事儿你自己琢磨，什么时候想要离开掖庭局就让香螺和我说一声，我给你想办法，别太苦着自己，也多替孩子着想。"

"别光说我了，听说你们家长孙王爷新娶了个小老婆，你以后的日子怎么办？"武媚娘坏笑了下，"要不要姐姐我把生儿子的秘方告诉你一个啊？"

云瞬笑着推了她一把："你这人说话三两句没个正经，你自己这个还不知道是不是儿子，怎么教我啊？"

"我出来时间也不早了，得回去了，你有时间常来看我啊。"两人依依不舍话别，云瞬走了没多久，香螺急急忙忙跑来："主子，您在这儿呢，皇后散了茶局子，这会儿要回寝宫安置了，您赶紧回去吧，哎？那人……看着好眼熟。"

"是安庆王妃啊。"武媚娘看香螺踮着脚往那头瞧，敲了下她的头，"别看了，以后有的是机会见面的。"

甬道上空无一人的冷清，一墙之隔的甘露殿里不时传出宫女们的欢笑声，爬山虎在墙头钻出脑袋来。云瞬忍不住摘下腰上的陶埙轻轻抚摸着静静出神，不防背后有人唤了一声："安庆王妃？"

云瞬回身打量叫自己的这个侍女，自己并不认识。

"奴婢是容安姑姑身边的，您快去前头瞧瞧吧，前边……出事了。"

云瞬忍不住打了一个激灵："什么事？"

那个小侍女似乎有些同情她似的："是侧王妃，刚才晕倒了。"

谢丽姝？

还真能折腾啊，早上和自己乱吼乱叫的时候精气神儿还大着呢，这么一会儿工夫不见就晕倒了？云瞬无声息地挑起唇角笑了下，在王皇后的跟前儿她也能这么肆无忌惮，谢丽姝真是好胆量。

云瞬整了整自己的衣裳，打起精神："烦请姑娘带路。"

前殿里好多人来来回回端茶拧手巾，御医也被宣上殿来为谢丽姝诊治，这么会儿工夫竟比刚散的茶局子还热闹了不少。

清菡在两仪殿外头踮着脚眼巴巴地总算等来了云瞬，几步抢上前："姐姐你可来了，谢丽姝刚才还好好的，这不，萧淑妃刚进殿，她就晕倒了，怎么就这么巧！依我说，是她们私底下串通好的！"

云瞬嗔怪似的捏了清菡的手一下："别胡说，人多嘴杂的。"没说话。随着容安往里头走，里头果然乱七八糟的，闹哄哄的，一群人围在人群外，引论纷纷。

"安庆王妃，给您道喜。"远远地听见一句这个，云瞬愣了下，还以为是在和自己说话，清菡指了指，原来是老御医在和谢丽姝说话。

老御医慈眉善目，笑起来连眼睛都找不着了，丽姝缓缓睁开眼，看着他，没说话，似乎是在等着他继续说下去。

老御医正要开口接着说，容安在旁边似笑非笑地说了一句："张御医医术甚好，正好，安庆王妃也来了，一会儿顺便给王妃请个平安脉吧。"

老御医闻言一怔，看向说话的容安："到底哪位是安庆王妃？"

"安庆王妃就一位，喏，这位就是。"清菡把云瞬往前一推，云瞬微微朝御医点了点头："张御医，你刚才说道喜，喜从何来？"

自知认错人的张御医老脸通红，抬袖擦了擦额头上的汗："刚才老夫为……这位王妃诊脉……是……喜脉。"

清菡倒吸一口冷气，以手掩唇，连同王皇后和容安也一起变了脸色。萧淑妃媚眼含笑："还真是大喜。"说着话，眼光自然而然地落在了云瞬的身上，云瞬闻言轻笑，过来扶了一把想要坐起来的谢丽姝，谢丽姝还蒙蒙的，不明白发生了什么事，怔怔地看着云瞬："他刚才说什么？"

"方才御医说你有身孕了，是喜事。"云瞬给她重复了一遍。转脸又向着老御医道，"一会儿还要劳烦张御医开张宜食忌食的单子，再有什么安胎的法子也一起开了吧。"

王皇后点了点头，云瞬的确很有气量，这么短的时间内接受了这个现实还能吩咐得井井有条。她这个皇后自然少不得要说上几句场面话，只是还未等她开口，一旁的萧淑妃娇滴滴地开了腔："本宫一来就赶上这么一场喜事，锦安哪，别傻站着，快去前头把这个好消息告诉安庆王爷。"

王皇后冷冷看了她一眼，没有说话。丽姝总算明白过来自己是怎么回事儿，傻乎乎地把手放在肚子上："我有孩子了吗？"

萧淑妃喷喷两声，非常同情地看了看云瞬："看来你以后还要教给咱们这位侧王妃很多东西啊。别说，丽姝还真挺争气的，这女人能繁衍子嗣，也是能耐，也是福气。"显然，她最后这一句话是对着王皇后说的。王皇后是高宗的结发夫妻，成亲最早却一直没有子嗣，本来这件事是后宫里头最忌讳的话题，这会儿被萧淑妃肆无忌惮地拿出来嘲笑，王皇后的脸上自然不好看。

命妇们过来说了不少好听的才勉强让王皇后消了气，云瞬也不愿久待，吩咐了人去备车来接丽姝，自己和清菡出了两仪殿，刚走了没几步，听见门角处几个命妇正窃窃私语着什么，偶尔有一两句话飘到她们的耳朵里。

"看着姑姑就知道侄女，估计这位安庆王妃也是个下不出蛋的。"

"要我说，以后长孙家主母的位置还是得谢大人的那位郡主来做。"

"没错。不行，我得回去给我家那位死脑筋说说，别站错了队。现在，该是时候给谢大人帮衬帮衬了。"

清菡听得火起，要上去和她们理论被云瞬拉了回来："姐姐，你干什么拉着我，不让我去说？这些人，什么都不知道就只会乱说。"

"嘴长在别人身上，人家要怎么说，就怎么说，难不成还要句句向你请示吗？"云瞬此刻没来由的有些心烦。清菡生气不过，还要辩解，被云瞬喝了一句，"行了，别疯疯癫癫的，你现在可不比以前，你如今是盛王妃，要顾及盛骏的脸面。"

果然，一提盛骏，清菡就老实了不少，乖乖地跟着云瞬往回走，还是忍不住嘟囔："走回去得多远哪，姐姐你干吗把自己的马车给了谢丽姝。"

"她现在是有身子的人，自然要多小心些，刚才张御医不也说了，她身子虚，得好好养着才行。"

清菡一下跳到云瞬的跟前，拦住去路："姐姐你不是真的赞成她把这个孩

240

子生下来吧？"

云瞬睁大眼睛，反问："难道不该赞成吗？"

清菡赌气地踢走地上的石头子："要是我，我就让她绕着长安街跑个十圈八圈，跑得她以后再生不出孩子来才好。"

"你这丫头！嘴巴越来越毒了！这是什么浑话，也敢拿到台面上来乱说。"云瞬拍了她一把，语重心长地说："你以后说话小心点，我瞧你那个婆婆不是个好说话的主儿，以后……"

"哪有那么多讲究，有我们家盛骏罩我，我才不怕呢。"话还没说完，清菡就跑走了。

云瞬在她背后长长地叹了口气。

"王妃！王爷来了。"湛栌把车停在路边，云瞬抬手在眉骨处搭个凉棚，遮住耀眼的阳光，舒豫从马车里探出头来："上来。"

"可是清菡……"

湛栌从车上跳下来，扶着云瞬上车，说："您放心，小的去找盛王妃，保准给送回盛骏小王爷那儿去。"

"丽姝她已经回去了吗？"云瞬上了车，第一句就问的这个。

舒豫面沉似水："她回不回去，和我有什么关系。"

云瞬忍不住又叹了一口气，怎么她身边的人都是孩子性子，个个都那么任性："她现在有身孕了，你该对她好一些。"

舒豫身子一僵，这些话从她的嘴里说出来似乎是合乎逻辑，却又让人觉得……心里不舒服。

"什么时候……我们也有一个自己的孩子？"淡淡的惆怅从舒豫的身上散发出来，他握住云瞬的手，放到唇边，像是在请求。

而回应他的，只是初秋长安城的风。

永徽三年的冬天悄然过去，风中还有些许料峭。

武媚娘裹紧身上的狐裘披风，站在狭窄的宫中甬道上，直到看见云瞬带着巧眉走来，立刻高高地扬起手："李云瞬！我在这儿！"

云瞬快走几步到她跟前，摸了摸她冰凉的手："等很久了吧？"

"我们才人一听巧眉姐说您要过来，高兴得不得了，一早就站在这儿，我劝了好半天，说什么都不肯回去呢。"香螺给她们捧来暖手的熏笼，又忙着去泡枣茶。

"怎么香螺还叫你才人呢？我可是听说陛下已经拟旨加封你为昭仪了。"

云瞬喝了一口热乎乎的枣茶，身上舒服多了。

武媚娘嗔怪似的看了一眼香螺："她是一直这么叫，叫习惯了，一时半会儿也改不了口了。不过陛下还没有下旨，所以这么叫着也没错。"

"虽然旨意还没有下，可现在这事儿朝上都传遍了，估计陛下的旨意也快到了。"云瞬垂着头吹了吹茶面上的浮沫。

巧眉乖巧地递过食盒和药包："王妃刚才去了御药房，配了些安胎进补的药，这些是给您准备的。香螺，每天一次，酉时服用。"

"谢谢您总惦记着我们才人，刚坐胎的时候，才人总是做粗活，奴婢还怕对小皇子不好呢，幸亏有您，补药，好吃的，什么都给才人送来。"香螺说得诚心诚意。

云瞬抿唇笑着，看着对面武媚娘凸起的肚子："孩子还好吗？"

武媚娘立刻苦瓜着一张脸："他倒是好了，可我却胖了，你瞧瞧，我现在就是一只木桶，圆滚滚的，难看死了。"

几个人都跟着笑起来，半晌，武媚娘放下手中的茶盏："我倒是挺好，可我却听说，你家里头那位侧王妃最近可不消停。"

巧眉哼了一声："还不是老王妃听说这个儿媳妇有了孩子，欢喜得不得了，把她当个宝似的宠着，要不，凭我们王爷，她敢……"

云瞬捏了颗枣子放到嘴里："可能是有了身孕的人性情也改变了许多吧。"

"胡说，我是过来人，她哪是性情变得多，她本来就那个德行。"武媚娘一副看不上的样子瞧着云瞬，"你好歹是当家的主母，怎么就任由人家在你头上作威作福的？长孙舒豫呢，他也不管吗？"

云瞬笑了下，没有回答。

舒豫对她怎样，她心里清楚，现在谢丽妹怀着孩子，老王妃向着她，偏袒她，她又何苦让舒豫在中间受这个夹板气，左右为难。

云瞬刚回府门，就听见别院里叮叮咣咣响成一片，巧眉往里头跑，一会儿耷拉着脑袋出来："是侧王妃请了工匠，正在拆别院和咱们那儿连着的那堵墙。"

"哦。"云瞬应了一声，往自己的房间走，才到门口，便看到有个年老的嬷嬷在门口指挥着下人往外搬八角对扇的牡丹屏风，巧眉立刻跑过去阻止："你们这是做什么，怎么往外搬东西？"

那个年老的嬷嬷见了巧眉，挤出一副皮笑肉不笑的笑模样来："你就是小巧眉吧？忘了和你说，御医说了，春天到了得多开窗通风，可你也知道现在

242

外头的风多凉啊，吹坏了我们王妃可不得了。你也知道，我们王妃现在身子重，不方便。"

巧眉使劲儿咬着后槽牙，脸上也赔出一个笑容来："侧王妃怕吹风，您就去给她外头买个屏风不就完了？干吗搬我们的？"

"哟，你这不是说远了不是？咱们都是做下人的，主子指明了说喜欢这对八角对扇的牡丹屏，老身也不敢乱做主张呀。再说了，王妃宽容大度，区区一个屏风有什么关系呢？你们别愣着啊，接着搬，还有那对儿珐琅瓷的花瓶，对对，就那对儿，一块儿搬走。"老嬷嬷在一边指手画脚，吩咐手下人。

云瞬看了她两眼，转身走了。巧眉气得直跺脚，也只得跟着她一起往外走："王妃，您这是去哪儿啊？"

"去清菡那儿待几天吧，这儿我瞧着乱得慌。"

"王妃，您干吗总忍让着侧王妃啊，她现在越来越嚣张了！连那些下人眼里也没有您了！"巧眉跟着她一路小跑儿，一边嘟嘟囔囔，"真是的，云彻少爷怎么还不回来！少爷要是在就好了。"

"他在能有什么用，一个男子汉跟一群女人总缠在一处能有什么出息？"

"可您真的不生气吗？她们也太过分了！"巧眉跟着云瞬上了马车，还是气难消。

云瞬沉默了，她不是不生气，可她心里总觉得有些感谢谢丽姝，因为她的心里还有着过不去的坎儿，要她给舒豫生儿育女，她还做不到。当初刚刚和舒豫成亲的时候，舒豫的娘也说得清楚，如果她不生养，就要帮舒豫纳妾室，左右都是要纳妾，还不如找一个交手过几次的老熟人，也算知己知彼。

盛王府的人对云瞬很热情，老王爷和王妃听说她来了，都出来迎接，老王妃见她身上穿着的披风空空荡荡的，一阵儿心痛："王妃呀，不是我多嘴，您这身子也太瘦弱了些，太瘦弱了，自是不易有身子的。"

云瞬微笑还礼，"您还惦记着我，费心了。"

正说话间，清菡从屋里跑出来，一只脚上的鞋子还没提好，老王妃见了眉心忍不住跳了几跳，碍着云瞬在场，也没说什么，云瞬察言观色，发现老王妃和下人们在看着清菡的时候，眼神里总少了那么点尊重。

清菡浑然不觉，上前拉住云瞬的手："姐姐，你怎么来了？你今天没有进宫吗？"

云瞬暗暗扯了她一把，清菡停了下，回身给公公婆婆见礼，老王爷倒没说什么，老王妃却没忍住哼了一声。

"我没什么事，就是想你了，过来看看，顺便也许久没有和老王妃一起聊聊了。"云瞬温婉得体地笑着，老王妃似乎甚是喜欢云瞬，拉着她的手请她到屋里坐。巧眉在云瞬背后轻声道："那咱今天还住这儿吗？"

云瞬微不可察地摇了摇头，看来老王妃已经对清菡有些不满，她要再住这儿说不定会让老王妃对清菡更有意见的。

"女人给这个家做的最大贡献就是传宗接代，要我说，那位谢王妃骄纵，使性子也是在理，王妃你别往心里头去，舒豫王爷对你的好，我们都是看得出来的。她再能折腾也就是这一阵子，等孩子生了，她还能有什么王牌？到时候她也就不吵闹了。"老王妃语重心长地说着，即便是云瞬不说，她也听说了些风言风语，说长孙家的侧妃最近很是得宠。

云瞬点了点头："老王妃说得对极了，我不与她计较，毕竟她现在是有身孕的人。"

"对，等她生完孩子，姐姐你打算怎么收拾她？"清菡扒了一口饭，含糊不清地说着。

老王妃白眼看她，她也不自觉，又要说话的时候却弯下腰一阵干呕，把刚吃进的饭都吐了出来。

"清菡？你怎么了？"云瞬赶紧过来帮她拢住头发，避免蹭脏。老王爷眉心一皱，管家立刻下去吩咐人上来收拾，又换了清茶过来漱口。

"姐姐，我最近可上火了，吃什么都恶心。真倒霉。"清菡平息下心情，红着鼻子眼睛和云瞬抱怨。

老王妃眼前一亮："莫不是……快，请郎中来瞧！"

云瞬也跟着精神一震，安抚着清菡："别瞎说，没事的，说不定还是大好事呢。"

工夫不大，郎中挎着药箱跑来，给清菡诊脉，立刻笑逐颜开跪在老王爷跟前："给老王爷老王妃道喜，王妃有喜了，已经快两个月了。"

"哎呀！糊涂孩子！自己有了身孕还不知道！哎哟，老天爷！这可真是菩萨保佑咱们盛家呀老爷！"老王妃高兴地喜极而泣，老王爷也甚是欢喜，搓着手来回在厅堂里踱步，一边吩咐管家："快！去把盛骏那小子叫回来！自己都要当爹了还不知道回来！"

一家人顿时陷入热闹又紧张的气氛当中，巧眉也陪着他们笑，不时偷眼看着云瞬。这回可好，本来躲开了一个大肚子的婆娘，这又来一位，难不成她家王妃是送子观音转世？和谁亲近，谁就有身孕，武媚娘是，谢丽姝是，这回又轮到了清菡郡主，哎，什么时候她自己也能怀上一个小王爷呢？

不到一盏茶的工夫盛骏就赶了回来，后头还跟着舒豫。老王妃欢喜得什么似的，看见舒豫来了更是乍惊乍喜："你瞧瞧，就这点家事还劳烦安庆王亲自过来一趟，真是过意不去。"

舒豫冰冷的眼睛一直落在安静喝茶的云瞬身上，嘴上说得一点没有人情味："老王妃客气了，本王是来接内子的。"

"哦……哦。"老王妃真是高兴过了头，忘了眼前这位是出了名的冰块脸王爷。

云瞬垂下眼，清菡看她神色，飞快接了一句："舒豫哥，我好不容易怀个孩子，你就让姐姐多留下来陪我几日嘛。"

盛骏在她背后一阵脸红，低声道："你有孩子这事儿不用跟他说，跟我说就行。"

舒豫看了一会儿低头不语的云瞬，重重叹了口气："家里的事我都知道了，云瞬，你就先在这儿好好陪陪清菡，等家里都打扫干净了，我再来接你。"

"不必，还是等她生了，再做商议吧。"云瞬终于看了舒豫一眼。

舒豫的一对瞳仁针芒般缩了下，又展开，对云瞬露出一个温柔的笑意："不会那么久的，我等不及。"

清菡接过盛骏递来的点心放了一块在嘴里："不会很久啊，十月怀胎，年底我就可以生了，你要等也来得及的。"

盛骏哭笑不得地又塞给她一块点心："姑奶奶，你好好吃你的东西吧，别跟着掺和。"

舒豫看了一眼云瞬："这些天内子要叨扰了，盛王妃。"说完，大步流星地走了，要把云瞬放在这儿一直到谢丽姝生下孩子吗？他的耐心没那么久。

245

第二十章　主母云瞬

　　五月的春风拂过长安城，本该到处是碧绿生机的季节，在这座园子里却没什么生气，原因很简单，陛下原本命人拟好晋升武媚娘为昭仪的圣旨好似清晨的露水，只在叶子上打了个滚儿，就没了下文。

　　依着武媚娘那心高气傲的性子可不得气出个病来？云瞬担心她坐着月子的人心里赌气对身体不好，特意带着大包小包的东西来宫中看她，寝殿里有月子娃娃特有的奶香气，一进门，眼前的场景就出乎云瞬的预测。

　　武媚娘正抱着儿子笑得眉眼弯弯。

　　"弘儿乖，来，叫云瞬姑姑好。"云瞬提着的心喘息间放了下来，看来是她多虑了。

　　"他才这么一丁点小，怎么会叫呢？"云瞬逗弄着他胖嘟嘟的小脸，"这孩子的眉眼长得可真像你，长大了，一定是个少见的美男子呢。"

　　"他长得是不是个美男子我可不管了，他能平安降世就耗费了我多少心力啊。以后，我只盼望着他能开开心心，无忧无虑地长大才好。"

　　做了母亲之后，武媚娘的身上发生了一些改变，从前，她是决然说不出这样一番话来的。武媚娘招手让人抱走弘儿，只留下香螺一个在旁伺候，她拉着云瞬的手在软榻上坐下，低声道："快些找你弟弟回来。陛下不日将拔擢陈王李忠为太子了。"

　　云瞬眉心一皱，不明白她什么意思。

　　"老王爷还在的时候，李云彻是陈王伴读，陈王这次晋升为太子，李云彻日后荣耀不可限量。"武媚娘拉着她的手，说得语重心长。

　　见云瞬还在犹豫，武媚娘又加一把劲："你不会是忘了，你娘身上的罪，还没有被免除，即便她已经身故，可在大唐的宗卷之中，她仍然是戴罪之身。"

　　云瞬浑身一僵，抬眸看她。

武媚娘叹了口气："别以为我是在逼你卷进这些是非中来，云瞬，你既然已经进了长安城，已经成了这皇城之中的一员，你还以为自己可以独善其身吗？你以为别人看不透，我还看不明白吗？你如今在安庆王府里地位一日不如一日，不是你不行，而是你李云瞬对那些东西不屑一顾罢了。

"别怪我多嘴，你现在不是一个人在面对谢丽姝，你还有李云彻，一个不得宠的王妃弟弟，在朝堂上，他也少不得被人笑话。他已经没有父母靠山，他有的，只是你一个姐姐而已。"

他有的，只是你一个姐姐而已。

最后一句告诫，振聋发聩。

大明宫的甬道宽阔又笔直，云瞬带着巧眉在道上慢慢走着，那么宽的道路，却开始让云瞬迷茫，从前未思考过的事情潮水般涌上她的思绪，堵塞在心口。想要独善其身的想法在金碧辉煌的大明宫是多么可笑，她非一人，还有母亲，还有兄弟。

马车在宫门外等候多时，奢华精致的车身上挂着两盏没有亮起的灯笼，水绒的灯面儿上描着金色的"长孙"二字。

无论她在哪里，她都是安庆王妃，这名头如同紧箍咒一般要追随她一生。

马车在路口打了个转儿，云瞬挑起车帘，背后，安庆王府的红砖高墙和她渐行渐远。

巧眉察言观色，忍不住劝道："主子，咱们要不回去看看吧？"

车夫听见巧眉的话，放慢了车速。

半晌，云瞬放下车帘，缓缓合眼靠在马车壁上，曾经和舒豫也这样一起坐过马车吧？他坐在自己身边，赖皮地靠在自己身上假装睡着……

想起这些的时候，心头虽有些酸涩难过，张了又合的唇里仍是轻吐出几个字来："回盛王府。"

车夫重重"唉"了一声，车轮快速旋转起来。

转身时的勇气，她还没有。

云瞬心事重重，不想从正门进盛王府，免得和一群人寒暄，让车夫转到后门，轻轻捻起裙角打算从后园回到自己房间，然而，她刚刚进去便看到有人抱着许多卷宗在花架下慢慢踱步，嘴里不时斟酌诗句，眉头紧锁，显然是在两难。

青衣杉杉，腰间挎着笛囊，一半软塌塌地耷拉下去，云瞬心里一震，回身想要离开，可脚步却无论如何也挪不开半分。四周围的声音都寂寥下去，

247

只能听见那个曾经眸如清水的男子反复吟哦着："闭门推开窗前月，闭门推开……"边说，手中边模仿推窗揽月的动作，看起来是在为对上这半句而费脑筋。

云瞬低头思索片刻，险些从花架的阴影下走出去，猛然回头的理智让她堪堪收回脚步，云瞬思量一会儿，俯身捡起一块碎石丢进花架旁的水缸之中。水花激射一片，凉凉地溅在苏墨远的身上，苏墨远一惊，恍然大悟地冒出一句："投石问清水底天。啊，原来是这样。"得了佳句的苏墨远欣喜非常。

云瞬露出一丝欣慰的微笑，怕他发觉自己，转身欲走，却听见背后有女子打趣的声音："'问清'对'推开'似乎有些不妥，不若将'问清'改作'问落'，相公你看如何？"

"投石问落水底天？果然合称，果然合称。"

云瞬刚刚抬起的脚僵在半空，这声音……是槿华。

"相公你的卷宗还没有送完吗？剩下的我来送吧，你休息好了。"

"不碍紧，还有这几份送完就没事了，娘呢？"

背后的交谈渐渐远了，绿叶铺满的紫藤花架底下，只剩她一个人。抬眼看去，满眼的绿树紫叶间，阳光忽然变得刺眼。

停在原地不前的人，究竟只她一个。

"姐姐，你在这儿？见到武媚娘了吗？她还好吗？"清菡扶着腰从前院走过来，碧盏在她身侧挽扶着她。

云瞬松了口气，幸好不是旁人，否则自己又要多费一番唇舌。清菡走累了，要坐，碧盏变戏法似的从身后拿出一个厚实的蒲团来给她，怕她受凉。清菡似乎有些不好意思："姐姐你瞧，我现在倒是金贵起来了。"

"你现在和以前自然不一样了，多仔细些有好处。"云瞬笑着说。

清菡刚坐下就回身张罗："碧盏，东西呢？快拿出来。"

碧盏很小心地四顾瞧瞧，取出一个纸包打开，一股浓浓的辣味扑面而来，呛得云瞬直咳嗽，掩着帕子问道："这是什么东西？"

清菡很享受地深深吸了几口，探手抓起一块就塞进嘴里，吃得陶醉至极。云瞬拿过她的纸包来一看，忍不住笑出声来："清菡你是没吃过肉脯还是怎么的？"原来清菡拿着的是一块辣椒腌制过的肉脯，不过块头很大，被切成了许多小方块，辣椒实在放得太多，要不仔细看，简直连肉的本色都看不出了。

清菡不服，嘴里嚼着肉，含糊不清地说："我婆婆不让我吃这个，可我做梦都想着这口。姐姐，你要不也来点？"

云瞬摇摇头："看着就辣，你自己吃吧。"

碧盏掩着嘴儿也笑："小王妃馋这个馋了好久了，这会儿可算是吃到了。"说着，给清菡倒了一杯茶，"主子，您喝点茶吧，仔细噎着。"

说话间，清菡已经把整整一包卤肉脯吃得干干净净，剩下点肉渣都被她舌头一卷，全都吞下肚，云瞬撑着头看她，心里想着之前武媚娘有喜的时候，也没见她这么能吃。

"茶水，茶水。"清菡总算把嘴里的都咽下去，回头接过茶水含了一口，没喝，咕噜了两声却吐了出去。

云瞬好奇地看着她，清菡拿帕子擦了擦嘴，朝她神秘一笑："漱漱口，省得一会儿嘴里有辣味儿。姐你看我现在是不是聪明好多？"

云瞬听了，一愣。不仅没有一点高兴的意思，反而皱了下眉，没有说话。

"咱们回去吧，要不一会儿我婆婆看不见我，又要到处找了。"清菡站起来拉了一把云瞬，云瞬有话想问她，可看到清菡清澈透亮的大眼睛时，生生把话咽了回去。但愿，一切只是她多想。

"我说怎么到处找不到你呢，原来是去接安庆王妃了。"老王妃果然在厅里等她们，见清菡回来立刻迎上来，嗔怪似的说，"瞧瞧，还有些日子就生了，也不仔细些，到处跑。"

"就等你回来了，咱们开饭吧。"老王妃招呼着云瞬，碧盏和巧眉去打水伺候她们净手，云瞬挨着清菡坐下，看了眼空空的老王爷的位子："怎么老王爷没来？"

"哦，今天来了个苏大人送卷宗，盛骏不是不在嘛，老爷去前头照应了。听前头人说，老爷很喜欢那个苏大人，留他们夫妻一起用饭了。咱们吃咱们的，不用管他们。"老王妃笑着布置碗筷，云瞬低下头默默将"苏大人"三个字在心里念了一遍。

清菡在桌子底下轻轻捏了捏她的手，云瞬抬头给了她一个安慰的笑容，要放下的感情，终究还是在和时间作对，浓浓的执着之后，剩余的，是对曾经的眷恋和遗憾。

不大一会儿，饭菜摆了上来，云瞬瞧了一眼，醋溜土豆、醋溜鱼片、醋烧排骨、糖醋藕……云瞬看得牙都酸了，老王妃看出她心里所想，嘴上说着抱歉，可神色却怎是一个"眉飞色舞"可以形容。

"这不是清菡害口嘛，就想吃这口儿，是我疏忽。碧盏，去让厨房烧几

249

个别的菜来。"

"别麻烦了，我也挺爱吃酸的。"云瞬明白了清菡为什么要偷跑出去吃肉脯，侧头看她，清菡正抱着碗吃着醋溜鱼片，脸上在笑，可云瞬知道，这鱼片在她的嘴里，只能是食不下咽。

吃过饭，云瞬扶她回房，才回到房间清菡就吐了。碧盏和巧眉收拾半天，终于，清菡把头埋进枕头里，低声哭了起来。

云瞬坐在她的身后，默默地看着她强忍着哭声的抽泣。

老王妃想要个孙子，相信酸儿辣女的老话儿，可清菡……她明显对酸的东西没什么胃口，想起她方才在饭桌上强颜欢笑，还有在花园里狼吞虎咽的模样，云瞬忍不住道："好好的，哭什么，难道生女儿就不是盛骏的骨血了吗？再说，现在是男是女还说不定呢，好了，快别哭了。"

"是啊，小王妃，您可别哭了，一会儿让老王妃瞧见您红肿的眼睛，又要说您了。"碧盏也跟着着急。

正说着，门砰砰一响，有人敲门。惊得清菡立刻拉过被子来盖住自己的脑袋，瓮声瓮气地说："就说我睡了。"

云瞬在她身上拍了拍，让她安心。

"安庆王妃，那个……老王妃请您到前厅去一趟，您府上来人了。"来的人不是盛骏他娘，而是老王妃身边的一个侍女。

被子底下的人立刻松了口气："姐姐你去吧，我没事的。"

"好，那你好好休息，别想那么多乱七八糟的，听见没？"云瞬还是不放心清菡，吩咐碧盏好好看着她，自己随着那侍女走了。

前厅里，果然有人在等自己。云瞬一进来就看到了挺着大肚子的谢丽姝。几个月不见，她除了肚子变大了以外，几乎没有任何发福的痕迹，看样子她把自己管理得很好。

"王妃……。"她从椅子上艰难地站起来，往前走了几步。

云瞬朝她点点头："你身子重，坐着说吧。"说完，坐到了她的对面。

老王妃吩咐人上茶上点心，嘘寒问暖了几句，起身告辞。她看的出来，谢丽姝今天来，定是要和云瞬说明白。

果然，老王妃才一走，谢丽姝就忍不住开了腔，语气也森森然不似方才那般："你到底什么时候肯回去？"

"我什么时候回去是我的事，不劳你费心。"云瞬看着她，淡淡开口。

谢丽姝咬着牙，似乎是在隐忍着极大的怒气。云瞬把视线落在她气得起

250

伏不定的胸口上，笑了下："你心里有气，干吗还来找我？在府里好好待产不好吗？"

"你以为我想来吗？"谢丽姝几乎喊了出来，她身后的侍女玉婷赶紧端茶给她："您别动气，小心身子。"

茶盏被她大力掼到地上，茶水和瓷片飞溅满地都是，玉婷惊得跳到一旁。云瞬根本不为所动，端起自己面前的茶来喝了一口："你还是没点长进，这是盛王府，不是你可以耀武扬威的地方，话说完了就请回吧，别在这儿作威作福的。"

谢丽姝喉咙动了几动，好像把所有的怒气都在努力咽下去一样。她盯着云瞬，眼角开始泛红，终于，她缓缓站起来，踏着那些碎片，一步一步挨到云瞬面前，忽然，直挺挺地跪了下去。

玉婷搓着手也不敢上前，只能看着大腹便便的谢丽姝跪在云瞬面前，跪在那些瓷片上。

云瞬放下茶盏，眼波一扫，冷冽的气息蹿上眼底，她看着带着明显挑衅表情的丽姝，不怒反笑："你这是做什么？在用舒豫的孩子和我演苦肉计吗？"

"方才还说我没长进，你不也还是这么酸刻！没错，我就是在用舒豫的孩子要挟你，怎样？你今天不随我回去，我就跪在这儿不起来。"谢丽姝抬头看她，红色的眼眸里遍布挑衅。

"呵。"云瞬彻底笑了出来，"你的孩子和我有什么关系。你愿意跪，就跪着吧。"说完，她站起来，带着巧眉走了。

玉婷看云瞬走出花厅，过来想搀丽姝起来，被丽姝狠狠推开："你懂什么！她会回头的。"

"主子，您何苦难为自己呢？您为什么不和王妃说王爷……"玉婷看着丽姝被瓷片割破的衣裳，十分担心。

"闭嘴！不许说，记住，那件事永远也不要说出去！还有现在的事，也不许说出去，你记住了吗？"丽姝怒目横视，吓得玉婷立刻闭口不语。

那件事，是她的奇耻大辱，她无论如何也不会告诉李云瞬，舒豫当时是怎么用孩子威胁她，告诉她，如果云瞬在她生产之前还是没有回府的话，日后，她就休想在安庆王府里待上一时片刻。

果然，不出谢丽姝所料。过了半顿饭的光景，花厅的门开了，巧眉挎着包裹跟在云瞬的身后，云瞬看了眼还直挺挺地跪在那儿的丽姝，淡淡开口："走吧，马车在外面。"

丽姝倔强地转过头，在眼眶里打转了许久的眼泪终于落了下来。她挚爱了十年的男人为了这个女人，竟然打算抛弃她和自己的亲骨肉。这已经不是委屈，而是屈辱。

起身的时候，谢丽姝摸了摸自己圆滚滚的肚皮："李云瞬，早晚有一天，我会让你为今天的骄傲付出代价。"

几月未见的安庆王府似乎什么都未发生过，下人们听说王妃回府，一水儿地出来候着，贺叔看见明显比之前消瘦一圈的云瞬，嘴巴动了动，冯妈则拉着云瞬的手，悄悄抹掉眼角的泪。王妃回来了，王爷就好了。

在人群中看了一圈，也未见舒豫的身影，冯妈知道她的意思，在她耳边低声说："王爷在书房呢，最近好像朝廷上有什么事不顺心，正在烦恼。"

巧眉挎着小包裹，抢着跑进院子，说实在话，这几个月没回来，她还真挺想念这里的。在院子里转了一圈，巧眉新奇地回头问道："这院子怎么把门都修没了？"

云瞬也看见先前被丽姝拆掉的那堵墙现在彻底没了，不仅墙没了，连旁边和跨院相通的月亮门洞也不见了。

贺叔呵呵笑了起来，解释道："整套院子现在只有王妃一个人住，修不修墙也无所谓了。要是王妃喜欢这儿有面墙的话，老奴再吩咐工匠们重新砌一个就是。"

"只有我们主子一个人住这儿？那……跨院那位呢？她搬走了吗？"巧眉更纳闷了。

冯妈低声笑道："那位另有住处了，先前在京郊那儿不是有套别院吗？王爷吩咐那位去那儿待着，直到孩子出生再回来。"

"京郊……多偏僻啊！可……这么着……那老王妃呢？她老人家不是很宝贝谢主子的吗？她老人家能同意吗？"巧眉今天是打破砂锅问到底，她看着自家主子在别人家府上住着心里就难受。

冯妈四顾看看，见没有旁人，才说道："王妃走了之后，王爷和老王妃生生吵了一架，老王妃拗不过王爷，又回清心观的斋房去住了，只说等孩子出世，派人去给她送信，让她回来看看孩子就好。"

云瞬听着心里怪不是滋味，垂着头不说话，冯妈察言观色，柔声道："您也别往心里去，之前也是谢主子她欺人太甚了些。"

"有劳你了，冯妈，你去忙吧，这儿有巧眉就好。"

冯妈愣了一下："您……不去看看王爷吗？他最近心情一直不好。"

云瞬沉吟半晌，终于点头："也好。"冯妈立刻兴高采烈地去泡茶端给云瞬："这个是王爷最喜欢的，一会儿老婢还有点事儿忙，您受累，给王爷送过去吧。"

乌木的茶盘端在手上，压得心也变得沉甸甸地忐忑起来。

书房里头安安静静的，白檀的香气四下弥漫，轻巧却稳的脚步声响在走廊之中，惊动了临窗看书的舒豫。

是她。

知道她要回来，强忍着跑出去和下人们一起迎接她的冲动，舒豫在书房中等得心里快要长草，这会儿抓着书卷的手指不由得握起来，要冷静，要冷静。

脚步声到了门口，却停了。

等了半晌，没再听见外头有动静。舒豫再也忍不住，把书丢在一旁，几步到了书房门口，哗啦一声打开房门，惊得外面端着茶盘的云瞬一晃，他蜜色的眸子里似乎有火在烧，伸手抓住她的胳膊几乎是掠夺般将她拽进书房，随即砰一声关上房门。

云瞬惊慌失措地仰头看着他，手中的托盘被他甩到地上，精致的茶盏都碎裂成片，可怜兮兮地躺在地上无人问津。

"就不想我吗？"舒豫先开了口，无论隔了多长时间，只要和她站在一起，先开口的人总是他。

云瞬低下头，不去看他太过期待的眼神。

他原先想着不去迎她，看她回来后要怎么办，她折磨了他这么久，他就把她晾在外面一次怎么了？可惜，他长孙舒豫的狠心维持不了半盏茶的工夫就全数消散，眼巴巴地在书房里枯坐等她，想要调教她，到头来，却又把自己折磨了一顿。

重新抱着眼前人的时候，长孙舒豫只能在心里认输。

淡淡的兰花香让他焦躁的心都安静下来，万千话语只变作一声叹息在她的耳边："怎么办？看来这辈子，我长孙舒豫是栽在你的手上了。"

云瞬心里一动，双手忍不住回抱在他的腰间。

不想他？真的能不想他吗？一日夫妻百日恩，不管他们二人当初如何做成这门亲事，她不得不承认，长孙舒豫是一团热火，渐渐烘暖了自己冰封已久的心。

"我前些日子给云彻捎了一封信，让他早些回来。"晚饭的时候，舒豫对云瞬说起这件事。云瞬忽而想起武媚娘对自己说的话，她希望云彻能早回来，怎么这么正好，舒豫也把云彻召回？舒豫看她出神，"怎么？云彻回来不好吗？"

云瞬摇摇头，顿了一顿，说道："回来就不要到处走了，他在外面，我不放心。"

舒豫给她碗里夹了一块素饺，笑了下："不过这一次可能你还要担心他一次。"

云瞬看他，不明白他话中的意思。

舒豫挨着她坐下，看着她一字一顿地道："西突厥从年初起就不安分，陛下想派支队伍过去给他们示示警。我已经向陛下保举了云彻。"

"什么？"云瞬先是一惊，脑海里武媚娘对自己说过的话似乎有什么东西和方才舒豫说的重合，又分错，她吸了口气，再问，"那……领兵的将军呢？"

舒豫安慰似的拍了拍她的手："是盛骏，他打头阵，不然我也不会举荐云彻随他一起。"看云瞬沉思不语，舒豫继续说道，"别担心，云彻经过这次在乌里雅苏台的历练，应该会成熟不少，这趟山高水远的路他走下来，也算是长了不少见识和本事，好男儿志在四方，别让一个长安城困住他一个有为少年。"

"嗯。"云瞬勉强算是认同他这个观点。

次日，在府中休息的云瞬还未等来李云彻，却等来了谢丽姝生产的消息，舒豫上朝未回，玉婷派人来送消息说丽姝的情形不太好，云瞬接到消息不敢耽搁，立刻派人去请长安城最好的大夫和稳婆，自己也带着冯妈和巧眉赶到京郊别院。

她到的时候，槿华已经陪在丽姝身边，之前请来的大夫满头是汗，见她来了，立刻请罪，云瞬没工夫和他废话，吩咐自己带的稳婆快去帮忙。

巧眉听着产房里谢丽姝一声接着一声地痛呼，在外面一个劲儿念佛："我的老天，生孩子这么难！王妃您以后不会也这样吧？"

没等云瞬说话，里头玉婷慌慌张张跑了出来，扑通一声跪在云瞬面前："王妃，大夫问您……保大人还是保孩子。"

"混账话！什么大人孩子的，你进去告诉大夫，两个都要保，让他尽心尽力！否则，安庆王回来拿他是问。"云瞬一拍桌子，震得屋里的人大气都不敢喘。顿了顿，云瞬又叫来巧眉，"再去找两个接生婆来，丽姝怕是要难产，

254

就这么点人手恐怕是不够。"

"是，奴婢这就去。"巧眉撒脚如飞地跑了出去。

里头的大夫嚷嚷着要人手，本是要进屋的玉婷听了云瞬的话，眼泪一下就出来了，折返回来跪在地上给云瞬磕头："王妃，您是好人。"说完又立刻跑回去帮忙。

槿华也在外头等着，听见云瞬这样说，忍不住重新打量她。云瞬只装作没看见，坐在椅子上等消息。

巧眉的稳婆还没来，产房里头忽然传来孩子不怎么响亮的啼哭声，云瞬悬在嗓子眼儿的心总算是落了地，长出一口气。稳婆欢天喜地的把收拾好的孩子抱出来给云瞬瞧，小孩子红彤彤的，眼睛还没睁开，十足的惹人怜爱。

"恭喜王妃，是个男孩。"跟着出来的丫鬟婆子呼啦啦跪了一地，个个都换上一副欢天喜地的笑颜。

云瞬点点头："你们都辛苦了，来人，去给老王妃报喜，生产不顺的事儿就不要对老王妃说起了，免得吓着老人家。"

"孩子呢？我的孩子呢？"里面忽然传来丽姝歇斯底里的哀号声，玉婷按住疯了一样的丽姝："主子您还不能下床，孩子好好的，正在王妃那儿。"

"李云瞬，你要对我的孩子做什么！放开他，他是我的命啊。"嘶声力竭的吼叫从产房里传来，稳婆们都吓了一跳，看着神色不变的云瞬，不敢再乱说话。

云瞬把孩子递给稳婆："让她看看孩子。"稳婆抱着孩子进去，那嘶声裂肺的喊叫才停下来，变成呜呜的哭声。

云瞬转身对身边的稳婆说："你也看到了，她情绪不稳，又刚刚生产，多下点心思，让她好好休养，缺什么用什么让玉婷来和我说，想吃什么想喝什么都顺着她的意，明白了？"

"是，王妃，奴婢都记着了。"

巧眉带着四个稳婆匆匆忙忙赶回来，一进屋，瞧见一屋子人都杵在那儿，脸上的神情似是高兴又似是不高兴，不由得跟着心也是一跳："主子，怎么了？谢王妃还好吗？"

云瞬朝槿华点点头："这儿有你陪着她，我也放心了。"又对巧眉说："从府里找几个人来帮忙。"她转身的同时叹了口气，似乎是有些累了，抬手揉了揉眉心，"给几位稳婆拿钱吧，别让人家白跑一趟。"

云瞬带着人走了，槿华才站起来绕到屏风后面，深深行礼："老王妃，人已经走了。"

屏风后响起笃笃的闷响，一位华衣妇人拄着拐杖走了出来，保养得极好的脸上带着含义不明的神情，此人竟是舒豫的娘。

老王妃摸了摸手上打进屋就没停过的念珠，叹了口气："豫儿看人的本事不差，李云瞬……呵，她够这个资格做安庆王妃。"说完，横了一眼低着头的槿华，"你和里面那位感情最好，有些话，你也该和她多说说，免得她搅扰得家宅不宁。"

槿华咬着唇，重重点了点头。

"姐姐，给你道喜，生个男孩儿。"槿华走进收拾好的产房，瞧着拢着孩子默默掉泪的丽姝，"你现在可是坐月子，别动不动就哭，对身子不好。"

"你以为我想哭，我想掉泪吗？槿华，这些日子你不在我身边，根本不知道，这日子，我是怎么过的。"槿华替她揩掉脸上的泪："过去的就别想了，都是过去的事儿了，想多了，反倒徒生烦恼。"

"你到底还是不是我的好姐妹？"丽姝瞪了她一眼。

槿华淡淡笑道："我从前也很讨厌李云瞬，觉得她没什么好的，可偏偏墨远还对她念念不忘的，可刚才姐姐生产的时候，我瞧她安排处事样样得当。大夫问她，是要保大人还是保孩子的时候，她竟根本没理，径直说，孩子大人都要保，保不住，就让安庆王来收拾她。那时候，我还真被她那气势吓到了，想起从前我们对她做的事，她如今还能这样做，当真是个好人。所以，姐姐……"

"够了，别说了！你们一个两个都被她的表象蒙蔽，槿华，你只看见她在外面假惺惺地说些冠冕堂皇的话，可你知道吗？她离家在外，是我，是我跪下来求她，她才肯回来的！"丽姝说着说着情绪又激动起来，"她给我的耻辱太多了，我能生下这孩子，是我们谢家祖上庇佑，她？她只不过是怕到时候没有办法和舒豫交代罢了。"

槿华叹了口气，看丽姝面色苍白、气息微弱的样子，她也不想多和她分辩什么，替她盖好被子："左右你现在有了儿子，也不怕她了。"

"儿子？生了儿子又有什么用呢？早生，也是庶子。"丽姝爱怜地抚着孩子熟睡的小脸，"他还这么小，我不为他争取，还能有谁替他多想一想呢？"

"大夫说孩子身子弱，我过几天让墨远给你写点幼儿补身的方子来，你看着给孩子试一试，兴许能管用。"槿华找不到别的话题，只好绕回孩子身上。

丽姝莞尔笑道："你怎么忘了？说起病理药理，整个长安城的郡主姑娘加起来也没我的本事好。"

槿华连连点头，拍了拍额头也笑起来："瞧瞧我，竟然忘了你可是师从百家之长学了好一身的岐黄之术来着，可比墨远那个半吊子强多了。"

丽姝露出一丝苦笑："想我当年狠下心来学医，还是因为他。"

槿华看她目光流露出来的痴缠，抿紧嘴唇，没再说话。谢丽姝对舒豫的执念太深，对李云瞬的误会也太深，而这上一辈的恩恩怨怨，宛如一条看不见的纤绳，捆绑在她们彼此的身上，也无可避免地绵延到下一代的身上。槿华看着满面疲倦的丽姝，心里默默叹了口气，她亲眼看到了她被仇恨冲昏了头脑，变成现在这副可怕可怜的模样，她，不要像她一样。

槿华离开京郊别院，没有立刻回墨妙苑，而是来到安庆王府。

对于她的到来，云瞬有点意外，可似乎也在意料之中。

"苏夫人，请坐。"云瞬命人上茶招待。槿华坐在她对面，微微叹气："李云瞬，你还是叫我梁槿华听起来比较舒服。"

云瞬闻言一笑，槿华端起茶喝了一口："那天在盛王府的后园，你为什么不和墨远相见？"

云瞬手一顿，淡淡道："见和不见，又有什么不同呢？见了，又是一场麻烦。"

槿华环视四周看着奢华的安庆王府有些感慨："想我们都还待字闺中的时候就已经相识，打打闹闹，一晃也这么长时间过去了，到现在，我总算是有些认识你了。李云瞬，你是个心地善良的人，从前……是我不对。"

云瞬睁大眼睛，不敢置信地看着槿华，半晌反问道："你今天是怎么了？是苏墨远遇到什么事了？"

槿华似乎是想笑，又忍住，摇摇头："没有，他很好，我也很好。虽然墨妙苑里冷清困顿，我之前偶尔也会觉得委屈难受，可今天我看见了丽姝那个样子，我忽然觉得，这奢华高贵的安庆王府似乎还比不上我们的墨妙苑住着舒服。"

云瞬有些明白她的意思，低头喝茶，槿华又说："丽姝对你误会很深，不是一日半日能够消减了的，你不要同她计较。"

"她想怎样就怎样吧，我有这个准备。"云瞬赞同她的话，"不过，反倒是你，今天怎么会来我这里，又和我说起这些，这可不像你平时的作风。"

槿华听了哈哈笑起来："人总要为自己做过的事情负责，之前我害你伤心难过，还大病一场，总算是对不住你，今天来和你说了这些话，反倒觉得心里安稳多了。"她站起来，半回着身对身后的她说，"李云瞬，谢谢你当初肯对墨远放手，我现在，很幸福。"

云瞬愣在原地，等桌上的茶都冷掉，她还没能从槿华的话中醒过来。

难道是她放弃了苏墨远而不是被苏墨远抛弃吗？

那如果当初她肯多向前伸一伸手，肯再多些胆量和老天爷争一争，那么所谓的命运是不是就会改变，她如今……会不会就不是安庆王妃，而是另一个苏夫人？

"王妃，王爷回来了。"巧眉从外头跑进来，看见云瞬站在原地发呆，伸手在她面前晃了晃，"是不是刚才苏夫人说了什么难听的话？您可千万别放在心上，您还不知道她和那位一样，都是蛇蝎心肠的坏女人啊。"

"不许胡说。"云瞬低声喝了她一声，巧眉不敢再说。云瞬看着刚刚槿华坐过的位子，喃喃道，"什么是好人，什么又是恶人？谁是错，谁又是对的，我现在倒看不清了。"

舒豫跨进院门，冯妈过来给他贺喜，舒豫点了点头，未见什么喜色。

"就算你不喜欢丽姝，也要对孩子好一点，他终归是你的长子。"晚上，云瞬看舒豫磨磨蹭蹭半天也没有要去京郊别院的意思，忍不住说了出来。

舒豫别扭地避开她的目光，往椅子上一靠："不一样，你不懂。"

云瞬垂眼，好吧，她是不懂，她从小就没父亲疼爱，也不知道一个父亲该怎样疼爱子女。

"生气了吗？"舒豫伸手揽住她，"好，好，你想我怎么做，我就怎么做。"

"我已经让人给老王妃送信，她应该很快就会……"云瞬低声说，被舒豫半路拦回去，从袖子里取出一封信来给她，"娘已经来信，说孩子已经见过，还说有你在家主持家务，她很放心。"

"见过孩子了？那就是今天的事儿啊，我怎么一点都不知道？"云瞬接过信展开看。

舒豫轻声一笑："不止你奇怪，我也奇怪，你到底是做了什么让我娘忽然对你这么放心。"

"只是做了一个正室该做的事啊，没什么特别的。"云瞬还是不明白。舒豫朗声一笑，在她的脸上亲了亲，"现在总算承认是我的妻子了？"

云瞬别开头，舒豫和她说了会儿话，湛栌走了进来："王爷、王妃，马车都备好了，可以动身了。"

舒豫拉起她："走吧，去别院。"

云瞬有点犹豫："你去看丽姝吧，我就不同你一起去了。她见了我，不会开心的。"

舒豫轻蔑地笑了下，执拗地拉着她不松手："她开心不开心都得接受这个现实，她儿子也是要管你叫母亲的。"

云瞬又愣了。

她还没想过这个问题。

"王爷，您恐怕还真不能带着王妃一起去了。"冯妈从外头带着喜气儿进来，笑嘻嘻地给云瞬行礼，"还得给王妃道喜，云彻少爷回来了！"

"真的？快带我去！"云瞬这次是真的笑了，半年多没见，她真的是想他了。舒豫也是一喜，拉着云瞬往外走："今天不去别院了，走，我们去给云彻接风！"

第二十一章　不安分子

云瞬从里头迎出来，看见云彻正在和一名侍卫交谈，那侍卫也高高大大，看样子十分壮实。

"云彻。"舒豫先唤了一声，看他眼中闪着亮光，似乎也对云彻的改变很满意。李云彻听见有人叫他回过身来，展颜一笑："姐夫！"说着朝他们大步流星走到他们跟前停下，恭恭敬敬给长孙舒豫行礼，舒豫将跟在身后的云瞬推到他跟前，笑道，"你姐姐很想你。"

有弟远行归来，做姐姐的怎么能不欢喜，云瞬发自真心高兴，拉住云彻的胳膊，上上下下打量他，从乌里雅苏台回来的李云彻似乎身上还夹带着那个极北之地的寒气，将近一年未见，他长高了，黑了，瘦了，比起从前现在的云彻更像个男子汉。

"回来了就好好休息，瘦了那么多……云彻，你这是做什么！"云瞬忽而惊呼一声，向后闪了半步。不光是她，连站在她身边的舒豫都神色一变。

面前这个瘦高的少年，在姐姐面前未发一语，却撩开衣袍跪了下去。

"姐姐。"这从远北之地归来的少年似乎已经成熟，和云瞬一样黑白分明的眼眸里多了些刚毅和果断，伸手拉住往后闪躲的云瞬，清亮的眼睛里却染上水汽。

四目相视，云瞬忽而红了眼眶，僵硬的身体也放松下来，反手挽住云彻的胳膊："起来再说吧。"

"姐姐，这是我……和我娘欠你们母女的。姐姐，请受了弟弟这一拜吧。"

一句话说得很简单，却也……隐藏了太多无以名状的过往辛酸。

云瞬看着这个忽然懂事起来的弟弟，眼中盘旋很久的泪水再也不受控制从眼窝滑落，到唇边，却不是苦涩。

仰头看去，这个向来坚强的女子已是泪流满面。

若非他亲自到过乌里雅苏台那样寒冷的极北之地，恐怕他这个含着金汤匙出生的小少爷这辈子都不会相信世上还有人在那种地方生活。

若是普通的当地百姓也还好些，可偏偏乌里雅苏台自古被当作流放的好去处，当地人将这些从京城来的罪人当作异类，处处排挤，和当地恶劣的生存环境比起来，周遭的唾弃和白眼恐怕才真正让人日子难过。

"我娘回来了吗？"云瞬压抑了下自己太过翻腾的情绪，云彻点了点头，转过身一指身后，门外的车队里高高地搭着一驾灵车，上好的棺椁上缀着雪白缎子的丧花。云瞬勉强挤出一个笑，将依旧跪在地上的云彻搀起来，"云彻，谢谢你把我娘送回来。"

"今晚上先暂时将老夫人安置在灵堂，明日我就上书圣上禀明情况，等寻个吉日，便将王妃和康平王合葬一处，也遂了老王爷生前的意愿，你觉得如何？"舒豫扶住云瞬，关切地道，"夜风凉了，回屋再说吧。"

云彻站起身看了看舒豫扶着云瞬的手，嘴角忽而噙上一抹冷笑："听说你喜得贵子，我还忘了给你道喜，姐夫。"舒豫一愣，随即露出一丝苦笑："是该道喜。"

方才相见时的欢喜被这句话霎时冲淡，空气里渐渐聚拢起浓重的火药味，云彻清亮却带着恨意的眼眸毫不避讳地落在舒豫的身上，而后者，只是用一身的冷冽做了盾牌，并未反击。

冯妈看了看没有说话意思的云瞬，只好尴尬地说道："小少爷，您刚回来，总得先收拾收拾，换换衣服吧？您不在的这些日子，王妃特别惦记您。"

云彻的眼神顿时柔软起来，看着云瞬："那我先去换洗了。"

"去吧。"云瞬朝他点点头，虽然这孩子看起来长大了，成熟了，可骨子里还是个孩子心性，莽莽撞撞的，一回来就和舒豫对着干，眼见着是要担负起保护自己的角色了，这么想着的时候，云瞬不自觉地心口暖和了起来。

原来有亲人的感觉，是这样的温暖。

"真是一失足成千古恨，我现在是两面不是人。"舒豫回了屋往椅子上一坐，自言自语地嘀咕了一句，云瞬坐在他对面，双手撑着头看着生闷气的舒豫。

舒豫被她看得脸一红，弹了弹袖子，假装咳嗽两声："我知道你要说什么，什么都不用说，我才不会和一个孩子生气。不早了，去休息吧。"

云瞬淡淡地一笑，打算起身，舒豫欠身往前跨了一步拉住她的袖子，半是赌气地说道："你还真走？"

"不是你让我去休息的吗？"云瞬哑然失笑，舒豫见她笑了，更加赖皮，双臂一展从后面抱住她："我也累了，一起休息。"

随着李家姐弟的回府，沉寂了许久的安庆王府中总算有了些许热闹气。一个月后，安庆王府迎来另一场半喜不喜的事——丽姝的孩子过满月。在宴席上，舒豫亲自给孩子戴上长命锁，锁身上簪着两个大字，"自慎"。这是舒豫给他取的名字。胖乎乎的婴儿似乎不怎么喜欢这个沉甸甸的锁头，刚刚挂在身上，就张牙舞爪地哭了起来。

可怜了这孩子白白投了一个安庆王长子的胎，却偏偏到了满月才得了一个正经名字。

这一哭，倒是让不温不火的满月酒热闹了不少。

云瞬望着抱着孩子惊喜得泪水涟涟的丽姝，默默叹了一口气。

陪宾客喝酒的舒豫远远地看着云瞬出神的侧影，也是默默一叹。

这样的热闹只维持了月余，陛下调兵增援边线的旨意便传进了安庆王府。

离别的日子终于到来，文武大臣陪帝王送大军出城，在城楼上，云瞬站在舒豫的身后，和其他出征家属站在一起，远远地朝城楼下看去。

阳光初升，凉风掀起那少年征袍的一角，露出套在里面乌色发光的盔甲，沉重的铠甲套在他渐渐长成的宽阔肩膀上，顿生威武。云瞬不得不感慨，当初回府时那个处处和自己对着干的骄气冲天的小少爷不知不觉已经成长为这样一个可以为国效力的优秀男儿。

大军拜过帝王，主将饮下出征酒。

"大军开拔！"盛骏一声令下，所有副将先锋纷纷翻身上马。云彻在一众官兵之中朝她伸出一只手，渐渐攥成拳头。

云瞬一霎时红了眼眶，就算这次出征是盛骏带兵做将军，可战争毕竟不是儿戏，倘若云彻有个马高镫短，她于心何安？

身边的舒豫默默牵起她的手悄悄捏了捏。

好像一股力量凭空钻进了身体，云瞬挺直了腰，也给了云彻一个鼓励的笑容。

康平李家积压了那么久的力量此刻全都被这个少年积攒在自己身上。家族的荣耀和得失，这些她内心抗拒的杂俗，不知何时，被李云彻独揽在肩。

不得不说，此时的云瞬，除了对云彻的成长感到欣慰之外，还有一丝愧疚和尊敬。

262

她愧疚，如果她能做得更好，是不是谢彦就不会在自己面前用提拔李云彻做诱饵来和她谈条件？如果她做得够多够好，是不是这个李家唯一的独子就可以免于硝烟战火，安静地做一个文官便好？

可她也知道，大唐尚武，只凭一张纸，一杆笔，恐怕难以让一个快要倾覆的家族重新振兴起来。

她抬手，遮住满眼的朝阳，眼中只剩下一抹被众人淹没的少年背影，挺拔、坚毅。

"云彻，保重。"

早上送军出征之前，盛骏特意来安庆王府里好一阵叮嘱托付，打仗的人都知道，一场仗打下来少则数月，多则数年，估计等他回来的时候，他和清菡的孩子已经可以满地跑了。

这位年轻热血的小王爷，第一次萌生了想赖在家里守着老婆孩子热炕头的想法。可惜皇命难辞，临行之前，只得将家里待产的妻子交托给最可以依靠的人，云瞬。

云瞬待清菡的情意自然不用盛骏多费心，在清菡临产之前便收拾了东西，搬到盛王府去了。

清菡生产那天，老盛王妃足足请来了十个接生经验老到的收生嬷嬷，二十二个手脚利落的老妈子，三十六个精明丫鬟在产房里外忙进忙出……像是在炫耀盛王府对这位即将到来的小世子的宠爱一般。

只是这么大的规模到最后似乎只是为了见证盛家人的绝顶失望和愤怒。

失望来自出生的并不是期待已久的世子而是……小郡主。

愤怒在于清菡一直以来造成的"一定是儿子"的假象，这是近在眼前的欺骗和隐瞒。

怒极的盛王妃命人叫过来清菡的贴身丫鬟碧盏，仔细盘问了来龙去脉，才知道自己一直被人像傻子似的耍得团团转。得知真相之后，老王妃立刻将碧盏拖了下去，在院子里狠狠地赏了一顿棍子，可怜那个善良的丫头在小主人出生的这一天，被杖毙在自家主人的园子里。

当这年轻的生命消失的时候，云瞬和其他人都在产房里安慰着清菡。

收生嬷嬷告诉她是个女孩儿的时候，清菡本已经倦极的脸上竟露出一丝短暂的释然神情，可随即很快消失。她想哭，哭自己不争气的肚子，也想笑，笑这世上最可笑的约定俗成。

云瞬心疼她的身体，唤老妈子抱来小郡主给她看，清菡这才收了眼泪。

天可怜见，小姑娘生得很好，圆滚滚的小脸还是皱巴巴一团，小嘴儿咂吧咂吧半天，哭出响亮的声儿来。

"你看，女儿这么健壮，你还哭什么呢？难不成天底下所有生了女儿的娘都要哭死自己吗？那你我又是怎么来到世上的？快别哭了。"

"姐姐说得是，我绣了平安扣给孩子，姐姐你帮我给她戴上吧。咦？我的平安扣呢？碧盏，拿平安扣过来。碧盏？"

"那妮子跑哪儿去了？"清菡累得坐不起来，四周看了一圈没有见到碧盏也只好作罢，头靠在枕头上，似睡非睡。

"王妃。"巧眉眼中似含热泪，瞧见清菡昏沉沉的模样才俯下身在云瞬耳边低声耳语了几句。云瞬身子忽然一震，似乎不敢置信地看了一眼门外，随即，从未染过恨意的眸子里蹿起一股怒火。

"姐姐怎么了？你脸色怎么不好？是不是产房里血气重？你先回吧，我没事的。"清菡忽然睁开了眼，担忧地看着她。云瞬被这目光看得心头一疼，勉强笑笑，帮她梳理好额头的乱发，多善良单纯的清菡！

"王妃，奴婢得抱小郡主出去给老王爷和王妃瞧了。"收生嬷嬷一瞧屋里头这架势，说话也染上了小心翼翼。

"嗯。"云瞬点点头，她忽然心里一动，从手腕上取下什么东西放到小小婴孩的襁褓边，清菡哭得眼花也看见她放进去的是什么，立刻阻拦道："姐姐，这东西不行，太贵重了。"

"没什么不行。皇后当初把它送给我，是因为我需要，而现在，我把它送给了更需要的人而已。"云瞬将那枚白玉莲花镯子在婴孩的身边摆好，故意露出玉镯莹光华然的一个弧线，朝收生嬷嬷笑了笑，"仔细抱着，务必要先呈给老王妃。"

嬷嬷不知所以，认真记下。

"清菡，你想好孩子的名字了吗？"云瞬替她掖好被角，问道。

清菡苍白的脸上浮起一丝满足的笑意："取名字这事儿还是等她亲爹回来再说，不过，我倒是想了个小名儿。"

"宝儿，姐姐你觉着这名字怎么样？"清菡眨眨眼，孩童般至真率性的眸子里纤尘不染。云瞬把名字轻声念了一遍，宝儿，不管他是男是女，孩子始终是母亲的掌中宝，心头肉。

"这名字真好，又好听还吉利。"

清菡露出一丝坏笑："我本想着像平常百姓家里的丫头一般也叫个什么

264

妞，什么翠的，只怕盛骏回来吓绿了脸。"她说着说着神情有些落寞，低声道：
"要是盛骏能回来就好了。"

门外，已经得知结果的老王爷和老王妃两人如木雕泥塑一般沉寂，收生嬷嬷连唤了两声，都没有人回过身来看那啼哭的孩子一眼。

收生嬷嬷牙一咬，愣跑到老王妃面前，双膝一跪，把手往上一托："恭喜王爷，王妃。喜得千金。"

"喜？哪里来的什么……慢着！"老王妃正要训斥，忽而低垂的眼光一瞥落到那孩子襁褓上，吸了一口冷气，"把孩子给我。"

老王爷遥遥看了要接过孩子的王妃一眼，冷声一哼，转身欲走。老王妃及时喝住了他，老王爷眉心一皱，停在原地。老王妃把脸往襁褓上贴去，仔细验看，果然，是皇后手上原先常戴着的那个玉镯。

玉是清透白玉，莲是亭亭青莲，如此美好的两样事物拼在一起则变成两个再简单不过的字。

权位。

她朝着纳闷的老王爷苦笑一下，把孩子平放在供桌上，规规矩矩地弯腰行礼。

"你疯了？给那么个毛娃娃见礼？"老王爷过来扯了她一把，老王妃苦笑不减反增，"王爷，这礼不光是妾身要见，就是您，以后也要礼让这毛娃娃三分。"

"您看看这是什么？"王妃手朝着襁褓一指。

老王爷的眼光顺着王妃的手指一顺，也不由一滞。一个镯子有什么稀奇？不过细看，这镯子似乎有些眼熟。

"这是皇后娘娘的镯子，早先赐给了安庆王妃。"见丈夫不解，老王妃低声解释，声音中带着无奈。对方抬出个皇后来，他们还要和人家对着干，除非他家是嫌命长。

"好一个安庆王妃。"老王妃眼中掠过寒光，心头也是一寒，也亏这个镯子提醒，不然她还真忘了，李云瞬除了有个够硬气的丈夫之外，还有个做皇后的亲姑姑。

里屋帘子一挑，巧眉扶着云瞬从屋里出来，她脸色有些发白，精神似乎不济地朝那两位笑了下："给老王爷王妃道喜，母女平安。"

"同喜，同喜。"老盛王爷朝她点头，老王妃似乎还没从那口气中缓过劲儿来，背对着云瞬没有说话。云瞬也不介意，从袖子里取出一封信来，递给

265

老王爷："盛骏临走时对我说，等清菡生产之后将这封信交给您。"

老王爷拆开信来看，老王妃也凑过来，云瞬在旁边冷冷瞧着这二人。

看罢了信，老王爷额头上的青筋都跳了几跳，将信丢在地上："成何体统！这个孽子！不准！不准！"

云瞬似乎早已料到他会如此发作，唇角微微一挑，似笑非笑地说道："王爷暂莫动气，您先瞧瞧这封信的落款署名再怒不迟。"

老王妃俯身捡起地上的信，匆匆把目光落在署名上，不由面上一僵，像是看见了什么不该看的东西似的。

"兵部昭武将军盛骏亲笔。"

老王爷同老王妃二人的脸色齐齐一变。这封信的内容明明是一封家书，而盛骏在落款时却落的是官衔全称。按照大唐律法，老王爷这个赋闲在家的郡王对昭武大将军的命令需得俯首帖耳，不可抗命。

半晌，老王爷白花花的山羊胡轻轻一抖，向天一翘，半晌翻着眼皮说不出一句话来。

老王妃此时已经冷静许多，侧目对身边的云瞬说道："既是我儿的意思，全府上下当然照办。"答允虽是答允，可老王妃神情依旧难看得很，她伸着两指捏着信，冷笑一声，"'筑菡苕清池以为庆'，亏骏儿想出这样的法子给女儿庆生。盛骏待他媳妇可真是体贴。"

云瞬似乎没看见老王妃脸上的冷意，朝她微微弯腰："云瞬替那还在襁褓中的孩子谢谢二老体恤。"

她知道，盛骏要修的不只是一座池子，而是要在府中修筑起清菡的地位。想来那位单纯直率的小王爷早已想好，若清菡生了儿子，自然皆大欢喜；若清菡生个女儿，只怕没有他在身边照拂，他那两位想孙成疯的老人要对清菡冷眼相加。

如此，最好的办法就是让府中所有人知道，荷花池修在盛王府，而盛王府的主心骨，是他。其中寓意自是昭然，云瞬的脑海里浮现出方才清菡委屈的哭和笑，心头沉沉一颤。

"奴婢原先还以为来得早了，没承想，时候竟是刚好。"来人只在外头象征性地打了个招呼，也不等人通传自己，便带了人走进来，她进府时虽有些莽撞的意味，进来后对王爷王妃规规矩矩行礼，倒也没有人挑剔她什么。谁让来的人是皇帝陛下最宠爱的妃子萧淑妃的贴身嬷嬷锦安。

"奴婢带来萧淑妃娘娘的贺礼。"锦安面上带笑，眼珠子一转看见站在盛王夫妇身后的云瞬，弯了弯腰，"给安庆王妃见礼。"她直起身，眼中似有挑衅，"娘娘前些天还问起侧王妃，不知王妃现在身子可好？"

云瞬浅笑如常，看着锦安点了点头："劳烦淑妃娘娘惦记。"

锦安直起腰继续追问："娘娘听说侧王妃同小世子住在京郊别院，心里还在纳闷怎么一家人非要分两处安住？难不成真像坊间传言，是王妃您不能容人吗？"

盛王夫妇对视一眼，谁也没有开口。

抚了抚额上的浅金花钿，凉凉的有些硌手，云瞬又是浅浅一笑，让人看不出她到底是喜是怒："丽姝生养不易，王爷心疼她，让她在京郊享清静。锦安姑姑你若是挂念侧王妃，不如也去看看她吧。"

被那双平静无波的眸子盯着，她心里一阵发毛，脱口而出："奴婢还没恭喜王妃，听说今儿早朝上安庆王已在陛下面前为长子求了世子的名头。真是可喜可贺。"

"哟，锦安你的消息倒是灵通，我在太极殿站了一个早晨也没听说有这事儿。该不会是你为了逞口舌之快，自个儿编来骗人的吧？"

老王爷朝门口一看，心想，今儿府里头真热闹，串门的人不少。

云瞬瞧见外面人心里一动："武……你怎么来了？"

正是武媚娘带着香螺走了进来，她虽着一身宫女服侍，却气度自华，一屋子的人在她面前竟没一个敢直视那双冷冽的眸子。武媚娘进来款款给老王爷、王妃行礼，她虽是宫女，可她和高宗那点说不得的事儿可是人人避讳的禁忌，此时老王爷尴尬地咳嗽两声，老王妃赶紧以手相搀，看那模样好像她恨不得给武媚娘见礼一般。

武媚娘进来之后环视一圈四周，方才还嚣张得要命的锦安愣是被这一眼看得不敢抬头。武媚娘呵呵一笑，对老王妃说："皇后娘娘听说小盛王妃快要生产，心里原打算亲自过来瞧瞧，没承想，近来秋凉，娘娘有些头风发作，怕过了病气给小王妃，故而派我来探望。贺礼都是娘娘亲手挑选，我来时瞧了瞧，样样用在小王妃身上都合称好看。"

老王妃看了眼院子里堆起来小山似的贺礼，心里一苦。此时脸上的笑容别提多难看，多尴尬，她方才还在恼怒清菡不争气，眼下这情形，她纵有天大的火气也不得不暂时压下。

"多谢皇后娘娘圣恩。"

"老王妃可别客气，娘娘说了，小盛王妃是安庆王妃的闺中密友，就如

267

同自己的半个侄女一样，姑姑心疼自己侄女，天经地义嘛。"武媚娘说得字字清楚，老王妃的脸色更垮下去两分。

清菡生了女儿，老王妃不待见她是明白着的事儿，下人们也难免要攀高踩低，没承想，今儿来的这两位不管初衷如何，到底算是帮了清菡的忙。

出了王府，武媚娘忍不住拉着云瞬嗔怪似的说道："不是我说你，你怎么就让一个奴才在自己眼前吆五喝六了？还是在别人家眼皮底下，你这安庆王妃做的，也忒没面子。"

云瞬苦笑不答，武媚娘又絮絮叨叨地说了一阵子，临走时不放心地对云瞬说："今天的阵仗你瞧明白了吧？看来皇后和萧淑妃都打定主意要拉拢盛家。"

"前头朝廷的事儿，我没什么兴趣。"云瞬答得干脆。

武媚娘眉头一立，随即又叹了口气："你呀，自己都被夹在中间了，还不自知？"

云瞬无辜地瞧着她："有我什么事儿？"

武媚娘扶额道："天！天底下还有这样的糊涂人！你夫家长孙可是一直和皇后对着干的！远的不说，就说前些日子陛下要下旨册封我为昭仪的事儿，你还记得吧？要不是长孙无忌他们联合上书反驳，我今天就还用……罢了，罢了。别告诉我你一点都不知道。"她看了一眼已经听傻了的云瞬，'唉'了一声，"我现在算是信了，你是真不知道。"

云瞬笑得讪讪，愧疚地看了她一眼："我就算知道，也无能为力。舒豫从不和我说朝廷的事儿，我也从不过问他这些。没想到竟是他阻碍了你做昭仪，对不住。"

"算了，一个昭仪我本来也没放在心上。倒是你，京郊那位生了个儿子，虽是庶出，也是长子，你还不抓紧时间，难道要等着谢丽姝骑到你的头上吗？"武媚娘看云瞬根本不为所动的眼神，跺跺脚，手指恨不能戳到她头上，"你这人，真是……气死我了。我回去了。"

留在原地的云瞬愣愣地看着武媚娘远去的背影，半晌不语。

刚才好一番鸡飞狗跳的盛王府总算归了安静，老王爷等着老王妃探视清菡出来，没奈何地叹了口气，老王妃坐在他身侧，也揉着发疼的眉心："原指望着抱个孙子，没承想……哎，孙女也没什么不好，何况她一出生，皇后就这么重视。"

老王爷的口气倒不似方才那般强硬，听了老王妃的话脸色却有些难看：

"你当这是好事？真是妇人之见。

"皇后和萧淑妃明争暗斗了多少年，现在又掺和进来个武才人，偏拉上咱们盛家也跟着蹚这趟浑水，幸好盛骏那愣头青在外头打仗，不然今儿的热闹大了。"

"照您看，盛骏他会偏帮哪一边？"老王妃被他这么一说，也跟着担忧起来，"后宫里头的事儿她们自个儿去斗也就罢了，可别把我那傻小子也放进去做了她们的挡箭牌。"

王爷横了她一眼："现在知道叹气了？早先盛骏和安庆王走得近的时候你是怎么说的？现在盛骏就算不表明立场，长眼的人都会认定咱们盛骏是和长孙家站在一处了。"

"和皇后对着干？这下可糟糕了！"老王妃急得搓手。

王爷把手一挥："只盼着傻小子这次能拿下点战功，以后便是闹翻了，也不至于太惨。"

"王妃，咱们就这么回府了，老王妃不会给清菡主子气受吧？"巧眉挎着包袱陪云瞬坐在马车里，很是担心地说。

云瞬此时倒是没什么担心的神情，摇了摇头："不会。老王妃是个明白人，纵然一时气恼，过后想明白其中利害也会善待清菡的。"

"那就好。"巧眉长舒了一口气，两眼放光地朝着云瞬说，"要说起来，还是咱们王爷最厉害，您不喜欢谢主子，谢主子就被迁到京郊，老王妃给她撑腰，结果呢，还不是回了尼姑庵去养心。"

"多嘴的丫头，这些个是非也是你能乱嚼舌根的？仔细让人听去，徒生事端。"云瞬低低嗔怪了两句。巧眉吐了吐舌头不敢再说，嘴角却挂着笑。云瞬她虽然嘴上这么说，可那神情瞧着却是认同的。主仆二人说了会儿话，云瞬想起一件要紧的事儿，低声在巧眉的耳边吩咐了几句，巧眉原本眉飞色舞的脸色听着听着也凝重了起来，从马车上跳下来走了。

马车转进巷口，正看着贺叔站在门口张望，神情有些焦急。

"王妃您回来了。王爷还在……嗯，还在宫里处理公事。"不知道为什么，云瞬觉得贺叔说这话的时候眼神有点飘忽，措辞也稍微有点含糊。她心里装着别的事儿没怎么在意，走了几步，回头吩咐："贺叔晚上早点开饭，我还要出去一趟。"

"是，王妃。"

269

掌灯的时候，巧眉扶着云瞬深一脚，浅一脚地踩着沟沟坎坎迈进一处简陋的院子里。

"王妃……您……"

"我不进去了，你去吧，我在这儿等着你。"月光之下的云瞬，脸色看起来有些苍白。

一个穿着深色粗布衣裳的老汉坐在石桌旁，一口一口抽着旱烟袋咂吧着滋味。屋里有一灯如豆，昏暗之中传来稚子读书的声音，朗朗清脆。

巧眉吸了口气稳稳心神，搓了搓脸摆出些许喜庆的神情才敢开口唤那个老汉。

"老丈。这儿是碧盏姐姐的家吗？"老汉啪嗒抽了一口烟再细细吐了出来，撩起眼皮看她一眼，眼光一怔，回答说："那是我闺女，你找她？她不在。"

巧眉瞧着老汉纵横沟壑的脸，心里一阵酸涩，挤出一个笑模样往前走了两步："您就是碧盏爹？我是和她一起在盛府做工的丫头，给您报喜来了。"

老爹眼睛亮了亮，又暗下去："有啥喜事儿？"

"我们主子很喜欢碧盏，将她许给一个外放的小官儿做妻了。"

"真的？这孩子怎么也不给我们说一声？啥样的外放官儿？能过好日子不能？"老爹把烟袋锅往石桌上一磕，抖出些火星烟渣。

巧眉点头："不算是什么大官，您也知道像我们这种丫头能给人做正室就不得了了，哪里还敢巴望着嫁进侯府呢？碧盏姐姐今儿早上……随她夫君离京述职去了，走得匆忙来不及和家里说，她托付我过来给您送些钱。"说着，她把怀里沉甸甸的小包儿掏出来给老汉放在石桌上，"碧盏姐姐说以后每年都给您送养老的银钱，让弟弟好好读书，一定读出些名堂来。"

"还用这娃说？这娃为了她弟，这些年没少受苦……"

一墙之隔的篱笆院外，云瞬仰着头，静静地看着一抹冷淡若无的月光，眼中淌下无声的泪水。

看不见尽头的苍穹不知何处吹来阵阵凉风，拂过云瞬额前碎发，她下意识地伸手去抓，风轻盈无形，吹打在脸上却又微微发疼，仿佛生命中不可承受的惋惜之痛。

半晌，碧盏爹将巧眉送出院门，缓缓合拢的篱笆门也掩去了巧眉勉强做出的笑意。

"王妃，咱们走吧。"

进城的门岗不知何时多了不少巡逻的官兵把守，岗楼上的灯笼被风吹得滴溜溜乱转，带出一股肃杀之意。

"去去，你们几个，有通行路引没有？"守城门的官兵横着红樱长矛拦住她们主仆二人。

"我……我……我们……"巧眉一见那明晃晃的长矛，吓得脸色发白，说不出一句整话。

官兵上上下下地将她们打量一番，瞥见云瞬时怔了一怔，这女子穿着虽不华贵，但气度不凡，俨然是一副久居高位的人才有的矜贵，他一愣，随即把手一伸："路引。"

"路引是什么？"巧眉是说不出话来了，云瞬只能自己来搭茬。

官兵们又是一愣，揣着手走过来："现今进出城都要路引为凭证，有路引畅行无阻，没有路引的，对不住两位姑娘，城门外待着。"

"天这么晚了，你让我们去哪儿待着？"巧眉一听不让回家顿时急了，"您看，早知道这样就让马车跟着咱们出城了。"

这句话倒是提醒了云瞬，云瞬低头从袖子里取出一道金牌往那几位守城的官兵前一递："路引没有，这个可以吗？"

"这是……哎呀！"守城的头目听见动静走过来，一看，险些将腰刀掉在地上，双手颤巍巍地接过牌子来仔细验看。看着看着那后背就渐渐弯了下去，"小的们有眼无珠，不知道是您大驾在此。您请过，请过。"

巧眉胸脯一挺迈腿往里走，云瞬朝那头目一笑，问道："之前进城也不见有这么大的规矩，这是怎么了？"

那头目被这一双黑白澄清的眸子盯得有些不自在，只能看着自己的鞋尖，老老实实地回答："小的们只知道最近京城里不太平，有乱党分子流窜，上头交代凡进出城的百姓没有路引，视作乱党可疑分子，可以随时抓起来审问。"

"这么严重？啊，多谢你了。"云瞬朝他点点头，拉了一把听傻了的巧眉进了城门。

能让京城天子脚下这么忌惮的乱党……会是什么人呢？

271

第二十二章　伴君幽独

"王妃，原来您在这儿哪，刚找了您一圈。"云瞬正和巧眉在院子里给花浇水，湛栌擦着额头上的汗走了进来，瞧见云瞬龇牙一乐，给她行礼，"可是让小的好找。"

"有事？"云瞬把手里的壶递给巧眉，"是王爷今天不回来了吗？"

自从上个月开始，舒豫就断断续续的夜不归宿，每次都会派湛栌回来传讯，时间长了，就像她这样大门不出二门不迈的人也听下人们说起，舒豫并非是因为公事留在宫中而是去了京郊别院。

湛栌咽了口唾沫，竖起大拇指来："您可真是能掐会算，王爷刚刚吩咐奴才来传讯，他今天……的确是不回来了。哎，王妃，事儿可不是您想的那样，王爷是去了别院，可那是因为慎少爷他高烧不退，侧王妃没了主意才让人来请示王爷的。"湛栌瞧见云瞬脸上的神情，赶紧把后半句给补上。

"什么样的病啊？都一个月了还不见好？"巧眉忍不住抱怨。

湛栌面露难色，搓着手道："是小儿热症。慎少爷打出生时就身子弱，最近秋凉，怕是染了风寒，药也吃着，只是病情总反复，烧烧停停的，可怜小少爷那么小的岁数就遭罪。"

手指抚过墨头菊细嫩的花蕊，云瞬点了点头："我知道了，你回去吧。"没有叮嘱，没有不满，什么都没表露出来的脸色反倒让湛栌更加忐忑，纠结着在她面前踌躇着不肯离开，王爷千叮咛万嘱咐让他把话说得巧妙些，别让王妃乱想。

看这结果……他还是办砸了差事。

云瞬看出他的懊恼，轻轻一笑，看着眼前那株鹅黄，淡淡道："这株墨头菊今年开得很好，你把它带给王爷。"巧眉抱起花盆往湛栌的怀里一推："这花儿可珍贵了，你仔细捧着给王爷送去。"

272

湛栌懵懵懂懂接过花盆，有心再问，转念一想，得了，主子有话，他照做就是。

"王爷不回来，咱们要不上街吧？这次带着路引，免得进不来城门。"巧眉自认为想到了绝妙主意，欢喜得跳起来。

云瞬见她兴致这么高，也笑起来："你这主意倒好，走吧，刚好宝儿也快满月，咱们上街去转转，瞧瞧有什么新鲜玩意儿，给清菡带过去让她也开心开心。"

因着将近中秋佳节，本就热闹的隆安街上更加喧闹，路边的小摊儿，篷车做面人儿的，画糖画儿的小贩和打把式的江湖艺人把一条街渲染得生机盎然。不大一会儿的工夫，巧眉的手上就大包小包地忙不过来，几乎能给小孩子准备的东西，她们主仆都采办到了，巧眉玩得高兴，也不觉得手里的东西有多重，撺掇云瞬接着去逛。两人信步走着，路过城隍庙，刚好看到有许多人围在庙宇门前，香火绵长。

巧眉最好热闹，往人群里头挤，卡在一群老妪之间听她们闲谈。她性子活泼，不大一会儿就和老妪们打成一片，问了个明明白白，笑眯眯地从人群里杀出来给云瞬学舌，原来这城隍老爷的庙门里头来了个云游僧，画的一手好符，据说专治小儿夜啼，童子尿床。

云瞬听了忍不住往里头张望："小儿夜啼？上次听清菡说，宝儿就有这么个毛病，咱们也过去求一个符吧。"

巧眉瞪大了眼，不敢置信地问道："您不是从来不信这些的吗？"

云瞬自己也一愣，随即释然笑道，"不过清菡倒是很信，她信就好了。"

在浩浩荡荡的队伍当中排了将近两个时辰，才到了云瞬的位置，眼前桌案上只剩着今天最后的一件镇宅之物——檐下虎。小小的布老虎色彩亮丽，做工针脚也细致，一串细细密密的奇怪符号绣在小虎的背上，不仔细看倒也看不出。云瞬拿手捏了捏，里头有圆滚滚的东西碰撞发出沙沙的响声，原来布老虎里面装了许多甘菊和绿豆。云瞬不禁哑然失笑，难怪能下火安神，确有些药理依据。

入秋之后天黑得越来越早，从庙门出来时天就眼见着黑了下来。"王妃，咱们出来的时辰也不短了，要不回去吧？"巧眉把一串子东西往胳膊上挎，伸手要来接云瞬手里的檐下虎，云瞬看她十分辛苦就没有给她。

"咱们从这条巷子里穿过去吧？这是近路，能少走两条街呢。"巧眉说得言之凿凿，云瞬也乏了，点头称好。二人说笑间往那处巷子里走去，这处巷

273

子窄却细长，十分僻静，和墙外的大道上的热闹截然不同，两旁的房屋大多很高，看起来不像是民宅，好像是闲置的茶寮酒肆。

二人走着走着忽然感到脚底的路面有些发抖，云瞬眉心一皱，这种感觉在乌里雅苏台她曾经遇到过，那是许多人一起奔跑时才能发出的震撼之力。正琢磨间，忽然眼前一道瘦小的黑影一闪向她面前扑来，云瞬被他撞个满怀，下意识伸手一揽，发觉这黑影居然还是个瘦小单薄的孩子。

"有坏人追我！姐姐，救救我！"那孩子颤抖着声音开口哀求，稚嫩的童音里夹着浓浓的恐惧和惊慌，云瞬也没多想将他拉到自己身后，转身往巷子的豁口里一蹲同时给巧眉打了个眼色。

其实巷子里那么黑，巧眉根本没看见什么眼色，她只看见云瞬拉着那孩子的身影在巷口里一闪就不见了，估摸着云瞬是要出手相助，自己一个转身一溜烟儿顺着方才那孩子逃跑的方向接着跑。跟在身后的那群人没发觉前头已经换了人，紧追着巧眉也往下跑。

"嘘，别出声。"怀里的孩子跑得脱力，瘫软在云瞬的怀里，大口喘气，云瞬怕被人听见动静，不得已捂住了他的嘴。

等外头渐渐没了人声，云瞬才松开手，天太黑，她也看不清楚，只摸了摸孩子的身上，没有受伤的痕迹，略略放下心来，低声问："你还有家人吗？住在哪里？"

"有的，只是……他们不让我告诉别人落脚的地方。"孩子闪亮的眼睛在黑暗之中看起来纯洁得好似天上的繁星一点。

云瞬哑然失笑，把住的地方叫作落脚地？看来这孩子的家人应该是很不希望别人找到他们的吧？也可能是避难在此或有什么苦衷，可千千万万别是什么朝廷通缉的逃犯才好。她这么想着，有心不管这孩子让他留在原地，又一转念，算了，就算对方是十恶不赦的坏人，幼子何其无辜，总不能眼睁睁地看着他置于险地而不顾。

这地方她不敢多待，怕方才那些人察觉上当再返回头来寻找。她拉着孩子的手，低声对他说："这里很不安全，我们先离开这里，等到天亮了，你再去找你的家人好不好？"

"嗯。"孩子很乖的点头，声音软软糯糯的很甜，很干净。

云瞬忍不住又叹了口气。

想要带他回王府，又怕给一大家子人惹上什么麻烦事，想要带他去客栈，自己一个单身女子带着孩子免不了也要引人注意，恐对孩子不利。她正在左思右想之间，腰间一沉，低头看，那孩子正一错不错眼珠地盯着她腰间的檐下虎瞧。云瞬摸摸他的小脸，想他刚刚逃离时十分凶险，现在居然还有这份闲心，果然是孩子。

"你喜欢这个吗？"

"嗯，喜……不，不喜欢……"

云瞬柔柔一笑，将檐下虎解下来给他戴在脖子上："这是刚刚从庙里求来的，能保佑你平安，以后再也没人敢抓你。"

"真的吗？这个可以给我吗？"孩子仰起脸来问。

云瞬摸摸他的头："当然，这个送给你。"

因为担心那些人会追上来，云瞬特意带孩子走上人多热闹的街道，在灯光下一瞧，这孩子居然穿戴十分整齐，非是她之前想象的狼狈相。再仔细瞧孩子脸孔，眼大鼻高，肤色也不是中原人常有的颜色。云瞬心里一动，忍不住和边关外的游牧民族联想起来。

"姐姐，你怎么了？"孩子看着她目不转睛地瞧着自己又不说话，忍不住有点害怕。云瞬摇摇头，把自己袖子里的手帕取出来给孩子扎在头上，顺便遮住了半张脸，他这张脸露在外面可实在太容易被人认出是异族血统了。幸好孩子还小，身量也没长齐，不容易分辨男女，再加上他脖子上还挂着一个五颜六色的檐下虎，怎么看怎么是个俏生生的小姑娘。

"我不要扎这个……"孩子低声抗议。

云瞬笑着劝他："大丈夫能屈能伸，你今天就先扮一回有钱人家的小姐，待会儿有人跟你说话的话，你就装哑巴。"

孩子似懂非懂地点点头。

往前走了一阵，果然有巡逻的士兵在街上巡视，却也没有人过来盘查倒是让云瞬省心不少，她带着孩子在街上慢吞吞地走着，心里盘算着究竟要把他安置在哪里过一晚上才好。孩子侧着脸瞧她半晌，轻轻拉了拉她的袖口："姐姐你知道鞠云楼吗？"

"认识。怎么？"云瞬低头看他。孩子的脸上有些愧疚，低声说，"我……家人告诉我如果走散就等天黑在鞠云楼后面碰面，他们会在那里等我的。"

云瞬愣了一下，将他带到人少的摊子前，蹲下身看着他。原来这小子早就知道见面地点，却一直藏着不告诉自己，害得她在街上转了快一个时辰。

不知怎么的，被这么双黑白分明的眼睛一看，孩子觉得自己心里的愧疚更多了，懦懦地说："姐姐你别生气，我家人说不让我随便告诉别人的。"

275

"我没生气。"云瞬垂下眼帘,"帝京居,大不易。你小小年纪就如此谨慎行事,真是难为你了。"

按照孩子所说,云瞬带着他来到鞠云楼后街的时候,天色已经浓得看不见五指,路上她买了烧饼和小提灯,两个人各拿一盏昏黄小灯,倒也不觉得太黑。

此时已近城禁时分,后街上静悄悄的,并没有半个人影。

孩子撮唇一吹,打了个不怎么响亮的呼哨,一长一短,如是两次,旁边的树梢上忽然人影攒动,噌噌跳下来几个人落在二人面前。

当前的那人面戴黑巾,看见安好的孩子眼中闪过喜色,又看见站在他身旁的云瞬,毫不犹豫地举起手中的环刀点在她面前一寸许。

云瞬站在那儿一动不动。

孩子急了,推开黑巾男人,愤怒地说:"哈朗叔叔你做什么?姐姐人很好的,是她救了我,还送我来这里。"

哈朗举着的刀动了动,眼睛一直盯着云瞬。云瞬根本没有看他,弯下腰来对孩子笑了笑:"看来你的家人不喜欢我,我走了,保重。"

云瞬说完转身要走,被人叫住。

"且慢。"

她转过身,看见另一个戴着面巾的人推开身前的人走过来,正是他喝住了自己,云瞬看着在他身后聚起来的十几个人,神色不变地低声问道:"还有事?"

"你救了我弟弟,我该怎么谢你?"那人的声音似乎有些耳熟,云瞬一时想不起来自己在哪里听过,那人呵呵一笑,将面巾解了下来,双手抱拳,行了一个汉人的礼,"你救了我两次,安庆王妃。"

云瞬眉梢一挑,看清对方的面孔,不由一叹,天地还真是小,世事也真是太巧,竟然是他。几乎是在一年之前,她去感业寺接武媚娘的时候,在树林之中无意帮助过他。

"救命之恩,我要怎么谢你?"棱角分明的脸往前凑了几分,那人话音似有轻佻。

云瞬不去看他那双带着期许的眼睛,淡淡道:"阁下只当作你我从未相识,便是最大报答。"

"好极。"那人一愣,朗声大笑,顺手将自己腰上的一块玉珏解下来递给云瞬,"以后遇到困难可以带着它来找我。"说完手一挥,示意众人放她离去。

云瞬接过玉珏，抬头看他："多谢。"说完转身便走。

"二殿下……这恐怕不好。"哈朗有些担心，云瞬没有回头，只能听见那位二殿下低低的声音："我相信她。"

她一路走回安庆王府的时候，府上的人已经急得快成热锅上的蚂蚁，团团在王府周围乱转，贺叔还带了人去她和舒豫常去的茶园子里找，到现在也没回来。众人见她回来，又惊又喜，心里头一块大石落地。

回了房间，巧眉第一个扑过来，捂着心口哆嗦着说："您可吓死我了，我真怕您有什么差错，您要真那啥了，王爷不得活剐了我！"

"胡说，我能有什么事。你呢？那些人有没有追上你？"

"可不追上了吗？我提着东西跑得慢，他们个子高腿长，我跑不过人家，他们问我看没看见一个小孩，我当时脑子一转，立刻给他们指了一个反方向，那群傻子就追下去了，我当时呀，强忍着笑，到现在还憋得肚子疼呢。"

"哎？这是什么？"巧眉服侍云瞬更衣，有一样东西从袖子里掉了出来，她捡起来看，是块玉珏，上面刻着不认识的符号，云瞬给巧眉讲述了一番分别后的经过，随口说："是那个孩子的家人送给我的谢礼，你找个盒子收起来吧。"

"还说能找他帮忙？连地址都没有告诉咱们，真没诚意。"巧眉撇撇嘴，拿了个锦盒将玉珏放了进去。

云瞬笑而不答。

那些人分明就是异族，听哈朗称呼那个男人二殿下，她不由想到去年年初时曾听舒豫说起过，突厥本是一个统称，它又分为东突厥和西突厥两部分。前年，东突厥的呼衍部的王被自己长子出卖导致漠南被西边的突厥部落攻陷，王室里萧蔷祸乱，王族分崩离析，想来那个人和孩子应是逃跑出来的王族一脉，不过现在东突厥的新王和大唐关系微妙，这些人即便到中原来避难还是逃不了身份尴尬和时时躲避追兵的艰辛。

可怜了那么小的孩子，时时谨慎提防，想到那双纯洁的眸子，云瞬忍不住叹息，有家难回的孩子……

"巧眉，明天去一趟京郊别院，让王爷抽空回来一趟，我有事和他商量。"

京郊别院，傍晚时分。空中有沉沉的积云压在头顶，看样子今夜似有雨落。

慎儿的哭声比刚才好了些，小脸上的灼红也退了，丽姝一步不离地守着他，不时绞个温水帕子给他放在额头上，舒豫坐在不远处的小桌旁，翻看送来的文书。

慎儿出生早，身子娇弱，寻常孩子三五日便好的热症，他拖拖拉拉将近一个月还没见什么起色，丽姝急得日日抹眼泪，只能请来舒豫。丽姝不时偷眼看他，灯晕里的长孙舒豫多了几份白天难得一见的柔和，他的眉并不十分浓，却极秀逸，眉梢自乌黑的鬓角斜斜扫出去，眉端压在潋滟的眸子上，山水到此处自然晴好。

丽姝看着看着心里不由生出一份骄傲来，这样的人中翘楚，是她儿子的父亲，是她属意一生相随的男人。

然而舒豫此时的眼神却落在了窗台上一盆娇嫩欲滴的墨头菊上。

菊分几色，红黄白菊虽也好看耐赏却终归是有些落于俗套，墨头菊是菊中珍品，当初康平王爱如珍宝，不辞巨资请妙手工匠从异域引进、栽培，成活下来的墨头菊更是极少。

就是这么一盆千金难得的盆栽却救了慎儿的命。

京中自有妙手回春的御医郎中，偏小儿的疾病最难诊治，先后来了两三位御医都没能治好慎儿的病，烧退了又热，反复折磨这个尚在襁褓中的孩子。舒豫听说京南城有位专治小儿病的杏林高手，只是性情古怪，几年前就退隐田园再不与人看病。多少达官贵人重金相请都不能奏效，他也没打算去碰这个钉子。亏得这人有个怪癖，生性爱菊如命，一听湛栌说府上有墨头菊正盛开，二话不说立刻随湛栌进府，只为一睹绝品名菊风采。

当然来了少不得要给慎儿诊一诊脉，开一开药方，治一治病。

湛栌起先还不明白云瞬让他带一盆菊花回来的用意，明白过来之后，大嘴巴的湛栌少不得在府上到处称羡王妃神机妙算。一个下午过来，府上的下人们几乎人人都对王妃敬佩连连。

想起这些，舒豫忍不住笑了起来。他一笑间眼神流动如层层星火烟光，这半卷阴霾半冷月的天色都似因这一笑云散月开。

他一笑，有人不觉看得痴了。

丽姝放下手上的帕子，走到他身边，有些羞怯地柔声道："王爷今晚要留下来吗？"

舒豫方才的笑意一收，恢复了平时的冷漠和疏远："不了。"丽姝脸上的红晕乍然褪去，听外面雷声滚滚，她咬了咬唇，又说："外面快要下雨了，王爷不如留在这里。"

舒豫合上手中的公文，他本想等慎儿的烧全退了再走，现在丽姝的挽留让他打消了这个念头，唤了一声湛栌进来收拾东西。

丽姝无声退下，等湛栌收拾停当的时候她从后屋转出来，手中多了一件披风，披在舒豫的身上，手势轻得好像她给舒豫披上的不是一件披风而是她的一颗女儿心："外面冷了，小心着凉。"她说完便缩回手退了一步，她知道舒豫并不喜欢自己的触碰。

舒豫刚刚迈出的脚步一缓，余光看见她眼底染上的青黑倦色，她初为人母对待孩子没什么经验，本就时时精心，慎儿又连病了这些天，丽姝的气色明显不好，人也瘦了一圈。

舒豫目光一沉，他始终觉得自己当初是被丽姝摆了一道，让他和云瞬之间横生枝节。而现在看来，他对她的态度何尝不也是一种痛苦？

他拢上披风的结扣，对站在一旁的玉婷吩咐道："让老妈子们都精神着点儿，不需事事非要侧王妃亲为。"

玉婷又惊又喜，连连称是，丽姝完全像是掉在了云雾里，舒豫说的每个字她都懂，可加在一起，她就觉得这句话完全超脱了她理解的范畴。

他这是……在关心自己吗？

舒豫挺拔的背影消失在夜幕之中，丽姝飞快地转身用帕子捂住嘴，奔到慎儿的身旁，亲亲他柔软的小脸："儿子你看见了吗？你爹爹他心里……是有我的呀。"

玉婷看着在床上喜极而泣的丽姝，又望了眼窗台上那盆名贵得不得了的墨头菊，悄悄叹了口气。

舒豫回府的时候，几乎都被雨水淋透，身上微凉，心底却有着说不出的暖意，那种奇妙得不可言说的感觉让他怀疑自己不是那个老成持重的安庆王，只是一个情窦初开的毛头小子。

湛栌看着下了马就急急忙忙往屋里跑的舒豫，脑袋晃得像拨浪鼓一样，王爷呀王爷，您这副样子可真让人……羡慕。

内室里，巧眉刚刚服侍云瞬换了寝衣，水色的绸衣绸裤上绣着浅柳色纹路，绸缎在灯光下折射出朦胧的光晕配上云瞬婀娜的身段让进门的舒豫一眼便看得痴了。

黑而长的秀发还带着沐浴之后的芬芳，云瞬正坐在梳妆台旁的矮凳上，巧眉正仔仔细细地给她的双手均匀地涂抹玫瑰膏，门一下开了，有人带着外面乍冷的雨意闯了进来，惊了二人一跳。

巧眉手一抖，玫瑰膏险些跌在地上。

"王爷？您不是今天晚上不回来了吗？"巧眉捧着罐子傻乎乎地问。湛栌从外头跟进来，低声匆匆道："给王妃请安。"顺手一拉还愣在那儿的巧眉，这丫头哪儿都好，就是忒没眼力劲儿，王爷这架势自然是相思极苦才冒雨连夜赶来，大好的夜晚可不能叫你给耽误了。

窗外细雨沉沉，屋内灯如纸剪，正是一诉相思的大好时机。

伶俐的湛栌拉着发傻的巧眉快速退了下去。

这次轮到云瞬对着下颌还在淌水的舒豫发傻。

"我就是回来……看看你。"终于回过神来的舒豫才意识到自己身上满是冰凉雨水，忍不住向后退了一步，免得让云瞬也染上凉气。

云瞬看他欲说还休的样子忍不住一笑，拢起披散于肩的长发用簪子简单地绾住，对门口扬声道："备水，伺候王爷沐浴更衣。"

本来寂静无声的门外立刻有人跑去忙活。

舒豫拧眉："这兔崽子越来越没规矩了。"云瞬笑笑，走过来帮他脱掉外层的披风，领口里隐约能看见一个粉色丝线绣着的"姝"字，她眼神动了动，问道："慎儿的病好了吗？丽姝呢？慎儿病得厉害，她一定担心坏了。"

舒豫想去拉住她，偏他此时一身衣服都湿透，想了想又把手缩回去："多亏了那盆墨头菊，不然就算是我出面，也难以请到那位胡郎中。"

"人都有些怪癖，尤其是那些有才学有本事的人。"

湛栌准备好了热水，请舒豫去沐浴更衣。云瞬将披风挂起，想象着披风的主人为舒豫亲手披上，却留不住的那份心情，不由一阵唏嘘。

工夫不大，身上带着皂角清爽气息的舒豫回来，云瞬已命人张罗了些宵夜热汤摆在桌上，见他进来，很自然地开口问道："晚饭吃了吗？我让人备了些点心热汤。"

"没顾上晚饭，宫里的事最近很忙。"冒着热气的汤盅摆到舒豫面前，隔着袅袅雾气，面前女子眉目清冽，宛若雨中云后敛藏的月光。

他忽然低下头，吃吃一笑。

人生得妻如此，夫复何求？

"前线还好吗？"云瞬狐疑地看了一眼自己偷笑的舒豫，在他对面坐下，巧眉给她披上件外衣便退下。舒豫喝了口汤："战事倒还算平稳，我已经给盛骏写了手书报平安，估计那小子这几天就要回来了。"

"怎么这么快？"云瞬好奇。

舒豫不怎么赞同地看她一眼："快吗？宝儿再过几天就要过满月，他这个当爹的到现在还没见过自己闺女，心里肯定急死了。"

云瞬意味深长地看了他一眼，舒豫被她看得心虚，低下头喝汤不再说话。

他还好意思说盛骏，他自己不也是等慎儿快满月的时候才正经地抱来看看的吗？

吃过晚饭，命人撤去桌椅餐盘，云瞬给他泡上一壶香茶，舒豫看着她忙忙碌碌的身影："宝儿满月，咱们送些什么？刚听贺叔说你今天上街将能买的东西都买了个遍。"

云瞬不好意思地笑了下："是啊，我也不知道要送什么好，想着能逗清菡开心的就都想试试。不过，我觉着你给慎儿的满月礼就很不错，在哪家金铺打的金锁？我也让巧眉去打一个。"

提起慎儿，舒豫擎着茶盏的手一顿。隔着一道水汽，他低声道："什么时候，我们也给咱们的孩子想想满月礼？"

云瞬身子一僵，默不作声转身去整理巧眉已经铺好的被褥。

看着转过去的云瞬，舒豫也沉默下去。他明白，云瞬的心里还是有一个心结，他早已在冯妈处得知，自她进了王府就时常喝一些避子的汤药。她还不能完完全全接受自己，也就不能说服自己去给他生儿育女。

纵然那段往事中的所有人都各自成家，再择良人，他和她之间，仍是隔着一条没法逾越的鸿沟。

他只有等，等无形的时光之刃切断她记忆里所有的痛苦之痕。到那个时候，他就能完全地拥有她了吧？

转眼间，中秋已过，盛骏虽然没赶上在家中和全家一起度过中秋佳节，却难得地赶在了宝儿满月之前回到京城。

他一回来引动不小的风波，四方官员前来拍马屁歌功颂德的一个不少，王家、萧家、谢家，朝中能举重若轻的人物都派人送了贺礼来，一贺前线战局稳定，二贺昭武将军喜得贵女。

盛骏回来见了女儿爱不释手，直夸孩子长得漂亮至极，显然是随了父亲的长相。老王爷和老王妃本对这孙女有些偏见，可见盛骏如此欢喜也只好将抱孙子的念头暂且放一放。

"这次回来能待多久，前线可正在吃紧，切忌别因小失大，因为儿女情长拿社稷江山的大业开玩笑。"老王爷什么时候都板着一张脸。

盛骏正抱着女儿，听父亲义正词严一说，立刻回头比了个安静的手势："宝儿刚睡，您可别吵醒她。"

老王爷恨铁不成钢地看了看自己眉开眼笑的儿子，气得抖着袖子走了。

"清菡，我打算给女儿取名伴清，你看怎样？"盛骏抱着熟睡的女儿回了屋，清菡虽然没出月子，可她性子好动，穿着厚厚的鞋袜已经在地上来回走动。

"伴清？有什么特殊的含义吗？"清菡坐完月子，脸比从前更圆润了些，皮肤也白皙了，盛骏看着她盈盈的眸子睇过来，忍不住赞叹道："谁说女人生了孩子就要人老珠黄？我夫人越来越漂亮，越来越年轻！"

"贫嘴！"清菡推了他一把，"问你呢，伴清有什么含义？"

"孩子出生的时候我没能陪在你身边，这一次和西突厥的仗也不知道能打到何年何月，或许之后的很长一段时间我都不能陪在你身边。幸好，我不在，我闺女在，让她陪着你，伴着你，你也不孤单寂寞了是吗？"盛骏说得很轻快，可清菡听着心头如压大石。盛骏现在做的，是大事，她支持他，可她私心里真想让他一直留在府里。

生了宝儿之后，碧盏就不见了，巧眉告诉她是因为她的事东窗事发被赶出府，可渐渐地，她也听说了那天的事情。老王爷和老王妃对她的态度不冷不淡，客气有加，感情却渐渐冷落，连她母亲文氏来看她，也被好一顿奚落。

可这些中间的曲折，她都不愿说给盛骏。

他带兵打仗已经够危险，够辛苦，她怎么能用这些家长里短的琐碎事去干扰他的心神呢？想到这儿，清菡露出招牌式的笑容，拍了拍胸脯："你小看我啊？我文清菡是那么不甘寂寞的人吗？你赶紧打跑那些西突厥人，早些回来，可别等宝儿都满地跑了，还不认识自己亲爹。"

"当然，当然！老婆大人发话，敢不从命！等我回去我就找西突厥那群蛮子算账，害我不能在家陪媳妇，看孩子，可恶至极！"盛骏揽过清菡的肩头，让她靠在自己身上。

"你什么时候回去？刚才听爹的意思，待不长吧？"清菡叹气，反手抱住盛骏，有他在身边，自己的心里就踏实多了。

盛骏带着歉意点头："最多待五天，这还是舒豫哥上奏陛下，特意替我求情呢。现在前线的事儿都靠着李云彻打理，真没看出来他在行军打仗上是把好手，他自己绝对能独当一面了。"

"这话回头你可得好好和姐姐说，她每天嘴上不说，心里头实在惦记着那个小魔头少爷呢。"

三天之后，盛王府里宾朋满座，庆贺盛骏的长女满月之喜。

贺礼堆如小山，满院子都是。盛骏微笑着看各个派系的官员过来敬酒，个个敬谢不敏。后宫里，王皇后和萧淑妃已经闹得不可开交，听说半个月前，萧淑妃还严惩了一个宫女，而那宫女就是从王皇后的两仪殿里出去的丫头。

后宫的争斗永远不止局限在后宫，在高宗打算晋升武媚娘为昭仪的事情失败之后，又有一名武家的子弟被别人踩着脑袋顶替上位。其中缘由，自是长孙无忌和褚遂良等人各种阻挠，顶替上位的人仍是王皇后娘家的一个后辈。

盛骏端着酒杯瞧着院子，宛如看见了一个浓缩的朝堂。

清菡抱着孩子出来见客，一片赞美之声溢于厅堂。盛骏一家三口走到舒豫和云瞬这桌前，云瞬将提前准备好的小玉虎放到孩子的手心里，小娃儿对这精致做工的小物件十分喜欢，刚放到手里就紧紧地攥着，谁要也不给。

"姐姐你先前送的玉镯已经足够，这……"清菡想要道谢，又觉得不管怎么谢，都太轻了些，自己没说完这句话便说不下去了。

盛骏懵懵懂懂地看了眼宝儿："什么玉镯？我怎么不知道？"

清菡的脸色变了变。

云瞬接过话笑着说："女人家的事儿你都知道得那么清楚干什么？"又逗弄着宝儿道，"可等到你爹回来，有个正经的大名了。伴清，伴清，你瞧你爹对你娘多好呀。"

"本来是要送个长命金锁的，结果云瞬一眼相中了这个玉虎，说虎父无犬女，以后伴清长大了也该是能领兵打仗的女将军。"舒豫今天很高兴，看着盛骏一家三口的时候，脸上写的都是两个字：羡慕。

盛骏最明白他的心思，拍了拍他的肩头，眼角偷偷瞟了下陪清菡说笑的云瞬，舒豫不着痕迹地摇了摇头。

喜宴足足闹了两天才结束。盛骏亲自到府内的荷花池去看了下修筑的进度，正在叮嘱工匠们仔细做活的工夫，有下人过来找他，老王爷老王妃有请。

他原以为他那个老爹已经忘了那封信的事儿，没承想，这两人还是没打算在这事儿上装糊涂。

看来，他只有让自己变强才可以。

他也不需变得多么强大，只强大到能让老王爷对他心存忌惮，不再干涉就好。他也不需变得多么善于筹谋应对，只需能为那母女设想周全妥当就好。

不管怎么样，他会让自己做得更好。

"少爷，咱快走吧，老爷等着您呢。"

"他在哪儿？"盛骏转过身问。

来的人似乎有些犹豫，在盛骏如刀的目光审视下，还是说了出来："在……祠堂。"

祖宗祠堂？老头子为了这事儿开了祠堂？

年轻的昭武将军露出既来之则安之的笑容，想起清菡抱着女儿时而露出的无助和茫然的神情，这个平日说话比动脑快一步的毛头小子似乎和从前有什么地方不同了。

第二十三章　执手无憾

"盛骏呢？看见盛骏了没有？"宾客渐渐散了，清菡送完最后一个客人返回内宅，进了门就看到下人们探头缩脑地往祠堂那边张望。清菡瞧着奇怪，也站在他们后面朝那边踮脚，边张望边发问。

下人们回头一看是她，立刻个个变了颜色，支支吾吾地找借口去忙活，谁也没回答她的问题。清菡更加好奇，提起裙角从抄手回廊迂回过去，悄无声息地靠近祠堂的后窗找了个合适的位置伏下身，从窗口望进去，虽不能看清里面人物的相貌，却能清楚地听见他们的对话。

"盛家一脉单传，我和你父亲从小对你倾注了多少心血？你呢？就是用这样的方式来回报我们的吗？"盛老王妃将一张薄薄的信纸丢到盛骏的脸上，"为了个外姓人居然抬出昭武将军的名号来压着你爹！盛骏！你真出息了！"

"娘。"盛骏有点愧疚的声音响起，"我不是那个意思。"

"那你是什么意思？我和你爹从小教你文武孝道，你是怎么做的？"

"娘，咱们就事论事地说行吗？是你们二老现有偏见在先，我带兵出门在外，让我怎么能放心她一个人在这儿？"

"你这话说得好哇！我们是她的公公婆婆，连一句训责的话都说不得她？难不成她不高兴不开心，我和你爹都得给她扛脸色吗？"停顿了片刻，老王妃声音又起，却带着点凉凉的意味，"现在你倒不必担心了，有你的荷花池，还有安庆王妃和萧淑妃几家的特别关照，我和你爹也不敢再招惹她了，你自放心。"

"她养不养得出儿子我们不与她计较，可她也不能碍着我们盛家延续香火吧？为娘已经替你物色好了，是楚平王的亲侄女，知书达理温文尔雅，相貌也是上乘，咱们盛王府里就该有个那样的人做主母才是。"

窗檐下有人半伏着的脊背抖了一抖，似是不能承受这轻描淡写的一句话的重量。

屋中似是陷入僵局，盛骏半晌语调生硬地开口："娘，您要我休了清菡另娶他人为妻吗？"

"我哪儿敢休了她？她现在是有人给她做撑腰的，她还做她的王妃，而你只是再娶一位平妻而已。难为楚平王家的那位郡主，答应了这桩亲。"

"你都没有问过我，就打算让我再娶？"话中已有藏不住的怒意滔滔。

"这是我和你爹商量过的事。"

沉默，能扼断人喉咙般的沉默，祠堂里半晌再无人言，许久，好似是一瞬，也好似是一世那么长，才听见祠堂里传来重物落地的声音。

"盛家第十一代长子长孙盛骏在祖宗面前立誓，此生此世只愿与文清菡一人相守到老，我妻之位，只她一人。"声音不大，却字字钻进廊下人的心里，方才被冰冻住的一颗心好像一瞬间又活了过来。

"儿子已经在祖宗面前发下誓愿，请爹爹和娘不要再逼我。"

"不孝有三，无后为大！我已经找人给她算过了，她这辈子都没有养儿子的命！"老王妃怒不可遏，发髻上的玉钗跟着抖动起来，颤巍巍地和她的手指一起指着盛骏的鼻尖，"这样的一个女人，你还要守着她？"

盛骏已经站起身，背对着后窗的脊梁挺得僵硬却傲然，他转过身，对一直没有说话的老王爷恳切地说道："爹和娘亲成婚之后，母亲体虚坐不住胎，先后三个孩子都死在腹中，后来五年一直无子嗣，爹爹为何没有听从祖母的意愿，休妻重娶？你们二老婚后八年才有儿子，可为什么咱们盛府里连一位侧王妃都没有？"

老王爷目光沉沉看着这个羽翼渐渐丰满的儿子，良久，父子二人默然对视，无人开言。

"祖母没有拆散您和父亲，您为什么一定要为难我和清菡？"

"作孽呀。"老王妃被盛骏一顿话连削带打，哆嗦着嘴唇说不出一句整话。

"盛骏，你对清菡……"

"爹之娘亲，我之清菡。"

盛骏说完，转身大踏步离去，再没有回头看一眼沉沉叹息的父亲和愣怔当场的娘。

他从来也没想过自己会有一天与父母双亲闹到这般田地。父母宠他爱他的心意他一直感激在心，可盛骏万万没想到在娶妻生子这件本该是喜庆的事儿上，母亲的反对会如此强烈。出了祠堂大门的盛骏猛吸一口清洌冷气，朝两人寝房的位置静静地望着，仿佛那里正有人逗弄着娇女欢笑。

"对不起，清菡。"对着苍茫夜空，年少气盛的昭武将军生平第一次用如斯苍凉的语气自言自语。

屋檐下，清菡侧望着他坚定的背影，人早已经泪流满面。

两日后，盛骏带着亲卫护队返回前线。

在云瞬的要求下，舒豫终于点头让丽姝回府居住。

丽姝回府的那天，舒豫给她约法三章，第一章便是许她不必每日来给云瞬请安，自然也就不许她踏足前院半步。前院后院之间重新修筑起一道高墙，后院的人出入只能从王府后门进出，她谢丽姝连同自家的嬷嬷侍女们此生只能困顿在这四四方方的安庆王府的一隅。

谢丽姝很平静地接受了舒豫的三章，她在西跨院的空地上开出一小亩地方，种上些寻常的药草，像金银花、芦荟、三七等等。

她这种安静的态度简直让人觉得这位侧王妃终于吸取了教训，学乖了。不仅心甘情愿地待在后院，还负责起打扫舒豫书房的职责，按理说，这样的活计王府里自有负责扫尘的下人做，可不知怎么的，舒豫竟然默许了这种行为。

或许只有用这种方法才能让她觉得自己也是这王府中的主人。

这一天，她像往常一样拿着抹布进了书房，看满桌的公文散乱，桌角还有舒豫翻阅过放到一边的书籍，她回身收拾书卷，有什么东西从桌头掉了出来。她笑了笑，这人还是像小时候一样把重要的东西都放在书案的角落里，俯身去捡……

前院，毓秀厅。

"再过些日子就是慎儿的百岁，我打算给他好好热闹热闹。"云瞬给面前二人都满上梅子酒，今天她做东，在府上摆了冬日小宴，邀请武媚娘和清菡一起来闲谈。因着清菡带了伴清来做客，云瞬特意嘱咐下人预备了火盆，武媚娘一进来便嚷热，急乎乎地脱了外裳，盘腿坐到床上去逗弄伴清。听见云瞬这么一说，她抬起头看了她一眼，似笑非笑地说道："天底下的主母要都是似你这样贤惠，天下男人的后院就太平了。"

武媚娘这话说得阴阳怪气，云瞬微微笑着又给她面前添了两碟甜品，再满一杯酒。

武媚娘也不客气，拿起酒杯仰脖就干了："要说起来。"她略略一顿，喝了酒之后的脸颊比方才还要红润几分，"生日年年有，百岁就一个，寻常人家的孩子也讲究这个，何况咱们这样的王侯贵戚？娃儿那么一丁点，能懂什么？所谓的满月酒、百岁宴无非是做给大人们看的场面罢了。"

"你这人算是活得明白通透了，慎儿一直身子比较娇弱，借着百岁的引子，人多，热闹热闹给他壮壮运道。"云瞬笑着解释。

武媚娘眤了她一眼："得了，你那冠冕堂皇的场面话谁信啊？你呀，还不是怕那孩子受他娘的影响被下人们说闲话吗？你那点心思骗骗别人还成，想骗我们俩，门儿都没有。清菡你说是不是？"

"武姐姐说得对极了，我姐姐她一向是面冷心热，对慎儿更是照顾周到，简直比亲娘还亲娘。"

"你都做娘的人了，说话还这么着三不着两的。"云瞬笑着摇头，拿清菡没半点办法。

武媚娘话题一转，拍了云瞬的肩膀一下："别光顾着说我们，你呢？你那肚子一直没点动静，是不想啊还是不行啊？"

云瞬微微一怔，嗔道："当着孩子面儿，乱说。"

清菡笑眯眯地捂住宝贝女儿的耳朵："伴清乖，咱们什么都没听见对不对？"

武媚娘笑起来，没打算放过她："看人家丽姝，一举得子，现在是母凭子贵，听说你很少踏足的书房重地都被她占领了，是不是？我看哪，你赶紧也生个孩子，男女都好，凭舒豫对你的感情，你就是生一只老鼠，他也能欢喜得飞到天上去。"

清菡忍不住哈哈笑了起来，瞧着云瞬笑得眉毛都皱起来："姐姐，你还能生老鼠哪？真厉害！"

云瞬看一眼在她怀里颠得快要哭出来的伴清："你好好抱着孩子，别摔了。笑，笑，瞧你笑的，有那么好笑吗？"

"没有，没有，不好笑，哎哟，我的宝贝闺女，娘没把你抱好，叫姨娘训了哟。"伴清在她怀里瘪着小嘴，显然十分不开心。

"怎么样？要不要姐姐我大发善心，给你来个生子偏方？保你生个着着实实的大胖小子！"武媚娘把手往云瞬肚子上一放，"赶紧生个侄子给我，以后能陪我儿子玩儿。"

两人又说笑一阵，没人注意到在武媚娘说出"生子偏方"的时候，清菡握着酒杯的手没来由地抖了抖。

这边的人说笑正欢，而书房里的丽姝却渐渐面色青白。

她的手里有一封旧信。

陈旧的墨色和笔体让本来沉淀在记忆中的回忆重新唤醒。那也是一个冬

288

天，太阳也那么朗朗暖融，京城里最著名的小辣椒被她和槿华设计，将一封重要的信件掉在了驯马场。

李云瞬约会苏墨远一起私奔的那封信。

她敢拿自己的命打赌，天底下最不愿意看见这封信的人，就是这间书房的主人，李云瞬的丈夫，长孙舒豫。

可这样的不可能就变成了可能。

信在她的手上，她站在长孙舒豫的书房案前。

丽姝捏着信纸的手渐渐泛出青白色，骨结因为压抑而发出咯咯的声响。这时，书房的门被人推开，舒豫走了进来，见了她，一愣。

丽姝豁然转身痛心地看着他，把信举到他的眼前："都说你是朝野之中最冷颜冷心的王爷，可他们谁人知道，这样的冷面王爷居然这么大度容人！居然纵容默许这样的东西留在自己眼皮底下！"

舒豫看清眼前的东西，目光一沉，上前一步："还我。"

"我不！你不嫌丢脸我还嫌！我不能看着我的丈夫被人蒙羞还隐忍隐瞒，只为了给那不要脸的贱人留情面，我要去告诉所有人，让他们知道那女人有多么的……啊！"

不敢置信的，丽姝看着自己的脖颈上多出来的一只手，手的主人和她只有一臂之隔，他的手温暖干燥，此刻正贴着她的肌肤，却让丽姝觉得这双手给她的只有透骨的寒冷。

舒豫的手扼在她的脖子上，纤细的脖颈仿佛随时都能被人折断。

"再让我听见这样的话，我就会让你，再也说不出一句话来。"低沉的嗓音带着致命的威胁仍旧那么清朗冷冽，这曾经让她着迷的声音此时只让她感到深深地恐惧，被扼住的气管让她根本不能呼吸，胸口里闷闷的仿佛要炸开了锅，而舒豫并没有要松手的打算，他居高临下地看着她，手指没有松动半分。她想伸手去掰开他的手，可她不敢。

"李云瞬之前如何是她的事，从她嫁进长孙家的那天开始，她就是我的妻，我绝不容许任何人在她的背后非议短长，你，明白吗？"

眼泪噙在眼眶，心酸堵在喉咙，丽姝使出最大的力气在他的钳制中点了点头。

"很好，忘记今天的事。出去。"舒豫嫌弃地把手松开，丽姝被他大力甩出好远趔趄几步才扶着书架站好，看他俯身捡起掉在地上的那封信，爱惜地弹了弹信上沾染的灰尘……

她傻傻地站在那儿，看他做完这一切。

谁说安庆王冷透了心肠，长孙舒豫有情，只是他全部的热血和情意仅仅能给那一个人而已。

李云瞬。

丽姝狠狠地在心里默念过这三个字，齿间心间恨意陡然而生，比之从前任何时候都要来得浓烈。三个字滑过唇齿的瞬间，她几乎想用牙齿将它们生生撕裂。

李云瞬不能受旁人一点的怀疑和不敬，可她呢？她的尊严又凭什么一次次地被弃之如履？她默默为他付出和忍耐的爱，又凭什么总是被他视而不见？

她到底算什么。

毓秀厅内酒酣耳热，清菡已经染上几分醉意，云瞬让人扶她去休息，自己抱着伴清。屋内的侍从被她遣出去，有的话她才好说出口。

"你那个表弟现在怎样了？我听人说上次那件事完了之后，他可是大病了一场。"云瞬放下手中的瓷盏问道。

"可不是他心里难受吗，好好该到手的功名就那么飞了，换谁都该难受。"武媚娘不怎么在意地摆了摆手，"不过他连这么点小小的挫折都不能承受的话，显然是不适合出仕为官了。"

"陛下上次还和我说起这件事来，他总觉得愧对了我，我倒觉着没什么，皇后想要这个官职，我就给她，她想要自家子弟出头，我就让她，这总可以了吧？可……我还是觉着这事儿还没完。"武媚娘若有所思地说。

云瞬抬眼看她："你已经如此忍让了，皇后还能怎样？"

"哎哟，那是你不了解你那个姑姑，我可是太了解她，比她自己都了解她自己。"武媚娘自信满满地说，"谦和恭顺是她的表象，骨子里她是个极其高傲的人，仅仅是把官职让出来她不会觉得自己是赢了，她一定要把对方牢牢地踩在脚下，让她俯伏在地仰视她，这才算赢。"

云瞬听得浑身一僵，都说女子的狠心如蛇蝎凶猛，没想到自己的姑姑也是这么一个人。她叹气："你倒是了解她。"

"那当然，因为我本身也是这样的人。"武媚娘毫无忌惮地笑了起来，自己斟满一杯酒，放到唇边浅啜一口，"何况她是我的对手，知己知彼才能百战不殆。所以，你也该多了解了解那个谢丽姝，我看她可不是盏省油的灯。"

"她现在和以前已经不同了，这次回来后一直很少出门，专心在府里陪着慎儿，我几次过去看慎儿，她看见我也没有之前那种眼神了。"云瞬伸手把伴清放到嘴里的手指轻轻抽出来，伴清一双眼睛像极了盛骏，可顾盼之间的调皮劲儿又像是和清菡一个模子里刻出来的似的，"长大了准是个美人儿，要不给你的弘儿说个娃娃亲吧？"

武媚娘一愣，随即扶着额头叹气："李云瞬啊李云瞬，你可真是被舒豫宠坏了，什么都不操心，什么都不放在心上了，算是我白白做小人之态了。"

"给弘儿，不好吗？"云瞬不依不饶，"你真不考虑？"

武媚娘站起身，香螺帮她穿上外裳："快算了，我才不要和清菡做亲家，她和盛骏两个人加起来能闹翻了天，我可镇不住他们两口子。倒是你。"她张开手让香螺给她系上带子，"要是你什么时候生个女儿，我倒是可以考虑。"

"快算了，巧眉，让你准备的东西准备好了没？"云瞬朝外头喊了一声，巧眉立刻进来，捧着个食盘，上头有包好的纸包。

"这是什么？怪香的。"武媚娘提起来纸包闻了闻，有一股甜香之气蹿进鼻子。

"这是让小厨房细细磨过的核桃仁和芝麻粉，回去拿点羊奶泡熟，保准弘儿喜欢吃。"云瞬笑着说，"郎中说了，这对小孩子长心眼特别有好处。"

"嘿，弘儿本来就心眼多，随我，你以为他娘和那位一样啊？"下巴一挑，那方向正是被搀去休息的清菡的所在地。

"唉，但愿小伴清长大以后可别像她娘一样，一挂肠子半挂都是直的，一个脑袋里就塞了一根筋。"

两人说说笑笑，云瞬将她送到大门口。侧门处有马车的影子一闪，云瞬朝那边看了两眼，没甚在意，她心里惦记醉酒的清菡，直接走了回去。

车夫小心翼翼地赶着车，生怕动静太大惊动了前院的人，幸好，马车出来的时候下人们都在前院忙活，根本没人注意到他们这边的小动作。

车里，丽姝抱着儿子，泪洒满襟。

收拾好了毓秀厅，正是掌灯时候，开始传晚饭。

云瞬看着桌上的菜皱了皱眉，对身边的冯妈说："今天的水蛋煮得有些欠火候，慎儿吃了会不舒服，一会儿让厨房重做一份来。"

贺叔在旁边忍不住赞叹，王妃平时很随意，也很节俭，从来没有因为什么原因让下人返工重做，可自打有了慎少爷之后，王妃开始在意细节，可这些个讲究却没有一样是用到自己身上的。

难怪王爷那么偏爱王妃，连他们这些下人看在眼里都忍不住对她生出许多尊敬和恭谨。

"今天的水蛋是给王爷的，侧王妃带着小少爷出去了，到现在也没回来，看这意思是不回来和咱们吃了。"冯妈过来解释。

云瞬不明所以："是慎儿不舒服去看郎中了吗？天气太冷带着孩子出去做什么？不然请个郎中就住在府上，慎儿看病调养也方便些。"

贺叔听得直叹气。

"难为你总想着慎儿，小孩子哪里那么娇贵？"舒豫从外头走进来，挨着云瞬坐下，看了看她绯红的双颊，眉梢一挑就凑过来，一闻，果然还有残留的酒香。四周围的侍从纷纷低头，云瞬红着脸推开他，这么多人看着呢。

舒豫笑了下，搓搓手："开饭！"

"丽姝和慎儿她……"

"哦，丽姝说她想家了，我让她带慎儿回去陪谢大人住几天，别担心。"舒豫说得很随意，边说边给她布菜。湛栌站在他们后面默默望天，王爷真是说谎都不打草稿，事情发生得是那么美好吗？他从书房里出来的时候那眼神简直能杀人。

他这么说云瞬也没多想，安安生生地吃了晚饭，趁着酒意早早睡了。

在自己府上待不下去的丽姝并没有如舒豫所说回到娘家小住，而是直接进了宫，到了萧淑妃那儿去哭诉。

萧淑妃看她一把眼泪一把鼻涕地在自己面前号啕大哭，妖娆的眸子里有几分不耐，她斗不过李云瞬就跑到她这里来哭，她自己的事儿还摆不平，哪里有闲工夫帮她出主意。

丽姝这些年也不是白活，她看出萧淑妃的神情有些烦躁，渐渐收了眼泪，垂头道："我哪儿像娘娘那么好命！有陛下宠爱不说，自家兄弟也那么争气，听说萧大人这就要走马上任两江总督，为陛下分忧。"

听她说起那个宗亲的弟弟，萧淑妃的神情果然缓和几分："本宫一个女人能有什么能耐，萧染他能有今天的出息，也有你爹的功劳。"

"娘娘说得哪里话，能为娘娘做事，我爹不知几辈子修来的福气。"

萧淑妃看了她几眼，这些日子不见，丽姝不仅没有一个坐完月子的妇人的丰满韵致，反而消瘦了几分，脸色也憔悴不少，靠在软垫上，萧淑妃撑着头想了想："你如今想斗过李云瞬，怕是难。"

"她是正经的安庆王妃，我只不过是个侧室，我能有什么办法？"丽姝说起来就憋屈。

“这你可就错了，侧室正室不过是个名号，唬弄外人看的，真正要紧的，是这个男人的心在谁的身上。”萧淑妃说着，唇角染上一层得意的笑，丽姝不愤地攥紧手指：“是，舒豫的心从来就没在我身上。”

“那你是注定斗不过那位安庆王妃了。”

“我也不用斗过她，也不用将她踩在脚下，我只要她也试试失去和痛苦的滋味，能让我痛快就够了。”

萧淑妃眼神一凛，长孙家始终是站在王皇后一面，加上有个李云瞬牢牢地拴着舒豫的心，自己这一方就更没有胜算。可丽姝不一样，谢家承了自己的恩情，谢彦又早早地允诺将丽姝嫁给舒豫，即便是做侧室他都没有说什么，可见那个老狐狸是早已经做好准备，算准她以后会用丽姝来拉拢长孙家了。再转念一想，长孙舒豫平常和昭武将军盛骏来往密切，称兄道弟，就算他不拉着盛骏，盛骏也会和他一起站到王皇后的阵营当中去，那到时候，自己的局面岂不是更为不利？

她想到这儿，朝着目露凶光的丽姝莞尔一笑，恢复了平常的媚态，懒洋洋地开口：“如果你只是想让她痛苦，本宫倒是有个法子。只是怕你没有胆子做。”

“什么妙法？请娘娘示下。只要能让李云瞬痛不欲生，我什么都敢做。”

“什么都敢？”有人媚眼如丝，再将一军。

丽姝诚恳点头，往前挪了挪身子：“什么都敢！”

“好极了。”萧淑妃轻笑一声，在丽姝的耳边低声说了几句，丽姝眼前豁然一亮：“原来如此。”

“这方法好是好，只是需要合适的时机，你可千万别着急莽撞，到时候反把自己赔进去。”萧淑妃看着她，仔细叮嘱。

丽姝心里一热，连连点头：“我会小心的。多谢娘娘。”

“哎，可别乱说，你今天可没来找过本宫。”萧淑妃仍旧是那样懒懒地笑。

坐在回去的马车里，丽姝翻来覆去想着萧淑妃对自己说的那些话。她虽然想报复李云瞬，却还是对萧淑妃的提议有些犹豫，她恨的人只是李云瞬，并不打算将其他人牵扯进去。她正左右为难之际，怀中的自慎忽而一动，张着小手哭闹起来，他一动，挂在胸口的金锁露了出来，丽姝给他裹好，手指摩挲着那枚金锁，默默地打定了主意。

就算为了这年幼的孩子，她也要奋尽全力一争。

她回到王府的时候，后院已经静悄悄，她路过前院的时候，隐约听见里头有人正在说笑的声音。想着前头热热闹闹的场景，她愧疚地抚摸着慎儿因为黑暗和安静而变得紧张起来的小小身子，试图把自己的暖传递给他。

慎儿你等着，现在亏欠你的尊荣和宠爱，娘日后都会为你双倍补上。

"玉婷，慎儿的药呢？准备好了吗？"

"刚才叫人去看了，要不奴婢再去瞧瞧，您等着。"玉婷应了一声往外走，丽姝叫住她，她知道小厨房里的那几个管事的向来最爱攀高踩低，她如今不受宠的架势怎么会有人给慎儿的药上心？她叹了口气："你过来抱着慎儿，我过去看看。"她还想看看厨房还有什么可吃的东西，她今天还没进一粒米。

"听说了没？宫里那位给咱们王妃出了个药方能专生男孩呢。"

"真的？那咱们以后不是能有个小主子了？"

"这事儿啊，难呢。"

"怎么说？"

"咱们王妃压根没要人家的方子，可惜了小盛王妃当时听见人家说这事儿的时候，眼睛都直了，刚才我进去伺候她的时候，还听见她醉醉歪歪地哼着要生个儿子来着。"

"哎，盛王妃也是不容易，自己男人也不在身边。"

丽姝不动声色地站在厨房外，听这些丫头闲磕牙，等她们说完好一会儿，她才转身回去。玉婷见她空着手回来，以为厨房的人给她难堪，忙把孩子给她，丽姝心情不好的时候，只喜欢抱着自己的儿子发呆。

丽姝浅笑了下，把慎儿推开，拉了玉婷往里屋走："你进来，我有事和你说。"

玉婷看她神色，似乎有什么要紧的事，她转身关上房门，压低了声音说："您说。"

"玉婷，你是跟在我身边长大的，咱们亲如姐妹，我也不和你藏着掖着，我如今的处境你也见了，就是个下人也敢踩在我头上给我些冷言冷语的脸子看。"丽姝说着露出一丝苦笑，玉婷看得心酸："主子您别这样说，以后会好起来的。"

"以后？"丽姝又是一声轻笑，眼睛里却有决绝之光，"我的将来我自己若不尽早做打算，又哪儿来的什么以后呢？"

"玉婷，你去梳妆匣子里翻翻拣些分量足、做工好的金钏儿或者值钱的小玩意儿想办法和前院儿的丫鬟们套套关系，再弄些消息散出去，让盛王妃知道她姐姐这里有生男的秘方。"

"啊？您这是要做什么？"玉婷没有明白她的意思。

"这个你不用管，按照我说的去做就是了。这种事，你知道得越少对你

294

以后就越有好处，去吧，等盛王妃醒来前，把事情办妥。"

"是，主子。"

次日清晨，初晴和晚雨二人早早来接盛王妃回府。

初晴和晚雨早在清菡成亲的时候被送到了盛王府上，清菡身边没个可靠的人，云瞬索性就让她二人跟着清菡。巧眉好久没见她们姐俩，小姐妹们忍不住热络得手挽手在院子里说话。

清菡昨天贪杯喝得多了，早上起来脑袋还有些难受，云瞬帮她穿好衣服，嗔怪似的说："以后可不能这么贪杯，把伴清一个人丢在那儿你也放心？难怪武媚娘要笑你。"

"让她笑吧，我才不怕。再说，我也就只能在你这儿才能这么放心大胆地想喝酒就喝酒，想睡觉就睡觉。以前碧盏也总是笑话我来着……"清菡抖着胳膊把袖子穿好，说着声音一顿。

云瞬拍了拍她："都过去的事儿了，别再想了。初晴和晚雨来了，在院子里等你，我让人给你备了点心，你路上吃。伴清已经让乳娘喂过奶了，那孩子可真听话，谁抱着都不哭，比慎儿乖多了。"

"我那闺女像我，一点都不娇气吧？"说起女儿来，清菡顿时满眼喜庆，她随着云瞬往外走，穿过抄手回廊时见四周无人，低声道，"姐姐，昨大武姐姐可跟你说了些什么要紧的话或者留下什么东西给你吗？"

云瞬一怔，心想若是让清菡知道武媚娘不愿和她做亲家，怕是要不开心，笑了下："我们能说什么要紧话，都是些家长里短的小事。"

清菡定定地看了她一会儿，揉着鼻子笑了下："我就说嘛。行了，别送了，我走了。"

云瞬莫名其妙地看着匆匆离去的清菡，不知道她哪根筋又搭错了地方。揉了揉额头，难怪武媚娘说镇不住她，现在看来，果然如此。

慎儿的百岁宴办得很大，却不奢华，该请的宾客全都请到，命妇们用各色各异的目光打量着这对王府里的"姐妹"。云瞬神态从容地跟在舒豫身边，和客人们说着客气话，应对得游刃有余。

而丽姝则抱着孩子在远处接受着众人的祝福。

慎儿经过这些天的调养，黄疸逐渐褪去，露出白嫩嫩小藕一样的手臂，抓着娘亲给他的布老虎，黑沉沉的眸子淡定地看着凑过来的各种形状的面孔，自玩自的。

云瞬遥遥看着丽姝母子，心里有些说不清的滋味。

不是羡慕，不是嫉妒，不是欢喜，总而言之是一种很难让人描述得清的感觉。她正发呆，肩上一沉，回头看，是舒豫过来揽住了自己。她下意识一躲，舒豫本也没想揽住她，顺着胳膊滑下去拉住她的手，轻轻一捏，示意她跟自己出去。

　　宴会厅里太热，待的时间长了的确让人不舒服，舒豫趁所有人的注意力都放在孩子和丽姝身上的时候，拉着云瞬出来透气。两人出来站在回廊弯口才渐渐放慢脚步，月光下的云瞬脸上还带着酒后的残红，清亮惹眼的眸光一转，似月华近在咫尺。

　　舒豫拉着她上了阁楼，推开窗子，揽住她的窄肩，示意她向一个方向看。

　　云瞬起先没有注意，等聚集起视线之后她的脸上现出不敢置信的神情。

　　城南方向居然有那么一座小楼，从楼顶到楼底全都发光发亮，应该是从上到下都被挂上了灯盏，可这灯的光也着实太惹眼，隔着老远的距离竟也能让人一眼发现。

　　黑夜之下，一处通透发光的小楼越发美轮美奂，橘黄色的柔光洒了一地，让人一见暖心。

　　"喜欢吗？"身旁人带着淡淡的酒香，在她耳边低声问。

　　云瞬一震，半转过身看他："这是……"

　　"你忘了，上个月的今天是我们成婚一年的日子。我本想那时候将它送给你，可惜因为一处檐角我不满意让工匠们重做，耽误了时辰。"

　　轻描淡写的话语挡不住云瞬此时澎湃的心情，她只知道他每日忙于公务，常常带了公务回府批阅，他还记着这些细节，还有时间亲自监工……云瞬下意识地想起夜半时分舒豫常常一个人伏案画图的样子，她以为那是公务的一部分，现在看来，那些图纸，竟是构造这桩小楼的样图。

　　看着她神思天外的傻模样，舒豫笑出声来，展臂伸手，再拿回来时，手上多了一盏琉璃八角走马宫灯。

　　湛栌鬼头鬼脑地从廊柱后面把准备好的灯笼往舒豫手里一递，又快速地隐藏在暗影之中，在这紧要关头，他可不能出来坏了王爷向王妃表白心意的大好氛围。

　　这种宫灯云瞬瞧着十分眼熟，她似乎在皇宫里见过这种样式的宫灯，那时候见到就觉得这种灯设计得极其巧妙，里面的走马图案也描绘得栩栩如生，加上外面的琉璃罩子，更是光华璀璨，细细想来，她沉醉于这宫灯的美丽的时候，似乎……舒豫也在场。

"执手居里挂着的全都是这种样式的灯盏，你若不喜欢，我再让人做些别的样式的灯挂上去。"看她半天对着宫灯发呆，舒豫的心不知怎么的开始有些忐忑。她应该是喜欢这种灯的，难道是他自己会错了意？

　　"不，我很喜欢。"云瞬咬着唇，避免自己在眼中乱转的泪珠掉下来，她从未敢设想自己会将这样带来光明的灯盏放在手中，也从未敢想象过会有那么一座充满着光明和希望的阁楼为自己深夜长明。

　　"谢谢你，舒豫。"感谢的话还是说了出来，没有一点矫揉造作，是发自肺腑地感谢，感谢身边这个男人给她此刻的温馨，也感谢他对自己的包容和纵容。

　　舒豫有点脸红，捏着她的手，转移话题："你知道吗？我把执手居建在那儿是为什么？"

　　云瞬摇摇头。

　　"因为那是我第一次见到你的地方。"舒豫展颜一笑，对上她浓黑的眸子，"你可能已经忘了。"

　　他们第一次相遇难道不是在康平王府外的大道上吗？

　　"执手居？"这名字倒是别致，不同于其他什么珠翠华贵的府名。云瞬也仰头看他，那以冷漠高傲闻名于世的男人此刻眼底有灯火也化不掉的柔情和眷恋。

　　他想就这样牵着她的手，慢慢地走在生命的路上，一步一步，过千山，涉万水。

　　他想和她一起走过光阴细碎的林间，一起沐浴朝霞和晚霞，在每一个日升日落。

　　他想在风雨来时为她遮挡，只让她看见漫天的彩虹和雨后的清新。

　　他想就这样默默地牵着手，望着眼中的彼此。

　　一直，相伴，白首，到老。

　　"此生得汝为妻，无憾矣。"在云瞬的胳膊轻轻环上他腰的时候，她听见有人这样在耳旁低声喟叹。

第二十四章　求子神方

秋去冬来，转眼就到了年关。

家家户户贴上火红的对子，大户人家的庭院前挂起红彤彤的灯笼，整个雪后的长安城沐浴在一片节日的喜庆当中。皇宫里也被热闹轻松的气氛带得增添许多人情味，御膳房的宫女内侍们忙着选材，筹备一年中最重要的年夜饭。

腊月三十这一天，高宗仍然早朝，大臣们今日的穿戴略有不同，原本玄色的里衬今天都换成了暗红滚纹团案样式，外套藏青色朝服，庄重之中透出过年的喜庆。恰逢其时，前线也传来了几场对战小胜的好消息，舒豫听着告捷喜报不由暗想年三十儿报喜讯这鬼点子多半是盛骏想出来的，也别说，高宗现在可是最惦记边关的战事，他这马屁算是拍得恰到好处。

喜报宣完，众臣工跪地山呼万岁，高宗靠在龙椅之内频频点头，面带喜色。双手平平一抬："朕虽不能亲到前线给数万将士督战鼓劲儿，却也不愿独享除夕守岁之乐，朕今日要与众卿家一同守岁过年。"

内侍官适时上前恭顺地说道："陛下，娘娘及各位命妇贵人已恭候圣驾多时。"

高宗一颗心早就飞回昭阳正院，微微点头道："移驾太极殿。"

内侍官仍旧满面堆笑："陛下，娘娘说了，今天是喜庆日子，要带着命妇贵人们玩点儿新鲜段子，娘娘们此时不在太极殿，而在赏梅院。"

"她们兴致倒是高。走，朕也瞧瞧去。"

"摆驾赏梅院。"内侍官尖尖的嗓音一唱，在有心人耳朵里听来却有几分紧张的味道。

赏梅院是整座后宫当中场子最大的院子，四方犄角栽种数百棵各色品种的梅花，白梅、红梅、蜡梅、胭脂梅、黄叶梅几乎涵盖了所有梅花的种类。

赏梅院里之所以有这么多梅花，还是因为这里曾经有一位嗜梅如命的太妃住在这里，可叹伊人已经跨鹤西游久矣，而此地梅花铮铮，十分静好。

“这些天连日降雪，又逢年关，本宫曾听一些农妇说起，这老天爷下一场雪就好像是给庄稼地盖了层厚实的棉被，等到明年开春儿，雪一化，都变成了水，刚好滋润秧苗出土发芽，实在是天降祥瑞。”王皇后坐在居中首位，掌心里的茶水冒着袅袅热气，香气醉人。

她刚落了音，立马有人把话头接起来：“娘娘如此尊贵身份也晓得这些农田里的道理，真是让妾身等汗颜羞愧。”

“是啊是啊，咱们有您这样贤德的皇后，真是咱们大唐子民之福。”

“哎哟。”一片恭维声之中有人不合时宜地叫唤一声，王皇后眉心一皱，侧目看去，只见萧淑妃神情自若地拿脚踢了踢近前的一地茶杯碎片，迎着王皇后不悦的目光，淡淡一笑。王皇后忍下不满，柔声问道：“妹妹是怎么了？莫不是身子不适吗？”

萧淑妃浅笑看她：“托姐姐的福，妹妹的身子好得很，只是方才听着林子里一群鸟叫得牙酸，不小心手滑了。让姐姐见笑。”王皇后脸色一沉，随即恢复平常，抬手压了压乌黑云鬓：“本宫听人说雪里跑马极是好看，又听说新进了一批大宛宝马，故而特意留着赏梅院的雪没让人收拾，就等着今儿咱们一块儿开开眼，红梅白雪配上名贵宝马，定然是极美的，淑妃，你说是也不是？”

萧淑妃一双媚眼眯了又眯，姣好的面庞上闪过一丝不易察觉的紧张之色。自从两年前的围猎中她险些被马踢伤之后，萧淑妃便再没骑过一次马，甚至是听见“马”这个字心里就陡升恐惧，更别提烈得出名的大宛良驹。

她抬眼，看向暗自得意的王皇后似是没想到她这一次回敬自己的速度如此之快。

“姐姐，瞧见没？马还没跑，她们俩的舌头倒是先跑了一圈。”清菡拿胳膊肘捅了捅坐在身边的云瞬，云瞬横了她一眼，低声道：“这时候还多嘴，小心一会儿让你也去跑一圈。”清菡笑笑不再说话，坐在她们后排的丽姝抱着儿子目光一直停留在她们二人身上。

“大宛马性烈如火，本宫可是担不起。”萧淑妃目光一转，转向皇后身后立着的一人身上，语声轻佻，“不如让个婢女先去试试。”

本在喝茶的云瞬手一顿，果然，在王皇后身后站着的是最近受了风寒的武媚娘，她今日来此服侍皇后已是强撑，没想到王皇后这个题目没能难住萧淑妃，反而落到了她头上。

萧淑妃收回目光，莞尔一笑，明明是如花美眷一笑间却让人觉得通体森然。

"早知道武大宫女是皇后的体己人，舍不得让她去驯马。也罢，就当……"

"淑妃娘娘说的话你没听见？下去准备。"皇后忽而沉声打断萧淑妃的话，此言一出，不只是萧淑妃，连同在场的命妇们也都吃了一惊。

即便无人戳破武媚娘和皇帝陛下的那重关系，可弘儿摆在那儿，她的身份已经昭然若揭，即便是跋扈如萧淑妃也不过是逞了下口舌便立刻要收回方才的话。武媚娘是皇后带在身边的，而此时，她却毫无为她阻拦的意思，反而很快应允下这桩事，实在是让人费解。

唯独武媚娘没有表现出一丁点的惊愕之态，从从容容地从皇后身后走到她面前，伏低身子："奴婢这就去准备。"

萧淑妃略有些不安地拢了拢手里的金丝暖炉，再看王皇后，正半垂着眼不知想些什么。

武媚娘下去之后云瞬也站起身，对清菡匆匆交代一句便离开了座位。

清菡叹了口气抱紧了怀里的伴清："看吧，看吧，你云瞬姨又去操心别人的事儿咯。"

武媚娘刚刚从院子里出来，有两个伶俐宫女到她面前："武姐姐，我们服侍你去换衣服吧？"武媚娘看着她们轻轻笑了下，欢喜地说："正好，我还不大认得这里的路，劳烦两位妹妹了。"她去拉她们二人的手，顺便将两块元宝塞进她们各自手中，"只是我现在肚子有点难受，想先去方便方便，不如你们两个就在前头的凉亭那里等我，怎样？"

两个姑娘互相看了一眼，点了点头："那姐姐快些，别让奴婢们久等。"

"这是自然。"武媚娘安心地笑着，目送那两人离去。她转身，在回廊的暗影处拂了拂长椅上的积雪坐了下来，她在等，等一个人，等一个时机。

云瞬走着走着发现一点杏色宫衣露在廊柱之外，她略一停顿，朝那个方向走去，果然，那点杏黄色正是武媚娘，她听见脚步声也转过身来，微微点头："你还是来了，我以为……"

"怎么？以为我不来？"这个人永远都是这样，永远都在笑，永远什么都无所谓的样子，可云瞬知道这样一张平淡的笑靥之下隐藏的是多么坚定的决心和无比强大的勇气。

"你还真去驯马？"

"你姑姑发了话，我敢不从吗？别忘了，我只是个小宫女。"武媚娘边说边往赏梅院的后院走，"我倒是无所谓，从感业寺里出来的那天我也没想过自己以后会过上多舒心的日子。"

"你和皇后是怎么了？她还在为上次萧染的事儿生你的气？"云瞬隐约听容安说起过陛下拔擢萧染这件事让王皇后很不舒服。

"谁知道呢，左右在大明宫里，我也没指望着让人一直照拂我，皇后她现在就是把我推进火坑里我也不能说什么。只是……"向来果断的武媚娘忽而停顿了下，语气也变得低落，"只是弘儿他……"

"我虽没什么本事，但是将弘儿带到身边看着他好好长大成人的本事还是有的。"云瞬似乎知道她要说什么，没等她说完便接着说了下去。武媚娘含笑看她，两人的手慢慢一握，云瞬收敛了脸上的笑，低声又说，"前头没有人能帮你吗？我可不信在陛下身边一个你的人都没有。"

"知我者云瞬也！"武媚娘忽然笑起来，笑声中自有一股英气舒朗，她故作神秘地在她耳边道，"当然有，有一个内侍官，今日刚好是他当值，你带着我的簪子过去找他，他自会帮衬我。"

"那人可信吗？今天皇后这架势有些不寻常。"云瞬隐隐察觉王皇后今日作为十分难测，心里不免担心。

武媚娘一笑："放心，那人是我并州同乡，可靠得很。"两人边说边走，已经到了走廊尽头，月亮门洞拐角两个小宫女的说话声隐约可闻。云瞬停下脚步，接过她递来的发簪，目光沉沉："好吧，你争取拖延一会儿时间，我也尽力一试。"

"去吧。"武媚娘推了她一把自己转身走进月亮门洞，云瞬握紧手中的发簪，金簪硌得手掌隐约发痛，她看着武媚娘纤细的背影在门洞一闪而逝，她明白她的意思，这一试，试的不只是她的运气，还有她在高宗心中的分量。

可惜弘儿……云瞬叹了口气，飞快离开回廊朝昭阳正院跑去。

但愿她来得及把救兵搬来。

可当云瞬返回赏梅院的时候，一身劲装的武媚娘已经站在了院当中，梅红色的骑装衬得她肤色若雪，本来有些憔色的脸庞多出几分妩媚颜色，皇后看着站在白雪当中的丽人，眼中忽有冷光闪现。

驯马场的四个师傅拽着一匹高头大马走三步退两步地朝她的方向走来，隆冬之际，这几人身上的衣裳居然已被汗水打透，抓着马缰绳的手背上青筋暴起，这匹马显然消耗了他们太多的体力。

"大宛良马举世闻名，马高腿长，爆发力和耐久力都是一流的，咱们这群人也许久没见过这样的好马了。"王皇后端起茶盏来喝了一口，笑意如许，"瞧瞧这马，真俊！可惜……再难驯的马进了咱们这儿也得学乖。"说着话，皇后的眼神时不时飘到武媚娘的身上。

驯马师这时松了手，用围栏拦住马身方圆两丈，将武媚娘和那匹待驯的烈马围在正中。这自然是防止烈马撒野，误伤了各位贵人。

武媚娘深深吸了口气，往前一步步试探性地迈腿，一步，两步，四步，十步……马身上的臊气已近在鼻端，被人从马厩里强拉到此的马儿显然已经不耐烦到极限，硕大的鼻孔里喷出两道热气呼呼喷在对面女子的身上。

"娘娘，奴婢手无力气，能不能用些其他的东西来驯服这畜生呢？"武媚娘忽然不走了，也不转头，只扬声反问。

"给她马鞭。"皇后扬扬手。有人向场里丢了一副鞭子，这鞭子丢得十分巧妙，正好落在马的两股之间，这位置让她怎么捡？

萧淑妃越看心里就越冷，她斜斜看过去，恰好王皇后也正似笑非笑地看着她。四目相视，似乎有火花碰撞在空中。

武媚娘很受陛下喜爱，她今日开口找碴已是失误，偏被王皇后抓住不肯松手，看场内武媚娘窈窈窕窕的小身板儿如何能驯得了这性烈如火的异域良马？轻则受伤，重则丢了性命，不管是前者还是后者，若武媚娘今日只是掉了一根头发丝儿，皇后也要将责任推到自己头上。

好狠的王皇后。

两人在场外暗自过招，心潮汹涌。

场内，武媚娘看着鞭子似乎想要去捡，又似乎不敢捡，正在踟蹰犹豫，那马儿倒先不耐烦，后蹄用力前蹄奋力一抬，嘶律律一声长啸声势吓人，高高扬起的马蹄如两块黑甸甸的石头在武媚娘的头顶上方，带起的劲风和残雪掠过她的脸颊，刮得生疼。

武媚娘慌忙向旁边躲闪，躲开了马蹄踏顶的悲剧发生。

"你们都在这儿，倒是风景不错，咦？你在做什么？"黄罗伞盖遥遥而来，云瞬瞧见走在当前的人时狠狠地松了口气。

高宗当先喝了一声，身旁的护卫立刻有十几个走到围栏处三下五除二便跳了进来，挡在武媚娘和烈马之间，另有人打开围栏，请她出来。

越走越快的步子暴露了高宗的强装镇定，他几步来到武媚娘身前，上上下下打量她一番，确定她只是脸色有些不好身体无碍之后才放下心，目光一扫周围："你方才是在做什么？"

"奴婢拜见陛下。"

"臣妾给陛下请安。"

高宗抬手免去一群人的跪拜，目光仍胶着在武媚娘身上。趁她们高声拜谒的时候，高宗用他和武媚娘才能听见的声音问："受伤没有？朕来晚了，让你受惊。"

武媚娘一双秋波盈盈望着满面焦急的高宗缓缓摇头，在众人抬起头的时候，她已经低下头，恭顺地站在高宗面前，恢复了一个宫女该有的模样。

"陛下，您怎么到这儿来了？臣妾的宴席可是设在了两仪殿里呢。"王皇后上前与高宗对面而战。

高宗笑了下："朕也是随便走走，不承想你们在这儿热闹。你们方才在玩什么？是谁要宫女去驯马的？"他说话的声音似乎是在笑，可谁都看得出来，高宗已然动怒。

王皇后等的就是这一问，她刚要说话，武媚娘忽然扬声道："启禀陛下，是奴婢自己想去驯服这匹烈马的。"

高宗一愣，看她："是你？你一个弱女子要怎么驯服它？"

武媚娘抬头朗声道："陛下这烈马，我能制服，然需三物。一是铁鞭，二是铁楇，三是匕首。我先用铁鞭抽它，如果不服，就用铁楇击它的头，再不服，就用匕首割断它的喉咙。"

王皇后和萧淑妃面色齐齐变色，这般恶毒狠辣的话语被这女人用如斯冷静柔缓的声音说出，让人不寒而栗。

高宗不以为意，听后反而哈哈一笑："你这想法倒是有趣，驯服异族亦是等同此理，蛮人野蛮，我们就只能比他们更强悍，更强势，只有这样才能巩固我大唐边防安定，四海升平啊。诸位爱卿，你们以为呢？"

"陛下所言极是。臣也觉得对待蛮夷之人礼仪教化已经不可为，唯有让他们见识咱们大唐军威方知厉害。"主战的大臣立刻上议。

他话音未落，身旁立刻有人上前道："早在太宗皇帝在时，与西突厥的战事便胶着不下，多年征战，国库空损，军费物资开销甚大，臣等请陛下以社稷黎民着想，同意议和。"

高宗沉默不语，他的态度已经明显，偏这位老臣还不识时务，出来阻挠："这个……"

"陛下，臣妾多嘴，听说前线已有喜讯传来不知真假，我们姐妹虽在深宫，却十分惦记前线的战士们。"萧淑妃也走到高宗身边。

高宗欣慰一笑："前线告捷，盛骏打仗朕是放心的，只是前线的将士们不能回家与家人团聚，朕心里十分伤感。"

"陛下仁慈，恕臣妾多嘴，臣妾觉得此番告捷正是老天给的大好时机，咱们应该一鼓作气，将突厥蛮子打出边境才是上策。"萧淑妃望着高宗，柔柔说道。

高宗眼中闪过喜色，伸手挽住她的臂膀："昭武将军已经在前线，再要派人过去辅助，爱妃以为谁人能担此重任呢？"

"陛下可不是忙糊涂了？"萧淑妃以袖遮面，娇笑两声，"昭武将军带兵的本事还不是和安庆王学来的？要臣妾说，安庆王爷若是出马，必然能攻无不克，战无不胜，一举歼灭突厥蛮夷。"

"舒豫？"高宗挑了挑眉，看了一眼随行的长孙舒豫，他心里也属意他带兵前去，只是怕旁人多心，此时萧淑妃说了出来，正是合了他的心思。

王皇后的脸色果然变了变。

"舒豫你可愿去前线支援昭武将军？"

"臣自当竭尽全力。"舒豫仍是一派安定，唯有站得和他极近的武媚娘发现他面上一闪而过的不愿。

"先锋大将你打算启用何人？"

"大将军苏定方。"

"好，苏将军，你且陪安庆王走这一遭。朕等你们凯旋的好消息。"

武媚娘眨了眨眼，掩住跃上心头的喜悦。

长孙家和苏家可谓是王皇后一派的支柱，这两家手中各有兵权和政权，这一回他们二人一起离京对自己倒是个求之不得的机会。

除夕夜宴因为前线的捷报和方才的派兵点将而更加热闹，高宗喝了许多酒，已经有些不胜酒力，以手支头看面前杏黄宫装的女子，那女子蓦地腿一软，手中酒壶落地，幸好高宗伸手拉了她一把，宫女正好跌在他的怀中。

四周举杯相和的喧闹似乎有那么一瞬的安静。

这宫女自然是武媚娘。

她面色苍白，抓着衣领的手指有些微微发颤，高宗一见立刻酒醒，高声喊着："御医，御医！"

其他宫女慌忙收拾桌案，不大一会儿的工夫御医挎着药箱赶来，高宗挥手让他上来，老御医不敢看躺在高宗怀里女子的相貌，头垂得极低，只伸着手请脉。片刻，他又重新请了武媚娘另一只手的腕脉，额头上的汗无声地冒了出来。

高宗等得心急，催促道："如何？可是风寒加重？"

皇后看了一眼高宗的侧脸，又看了看他怀中的武媚娘。

"不，不，不是。"可怜的老御医抬袖抹汗，声音低弱如蚊，"是，是这位姑娘……有了身孕。"

"真的？"高宗豁然睁大眼睛，酒劲儿全都退个干净，"是男是女？"

"陛下，这个现在还难以确认。"老御医冷汗又掉了下来。他飞快地说，"这位姑娘似乎是因为受了惊吓所以胎气不稳，臣开几副安胎良药服下有立竿见影的效果。"

高宗脸色这才缓和，挥手让他退下。

此时，就算是瞎子也看得出来这孩子的爹到底是谁，稍有些头脑的人也该看得出来今天早上为难这小宫女的那两位怕是已经悔青了肠子。

高宗扶着武媚娘站好，冷眼看向淑妃和皇后："以后，阿武不必再返回掖庭局，随朕住在太极宫便好。"

这道旨意几乎是向文武百官及家属宣告了武媚娘的身份和日后地位。

褚老大人胡子一抖刚要开口，高宗冷冷看向他："今日是吉庆之日，普天同庆，扫兴的话就不要说了。"褚遂良只得讪讪退回已经迈出的步子。

云瞬站在玉阶之下，看着被安置在高宗身侧落座的武媚娘，遥遥举起自己手中的酒杯，向她露出一个欣然的微笑。

上座之上的武媚娘也向她看过来，缓缓点了点头。

舒豫看了看云瞬，心里忽而一动，她喜欢和谁交朋友喜欢和谁在一起聊天互访这些事他从来未加以干涉，而现在看来，这个武媚娘和云瞬似乎关系匪浅。

"姐姐，伴清又尿了，我得去给她换洗换洗，我先走开一会儿，你可不能偷喝我桌上的酒哦。"清菡托着哭闹的女儿走过来对她说，云瞬轻笑："知道了，你快去快回。"

换得一身干爽衣裳的伴清在娘的怀里啃着手指头，也不哭也不闹，清菡在她的小脸上亲了又亲："小乖乖，这回舒服了吧？一会儿可不许再哭咯。你爹打了胜仗，咱们不能哭，咱们得笑。"

她煞有介事地抱着女儿往回走，忽而听见廊柱下有人低声嘀咕。

"就是这个东西呀？能管用？"

"怎么不管用？你没瞧见那位又怀上龙种了吗？瞧瞧人家，儿子才刚满一岁，这就又有动静了。看皇后娘娘方才那脸色，真是怕人。"

"可不，养不出儿子来的女人就是受气，连一国皇后都不能幸免哪。"

"哟，快噤声！这话不能乱说。"

"知道，哎，火候也差不多了，咱们把药茶端过去吧。前两天景泰宫的人来找我买这方子，我可是没敢给。"

"要我说……"

二人的声音渐渐远了。

清菡的脚停在原地，再也迈不动半步。

武媚娘果然有生子的偏方。可她上次问云瞬的时候，她为什么告诉她没有呢？

除夕是守岁之夜，所有人都留宿在宫中。

借着奉茶的工夫，丽姝凑到萧淑妃面前，说道："多谢娘娘今天在陛下面前举荐我家王爷。"

萧淑妃弹了弹指甲，笑道："客气什么，你家王爷的确有本事，有他在前线，陛下也能安心。"

丽姝跟着点头，兴奋地说："这下等王爷不在，我便不用再如此过活，时时畏首畏尾的。"

"哦？你打算对付李云瞬吗？"萧淑妃对这个话题很感兴趣。

"舒豫待她如珍宝，时时在一起，我怎么能有机会呢？不过，我已经按照您上次教我的法子做了，想必过不了几天，就会有一份生子的偏方送到那个一心求子的女人手上，只要假以时日，李云瞬肯定会尝到痛苦的滋味。"

萧淑妃看着丽姝充满怨愤的眼神轻轻叹气，挥了挥手："你来我这儿时候不短了，且去吧。锦安，把本宫赐给慎儿的东西给侧王妃带上。"

丽姝千恩万谢地离去。锦安送她走后不明所以地看着似笑非笑的萧淑妃："娘娘您在笑什么？"

"本宫在笑这个女人傻。"

"您是说谢王妃？"

"可不是她。"萧淑妃从软榻上慢悠悠坐起来，抚摸着手指上的琥珀戒指，"长孙舒豫的确能离开王府一段日子，可那是暂时的，若他击败敌军建功归来，他的身份会比现在更加尊贵，那时候就是她爹谢彦也不能再对他说半个不字，而按着舒豫的性子，他也必然会给李云瞬更高地尊崇。"

"可他要是败了呢？"

"呵，败了更好，那样她和李云瞬就都会成寡妇，一个没了丈夫的侧室还不如受冷落来得好些。"萧淑妃啜一口茶，望着丽姝消失的殿门低声笑着，"不管怎样，长孙舒豫和苏定方都不在，总是对我有些好处。传信告诉萧染，他们表现的机会来了。"

"是，娘娘。"

虽然战事紧张胶着，可高宗还是很仁慈地准舒豫和苏定方在家里休息十日再出发。

只是不能陪家人一起过上元佳节，舒豫对此有些遗憾。

想起三年前的上元节，那一错而过的惊艳和重逢的喜悦他都还历历在目。

自从执手居建好之后，舒豫几乎每天晚上都会拉着云瞬到这里来转一转，屋檐上的那些宫灯璀璨华美，云瞬怎么看都看不够。平时他还笑她孩子心性，可今天晚上他却只想着怎么样能让时间走得慢一点，再慢一点。

"明天大军就要开拔，你得早些回去歇着才是。"在舒豫带她绕着执手居绕了三圈之后，云瞬终于无奈开口，"舒豫，你再转，天还是会亮的。"

被人说破心事的舒豫不好意思地揉了揉鼻梁，其实大晚上还挺冷的。

"哎，回吧。"

云瞬看着他讪讪的样子有点想笑，下意识地把手指放到他的眉间："别总是皱着眉，你要笑起来才好看。"她说完，自己也是一愣，想要抽回手的时候已经晚了。舒豫握住她主动送上门的手掌，放在脸上蹭了蹭："从现在起我就是你的镜子，你笑的时候就是我在笑。"

"我不在家的时候，你自己把自己照顾好，不要让我担心。知道吗？"舒豫认真地看着她，"记住，我可是你的镜子，你笑了，我就开心。"

翌日清晨，天才蒙蒙亮，舒豫已经梳洗完毕，云瞬查看了一遍他的行李，该带的应用之物基本全都带齐，她才回身，被他从后面抱住，舒豫的声音有点闷："好好在家里等我，等我回来。"

云瞬心里一动，抬头看他，被他用手捂住脑袋按在肩膀上："不许看我，我怕你一看我，我就走不了了。"

云瞬只能伏在他身上，浅笑。

湛栌在外面转了半天也不见里头人出来，也不敢催，只好和冯妈贺叔一起大眼瞪小眼地等着。

他始终抱着云瞬不肯松手，云瞬忽然问道："舒豫，你是在哭吗？"

"谁说的？我没有。"舒豫立刻松了手，站直了身子，让她仔细看。云瞬却没看他，趁他松手的空把行李塞给他，"我才没……你骗我。"醒过劲儿来的舒豫哭笑不得。

"三军都等着你，别耽误了时辰。"

舒豫恋恋不舍地看着她："说好，等我回来。"

"嗯，等你回来。"

门外丽姝抱着慎儿也在等待，她的领口上结了一层细小的冰花，也不知她已经在院门之间等了多久。她看见舒豫出来，向前迈了几步，又停在和他距离稍远的地方，看他。

舒豫眉头一挑，云瞬笑了笑，带着巧眉到大门外等他，让他和丽姝单独待一会儿。

丽姝始终停在那个不远不近的位置，想把孩子给他看看，又不知为什么没有过来。

舒豫看了她一会儿，目光落在褓褓之中的孩子，微微叹气："带好慎儿。"

"是，我会把慎儿带好的。"丽姝惊喜于他的主动和关心。她抱着慎儿朝他走过来，毕竟是父子连心，他不喜欢自己，却喜欢慎儿。

"不要去招惹她。"

她欢快的步子一滞，方才的惊喜神色僵硬在脸上，他果然还是不放心自己。

"是。我不会……招惹她。"她几乎是含着眼泪把这句话重复了一遍。舒豫看了看还在睡觉的慎儿，朝门外走去。

丽姝抱着儿子孤单单站在偌大的庭院当中，泪湿前襟。

舒豫走后不久，便是上元佳节。

陛下设宴，宴请群臣，这位仁爱帝王很是喜欢这种与臣同乐的形式。

女眷们坐在一起嗑着瓜子，喝着清茶，男人们也聚在一起，偶尔有人作行令酒诗给大家助兴，有作出妙句者高宗还会给些奖赏。

其乐融融的一片热闹之中，有几个女人并不快乐。

首先是清菡，过年时，盛俊托人从边线带来了当地特产给家里，也带来了给她的家书，他自打出征以来，每月都有信来，倒是让清菡放心不少，可这么长时间不能相见，清菡仍旧止不住想他，将他给自己的信打开看了一遍又一遍，挑出有关云彻的事情去和云瞬念叨。

然后是丽姝，虽说舒豫不喜欢她，毕竟未出征前她能每日见到他，可现在，她也只能如同清菡一样每日长叹，思念远在边疆的丈夫。

而过得忙碌的女人也有，武媚娘近来和朝中一些大臣走动频繁，连萧淑妃也开始有些动作。这些人各怀心思，各行其道，而酒席宴上，众人一派亲密和睦之态。

云瞬在脑子里想起这些，忍不住心里一阵翻腾得难受，酒宴虽好，却太虚伪，她看了看众人都在尽兴欢笑，自己悄悄起身，打算出去走走透透气。

云瞬边走边记住身边的景物，从前从宴席上逃出来这种事，都是舒豫带着她做的，这一次她自己挂单，生怕会找不到回来的路。等走到一处僻静处，那阵反胃的感觉更重，忍不住扶着近前的假山对着冰湖一阵干呕。

她近来没什么胃口，刚才在宴会上吃得也极少，呕了半天也只是吐了些酸水，如此一来，不止胃难受，而且连头都昏沉沉地有些发疼。她直起身，揉了揉额角。

有人递过来一方帕子。她伸手接过："巧眉你来得正好，我有些……"

"不舒服吗？"她身后忽然有男子的声音，云瞬身子一僵，她这样被别人看见……不太好吧？

她停顿的工夫，背后那人又开口，带着苦涩的味道："是我。"

云瞬握在手中的帕子一抖，掉在冰湖上。

"苏大人。"她转过身，看着那人，让自己的表情尽量看起来自然一些，"这么晚了，您怎么在这儿。"

听她话中故意带出的疏离和冷漠，苏墨远再次露出那种苦涩的笑意："宴席上太闷，我出来走走。"

"今天……是十五了。"苏墨远仰头喟叹。

冰冷的夜风从两人之间呼啸而过，在几年以前，他们曾约定过每月十五，松园相见。云瞬也抬头看天上的圆月，白亮亮的颜色晃得她心都疼了："是啊，月亮又圆了。"她话还没说完，胃里又是一阵难受，她赶紧弯下腰，扶住假山石。

苏墨远犹豫着走过来："把手给我。"

云瞬回看着他。

月色下的这个男人褪去了少年时的那种清澈如水的眼神，他的眼底有灰色的光缠绕，可他面对自己时的神情仍旧似过去温润如玉。

苏墨远定定地看着她，黑白分明的眸里是他难以读懂的光芒。她变得成熟，变得更有韵味，变得高高在上，如同天边一轮清月，冷淡却散发着耀人眼目的光晕，在她的面前，他忍不住自惭形秽。

为相见，为当初，为现在。

云瞬缓缓探出手给他，苏墨远三指搭在脉上，半晌，他换上一副带着笑意的眸子看她："恭喜，安庆王妃，你有喜了。"

云瞬蓦然睁大眼睛。

她一直在喝避子汤，怎么会……下一瞬她反应过来，脸唰地红了，飞快地抽回手："谢，谢谢你……"

"王妃，您怎么在这儿呀？我找了您好半天，咦？那人好熟，看起来像是……"巧眉从后面追了上来，朝那个方向猜测。

苏墨远没有等她这句话说完，已经离去，沐浴在银白色光辉下的他的身影，有些落寞，有些孤独，有些萧索……云瞬被和他的突然相遇震惊，又猛然接收到自己怀有身孕的消息，以至于她忽略了，一向和苏墨远形影不离的槿华，为什么此时没有在他的身边。

第二十五章　祸兮所依

"你真看见文清菡找宫女要了方子？"

"是的，是的，亲眼所见。"槿华奇怪地看着已经问了三遍还未觉的丽姝，"你今天晚上是怎么了？什么方子值得你这么上心？"

"别管是什么方子。"丽姝放松了精神，闲闲靠在椅背上，"保管是好东西。"

"少来。"槿华细细看她眉眼中带出的得意，她太了解谢丽姝，她能拱手让给别人知道的东西，必然不会如她所说是什么好东西。槿华见她不愿多说也没追问，看着窗外白雪映出的淡淡银光，叹了口气，"说起来文清菡这人倒是命苦，好不容易嫁了盛骏王爷，可惜她公婆又不待见她，我看她现在一个月恨不得二十几天都住在安庆王府上。"

"我看她也住不了多久了。"丽姝眸子一转，"没听外头那些命妇私下谈论她们家的事吗？老盛王妃最讲脸面的人，少不得要叫文清菡回府去。"

巧眉一路上不时提醒云瞬脚底下哪儿有台阶，哪儿有石头，那架势恨不能背着云瞬走才好，云瞬被她闹得哭笑不得："我是有身孕，又不是眼睛不好使，腿脚也还灵便，不用这么仔细吧？"

"那可不行，要是王爷回来看见我没伺候好您，保不准就把我赶回老家种地喂猪去了。"说话间，巧眉扶着她回了前厅。皇后四下寻了一圈，没有看见云瞬，正要派人去找她们两人便回来了，巧眉嘴巴快，跑到皇后跟前磕头，"皇后娘娘您的晚宴真是好，比送子的观音娘娘还管用。"

"本宫怎么能和观音大士相提并论？你这妮子现在越来越油嘴滑舌。"皇后嘴上这么说，脸上甚是欢喜，话刚说完，皇后后知后觉地看了一眼神色怔怔的云瞬，眉梢一挑，"巧眉说得是真的？"

"我也不知道。或许是，也或许不……"云瞬有点难为情，她是第一次怀孕，自己一点经验都没有。

皇后连连发笑："你这孩子越来越糊涂，容安，去，把周御医请来。"工夫不大，容安领着一位老御医走进来，皇后命云瞬坐在自己身边，对御医一招手，"周御医你且上来，为安庆王妃请一请脉。"

御医领命上前，半跪在云瞬脚边哆哆嗦嗦将手指放在云瞬的手腕上，闭目沉思，不时用手摸着半长不短的山羊胡，皇后也不着急，底下众命妇也收敛了方才的说笑，不知上面发生了什么事。

半晌，老御医将手指收回，恭恭敬敬给云瞬行礼："恭喜安庆王妃，是喜脉。"

皇后顿时掩口笑起来，容安跟着笑道："难怪咱们娘娘早晨起来就瞧见树梢上的喜鹊叫个不停，原来是应在安庆王妃这儿。"

云瞬低着头有些不知所措。

皇后把自己的手放在她的手上："有什么难为情？女人家能为自己丈夫延续香火是荣耀的事儿，没什么不好意思。"

云瞬抬眼看着她，见皇后眼底有淡淡的忧伤，心头泛起一丝酸涩，王皇后虽然是六宫之主，母仪天下，后宫里许多王子郡主称她为"母后"，而她却没有一个属于自己的孩子。

这不能不说是她一辈子的心结和遗憾。

云瞬绽出笑颜对她点点头："娘娘说得对极了，我应该高兴才是。"她侧目看见玉阶下命妇们好奇的神色，又转过头来低声对皇后说，"这件事我还不想告诉舒豫。"

皇后思量后点头："不错，你刚刚有喜，倒也不急这一时告诉他，等过了百天，胎位稳了，咱们再告诉他，免得他在前线分心不替皇上好好打仗。"

虽然云瞬决定封锁消息却瞒不过身边的人。

没过几天，正在房中小睡的云瞬听见外头有人絮絮的说话声，她半撑起身子侧耳听。原是丽姝身边的大丫头玉婷给自己送补品来了。

"这里是我们主子给王妃的一点补品。"玉婷客客气气地说，"这两盒是辽东特产的长寿参，这边带福字团纹的盒子里是鹿筋和鹿胎膏，那边犄角红黑色的盒子是珍珠雪莲，还有这些是……"

"玉婷妹妹，"巧眉有点尖酸地说道，"这些东西都太贵重了，我也不敢擅自做主，得等王妃醒来给主子说一声才敢收。"

"姐姐哪儿的话？什么贵重不贵重的，这些都是我家主子的一点心意，一定要请王妃收下。"

等了一会儿，巧眉缓和了下口气说道："那也成，我先暂时留下，不过，你刚才说的那些名堂我可记不住，麻烦玉婷妹妹拿纸笔将那些名字都写下来，等下王妃醒了，我也好回话儿。"

玉婷尴尬地笑了两声："姐姐可是高看婢子了，婢子没读过书，自己名字也写不得，哪儿能写这些个药名儿呢。"

她门一开，清菡走了进来："姐姐，你醒了？是不是外面的人把你吵醒了？"

云瞬朝她招手让她坐在自己身边："你能天天陪我，我自然是欢喜，不过前几天宴会上的情景你也看见了，你总在我这儿住着，你婆婆脸上有些过不去了。"

清菡唉了一声："我就知道你得这么说，是啊，我总在你这儿住着也不是事儿。行吧，等下叮嘱初晴、晚雨，让她们收拾收拾东西，明天就回去。"清菡说着话，眼睛总不住地往云瞬肚子上瞟，云瞬拍了她一下，笑着说："鬼丫头，看什么呢？"

"看看是个大侄子还是个大侄女呀。"清菡拿手摸了摸云瞬平平的肚子，"你可一定得是个带把儿的，要不跨院儿那位指不定得意成什么样子。"

云瞬靠着床坐着，淡淡笑道："我倒希望是个女儿，女儿是娘的贴心小棉袄，男孩子虽然好，到底是调皮了些。"

"不行，必须得是个男孩儿。"清菡忽然严肃起来，好像只要云瞬一反驳她的观点，肚子里的娃儿就会真的变成女孩儿一样。

云瞬忍不住笑出声："行，你说了算，男孩儿。"

"这就对了嘛。最好呢，这小子再长得英俊些，以后我就把伴清许给他做老婆你看好不好？"

"王妃，谢王妃给您送来了补品，我就暂时收下了，您要是不想要，一会儿我就给她送回去。"巧眉从外面走进来说。

"别送回去，该让人家面子上过不去了。都留着吧，等慎儿过周岁时咱们也准备些厚礼还回去就是了。"云瞬说了半天话又开始觉得乏力，清菡看她要睡，便扶她躺下。

清菡和巧眉从房里出来，关好房门之后，清菡才对巧眉说："那些补品你可千万别给姐姐用，什么都别吃。找个地方存起来得了。谁知道她们安的什么心！我明天就回府了，你可得机灵点儿，别让别人趁舒豫不在府上趁机发坏。"

巧眉听了把粗黑的眉毛一挑，拍着胸脯说："是，盛王妃，奴婢办事儿您还不放心？打今儿起，王妃吃什么我就先吃，王妃喝什么我就先喝，保证让她健健康康的。您就放心吧。"

丽姝送来的东西很多，除了补品之外还有个精致的布包，打开来看，里头是一个金缕丝绣成的香囊，巧眉把它翻出来放到鼻子底下闻了闻："这东西怪香的，应该没事儿吧？"她略一沉吟，自言自语道，"盛王妃说吃的东西一律不许用，也没说香囊也不许用吧？"她边想着边踩在窗檐上，将香囊挂在了承尘的窗帘后。

她收拾停当，外头有脚步声传来，巧眉从床上蹑手蹑脚地下来，生怕惊扰了睡梦中的云瞬。

"冯妈您来找王妃呀，她刚睡下。"

冯妈有点抹不开的神色，朝屋里看了一眼，低声对巧眉说："刚才老家来了亲戚告诉我，我公爹他过世了，让我赶紧回去一趟帮着处理后事。"

巧眉听了一愣，想了半天："这是家里大事。王妃一准儿会答应您请假。您就回去吧。"

冯妈也为难地说："是啊，也不是什么高兴事，我还想着要怎么去和王妃说。只是……"她抿紧嘴唇，十分不舍地看了看里屋，巧眉明白她的心意，拉着她的手安慰道："您只管放心去忙家里的事儿，王妃才两个多月的身子，她肯定会等你回来再生的。"

冯妈笑出声，拍了拍巧眉的手背："那成，有你这么会劝人的妮子在，我就放心多了。"

"那您走了，小厨房那边怎么办呢？"

"有个章妈，人干净，手脚也利索，老贺已经调了她过去先做我那摊儿活计。"冯妈随着巧眉往外走了几步，忍不住回头看了看云瞬的屋子，"老贺已经套了车，我这就收拾东西回了，也就不和王妃告别，免得她伤心。等我出了热孝，我就回来伺候她生小少爷。"

巧眉拉着冯妈的手有点舍不得："幸亏是您，给王妃的避子汤换成养生汤，要不咱们王妃还不定得什么时候才能转过劲儿来呢。这回的喜事都是您的功劳。"

冯妈脸上挂上得意的笑意，搓了搓手："咳，有我什么事儿，还是王爷

314

的功劳大。"

几个月的时间飞快而过，这段日子里，皇后头痛的毛病更加严重，御医们纷纷无措，建议皇后到行宫去静养，陛下特许皇后到行宫暂居一年。

有人说陛下体恤皇后，也有人说陛下因为上次雪场里众人逼迫武媚娘驯马的事儿而介怀至今，表面上是对皇后的恩典，实际上是要架空皇后在后宫的实权，皇后为此日日担惊，形容枯槁。

众说纷纭之中，云瞬去见过她一次，她气色的确不佳，却也没有像外人描述得那么不堪。

容安在送走云瞬之后欲言又止地看着皇后，方才还躺在床榻上的皇后已经下地走动，对着菱花镜抚了抚头上的金凤钗，容安犹豫半刻还是问了出来："娘娘您真要去行宫住一年？"

王皇后对着宝镜微微一笑："这一年宫里头注定不平静，本宫乏了，要给她们腾场子，让她们自己折腾。"

"那安庆王妃……"容安的担忧溢于言表。

皇后朝着镜子里的容安又是一笑："那妮子现在已经不和本宫一条心，本宫又为什么还要记挂她的死活？"

皇后出行后，萧淑妃一家独大倒也安生许多。

安庆王府里，谢丽姝十分安静地待在自己的一片院落之中，甚至她的脚都没有踏进过前院半步，然而有些事情还是不可控制地发生了。

云瞬起初只是有些害口反酸，倒也不严重，等四个多月的时候，她反胃的毛病基本已经消失，只是时常会手脚发冷，心慌腹痛。

对于一个孕妇来说，这两种情况无疑都不是什么好现象。管家老贺请了许多京城名医来诊治，这群人观点一致，只说是王妃体虚，需要静养。

一个王府里头就剩下她和谢丽姝两个主子，谢丽姝大门不出二门不迈自己待在跨院里，云瞬这边的院子已经清静得不能再清静，还要怎么静养？

"王妃，这是武姑娘给您的信。"巧眉擦了擦头上沁出的薄汗，此时已是春深，院子里的花开得极盛，尽管敞着门窗，云瞬卧房的周围还是能闻见淡淡的汤药味。

她今天精神不错，扶着桌子在屋里慢慢踱步，看外面的春日美景，一边摸着自己渐渐隆起的肚子。她接过巧眉递来的信，展开来看。

她和武媚娘都有身孕，彼此行动不方便，两个人都像宝贝一样被人供着，别说出门就是多下地走两步都要看身边丫头们的心情。由此，她们两人只能学才子佳人，鱼雁传书。

"哦？"云瞬将目光落在一处，不由笑得眉眼都弯起来，"武媚娘这个昭仪总算是得到手了，咱们得给她庆祝庆祝。"

巧眉掩着嘴儿咯咯笑着，瞧云瞬在桌子上铺纸："她平时喜欢牡丹，我今儿就画个牡丹图送她。"

巧眉过来给她研墨，边说："您还真光惦记人家，您也不瞧瞧信上还说了些什么。"

"还有什么？"云瞬听她这么一说，重新抖开信来看，一看，又是一愣。

白纸黑字的信上写着武媚娘最近得知的消息，原来，舒豫在得知她有孕之后立刻上书给高宗，上头引了舒豫的原话："若得子，子进王位，若得女，女袭郡位。请陛下俯允。"云瞬反反复复看了几遍这几个字，似乎透过这张薄薄的纸都能看到舒豫那张平静无波的冷脸上洋溢着将为人父的喜悦和兴奋。

"这么招摇……还真是安庆王的做派。"云瞬无奈地舒了口气。巧眉研好了墨，抬头看了看日头："王妃您好好坐着别乱走，奴婢给您去端药来。"说完一溜烟儿跑了。每天这个时候她都要去厨房亲手把药端回来。

她端着药碗回来的时候，云瞬那幅牡丹图刚好画完第一枝花苞，盈盈欲放。胭脂红色的花儿仿佛那个从来坚强的女子，她正是一朵即将盛开的好花。

云瞬方吃了药，槿华便到了。

她可是稀客。云瞬亲自迎接她，槿华一见云瞬没精打采的样子就一愣："先前丽姝姐怀孕的时候也没见她这么没精神，你这是怎么了？"

云瞬摇摇头："算是我娇贵吧，谁晓得有个孩子会这么辛苦呢。"

槿华也笑了："我记得你可不是个娇气的，这样总得让大夫来好好给瞧瞧才是。"

"大夫请了许多，药方也开了不少，没什么成效，索性就这样了。"云瞬回手去拿梅子给槿华，"新送来的青梅，你也尝尝，倒是不酸，哎，我的肚子……"她话还没说完忽而一弯腰，捂住自己的腹部，头上的冷汗跟着便落了下来。

槿华惊得连手里的茶盏都跌在桌上顾不得管，一边招呼巧眉和章妈："你们赶紧去请大夫过来！"

章妈脸色一变，抢先往外走："我这就去，这就去。"

槿华看着慌乱中被门槛绊个趔趄的章妈，若有所思地看了眼同样焦急的巧眉，巧眉完全没了主心骨，扶着云瞬靠到床上去躺着，不停地唤着：

"王妃，王妃。"

　　郎中很快被请来，是平常给她看诊的那位崔大夫，他仔细诊脉之后摇摇头："王妃身体虽然单薄有些弱，可胎位是稳的，腹中的孩子并无异常。"

　　"可我们王妃方才肚子疼得冷汗都下来了，怎么会没事呢？"巧眉焦急地追问。

　　"这个……这个……"崔大夫有点结巴。

　　章妈笑了下："巧眉姑娘你这话说的，咱们王妃和小主子没事儿难道还不好吗？难不成你还惦记王妃有点什么事儿么？"

　　巧眉被唬了一跳，慌忙摆手："我不是这个意思，我是担心王妃。"

　　"崔大夫，您看看给开些什么补身子的药吧，王妃身子骨儿的确太瘦弱了。"章妈唏嘘着瞧了一眼疼痛稍缓的云瞬，十分担心地说。

　　崔大夫如同得了圣旨，慌忙夹着药箱随章妈出去。

　　屋内剩下巧眉和几个侍女，槿华见云瞬的模样似乎是好了些，对巧眉和那几个侍女说："你们王妃刚才想吃鲜藕做的菜粥，你们去准备吧。巧眉，你也去，给盯着点儿火候。"

　　云瞬脸色发白地靠在床旁，看槿华支走屋里的下人，微微叹了口气："连你也看出这里面不寻常了吗？"

　　"你自己心里明镜儿似的，却还要装糊涂，李云瞬哪，哪里有人像你这样用自己的身子和孩子的安危乱来的？"槿华看着显然也心存怀疑的云瞬摇头，"行，先不说这个，就说你最近吃的、用的，有什么不同？"

　　"吃喝都是巧眉先试过，没有毒。"云瞬想了半天，忽而抬头看着自己的床帏，"只是这里……以前没有什么香气，最近总能嗅到一阵阵若有若无的香味。"

　　"你坐着别动，我看看。"槿华身形瘦小，撩起裙子踩着床榻旁的矮凳查看床帏的四周，边翻动边说，"果然有一股很清雅的香味，找到了。"槿华伸手一勾，将一物拿在手中，递给云瞬，"是不是这个味道？"

　　"是它。"云瞬把它放到鼻下嗅了嗅，"就是这个味道。"

　　槿华从榻上下来坐在她身边，将香囊解开倒出一点碎末在手上，细细挑出来嗅了半天："这里头放着的，都是些寻常的花草干片，倒是没什么稀奇，这样，我把它拿回去给墨远看一下，他对这些比较有了解。"说着她用自己的手帕仔细将香囊裹好，揣进怀中。

　　云瞬静静地看着她，槿华抬头正对上她的目光，莞尔一笑："感谢的话可

317

别多说，我和谢丽姝还是朋友。"

云瞬哑然失笑。

"这药你天天都在喝？"槿华走到桌案旁边，拿起药碗来也闻了闻，"一会儿让巧眉将药渣给我包一点回去。"

"好。"云瞬淡淡点头，目光如炬，"你不让我谢你，可我还是要谢你。这并不影响你和谢丽姝，你们还是朋友。"

"可别，要真是她的事儿，我现在就没脸面站这儿和你说话了。"槿华走回她近前，笑着说，看着云瞬露出一副欲言又止的神情。云瞬瞧着她，自然看见她脸上的神情变化，随即一笑："你帮我这么大忙，想问什么就问吧。"

"好，那我就问了。听说安庆王从前线送来折子为你们的孩子求爵位，是不是真的？"槿华在说这话的时候神情变得严肃许多。

云瞬在她的注视之下点头："是的。"

这大概是她今天会忽然造访的缘故，谢丽姝不可离开自己的院子，这些话她想要知道只能靠第三方来为她传递和确认。

谢丽姝最信任的人，只有眼前的梁槿华。

槿华默默叹气："人这一辈子果然都是命，不是你的，白白去争抢也未必能捞到半根毫毛。那我再问你一个问题，可以吗？"

"可以。"云瞬仍然带着浅浅笑意。

"你是心里还在记挂着墨远吗？"

云瞬知道她肯定会疑心这件事，她目光灼灼地看向这个正紧张等待她回答的女子，坚定地吐出两个字："不是。"

槿华的身子似乎晃了晃，拍了拍胸口，吐出一口气后忽而笑起来："这话若是谢丽姝说，我断然不信，偏你说出来，我竟觉得是句掏心窝的实话。"

"本来就是实话。"云瞬觉得有必要将这件事，趁这个机会给槿华好好说清楚，她想了想，再次开口，"苏墨远是我回到长安城之后的第一个朋友，他曾经与我笛埙相和，他怕我寂寞给我讲长安城的风土人情，送我活泼美丽的画眉鸟……是他让我体会到被人关心和呵护的感觉，也许这些事对旁人来说都是些微不足道的事情，可是对我来说，这种寥寥无多的关怀是我十六年间从未感受到的温暖，我很珍惜，也很感激他。"

"或许那时候被这种幸福感蛊惑得失去了理智，竟然险些让他失去你这样的好妻子，这是我的过错。"云瞬向她微微颔首，"曾经让你为了得到他费尽脑汁，真对不住。"

318

槿华脸上一红："谁要你道歉，左右我现在是苏夫人，还说早前的那些七七八八的事儿有什么意思。"

"苏墨远对我，如兄长，如好友，曾经他是一个懂我的人，现在他是最懂你的人。"云瞬的脸上仍旧挂着淡淡的笑意，沉稳、释然。

"可你还是不想要这个孩子。"槿华说这句话的时候声音里带着几许惋惜和了悟。她不是在询问她这个问题的答案，她开口，只是将云瞬藏在心里不想说出口的话和盘托出。

云瞬脸上一直保持很好的笑意有一瞬间的僵硬和不自然。

"这不是个问题，你也不需回答我。"槿华飞快地看了她一眼，又垂下头，她实在不想听见这个女人说出什么让她难以接受的话来。

"我可以忘掉和苏墨远之前的种种，也可以试着接受安庆王对我的感情，但这并不代表我已经原谅了他曾经做过的事情。若是没有长孙舒豫，此刻的苏墨远该在宝殿之上一展他的才华而不是被困顿在一方四角天地之间。对我，舒豫或许可以用他的后半生来弥补，偿还于我，可是对苏墨远呢？谁能还给苏墨远一个公道？谁又能补偿他白白被糟践掉的韶光才华？"

梁槿华想错了，她以为云瞬会拒绝回答这个问题，这毕竟是人家夫妻之间的事情，可她不仅回答了，竟然还是这么让她出乎意料的答案。

槿华愣怔在她对面，看进面前这个女子黑白分明的眼中。

可以忘却，可以接受，只是无法原谅长孙舒豫对他人造成的伤害。

她是这样一个明辨着是非、懂得感激和回报的女子啊。

她忍不住嘲讽地低声笑起来，笑自己和谢丽姝曾经的小人之态，当初对于这个从乌里雅苏台回来的似贵非贵之人，她一直一直都想错了。

原来，她们都错了。

良久的彼此沉默之后，槿华缓缓开口："我倒是很感谢舒豫王爷，要不是他强行拆散了你们两个，我至今也没有机会成为他的妻子，在他身边，伴他终老。"

三日之后，梁槿华再次登门。

"香囊墨远已经看过了，的确无碍，只是些寻常的香料。不过，他也说你有身孕不宜继续用这些花花草草的东西，还是不要放在床头比较好。"

巧眉羞愧无地地接过香囊："都是我大意，冯妈临走的时候还嘱咐我，要我好好照顾王妃呢。"

云瞬安慰了她一阵，看向槿华，眼中似乎有光："那药渣呢？也没事吗？"

槿华勾了勾唇，取帕子擦了擦手上沾染的花屑："怎么可能？方子找了墨妙苑的秦老给看的，秦老最懂这些药材。谢丽姝那一手岐黄药理还是跟他老人家学来的，秦老断定这药里掺杂了孕妇最禁忌的寒凉之物，不是鳖甲，不是蟹爪，该是一种草本药物，且没有特殊的颜色，所以加进汤药当中让人无从分辨。"

"最明显不过的挂羊头卖狗肉的伎俩。"云瞬的唇角挂上一丝冷笑，"用香囊作诱饵引开我们的视线，真正的猫腻却藏在药碗里，真是费尽心思。"

"现在你的药是谁负责的？"槿华再问。

跨院当中的花儿开得十分茂盛，深红的桃花和雪白的梨花交叠，彼此衬托，慎儿张着手去抓身边开得极好的一朵桃花，丽姝在一旁拉着他肉呼呼的小胳膊，让他自己抓着玩儿。

"侧王妃，苏夫人来了，正在前院和王妃喝茶。"有侍女从外头进来对丽姝说。

丽姝去扶慎儿的手似乎顿了顿，没有回头便吩咐道："我桌上的枣茶冷了，去热热。"

不大会儿，侍女端着热过的枣茶回来："侧王妃，茶好了。"

丽姝看了眼还在和花玩耍的慎儿，露出一丝笑容："看好了少爷。"

"是。"

她端着茶杯转身回屋，在逆光之中她年轻却憔悴的脸上浮现出令人森然的神情，半晌她出来对着方才那个侍女说："你们天天在府里也没什么意思，给你们一个时辰的时间出去逛逛，太阳落山之前回来。还有，桌上那碗枣茶是我赏玉婷的，一会儿让她过来喝了吧。"

"谢侧王妃。"侍女得了能上街的特许十分开心，欢天喜地地谢过丽姝，转身跑了。

慎儿举着抓了一手的琐碎花瓣笑得合不拢嘴，花瓣沾到头上也不自知，还在不停地抓新的，丽姝看儿子开心也忍不住跟着他笑起来，一边帮他拿掉身上的花屑，一边低声说："你一定要知道，娘是个善良的人，我如今做的这些，都是为了你，我的儿子。"

槿华喝了口茶，将茶盏放在桌上，看着面前的李云瞬。

"是小厨房的人负责，王妃的饮食一向是小厨房掌管，因为王爷最

320

放心冯妈……哎呀，原来是那个新来的！"巧眉总算明白过来，她高声一喊，惊得槿华立刻伸手去捂住她的嘴巴，对云瞬说，"这么毛毛躁躁的丫头你也敢留着？"

"王妃可别赶我走。"巧眉顿时泪眼汪汪。

云瞬笑了笑："别吓唬她了。看来小厨房里的内鬼也该是时候把她揪出来，显现原形了。"

"你打算这样冒冒失失地去抓人？恐不太好，我看不如这么办……"房内的人声忽然沉寂下去，槿华凑在云瞬耳边说了几句，云瞬连连点头："好，就这么办，巧眉你找几个可靠的人手在小厨房四周躲起来，等那人自己出现，来个人赃并获。"

"是，王妃，奴婢立马去办。"

她们三人在屋中商议得全神贯注，却没人发现门外那条悄悄离去的黑色人影……

跨院里，章妈一进屋看见正陪儿子在床上玩积木的丽姝，三步并作两步走上前："我的王妃您还有心思玩这个？玉婷呢？玉婷可是已经去了小厨房？赶紧叫人把她叫回来才行呀。"

丽姝抬头淡淡地看了一眼焦急万分的章妈，抬手比了个嘘声的手势，嗔怪道："小点声儿，吓着慎儿。"

章妈狠狠吐出一口气，放缓声音，走到她身边："您现在还有心思玩这个？前头的人已经察觉到药碗的事儿了，这会儿要派人过去堵着，就专门等咱们的人去自投罗网呢。"

丽姝眯着眼睛看了眼窗外晒进来的日光："你来得晚了，玉婷这会儿已经在小厨房里了。"

小厨房本是舒豫为了讨好云瞬而专门腾出来的，因为在整座王府的西面，比较偏僻，平时很少有人会往这边来，可是今天小厨房周围一下子变得热闹起来。巧眉特意请来贺叔调来机灵又有力气的家丁，橱柜里头、屋梁上头、炉灶里，甚至连到达小厨房的必经之地的花圃里也隐约可见有人蹲守。

这些人各自藏在自己的位置大气都不敢喘，谁都不敢动。一直静静地等着，终于，厨房的门不多时被人悄悄推开。

人影一晃，这个算准了此时小厨房没人值班的人闪了进来。

躲在柴草垛子后头的巧眉透过柴草缝隙一眼就认出了来的人。

玉婷。

玉婷会出现既在情理之中，又让巧眉寒心，虽说玉婷是丽姝的人，可是平时王妃对她们十分宽和，年节时也同前院的侍女仆从们一般奖赏对待。在巧眉的心里，别人对自己好就该牢牢记在心上，绝对不能恩将仇报。

而玉婷现在绝对是在仇报，而且还是很重的一记报复。

巧眉攥紧拳头就要从柴堆里跨步出去狠狠教训一下这个忘恩负义的家伙，却被身边的贺叔拉了一把，示意她少安勿躁，继续观察玉婷的动作。

玉婷进了厨房之后，先是到灶台前看了看汤药的火候，挪开药锅的盖子，又回身将厨房的门从里面插好，防止有人半途闯入，接着她从袖子里拿出一根亮闪闪的银针直接刺进药碗上方橱柜的一处位置，如此反复几次似乎还觉得有些不放心，她并没有走，而是在炉灶前静静地盯着橱柜看。巧眉也眯起眼睛朝那个位置看，实在瞧不出有什么端倪。

约莫有一盏茶的光景，药锅里的药煮开，冒出的汩汩热气不停向上空飘散，在一片雾白朦胧间，巧眉看见有一滴透明的像水一样的东西滴进了药锅之中。

这一串的事情就发生在盏茶的光景之内，一切都和平常一般无二，玉婷放心地转身打算悄悄离开。

巧眉起初还有些不敢相信她们会真的在汤药里下东西害云瞬和孩子，然而当事实摆在她面前的时候，巧眉只觉得自己从脚底冷到了头顶，四肢都僵硬得不知道自己该怎么做才好。

"抓住她！"贺叔不知什么时候从身边蹿出来，一指大惊失色的玉婷，四周那些准备许久的小厮纷纷扑上来将玉婷按在地上。

"玉婷！陷害主母和未来的少主人是何等罪过！如今人赃俱获，你还有什么话说？"贺叔气得浑身颤抖。舒豫不在，冯妈回家奔丧，如今府上里里外外的事都他一人负责，若真在这当口王妃出了什么差错，光是这份责任无论如何他也担当不起。

玉婷被人扑倒在地上扑腾了几下似乎要喊要叫，可不知为什么，她的嘴巴张得老大，却说不出一个字，只断断续续地发出些困兽般的呜咽声。

巧眉跑到炉灶前，摸了摸方才玉婷扎过的地方，一惊，回身对贺叔说："贺叔您快来看看，这个橱柜好蹊跷！"

贺叔走过来，将橱柜打开，里面竟然是空的，什么东西都没有。

"不可能。"巧眉又吃了一惊，她明明看到有东西从这里滴进了药锅里的。

贺叔对着橱柜瞧了半晌，拧着眉道："我瞧这个橱柜似乎有些名堂，不过要想知道里面到底有什么需要将橱柜打破，这样，咱们先把情况禀报王妃，请王妃到场时再打破橱柜也来得及。"

巧眉连连点头："对，对，叫上玉婷和她主子一起，省得到时候她们不认账。"

贺叔不怎么赞同地说道："现在还不要下结论，咱们还没拿到最直接的证据，这样说被人听见不好。"巧眉嘟嘟嘴巴，不再说话。

"绑了，绑了她，拿去交给王妃处置。"

众人推推搡搡将五花大绑的玉婷推到前院。

正在对饮品茶的两人没什么意外地看着被推进屋来的玉婷。玉婷被人踢了一脚，跪在地上，垂着头，发髻散乱。

"回禀王妃，老奴等人在小厨房内蹲守，果然等来了这个吃里爬外的东西！奴才们都看见她是如何在您的汤药锅子上动手脚的，这等大胆谋害主子的奴才请您处置！"贺叔躬身道，"王妃，这是药锅，她就是在这里面下了东西的。"说着，有人把药递到云瞬面前，云瞬挑眉看向槿华："药我不懂，你看看。"

云瞬向下看去："玉婷？"

玉婷动了动，没有抬头。

"我问你，你往我的药碗里放了什么？是谁指使你这么做的？"

地上的玉婷又动了动，仍旧没有看云瞬。

巧眉有些发急，走过去拎起她的衣领："王妃问你话呢，你耳朵聋了？赶紧实话实说，要不将你送到衙门去治你个谋害主母的罪！"

玉婷拼命摇头，张着嘴巴朝云瞬咕咕地"说"了一堆，而她发出的只是些简单的啊啊的声音。

"侧王妃来了。"外头有人传话。

谢丽姝从外头一脚门里一脚门外地跨了进来，手里抱着慎儿，孩子的手上仍沾着许多花屑，黑沉沉的眼睛好奇地看着屋子里的人们。

云瞬皱了皱眉，看她。

"我说怎么哪里都找不到玉婷这妮子，原来是在姐姐这里。不知道我的丫头犯了什么错，要让姐姐这么对待？"谢丽姝先发制人地开了口。

"侧王妃，您的下人居然在我们王妃的药锅里下药，毒害主母和未来的小主人，你说算不算是犯了大错？"巧眉此时心中对谢丽姝十分不屑，十分

323

愤恨，连说话也带着十足的火药味。

谢丽姝不以为忤，反而笑了下，指了指跪伏在地上的玉婷："你们说她毒害主母下药，她可亲口承认了？"

巧眉脸色一变，心虚地看了一眼云瞬："这还……是她狡辩。"

"狡辩？"谢丽姝轻笑了下，用脚踢了踢玉婷，"这罪名……你认吗？"

玉婷愣了愣，立刻摇头。

"侧王妃，您这样问任谁也不会承认的。"贺叔也看不下去了。

谢丽姝斜睨他一眼："管家说得对。"她往前走了两步，拿起放在槿华手边的药碗，一仰脖子，喝了。

"既然你们说我的丫头毒害主母，那这碗药就该是毒药，若是过了一时三刻我没有撒手归西的话，你们……"丽姝消瘦的脸上隐约有志在必得的笑意，虽在笑，却看得令人害怕，"你们是不是也该给我一个说法？"

在场的人无不吃惊，众人纷纷揣测一直不能言语的玉婷到底是怎么了？而此刻谢丽姝的宣战又是那么信誓旦旦，眼下这一出到底是谁的用心良苦，又是谁精心准备的一折好戏？

第二十六章　黄雀在后

更漏里的细沙筛过一次又一次，房间里的气氛越发凝重，谢丽姝始终站在她饮下汤药的位置没有离开过半步。管家老贺的头上冒出一层又一层的冷汗，有人企图谋害主母已是不争事实，可偏在他们自认为人赃并获的时候又陡生枝节。

谢丽姝喝了药却毫无反应就表明药是无毒的，那之前他们认定的玉婷毒害主母的罪过就不能再成立。一场谋害主母的阴谋还未被揭穿，又加上一场主母连同外人一起诬陷侧妃的冤枉案子。

他做了二十几年安庆王府的管家，如今怕是做到头了。

更漏里的沙又过一番，谢丽姝挥了挥手，示意下人撤去更漏，傲意开口："王妃，你不打算给我个说法吗？"

"不可能。"巧眉第一个站出来反对，"玉婷她没有下毒的话，她在小厨房里鬼鬼祟祟的做什么？还有我们都看见她在橱柜上用针扎了什么东西放进药锅里了。贺叔，是不是？"

老贺点头，看向谢丽姝："巧眉说得不错，在场的大伙儿都看见玉婷姑娘在王妃的药锅上做了手脚。"

"哦？那她往药锅里放了什么呢？"谢丽姝再问。

"这……我们还不清楚。"

"你们一口一个咬定玉婷往你们主子的药锅里放了东西，却连什么东西都说不上来，又把她五花大绑地绑在这儿不觉得太过分了吗？谋害主母是罪，难道诬陷于我，就不是罪了吗？"丽姝的声音不高却字字清楚。

巧眉往前跨了一步，直接去玉婷的袖子里搜："不可能的，我明明看见她用针扎了橱柜来着，针呢？你藏在哪儿了？在这儿！你们看，这就是她用来扎柜子的针。"巧眉把手拿出来，果然手指间多了根亮闪闪的针。

325

"侧王妃，这您要怎么说？"她把针往谢丽姝跟前一放。

谢丽姝微微笑着看气得眉毛都快要立起来的巧眉："小丫头，你也是个女孩子怎么会不知道，一个姑娘家身上带着些绣花针有什么稀奇？我早上让玉婷帮我缝补慎儿的袖口，这有什么不妥？而且……"她话锋一转，看向她手中那根针，"你们也该知道，银针本身就是试毒的器具，如果她真的用这根针刺过什么毒物的话，那么这根针就不可能像现在这么闪亮夺目，该是色呈乌黑才对。"她边说，边拉过慎儿的小手，露出手腕附近的一处缝补过的痕迹。

整个一番辩解说得合情合理，竟让人无可挑剔。

槿华始终紧锁眉头，看着谢丽姝的时候有些发怔。

"可……可玉婷她现在怎么了？她为什么不说话？"巧眉还是不死心，他们费了九牛二虎之力才人赃俱获，到现在却要变成竹篮打水一场空。

"玉婷打小就有胆虚之症，她一害怕就说不出话来，想来是有人如狼似虎的模样吓到了她，才会暂时失语。"

"你们还有什么要问的么？没有的话，我要带我的丫头回去了。"丽姝最后说。

云瞬看着她面前面带得意的女子，笑了："谢丽姝。"

"请王妃训示。"丽姝微微躬身，态度十分恭谨。

"你怎么知道玉婷在我这里？"云瞬淡淡开口，丽姝神色不变，看着她，"我遍寻玉婷不见，下人告知我她的下落有何不妥？"

"没什么不妥。"云瞬仍旧是那副淡淡的表情，"你院子里的下人都被你特许上街去了，此刻的西院里该是除了玉婷之外一个下人也没有的，那玉婷在我这里的消息是哪个下人告知你的呢？"

谢丽姝冷笑一声："府中下人极多，我甚少出院子，记不得她的名字。"

"哦，你连章妈的名字也记不得吗？她男人在你娘家府上做管家做了许多年，你也忘了她吗？"

谢丽姝脸色一变，看了眼地上的玉婷，强自装作若无其事的模样："那你也不能证明是她与我报信。"

"叫章妈上来。"云瞬扫了一眼气势明显削弱的丽姝,清眸中有亮光闪现。不多时，章妈被带了上来，依稀可以看见她双腿都在微微打战。

"王妃，侧王妃。"章妈颤抖着声音给二人请安。

"跪下。"云瞬看也不看她一眼。

章妈一愣，她后面站着一个二十出头的小厮，面带厌恶地在她腿窝里踹了一脚："王妃让你跪下，你没听见？"

这一脚力道不大，刚好让章妈双膝跪倒。

"去看，看看她鞋底可沾有什么东西？"云瞬吩咐一声，老贺和巧眉一起上前，巧眉"呀"了一声："真的有东西！好像……好像是桃花！王妃，是桃花的花瓣儿。"

"这能说明什么？"丽姝仍不死心。

云瞬微微叹气："你方才还聪慧过人处处辩解的妥当，怎么这么会儿的工夫脑筋就不灵光了？整座王府之中，只有你的西院里才栽着桃梨林，若非章妈去过你那里，她的脚上怎么会沾有你院子里才有的花瓣？而恰巧她到桃林的时候你也正在桃林之中。"

"你……你有什么证据？"

云瞬一指慎儿："你好好瞧瞧慎儿的身上，尽管你尽量拂去他头上的花瓣，可慎儿顽皮，将桃花撕碎得到处都是，他衣服的边角处现在仍有许多桃花屑。"

丽姝低头看向怀中的慎儿，果然他的衣袖裤腿的褶皱处藏着不少桃花的残痕。

章妈眼见事情欺瞒不过，连忙向上磕头："王妃饶命，王妃饶命，老婢也是见侧王妃找玉婷姑娘找得焦急才告诉她的。"

云瞬关切地看着面色如土的章妈，说道："你不必如此紧张，这也算不得什么大事。只不过你心里这么在意侧王妃，我就索性成全你，从现在开始，你不用再负责小厨房和前院的所有事情，去尽心服侍侧王妃吧。"

章妈瘫坐在地上。

她男人前年因为忤逆了李云瞬而被舒豫责罚处置，她本就怀恨在心，前些日子，谢家来人找到她，撺掇着来到安庆王府做差替她男人出气报仇，可没想到她才刚刚开始配合谢丽姝的行动就被李云瞬发现，把她送回谢丽姝身边。如此，她对谢丽姝就没有一点利用价值……章妈呆呆地看着不知因何缘故忽然说不出话来的玉婷，浑身打了个哆嗦。

"玉婷受了惊吓你把她带回去好好将养，我过些日子再请她过来，给她压惊。我也乏了，你们都退了吧。"云瞬略带疲倦地开口。

谢丽姝惨白着脸拉起地上的玉婷，看着李云瞬几乎是咬着牙说道："妾身告退。"说完也不管地上的章妈带着玉婷快速离开。

"王妃，您就这么放过她们，真是太便宜她们了。可是气死我了。"巧眉急得直跺脚，槿华笑着看她："你这丫头说你傻，你还真是傻。没瞧出来吗？

327

你主子根本没想处置那个玉婷，不过是借力打力，让对方自己搬起石头砸自己的脚，你主子只是想把藏在身边的章妈光明正大地辞回丽姝姐那儿去。"她自己说完，愣了一下。

云瞬斜眼看她："怎么？后悔站在我这边儿和谢丽姝对着干了？"

槿华苦笑着摇头："这事儿回来再议。不过，这一次还真是没有证据能够指证她们二人。"

站在一旁的贺叔犹豫地看了一眼云瞬。

云瞬看着他和善地点了点头："贺叔，你有什么话要说尽管直言，这里没有外人。"

"王妃，老奴方才发觉厨房的橱柜十分蹊跷，从外表看起来是普通的柜子而里面似乎另藏玄机。"

"哦？带我去看。"

槿华扶了她一把："今天还要折腾？你这身子……"

"无妨，找到得病的根源以后才再不会生病。"云瞬朝她粲然一笑。

小厨房，地上还留着众人扑倒玉婷时留下的痕迹，在老贺和巧眉的描述之下，云瞬也发现橱柜底部湿漉漉的，上面隐约能摸出细小的孔痕。槿华敲了敲药锅正上方的位置，又敲了敲其他位置，两处的声音果然一空一实，槿华一挑眉："看来是在里面。"

老贺命人拿过斧子，亲自砍开橱柜的底角。

这一打开便令在场所有人惊讶。

原来，这处柜子的底角已经被人挖空，里面放着几块绿色厚实的叶片，槿华用手帕垫着取出一块叶子来托在手心看："没什么味道，看起来……像是芦荟。"

芦荟？

云瞬也认出这种植物，将叶片拿起对着阳光一照，还能从上面看到许多密密麻麻的针孔，果然那些滴进药锅中的透明液体就是它无疑。

"我真没想到，谢丽姝现在已经歹毒到如此地步。"槿华花容失色，扶着额头道，"我之前还将她当作执拗单纯之人，真是瞎了眼。"

"这个有什么不妥吗？"云瞬不明就里地看着那一株肉乎乎的叶子发问。

"岂止不妥，是大大的不妥。"槿华将芦荟在手中掂了掂，"我曾听墨远说起过，芦荟虽是女子保持容颜和清毒的常用之物却对有身子的女子是大大的禁忌。它性凉大寒，泻火利下，用量大的话可让孕女子小产。"

大家听她说完都倒吸了一口凉气。云瞬脸色也十分难看，看着那块绿色的东西咽了下口水："算起来，我也喝了这东西差不多有月余了。"

"可来给王妃诊脉的郎中们都说胎位很稳，没什么异常啊。而且这些郎中都是我们的人请来的，怎么会被那位收买呢？"巧眉大惑不解。

"哎呀。"贺叔捶了下自己的脑袋，愧疚地对着云瞬说，"因郎中多是男子，凡是来给您诊脉的郎中都是从跨院的角门入府，并且在通传这段时间内，老奴安排他们等在跨院的会客厅里……"

"在她的门前过了一遭，人也就变成了她的人。"槿华紧锁眉头，"你最好是请太医局的老人过来看看，他们一般都脾气倔强，就算谢丽姝想要收买也不容易。"

云瞬点头答应。

"你可别掉以轻心，舒豫王爷已经上奏朝廷为儿女求了富贵，孩子要是这时候有个三长两短，你可要担上一个欺君的罪名。"槿华看着李云瞬仍旧不放心，"听说你和太极宫的武昭仪交情不错，既然是朋友，你找她帮帮忙，也未尝不可。"

云瞬心里一动，看她："你怎么知道阿武要做昭仪了？"

槿华笑了起来，点着云瞬的衣襟道："我整日陪墨远在各处送公文，这点消息还不算什么。"

"王妃，小盛王妃来了。"门童跑进来通报。

云瞬与槿华相视一眼，槿华掩口笑道："一会儿可别告诉她这些，按着她那性子，方才那么妙的一场戏没瞧见，肯定要恼死了。"

说话间，清菡已经一股风似的进来："说什么呢，这么高兴？快给我也说说。"

云瞬看了一眼槿华，后者一副"你看被我说中"的模样，云瞬拉着清菡的手上下打量一番，奇道："个把月不见，你倒是气色不错，脸上也有肉了，不错，看来你婆婆把你照顾得很好。"

清菡在自己脸上掐了一把，笑得眼睛都找不见："是啊，我婆婆最近没有难为我，我过得舒心了，自然就胖了些。咦？姐姐，我怎么觉着你瘦了一圈，脸色也不怎么样呢？是不是担心姐夫和李云彻那个小子啊？"

云瞬顺着她的意思道："是啊，李云彻那小子一个月才给我送一封信，我真恨不得到前线去看看他有没有受伤，有没有吃不好。"

"光惦记李云彻啊？就没别人了？"清菡坏笑着凑上来，朝槿华眨眼睛打眼色。

槿华笑着摇头："得了，你们姐俩慢慢聊，我出来的时候也不短了，得回去了，告辞。"

云瞬追上她两步，真诚地看着她道："谢谢你槿华，还有，替我谢谢苏大人。"

清菡看她们二人执手不语，眼神交流的模样撇撇嘴，低声嘟囔："才多久没见，就和别人好成这样了？"

晚上，云瞬和清菡二人对桌吃饭，没有别人在场，两个人边吃边笑，十分自在。

清菡一向在云瞬这儿没规矩惯了，云瞬呢，因为白天里捉走了身边的一条蛀虫心情也十二分地欢喜痛快，连饭也多吃了一碗。

巧眉给云瞬添饭，笑着对清菡说："您以后就得常来，我们王妃见了您连饭量都好了。"

清菡顿时高兴起来："真的呀？那我今天就不走了，在姐姐这儿多住几天。"

"你婆婆那儿没意见我就没意见，你想住多久，就住多久。"云瞬给她挑了块鱼放到碗里。

"对了，巧眉，你帮我去告诉初晴，那药茶我今天晚上晚点喝，我得多陪我姐姐吃一会儿。"

"什么药茶？"云瞬纳闷地看着她，"你最讨厌吃药的人也开始喝这种东西了？"

"对身体好嘛，嘿嘿，姐姐你就别管了。"清菡的脸上有那么一瞬的不自在，云瞬也没在意，她整个心思都在琢磨白天的事情。小厨房里的柜子被人动了手脚就表示谢丽姝在王府之中的眼线和暗钉不止章妈一个人，到底还有多少颗钉子是镶在她身边的？她要如何一一将它们拔除干净而免于刺伤？

一夕轻雷落万丝，霁光浮瓦碧参差。

次日清晨降下今年的第一场细雨，湿漉漉的雨丝打在人面上，并不让人觉得难受，相反有一种夏日即将到来的喜感。

丽姝陪着萧淑妃在后花园中慢慢走着，萧淑妃很享受这种雨中漫步的感觉，不时用玉葱似的手指抚过开得甚是美艳的芍药、杜鹃。

"照你这么说，李云瞬是故意卖给你个破绽从而将那个仆妇打发走？"

丽姝咬牙点头："是的，我真没想到，原来她打的是这样的主意，我当时还以为……"

"还以为自己能够胜她一次？"萧淑妃回转过身来，媚眼沉沉地看着她："你也不必太气恼，昨日你和她的那一场斗，李云瞬虽然占了上风，可她赢得也不彻底。若是她有足够的证据，此刻，你还能站在这里来向我诉苦吗？"

丽姝面上一红："娘娘说得是，多亏有娘娘替妾身想了那个好主意，能看着她受罪，我心里已经舒坦多了。"

"不过，亏你想得周到，提前让那个丫头说不出话来，倒是省心。"

丽姝点头道："昨日我听下人通报说梁槿华来找她，心里就觉得事情多半要糟，便让玉婷喝了含有哑药的枣茶，不然后果还真是不堪设想。"

"文清菡呢？你那个法子当真能有用？那药方本宫瞧过了，也没什么稀奇，还不如你那个芦荟堕胎来得厉害。"萧淑妃想起不久前丽姝对自己赌咒发愿时说的话，忍不住发问。

丽姝淡然自若地点头答道："娘娘放心，那副药方的神奇之处您早晚能看见。除非……"

"除非什么？"

"除非文清菡这辈子都不会用上甘遂这味好药。"丽姝笑得意味深长。

药理之事萧淑妃并不精通，笑了笑没再开口，她的目光落在一株探出花架的蔷薇上，那花开得极美。

"多美的花啊，可惜偏偏开在这一季，过不了多久就要败了。"

"无论开在哪一季最终都会凋作尘土。"

她的脑海里忍不住想起第一次与李云瞬相见时的对话。那个曾经冷睿的反驳过自己的女子，如今……还保持着那份让人歆羡的冷傲和睿智吗？

"你那个丫头呢？受惊失语这样的托词只能推脱了一时，怎么可能瞒过旁人一世？李云瞬既然已经发现了她，早晚是要找到她问明白的。"萧淑妃想到这点，挑了挑秀长的眉梢，"那个丫头，你打算怎么办？"

"娘娘不必担心，妾身已经让那丫头这辈子都不能再开口。"丽姝笑意盈盈。

萧淑妃闻言上下打量了一番丽姝，轻笑道："看来你现在已经明白女人间的斗争也是充满着血和命的道理。"说这话，萧淑妃重新将目光放到那株盛开的蔷薇上。

一将功成万骨枯。李云瞬，这个道理你是否也已经参悟？

"王妃，不好了，不好了！"巧眉大惊失色地往屋里跑，一边大声招呼，

331

一个不防正撞在迎面走来的清菡的怀里，清菡"哎哟"一声往后退了几步，巧眉直接摔了个仰面朝天。

"哎哟，你这丫头，出人命啦？跑得跟阵风儿似的。"清菡揉着胳膊说道。

巧眉从地上爬起来，脸色都苍白，清菡吓了一跳："你没事儿吧？摔得那么重么？怎么脸色都不好了？"

巧眉使劲摇了摇头，在自己大腿上拧了一把才说出一句整话："真出人命了！小王妃您快随奴婢去看看吧！"

清菡随着她到后院的时候也被眼前的一幕惊呆，半晌，她忍不住翻江倒海的恶心，扶着廊柱吐了起来。

地上，一片水渍之中有一副竹担子，上头平平地放着一个人，只是个头比平时大了许多，一颗头不仔细辨认已经难看出本来面目。

死的人，正是昨日受惊失语的丫头玉婷。

清菡吐够了才让人扶着到跟前，逼着自己查看尸首，清菡眼尖一眼发现在死人的怀里露着一角油布，便吩咐人取出来。

油布里裹着一封信，看信上的字迹墨色尚新，应该就是这两日所写。清菡颤抖着手打开信来看。

"奴受主人恩宠，日夜不敢倦怠，对主人忠心耿耿，从无二心，更不敢谋害主母少主。昨日受平生大冤，无处诉说，唯有一死明志，愿天理昭然，还我公道。玉婷绝笔。"

清菡将信看了几遍，脑海中忽然冒出碧盏的模样。最后那一句还我公道，简直就像一把钝刀生生砍在她的心坎儿上。碧盏死的时候也是这样的心境吗？会不会在怨恨自己？要不是自己偷嘴，要不是她找她帮忙骗老王妃，碧盏……就不会死了吧？

"盛王妃？您怎么了？"

清菡手中的信纸飘飘然落在地上，她的手抖得不成样子，脸色苍白得要命，身旁立刻有人过来扶住她。

"快，扶我回去，我要回去。"清菡怔怔地看着极远的某处，梦魇般重复着这几个字，贺叔赶忙派人护送她回屋休息，又叫来初晴陪伴在她身边。

"也许……玉婷这丫头真有冤屈也说不定。"贺叔眉头紧锁，府上出了这样的事儿，十分不祥和棘手，就是报到官府上，也是一桩人命案子，少不了要费些周章，又怕落在有心人的眼中，平白落人口舌。"唉？你怎么了？就说你一个姑娘家不要来看这些，快，把巧眉也带下去歇着。"他回头看见巧眉不知何时捡起那张信纸来看。

"贺叔。"巧眉放下信纸，缓缓抬头，眼睛里露出极端恐惧的目光，"你说……人死以后是不是就能会自己活着时不会的东西？"

"胡说！死都死了，还能会什么？也只能会吓唬人。"贺叔喝了一句，府上出了这样的事儿就够烦心了，这小丫头还在这儿制造混乱危言耸听。

巧眉艰难地吞了下口水，拎起手中的信纸："玉婷亲口告诉过我，她根本不会写字，连自己名字也写不得，怎么死了却会写这么多字，还写得这么好看？"

老贺听了也是一怔，将信纸收好揣进怀中，吩咐周围的下人："今天的事谁都不许说出去，也不要让王妃知道。若是有人问起，只说玉婷犯了错被逐出王府，知道了吗？"

"是，管家。"

毓秀厅里午饭——被端了上来，云瞬坐在桌前等了许久也没见清菡，笑着对身边的巧眉说："清菡一定是恼我睡得太久，没起来陪她用早饭，你去，请她过来吧。"

巧眉答应一声去了，不大会儿又回来，搓着手站在门口道："盛王妃已经回了盛王府。"

"什么时候走的？我怎么不知道？"云瞬睁大眼睛，清菡不会这么小心眼儿，自己起得晚了，她就一声不吭地跑回家了？

"王妃您可别多想，是老王妃惦记她，让晚雨姐姐来接走的，可不是同您怄气。"巧眉不怎么自然地笑了下，过来给她添饭，"盛王妃走的时候还去过您的房间，见您睡着没敢打扰就先走了。"

云瞬略一沉吟，目光灼灼看向巧眉："真的？"

"真的。"巧眉说得十分心虚。

"我再问你一次，清菡真是被晚雨接走的？盛王府有什么大事了？她会这么急匆匆地离开，都来不及和我打招呼？"云瞬的声音变得严厉起来，巧眉手中盛饭的铲子掉在桌上，立刻跪倒："其实是因为盛王妃看见了玉婷的尸首所以受了惊吓，我们只能送她回府。"

"什么？玉婷的尸首？她死了？怎么死的？在哪儿？带我去看！"云瞬霍然起身，惊得身边的侍女纷纷过来阻拦。巧眉跪着往前挪了几步，哭道："奴婢求求您，您可不能去。玉婷是投井自尽的，溺死的人是怎生容貌？王妃您还有身子，绝对不能去。"

"闪开！就是因为她死了，所以我才要去看！难不成她就不是爹生父母

333

养的一条命吗？"云瞬怒极，一巴掌拍在桌子上，拔腿就要往外走。

巧眉扑过来抱住她的双腿，说什么也不肯松开："求您了，求您了，您今天若是一定要去，就只能是把奴婢踢死，踩着奴婢的尸首过去。要不然，巧眉说什么也不让您去！"

众人都跟着过来苦苦哀求，好半天，云瞬仰天落泪："玉婷这条命到底是因为我……是我的罪业呀。"

一屋子的姑娘听她这话，心酸难捱，个个垂泪。

"她可留下什么话了？"半晌，云瞬终于坐了下来。

巧眉擦了擦眼泪，直挺挺地跪在地上说："玉婷留下了书信说自己冤枉要以死明志。可那信是假的，奴婢可以做证，玉婷亲口对奴婢说她不会写字。那封信肯定是别人做假，写来骗您的。"

云瞬沉思良久，缓缓叹气，将巧眉拉起来："巧眉啊，你还是不明白。对方留下的书信不是给我们看的，那是给外人看的。玉婷会不会写字这件事除了你还有什么人能知道，能做证么？她已经死了，死人是没有办法证明自己不会写字的。"

"去把老贺叫来，我有事要嘱咐他。"云瞬此时已经恢复了冷静。老贺其实早就在厅外候着，厅里面哭作一团没敢进来。此时云瞬找他，他立刻走了进来："王妃，老奴在这儿。"

"贺叔，这件事你要先到衙门备案，对方既然留下这样的书信就表示要倒打咱们一耙，万一她叫嚷起来，反说是我们诬陷了玉婷导致她投井的话，这件事就不好办了。慎刑司的沈大人是舒豫的人，你亲自去说，一定要把事情说得滴水不漏。另外，你派人到井边好好查看，玉婷不是一个轻贱自己的姑娘，她要投井我万万不信，或许……在井边能找到些线索。我们必须先掌握了证据，才能止住对方的毒牙。最后，巧眉，你带着几个人去盛王府送些压惊驱邪的药材，清菡在我这儿受了惊吓，我实在于心难安。务必要对老盛王妃解释清楚，其中分寸你自己拿捏。"

云瞬说完这些话，忍不住停下来微微喘息了会儿。

"是，王妃。"贺叔默默记下她说的每一句话。

"怎么？还有事？"见贺叔半晌没动，云瞬扬眉，揉了揉发疼的额角，"说吧，还有什么事儿，我能受得了。"

老贺摇了摇头，真诚地对云瞬说："安庆王府有您这样的主母，是王爷和奴才们修来的福气。王爷不在，我们都听您的。"

云瞬笑了笑，挥手让他们退下。

众人都忙活各自的事情，剩她一个在毓秀厅里对着满桌的饭菜。

之前府里也是这么多的事情吗？怎么不见舒豫喊过一次辛苦，嫌过一次麻烦？她日日在府中却没管过府上的一点点事务，舒豫心里会不会怨她？下人们会不会觉得她这个主母徒有其名？

想起那人对自己时时的体贴照顾，贺叔、冯妈和众人对自己的宽容，云瞬眼神渐渐暗淡下去，她走回自己的房间，在书案前缓缓提笔，写下了第一封只给舒豫看的信。

一晃便是又一轮月圆。

这期间，谢丽姝来闹过两次，都被贺叔拦下，想要闹到公堂上，也最终没能得逞。老贺在井口找了许久也未找到什么证据，此事只得被当作一件悬案滞留在那儿，再也无人问津。可惜了玉婷在世上已无亲人，云瞬想要补偿她也是不能。槿华常常来伴她说话，也替她去盛王府探望染了风寒正在休养的清菡。云瞬在这一个多月的时间里身材丰腴了不少，脸色也好得多。

这一天，晌午刚过，云瞬正要准备午休时，门口一阵噪乱。她心里一动，嘱咐巧眉去看，不大会儿巧眉回来："王妃，可不好了，墨妙苑的苏大人晕倒了，苏夫人去太医院求医，却没有人肯来给他瞧病！"

云瞬此时已经有近六个月的身孕，走路十分不便，可听完巧眉的话，她立刻往外走，巧眉赶紧在后面追她："王妃您去哪儿呀？"

"对，对。我去能有什么用？槿华呢？她人在哪儿？"云瞬一时间没了分寸，走了几步又回来朝书案走。

巧眉见她着急，赶紧解释："苏夫人在墨妙苑里照顾着苏大人，是老妇人去请的太医。"

"之前王爷不是关照过太医院的吗？怎么会没有人愿意去出诊？"

"武昭仪最近身子不太好，和王爷关系较熟的几位太医都被调到太极宫去守着武昭仪了，现在太医院里留下的，都是些新来的小太医，和咱们没一点交情。"

"难怪了。"云瞬边问边翻出一样东西来，"你去拿着这个给槿华，让她再去请太医！谁不去，就去告御状！"

巧眉接过东西一看，吓一跳，这黑乎乎的东西竟是舒豫的令牌！见了令牌如同见了安庆王本人一样。舒豫临走时将它留在府上，以方便云瞬能够使用。没想到，现在竟然派上了用场。巧眉不敢耽搁，拿着令牌立刻跑了。

临近傍晚的时候，一脸憔悴的槿华来了。

云瞬留她用饭，她也没什么心思吃饭，吃了几口就饱了，掏出令牌来对云瞬说："今天多亏了有你的令牌，否则我真是不知道该怎么办好了。这东西墨远说十分宝贵，要我立刻回来还给你。"

云瞬看着她握在手心里的令牌，像是看到了苏墨远的生命被她握在手中一般。她摇摇头，推开槿华的手掌："这东西留在你那里比留在我这儿更有用。"

槿华一惊："这怎么使得？这东西很重要的。"

"我知道。"云瞬拦住槿华后面的话，"再怎么重要也没有他的命重要，我现在帮不上你们什么大忙，一块令牌如果就能让人起死回生的话，我倒觉得甚好。"

"我们不能拿这么宝贵的东西……这……"槿华仍旧推辞。云瞬笑起来："谁说要送你了？我只是借给你们先用用，至少在舒豫回来之前，这东西先在你们夫妻手中保管，等他回来，你再把它还给我。到时候还得加上你做的糯米糕算作利息哦。"

槿华红了眼眶，半哭半笑地说道："你这人就是这样……好，我先暂时收着，等舒豫王爷回来，我再来还给你，连同糯米糕。"

"我这儿还有些补身子的药材你拿回去看看他能用上哪样。"云瞬知道她心里惦记苏墨远，也没久留她陪自己说话，就在二人起身的工夫，巧眉从外头风风火火地跑进来，她头上簪着的花掉在半路，发髻也散了，巧眉都没察觉。

云瞬不知为什么在看见这副模样的巧眉时，心里狠狠地痛了一下，仿佛有什么东西忽然间离开了自己一样。

巧眉原本跑得很快，可等真的见到云瞬的时候却傻傻地站在原地，不敢向前，她张张合合的嘴唇里颤抖着吐出几个字，如同晴天霹雳惊得云瞬站立不稳。

"盛王府来人传话……说……说……小盛王妃……病危了。"

第二十七章　与子长别

云瞬和槿华赶到盛王府的时候，清菡已经陷入昏迷状态。侍女们默默擦眼泪，初晴和晚雨更是哭红了眼睛，听说云瞬来了都跑到门口去眼巴巴地等着，好像来了个主心骨一般。

老王爷夫妇愁眉不展地坐在客厅里，初夏时节外头暖热的阳光根本晒不进这座充满了阴郁气息的厅堂。

"老王妃，清菡现在怎么样了？"云瞬焦急询问清菡的状况，老王妃看着她眼圈一红，拿手指了指清菡的房间。云瞬看她不回答自己，心里更加惊恐，三步并作两步跟跟跄跄往清菡的房间跑，巧眉怕她有什么闪失和槿华两个人一左一右跟在她身边。

房间的门窗都被厚实的布帘挡住，将外面的阳光完全阻隔，窗台上本来盎然的盆栽因着终日不见日光也变得病怏怏的。云瞬跨进屋来之后映入眼帘的便是躺在床上的清菡。

个把月不见，她好不容易圆润起来的脸颊消瘦了许多，甚至凹陷得让两个颧骨更加突出，黑压压的头发散在绣枕上，宛如一捧在水中凌乱挥舞的水草。云瞬只看了一眼，心头就酸涩得不能自己，她放轻脚步缓缓走过去，似乎床上的清菡只是在熟睡，而她也像往常一般，打算用一根细细的狗尾巴草逗弄她，看她迷迷糊糊醒来想要抓人的憨态。

"清菡。"云瞬挨着她坐在床沿儿上握着她的手，刚喊了一声，眼泪就在眼眶里一个劲儿地打转儿。

床上的清菡好像听见有人唤自己,那声音是她期待已久的那个人的声音，她撑着一口气到现在原指望能等来盛骏，现在看来这只能是个奢望。她在心里轻轻叹了口气，微微动了动。

"清菡。"清菡的手指轻轻颤了颤，云瞬一喜，朝外头喊，"大夫！赶紧进来看看，清菡好像要醒过来了。快去煮药来，快去呀。"她喊到后面声音里已近嘶哑。

清菡闭着眼睛想，傻姐姐，现在哪里还有什么灵丹能救活我呢？我只是还有话想对你说呀。

外头的郎中大夫一窝蜂地跑进来，几个年长的轮番给她诊脉，几个人不约而同地对着满脸期待的云瞬摇头。

多好的小盛王妃，可惜生命已然到了尽头。现在的情形看来只是最后一口气勉力支撑着她，众人纷纷退下，留出空间让她们姐妹二人再说说话。

"姐……"清菡睁开一条缝，看着眼前的人，"你来了。"

云瞬隐忍了许久的眼泪再也忍不住，握着她冰凉苍白的手点头，"姐姐在这儿，你别害怕，等大夫们给你开了药病就好了。"

清菡微不可察地摇了摇头，叹了口气："不用骗我，我知道，我不成了。"

云瞬泪如泉涌，隔着泪幕看着清菡不舍的神情，她立刻唤来初晴、晚雨，"快去把伴清抱来。"

屋外，老王妃听着里头的动静低声对王爷说："她怕是不好了。"

巧眉从里面走出来，垂着头："王爷、王妃，小王妃想再看看孩子。"

老王妃皱皱眉："孩子还小，她身上病气又重，过在孩子身上可不好。"

初晴闻言一愣，呆呆地看着老王妃。

"孩子……我的宝儿。"清菡迷离着的神思时有时无，握着云瞬的手渐渐冰冷下去。云瞬已经听见屋外老王妃的话，顿时将一腔悲伤柔肠化作万丈怒火。

做母亲的想要再看一看孩子，这么一个卑微的临终愿望她竟然都不肯成全？

这个女人的心到底是什么做成？在这一刻，云瞬忽然很想剖开老王妃的肚肠将她的心掏出来看看颜色。

"清菡，你等着，我去把孩子抱来给你。"云瞬松开手站了起来，她此时已是有六个月的身孕，行动已经不便，可此时的她凭着一股激劲儿却健步如飞，她挑开帘子出去，根本没看老王爷和老王妃，对初晴道："带我去。"

初晴立刻会意，带着云瞬到了伴清的房间，有老妈子正看护着伴清，见云瞬面冷如冰直接踢开门闯进来吓了一跳："安庆王妃，您……"

云瞬根本不理睬她，径直走到床边抱起伴清转身就走。等老妈子反应过来的时候，云瞬已经抱着孩子走远。

"安庆王妃你这是做什么？她现在是将死之人，身上晦气沉沉，这病气要是过给了孩子可怎么是好？"老王妃跟在她身后小跑儿，一边试图将伴清抱回去，云瞬停下脚步回头用一双极冷的眸子看她："过给孩子不是正好？这孩子最疼她的人已经没了，活在世上也是受罪。"

"你……哎呀，王爷，你看看她。"老王妃阻拦无效，开始向老王爷求助，老盛王此时眉梢挑得老高，挥挥手，粗暴地喊道："你就让她看，让她看！"

云瞬冷冷地笑了，她强迫自己忽略此时心中巨大的悲伤，她命令自己用眼睛去看着他们此时的嘴脸和神情，将这一幕永恒地刻在心上。

"清菡，伴清在这儿，你看看她。"云瞬走进屋里，清菡挣扎着伸手想去抚摸孩子的小脸，伴清似乎感受到了至亲将要离她而去，忽然哇的一声哭了出来。清菡伸过去的手停在半空，惭愧地扯了扯嘴角："瞧，瞧……我，吓着她了。"

云瞬心如刀绞，把孩子凑到她跟前，伴清凑近了娘亲就不哭了，小手抓着清菡的衣领放在嘴里咬。清菡垂目看着她，眼角滚下热泪，她年幼无辜的孩子啊，以后要怎生得活？

"姐……姐。"仿佛之后再说一个字都是对清菡极大的考验，她喘息良久对云瞬说，"替我照顾好孩子……还有盛骏……那个倔驴……他该怎么办呢。"

即便是到了生命的最后时刻，她也在惦记着盛骏，害怕他会难以接受这个结果。

"你放心，伴清我会接到我那儿，盛骏那里……交给我去说。"万万千千的难事之中，没有什么能比临终托孤和抚慰未亡人更难，担子更重。

"我对不起爹娘，对不起盛骏和孩子，也对不起……你。姐姐，你要小心些。"

云瞬正要问她要小心些什么，清菡眼中的光已然涣散，松开了云瞬的手伸向空中去抓着什么，她一直欲睁不睁的眼睛豁然瞪得滚圆，声音比方才大上数倍，仿佛用尽了此生全部的力气想要远方的人听到一般："盛骏，你怎么还不回来！盛骏！盛骏！"

此时，正在营帐里同舒豫推演沙盘的盛骏忽然打翻了身旁的油灯，灯油溅在手背上，疼得他打了一个激灵。舒豫递给他一条手帕："你怎么了？心神不宁的？"

盛骏摇摇头："我也不知道，从早上开始心里头乱哄哄的，说不上是怎么了。"

"回头让军医给你瞧瞧，可别累病了，等回去你媳妇该找我算账了。"舒

339

豫知道他惦记清菡，故意说笑来安慰他，盛骏呵呵笑起来，望着帝都的方向："你也很想家吧？等咱们打了大胜仗回去，我就上奏陛下，再也不带兵出来打仗，要在家里日日守着婆娘和孩子。"

舒豫疲倦的面容上露出光彩："那就好好打，打跑了突厥人，咱们回家。"

"对！咱们就趁现在士气高涨，一鼓作气进攻嘉延岭，把突厥人彻底拦在岭那头！"盛骏挥起一拳砸在沙盘上。

最后一个"骏"字只喊出半个音便戛然而止，仿佛一抹游丝飘到了最高的顶空又瞬间颓然落地。

她奋力去抓的手跌落在锦榻上，云瞬半张着嘴愣在那儿，初晴、晚雨在她的身后一起跪下，痛哭失声。

半晌，云瞬去推清菡的肩膀："你睡得差不多就可以了，喊也喊了，闹也闹了，别任性，快起来。"

槿华从外面跑进来，一看这场面便已明了。再看云瞬眼神涣散空洞洞地对着清菡自言自语，心里一惊，过去扶着她的肩膀："你别这样，人死不能复生，清菡已经走了。"

"对，对。"云瞬忽而拉过槿华的一只手给清菡看，"我还没有告诉你，槿华做的糯米糕特别好吃，你还没来吃过。

"我院子里的花儿今年开得特别好，你还没有去过。

"盛骏会凯旋，他顶盔掼甲在城门外接受封赏的神气劲儿你还没看过。

"伴清会长大，会亲口叫你娘，会孝顺你，给你带来称心的女婿。"

"云瞬，别这样。"槿华跟着落下眼泪，她自认为自己是个硬心肠的女人，可心肠再硬的人面对这一幕时，她的心也没有办法再坚硬如铁。

她还有这么多的未来，这么多的美好没来得及看，她怎么能舍得离去？

"文清菡！你活过来看看我啊！"

嘶哑的嗓音喊出平生第一个挚友的名字，然而再嘶声力竭的呼唤也无法唤得一个渐行渐远的亡魂归来。

云瞬抱着伴清在盛王府整整枯坐三日，谁也没办法将孩子从她的手中拿走。她呆呆地看人们里里外外将王府布置成灵堂。此时正是红花柳绿之际，满院子的花儿被白色的布单盖住，挡去一切色彩，眼前只剩下黑白。

第四日，云瞬找来初晴、晚雨在房中细细盘问一夜。

第五日，巧眉悄悄离开盛王府前往太医院。

第九日，盛骏带一身悲怆，奔丧归来。

这个意气风发的少年将军几乎是从马背上滚下来，他不在意自己满身的破损和泥尘，也不在意浑身骨缝里蹿出的疲倦和疼痛，他进了院门，看见的便是满眼刺目的黑绢黄绸，白绫挽联。

上好的棺椁里有他日夜思念的人，此刻仍在安静地等他归来。

即使在生命走到终结的时候，她也在惦念自己的吧？她走前是否对自己怀着怨恨？是不是怨恨他为什么一去一年多却没有回来再见她一次？

从院子到灵堂几十步远的路被盛骏磕磕绊绊走了许久，他没有办法让自己相信，那么一个快乐活泼的女子怎么会老老实实躺在一方小小的棺椁当中，不言不动？

"清菡，我的笨丫头。我回来了。我回来了。"盛骏喃喃自语地在棺身旁坐下，粗粝的手掌摩挲着棺椁，仿佛在和自己的爱妻交谈。

云瞬抱着伴清在庭院深处默默坐着，怀中的伴清啃着手指没有意识到父亲已经回来，云瞬望着盛骏仿佛一夜老去的背影，是什么让他挺拔的脊背变得弯曲？是什么让他鲜亮的征衣破败不堪？是什么让这个少年将军如此痛不欲生？

她不忍去想那个答案。

"什么样的病能夺走你？你怎么就不肯等我回来？"盛骏以头碰棺，铿锵有声，"你平时不是很厉害的吗？你的泼辣劲呢？你怎么能……怎么能……"

"王爷。"初晴哭得如同泪人，奔到盛骏身边跪下，"您终于回来了！王妃她……她死得冤枉啊！"

初晴的话如同炸雷响在盛骏的耳边，他回过身来看着她，目如浴血，干裂的唇角因为开口说话而沁出丝丝斑驳血迹。

"说什么？"他一把抓住初晴的衣襟，此时的盛骏已经顾不得什么礼节身份。

初晴没有在盛骏凌厉似鬼的目光中退缩，她直视着这个从沙场上匆忙赶来的将军："王妃本先是受惊后来又感染了风寒，再后来便发热不退，后来郎中们开了药方，王妃喝过之后开始狂吐不止，从那儿之后便再也水米不进，一直到……到九天以前……"

盛骏眼下的肌肉不可抑制地抽搐了几下，细长入鬓的眉梢抖得更厉害："你再说一遍。"

"这是最后郎中们开出的药方，奴婢偷偷留了下来。"初晴咬了咬牙，她

341

索性也豁出去了。晚雨忽而从院门处探出身来，朝里面轻声咳了一声。初晴一惊，慌忙站起来低声对盛骏说道："王妃死得蹊跷，请王爷明察。"

盛骏抬眼认真看了她半晌，听院外脚步声匆匆而近，将药方折好揣进怀中。

老盛王爷和老王妃步入灵堂的时候，盛骏重新坐回到棺椁旁，仍旧低语喃喃。老王妃看见儿子心里一热，往前快走几步："儿啊你回来了。你有没有受伤？有没有……"

"妇道人家，尽说些没用的。骏儿，前线战事可还进展得顺利？敌军是否已经退出边界？"

"儿子，你说话呀。"

任凭老王爷和老王妃如何询问，盛骏只伏在棺椁旁充耳不闻。

"清菡她已经死了，你这么待着她也不可能活过来的。"老王妃见儿子失神落魄的样子心里焦急，又道，"你年轻有为想要什么样的女人要不得？等过了今年娘再替你寻一房好人家的姑娘。"

"娘！"盛骏忍无可忍站起身，盔甲间碰撞发出脆响，"您能不能别在清菡面前说这些！"

"娘不说这也是事实！文清菡本来就配不上你，咱们给她风风光光地下葬出殡，难道还能说对不起她？"

"说得真好。"李云瞬不知何时站在灵堂外，巧眉扶着她走进来。

"王爷王妃，虽说你们是长辈，可自从清菡去世之后，你们二位今天是第一次踏足她的灵堂，这是不是也是事实？"

"安庆王妃？"

"如今清菡她尸骨未寒，你就在盛骏面前要他再娶一个？我李云瞬自负此生见过许许多多无良心的人，却未见过你这样心肠冷硬的婆婆。"

"安庆王妃你不要在这里血口喷人，清菡病了之后我们府中上上下下谁人不尽心尽力伺候？看病的大夫请了不下十几位，是她自己福薄，怨得了谁？"老王妃立刻反唇相讥。

"盛骏，你看看这个。"云瞬扶着腰走到盛骏面前，她近日来憔悴许多，眼窝都凹陷下去，盛骏看着她递过来的东西："这是什么？"

"这是清菡最近一直在喝的药茶方子，我起初不知道这是做什么用的，以为只是强健身体的补药，没承想，就是这药方子才最终要了清菡的命！"

"什么？"盛骏浑身一颤，手中险些拿不住单薄的药方。

"这张单子上有一味甘草，这是味好药不假，可当甘草遇到甘遂就变成了能要人命的剧毒之物！而在清菡病重之前，开方的郎中正是在药中加了这一味药！"云瞬的声音低低地却透出一股透人的寒凉，她目光一转，落在老王妃身上，"盛骏，你知道这张药茶是做什么用的吗？"

盛骏诧异地看着她："是做什么的？"

"这是清菡找来的生子良方！盛骏你为什么不找找自己的女儿，她现在在什么地方？"

他进府到现在并没有看到伴清。他抓住老王妃的胳膊："我女儿呢？她在哪儿？"

"她在哪儿你得问安庆王妃，是她把伴清带走了。"老王妃斜看了云瞬一眼，"安庆王妃，你打算管着伴清到什么时候？"

云瞬忽然哈哈大笑起来："清菡临终时为什么将伴清交给我？你如果是个合格的祖母疼爱伴清的话，清菡又为什么会如此放心不下？"

"娘，云瞬姐说的是真的吗？"盛骏有些不信。

"这话我说了不算，你听听旁人都怎么说吧。"云瞬连着说了许多话有些气虚。

巧眉往前迈了一步，冷笑说道："小王妃有身孕的时候害口，喜欢吃辣，您呢？偏偏逼着她吃酸吃酸，小王妃每每吃过了饭回屋就要吐，她想吃顿饱饭都得躲着您！后来小王妃生了女孩，您迁怒于碧盏姐姐，将她活活打死。打那儿起，您更不待见小王妃，把她们母女丢在后院连月子都不管不顾，只让老妈子去伺候。王府里的下人谁不都是攀高踩低？您那样做，小王妃不知暗地里受了别人多少眼色！小王妃临终的时候请求您要再看一看孩子，您又是怎么说的？"

"老王妃嫌小王妃是将死之人晦气，不让我们把小主人抱给小王妃看。"初晴是时候接了一句。

盛骏此时已经完全听呆了，他从前觉得母亲只是不喜欢清菡，却没想到他不在府上的时候，清菡竟然受了这么多委屈，更因为母亲求子心切铤而走险用了什么求子的偏方，最后将自己的小命搭了进去！

"她们说的都是真的？"盛骏此时的脸色难看到了极点，看着自己母亲的时候，他的眼中都是不敢置信地心痛和怨愤。

老王妃眼见事情败露，索性豁出去，她嗤笑，对众人坦然道："对，她们说的都是真的！我就是不喜欢文清菡，她自己养不出儿子来还有理了？我们

343

盛家才不稀罕这样的儿媳妇……哎哟。"

"啪。"高高扬起的手掌背后是盛骏怒不可遏的脸。

盛骏是何等的手劲儿!老王妃捂着脸颊倒退几步,颤抖着说:"盛骏……你敢打我?我是你娘!"

"我没有你这样恶毒的娘!爹,您这个一家之主当得好啊!您平时不是最深明大义、最刚正不阿的吗?为什么对清菡就不能也这样呢?这个王府里的人到底都还是不是人!"盛骏怒吼着挥手横打一拳,拳头落在廊柱上,震落些许尘埃。

"在这个王府之中,人命或许还没有这些尘埃更重!"

"盛骏,你要为了这个死去的女人和我们反目成仇吗?"老王爷几时受过这样的责问,他立刻端出老子的架子来反对盛骏发难。

"死去的女人?我之前对你们说过,这辈子我盛骏只有文清菡一个妻子!爹之娘亲,我之清菡。"盛骏心寒透顶,冷笑着连连后退,"可笑我当初竟以为你们听进去这话!我竟痴心妄想你们会善待清菡!可怜我,可笑我,可悲我!"

盛骏抿紧唇角,看向自己最亲的父母双亲,冷然而笑,笑声悲怆,这样的神情谁都没想过会出现在他这个最不苟言笑的将军身上,他如一位行遍天涯海角归来的伤心客,举着冰冷刀刃,企图和这布满黑暗阴影的红尘来个了结。

盛骏回身从腰间抽出防身短刃,老王妃慌忙后退:"盛骏疯了,这孩子他疯了!"此时的盛骏已经分辨不清是在哭还是在笑,他面上明明没有泪,却有一种心碎悲伤。

盛骏向着老王爷和老王妃跪倒:"我盛骏今日在亡妻文清菡面前发誓……"

反手将短刀猛扎进自己的上臂,鲜血顷刻如注。

刀刃向下一寸。

"一还父母生养之恩。"

再一寸。

"再还父母培育之恩。"

又一寸。

"从现在起与此二人断绝父母关系,从此再无瓜葛!"

他说罢手腕一抖,生生割下一块血肉丢在老王爷面前,拔出短刃,上臂处血肉模糊，染红征衣。

这个十几岁就随军出征的少年英雄没有在敌军面前流血受伤，今日却在自己府中血流成河，伤心欲绝。

老王妃尖叫一声昏厥在地。

话说完，盛骏立刻站起，根本不管臂上伤势，大步流星到棺椁旁轻轻抱出清菡的尸首。手一挥，扯下挂在梁上的白绸将她负在自己背上，在胸前打了个结，把自己和清菡牢牢拴在一起。

清菡的手刚好垂到盛骏胸前，手指僵硬地指向某个方向。

盛骏见状悲恸长啸，回头对背后的妻子柔声道："清菡，我们走。"

她生时，他将她置于如斯冰冷之地而不顾，她亡后，他再不能让她有半分不快和憋闷，她不喜欢这座府宅，他知道。

"慢着，盛骏。"云瞬忽然开口，盛骏回转过身看着她，浴血似的眼中晶莹闪动："姐姐，你要拦我？"

云瞬没有答话，走到灵桌前取下清菡的灵牌，轻轻拂去上面的香灰，左手捏起一炷安魂香，对着虚无的半空含泪而笑，扬声道："清菡，盛骏来接你，姐姐给你引路，你跟好了。"

她回身一步一步缓缓迈出，经过晕倒在地无人敢扶的老王妃身边，看也未看一眼。盛王爷面色如土看着儿子，看着李云瞬，这些人疯了，他们都疯了！

"走，我们回家。"云瞬走到盛骏前面，亲手为清菡执着引路长香。

为清菡母女修筑的荷花池还未竣工，而伊人已逝。天底下最让人难过的，莫过于拥有时未珍惜，抓住后却失去。

尽管和盛王府断绝关系，盛骏仍然是昭武大将军，享郡王封号，清菡的丧事办得很隆重，整整三十日，法师作法，和尚超度，盛骏默默站在人群前面，望着黑幽幽的棺椁，一语不发。

长安城的最西面是西芒山，那里有早在盛骏成年时就已修筑好的陵寝，陵寝的主墓室内有两处棺位，是属于盛王和王妃的，清菡就被安葬在那里。

西芒山阴气重，盛骏说什么也不让云瞬同去。在这一个月的时间里，他已经完全清楚了当初的情形，也从巧眉那里得知云瞬因为清菡的死深受打击，曾经一度胡言乱语，精神颓靡。

他最爱的人已经失去，他不能再自私地让舒豫哥也失去，何况，云瞬肚子里还有一个已经饱受折磨的孩子。

盛骏留在西芒山为清菡守陵，云瞬命人在陵寝旁择一处好地重新修筑荷花池，等到明年夏日，这里就会有碧波万顷，荷花映日，但愿这些与她同名的花儿能够让这个沉默抑郁的男人重新缓过神来。

盛骏走了，留下女儿伴清在云瞬这里照料。他现在，的确不适合照顾孩子。只是云瞬的身体也在日日对清菡的思念和对自己的懊恼中渐渐消弱下去，槿华来看过她几次，见她情形越发不好，亲自到宫里去对武媚娘说明一切。第二日，云瞬便接到了宫里的旨意，请她进宫陪伴武昭仪。

云瞬对于这道圣旨没什么异议，她现在每日在府中都是躲在房中不敢出去，只要出去，眼前就会浮现出清菡的影子，遍及整座王府。她知道，自己如果一直这样下去，不疯也得病倒。与其这样不如到武媚娘那里去小住一段日子，也好排解下心情。

说是请云瞬进宫陪伴武昭仪，实际上，宫里为云瞬安排的住所并不在太极宫，甚至和太极宫还隔着大半个皇宫，不过此处少有宫女内侍往来，倒是清静宜人。武媚娘已经快要临盆，她清楚按照高宗对武媚娘的宠爱是绝对不会允许有生人靠近太极宫四周，王府里为了承袭王位，女人们还少不得一番争斗，何况这泱泱的大明宫的后宫之内？高宗如此安排也无不妥。

新的环境倒是很合云瞬的心意，她身边有巧眉终日叽叽喳喳说个不停，又能常常和武媚娘传信分享心事，大半个月下来她整个人的气色已不似之前那般憔悴焦黄。

一日，午后。

御花园内一处阴凉内，萧淑妃正与丽姝对饮品茶说些闲话。忽而萧淑妃的目光在远处花丛里停顿，眼角漫漫浮起笑意，丽姝把一颗鲜果细细剥碎喂给慎儿吃，见她神情变化忍不住也朝那边看去。

萧淑妃低声一笑："文清菡死了，她倒也挺过来了。丽姝啊，看来你那味甘草的心思是白费了。"

丽姝的脸上神色淡淡："文清菡对于李云瞬来说是很重要，可是她再怎么重要也重要不过那个人。"

二人又说了会儿闲话，丽姝起身告辞，她临走时问道："算起日子，武昭仪也快要临盆了吧？"

淑妃细细用杯盖挑去浮在水面的茶沫，隔着如烟水幕看着丽姝，一笑："不急，听太医们说还要有十日半月。"

346

锦安送了丽姝回来，给萧淑妃撤掉冷茶，换上新鲜果子放在她手边："娘娘，刚才谢王妃说的那个重要的人是谁啊？"

长长的指甲滑过果子碧绿的表皮留下一条浅痕，轻笑道："有一种人的地位是别人永远无法超越的。"

"那是什么人呢？"

"亲人。"

萧淑妃抬眼看刚好飞过的一群鸟儿，大红色的唇瓣里吐出两个字来。

此时已是盛夏，而太极宫的偏殿内却清凉宜人，入夜时候，武媚娘横卧在贵妃榻上眯着眼看高宗伏案阅奏章，神情有些迷离专注。高宗看完几本往旁边一放，头一回，正好和武媚娘的视线对上，高宗一笑，放下卷宗走过来把手放在她的肚子上，静静等了片刻，轻声对武媚娘笑道，"这孩子可要比弘儿调皮得多，你瞧瞧他这不老实的劲儿。"

武媚娘拿手指轻轻戳在他的额角："哪有当爹的嫌弃自己孩子的？叫他听见该伤心了。"

"不会，朕的儿子心胸宽阔，自不会同朕怄这种小孩家的气。"

"陛下怎么知道就是儿子？要是个女儿呢？"武媚娘嗔怪似的瞧了挨着她身旁坐下的高宗。高宗的目光已经别处，他心疼地揉着武媚娘横在榻上浮肿起来的脚踝："女儿更好，若生女儿，朕便将她当作掌上明珠，日日托在手心里。只求她早些出来别再让朕的媚娘这般辛苦。"

武媚娘柔柔笑着，望着高宗脸上的倦色问道："陛下最近还在为战事烦恼？"

"战事已经不需朕再操心，舒豫和盛骏联手从来没让朕失望过，这次李家的那个少年郎也表现不俗，是舒豫的先锋官。只是自太宗起边线战事不断，国库存银已经吃紧，再要不结束战事……"

"国库里的钱也不是一天就能多起来，陛下为此烦恼也无甚用处，不如让大臣们多多提议，广纳雅言。"武媚娘安慰着说道，"不过此番战事打得极顺，陛下也该放宽心才是。"

高宗点点头，忽而叹息道："可惜了盛骏。"

"是啊，好好儿的人说没就没了，臣妾听着心里也难受了许久。陛下就准许他多休养些时日吧。

武媚娘偎在高宗怀里软语低声，醉得高宗连连点头："好，好，依你，

347

依你。”

"不过……陛下，前线的将士们什么时候才能班师还朝呢？臣妾也想陪陛下在城外迎接他们哪。"

"西征大军最多再有二三十日便可归京。不过……朕竟不知媚娘还是这样的热血女子？"

"当然，陛下是能将突厥蛮子驱除的英武皇帝，臣妾怎么能学笼中金丝雀只会玩耍嬉闹？"武媚娘捏了捏他的手掌，"这次安庆王回来陛下想要赏赐他些什么呢？"

高宗挑起她的长发放到鼻下轻嗅："舒豫是朕的左膀右臂，赏赐他什么好呢，他如今……还需要朕赐些什么呢？"

武媚娘见他犯难掩口笑道："依臣妾看呀，陛下不如就赏安庆王在家里好好陪陪媳妇儿，他可也是个快要当爹的人了。"

月上中梢，房中人声减低，房外有个侍女轻轻挑开珠帘出去对着等候已久的宫装丽人说道："奴婢方才听得真真儿的，陛下亲口说大军下月即回。到时候陛下要同武昭仪一起出城迎接将士呢。"

宫装丽人对侍女点点头，将一个钱袋塞给她，没有多说一句话转身走了。等走到太极宫门之外时，这人一直藏在暗影里的脸孔暴露在月华之下。

细细长眉，清瘦脸颊，左眼下一点泪痣盈盈欲坠，此人正是谢丽姝。

几日后。

"王妃，您瞧是谁来了？"巧眉领着香螺从外头跑进来，云瞬放下手中的戏文，看清来人也笑了起来，"是小香螺来了，巧眉，把咱的好吃的都拿出来给香螺姑娘尝尝。"

"知道她要过来，早就备好了，您看，蜜饯、果脯、杏仁干。"巧眉把东西往香螺手里一放，"都是你爱吃的。"

香螺把东西接过来喜滋滋地抱在怀里就不松手，也不忘给云瞬行礼："安庆王妃，奴婢这次可是来给您道喜的。"

"什么喜？什么喜？"巧眉顿时眼前一亮，她的王妃可太需要点好消息来开心开心了。

"今儿边线又来了捷报，陛下龙颜大悦，等大军一回朝就犒赏三军，尤其是云彻少爷，陛下已经命人拟旨拔擢云彻少爷做个副将军呢。"

巧眉拍着手在一旁跳起来："这可太好了，少爷也能做将军了！"

云瞬愣了一瞬，随即笑着摇摇头："做不做将军倒无所谓，他只要能平平安安从战场上回来我就放心了。"

香螺临走时对云瞬说："昭仪临盆的日子估计就在这两天，奴婢不能经常过来看您，昭仪嘱咐您好好养着，昭仪说算日子也就比您早生个把月，要是一起生了儿子就做兄弟，要是女儿就像您二位一样做姐妹，若是一男一女那就更好，将来做一对儿女亲家。"

云瞬摸了摸自己高高隆起的肚子，露出不易察觉的一丝倦意："昭仪这个主意不错，等我们都清闲了，我就过去看她。"

"对了，王妃，皇后娘娘也快要回来了，等今年夏天一过，咱们宫里可该热闹了呢！"

云瞬也笑着点头，看向窗外渐渐阴沉起来的天色："是啊，宫里……也该热闹些了。"

巧眉送香螺往外走着，忽而听见外头传来一阵阵嘈杂的脚步声，依稀听见有人说话却听不真切，二人不知情由跑到门外，见许多宫女内侍个个脚步匆匆，分成两队，一队朝他们这边走来，另一队在十字甬道就拐了弯，朝正殿方向。

香螺比巧眉性子还急，随手拉住一个宫女就问，巧眉一见她拉住一个，不甘示弱地甩下一句："我去问那边的。"

"哎，哎，这么多人急匆匆的是要做什么呀？"

"姐姐还不知道哪，武昭仪生了。"宫女虽被香螺一拦，脚步略略一停之后继续朝太极宫方向快走。

香螺欣喜地握紧那宫女的手，一边脚底加紧跟着那宫女跑："真的？这么多人都去服侍昭仪吗？"

那宫女百忙中回头，怪异地看了看笑逐颜开的香螺："姐姐你待会儿可别这么笑。"

"为什么不能笑？"

"昭仪难产，太医们都跑过去了，这时候你还敢笑？真是不要命了。"

屋里的云瞬也听见外头响动让晚雨扶着自己走出来，只来得及看见香螺慌慌张张跑远的背影，晚雨撇了撇嘴："您看，香螺姑娘是不是和初晴那丫头一样毛躁？"

云瞬浅笑不语，若非是初晴快人快语，性情活泼，她也不会安排她留在陵园服侍盛骏。

吹在脸上的风中夹着浓浓的雨腥气，晚雨看了看天，天空乌云密布，眼见是一场疾风骤雨即将到来。

"王妃，咱们进屋去吧，看天儿快下雨了呢。"

正这时，巧眉一步三晃地从甬道那头走过来，不想云瞬正在门口，她一愣，脸上没来得及收敛起来的悲痛神色被云瞬看得正着。

云瞬心里一翻："出什么事了？是武昭仪不好了吗？"

"到底是怎么了？"任凭云瞬怎么发问，巧眉就是愣愣地看着她不回话。

她越不说话，云瞬的脸色就越难看，晚雨瞧着发急，推了一把还在发傻的巧眉："主子问你话呢，你怎么回事儿？"

伴着一道厉闪划破沉沉苍穹，刺目的明亮间，巧眉忽然扑通一声跪在云瞬身前，憋了许久的眼泪一下都涌了出来："云彻少爷他……殉国了！"

第二十八章　雨夜奔忙

黑沉沉的天空一个明闪，瞬间撕裂青色浓云，云间膨胀开大卷的风，狂掠而下，地面顿时飞沙走石，雨点和石子落在地上同时啪啪有声，一时竟然分不出哪个更响。雨呼啸连绵，天地间一片蒙蒙灰色，像一座横亘于眼前不可穿越的铁墙。

"云彻少爷……殉国了！"

短短几个字恍若那些厚重的雨点，声声砸进云瞬的心头。

天地都似在此刻动了动，云瞬傻傻地愣在原地，呆呆地仰着头看那一道闪电犁过天海，层云划破如伤痕。

"王爷呢？"晚雨一手扶着云瞬，一手去抓巧眉的领子，大声喝问，"咱们王爷呢？"

"王爷现在下落不明。"

"这消息你是听谁说的？"晚雨再问。

"那些宫女都在说……"巧眉颤巍巍回头指了指。

"糊涂东西。"晚雨立时急了，推了她一把，转身挡在她和云瞬之间，"王妃您别乱想，宫里丫头们胡乱嚼舌根的话不能算数。"

巧眉也从地上爬起来，胡乱擦着脸上的泪："就是，就是，是奴婢吓傻了，居然就信了。"

云瞬白着脸点点头，喃喃道："是啊，怎么就能殉国呢……月初时还收到他的信……等等！"云瞬忽然转身，惊恐地看着晚雨，"这个月云彻的信是不是没有？"

她这句话问得颠三倒四，可晚雨却明白她的意思，她脸色一白："奴婢记……不清了，咱们月初时忙着小王妃的事儿可能疏忽了……少爷的信……兴许是有的。"

"您就是安庆王妃？"她们正在安慰云瞬，忽而有几个人穿过甬道在她们面前停下，个个表情哀痛，其中一人穿着一身护卫轻甲，看容貌十分眼熟，云瞬看着点点头："是。"

护卫模样的人似乎难以启齿，他静静地看了一会儿面前勉强镇静的女子，默默撩起衣袍单膝跪地，身后有人递过红漆托盘，盘内一袭破败染血的银甲征袍赫然在目，云瞬眼前一黑，她一眼认出这件银甲是云彻出征时穿的那一件！

"究竟是怎么了？"云瞬呆呆地问出一句整话，"不是打了胜仗快要班师回朝了吗？他究竟是怎么了。"

"李先锋官身先士卒，我们本来接连打了几场胜仗，突厥人被我们打出边界，谁也没想到这竟然是他们的诱敌之计。半月前，我们打算一举歼灭突厥残部时中了埋伏，李先锋被困在嘉延岭，长孙王爷带我们几次设法营救，怎奈嘉延岭地势太过凶险，我们……"

护卫说到此处声音哽咽："李先锋率部众几次突围也没能成功，我们只带回来先锋的这身铠甲……而前去营救他的长孙王爷也……生死不明。连向朝廷求救的加急信也被突厥人悉数拦下！若非属下们冒死杀出一条血路将消息带回京中，恐怕到现在朝廷也不知道前线的真实战况。王妃，您……您节哀保重！"护卫说完再也不敢多看云瞬一眼，匆匆磕了个头和其他人一起退下。

湿透的衣袍紧紧贴在身上，出生在苍穹雨幕的闪电像一条条金灿的蛇蜿蜒恐怖，或者是一个连绵不休的噩梦，似要窒住人呼吸，头顶有闪电盘旋，盘旋，雷声低沉滚滚。让人希冀着是否能立刻降落，劈进此刻混沌苍茫的心里，劈裂这人生苦痛，在无所希望中点燃星火，来拯救这一刻无尽的悲凉。

云瞬仿佛没有看到越来越急的雨势，也没有听见耳畔越来越近的雷声。

李云彻殉国了，长孙舒豫生死不明。

她的心头来来回回只在重复这一句话。

晚雨在哭，巧眉在哭，刚刚走的侍卫们也在哭。

她听见周围的宫女都在惶恐大喊，因为下雨本就黑沉的天色越来越暗，天旋地转，热热的液体从她的身体里涌出来，顺着腿湿热地流淌……她悄无声息地倒下去的时候，只来得及看见方才站着的地方，血水交融。

因为疼痛，她很快从悲伤的昏厥中醒来，这吝啬的老天竟连多一分的逃避都不给她。漫长的煎熬让她的意识十分混乱，她甚至出现了幻觉，她仿佛又回到了少女时代，在冰天雪地的乌里雅苏台，在破旧的毡房前她和当地的

352

姑娘们一样穿着粗布棉袍，腰上扎着一条宽宽的腰带，生着篝火，围成一圈载歌载舞。

眼前画面忽然一转，她置身在刀枪漫天挥舞的战场上，血肉横飞的残酷压迫着她纤细的神经，一群人冲上去，倒下，又冲上去，再倒下，无数的人在她的面前堆成尸山，血雨染红她的眼睛。她一个一个地翻开他们的尸体仔细辨认，她的亲人，她的兄弟被永远留在了辽远的嘉延岭，那片她从未到过的残忍之地！

从失去母亲的痛苦中她来到长安，这座天子皇城给了她如水的吹笛少年、娇憨的小辣椒、爽朗豪迈的年轻将军、冷漠却给她温暖的丈夫……然而在她自认为生活变得美好起来的时候，这座城又和她开了个巨大的玩笑。

给予后再夺回。

如果连他们都不在了……她要怎么办？在无爱的世界里她要如何生存？她要如何去面对皇后，面对萧淑妃，还有近在身侧的谢丽姝……她太累了，太累了。

"王妃，您挺住，一定要挺住，巧眉已经去找太医了，很快就回来，很快！"晚雨紧握着她的手，感觉手中传来的温度越来越低，越来越低。

巧眉顶风冒雨，飞快跑向太医院咣咣捶门："开门哪！开门哪！有没有人！"门里的守卫如同睡死一般，嘈杂的语声掩盖了她的呼喊，巧眉从来没有感受到这么强烈的绝望和恐惧，她疯狂地砸着太医院的大门，一次又一次，喊了一遍又一遍。

"有没有人！"血腥味充斥了口腔，她喊得嗓子都破了，终于从门里出来了一个老头，巧眉一喜，立刻又失望透顶！这人是太医院的杂役。

"别砸了姑娘，武昭仪难产，太医院所有的大夫都去太极宫了。"老者看着巧眉已经湿透，"我给你拿个油衣，你等着。"他的话还未说完，巧眉已经消失在雨幕之中。

她想去两仪殿求救，可她忘了，皇后此时尚在行宫还未回来。和王妃最要好的人，清菡……已经没了。武媚娘？她自己还在难产……

没有人，没有人！没有人能来救她！

巧眉不知在路上绊了多少次，滑倒多少次，头顶雷声滚滚，雨滴夹着风抽在脸上生疼，她都顾不得了。她只知道自己一定要往前跑，往有人的地方跑。

她在过玉桥的时候再次滑倒，从斜滑的桥面上一直滚到被青石拦住才停下来。这一次她似乎再也没有勇气站起来。巧眉跪在地上，仰头朝夜幕大声祈求："观世音菩萨，各路神仙，巧眉求求你们，求求你们救救王妃，谁能救救她！"

没有神灵显圣，没有人能够回应这个小姑娘此刻近乎绝望的心情。

此时，就在安庆王府，丽姝正将一袋金灿灿的黄金放在一个壮汉的手上，那壮汉已经没有了方才痛苦的表情和伤心的泪水，直勾勾地看着自己手中多出来的东西："这都是给我的？"

"是，都是你的。"丽姝笑得灿烂，"要不是你弄来一件和李云彻的征袍一模一样的衣服，恐怕不能骗得过那个狡猾的狐狸。"

"你今晚就离开长安城，再也不要回来，这些钱足够你在外面安生立命过富足生活了。"丽姝最后看了一眼他。

"谢王妃赏，小的以后再也不回长安。"

雨幕重重，丽姝抱起已经熟睡的儿子，眺望窗外，那里就是大明宫的所在。

"我千算万算算不到武媚娘今天难产，李云瞬，别怪我心狠，只能怪你平时做恶太多，连老天爷都在帮我。慎儿，等你爹回来，娘就是王府的女主人了，咱们母子便再不受人闲气看人眼色，你欢不欢喜？"

"这……是巧眉姑娘吗？"

在瓢泼的大雨之中有人穿一身油衣匆匆走来，巧眉揉了一把脸勉强看清来的人，她看清这个人后一下仆倒在他面前，给他磕头："苏大人！苏大人！你救救我们王妃吧！她快死了，她快死了呀！"

来人正是苏墨远，他今日送完公文回来得晚了，而巧眉滑倒的地方正是前往墨妙苑的必经之路。

"云瞬……哦不，安庆王妃她怎么了？"苏墨远闻言大惊，双手扶起巧眉，"你别急，慢慢说。"

巧眉怎么能不急，简单扼要地将事情经过对苏墨远说了一遍。苏墨远立感事情严重，片刻不敢耽搁，转身往宫门方向走："太医院是指望不上了，我同回春堂的老秦还有些交情，你回去等我，一定要让她坚持住。"

巧眉哽咽着猛点头，看着苏墨远消瘦的背影匆匆忙忙跑去，没走几步就同自己一样在湿滑的地上滑了个跟头，他很快爬起继续朝前跑。

巧眉忍不住再一次跪在地上，虔诚祈祷。

宫门处早已上了大锁，宫中门禁极其严格，眼下天色已晚，早已经过了出入宫门的时间，守卫们看了看单薄的苏墨远，不耐烦地挥挥手，示意他赶紧离去。

苏墨远哪里肯走，他灵机一动，在身上不停地寻找，终于在袖袋里翻出一样东西，往上头一举，隔着嘈杂雨声大喊，以便让守卫们听到："我有安庆王的令牌，见令牌如同见安庆王！"

守卫们一愣，下来查验过令牌之后好奇地打量他几眼，苏墨远急切地叫道："府上有人突发急症，赶着救命，请各位开门放行。"守卫思忖片刻不敢耽搁，立刻将吊桥放下，让他通行。苏墨远大喜过望，猛往前跑，没跑几步被油衣绊倒，引来身后守卫哄堂大笑。他毫不介意，甩手脱下碍事的油衣丢在一旁，苏墨远就那么跑在瓢泼大雨里，恍若不知。

约莫有半个时辰的光景，宫门外有人请求开门通行，侍卫们都好奇地从岗亭上张望，不知今晚宫里到底发生了怎样不得了的事，竟然如此热闹。刚刚有人出去，这会儿就有人进来。

"我是京城回春堂的秦大夫！我受人所托来为安庆王家人诊病，各位请快开城门！"喊门的人声音沙哑，年岁似乎不小。

守卫的头目也朝他喊话："可有令牌？"

"令牌在此！"秦大夫赶紧掏出令牌给他们看，那头目认出令牌，好奇地问道："这令牌是不是一个年轻的书生给你的？"

"正是。"

"老大夫您是京城名医，我们听过您的名号，多嘴说一句，宫里的事儿不是您平民百姓能担待得起的。"

秦大夫朝头目点点头，抱拳道："多谢小大人提醒，治病救人乃我医者本性，何况苏大人是老夫多年忘年之交，他有事相求，老夫不能坐视不理，请各位大人放行。"

头目钦佩地点点头，命人再次打开城门，老大夫纵马而入。

先前苏墨远已经对他详细说过云瞬住的位置，加上今天天气恶劣，下人们又都被临时调到太极宫去，这条本就偏僻的宫内甬路竟是没有一人巡视，也就没人阻拦秦大夫，秦大夫一路飞奔到云瞬的住所外，巧眉正在屋檐底下等得跳脚，见他来了，慌忙迎上来，喋喋说道："秦大夫？您是秦大夫？"

"是老夫，王妃此时情况如何？快带我去看！"秦大夫脱去油衣，顾不上礼数，直接进屋给云瞬诊脉，片刻后吩咐，"王妃失血过多，胎儿又是早产，情况十分凶险，你们快去烧水，多准备些干净的布，另外通知她亲人过来，以策万全。"

"去呀，怎么都愣着？老夫说的没听懂吗？"秦大夫见病人凶险，却无人听他的吩咐，立刻心里恼火。

巧眉扯着秦大夫的袖子，低声道："王妃唯一的亲人正在她的肚子里，求您务必尽心尽力……"

秦大夫一愣，眼下情形特殊，不便多问，只好点头："老夫尽人事，听天命。"

雨越下越大，狂风卷着骤雨撕咬着整片天空。苏墨远筋疲力尽地走回城门，手勉力支撑在城门上，嘶哑着嗓子朝上面喊："各位大人！回春堂的秦大夫可已到了？"连喊两遍之后才有人听见。

侍卫头目看见是他："你怎么又回来了？"

"秦大夫到了没有？"苏墨远关心的只是这个。

"秦老大夫半个多时辰前就到了。"侍卫见苏墨远一身白衣完全湿透，身形瘦削得如同一片枯叶在风雨中备受摧残，心中也有些不忍，"这位大人，请你出示令牌，我等好放你入城。"

"不必劳烦各位了，我只有一方令牌，方才已经给了秦大夫。受人之托，忠人之事，秦大夫能去……就够了。"苏墨远扶着城门的手再也支撑不住身体的重量，软软地垂了下去，靠着朱红金铜大门委顿在地。

守卫们纷纷收敛了方才嘲讽的笑容，竟觉得似乎此刻站在高处的人是那个单薄书生而不是舒服地坐在岗亭里的他们。

时近子时，太极宫里忽然爆出亮灿灿的烟火爆竹，沸腾的人声遥遥传来，竟似叫醒了整座皇城。

武昭仪终于诞下一女且母女平安。高宗大喜过望，立时下诏封女儿为安定公主，追封武媚娘父亲武士彟为并州都督，连同其他武德功臣如屈突通等十三人皆有追封奖赏。

几乎是在同时，云瞬在撕裂般的疼痛中听见了孩子的哭声。她此刻已经熬尽了全部的气力，她此时甚至没有意识到她的孩子才不过八个月，孕时还被谢丽姝用药害过，这个孩子能够安全出世俨然已是老天给她的最大恩赐。

这些她都没想到，此时的她脑子里完全空白，晚雨和巧眉拉着她不停地说话，可她们说的是什么，她一点也听不见。

对于这个从她身体里衍生出的血肉她甚至都没有去看。

"王妃，是个男孩儿，听，他在哭呢……就是小了点儿，没关系，不足月的孩子能这样已经很好，王妃？王妃？"秦大夫把孩子收拾妥当抱进来给她放在床边，云瞬仍仰着头看着头顶的帐帘，保持着分娩时最后的表情。任凭身边的人怎么和她说话，她都没有反应，甚至眼睛都没眨一下。

　　云瞬的眼前一花，探出一张清菡嬉皮笑脸的面容来，朝着她一顿坏笑。

　　"鬼丫头，你在看什么？"

　　"看看是个大侄子还是个大侄女呀。"

　　"我倒希望是个女儿，女儿是娘的贴心小棉袄，男孩子虽然好，到底是调皮了些。"

　　"你可一定得是个带把儿的，要不跨院儿那位指不定得意成什么样子。"

　　"好，是个男孩儿。"

　　"这就对了嘛。最好呢，这小子再长得英俊些，以后我就把伴清许给他做老婆你看好不好？"

　　清菡说的每一个字她都还记得清清楚楚。

　　云瞬轻轻一笑，抬手去探半空："真被你说中，果然是个小子。好，武媚娘家的闺女我都不要，就和清菡做亲家……"话还未说完，手便沉沉垂了下去。

　　秦大夫顿时脸色大变，伸手去探她的鼻息。

　　"还好，王妃似乎之前受了很大的刺激，身体也很亏空，不像是个孕妇的身子，你们月子里一定要好好给她调养进补，可千万不能再受刺激，不然……即便是大罗神仙来了，也没办法。"秦大夫收回手，松了口气，又细细查看了一遍平静地躺在那儿的云瞬。

　　这就是安庆王妃，她的身体很虚弱，她的神情很悲伤。这就是生活在这令人晕眩的宫墙绿瓦中的贵人吗？秦大夫叹了口气，他忽然悲凉地想着那些苦心要送儿女进侯府贵门的平头百姓，做得到底值不值得？

　　秦大夫开了药方，昨日是因缘巧合才让他顺利进宫，等会儿天色一亮城门一开，他就得赶紧离宫。把药方留给晚雨，又叮嘱巧眉许多注意事项，他才离去。

　　到宫门时，守卫们正围着个人交头接耳。秦大夫走过去一看，被围在里面的人竟是苏墨远，他慌忙挤进人群："墨远小弟？你怎么了？"此时苏墨远半斜半靠坐在椅子上，脸色苍白，头上的黑发却还是湿的。见秦大夫来了，苏墨远虚弱地笑了笑："她怎样？还好吗？"

秦大夫点头，低声道："一切都好，不要担心。"

苏墨远吐出一口气，将手里的水碗递给守卫头目："多谢小大人，我朋友已经出来，我便回去了。"他摇摇晃晃站起，苍白的双颊染上不自然的红晕，秦大夫眉头一皱上去要给他搭脉，被苏墨远避开，"一会儿巡城的官兵就多了，秦老快些离开才是。"他说完，整了整头上的发簪快速下了岗亭楼梯。

云瞬的身体好了些，除了常常一个人发呆之外倒也没什么再让人操心的地方，她总是觉得很累，似乎刚刚做过一件重的体力活一样酸软无力。武媚娘惦记她，给她送来了两个健壮的奶妈和几个有经验的嬷嬷，要不光是晚雨和巧眉这两个小丫头在，根本忙不过来。

半个多月后，皇后回宫，也派人来看她，容安看着她憔悴容颜，什么话也说不出来，一个劲儿地拿帕子抹眼泪。

前线的突然变故让高宗十分震惊，更加担心仍旧下落不明、生死未卜的长孙舒豫。

这一天，云瞬照例吃过药后睡了，巧眉给她换了热手巾细细擦脸和手，确定云瞬真的睡着之后才低低说道："我才不相信那些话呢，什么王爷通敌卖国，想要自己做皇帝，都是放屁！王妃您这会儿睡着真是太好了，这样的话您听了也是不信的吧？"

晚雨换来一盆热水，责怪道："你别尽在王妃耳边瞎嘟嘟，说这些有的没的。容安姑姑是怎么说的？你忘了？"

巧眉撇撇嘴，听摇篮里小婴儿细细的哭声，忍不住叹了口气："小主人你就别哭了，王妃现在心情很不好，身体也不好，只好先委屈委屈你了。"

晚雨也看了看那孩子，回忆这半个多月里云瞬似乎没有一次主动要求看看他，多半都是嬷嬷们想逗云瞬开心才把孩子抱过去给她，而云瞬也总是看上一眼，眼神就又不知道飘忽到哪里去了。

王妃似乎不怎么喜欢这个孩子。

她在府中待的时间不长，在被送到盛王府伺候清菌之前，她隐约记得王爷和王妃的感情并不很好，王妃嫁给王爷这件事本身也是府中禁忌的话题之一。

夏蝉在树上声声叫着热，甘露殿的花院里，萧淑妃正看着宫女们将采摘好的花瓣放到笸箩里晾晒干，有的用小槌子将花瓣捣出汁水来放到小罐子里，她最近迷上了花瓣沐浴，听说这样做可以养颜美肌。高宗已经许久没来她这里，现下的高宗把一颗心全都挂在了武媚娘的太极宫。

丽姝带着慎儿进来给她请安，萧淑妃朝她招手："本宫正在愁是金盏花的味道好还是芍药的味道好些，你就来了，正好，帮本宫挑一挑。"

丽姝顺从地过去帮她细细分辨花香。

锦安给她们端上香茶，萧淑妃拿起一杯啜了一口，听见丽姝说："原来这世上真有人福大命大，原先这些我都是不信的。"

萧淑妃了然一笑："你想说李云瞬？"

"是她。"丽姝也笑了下却有些森然，拿起芍药花瓣来嗅了嗅又放下，"本来是万无一失的，谁想到半路来了个什么名医，居然就把她给救活了。"

"还不止是她没死这件事让你生气吧？本宫听说她那个早产的儿子长得还不错，说是像极了舒豫，也不知是不是。"

萧淑妃提起这件事，丽姝顿时脸色一变，闭口不言。

"你可别说自从李云瞬生了儿子，你还没有去看过她一次？"萧淑妃媚眼一横，有些促狭地笑起来，"这点你就不如这后宫里的女人了，你看看皇后，武媚娘生了儿子她过去看，这次生了女儿她更欢喜，三天两头往太极宫里去。"

"奇怪，王皇后不是和武昭仪闹翻了吗？怎么又会这么好了？"丽姝不明白，"按理说，李云瞬是她侄女，倒也没见皇后怎么去看她。"

萧淑妃看了一会儿丽姝，笑了笑："她们自家人的事儿本宫可不得而知。"说完低头喝茶，丽姝觉得她这话说得很奇怪，也没再细问："总觉着芍药的香味特别配您。"

"好，放那儿吧。"

锦安从外面走进来，回禀道："方才有人来找谢王妃，奴婢推说王妃不在这里。"

"找我的？是哪儿的人？安庆王府吗？"丽姝问。

锦安客客气气地对她摇头："不是安庆王府，是您本家谢府的人，好像是叫章妈的那个。"

丽姝眼神一动，拿过帕子擦了擦手回身去抱慎儿："可能是我爹找我，我先告退了。"

"去吧。"萧淑妃没多挽留。

丽姝走了，萧淑妃看了看锦安："你觉着呢？"

锦安摇了摇头："奴婢觉得谢王妃是真不知道。"

"她的确是不知道，她现在整个心思都在怎么对付李云瞬母子上，怎么也不可能想到事情会变成这样。"

"那个去给李云瞬报信的侍卫呢？"萧淑妃黛眉一挑，隐隐透出杀机。

"谢王妃还以为她找这么个人来您不清楚。"锦安摇着头笑着说，似乎在笑谢丽姝的无知。

"那个人已经没用了，留着是祸害。"

"为什么呀娘娘？"锦安一下愣了，"他已经离开长安城了。"

萧淑妃品一口茶，淡淡开口："找人来除掉他。本来这个人是可以活命的，可惜了，现在长孙舒豫通敌叛国的呼声太高，陛下很快就要忍无可忍，谢彦那个老狐狸定然会明哲保身不会帮女儿维护长孙舒豫。如此一来，长孙家必然倒台。若有人比咱们先一步找到他，给他许多好处，那种人肯定会说实话，招认是本宫将他推到谢丽姝手里的。本宫可不想和长孙家扯上什么关系。明白了吗？"

丽姝从宫门处慢慢走过，看见守卫们正在窃窃私语，她想起半月前的事，心里一动，走上去主动打招呼："各位辛苦了。"

"侧王妃。"守卫赶紧行礼。

丽姝笑着点头，看见那守卫头目手里拿着一样东西，问道："拿的什么？"

"是前些天苏大人落在这里的一枚令牌，小的们正想着要如何还给苏大人才好。"守卫如实回答。

丽姝心中飞快打好主意，点头道："是王爷的令牌吧？我前些日子把他借给了苏大人，请他帮忙照顾在宫中的家人来着，不想是丢在了你们这里，我说他怎么迟迟不肯还给我呢。"

"原来是这样，小的们现在就物归原主。"头目双手奉上令牌。

丽姝接过来在手上掂了掂，忍不住露出一丝笑容。

谢府，今日有些反常。

章妈看见自己时眼神飘忽，问她话也支支吾吾地说不清楚。丽姝心里烦躁，抱着慎儿往里走，一边招呼："爹，我回来了，您找我呀？是不是想慎儿了？我把他带来给您看看。"

"先不忙，你先看看这个。"谢彦坐在大厅里等她。丽姝把孩子交给章妈，自己接过谢彦递给她的纸，越看脸色越白，几行字字字写得清楚，可她花了好长工夫才看明白他们的意思。

《今逐逆女谢丽姝之告宗老书》。

"今有不肖子孙谢丽姝，于人侧室贪慕主母之位，为子谋权，意戕害主母……坏我家风，谢家无颜为此不孝子孙掩饰，今逐出家门，告之宗庙，谢彦与之断绝父女情分，从此各行其是，终生无干。"

"爹？您这是什么意思？"谢丽姝哆嗦着嘴唇脸色苍白地问道。她不明白，为什么好端端的就要和自己断绝父女关系，还要驱逐出谢家？

谢彦捻着胡须，微微眯起眼睛，这副深沉的模样竟让人看不出是悲是怒："如你所见，你和玉婷做的那点事儿早就被人所知，我谢家没有你这样的恶毒之人。"

"爹！你老糊涂了吗？你怎么能信旁人的话不信我呢？"谢丽姝把信攥成一团，狠狠发问，"你听哪个说的？让他出来和我对质。"她转身看着抖如筛糠的章妈，"是不是你！说！"

"不是我哟，小姐！"章妈慌忙跪在地上，连连哀求。

"起来！她现在不是你的小姐。"谢彦怒喝一声。

章妈跪在那儿，站也不是，不站也不是。谢丽姝脑中灵光一闪，忽而想到了什么似的，冷笑道："爹，你要和我断绝关系，真的是因为这个吗？你我好歹父女一场，你最后能不能给我一句实话？"

谢彦看向自己的女儿，这一个多月未见，她似乎有哪里变得不一样了。

但这并不影响他改变自己的主意，他谢彦打定的主意从不悔改。

"你的夫君长孙舒豫勾结突厥人，和他们合起伙来了。"

"这种话你也信？舒豫是皇室宗亲，是皇帝的亲表弟，他为什么要这样做？"丽姝冷笑，这种传闻近来她已经听了太多。没想到自己的父亲竟然也相信了。

谢彦也冷笑一声："男人的权欲永无穷尽，他是皇室宗亲不假，可他一辈子也当不了皇帝！这就是长孙舒豫心里的恨，早在太宗即位时若非长孙家一力扶持，贞观时如何能如此昌平？长孙家的子弟现在多要些权位也无不可。"

"可是你害怕，你害怕因为我的缘故而受到株连是不是？"丽姝的眼角已有泪水，她忍着不让它们掉落，"长孙家如此功高！难怪你早就打算好了攀交长孙家……"她忽然倒吸一口冷气，不敢置信地看着谢彦，指着他，颤声道，"连把我嫁给舒豫都是你的计划之一？"

"不错，若非是长孙家，谁人能让我谢彦将女儿嫁去做小？"谢彦横眉笑道，"现在总算有点像我的女儿了。可是，你已经不是我的女儿。"

"谁稀罕！"谢丽姝仰天大笑，笑声中震落眼角泪珠，慎儿在章妈怀里吓得哭起来，丽姝回身抱过儿子，将手里的那团纸狠狠扔在谢彦的脸上，"要断就断得干净，我一张纸也不会从谢府带走！"

谢丽姝抱着慎儿从厅堂出来，不去看那些下人探究的眼神，径直走向自己的马车："走。"谢丽姝从没有那么一刻庆幸自己嫁给了长孙舒豫，纵然她被自己的爹亲手抛弃，可她还是让人企及羡慕的安庆王侧妃，她还能有许多高高在上的荣耀，她抱紧怀里的慎儿，控制不住眼泪落满前襟，"我知道，我早该知道……这世上没谁是靠得住的，我得靠我自己，儿子，娘得靠自己。"

清晨，晚雨推开点儿窗子给房间换气，看窗外桂树已经含了花苞。日子过得可真快，还没觉出凉快，秋天就又要到了。

想起云瞬在盛王府对清菡说过，自己院子里的花儿今年开得很好，果然不假。

哎，可惜了。晚雨扫了扫窗外的灰尘，小心地将一盆栀子花搬进来。

出了月子，云瞬就从宫里搬了出来。皇后已经回来却没有来看过她，她已经觉出这其中的微妙变化，虽说身边的晚雨和巧眉谁都没说什么，可她还是敏锐地察觉出周遭宫人们看自己时那怪异的、欲言又止的神情。

她回到王府，仍旧是和谢丽姝隔墙而居，谁也没来看过谁，倒也算太平。

云瞬并不在意这些，她现在身子虚，心里累得很，谢丽姝这时候不来和自己捣乱就已经够好，虚与委蛇的那些表面功夫又何必再做？

她身子虚弱还不能出去见风，只能在毓秀厅里随便走动走动。巧眉怕她憋闷，特意将原先挂在廊下的鸟笼给她挂在毓秀厅的外头，让她听听画眉啼唱，舒缓心情。这一天，她如平时一样在厅堂里慢慢散步，却总觉得今天有什么地方不对劲。

"晚雨。"

屋里的晚雨听见云瞬唤她，立刻跑出来："王妃，您有什么吩咐？"

"你去把那只画眉拿进来，我想瞧瞧它。"云瞬靠着一个椅子坐下。

晚雨面露犹豫还是去了。少顷，她举着鸟笼进来，不敢走近云瞬，怕鸟身上不干净。

云瞬招了招手示意她近前来，她细细端详了半晌笼子里的鸟儿："这不是苏墨远送给我的那一只，我的画眉呢？"

晚雨心里暗暗叫苦，埋怨巧眉出的馊主意，已经被云瞬识破，她也就只好说实话："王妃赎罪，这的确不是原先那只，原先那只画眉前两天不知道吃了什么坏东西，忽然死了。"

云瞬一愣，随即明白定然是下人们怕自己心里难受，故意买了只相似的鸟儿放进来，企图瞒过她。云瞬叹了口气："难为你们了。"

晚雨把鸟笼重新挂回去，云瞬拦住她："我本也不怎么喜欢鸟儿，何必用笼子困着它？放了吧。"

"好嘞。王妃真是菩萨心肠。"晚雨说着把笼门打开，鸟儿得了自由立刻飞走了。

云瞬正要说话，眼光透过窗一瞥落在匆匆走过的贺叔身上，他身后跟着一个小厮，竟是披麻戴孝一身孝服。她眉心一皱，那个小厮⋯⋯看起来好眼熟，自己似乎在哪里见过⋯⋯

第二十九章　生之苦痛

　　人的记忆力太好并不是一件好事，云瞬就是这样的人，她对着方才那个人影定定的出了会儿神儿，自言自语地说道："那个人是……"

　　"哪个人呀，王妃？"

　　"刚才贺叔带进来的那个小厮，我觉得好像在哪儿见过他。"云瞬垂着头仔细想，末了她的眼中爆出骇光，"他是墨远身边的小厮，他为什么穿一身孝服？苏家出了什么事？为什么没有人告诉我？"

　　巧眉被她接连提问吓得连连后退，晚雨赶过来扶着摇摇欲坠的云瞬："王妃您冷静点，我们都告诉您。"

　　云瞬被她们按着坐在椅子上，两个丫头缓缓地说出实情。

　　原来在她分娩那日，苏墨远冒雨为自己求医，又在雨夜中待了一个晚上，牵动旧疾复发，回去之后便一病不起，直到七日前……苏墨远病情加重，连秦大夫也回天乏术，年纪轻轻便呜呼哀哉，最终撒手人寰。

　　原来苏家竟然出了这样的大事！难怪槿华这些日子一直没有来。可她为什么直到今天才知道消息？为什么没有人来告诉她？让她去见见他最后一面？

　　云瞬脑袋嗡的一声炸开，两个丫头说的每一句话她都听得清楚明白，可偏偏这一串话连起来的时候，她又似乎不懂了。

　　脑袋里来来回回地仿佛有许多大车互相冲撞，让她的神志有了片刻清醒。

　　苏墨远没有了。

　　那个和她有着青梅竹马缘分却错过的人；

　　那个因为她而被摧毁了大好前程的翩翩才子；

　　那个如水温润的少年；

　　那个与自己月下笛埙相和的儒雅公子；

　　没有了。

什么都没有了。

今天，是他的头七。

"我得去。"云瞬从椅子上摇摇晃晃地站起来，眼睛里闪动着他人从未见过的冷光，她以为这辈子的自己已经够苦，谁想到这些都还远远不够。

还在失去，还有折磨。

晚雨和巧眉知道阻拦不了她，只好立刻去吩咐人备车套马，将马车里垫了许多软垫，帘子也换成厚实的棉布车帘，尽最大的努力将她和外面的风阻隔开。

马车因为速度太快而剧烈地颠簸，云瞬在车厢里扶着巧眉的手弯着腰，这样剧烈的颠簸让她的胃很难受，没有吩咐马车放慢速度，她只想快些赶到墨妙苑，也想借助这种身体的不适来分散注意。

马车很快到了，因为苏墨远的病逝，墨妙苑里的其他人都换上了素色的衣服，苏墨远平日待人谦和恭顺，在墨妙苑里颇有些好人缘，大家帮老夫人和槿华一起收拾了一处小厅堂作为灵堂和这几日的待客场所。

老苏大人获罪之后，苏家就是门前冷落车马稀，少有人往来，这次家中告丧，除了苏墨远念书时的几个同窗前来吊唁之外，其余竟是再无一人。

真是活时委屈，身后凄凉。

云瞬被人从马车上扶下来三步并作两步地往墨妙苑里走，路过一处繁盛的篱笆围墙，她曾经在这里和苏墨远，和自己的年少爱恋进行道别。而今时今日，她却又在这里，做的却是和他的永别。

自今之后，天人永隔，再无可能彼此牵挂，彼此祝福，彼此遗忘。

"您是……安庆王妃？"有个穿白衣的小官儿从里头走出来，他是墨妙苑里的掌司，见了云瞬身后的马车，顿时精神一震，赶忙上前来请安。

云瞬看也没有看他，亦步亦趋地走向灵堂，狭窄的一方天地便是他身后暂居的场所，简单朴素的摆设和仓促写就的挽联都同悲伤一起刺进她的心尖。

苏夫人在伏垫上跪坐，双眼空洞地看着纸钱在铜盆里点燃，又烧尽。

云瞬甩开巧眉，不再让她扶着自己。自己一步一步朝苏墨远的牌位走近，在最近的一个伏垫上，她双膝跪倒，以头触地。

"咦？你是谁？你为什么哭了？"听见这个熟悉的声音云瞬忽而一抖，不敢置信地回头看，槿华不知什么时候站到自己的身后，一身缟素，形容憔悴，怀中抱着一块黑乎乎的牌子。而两只眼睛却亮晶晶的，黑得怕人。

云瞬愣愣地看着她，完全没有反应过来站在她面前说话的人是那个沉稳有主见的梁槿华。此时的槿华双鬓蓬松，发髻凌乱，浓黑的发垂在她的额前，她也不觉得碍事，自己还噘着嘴吹气，把头发吹得一跳一跳的似乎很有趣，她这么玩着玩着自己就欢快地笑了起来。

如果说方才的云瞬是带着无限的哀痛和愧疚来祭拜苏墨远的话，那么此刻的她已经完全呆住，她根本无法想象到底要经历过怎样的绝望才会让一个人的意志完全崩溃，再不能去面对现实？

她看着槿华，哭得更凶了。她甚至说不出话来，只能看着槿华孩子般地笑着，眼睛里闪闪亮亮的，是历尽沧桑后的纯冷和极黑，如同斩不断的黑夜和化不开的浓墨。

在这样的一双眼中，是否整个世界都只有纯黑和纯白两色存在？她的眼中是否再也看不见晦暗的灰色？

这样的眼睛，这样的她，是否又是一个最好的收稍？

槿华玩了一会儿觉得没意思，转过头去看苏墨远的灵牌，神情似乎有些变化，她不再傻笑，走过去把自己手中黑乎乎的木牌放到灵牌的旁边比较，半晌呆呆地说："要是你有它就好了。"

"墨远病重的时候，槿华去闯太医院的门，被人打了出来。她回来后疯了似的翻遍了墨远所有的东西，想要找到你给她的那块令牌，可惜，她怎么也找不到。"老夫人爱惜地拉着槿华的手，细细地给她擦掉上面沾染的黑渍，"苏家上辈子积了德，修来了这么好的媳妇。"

"那……令牌呢？"她给槿华令牌就是为了能够在必要的时候帮上他们，可为什么还是……

"你生产的那天，远儿全凭令牌才能自由出入宫中门禁，打那天他回来之后，我们就再没见过那块令牌。"老夫人隔着火盆上萦绕着的青烟缕缕，她脸上苍老的褶皱似乎都在嘲讽着她，"为什么总要给我们希望？你给他的感情是，给他的结局也是。"

云瞬委顿在伏垫上，频频点头。老夫人说得对极了，她当初为什么要对苏墨远动心，她给了他感情，却让他承受这份感情的后果，她给了他万能的令牌到头来却是保全了她自己，仍旧没能帮上他！

百般的心绪被堵在喉咙，她只能饮泪望着沉寂的灵堂和偶尔傻笑的槿华。

这一切都是因她而起！

"你起来。"老夫人仿佛一夕之间容颜尽老，苍苍两鬓间再添许多银发，她说话的时候似乎没用什么力气，也好似她的人已经没有半分力气可以用来支撑。

云瞬跪在地上，默默流泪。

"墨远临走的时候把一切都告诉我了。"老夫人往铜盆里添了一把纸钱，"他说你们注定是有缘无分，这些年来是他一直痴心妄想，居然对你恋恋不忘，可他自己又觉得这样实在对不起槿华，日日夜夜痛苦煎熬，如今好了，他再也不必困惑于自己的内心，也不会再对你，对槿华，心存愧疚。"

"他走得很好，槿华媳妇还想去太医院找御医来试一试，可惜我儿子没有那个福气，请不动那些御医的尊驾。"老夫人絮絮地说着，她抬眼看了一眼云瞬，"你能来，墨远会高兴。"

云瞬痴痴望着那方灵牌，似乎在听，又似乎什么都没有听见。

有风声从空荡得可怕的灵堂里穿梭，带起燃尽的香灰。

铜盆里的火舌因风而舞，苏夫人垂头看着盆里乱蹿的火苗，半晌开口："李云瞬。"这是她第一次这样称呼她，"我希望墨远这辈子从来没有遇见过你，从来没有对你动过心。"

"那样我家老爷就不会被人彻查，墨远就会有锦绣前程，槿华也不必同他一起在这里吃苦受罪，那样就谁都好了。"老夫人忽而冷笑一声，不屑地看着她，"你现在来给他磕头有什么用呢？你害他还嫌不够吗？"

云瞬只静静地听着老夫人对她的指责，一声不吭。她没什么可反驳的，老夫人说得对极了，这辈子要是他们谁都不曾见过谁，就好了。

如果可以挽回今天的局面，她甚至愿意用一辈子都被困在乌里雅苏台不被赦免为代价。即便是那样的冰天雪地也比现在的冷来得更好些。

巧眉哭着上来扶她："王妃，您才好一点儿，起来吧，起来吧。"

"你雨夜早产，墨远为了你奔忙一夜，引发旧疾，这孩子的命到底是送在了你的手上。李云瞬，苏家两条人命都因为你，你说我该不该恨你？"

云瞬脸色又白了几分，咬着下唇让自己继续听下去。

巧眉扶着她的胳膊："老夫人您嘴下留情吧，小苏大人的命勉强能算在王妃的头上，可是老大人的命您怎么也能算在王妃身上呢？老苏大人是真的贪污了国库的银两才引来杀身之祸的呀。"

"住嘴，让老夫人骂吧，这都是我该受的。"云瞬泣不成声，喝退了巧眉。

老夫人从伏垫上站起来，身子摇晃着走到她面前，手戳到她的额头上："你知道什么！你们知道什么！墨远走的时候槿华媳妇刚刚有了身孕，可墨远没了，孩子也没了，老苏家的香火断在这一辈，你们满意了，你们高兴了？李云瞬，亏墨远一直对你那么好，你竟然……你竟然……李云瞬，你没有良心！"

李云瞬，你没有良心。

367

这句话似乎丽姝也这样说过。

云瞬惊愕地看着气急的老夫人，哽咽数次才勉强开口："我不知道，我不知道槿华已经……有了身孕。她没跟我说，没有人和我说呀。"

"难怪你弟弟会死在战场上，难怪你身边的人都要离你而去，你就是个克死别人的硬命！是个丧门星！要是没有你，这些人都能活得好好儿的！"老夫人最后几句呵斥如同惊雷滚滚炸开在云瞬的头顶，云瞬僵硬着挺直的脊背猛地颤了颤。

"苏老夫人，请你嘴下留德，我的儿媳妇我自会管教，不需您来指手画脚，万般指责。"有人拄着拐杖从外而入，所有人在她面前躬身行礼，恭谨有加。来的人是舒豫的娘，她刻意加重了"您"这个字的语气，听来分外刻薄。

老王妃走到云瞬身旁，拉了她一把，云瞬被她推得从伏垫上跌到地上，硬邦邦的石砖地撞得她生疼。

老王妃也不看她："还不走？等着被别人训斥吗？"

云瞬站起来，布满泪水的脸上却没什么表情。

苏老夫人看着倨傲的老王妃冷笑了下："您现在还端着架子哪？安庆王投敌卖国的事儿已经路人皆知了！老身倒要看看您这身架子能端到什么时候？"

"您还真说对了，长孙家的人什么时候都没不了的就是这身傲气和架子。"老王妃也不甘示弱，她这辈子的确如她所说那样，不管是什么时候，倒不了的是她的一身尊贵和安庆王妃的尊荣，"我儿子若真做了对不起陛下、对不起大唐百姓的事的话……老身和儿媳们陪他一起送命就是。"

老苏夫人呆愣半晌，竟被她几句话说得哑口无言。

"老身享了一辈子长孙家的厚禄，若有生之年能为长孙家分担罪过也未尝不是一份尊荣。若老身连这点勇气和担当都没有，真是枉为人母了。"老王妃似乎是在自言自语，又似乎是在对着背后无言的苏老夫人说。

老王妃几乎是拽着李云瞬出的灵堂，脚步灵便得让人看不出她是一个需要拄拐的老人。仅是到了墨妙苑的门槛处老王妃就立刻松了手，云瞬忽然没了支撑，猛地晃了一下。老王妃不等她站稳，一个巴掌打了过去，脆生生落在云瞬的左脸上，几根手指的痕迹迅速在她苍白的脸上蔓延。

巧眉惊得往前迈了一步，想过去阻拦，又不敢。

云瞬这一次彻底站不住，倒在地上，神情仍旧是木呆呆的，她甚至没有去管自己的脸。

"舒豫到现在还生死不明，你是他的媳妇，就在这时候来吊唁自己的情郎了？你就那么等不及了？"老王妃怒极，用拐杖敲在云瞬的身上，"舒豫的脸都让你丢尽了！长孙家的颜面都丢尽了！"

"老王妃您别打了，王妃她……她没有错呀。"巧眉再也不能旁观，扑在云瞬身上，替她挡去老王妃的杖责。

"她没有错，难道是我儿子错了？还是我错了？"老王妃气得发髻乱抖，钗环碰撞发出脆响。

云瞬一言不发推开身上的巧眉，跪在老王妃面前："您打吧，您最好打死我，苏墨远死了，我活着也再无生趣。"

"好，好！你果然心里还在惦记着那个男人！舒豫怎么就娶了你这么不知廉耻的女人！我就打死你，成全你！"老王妃再度挥起手杖，拐杖如雨点落下，云瞬躲也不躲睁睁地等着那些雨点落在自己的身上、头上，巧眉护不住她，尖叫着大喊救命。

"住手！娘您……怎么能打她！"低沉的怒吼因为声音的沙哑已经很难分辨出是谁，而那称呼又明显地告诉围观的所有人，他是长孙舒豫。

舒豫带着一身征尘匆匆上前，他身上还穿着软甲，显然是没来得及换衣服就赶来墨妙苑。舒豫心痛不已地快步走过去，抱起伏在地上的云瞬，只这么一会儿的工夫，她的额头上便见了血迹，鲜血沿着她苍白的脸颊流到眉梢处，倔强地不肯滴落。

"你流血了。起来，我带你回去。"舒豫不知道要说什么才能表达自己此时对云瞬的歉意，他疾驰千里，日夜不休地赶来，看到的却是她的委屈和悲痛。

云瞬干裂的唇似乎扬起，带出一点微笑的含义，清冷的眸子看着面前风尘仆仆倦容满面的舒豫，微微一笑。舒豫被这苍白而空洞的笑容惊住，下意识地松开握住她肩膀的手："云瞬……"

"你还护着她！"老王妃怒不可遏。

"娘，云瞬刚刚出了月子。"舒豫是孝子，从没有忤逆过自己的母亲，可此时他也再难容忍，忍不住出口顶撞。

"孩子？孩子还不知道是谁的！你和她成婚多久了？她一直在避子，你当我什么都不知道？怎么你走了，她就怀上了，到底是谁的种？八成是躺在棺材里的那个死鬼的！"老王妃怒极，以杖捶地，这才是最让她生气的地方！可怜她的傻儿子还在维护这个不贤的儿媳妇！

一直沉默的云瞬听见这句话浑身一震，抬起黑沉沉的眼眸看向气急败坏的老王妃，她忽然笑了，那么冷傲的笑容仿佛是雪山上盛开的第一朵雪莲般

369

纯净，又如同是来自三河岸边开到荼蘼的曼陀罗花般艳丽夺目。

她走到老王妃面前，高高扬起手，毫不留情地在她的脸上也留下五指的痕迹。

老王妃倒吸一口冷气，不敢置信地瞪着她，已经忘了言语。

"你打我，骂我，羞辱我，挤兑我，样样都可以，因为你是我的婆母，可你不能、不该，也没有资格在墨远的灵堂前这样羞辱他！苏墨远是真正的君子，他从来都是有礼有节，从不逾越！他也不会做让别人瞧不起他的事情，让别人有机会这样羞辱他！"她纤细单薄的身躯挡在老王妃和灵堂的门槛之间，苍白憔悴的云瞬仿佛是一只随时可以被风吹走的枯叶。

在灵堂里跪坐的老苏夫人忽然双手掩面，呜咽着哭出来。

她万万想不到，天底下除了她这个做娘的之外，竟然是这个女人，最了解他的儿子！

老王妃脸上的惊愕神情仿佛是在反问她，她怎么有胆量打她？

云瞬再也不想看见她，眼前是爬满夕颜花的篱笆墙，这道墙内曾有人朗声念诵自己的华彩文章。

在盛王府的后花园内的繁荫之下，曾有人手作推窗之姿，反复吟哦诗句。

曾有个人在她最无助、最悲凉的时候，用静逸的笛声缓和她满腔的激愤和不平。

如今，斯人已去，这世上只有如此偏执冷傲自以为是的人围绕在她的身边。没有人相信她，没有人理解她，她险些丢掉性命才生下来的孩子也在被他的亲人质疑！

好得很，好极了！

颤抖的手摸出随身戴着的陶埙。轻柔地抚摸着上面缀着的同心结。云瞬忽然轻笑，笑得双肩都跟着抖起来，继而变作哭似的仰天大笑！笑得眼泪都流了满面，陶埙从她的手中跌落在地，破碎成片。

再无子期，何须留琴；再无知音，埙音可断。

在陶埙破碎的声音里，云瞬泪落如雨，流进已经冰凉的胸膛。她仰着头想要向老天问个究竟，却什么都没有答案。胸口一闷，憋在心里的重重情绪瞬间涌出，她低头一呕，一口鲜血吐在被大雨冲刷过的青石板上，那么红艳，如早春的杏树，如腊月的铮梅。

"云瞬！"舒豫大惊，托住她软下去的身体。

舒豫肝胆俱裂地抱着她上了自己的马，他所有的疲倦和无力统统被惊恐

370

吓退。他仓皇地看着忽然间没了生气的云瞬，他不能没有她！

云瞬虚软地被他抱在怀中，她绝望地开始自暴自弃，她的人生究竟要如何才能平静下来，她的身体再坚强也难以抵挡接踵而至的打击。年幼时的蒙冤离京、乌里雅苏台的寒冷凄苦、失去挚友伙伴的伤心，以及对浩浩未来的恐慌无望终于压垮了她。苏墨远是一直支撑着她精神意志的最后一根顶梁柱，如今连这根柱子也轰然倒塌，她再也找不到一点力气来让自己站起来。

她想这样自私任性地撒手而去！

"云瞬，你不能死，不能死。"舒豫在她的耳边低声呼唤，呼风唤雨的安庆王终于体会到透顶的绝望和恐慌，苏墨远死了，他再也没有能够要挟她的筹码！

那口血，仿佛不是从她的身体里喷出来的，而是来自他自己的心口。原来，他对她的感情已经远远比自己想象的要深得多。

他从万人的尸山血海中带人杀出重围，最困顿无助的时候脑子里想的都是她的影子，她的一颦一笑，那些模糊的影子都是他最大的动力和支撑。

药碗被端上来一次又一次，云瞬紧闭双眼躺在床上，再华贵的锦被也难以给她增添一分生气，卧房里死气沉沉，没有人敢高声说话，甚至侍女们都放轻了步子，谁也不敢打破这房中诡异沉静的平衡。

云瞬患上了古怪的呕血症，从苏府第一次发病到现在不时会发作，御医们开了许多药方仍是未见成效，眼见得云瞬的身体一日一日地衰退下去，舒豫亲手为她煮药，日夜伺候在旁。

嘉延岭被困，唐军元气大伤，残余部队退回岭南休养，而他，却在回营的第一天收到云瞬早产的消息，他被困在嘉延岭，等到他看见这封信的时候已经过去了七八日。

嘉延岭刚刚大败，他身为将帅怎么能向皇上陈情回京看妻儿？

舒豫左右为难之时，京城再来消息，陛下急召他火速回京，将大军全权交给大将苏定方。舒豫知道高宗急召他回京并非是京城出了什么了不得的大事，而是高宗对他已经不再信任。果然，他刚刚回京就听到街头巷尾到处在谈论"主帅卖国"。

他回来之后的几天，陛下一直没有宣召他入宫，这其中已经表明许多利害关系。善会察言观色的群臣体会圣意，安庆王府高高的门楼如绿树一夜凋零，门前空落无人再来。

圣意如何，前途如何，舒豫根本不会去计较，他现在唯一担心的就是云瞬和他未足月便出生的儿子。舒豫找人把乡下的冯妈叫回来，他要照顾云瞬已经够忙碌，再加上个儿子，他一个人难以周全。

冯妈把孩子轻轻放到舒豫的手中："王爷，太医们说世子已经过了最危险的阶段，您也不用担心了。"舒豫那双能握万人生命的手在这一刻却颤抖了起来，他接过孩子，他那么小，那么轻，那么软，褪去黄疸的孩子露出白生生的颜色，冯妈把他照顾得很好，小胳膊粗壮得像莲藕一样，胖乎乎的惹人爱。

这就是他和云瞬的孩子啊。

舒豫的心一阵温热，孩子身上的奶香气一个劲儿往他鼻子里钻。

"云瞬，你醒一醒，看看我们的孩子。"他把孩子抱到床榻旁，对着沉沉昏迷的云瞬柔声说，边看着襁褓里的孩子，下人们都说这孩子长得像他，可他觉得儿子还是更像云瞬一些，长长的睫毛，乌黑的头发，好奇地看着他的那双灵动又浓黑的眸子……哪一样都像极了幼年时的云瞬。

"我为咱们的孩子取名叫自贤。陛下已经赏赐贤儿做了世子，我本以为陛下会因我战败之事而反悔，总算陛下没有食言。"舒豫轻声笑了下，把脸贴在自贤的小脸上亲了亲，"只是不知道陛下的这个承诺能持续多久。"

"王爷，秦大夫到了。"贺叔领着秦大夫走进来，舒豫把孩子交给冯妈，亲自迎了出去，秦大夫简单询问了云瞬的病情，过去为云瞬诊脉。

"王妃忧伤过度导致心力交瘁，呕血是气血逆行的结果。太医们开的药方很是对症，只是王妃她自己……似乎并不想醒过来。"秦大夫仔细查看了云瞬的脉象，对舒豫解释。他每说一句，舒豫的心就跟着抖一次，直到他说到最后一句，舒豫一双手心里满满都是冷汗。

"你说她……不想醒过来。"舒豫喃喃重复了一遍秦大夫的话。

秦大夫痛心地点头，看向面如金纸的云瞬："王妃近两月来活得……太痛苦了。"

舒豫也看着云瞬，没有说话。她何止是近两个月来活得痛苦？她似乎从未走出过"痛苦"这两个字的阴影。他大费周章地把她娶回来就是想要她摆脱这样那样的痛苦，让她安心快乐地做他的妻子，和他生活在一起。

可偏偏事与愿违。

秦大夫将一瓶药放到桌上："这里面是红参研磨的粉末，王妃这个样子，过不了几天汤药怕是也难下咽，每日给她取一勺粉末含服可保住元气精神不散，剩下的……就且看王妃自己和天意了。"秦大夫收拾起药箱，向舒豫告辞。

蜜色的眼眸沉了沉，舒豫拦住秦大夫："内子因何早产？"他已听贺叔说过雨夜里奔赴宫中救了云瞬母子的人就是眼前这个秦大夫。

秦大夫略微沉思，继而道："老夫从不过问贵人府中家务，王爷见谅。"大户人家之中，姬妾们互相争宠无所不用其极，他行医数十年所见不少，家丑不可外扬，他若每件都对主人家说破，也活不到这把岁数。舒豫眼中神色一暗，没再追问，只是长揖到地："长孙舒豫谢过秦大夫救命之恩。秦大夫不愿多说，舒豫也不勉强，这就送您回府。"

秦大夫连连推说不敢。他看了看舒豫，点头赞道："王爷果然人中龙凤，真正君子也。老夫只提醒您一句，芦荟这种草本在长安城并不多见，需得极其熟悉草药生长的人才能培育出。王爷日后若遇到持有芦荟之人，大概就有答案了。"

熟悉草药之人……舒豫微微眯起眼眸。

跨院里，夜深时仍有灯火摇曳。

丽姝殷勤地为老王妃煮了安神静气的药茶。老王妃已经平复了白天里的怒气，看她挽着袖子亲手煮茶，端到自己跟前："药有些烫，您慢点喝。"

老王妃推开了她的茶。

丽姝一愣，又笑着问道："这味药茶是我特意为您准备的，难道您不相信我的医术吗？"

老王妃冷笑了下，没有开口。

丽姝垂下眼帘，将茶放到桌上，也不再说话。她知道老王妃在气被她利用，她听说李云瞬去祭拜苏墨远之后立刻派人去请来老王妃，顺便将李云瞬早产的孩子也算计在内。因为她明白，只有舒豫的骨血不纯这件事才能彻底激怒老王妃，才会让她失控，才能让她去羞辱李云瞬。

可她千算万算竟没算到舒豫会在那天的那个时候回府！若不是舒豫亲自阻挠，按照老王妃的刚正性子，李云瞬很有可能被她打死。

"舒豫打了败仗，京城里的传闻你也听说了，连你爹都和你断了关系，你也是时候该想想怎么保命了。"老王妃看她低头沉思，冷笑一声。

丽姝闻言抬头看她，又是一笑："没什么可想的，他获罪我也不能独活。"

老王妃眉心一皱："你只是个侧室……"

"老王妃。"丽姝笑得有些惨然，"我只是舒豫女人中的一个，可是我谢丽姝心里却只有他一个人，从前是，现在也是。"

老王妃重新审视她良久，默然长叹。

"你雨夜早产，墨远为了你奔忙一夜，引发旧疾，这孩子的命到底是送

373

在了你的手上。李云瞬，苏家两条人命都因为你，你说我该不该恨你？"

梦境的混沌之中，有人痛声呵责。

"你知道什么！你们知道什么！墨远走的时候槿华媳妇刚刚有了身孕，可墨远没了，孩子也没了，老苏家的香火断在这一辈，你们满意了，你们高兴了？李云瞬，亏墨远一直对你那么好，你竟然……你竟然……李云瞬，你没有良心！"

"难怪你弟弟会死在战场上，难怪你身边的人都要离你而去，你就是个克死别人的硬命！是个丧门星！要是没有你，这些人都能活得好好儿的！"

云瞬试图从这诅咒般的梦境之中醒过来，却无论她怎么努力，她都无法睁开眼睛。身体里一直有个声音在劝她就这样一直沉睡下去，只有灰蒙蒙的梦境里才是最安全的。

"你们没听说吗？苏府昨晚上着了一场大火，烧得在长乐街外头都能看见火光哪。"

"怎么好好的就着了火？"

"据说是那位疯了的小苏夫人自己放的，也有人说是烧纸钱时候不小心引燃了帐幔才烧起来的。"

"你们小点声儿，别让屋里的那位听见，又该伤心了。可怜这两位苏夫人谁都没能跑出来……"

氤氲迷蒙的雾气似乎一夕退散，云瞬紧闭的眼角抽动几下，连眼泪都没有了。

"王妃？您醒了吗？"巧眉惊喜连连大叫，云瞬缓缓睁开眼，却没有看她，只是淡淡地盯着床头上的雕花柱子，"把孩子抱来。"

巧眉以为她想看孩子，欢快地答应一声，又犯了难："您刚醒，还是先吃了药歇一会儿再……"

"抱来！"她忽然大声一喝，完全不像一个虚弱的病人。巧眉浑身打了一个激灵："是。我去抱。"

巧眉撒脚如飞往外跑，一边低声嘱咐晚雨说："你去抱小世子来，我去请王爷，可千万别出事儿啊。"不知怎么的，巧眉总觉得方才云瞬的神情特别怕人，像是要发生什么大事一样。

"王爷！"此时巧眉也顾不上什么礼数，没经人通禀就闯进了小厨房，舒豫正在给云瞬煎药，听巧眉一说，立刻丢下药锅朝卧室赶来。

"王妃，小世子抱来了，您看看吧。"晚雨小心翼翼地将尚在襁褓中沉睡的小世子递到云瞬的手边。云瞬僵硬地扭过脖子来看那个睡得很好的孩子，眼神平静得如同一潭死水。她的神思回到了那个大雨瓢泼的夜晚，她似乎看见一个单薄瘦削的男子在雨夜中奔波匆忙，高举着令牌央求着别人，也似乎看到在另一个夜晚，槿华跪求太医院门外奋力砸着朱红的大门，却没有人听见……

一道没能开启的门，也割断了一条人命。

哦不，不止是一条，还有苏墨远未出世的孩子，他救了她的命还有孩子，却是用他的命和孩子为代价……

"就是他。"云瞬将孩子接过，她才刚做母亲，抱着孩子的力道也掌控不好，小世子一到她手上立刻哇哇大哭起来。晚雨慌得双手托着小世子的腰："王妃，小世子还太小，还不能……"

"哎呀！王妃您这样是要做什么！您快松手，快松手啊！"

刚才还安静如水的云瞬忽而将孩子紧紧地箍住，声音却仍是淡淡，像在说着家常："如果不是你急急忙忙要和公主同天落生，苏墨远何至于会冒雨奔出宫？又怎么会旧疾复发，一命呜呼！你和你爹都一样，是我的魔魇！是我的克星！冤家，要不是因为你，苏墨远他怎么会死！他怎么舍得丢下我先死？"云瞬说到最后已经完全控制不住自己的情绪，几乎变作嘶吼。

"你害了一条人命，为什么还要活着？"她忽然又沉静下去，朝着哭闹不止的孩子微微一笑，一直紧抓着孩子的手忽然扬高。

丫鬟们个个都凑不上前，想要救下那命悬一线的无辜孩子已经不能，所有人的心都跟着绷成一条线，可也只能眼睁睁地看着那双钳制着孩子的手将在顷刻间松开，即便是床榻离地面并不太高，可那样小的孩子，又怎么可能禁得住这一摔？

"你要做什么！把孩子放下！"她还没来得及松手，手上一空，孩子被一脸苍白的长孙舒豫抢了下来，跟着跑进来的巧眉吓得瘫软在地，手捂着嘴，哆哆嗦嗦的不敢置信："小姐，您怎么能……您怎么能……"

"李云瞬！你刚刚要做什么！"舒豫缓过一口气，一个箭步冲上去揪住她的衣领，怒气流蹿到空气里，仿佛能点燃一切，他太难想象，如果他晚来一步，会有什么样惨烈的情况发生。

"我要做什么？如你所见，我要摔死他，给苏墨远抵命。"云瞬被他的大力掼倒在地上，舒豫细细看了半天怀中的自贤，确定他没有受伤才略略放心："你居然为了他想要杀死我们的孩子！他是你身上掉下来的肉啊！虎毒不食子，你怎么能这么狠心！"

"苏家没了，一家人的命都因为他没了！我为什么不能狠心！"云瞬的唇角染上残酷的笑意，她从地上勉强站起来，苍白的脸看得让人心惊，"你娘不是说他是苏墨远的种吗？他给自己的爹陪葬，我又凭什么珍惜？"

舒豫心痛已极地看着她，他明白那天在苏府门外老夫人对云瞬的所作所为已经触到了云瞬的底线，可是他自己心里清楚，这个孩子千真万确是他的。

低哑着嗓子艰难地说道："你冷静一点，我们之间的事，不要扯上孩子……"

"我们之间？"云瞬看着他大笑起来，又是那种不顾一切的绝望的笑声，她倒退着，拿手指他，"我和苏墨远是鸳鸯签上注定的姻缘，我们本来可以过得简单幸福，是你，是你莫名其妙地出现，用他的性命逼迫我嫁给你！"舒豫侧过头，低声道："别说了。"

"宫里的人因为你的缘故对墨远远而避之，他病危时竟没有人敢去为他诊病救命！可笑那个痴人居然为了救活你的孩子而在雨中奔走一夜，白白送了性命！到头来反倒落了别人把柄，被人诬陷清白！"

"别说了。"舒豫的声音近乎乞求，他原本已经做好面对她的准备，可真当她这样嘶声裂肺地责问他的时候，舒豫发现自己的心远没有自己想象得那么强大。

"苏墨远死了，槿华的孩子没了，苏府被一把火烧光，老夫人也命葬火海，长孙舒豫，你拿什么来补偿苏家！你拿什么去补偿！"

"别说了。"舒豫近乎低吼。他以为这些年的夫妻可以渐渐软化她的心，打理康平王府，修建执手居，为她找来八角宫灯，扶持李云彻，她去替清菡出头，他不管，她私底下和武媚娘交好，他也从不过问，纵容她的一切，默许她的一切，爱着她的一切，到如今，究竟换回了什么？

"还有李云彻！他还是个孩子，你怎么能让他死在那么远的嘉延岭？长孙舒豫，我们之间除了一命抵一命，还有什么？一命抵一命！难道不公平吗？难道不公平吗？"云瞬根本没察觉长孙舒豫身上渐渐浓厚起来的怒气和怨气。

她以为他就是个石头人石头心，无论她怎么打击他，他永远不会痛，不会寒心吗？

"左右孩子只是个野种，我摔死他不是也合了你长孙家的意？"

"我让你别说了。"他伸出手钳住她的衣领，被他的大手紧紧攥着，云瞬很快憋得面红耳赤，她的眼角淌下眼泪，倔强地瞪着面色灰白的长孙舒豫忽然长笑，"原来你也怕流言蜚语，你也怕被人耻笑！下手吧，长孙舒豫，我等这一天，已经等了太久。"

蜜色的眸子同样染上嗜杀的血红，此刻的夫妻二人四目相对，迸发的却是失望和绝望的光。手上力道加紧，云瞬的笑声恍如夜枭似的变了声。

她的一生终于走到了尽头，她方才甚至恶毒地想着，等她摔死了孩子，她再告诉他，这千真万确是他的孩子。

"你别以为我不敢杀你。"他几乎咬着唇吐出几个字来。

手，还是松了，对她的容忍似乎已经潜伏进了骨血，变成一种本能，她的脉搏在他的手指下变得微弱，生命流逝带来的痛苦随着手指传入他的心肺，瞬间，再大的怒气，再大的失望都被这痛，清醒了，消散了。

被甩在床脚的云瞬已口不能言，一双眸子冷冷地盯着他，唇边那抹笑中，嘲讽的意味太浓太浓。舒豫知道她想说什么，他再一次在她的面前，优柔寡断。

"你仰仗的，不过是我爱你。"舒豫收回自己的手放在额头，冰冷的手让他的神智清明，可从指缝里淌下的泪，却那么滚烫。

他，下不了这个手。

舒豫转过身，不让她看到自己的表情，安庆王恢复了平时的冷傲声调："将世子抱走，没有我的吩咐，不许抱他进别院。所有人轮班站岗，如果王妃有什么意外，你们……统统殉主陪葬。"

一颗心能有多坚强的壁垒护卫才能让他此时不感觉到疼痛？失望到了极点原来竟是这样的一片空荡和苍凉。

舒豫的脚步停住，再挺拔的身躯此时看起来只剩下无尽的萧索和孤寂。

从幼年时相遇，到十年后的重逢，再到如今的生死相见……他究竟是亲手毁了这一切。舒豫忍不住仰天长叹，声音冷静如常，可谁都听得出来，这位沉稳持重的安庆王爷，他的声音……在卑微地发抖。

"李云瞬，这辈子……我到底为什么会遇上你。"

这个问题，困惑了他半辈子，他找不到答案，也不想再找。如果之前的舒豫还抱着一丝侥幸的话，那么现在的舒豫，则是被云瞬的无情伤得体无完肤，她不爱他，甚至她恨他，他都可以接受，是因为长孙舒豫相信只要自己不停地用火去烘，就算是一块冰冷生硬的石头也会被他焐热，而眼下的实情却无情地告诉他，他的云瞬不是一块石头，而是一块坚冰，在没有被焐暖之前，早已自化成水。

她是他永远握不住，焐不暖的存在，不管他怎么说，怎么做……

第三十章　相思流年

卧房里药香萦绕，巧眉在卧房外端着药碗暗暗垂泪。即便是那样的一场大吵大闹之后，王爷还是会亲手为她煮药，可即便云瞬醒着，她也不配合。幸好有秦大夫的红参粉顶着，想到这儿巧眉忍不住长叹一口气。

"她还是不肯吃药吗？"不知什么时候，舒豫出现在她背后，吓了巧眉一跳，巧眉擦了擦眼角，赔笑道："王妃刚刚睡了，奴婢没敢进去打扰她。"

"王爷……恕奴婢多嘴，云彻少爷的尸骨……还能拉回京城吗？"巧眉说这话的时候心里酸得难受，虽然王妃没有和王爷说过这件事，可是……王妃应该是很想再见一见云彻少爷的吧？

舒豫的身子不可抑制地一抖，望着纱帘后朦胧的床榻，目光里有些哀痛。

"王爷，这是在西跨院里找到的。"湛栌捧着样东西从外头快步走进来，舒豫回头看他一眼，示意他出来细说。

接过他手里的东西，舒豫一看便一皱眉："我留给云瞬的令牌怎么会在西跨院？"

"这个令牌被藏得很隐蔽，冯妈找了许久才找到，令牌底下还发现了一张药方，不知道是做什么用的……"

"拿来我看。当归、熟地、川芎、白芍、甘草、沙参……"

原本闭着眼睛的云瞬忽而张开了眼睛。门帘外是舒豫和湛栌低声交谈的声音，当听舒豫念出甘草的时候，云瞬混沌的神思里像是被浇进了一盆冰水，瞬间开朗。

这张方子听起来像是寻常妇人们都会用的四物汤，可里面为什么还要掺杂许多其他的药材？最重要的是，这张方子为什么和清菡曾经用过的那张求子药方一模一样？

"把这张方子和令牌都放回原处。"

"是，您放心，我和冯妈进去找东西的时候西跨院里一个人都没有，都被贺叔支走干活去了，没人看见。"

二人又低低地说了些什么，云瞬听不清楚。

她的脑子里嗡嗡乱响。

令牌，药方。

苏墨远，清菡。

舒豫说的令牌应该就是自己借给苏墨远的那块令牌，它为什么会落在谢丽姝的手中？若是有它，槿华就能请来太医院的大夫，苏墨远或许就不会死。

药方显然是清菡用过的那张求子方，它又为什么会在谢丽姝的房间被找到？甘草与甘遂药性相抗，能生剧毒，若是没它，清菡就不会送命。

谢丽姝……果然，谢丽姝……

原来清菡最后想要告诉自己的，非是让她小心些什么东西，而是让她小心谢丽姝……只是她的话未能说完罢了。

云瞬一时怒气攻心，猛地咳出一口血来，舒豫听见里面的动静，匆忙跑进来，把她抱在怀里，招呼湛栌去叫大夫。

"云瞬，云瞬，你感觉怎么样？"

云瞬的唇边留有嫣红的颜色，她看着他的眼神里有如刀般凛冽的光，她干哑的声音从嗓子里挤出来："谢丽姝害死了清菡，我要她偿命，你肯不肯帮我？"

舒豫一顿，没想到她睁开眼后第一句话说的就是这个。

"你怎么知道是她害死了清菡？"舒豫眉头一拧，将她放平躺好，"先别想那么多，好好养身体，你已经好多天没见自贤，我让人抱来给你看。"

她要摔死自贤那件事，舒豫刻意地去忽略。

"我不想看到他。"云瞬冷冷开口，她呕出那口堵在心头的血后似乎精神好了一些，听了舒豫给自己的回答后，她眼睛里的光暗了一暗。

"苏府那边……我已派人去帮忙安顿了。"他低声说。

云瞬没什么表情地听着，他觉得这样就够了吗？这样能够吗？

"你出去吧。我也不想看到你。"云瞬说罢偏过脸，果然不再看舒豫。

"王爷，王妃，武昭仪来了。"

武媚娘跟在巧眉的身后，一挑帘栊走进来见舒豫坐在床沿，云瞬朝里躺着，瞧这架势，似笑非笑地开了口："是不是来得不是时候？"

舒豫起身给她行礼，武媚娘对他点了点头："我来看看云瞬，看过就走，不多耽搁你们两口子的工夫。”

舒豫苦笑了下，说了几句客气话转身出去。

武媚娘看他临走时望着云瞬背影的眼神，心里不由一动。她走过去，挨着云瞬坐下，看着她躺在锦被里瘦削的身形，叹了口气：“我听人说你病得厉害，药也不肯吃，难道你真打算就这么死了吗？”

“除了苏墨远，这世上当真再没有让你眷恋的人吗？”云瞬并不回答她的话，武媚娘也不着急，她轻轻握住云瞬露在被子外面的手，叹道，“多好看的一双手，怎么能和我一样，想用它来杀死自己的骨肉呢？”

云瞬的身子一震，翻身坐起来看着她：“你刚刚说什么？”

“我说……你怎么能和我一样，想杀死自己的孩子呢？”武媚娘朝她凄然一笑，抚了抚自己鬓发，云瞬才看见她的黑发之中簪着一朵晶莹雪白的小花。“你是躺在这里太久了。”武媚娘松开她的手，看着她房间里的小摇篮，笑了下，“安定夭折了。外面的人都在传是我亲手扼死了自己的女儿。”

云瞬隐约记得武媚娘与自己同一天诞下的女儿就是被封为“安定公主”的。她更加不敢置信，错愕地看着这张明艳动人的脸孔，饶是武媚娘在笑，可云瞬却看见她的眼底有浓浓的化不开的忧伤和悲痛。

“真的是你吗？”云瞬的心神有一阵恍惚。

“王皇后来看过女儿后，安定忽然难以呼吸，在睡梦中没了气。说到底，她走的时候确实是在我的怀里。咳……现在说这些还有什么用呢，是安定福薄，担待不起陛下给她的荣宠。倒也算……死得其所。”

“陛下自然不会相信外面的谣言，最大的嫌疑只能落在皇后的身上。的确……安定公主她的确死得其所。”云瞬垂下眼，微不可察地叹了口气。

武媚娘侧头看她，这些天的病痛和伤心折磨得她已然没有了当初见到时的那种灵动恬静，蜡黄的脸庞上只有那一双眼睛还是黑得怕人，似乎洞悉了一切。

“我最近拿到了指证谢彦最有力的罪证，他掌管着盐库和户部，一直中饱私囊，必要的时候拿出些钱立个名目给陛下支援前线使用。陛下知道以后很是震怒，已经拟旨将谢彦判了秋后处决，这种人……也该活到头儿了。没承想，谢彦老狐狸怕受株连和自己的女儿断绝关系，反倒是救了谢丽姝一命。”武媚娘轻笑一声，“不过谢彦倒了，萧淑妃也没了得力助手。”

“是啊，长孙家也倒了，王皇后也没了臂膀。”云瞬抬眼看面前眉目婉约的武媚娘，“不知道我能不能看到你荣登后位的那一天，先提前恭喜你了。”

武媚娘怔了一怔，微微摇头笑了。

"听你说话的口气，长孙家倒了，你一点都不伤心难过？苏墨远是你的恋人不假，我以为过了这么多年，你也该看开了。"武媚娘悠悠叹气，"你总是这样，看不到别人的真心。"

"别人的真心都藏得太深，我看不见，更不敢相信。"云瞬轻声一笑，抿着唇角看她，"苏墨远在我的心里早已成为一个支撑我的支柱，我可以和他相忘于天涯，却不能看着他这样不明不白地死去。真正让我感到心寒的不是他的离去，而是在我们身边的这些人，有着那样恶毒心肠的他们……到底能不能算作是人？"

"我曾经想要依靠于皇后，她也的确在最初的时候帮过我，可是……她之所以要帮我只是以为陛下对我有几分与众不同，她想要借助我来帮她与萧淑妃抗衡，以至于在我的婚事上，她完全赞同了长孙舒豫的做法，只不过是因为拉拢长孙家可以更加巩固她的后位而已。直到后来……她渐渐把我划归在了敌对的那一部分里，也就更不会再来看我一眼，如同现在这般。我的死活她完全不放在心上，只是因为我对她已经没有利用的价值。"云瞬低声诉说着，这些都是她的心里话，这些话似乎在她的心里就一直存在着，只是她自己从未好好地面对过。

武媚娘眸光沉沉地看着她，半晌，她凉凉地说道："你说得对极了，只是你也别忘了，你也曾经想要亲手毁掉一条性命，而那个小生命是与你有血肉之连的亲生儿子。"云瞬闻言一怔。

武媚娘已经站起来，发间的小小白花随她的动作而轻轻抖动着，她回头看她："我不会因为已逝去的东西而一蹶不振，而是要让他们的牺牲变得有价值，有所得。李云瞬，这就是你不如我之处。"

"长孙舒豫通敌卖国，陛下已经信了，怎么？你都不为他担心吗？"武媚娘看着轻轻摇头的云瞬失声笑道，"你呀，真是个冥顽不灵的丫头！早晚，我会让你看到真心。"她说完，挑起帘栊走了。

"王妃……那个……"武媚娘才走一会儿，晚雨就进来，看了看虚弱的闭目休息的云瞬，第一次在她的面前结巴起来，神情也有些慌乱。云瞬看她一眼："说吧。"她现在已经什么都不怕了。

"有一个长得很奇怪的人在府门外，说是从很远的地方来，还说一定要见您，王爷让奴婢来请示您，见还是不见。"晚雨小心翼翼地措辞，生怕哪一个字说得不合云瞬的心思。

云瞬点点头，很远的地方……那个地方会有什么人来看望她呢？

"奴婢服侍您梳洗下吧。您这样子……"晚雨见她要起来，上前扶住她。

"不必。"云瞬刚一动便觉得天旋地转，扶着晚雨的胳膊喘了几口气缓了缓，吩咐道，"让他来吧。"

工夫不大，巧眉带着一人走了进来，那人一进房间便皱了皱眉，房间里布置得虽然华美却没有一丝生气，满鼻子都是刺鼻的药味。

云瞬靠在床帏看清来人的相貌，心里一动，看了看身边的晚雨和巧眉："你们去泡茶来。"二人互视一眼，立刻退下。

"我母妃以前总是羡慕你们汉人的皇后王妃们，说你们过得如何奢华，我今天亲眼所见，汉人的王妃过得可不怎么样。"来的人说话有些带着异域口音，目光朗朗，面容上棱角分明。是那个呼衍部的二王子。

"你为什么来？这里不是你该来的地方。"云瞬淡淡扫了他一眼。

那人大马金刀地往椅子上一靠，随手从怀里掏出个羊皮卷在手掌上掂了掂，似乎很是爱惜地反复抚摸着："听说你男人和西突厥的人打仗输得很难看，我特意把这个送给你，让你男人拿去报仇。也算是我对你两次救命之恩的酬谢。"

云瞬看了那东西一眼："你之前已经给过我一枚玉珏，不需要再来送什么谢礼。"能让他亲自送来的，必然是极其贵重之物，这份情，她不想受。

"是啊，可我总觉得那枚玉珏你无论怎样都不会去用。可这个东西就不同了，听说你男人得罪了大唐的皇帝，说不准就要被砍脑袋了，有了这个东西，你们的皇帝就不会想砍他的脑袋了。"那人说得很是得意，眼睛里却露着一丝狠戾的光，看向打算再次拒绝的云瞬，"我这么做也是有私心的，大唐的皇帝有了它，唐军就可以打败西突厥那些杂碎！也算替我们呼衍部报了仇！"

云瞬看他忽而收敛起的笑意，下意识反问："这是什么？"

"西突厥的制胜法宝，虎师二十四阵图。"这个年轻的异族男子把图纸抛到云瞬的手边，他站起来，逆着满屋的阳光，沉声道，"我迦漠叶不能看着自己的恩人半死不活的模样不管，也不能放任西突厥那些家伙在我的土地上肆意妄为，真神会保佑我们，让这张图完成我们两个的心愿。"

云瞬愣愣地靠在床榻上，目光有些呆滞。

武媚娘说要让牺牲变得有价值，迦漠叶说这张图可以完成她的心愿。

心愿……吗？

五年前，她带着一个女儿最质朴的心愿而来，却在五年后的今天，忘记了自己的初衷……

心愿，她的心愿。

手中握着图纸的手，渐渐收拢再攥紧。

从前想要去依靠他人的想法多么幼稚可笑，她已然明白只有牢牢攥在手里的，才能完全属于自己的道理。这样想着的时候，心头原本已经疲倦得无力支撑下去的地方重新被什么东西填满，坚硬似铁。

只希望这个想法来得不算太迟。

她要让造成这局面的罪人们付出应有的代价。比起老天爷拿走的那些，她的这个心愿该不算什么吧。

入夜的时候，安庆王府门前停下几匹快马。

盛骏带一身夜风走进府门。前线再次传来退败的消息，高宗震怒，一纸御令将正在为亡妻守灵的盛骏调往前线。盛骏今日来是同舒豫和云瞬告辞的。

盛骏在来的路上已经听说了安庆王府最近的变故，他抱着伴清坐在舒豫的对面，这个性烈如火的青年已经蜕变成一个沉稳如钢的男人，他颔下的胡碴更增添了他的沧桑，再不复当年的丰神俊朗。

"我想去见见云瞬姐，和她告别。"盛骏抱着伴清站起来，舒豫沉沉看他一眼，点了点头，犹豫着说道："她最近精神不是很好，要是说了什么不好听的话，你别往心里去。"

盛骏嗯了一声，走在舒豫身侧道："苏墨远没了，她怎么可能不难过？你们俩这样互相避着，什么时候算个头儿呢？"

舒豫抬头看了看天空高挂的冷月，笑了下，这样的笑容并不适合出现在这个冷傲的安庆王的脸上："也快到头儿了。"

盛骏看着他的笑容，想要再说些什么，却什么也说不出来。

内室之中，云瞬听说盛骏来了，立刻吩咐丫头给自己梳洗换衣，硬是自己走了出来。饶是如此，盛骏看见她的第一眼，还是震住了。他忍不住嗓子一堵，哑着声音说道："云瞬姐，你怎么成了这个样子？"

她哪里还是记忆里的那个神情淡然、端庄持重的李云瞬？这个瘦如秋叶、面色焦黄的女子还在苦苦地和她的人生抗争着吗？盛骏忽然有点不敢再想下去……苏墨远没了，清菡没了，皇后姑姑也将她闲弃，她还能再抗争下去吗？

云瞬看见他眼中的痛色，微微摇了摇头，唇边挂上了独属于她的那种淡然笑意："盛骏，你要去打仗了吗？"

"是。"盛骏移开自己的目光，怀中的伴清已经睡熟，他许久没有见她，她比之前长大了，渐渐分明起来的眉眼越发长得像娘亲。

云瞬看着这对父女，声音里也染上悲伤："你要好好保重，姐姐祝你旗开得胜，早日回来。"

伴清的小被子上落上几滴眼泪，盛骏一直半垂着头没有再看云瞬一眼，他的声音有些发闷："伴清是个苦命的孩子，云瞬姐，我把她托付给你了。"他说着将孩子慢慢放到云瞬的手上，云瞬含泪点头，看着尚不知情形的孩子，心里涌起一丝莫名的悲痛。

她怎么能放纵自己的任性想要撒手而去呢？她答应过清菡要好好照顾这孩子的呀。

"盛骏，我有样东西要给你。"云瞬从锦盒的暗格里取出一卷东西递给他，盛骏脸色一变，看她："这是什么？"

"这是突厥虎师的二十四阵图，听说云彻就是败在这些阵法上。你拿着它，可以稳操胜券。"

盛骏垂头看了看她手中的图纸，先是一惊，而后低声道："我不能要。"

"为什么？"云瞬不解。

"因为你比我更需要它。"盛骏直视着云瞬的眼睛，"我始终怀疑清菡的死另有蹊跷，你拿着阵图或许以后会有用处。你拿着它，比我拿着它更有用处。突厥鞑子的那点阵法，我还没放在眼里。"

云瞬看着他，依稀看到了那个曾经骄傲张扬的少年将军。

"陵寝里的荷花池已经修好，我也可以走了。"盛骏撕下自己征袍上的一条衣角放到伴清半张着的小手里，接着对着云瞬拜了拜，"姐姐，保重。"说完大步流星地朝外头走去，云瞬一直在眼中打转的眼泪终于落下来，滴在伴清的额头，孩子不满地动了动，而手中父亲的征袍却攥得死死的。

难道这幼小的孩童也感受到了父亲的远行和悲伤？她那么用力地抓紧，也不过是父亲征袍的一角而已。

她忍不住把脸贴在伴清的额头上，大声号哭起来。为心底涌动的悲伤，为那份莫名的不安，也为了怀中的幼子不知究竟的将来。盛骏眼中的光是让她那么心疼，以至于她无法说出请求他带着云彻尸骨回京的话。

舒豫在门外等盛骏出来，他听见了屋子里云瞬歇斯底里般的哭声，他的眼底涌起浓浓的心痛，她的悲伤总让他无能为力。

盛骏从他身边走过："舒豫哥，我走了，保重。"他在向他道别，舒豫皱了皱眉："你大战在即，不要说这样不吉利的话。"

盛骏挑唇轻笑，看来他的舒豫哥真的是被接二连三的打击弄怕了，半晌，他低声问道："你怎么不告诉云瞬姐真相？你瞒着她，只能让她恨你。"

舒豫吐出一口气，回头看背后云瞬房里透出的那一盏并不明亮的光："说与不说，她都不会原谅我。"

因为苏墨远死了，他永远也胜不过一个死人。

次日清晨，盛骏再一次带兵出京，这一次皇帝陛下仍旧亲自出城相送。云瞬大病未愈没有随同舒豫同去送行。

然而高宗回到大明宫门前时，却意外地看见了正在等待他的云瞬。

她纤细得好似一叶枯蝶，身上却透出比钢丝还要坚韧的气息。她对着他的銮驾大礼参拜："臣女李云瞬求见陛下。"

高宗看她一眼，心里喟叹，果然是问世间情为何物，竟将一个心性坚强的女子折磨到如此这般。

"平身。"高宗挥了挥手，云瞬并未起身，她甚至没有看高宗此时面上的表情，继续又道，"臣女请求单独求见陛下。"

高宗不悦地一挑眉梢，他銮驾旁跟随的仪仗里有女子轻笑的声音："安庆王妃是要挡御驾为安庆王鸣冤？"

"淑妃娘娘所言不假，臣女的确是要挡御驾，却并非为了安庆王的事，而是另有要事想要面呈陛下。"云瞬跪在地上，脸上的神情丝毫未变。

高宗点头，吩咐人去扶她起来："随朕进宫吧。"

屏退了所有人的宫殿越发显得空落，云瞬走到大殿中央跪倒，双手呈上早就准备好的羊皮卷："臣女有一物献给陛下。请陛下答允臣女的一个小小请求。"高宗就在她的身前，接过羊皮卷来一看，面色顿时冰冷起来："你要用它来同朕做交易？大胆李氏！你可知道你私藏机密不报朝廷本身就已经犯了死罪？"

云瞬仰起头直视着面前的九五之尊，高宗被她这样毫不遮掩的凛冽目光看得心里一抖。听她低声说道："陛下说的臣女都懂，这件东西臣女也是刚刚得到，本想将它赠给昭武将军，怎奈将军正直不肯私下接受。"

"盛骏不肯收？"高宗有些疑惑。

"是的，昭武将军刚正不阿，不肯接受。"云瞬叹口气继续道，"是以，臣女斗胆用它来向陛下请愿。"

"说。"高宗本想要发作，可怎奈那个跪在自己面前的女子那么不卑不亢，那么哀婉请求，让他无从拒绝。

"臣女想请陛下赦免长孙家的两个孩子，无论长孙舒豫犯下如何大错，都请为长孙家留下血脉。"

"哦？你竟不是为你夫君求情？"

"若是长孙舒豫做下对国对君对民不忠之事，该受何等惩处都是他罪有应得。"云瞬勾了勾唇角，"况且臣女认为长孙舒豫不会通敌卖国。"

"你倒是对自己男人很有把握。哼，你可知道男人的权欲之心永无止境？"高宗斜睨她一眼，"朕以为你今日不是为了舒豫求情，就是为你母亲请求宽恕来的。没想到……你是为了孩子……"

"李云瞬，你是皇后的侄女，朕最后再问你一次，若是这张图只能满足你一个愿望，你想好到底要用在谁的身上了吗？"

云瞬莞尔一笑，那样枯黄的面容上却有别样风采。

"来之前，我想过很多，我想用这张图换母亲的平冤昭雪，想用这张图换李云彻的功勋追谥，还想用它来换害我好友之人的严惩……可是，想来想去，臣女忽然想明白一个道理，或许我已经是一个失败的女儿，一个不细心的朋友，可我绝不能做一个不称职的母亲。况且我已经做过对不起孩子的事，我只是想让他将来知道，他的母亲是爱他的，她曾经做过的那件可怕的事，只是……她的一时冲动，她在悔改，她在补偿。"眼泪无声地从眼角滚落，她吸了口气向上叩头，"请陛下准许一个母亲卑微的请求。"

高宗定定地看着她，良久，云瞬一直跪伏在冰冷的玉石地面上，动也不动。

"你方才说追谥李云彻？朕未接到前线李云彻战死的消息。"高宗还是说了出来，云瞬豁然抬头看着他，眼睛里泪花涌动："陛下的意思是云彻还活着？"她被这突如其来的喜讯震得不知如何是好。

云瞬几乎是飞跑着出了宫门，她要赶快回去，找人问个清楚。

高宗看着她踉跄的脚步，微微摇头，对着龙椅后面的人轻声说道："你说得对啊，媚娘，她果然看不到别人对她的好。"

武媚娘从龙椅后面转出来，掩着嘴巴笑道："幸亏她遇到了陛下这样的明君。"

高宗宠溺地看她："拍朕的马屁也没有用，若是长孙舒豫真的通敌，照样国法处置。"

云瞬回到王府的时候，府门外已经聚拢许多官兵，云瞬挤进去，看见巧眉、晚雨她们都被轰出来站在大门外头，原来是大理寺丞来人搜查安庆王通敌罪证。

她隔着人群看见舒豫抱着贤儿，丽妹也领着慎儿站在他的身后，紧紧地

386

挨着他，一张脸已经吓成白色。她看着舒豫焦急地朝巷道的方向张望，不时叫来湛栌问话。她隔着人群依稀听见他在叫着自己的名字。

她的心，似乎抖了一下。这时，府里出来了一个官爷，神色里有些得意，他站在门前台阶上高声对人群中的舒豫说道："安庆王，这东西可算得上是物证？你藏着突厥王室信物，难道还不是同突厥有勾连？"

云瞬顺着那人的声音看过去，她脸上的表情不由凝固，她清楚地看见那个官员手里拿着的东西，正是迦漠叶送给自己的那枚玉珏！

她一瞬间几乎忘了所有动作，所有的思绪都停滞不动。

她茫然地看着丽姝尖叫着扑上去解释，听她嘶声力竭地喊着那东西是她的，不是舒豫的。官员身边的侍卫一次一次把她从台阶上推下去，可她还不肯放弃。最后舒豫只得让下人们过去把她抓了回来。

那官员抖了抖袖子，蔑视地看了眼蓬头乱发的丽姝。从袖子里抽出圣旨："陛下有旨，安庆王通敌叛国，罪不容诛，即日起削去王位，禁足于内宅，不得与任何人接触交谈，听候发落。"

舒豫显得有些疲倦的面容上露出一丝笑意，他隔着人群看见了面色僵硬的云瞬，他找了她一个早上，以为她选择永远离开自己，再也不肯回来。幸好，她回来了。

"长孙舒豫，你可听清了？"

舒豫跪倒接旨，没有一丝一毫的异议。对于这种结果他似乎早有预料。

"待本官回去面呈陛下，稍后便会有旨意送来，来人，将此门封锁，严禁任何人外出。"

云瞬目送他被人押着进了内宅。

也有官兵押着女眷下人们进了府，府门外牢牢靠靠地上了链锁。她站在庭院里，看府里的东西被翻得乱七八糟，不少还被扔到了院子里，精致华贵的花瓶、古董，纷纷跌碎在地，放眼看去，竟是满眼狼狈。

老王妃站在院子里捶胸顿足禁不住打击几次晕倒，云瞬吩咐人将她安置好，仔细盯着避免闪失，又吩咐下人打扫收拾庭院。丽姝死死地搂着慎儿盯着她。云瞬安排妥当，巧眉给她搬来椅子让她坐下喘口气。丽姝似乎有话要对她说，却迟迟没有上前。所有人，没有一个人说话，甚至有胆小的家丁园奴在低声哭泣。

大约半个时辰，有人打开了府门外的铁锁链，那个官员又回来了。

"长孙舒豫听旨。"舒豫从房间里走出来，身后还跟着两个官兵负责看押他。头上的银发在阳光下熠熠生辉，意气风发的安庆王，呼风唤雨的长孙王爷，似乎在这一刻跌落神坛。

"长孙舒豫通敌叛国，罪不容诛，本应罪连九族，念长孙家世代劳苦功高，有功于社稷黎民，故赐死长孙嫡亲一族，其余八族，死罪得免，凡入朝为官者，降二等官职，停三年俸禄……"圣旨写得很详细，而到后来云瞬却已经什么都听不见，她的脑子里来来回回想着的只有方才那一句，"赐死长孙一族"。

高宗果然还是反悔了，她早该知道帝王的承诺根本算不得数！

丽姝尖叫一声，仰面栽倒，半晌才抓着云瞬的衣袍摇摇晃晃地站起来，还当着众官兵的面，她扬起手就抓住云瞬的发髻："你早上入宫去做了什么？你个贱人！你是不是去求陛下处死舒豫？你说呀，你说呀！"

云瞬被她的大力拽着只得侧过头，她的脸上没有任何表情。来送信的官员眉毛拧得老高，不耐烦地挥手，让人去拉开谢丽姝，他清了清嗓子继续说："陛下另外有旨，因李氏云瞬献宝有功，故免去长孙自慎、长孙自贤两子死罪。"

丽姝睁大眼睛不敢相信自己听到的东西。是李云瞬向陛下献宝才换来两个孩子的活命？"这怎么可能？李云瞬，你不是恨我入骨的吗？你不是想要我和慎儿的命吗？"她抓着云瞬的衣领将她使劲摇晃，云瞬被她晃得有些头晕，她淡淡地看着她："你和我之间的恩怨何必扯上孩子，我这么做只是为了对得起自己的良心，你高兴什么。"

"来人，将陛下赐的御酒端来。"那官员一挥手，立刻有人端来一只盘子，盘子上有白玉瓷瓶和精致酒杯，云瞬脸色顿时变得惨白，看了一眼那酒壶，又看了看舒豫。今天的舒豫很奇怪，他从房间里出来后，就没再看过自己一眼。

大概，他也对自己彻底死心了吧？

这样……也挺好。

她扯起嘴角，一笑。

"武昭仪特意为你们一家子求情，在行刑之前，让你们最后说说话，不过，您只能选二位夫人的一个。"官员说完揣着手，看好戏似的瞧着长孙舒豫。舒豫抬手一指，手指落在丽姝的身上："进来。"说完，自己转身回了内宅。

丽姝张着嘴半天也没明白，舒豫他在最后的时刻，竟然……选择了自己。她踉跄着往前跑了几步，追上舒豫的步子，随他进了里屋。

舒豫的书房也已经被人翻得很乱，舒豫捡起地上的几本书，爱惜地弹了弹上面的灰尘，对身后跟进来的丽姝低声道："坐。"

丽姝听话地坐在了他的对面。她万分期待舒豫要对自己说些什么。

"丽姝，"他生平第一次这样称呼她，却没有任何不适，这个形容憔悴的女人与他相识于少年，多少年，她对自己的心意不曾改变，这一点让舒豫心生怜悯，他蜜色的眸子凝视着她，"我很抱歉，让你卷进这场是是非非之中来。"

"我相信你，没有勾结西突厥。那枚玉珏……我似乎在别的什么地方见过……可我想不起来了，等我想起来，你就能洗刷冤屈了。"丽姝急急表白被舒豫挥手打断，"这不是玉珏的事情，该来的事，总是该来，没有谁能抵挡得了。长孙家历代功高，已近盖主，引来陛下猜疑已是定局，何况萧淑妃和武昭仪二人一直视我如钉，趁这个机会将长孙家铲除也无不可。只可惜你，被人当作了棋子。"舒豫似乎想喝水，拿起茶壶来才发现茶壶里空荡荡的，自己笑了下，将茶壶放下，"从我那日酒醉被萧淑妃强留在宫中的时候开始，你就已经成了别人握在手心的棋子。"

丽姝的脸色顿时苍白到近乎透明，她缓缓站起身，还未开口，眼中落下泪串，她一眨也不眨地看着神情淡定的长孙舒豫，哀怨开口："从我八岁那年遇见你，我就喜欢上了你，这些年间上门提亲的人踢破了门槛，我等你等到一十八岁，整整十年，到后来我被人背地里嘲笑、讥讽，把自己留成了老姑娘我也毫无怨言，还是等啊等，我纵然有千般的不是，万般的错，难道我十几年的痴心也是一种罪过吗？"

舒豫抬头看着她，坚毅的唇角抿出一条弧度。

他们之间太需要一场开诚布公的交谈。

"我自己也想过，我就这么闹啊，争啊，什么时候是个头儿啊？李云瞬没回来之前，我还怀着希望，希望你有一天会被我打动，会主动地看一看我，可是呢，李云瞬她回来了。十年前你就对她一见钟情，十年后，你还是对她……那我呢，我看不透啊，舒豫，你今天要给我一句实话。"

丽姝哽咽着看他："舒豫，你告诉我，我到底哪里不如她？"

"问得好，之前盛骏也问过我这个问题。我曾经认为一切都是造化弄人，在康平王府外的承天街上，我第一次见到她时就喜欢上她，到相国寺里一对鸳鸯签订了我和她这辈子割不断的情缠纠葛，再到今天，你自己……还不知道到底哪里不如她吗？"舒豫抬起眼眸来望进丽姝的眼睛里，眼中似有冷酷的光，"她永远不会像你一样为了自己的私念就对他人痛下杀手，即便老天再

389

怎么待她不公，她也从来不会迁怒于他人，甚至在今日这样的生死之前，她仍然尽力挽救了你的孩子。"

丽姝脸色更白，向后倒退几步。

"我没有害人……我没有害过人。"

"那这些又是什么呢？"舒豫从书案上拿出装有芦荟的盒子和药方，"你害死了清菡，还想要害死云瞬和贤儿，还要我说得更明白吗？"

丽姝一张脸上彻底没有人色，她望着舒豫手上托着的东西似乎要把它们看穿，除了无声地流泪，她甚至找不到第二件事情可以去做。

"丽姝，你从前并不是这样一个心狠手辣的女子啊。"舒豫把那些东西丢在她的面前，轻而又轻地叹了口气。

"是啊，我到底是怎么变成这副模样的呢。"丽姝近乎呓语般低喃，她走到舒豫面前，缓缓伸手抱住他，"这十几年我心里一直空荡荡的，就这么迷迷糊糊的一个人走了过来。你恨我也好，怨我也罢，我都没有后悔过，虽然我没有得到过你的爱，可这样炽烈纯真的爱情我自己已经付出过，这辈子还有什么可遗憾的呢。"

舒豫的眉心拧了又拧，轻轻抚了抚她的后背，他对这个痴心自己十几年的女人，何尝没有半分的亏欠？

"我现在心里很难受。"半晌，舒豫缓缓开口。

"你此刻的难受是因为我吗？"丽姝松开手，诧异地看着舒豫，这个男人近在她的眼前，可她却觉得自己从未看透过他的心思。

"是的。"

丽姝的眼泪流了满面，她的眼里有从未有过的亮光，仿佛是来自点亮她人生的烛光，她把手放到还要说话的舒豫的唇上："够了，舒豫，这就够了。"

舒豫不再开口，他拿开丽姝的手掌："我最后有一件事要拜托你。"

"不用说，我知道。"丽姝惨然笑起来，她的脸上还有未干的泪水，却笑得那么明媚，"我知道你不想让李云瞬看见你喝下毒酒之后的样子，我会让她待在院子里，不让她进来。"

"多谢。"

"虽然你一生中唯一一次要我帮忙还是因为她，可我……很高兴。你终于信任了我一次。"丽姝泣不成声，她背对着舒豫说完打开了房门。传旨的官员早就等得不耐烦，她一出来，立刻挥手让人端着酒进去，云瞬的脚不受控制地抬了起来，他的最后一程……她想去送送他。

"李云瞬。"丽姝忽然冷声开口，云瞬的脚步一缓，没停，继续往前走。丽姝转过身，对着她大声说道，"你不想知道文清菡是怎么死的吗？还有你弟弟，他根本没死。"

云瞬的身子猛地一颤，转过身来看着她，一双黑白分明的眸子里染上未知的怒意和喜悦，丽姝望着她微笑道："文清菡的死因我想你已经知道了，至于李云彻……你总该记得那个晚上是谁来给你通报的消息吧？"

云瞬不假思考地回答："是云彻身边的贴身侍卫，我曾经见过他。"

"没错，可那个人并非是李云彻身边的侍卫，那个侍卫有个孪生哥哥，好赌成性，我答应给他一笔钱，他替我演一场戏，就这么简单。"丽姝说完耸了耸肩，说得无比轻松。

云瞬僵硬着身体走到她的面前，漆黑的眸子看住她："你说的……当真？"

"是啊，人之将死其言也善，我为什么要骗你？"丽姝朝她甜甜一笑，"看你像傻子似的信了那家伙的鬼话差点丢了命，我真开心。"

"还有令牌呢？我给苏墨远的那枚王府令牌也是你捣的鬼是不是？"云瞬的神情很平静，盯着自己的鞋尖，她甚至没有抬头去看对面的丽姝。

"原来这个你也知道了？我还以为神不知鬼不觉呢，哎，你比我想象的要聪明许多。"

云瞬毫无征兆地扬起手在她的脸上留下清脆的一巴掌："你不是人。谢丽姝，你不是人！苏墨远和你有何仇恨，你竟然……"

"咚。"书房里，有重物落地的声音。

云瞬未说完的话顿在口中，她和谢丽姝一起变了脸色，谢丽姝方才所有的精神劲儿都在这"咚"的一声里被砸得消散。

云瞬僵硬的脊背宛如一把绷到极致的弓，稍稍一用力都会让她折断。

她回转过身，推开两个试图阻拦她的官兵，房间里，长孙舒豫倒在书案旁边，口角流出黑红色的血迹，他那双蜜色的眸永久地闭合，再不会浓情地看着她，毒酒喝下去该是痛彻肺腑的吧？可偏偏他的脸上还挂着释然的笑意。

云瞬跪在他的身前，第一次主动去触碰他，她把手指放到他的鼻息之下，静静地，没有动静，她把头靠在他的胸口，静静地，没有起伏……

老夫人呼天抢地地从外头冲了进来，丽姝瘫坐在院子里，眼睛空洞洞的，自慎被吓得哇哇大哭，仆妇下人们跪了一个院子……

云瞬的目光落在地上滚翻的酒杯上。

他们之间的一切，以这样无情的方式结束了。

落了个通敌叛国罪名的长孙舒豫死后全然没了生时的气势和威风，他的灵堂布置得很是简单，几乎没有人来吊唁他。

他一生冷傲，除了和他向来投脾气的兄弟盛骏之外，竟再无一个好友。

云瞬和丽姝跪在灵堂里，默默为他往铜盆里添上纸钱。

"王妃，王爷的遗物收拾好了，您看看，都在这儿。"冯妈含泪上前，将收拾好的箱笼一一打开给她们过目。

云瞬的目光从箱笼上一一掠过，忽而，她的视线停在最后一个小的箱子上。在重叠的纸张里，她看到了自己的名字。

一封封信被取出，信封上的笔迹从掌控不好的粗大线条到俊秀飘逸，再到力透纸笔。整整一个箱笼竟然都是他写给自己的信！

云瞬不敢相信自己的眼睛，她拆开一封泛黄的信，幼稚的笔体属于幼年时候的舒豫，他在信上写。

"今天我听下人们说你娘获了罪，被送到一个很远很冷的地方去了，你也要随她一起去吗？那么冷那么远的地方，你会不会害怕？会不会想我？"

她拿起一封信来再看。

"时光倥偬如驹逝，白日，酒席上见到了康平王，他还是原先那副懦弱的模样，我每次见他都会想到我们在承天街上的第一次相遇，云瞬，云瞬，你到底什么时候回来？今生今世我可否再见你一面？我向月神起誓，如果老天能够将你送回到我的身边，我一定要修建一座阁楼给你，执子之手，与子偕老，阁楼的地方我也想好了，就在我们第一次相见的地方。云瞬，在中秋月下，你会不会想起京中的中秋，想起……我？"

她的眼睛里涌起泪花，原来，他们早在她还未获罪远行之前就已相识。可她为什么一点都不记得？云瞬颤抖着手去拿信，拆开，再看。

"母亲大人一直逼我娶亲，我甚至想先纳一房小妾应付过去算了，可转念一想，没有哪个女子愿意与别人共侍一夫，安庆王妃的位置，只能有你。盛骏笑我痴傻，说你恐怕已经忘记了我，李云瞬，你是不是真的忘了我？还是也同我想念你一样在想念着我？"

泪水糊了视线，她使劲揉了揉眼，再看。

"我想不到竟然会在上元这一天见到你，你变得更美，更让人移不开眼睛，却比十年前更加冷淡，我假装不认路向你询问，从你的眼神我可以看出，你已经不认得我……可我还是想你。"

"嘉延岭的仗打得很不顺利，不过你放心，昨日夜里我亲自带最精锐的部队将云彻救出来，他若不能活着出来，我同他一起命葬边关便是。他若有三长两短，我也无有颜面见你了。"

云瞬心里一震，果然，丽姝没有骗她，云彻果然没死。

翻出靠上的一封信，信上墨迹尚新。

"我昨夜进宫面圣，向他恳求赦免你母亲的罪过，陛下已经同意，等我死后，陛下的旨意就会送来，这是你回京的最大心愿我会替你完成。苏墨远的去世我很抱歉，看到你的痛苦我只会比你更痛苦百倍千倍，因为这一切的苦痛都是我的执念造成。相逢何必曾相识，既然无缘，当初又为何会被造化愚弄，轻信了鸳鸯签上的箴言？云瞬，这是我能为你做的最后一件事情，盼望你以后好好活下去，偶尔也能想起曾经有个人，对你朝思暮想，十余年不曾改变，就够了。"

鸳鸯签！

云瞬的心猛地一揪，猛烈地收缩让她痛彻心扉，她一手捂住心口，大口地喘息着，一手在箱笼里疯狂地翻找。

在箱笼的底层她找到一只匣子，颤抖的双手几乎拿不住匣子，匣子在她手上一滑跌在地上，摔成两半。

里面的东西如同两根银针刺痛了云瞬的眼睛。

黑发与白发缠绕在一起的同心结底下是一对斑驳的竹签。

这个同心结是他什么时候做的？她为什么一点印象都没有？

那对竹签，她小心翼翼地将它们捧起，仔细辨认上面的字迹。这是困扰了她十余年的鸳鸯签啊！原来她一直以来都错了，她自以为的良人苏墨远，却是从始至终都欺骗了她的人！她忽然觉得羞愧无地，云瞬手捧着竹签泪染满襟。

一些本来被遗忘的画面忽而蹿到脑海。

相国寺的大佛前,有一对金童玉女似的小娃娃抽到了让人稀奇的鸳鸯签。

曾有个小小孩童的目光一直追随着她。

曾有个人总是拿着狗尾草逗她开心。

曾有个人在结满柿子的大树底下小大人似的告诉她，他会保护她，因为一个好男人是不会让自己的女人流泪的。

曾有个人对她日夜守候，思念如山，而她不自知。

她为什么会忘记他？她怎么能忘记他？

她走到舒豫的棺椁旁边，轻轻握住他冰冷得怕人的手。这个人曾经用一颗火热的心试图焐暖她心内的坚冰，而她终于了悟的时候，他却冷了下去。闭着眼睛的舒豫就像是睡着了一样安静，她的手细细拂过他的眉眼，成婚至今，她还从未好好看过他。

十几年的信他都保留得好好的，却没有一封寄出。如同他对自己的感情，他一直都保存得妥妥当当，不让它有半分减少和变质。

你是不是已经忘了我？

你是不是也在像我想你那样地想着我？

每一个问话他都没有听过她的回答。云瞬捂着那双迟到了十余年的竹签，泪流满面。他如今去了一个同样很远、很冷的地方。

长孙舒豫，你会不会在某处停下来，等着我？

云瞬擦了一把脸上的泪，看着同样泪流满面的丽姝，一笑："你早就知道舒豫和我的事，是不是？"丽姝点了点头，她在笑，有种报复的快感："他苦等你十年的事，你错认了苏墨远的事，我都知道。"

"你怪我吗？是你对不起他，对不起他十余年的痴心！"丽姝大声地斥责她，引来仆妇们围在灵堂外，不敢上前。

云瞬的眼睛里有决绝和释然的光，她仰天大笑两声："你说得对，我对不起他。"

她站起身，头也不回地朝他们的卧房而去，在这间充满爱意的卧房里，到处都能找到他的影子，云瞬走到床头坐下，摸了摸他枕过的云枕："这一次，换我去追着你，咱们算是扯平了吧？"她伸手解下床帏，抛过卧室的横梁，站上凳子的一刹那她有些恍惚，几年之前，她也曾这样悬梁自尽，是他救了自己……

果然，失去之后，她才懂得珍惜，原来，在她自以为痛苦磨难的这几年间，一直有个人默默地守护在她的身前身后，不曾将她抛却。

她才是那个身在福中不知福的傻人！

好了，她今天也傻到头儿了。她亏欠他实在太多，除了去陪他，她想不出什么好的法子。贤儿和慎儿还有伴清自会有人好好将他们带大，她也不需要操心。

"舒豫，你等等我。"她含泪而笑，踢倒承重的矮凳。

太极宫里，高宗与武媚娘对弈后花园内。

394

武媚娘落下一子，抬眼笑看苦思冥想的高宗："陛下，臣妾想给您变个戏法。"

"爱妃还会戏法？"高宗顿时来了精神，武媚娘也灿然一笑，把手里的棋子一丢，喜盈盈地拉着高宗的手："那就请陛下随臣妾去瞧瞧，不过，如果臣妾这戏法要是变得好，陛下可得答允臣妾的一个心愿。"

"好，好，依你，都依你。"

"怎么是安庆王府？"等到了目的地，高宗眉头一皱，王府到处都是白黑两色，看得让人沉闷。武媚娘不以为意，伸手拉了他一把："陛下随我来。"

丽姝等人跪地迎驾，武媚娘不看他们，取过供桌上的一碗凉水泼在舒豫的脸上，丽姝大惊："娘娘！您不能……"

她的话还未说完，棺椁里忽而传来人悠长的叹息声，好像是沉睡了几百年醒来的人才会发出的声音一般，接着，舒豫的胳膊僵硬着伸到了棺椁外，将所有人吓得魂不附体，惊叫着四散奔走。高宗也看得目瞪口呆，只有武媚娘喜笑颜开地拍了拍胸口："可吓着我了，我还以为秦老头子骗我呢，想不到这种药还真管用。"

"爱妃，这是怎么一回事？"高宗已经看傻了眼，看着武媚娘询问根由。

"是秦大夫，就是京城里的那个神医，他送了臣妾一种可以让人假死的药，臣妾将它放到您赏给安庆王爷的酒水里，这药会让人假死三日，可第三日上必须拿捏对了时辰用凉水浇头才能醒过来，不然，可就真的再也醒不过来了。"

高宗听完武媚娘的解释又急又气，武媚娘已经先他一步开口："陛下可是说过答允臣妾一个心愿的。"

"好，你说。"

"臣妾希望陛下能够不再追究安庆王的事。"高宗方一皱眉，武媚娘赶紧又说，"所谓通敌叛国只是一场误会，那个玉珏的主人另有其人，其中的因缘巧合臣妾也说不来，还是让东突厥的王子殿下说给您听吧。"

她话音未落，有人从府外走进来，朗声道："呼衍部廷王驾下二王子呼卓迦漠叶拜见大唐皇帝，呼衍部愿奉上美丽的草原上所有的牛羊与大唐世代交好。"迦漠叶从外而入，对着高宗单膝跪倒。高宗喜从天降，连连点头："如此甚好，如此甚好。"

武媚娘掩面一笑，在高宗耳旁低声道："就是他送了安庆王妃玉珏，以报救命之恩，说起来，李云瞬还是个功臣呢。"

高宗此时算是明白了来龙去脉，哈哈笑了起来："迦漠叶啊迦漠叶，朕看，安庆王妃密呈给朕的那份虎师二十四阵图也是你的功劳吧？"

迦漠叶不好意思地笑了下："草原人最讲信义，安庆王妃于我有救命之恩，我拿来送给她也是应当，何况，安庆王妃拿到阵图是一定会呈给您的，迦漠叶不过是借机会卖给安庆王一个人情嘛。"他向来不苟言笑，一番话说得大家都笑了。

唯有长孙舒豫没有笑，他躺在棺椁里听他们说完来龙去脉，心里也跟着一阵紧张，等大家都说完了，听武媚娘问道："咦？怎么不见李云瞬？这地上怎么这么多信……"

信？她看到了自己的那些信？

舒豫脑袋嗡一声炸开，他顾不得自己浑身的僵硬和疼痛，拼尽全力从棺椁里爬出来，也顾不上给高宗行礼，跌跌撞撞地往内宅跑去，下人们乍看见他都吓了一跳，湛栌第一个反应过来，帮他过去撞开了卧房的门。

门一打开，所有人都倒吸一口凉气。

还是晚了么。

高高的屋梁上悬挂着一个消瘦的身体，微微前后飘荡着。

舒豫的喉咙里发出一声野兽般的呜咽悲鸣，他踏了一脚桌沿飞身将云瞬的身体抱住，扯断了床帏带子将她抱了下来。

他才从鬼门关上走了一遭回来，刚刚庆幸自己捡了条命，却万万没有想到，命运竟然会如此折磨于他！

舒豫抱着云瞬跪在地上，连连摇晃着她的身体，好像这样不停地呼唤就能将她唤醒一般。

在场的人无不落泪，当真是天意造化弄人么？这一对鸳鸯佳人，终归是缘尽于此。

"云瞬。"舒豫的眼中已经没有泪水，他抱起云瞬迷迷茫茫地朝外走去，没有人阻拦他，甚至下人们主动给他们让出一条路来。

武媚娘在高宗身旁湿了眼眶，她费尽心思，终究还是晚了。

不管这条路要通往哪里，这一次，她都陪在他身边了。

他十几年的痴心等待，总算等来这一刻的永久相守。

谢丽姝目送着舒豫的背影，这个挺拔俊朗的安庆王，仿佛一夕之间已然老去。他用了十几年的时间让李云瞬爱上了自己，而她呢？她的十几年又换来了什么？她忍不住将手捂住唇，将呜咽之声留给自己。

从来都是他们两个的生死与共，爱恨纠葛。在这场爱情的游戏当中，她出现得可笑，收场得可悲。丽姝默默起身，回房里收拾了自己的东西，永远离开了这块让她痴缠半生的地方。她这辈子的痴傻，这辈子的罪业，她要在日后的岁月里青灯黄卷，常伴佛前，以祈求救赎。

迈过门槛的时候，舒豫的脚被凸起的石砖绊了一脚，他虚弱的身子支撑不住两个人的重量，双手一晃竟将云瞬抛了出去，他一惊，慌忙从地上爬起来去接她，可已然来不及，云瞬在地上滚了两圈后停住。舒豫站起后奔过去把她翻过来，却意外地停住所有动作。

她的眼睛……在看着自己！

舒豫惊呆呆地望着那对黑白分明的眸子，那里面正酝酿出两汪清澈而滚热的泪水。

"舒豫，你回来了。"她哑着嗓子开口，喉咙里火辣辣地疼，可她笑得那么开心，那么灿烂，眼泪如瀑布般倾泻而下，两个人忽然一起大笑起来，笑得感动了天地。

永徽六年初，西北边界传来捷报，大将军苏定方大破西突厥，擒住突厥王，西突厥从此灭亡。先锋李云彻勇猛有加，晋封护国将军。

昭武大将军深入腹地杀贼无数，与敌军将领同归于尽于苍茫草原一角。高宗按照他生前所愿，破祖宗先例，准许其女承袭乃父郡王之位。棺椁被送回京城，舒豫带着云瞬，亲手将他送到西芒山的陵寝，将他安葬在清菡的身边，一世长随。

年中，高宗废除王皇后，改立武昭仪为后，李弘为太子。高宗祭告于祖宗家庙，八月十五在相国寺为百姓祈福。在相国寺大雄宝殿里，王爷贵人家的孩子们围在一起，有小沙弥侍奉他们挨个儿从竹筒里抽签，玩着亲贵家们最钟爱的娃娃亲游戏。

忽而有孩子欢快地喊了一声："嘿！快来看呀！有人抽到鸳鸯签了！"

孩子们在寺庙里炸开了锅，笑闹成一团。

正在院子里散步的舒豫和云瞬忽而一愣，两人在菩提树下相视一笑，莫逆于心。

斑驳的竹签上写着如十余年前一般模样的签文。

怜卿一片相思意，犹恐流年拆鸳鸯。

（全文完）

图书在版编目（ＣＩＰ）数据

安庆王妃传 ／ 恒河沙数著. -- 北京 ：中国文史出
版社，2020.4
（实力榜·中国当代作家长篇小说文库）
ISBN 978-7-5205-2000-3

Ⅰ．①安… Ⅱ．①恒… Ⅲ．①长篇历史小说－中国－
当代 Ⅳ．①I247.5

中国版本图书馆 CIP 数据核字（2020）第 052275 号

责任编辑：全秋生

出版发行：中国文史出版社
地　　址：北京市海淀区西八里庄路 69 号　　邮编：100142
电　　话：010－81136602　　81136603　　81136606 （发行部）
传　　真：010－81136655
印　　装：北京温林源印刷有限公司
经　　销：全国新华书店
开　　本：787×1092　　1/16
印　　张：25.25　　字数：400 千字
版　　次：2021 年 1 月北京第 1 版
印　　次：2021 年 1 月第 1 次印刷
定　　价：66.00 元